西望唐古拉

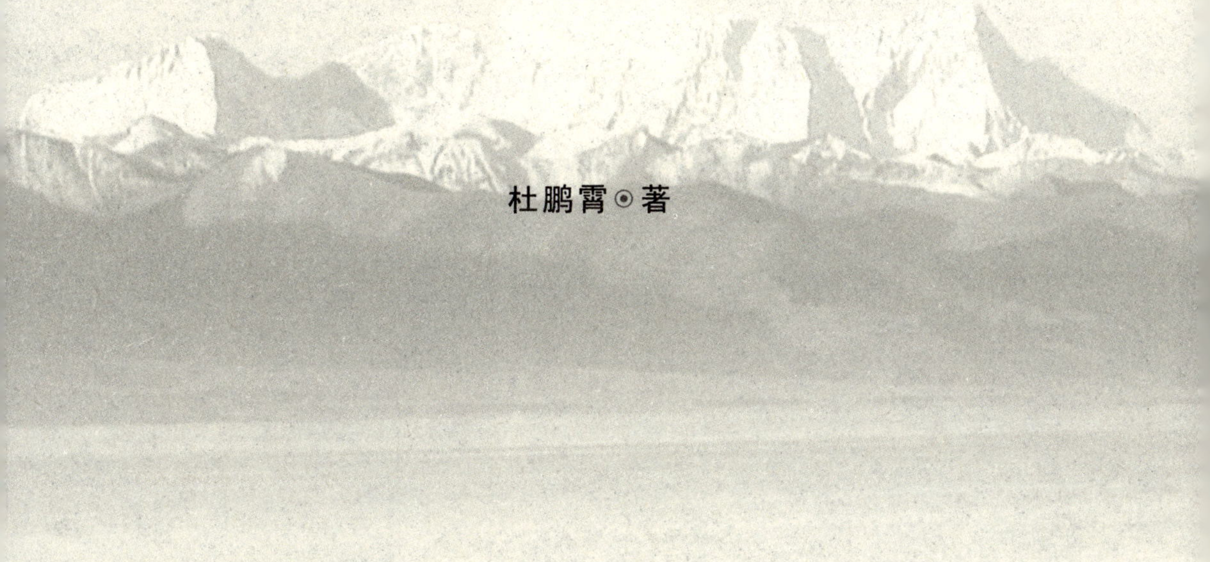

杜鹏霄◎著

西安出版社

一

一阵急促的紧急集合号音，划破了空旷广袤寂寥的草原静夜。是夜，刚察草原月光清冷，星光暗淡，迅疾的风掠过没膝高的绿草，幽幽的格桑花朵翻过起伏不定的高冈，向着巍巍的祁连山脉刮去。号声响过，从梦中惊醒的十七连干部战士，听到一阵沉闷的吼声，似千万骑铁蹄踢踏着松软的草皮时发出的沉闷而混沌的声响，滚过简陋的营房，声震耳膜，令人胆寒。这从未有过的声音，从草原上空刮过，也从从未听过这种声音的全连指战员的心上刮过。它刮起了绿色帐篷的窗帘，摇撼着炊事班房上的烟囱，更摇撼着指战员们的心灵。

嘟嘟嘟，短促的哨音响起来，各班杂沓的脚步声，夹杂着稀泥的和搅，从整齐的帐篷里向操场上汇聚而来。连长蔡稀胜全副武装，站在操场最顶端，看着各班班长带领下的队列迅速向他跟前跑来。星光下的眼睛，看不清是镇定还是自信，只看见一双双明亮的眸子在熠熠闪光。值班排长周子星站在错他三步远的地方，等待着整理队伍、接受任务。红色袖标在暗淡的星光下，依稀可辨。

在这静寂的午夜之中，有何情况让他们从深深的睡眠中惊醒过来，立于冷风大作的操场上？是正常的训练还是遇到紧急情况？指战员们个个思忖着这个突如其来的举动，寻找着茫茫然不知究底的答案。要知道，一九七五年的草原，并不平静，时有敌对势力活动的情报从上边传下来，让人心里多有不安。

杂乱的人群，迅速变成一列列整齐划一的队伍，站在操场上，并由各排排长向值班排长报告。三排最先完成队伍集合，排长史丰先在队伍前打了一个立正，向后旋转180度，双手变拳放在腰间，小跑几步，立定在周子星面前，敬了一个标准的军礼后，大声地报告：“报告值班排长，三排集合完毕，请指示。”

周子星举手向史丰先敬礼并大声地回答：“稍息。”

史丰先转身，用标准的口令向队伍喊了声“稍息”后，就站在全排的第一个位置，岿然不动。

迅速集合完毕的各排，全部肃立在周子星面前，先后不到五分钟。五分钟，从紧急集合号声响起到全体指战员起床整齐列队，对于一支训练有素的铁道兵部队来说，并不是一个神奇的数字，紧急状态下由散乱到整齐划一，就应当具有这样的速度，这是一般部队所应具备的基本素质。

周子星整理完队伍，向蔡稀胜作了报告，请求指示。

蔡稀胜说了声稍息后，向前走了几步，站在队伍前方，用洪亮的声音向全连喊了一句：“同志们！”队伍“咔”的一声，稍息的姿势变成了立正，蔡稀胜就说：“稍息。今夜，草原上遇到了百年不遇的大洪水，洪水从浚河上游直向我们营地奔腾而来，威胁着我们的生命，威胁着我们的工程。团里命令，立刻加固堤防，确保部队的生命安全和财产安全。现在，我命令，全连四个排，以东南西北为序列，一二三四排各处一方，带上工具和武器，想尽一切方法，加固堤防，保证我们的营房和财产不受损失。听清楚了没有？”

队伍响起雷鸣般的回答：“听清楚了。”

蔡稀胜接着用洪亮的声音说：“下边请指导员讲话。”说毕，向右后跨了一步，给指导员让出了一个讲话的位置。

早早和蔡稀胜站在一处的王国庆，也是全副武装，虽说处在夜暗当中，但无论如何也不能遮挡他威武的身影。

王国庆向前跨出一步，用简单明了的话语说出了这次抗洪抢险的意义，并宣布了几条纪律：“我要强调的是，抗洪抢险中，一切行动听指挥。没有命令，不得擅自行动，如有擅自行动并有严重后果的，将按纪律条例严肃处理。”

指导员讲完话，蔡稀胜就让部队带开，向各自的位置奔跑而去。杂沓的声音再次响起，搅乱了草原夜的宁静。刚集合时的脚下，并不湿滑，到解散时脚下已经开始有泥浆的稀软。风也开始大起来，其中带有下雨前的湿冷。那万千铁蹄踏过草皮的声音，原是伴随洪水而生的大风的怒吼。

从这时开始，大家才明白，浚河上游下了一场百年不遇的大暴雨，洪水从上游以每秒几十米的流速向下游冲来。浚河是一条弯弯曲曲的河流，她从草原深处向草原周边流去，最后汇入湟水河，直到注入黄河之中，归入大海。冬天里，这是一条不流动的河，静静地安卧在草原深处，没有些微声息。可是在春秋季节，浚河却像一条蠕动的龙蛇，从草原深处向东部山地流淌而去。那水清澈见底，明如铜镜，蓝天白云倒映在河水当中，与多姿多彩的青石和草根交相辉映，构成一幅动情的水墨画。每到秋季，常有大麻鸭和黄雁盘旋河畔，更让人惊奇不已的是那裸鲤，从青海湖中游出，溯浚河而上，在河中产卵生子，繁衍生息。翻斗车过河之处，不经意间带起十多条活蹦乱跳的鲤鱼来，让河边的指战员们大快朵颐。十七连进军草原后，就选择了浚河河岸边沿扎下了营盘，一来临水而居，有诸多的生活便利；二来离施工地点较近，便于管理。团里和营里对连里的选点并无异议，因此半年以来并无不妥，生活倒也过得有滋有味。哪知这百年不遇的洪水却要吞噬十七连的营房和生命，连同刚刚打好基础的铁路工程，多少令人有些不安和躁动。

此时，十七连才明白，浚河河堤其实是一条浅浅的斜坡，并无河堤之说。当大水来临之时，那水便漫上河岸，在草原上恣肆汪洋。而这十七连的营房，在洪水泛滥的河岸边，怎能不成为一座汪洋中的孤岛，生命财产怎能不受到威胁？美丽是一种诱惑，也是一个陷阱。当人们被一种外表的美丽所迷惑时，并不会意识到威胁正在悄然而至。生活的真谛就寓于这美丽和陷阱之中。

蔡稀胜和王国庆向营房外走去。不，向营房外不如说向草原上走去。十七连营房扎在草原深处，出了营房大门就是一望无际的刚察草原。晴天丽日时，草天相连，白云满天，蓝天如洗，绿茵，如毯，那情那景怎是一个美字了得！

走出营房，蔡稀胜才知道情况比团里所通知的要严重得多。营房西边紧邻浚河河堤，河水已经漫上了河堤边沿，流在了墙根底下，好在营房处在较高的高坎上，那水才没有成汹涌之势冲向营房之中，否则在他们的紧急集合号声未能响起之前，十七连的营房就会成为洪水中的孤岛，十七连的战士就会成为岛上的住民，那情景、那后果不堪设想，二百多条生命将会在这洪水中，不知要演绎出多少悲壮的英雄故事。想到这里，蔡稀胜不禁倒吸了一口凉气。此情此景，是他参军以来从未遭遇到也从未经历过的啊。

蔡稀胜四顾全营驻地，十八连、二十连、十六连连同营部也处在汪洋之中，十八连营房建在一片平坦的草地上，那水便紧紧地将十八连围了个水泄不通，情势相当危机。在暗夜的星光之中，蔡稀胜看到十八连正在水中奋力施救，风声、水声和人的呐喊声混成一片，在黑暗的草原上传播得格外悠远，这让他心中不禁再度一紧。

南边和北边呢？南边是正在修建的铁路路基，形成一道天然的防护堤岸，遮挡了洪水的浸漫，北边地势和西边一样高，东边是营房的大门，和西边处在同一个水平线上，那水正成浸漫之势向着北东两边包围过来。刚才，蔡稀胜还在替十八连担心不已，可是当他看到自己连队面对的局势时，更加意识到十七连的情况和十八连一样，面对着同一个灾难。

蔡稀胜的脑海中闪过一道雷电，一道耀眼的闪光划破脑际。即使举全连之力，也未必能将汹涌而来的洪水挡在营房之外。权宜之计在于，各排用麻包堆垒，将漫在围墙边上的洪水拦挡在外，不让汹涌的河水涌进营房，然后再设法保住财产不受损失。对，只有这样才能对付汹涌而来的洪水。想到这里，蔡稀胜叫住正在四处张望的王国庆，谈了刚才的想法。

“指导员啊，我看这样，咱们让各排用麻袋装上土，堆在河堤边上，把水挡在围墙以外，然后呢，再看看把施工用具能否找到一个安全的地方存起来，你看这样的方案是否能行？”

王国庆看了看周围的地势，回过头来不假思索地对蔡稀胜说：“蔡连长，就按你的想法办，刻不容缓，不然，水进了营房可就麻烦了。”

蔡稀胜用力地挥了一下手臂，说：“只有这样才能解除危机，只有解除危机了，才能进行下一步的抢险方案。”

王国庆说：“你就下命令吧，越早越好。”

蔡稀胜见王国庆没有意见，就把通信员叫过来，交待了刚才研究的抢险方案，让通信员通知到各排排长，迅速进入抢险。通信员接到命令飞也似的向营房外跑去，脚下飞溅起来的泥水，落在地上哗啦哗啦地响。

很快，连队全部忙乱起来。黑暗中，抢险的人们相互窜动着，人声嘈杂，脚步杂沓，各班班长大声促催战士们的声音此起彼伏。

蔡稀胜和王国庆分头向营房外边走去，查看抢险任务的执行情况。

应当说，十七连是一个有着光荣历史的连队，其战斗力之强是在全师出了名的。不论多么艰难的环境，多少繁重的战斗任务，他们都能在规定的时间内克服困难，按时完成任务。像眼下这种任务，虽说是在突发情况之下发生的，但当他们明确任务之后，很快就在连队营房外围围起了一道防护墙，把洪水挡在了营墙之外，逼着洪水顺着河床向下游疾速地流去。

当东方微曦时，三排排长史丰先一身泥水地跑向蔡稀胜，打着立正报告着抢险任务的完成。“报告连长，三排全部完成围堵任务，请指示。”

蔡稀胜抬起手臂，看了下戴在腕上的手表，那是一只上海牌手表，是在家乡百货公司工作的一位亲戚走后门从商店里买来的，此刻正在微曦的光线中熠熠发亮，指针指向早上六点半的地方。蔡稀胜脸上露出了一丝满意的微笑。之后，他放下手臂说：“好，你们排第一个完成了抢险任务。现在去支援还没有完成任务的其他排。”

三排长举起沾满泥浆的胳膊，向蔡稀胜敬了一个礼，并大声地说了声：“是！”然后就转身跑回排里，支援其他排的抢险去了。

看看自己的外围堆垒工作将近结束，蔡稀胜就向王国庆作了一声交待，让他指挥外围抢险，自己则走回连部，用电话和营部联系，问问营长其他连队和营部是否需要支援，如果需要，他将率全连迅速前往指定地点抢险。营长在电话中说，其他连队的抢险进行得很顺利，虽然十八连的形势紧张一点，但是，他们也已控制住了洪水的侵袭，人和财产基本处于安全状态，十七连可以就地休息，密切关注洪水形势。根据团里的天气形势预报，今明两天还有中到大暴雨，可能对刚察草原上的连队形成新的威胁。草原无险可守，只能就地化险为夷，过几天的抢险任务可能更加繁重，不可掉以轻心，做好全力准备，争取抗洪抢险任务的最后胜利。

蔡稀胜挺了一下胸部，说：“是！”放下电话，长长地吁了一口气，叫来通信员，通知炊事班做顿可口的早餐，让忙碌了大半夜的同志们好好吃一顿，然后全体休息待命。自己则出了连部，径直向营房外走去。

二

站在尚未完工的路基上，蔡稀胜才清楚全面地观察了浚河洪水的危机形势。浚河的走势从祁连山脉一泻千里，流到十七连驻地时，形成一个大S形，向东南方向奔腾而去。新建的铁路路基就从这大S形的腰部穿越而过。十七连营房建在铁路路基北边，部队刚驻扎下来时，那浚河宛若一条银色的飘带从草原深处向东部地区飘然而去，绿草花木簇拥着，水鸟盘绕着，牛羊在水边啜吮着，一幅多么美丽的画卷啊，令人陶醉，令人畅想。但是现在，一夜之间，浚河就变了模样。那条银色的飘带消失殆尽，代之而来的是一片茫茫无际的水面，灰沉沉地躺在草地上，水鸟不见飞翔，裸鲤不见游动，灰蒙蒙的天空与灰沉沉的水际融为一体，哗哗的水流声响彻四周，浪滔一波接一波，拍打着脚下尚未完工的路基。此情此景，着实让蔡稀胜吃了一惊，没想到他们在睡梦当中，洪水已成包围之势，把十七连围在中间。所幸十七连处在高冈上，更有路基的拦挡，使洪水在十七连驻地拐了一个弯，向着东南方向冲去。否则，十七连将会在一夜之间，成为一座孤岛，请求救援，奋力自救。那样的情景，蔡稀胜是不敢想象的啊。

蔡稀胜正在观察，猛然听见一阵脚步声从远处走来，回头看去，见营长柳建昌向自己站着的地方走来，在灰蒙蒙的早上，在泥水交加的草地上，仍不失军人的英武风度。蔡稀胜急忙迎上前去，在距营长五六步远的地方站定，举手敬礼，报告自己的情况：“报告营长，十七连连长蔡稀胜正在查看水情，请指示。”

柳建昌还毕礼，说了声继续观察后，走到蔡稀胜近前，一同查看起来。柳建昌是一位六三年入伍的老兵了，几条铁路线的建设都参加过，什么样的工程都干过，什么样的困难都经历过，所以不论遇到什么新的问题、新的困难，他都会泰然处之，冷静应对。因而在这场突如其来的洪水面前，他也是镇定自如，指挥若定。

柳建昌看着滔滔不绝的水流，面无表情地说：“看到了吧，百年不遇的大洪水，说草原上降雨量小，不会下大雨，这才不是一个准确的说法呢。你看看，这是什么，这就是例证，是给我们的宣传工作一个很好的反驳。凡事不可做绝了，凡话不可说绝了，免得给我们的工作带来被动。”

蔡稀胜看了一下柳建昌的脸，毫无表情，铁青着，像是跟谁赌着气。蔡稀胜知道，关于草原上下不下大暴雨、会不会有洪水，柳建昌和作训股股长有一个小小的辩论：作训股股长坚持草原上不会下大暴雨，主张把营房建在河边，有利于工程，有利于管理，他是从当地的气象资料上找出来的，无可辩驳；柳建昌却相反，说以前没有大暴雨，不见得以后就没有，主张远离河边建房，怕有个闪失，部队损失太大，凡事预则立，不预则废。毕竟，在河边建营房，临水而居，有水之利，亦有水之害，不可掉以轻心。然而，在建房中，作训股股长的意见占了上风，在河边作了简单的防护后，部队就安下家来。谁知，几个月后，柳建昌的想法不幸被言中，处在此情此景中，不得不让柳建昌大为光火，不满情绪像洪水一样汪洋横流。蔡稀胜笑了笑，说：“营长，洪水还不是很大，没有给我们造成损失，这比啥都好，你光说，下一步让我们十七连干什么，刀山敢上，火海敢闯，只要你一声令下。”

柳建昌环顾了一下周围的环境，看看洪水没有上涨的迹象，就说：“密切观察水情，有险即出，遇险即救，不能出事。出了事，拿你是问。”

蔡稀胜挺了一下胸脯，说：“是！”

柳建昌挥了一下手，说：“我得回营部去了，我要把晚上的情况向团里报告一下，让团里知道我们营遇到的突发情况。”

蔡稀胜刚要说好，却见身后，不，他所处位置的东北方，有两匹马快速地向营部方向跑来。那马跑得并不快，骑手的技艺也不高明，身上的衣着也不是藏袍的打扮。蔡稀胜见过好多骑手，都是扬鞭催马，英姿勃发，骑手跨下的马如风驰电掣，疾风掠草，快艇击浪。而这两位骑手怎么看也不见草原骑手的风采，是谁这么早，骑着马慢慢腾腾地向四营营部跑来？正迟疑着，还是柳建昌心明眼亮，说：“是团长，王团长来了。”

蔡稀胜听到王团长来了，心里又惊又喜。惊的是，团长在大水发来之后的几个小时之内就赶到了现场，若是洪水再发，团长有个三长两短，那可是了不得的事，谁也负不了这个责。喜的是，团长得知营里情况紧急，亲自来到现场，给全营同志带来了鼓舞和力量。一股暖流悄然涌上蔡稀胜的心头。可是，一个疑团同时在心里浮了上来：王团长怎么知道这里的情况？是营里向团里紧急报告过，还是从师里作战科得知的？想到这里，蔡稀胜不禁问道：“团长怎么知道这里发了大水？”

柳建昌赶快挥了一下手，说：“还不赶快迎上去，向团长报告。”

蔡稀胜这才回过神来，说了声“是”，就和柳建昌飞也似的跑下路基，向王团长来的方向快步走去。

三

午夜时分，王团长被一阵急促的电话铃声惊醒。这一时间，正好是十七连的紧急集合号声骤然吹响的时候，草原一片静寂。王团长一把抓起听筒，还没有说“喂”，就听得作训股陈股长有点紧张的嗓音传了过来：“报告团长，师作训科紧急通知，祁连山南麓连降暴雨，形成一股强大的洪流向天峻、刚察方向冲去，命令我们作好一切防洪准备，确保指战员生命和财产安全。”

王琪放下电话，忽地一下从床上坐了起来，第一反应是，四十六团的兵力布防在刚察、天峻一带，大部分临河而建，一营在泉吉，三营在吉尔孟，地势高峻，并无危险。危险的是二营和四营，一个在浚河河边，一个在布哈河河边。如若洪水向天峻、刚察方向涌流过来，那么，一定会伤及四营和二营的生命安全。有道是水火无情，洪水在夜里发生，悄无声息，冲了营房事小，伤了我们的干部战士，那可就成天大的不幸了。想到这里，王琪睡意全消，迅速穿好衣服，再次拿起电话，让作训股陈股长做好值班安排，随时与师营保持联系，通知车辆并陪他一起去四营和二营看看，以防不测。另外，让值班参谋天亮后报告沈政委，他去了二营和四营，有事电话联系。放下电话，就向外走去。

王琪身材矮小，脸色黝黑，但目光如炬，常常是，站在全团干部战士面前，不怒自威，不由人从心底里产生一种敬意。

王琪站在团部操场边上。营房内悄无声息，漆黑一团。抬头看看天上，没有一星半点亮光，偶然看得见营房内游动哨的枪刺，在幽幽的夜光下闪着清冷的寒光。风却是一阵紧似一阵地刮来，一改往日干硬的常态，变成又湿又冷的异样，吹在脸上，让王琪不禁打了一个寒颤。从这又湿又冷的风里，王琪意识到，上游的确是下雨了，而且一定是下大雨了，不下雨，这风怎么也不会变得又湿又冷，这是生活常识，也是自然规律，不信不行的。

很快，吉普车开着两道雪亮的车灯，向王琪站立的方向开过来了，“嘎”的地一声停在了王琪面前。几乎在同一时间，作训股陈股长全副武装地跑步来到了王琪面前。在雪亮的灯光下，陈股长向王琪报告说：“报告王团长，作训股股长陈立仁前来报到。”陈立仁，江苏人，是一九六九入伍的淮阴兵，长得一个标致的身材，英俊的面容，一口浓重江苏口音说出的军事口令，在全团是出了名的好，也深得王琪的赏识。

王琪回了一个礼，说：“快上车吧，先到四营，再去二营。”

从兵力部署上来说，四营距团部最近，二营在布哈河西岸，靠团部稍远，先到四营再到二营，这是再好不过的视察路线。陈立仁作为作训股股长，对此不会不知道的，也是再熟不过的线路。陈立仁轻快地跳上吉普车，等他坐好之后，警卫员小曹也跟着跳进了车内，车就“嘟”的一声向团部外开去。

吉普车的车灯在草原上劈开一道雪亮的光线。雪亮的光线下，那绿油油地莎莎草，金黄色的太阳花，一簇簇的格桑花，在风中猛烈地摇曳着。天地一片黑暗，风打在吉普车的挡风玻璃和两边的篷布上，呜呜地响，王琪意识到风力是多么地大，不然，那头顶的蓬布不会剧烈地上下弹跳。

吉尔孟公社所在地，一片安宁，不多的人家正处在甜甜的梦乡之中，少得可怜，不，仅有的一两家商店，灯火全无，黑灯瞎火地隐藏在暗夜之中。当车从街头迅速地跑过时，听得见有几声藏狗的吠叫，让人更加觉得静夜深沉，草原的神秘莫测。

车过吉尔孟不远即拐向了草原小路。这草原小路并不是内地所走的那种，他与内地的小路有着俨然的不同，草原上本无路，藏族同胞放羊牧牛是在一片平坦的草地上行走，并没有常规的路径，也不需要常规的路径。当四十六团开进草原，大量的施工材料运进工地的时候，没有路的草原上就留下了一条施工便道，成为四十六团的专用道路，成为修筑铁路的特殊记忆，留在草原上。鲁迅先生说过，地上本无路，人走得多了，便成了路！这条路印证了先生所说此言不非。几乎在吉普车拐上草原小路的时候，天公不作美，竟下起雨来了。王琪的心再一次沉了下去：大事不好，车可能开不到半截就要开不动了，只有靠两只脚徒步向四营驻地前进了。因为王琪知道，天晴时候，草原上的路是硬的，大小车辆都能通行，可是到了下雨天，别说解放卡车，解放翻堵车，就是三轮摩托车也不能行走，松软的土质成为下陷车轮的天然材料，让你行走不得。而现在，大雨之下的吉普车，决然不会让他们几个轻易跑到四营的。

雨下得很大很猛，挡风玻璃上的雨点不像是落在上边，倒像是泼在上边似的，雨刮器放在最快档次，都无法快速地将玻璃上的雨水刮干净。视线严重受阻，能见度在两米之内，而且让王琪最为担心的情况陡然发生，车轮陷进泥淖里不能前行，尽管司机小陶费尽周折，使出浑身解数，也不能使小车前行半步。小陶无奈地报告王琪道：团长，车走不动了，车轮陷进泥坑里了。

王琪沉吟了一下，像是自言自语着说：“老天不让我们快速到达四营啊。这是我预料当中的事。”

陈立仁一听王琪的话语有点悲伤，就悄声地问：“团长，怎么办呢？”

王琪瞪了一眼陈立仁说：“怎么办呢？还能怎么办，车走不动了，人能走得动啊，迈开双腿，向四营前进。我不信老天不让我们坐车到四营，但挡不住我们两条腿走到四营。就是把腿磨瘸了，也要走到四营去。”

陈立仁响亮地答了声“是”，就从车上跳到车下，准备扶着王琪下车来，一齐向浚河岸边走去。没想到王琪一把拨开了陈立仁的手，自己从车上跳了下去，在大雨中吼了一声：“走！”

小陶留在车上，设法跟团里取得联系，将陷在泥淖里的车子弄出来。王琪和陈立仁、警卫员三人一同向四营走去。

王琪刚一走下车来，就浸在了大雨滂沱之中，来的时候没有带雨衣，因此不到几分钟，身上的衣服全都被雨浇了个透湿。草原的夜晚冷气逼人，再加上一身的雨水，就更让王琪和陈立仁等三人冷得直打哆嗦。但是，无论如何，王琪都没有停止前进的脚步。

草地很软，脚踩在上面，就像踩在棉花包上一样，软绵绵，颤悠悠，让人有一种晕眩的感觉。在这样的路面上行走，自然不会走得太快，也走得不会太远。

三人走过一个山包，见不远的高坎上，有一盏灯火露出光来，这一定是藏胞帐篷里的灯火从帐篷缝里透出来的。可是，深史半夜的，夜深人静的，藏胞怎么会点亮了灯火，做什么呢?是看走了眼，还是真的就是，王琪有点不敢确定。可是当他再次定眼看时，却见那灯火千真万确地亮在那里。究竟是为了什么呢?

陈立仁和警卫员也看到了，陈立仁贴近王琪身边，在雨中大声地向王琪说："团长，你看，那个地方有灯光。"

王琪也大声地回答道："是啊，那个地方一定有藏胞的帐篷，不然怎么会有灯火透出来。"

陈立仁说："要不要到帐篷里找一件遮雨的东西给你披上，你里外都湿透了，别冻坏了。"

"不，深更半夜的，跑到人家藏胞的帐篷里，怎么能说得过去呢。"

"这不是下着雨呢嘛，要不是下雨，咱咋样也走不到人家帐篷里去啊。"

"下雨也不行，黑夜里更是不行，你我都得记住，全团的同志也都得记着。"

"是，我一定记着。"

部队进驻草原的时候，曾经强调过一条纪律，没有正当事务，不得进入藏族同胞帐篷里，不得打扰藏族同胞的正常生活，更不得随意宰杀藏族同胞的牛羊等等。这些，不光是王琪谨记在心，全团的同志也牢牢地记在心间，这是一条死纪律，不容任何人破坏。陈立仁不是不知道，而是想着大雨天，王琪无一件遮雨用具，冻坏了身子，他对司令部和政委沈士铭都不好交待，所以情急之中想出了这样一个主意。

三人蹒跚着步子向前艰难地行进。

当三人走到离那透出灯火的高坎不远时，王琪听到一阵急促的马蹄声由远而来。王琪循声望去，是两匹马从高坎上向他们三人行走的地方跑来。骑马的人身上披着氆氇，手上甩着马鞭，一阵风似的跑到了王琪跟前。马蹄飞溅起的泥水，落在王琪和陈立仁的身上，瞬间又被雨水冲得干干净净。两匹马在王琪跟前打了一个旋，喷着响鼻，收住了前蹄，骑在马上的人从马背上跳了下来，一高一矮，立在了王琪面前。高个子飞快地掀起头上的遮盖，黑暗中看不清来人的脸，只看见闪动的眼睛和一口洁白的牙齿，在暗夜中幽幽地闪光。低矮的人没有揭头上的盖布，只把身子紧贴在高身材人身边。

陈立仁本能地向前走了一步，把王琪挡在身后，并与来人对起话来，警卫员则站在一边，随时应付不测。

陈立仁警觉地问道："你是谁？要干什么？"

高个子的人大声地用不太标准的普通话，也不太连贯地说："解放军，金珠玛米，我是草原上的人，就住在这个山头上，我来送你们回去，马和氆氇，骑着，戴着，走。"高个子的人说着话，却一刻也没有放掉手中的马缰。

陈立仁从来人断断续续的话语中听了出来，他是来送氆氇的，也是来送马的，意思是你们骑着马，披着氆氇回到部队驻地。弄懂了这一串话的用意，陈立仁的心里就升起一阵温暖。在寒冷的雨夜，一位带着马和氆氇的藏族同胞，送来了雨具和马匹，怎能不让人感动得热血沸腾呢，陈立仁从来人的举动中深深地感受到了一种深情厚意。于是，就把来人的用意向王琪作了解释。王琪也从来人的话语里听出了大概，经陈立仁一解释更加明白了来人的用意，就说："谢谢你的好意，但是，我们不要你的氆氇，也不要你的马匹，我们徒步向前走，会走到的。"

陈立仁赶快把王琪的话向来人作了详细解释，那人一听立刻不高兴起来，连说，不不不，这是看不起我们，你从我们帐篷前过，遇着了大雨，如果不是下雨，我怎么也不会管的，可是今天是雨天，又在晚上，不管不行，不管不是藏家人的性格，不管就是对不住客人。

陈立仁一听，也急了，连忙解释说："这位是我们的团长，我们团长说的不是这个意思，我们解放军不得打扰你们的生活，不得以任何借口使用你们的东西，不管是白天还是晚上，都不行，不存在看得起看不起的问题。"

王琪说："对，就是这个意思，没有别的意思。"

这时候，那个一直站在高个子身边的小个子走上前来，把大个子向一边拉了拉，掀起头上的盖布，露出了一张小圆脸，说："解放军同志，我是卓玛，是吉尔孟商店的服务员，他是我阿爸，名字叫才旦。你听我说几句。”

卓玛一开口，王琪才知道站在面前的这位是一个藏族姑娘，又知道是吉尔孟街上的服务员，这才放心地和她拉起话来。陈立仁似乎想起来了，卓玛是一个很漂亮的姑娘嘞，中等个子，大眼睛，一头小辫子（他听人说过，藏族姑娘一岁编一个辫子，是年龄的记录，也是一种很美的发式。发式不错，可是不是年龄的记录，他还有点不大相信），服务态度相当热情呢，深得一些光头小子的青睐。

卓玛用流利的普通话说：“天黑前，阿爸到天峻草原赶羊，听从西边过来的牧人说，上边发大水了，快到浚河了，就赶快把羊赶了回来，不想路上跑掉了几只，阿爸把羊圈好之后，又跑回去找那几只羊，这样一来二往的，天就黑得深了，到了大半夜，刚吃完饭，准备休息，雨就下了下来，雨中却听到一阵汽车声音在不远的地方响着，就说，一定是解放军的车子在草地上开不动了，大雨天，咱不能让解放军淋在雨里，就骑着马和我一起来了，走在路上，果然就遇着了你们，真的是解放军。阿爸和我一共带了两匹马，你们三个人，一个人骑一匹，两个人合骑一匹，马是能驮得起的。然后把我们的氆氇披上，这样就可以在雨中很快地回到部队。”

王琪的心头涌上一股热流，这是一位有心的藏族同胞啊，是一位热情的藏族同胞，在大雨倾盆中，能舍弃休息，帮助遇到困难的陌生人，没有一种古道热肠，是不会做出这样的举动的。这岂不是一种藏族同胞对解放军的爱戴，岂不是一种对修建青藏铁路的无私支援？想到这里，王琪着实被深深地感动了。

王琪对卓玛说：“卓玛姑娘，你听我说，深更半夜的，我们打扰你们了。你看，我们现在不是全身都湿透了吗，穿着啥也不顶用了，也就不要啥氆氇了。马也不用骑，再说我们也不太会骑马，惊了你的马也不好。你们的心意我们领了，谢谢你和你阿爸。快回去吧，外边的雨下得很大，别把你们冻坏了。”

卓玛一听却生起气来：“团长，我和阿爸可是真心实意的啊，你们是我们草原上的尊贵客人，你们给我们带来了快乐，还要给我们建一条铁路，今天晚上你们遇到了大雨，车子陷在了路上，我们怎么能看着不管呢，我们大事做不来，可是小事还能做一点，这一点小事你都不接受，你真的就是看不起我们，我们有困难你们也不想帮我们。还军民一家亲呢，还是团长呢，说得好，谁信呢。”

卓玛说到这里很生气地把头扭向一边，黑暗中，看不到表情，可是从姿态上看来，她是够生气的了。

一听卓玛这番话，王琪就犯起难来了，不接受吧，这父女两人的情意一定会受到冷落，接受吧，却给人家增加了麻烦，王琪一时进退两难，不好决断。看着没有开口的王琪，才旦就挥舞着胳膊说：“对，卓玛说得对，就是看不起，不想帮我们。”

王琪一看僵在了这里，就说：“那好，我们就骑着你的马到四营去，这氆氇就不用了，反正是全身都湿了，也用不着了。我这里就对你的帮助表示衷心地感谢了。”

陈立仁说：“太谢谢你们了，以后有什么困难，你就直接找我好了，我们一定尽力帮助。也让我们给藏族同胞多做一点好事。”

才旦一听跳了起来，禁不住兴奋地说：“这就对啦，军民一家亲嘛，快骑上走吧。”

王琪接过才旦手中的缰绳，刚准备骑上去，却想起要问几个问题，就没有骑，回身和才旦多说了几句。这样吧，我让警卫员留下，和小陶一起想法把车弄出来，开回去，我和陈股长到四营去。你从浚河那个地方过来，不知那个地方的洪水情况如何？才旦说，他回来的时候，浚河的水还没有上涨，不知现在怎么样，半夜里又下起雨来，河水肯定会涨起来，但涨得大不大呢，现在就一点也说不清了。是啊，他回来的时候那里没下雨也没有涨水，怎么能知道现在的浚河水大不大呢，想到这里，王琪就不再多说什么，和才旦父女二人挥手告别，骑着马向四营的驻地快步走去。才旦临分手的时候说，他再拉一匹马来，把车从泥淖里拉出来，拉到公路上，让车子回到团部，再回去睡觉。

王琪骑着马，在天亮时分赶到了四营驻地，正要向营部走去，却听到柳建昌高声地向自己喊叫起来，就从马上跳下来，走到柳建昌跟前，和柳建昌、蔡稀胜两人一一握了手后，向营部走去。

王琪一到天峻草原，异常惊奇地看到，这个地方并没有落雨，落雨的地方只是刚察草原与天峻草原相接的地方，再一次让他感到草原确实是一个神奇的地方。

王琪和才旦父女分手后，才旦转身回到帐篷，又拉来一匹马，卓玛却提着一壶酥油茶，赶到小陶和警卫员跟前，帮着他们把车从泥淖里拉出来，又喝了滚热的酥油茶，这才回到帐篷里休息起来。这是王琪回到团部后，警卫员特意告诉他的，再一次深深地打动了他的心。

四

坐进营部，柳建昌赶快给团长找了一身干净衣服，让王琪换了。王琪换了衣服，刚在凳子上落座，就迫不及待地问起了四营的情况来，洪水对全营的人身和财产有没有受到威胁。柳建昌急忙把昨天夜里的情况向王琪作了报告：从现在的情况看来，全营没有一个人员和财产受到损失，就是营房被洪水围了，但是水位不高，要是不下雨，上边的洪水退下去的话，营房的墙就能保住，塌不了；要是上游洪水还涨，几天不退，这个地方还下雨的话，保不齐营房的墙就要跨下来。王琪一听，心里稍稍放松了一下，嘱咐柳建昌，把营里遇到的情况向团里报告一下，密切关注洪水的动态。另外，一定做好抗击洪水再涨的多种准备，比如沙袋啊、工具啊等等，都要在紧急的时候能用得上、找得到。柳建昌说，情况已经向团里作训股报告了，抗洪抢险的事也向全营做了安排，只是施工要受到一些影响，洪水把施工现场一冲，这施工要从头再来，工期肯定是要拖了，质量能不能保证现在还不能说。王琪一听瞪起眼来，大声地用甘肃口音说："质量问题一定得保证，质量是百年大计、千年大计，一点都不能马虎，一点也不能出问题。出了问题我就拿你是问，这没啥说的。"

柳建昌一听团长动了气，就不再说丧气的话，挺起胸膛说："是！"

王琪说："走，上外边走走，看看到底是怎么回事，有没有危险。"

柳建昌又随着王琪向营部外边走去。

从十八连、十六连、二十连转到十七连，情况虽说有些紧张，但有惊无险，可以说，四营在洪水中情况正常，但是，洪水要是持续不断，要是再遇到大雨，情况就很难说了。对四营来说，还得要严阵以待才行。说着，走上了正在建设中的铁路路基上。这时候，天色已经大亮，虽说满天乌云，虽说不见阳光，但能见度很远、很亮、很清，王琪就把洪水的走向大小程度和四营在洪水中可能遇到的一些困难看得一目了然。在王琪的眼中，洪水正呈万马奔腾之势向东南而去，宽约二三百米，水势滔滔，一簇簇红柳被淹到树梢，在水中前后摇摆。水面上，乌云低垂，阴云四合，水天一色，让人看后有一种深受压抑的心理感受。回头看东北方，一道正在建设的铁路路基由东向西逶逦而来，走到浚河边，与河道形成三十度夹角，洪水也就与铁路路基形成三十度夹角，令人欣慰的是，铁路北边，东北方，却没有一滴洪水，铁路路基在洪水中成为一道天然屏障，把洪水堵向了东南方，这一情况使王琪大为高兴，心里立马有了一个应急方案，当下就对柳建昌说："看到了没有？"王琪用手指着滔滔东南而去的洪水，"水是向东南流去的，是因为咱们的铁路把水挡到了那个方向，这很好，你再看看脚下，"王琪又指着自己站立的地方，"洪水正在冲刷着河边的路基，沙石料被洪水一点一点卷到水中，而且洪水被挡回流到十七连营房跟前，给十七连造成一定的威胁。你看看是不是这样？"

柳建昌低头一看，果然如王琪所说，洪水咆哮着一浪又一浪地冲击着还没有建成的路基，那水又在路基前打一个旋，折了回来，流向十七连营房外，对十七连形成了一个半包围的态势，王琪说得没错，就是对十七连造成了一定的威胁，弄不好，十七连连人带马都要搬出家来的。柳建昌收回视线，看着王琪的脸说："是，看到了。就是这样。"

王琪沉着脸说："看清楚了就好，下一步的抢险工作这样安排，你听着，全营集中兵力，挖掉被洪水冲击的这段路基，给洪水开出一条出路，让它绕过四营驻地，向南流去，不让洪水回流，然后把挖掉的沙石装成沙袋，堆在十七连和其他几个连的营房外，形成一道防洪堤，就可以保护营房不受损失。明白没有？"

柳建昌回身看了看地形，又看看洪水，心里一下明白了，这段正在受洪水冲击的路基，正好拦挡了洪水的出路，把一股流水回到了十七连的营房外，十七连濒临河边，首当其冲受其虐害，洪水再向回流，十八连、二十连、十六连的营房也都会受到威胁，按王琪团长的命令，挖掉这段路基，不但畅通了洪水道路，而且把沙石料装成了沙袋，筑成一道堤防，真乃屙屎逮虱，一举两得，一个绝妙的抗洪抢险的好方案。柳建昌向王琪挺了一下胸脯，说："明白了。你就下命令吧，我们营干就是了。"

"哎，命令还是由你来下，活还是由你来干，干好干坏都是你的事，不过我可把话说到前头，只能干好，不能干坏，干坏了，我处理你，干好了，我奖励你。"

"是，团长！"

"陈股长，你就按我说的检查，一点也不能马虎，要是有一点动摇，就好好地收拾他。"

陈立仁响亮地答了一声："是，一点不能马虎，要有一点动摇，好好收拾！"

王琪这才露出一丝笑容，自从走出团部以后，王琪是第一次面露笑容，陈立仁明白，王琪这是对四营抗洪抢险工作放心的微笑，他知道，每当这个时候，就是他和团长要离开之际了。

"好了，我要到二营去了，他们驻在布哈河边，不知那里的情况怎么样了，我不去，我不放心呐。"王琪挥了一下手说。

柳建昌说："团长留下在我们四营吃饭吧，吃了饭再走。"

王琪说："二营和你们四营都在浚河边驻防，这是我最不能放心的，我之所以大半夜地跑出来，就是为了看个清楚，心里明白，你们四营看清楚了，可是二营还没有去，饭我是吃不下啊。留着下次再吃。"

"快到吃饭时间了，吃了饭再走不迟，再说了迟早不在这一两个钟头。"

"什么迟早不在一两个钟头，速度就是生命，时间就是生命，在洪水面前，时间尤其重要。陈股长，走吧。"

"是。"

陈立仁高声地应答着，抬步就要走。柳建昌一看王琪真要走了，就说："那这样吧，你把马留下，我用翻斗车送你，再给二营营长打个电话，让他在半路迎接，这样我才放心。"

陈立仁不放心地问："水面这么大，翻斗车能开过吗？"

柳建昌说：“可以，水面宽，但水不深，河床也瓷实，翻斗车能开得过去。”

“能开过去就好，别把团长陷在河水当中。”

“陷在河中，我把团长背过去。”

“这就不用了，只要不遇到危险就行。”

“我能拿团长的生命开玩笑吗？”

“相信你不会的。”

王琪一听翻斗车能过河，就不再问别的，就说：“也行，你就不要送了，组织全营同志抗洪抢险吧，时间一点都不敢耽搁。”

柳建昌让通信员通知翻斗车在营部门外等候，自己就和王琪、陈立仁边说边向营部走去。

五

天晴了，天蓝云白，万里晴空。这是四营受洪水浸袭以来的最好天气，也是一种奇怪的天象。奇怪的是，万里晴空下，洪水却滔滔不绝，看不见牛羊在绿草中觅食，看不见骏马奔驰在草冈。稍事从洪水的压迫中缓过气儿来的十七连，遇到了整休时间。全连安排早九点半开饭，下午四点开饭。累了好几天的十七连，好不容易挨到一个休息日，大部分都在被窝里蒙头大睡，唯独三排十二班的刘荣森起了个绝早。参军入伍前，他投了家乡一位太极拳师，练了一套太极七十四式，起早贪黑地习练不已。这天早上，天还黑着，他就起身，跑到路基上，开始运气热身扎势打起来。等到一套打完，天也就麻麻亮了，第二套开始打起来时，做了一个游龙出水势，却看见浚河上游茫茫的水际上，漂来一层黑压压的东西。这黑压压的东西是什么呢？几天以来，从未见过什么东西漂在水面上，今天，不知为何漂来这些？刘荣森一时无法判断这一层黑压压的东西为何物，边打太极边看着那黑压压的东西不断向自己所处的地方靠近。等到视野能清楚地分辨事物时，他突然看清了，漂浮在水上的东西能左右游动，第一个反应是一群从山中被冲下来的动物，可是，那左右游动的动物有时还在上下飞动，他就再想，这不是一群被水冲着的动物了，而是一群鸟类。对，真是一群鸟类，他渐渐看得清楚了，那是一群大麻鸭，不知何故从上游漂到下游来，是在水中寻觅可吃的食物，还是在滔滔的洪水中嬉戏？这一切，他都无法弄懂，但是他突然弄懂的是，可能这些水鸟的翅膀受到雨水的浸淋，不能放飞在高远的天空，只有在水中苦苦挣扎，等到天朗气清时，晒干了翅膀，再飞翔在蔚蓝色的天空。

对，肯定是这样的，刘荣森是南方人，对水鸟的习性可以说比北方的小伙子要熟知得多，这样的事情、这样的场面他都经历过，只不过像今天这样大的场面，还是第一次见到。往常在家里，遇到这种情况，他会毫不犹豫地跳进水中，逮它一个两个，或拿到街上卖了，或做成一盘下酒菜，总之，不管怎样，他都不会无动于衷。今天当家乡的情景再次出现在眼前时，他怎能不心情激荡，欣喜若狂呢？

刘荣森收起架子，撒腿向营房跑去。跑进营房时，碰见流动哨，以为大水再次从上游滚落下来，就急忙问道："咋咧些，洪水又来咧？"站岗的是一个陕西兵，操一口浓重的乡土口音，让人一听就是一位古道热肠的冷娃。

刘荣森摇摇手说："没有，我取个东西。"

"噢，取东西打拳啊，拳客。"

哨兵对拳客没加注意，游到别的地方。而这位刘荣森趁机跑回班里，叫起自己的同乡，连同自己三个人，如飞似的向路基上跑去。这三个都是南方来的兵，水性过人，江里河里均如浪里白条，不管风吹雨打，胜似闲庭信步。一九七三年入伍，在部队已有两年兵龄，算得上是一个半搭子老兵。

三个人跑上路基时，那群黑压压的鸟，已经漂到距离他们不远的地方了，刘荣森说了声"下水"，第一个跳进水里，那两个也跟着跳进去，三人先后向着水鸟群中游去。三个人入水前，觉得在很浅的浚河里游泳，那简直就是袜子穿腿那样简单，可是到了水中，游出几十米之后才知道，这天峻草原的"水"太深，浚河的水太难游。草地本不是河床的，上边长满了青草和红柳、莎莎草，还有高低不平的土堆，游不到几米，就有一个树枝挂住了腿脚，还有，这水除却天雨之外，都是祁连山中雪化的冷水，入水时间长了，手脚麻木，四肢僵硬，弄不好，就有生命危险的嘞。但是，他们是水中鲤鱼，浪里蛟龙，把这些丝毫没有放在眼里，心中只有一个目标，向着水鸟快步游近。

游近水鸟了，眼看着就要逮到一只，可是，那水鸟竟是一群大麻鸭，是水陆两栖动物，当看到三个不速之客游到身边时，纷纷加快了游速，摆脱了猎人的追捕，向洪水的下游游去。刘荣森三人穷追不舍，在鸟群中四处捕捉。没有想到的是，他们游得越来越远离岸边了。

有人在路基上看到洪水中有人，就报告了蔡稀胜。蔡稀胜脑子一紧，头皮一麻，有人落水了，师里团里一而再再而三地强调，不准下水，这是一条死纪律，有人竟违反纪律下到水里，但是不管三七二十一，先把人从水中叫出来，不出事为好，要是出了事，那可就成大问题了。于是，让通信员吹响集合哨，点点，是哪个连的人，是十七连的话，是哪个排的人，哪个班的，一一排查，查清了再说下一步的安排。

五分钟后，全连集合在了蔡稀胜面前，点名的结果是三排刘荣森、向红兵、强向阳三人缺位。蔡稀胜让三排留下，其他排解散继续休息。三排长史丰先脸色难看地站在蔡稀胜面前。蔡稀胜说："史排长，十二班三个人，不在连里，给你请过假了吗？"

史丰先说："没有。"

"到哪里去了？"

"不知道。"

"是不是下到河里去了？"

"不知道。"

"去看看，路基上有他们脱下来的鞋袜，认认，是不是他们三个。"

史丰先心里咕哝着，这下大兵干起公安局的活来了。"是！"心里虽说有点不悦意，但嘴里还是很响亮地答了一声。转身就要走，还没有迈步，却被蔡稀胜叫在了面前。

"要是是你的人，赶快把他们几个从水中叫出来，早点出来，轻着处理，迟了出来，连你一起处理。我等着你的消息呢。"

蔡稀胜怪声怪调的话语让史丰先有点受不了，就黑着脸说："是，我情愿受处分。"

"快去，带上全排同志。早饭也暂且不要吃了，先把刘荣森几个人喊出来后，全排一起吃。"

史丰先说："好。"

蔡稀胜冷着脸又补充了一句："不是不让你们吃饭，是救人要紧，要是耽搁了救人时间，吃饭就成了罪过。"

史丰先转身对站在面前的同志们说："同志们，大家都听到了，刘荣森和向红兵、强向阳三个人下河去了，游到很远的地方，救人要紧，咱们全体出动，把三个人赶快叫出来，别让他们在水中出了事，至于怎么处理，等三个人出来后再说。”说完，也不和连长告别，就带着全排人马向路基上跑去了。

史丰先看了三人留在路基上的东西，不用看就知道是三个人的，再举目向洪水中看去，茫茫的洪水中，一群水鸟漂在浑黄的滔滔的洪水中，嘎嘎乱叫的声音从遥远的天际传进耳际，那是一种被惊扰了的惊慌，是亡命天涯的恐惧，听了叫人有一种无名的惊悚。看得见三个黑点在左右游动。那三个黑点，时而被青草遮没，时而又露出在草丛间，但不管沉浮，三个人离营部是越来越远了。

史丰先让排里几个水性好的南方人，组成了一个临时救生队，顺着浚河北岸，向东方快速前进，等到快接近三个人时，喊话，让他们游出水来，如果拒不出来，就下水把他们几个拉出来。其他人呢，在岸上大声呐喊，催促他们不要再向下游，立马上岸。史丰先这样安排了，先让几个人向前跑去，又安排了几个人，在床下取几瓶白酒来，带上几根绳子，要是来得及的话，在炊事班带上几个馒头，小心这些人因饥饿而落入水中无力出水。自己则紧跟在救生组的后边，向东跑去。

救生组快接近刘荣森三人的地方，扯开嗓门大声地叫喊起来：刘荣森，向红兵，强向阳。河岸上充满了救生组的呼叫声，呼叫声在空旷的草原上显得异常悲凉。那纷乱奔跑的脚步，搅得施救的人心里一阵紧似一阵地发毛。

突然间，天色变阴了，丽日晴空布满乌云，大块大块的云团似激流奔马，从东往西，疾疾飘动；不知什么时候刮起风来，风速如车，且潮湿阴冷，伸手捏一把，仿佛都能捏出水来。史丰先抬头看了看天，似有山雨欲来风满楼之势，不禁吃了一惊，要是下起雨来，这河中的人就要有麻烦了。水冷风冷天气冷，岸上的人尚且如此，水中的人更是支撑不了。

史丰先疾跑几步，走到救生组员跟前，大声地说，快点下水，别叫了，他们听不到，可能也没劲了，下去把们从水里拖出来。救生组员们扑通扑通地跳进水中，开始奋力地向刘荣森那个方向游去。

史丰先让其他人跟着自己向下游快速跑去，他知道，在下游不远处，河道可要变狭窄了，在那个地方，三个人可能离岸边近一点，这样呢，在岸上等待的人，就近可以把他们三人救上来。真是屋漏偏遇连阴雨，船破偏遇打头风，还没有跑几步，头上一阵大炸雷，大雨接踵而至。史丰先一行奔跑在大雨当中，心急火燎的。他们心中有一种不祥的预感，水中的刘荣森，比岸上的我们，不知要困难多少倍呢。

六

看看史丰先半天没有回到营房里来，蔡稀胜心里也急了，他让通信员到三排看看有没有人回来，结果一问，一个人也没有，蔡稀胜这才感到大事不妙，就让其他排的人赶快集合，带上绳子、干粮、救生用具，以急行军的速度向河边跑去。半道上，大雨下来了，蔡稀胜心里又是一紧，在大雨到来之前没有把刘荣森他们几个弄出来，这雨一下，风一刮，天一冷，他们扛不住冷冻，保不齐就要出大事的。通信员见蔡稀胜脸上愁云密布，就边跑边给蔡稀胜宽心：“连长，别害怕，那三个都是广东人，水性很好，身体也好，一会儿就会出来的。”

蔡稀胜瞪了一眼通信员，说：“水性好就不出事了，水性好了才可能出事呢，不会水的人不一定出事呢。你没听过会水的鱼儿浪打死这句话么？”

“他们不就是想抓几只鸭子吗，抓到鸭子就会出来，鸭子抓不到不出来，抓到了，一定就出来了。”

“也许是这样，但这么长时间了，总让人操心的啊。”

不长时间，蔡稀胜和史丰先会面了，史丰先向蔡稀胜报告了救生的情况，到目前为止，三个人一个都没有出来，一个人都没有应答。救生组下到水里，快接近三个人了，可能很快就能把他们救出水来。

蔡稀胜铁青着脸说：“但愿能像你说的，三个人平安上来。”

可是，话还没有说完，蓦然看见浚河上游一排又一排大浪扑天盖地向这边涌来，又一番洪峰向着浚河下游冲过来了。他用手指了指河的上游，让史丰先看看。史丰先顺着蔡稀胜的手势看去，不看不要紧，一看吃了一惊。浊浪滔天，涛声震耳，大地都在震颤。

蔡稀胜说："看来，施救方案得变一变了。"

史丰先见状也变了脸，一听蔡稀胜的话，更是心惊胆颤。"怎么变呢？"

"下到河里的人全部得撤上来，没有下河的人一个也不得下河。"

"你是说不救刘荣森他们三个了？"

"不是不救了，而是不能让更多的人陷进死亡境地，付出更大的代价。"

"那怎么行呢，人命关天啊，万一他们淹死在河里，我负不了这个责任啊。"史丰先接受不了这样的方案，暴跳着表示反对。

"万一要是有更多的人死在水里呢？你能负了责任？"

"其他人上来，我下到河里。"

"谁也不能下，都得在岸上听从统一指挥。"

史丰先不再吭声，连长的话像命令似的说在他面前，作为下一级军官，只有服从两字了，别无选择。

雨比以前更大了，风比以前更大，天气比前更冷了，大雨淋湿了他们的衣服，冷风灌进衣服里，落到精肉上，透骨的凉。蔡稀胜意识到，如果有人现在下到水里，冷水一激，肌肉抽搐，说不定救不了别人，得要再下去几个救生自己。现在最佳的办法只有一个，在岸上不断地呼喊刘荣森三人的名字，让他们快点游出水来，等大雨过去之后，再下水施救。

蔡稀胜让司号员吹集合号，召唤水中的每一个人从水中走出来，上到岸上，等待命令。司号员的号声在浚河岸边再一次吹响了，那号声穿过层层大雨，阵阵大风，浓重阴云，回荡在河水边。

水中的人听到号声，一个一个地回头向岸边游来。风雨中，他们游动得那样艰难，一排排大浪把他们打到水下，又一次被大浪托上浪尖，幸亏救生组员个个都是南方水鸭子，熟悉这样的水性，他们借着水势，斜着游上岸来。他们刚一上岸来，就一人接到一瓶酒，大口大口地喝了几下，然后，钻进雨衣搭成的雨棚里，互相挤着，借以取暖。

蔡稀胜过来问候了一句后，又离开了他们，在岸上团团转，心想，这三个人听到号声了吗？他们的体力是否能支撑到大雨停下来的时候呢？

刘荣森、向红兵、强向阳三人一入到水中，就觉得从未有过的亢奋。自从进入青海以来，他们都没有下到河里尽情地畅游一番，今天有此机会，怎么能不让他们在水中好生游玩一次。虽说水中有许多柴草，并高低不平，但是凭着他们的水性好，这些东西倒也算不了什么。水是活的，顺着河流自西向东流走，他们也顺水而游，很快就到了大麻鸭群聚的地方。他们把手伸向大麻鸭，想趁手抓上一只，可是没想到那大麻鸭并不那么轻易就范，当他们的手伸过来时，大麻鸭却灵活地躲了过去，等游到离他们不远的地方，又聚在一起，向着下游游去。他们再次接近一只大麻鸭时，那大麻鸭如法炮制，还是得不了手。就这样，他们不断地追着，大麻鸭不断地躲着，一追一躲，一躲一追，成了三人与大麻鸭水中的游戏，这不禁让刘荣森心中不快，我也算水中蛟龙啊，竟连一只鸭子都抓不着，这不成了全连的一个笑话。越是抓不着，越是要追上去，就越追越远。他们在水中尽情地追逐，可是没有想到，水是那么冰凉，不到一会儿就觉得手脚冰冷，有点不听使唤。但他们并没有在意，还在水中追着。过了好大一会儿，听到岸上有人在拼命地呼喊着自己的名字，刘荣森在水中向强向阳、向红兵招呼了一下，说，史排长带着人来叫咱们了，得回去了。可是他们没有逮到猎物，回去有点没有面子，强向阳说，好歹抓上一只，回去也好交待啊，就越发使劲地追赶鸭子了。可是，没有想话音未落，天上雷电交加，大雨滂沱，上游的大浪也一排一排地打了过来，救生来的战友们也都调头回去了，于是这才有了往回游的想法了。但是，当他们一有回去的念头后，才知道体力有了很大的消耗，不能很快地游回岸边了。可是，天色有变，集合号声响起来了，怎么也得往回走了，三个人找到一个露出水面的红柳的地方停了一下，可是没有想到，站起身来后，水面上的风比水中的温度还要寒冷，身上肌肉的颜色由黄变青，由软变硬。正在发愁是站还是游的时候，一排大浪打过来，将向红兵打倒水里，由洪水卷着向下游漂去，刘荣森转身想抢拉一手，没想到自己站立不稳，也没入水中，两人一同向下游漂去。强向阳在大浪拍击的同时，幸好抓住了身边的红柳，才不至于沉进水中。

这个时候的强向阳，体力耗尽了，手脚麻木了，抓住红柳柴，只有眼巴巴地看着刘荣森和向红兵被洪水卷走。无奈，他举起手来，向岸边打出了求救的手势。大雨中没有人回应他的求救，只有雷声风声雨声，在交加呼啸，涛声如奔马似的在四周咆哮。

这时候，看到一匹马飞快地向自己这边跑了过来。马在波涛汹涌的浪涛中上下起伏，在雷电相加的闪光中踏浪而来，骑行的英姿让强向阳备感激动。强向阳看不清骑马者是男是女，只看到身上披着氆氇，在大水大雨中大声地叫唤着："解放军，金珠玛米。"声音越来越近，从声音中判断，来者是一个女的，从银亮的嗓音中推测得出是一个年纪不大的女孩子。听到呼喊声，强向阳心中涌上一股热流，禁不住激动万分。于是用微弱的声音说："我在这儿。"那飞奔的马飞快地来到强向阳跟前，把强向阳拽上马背，又飞快地向河边跑去。爬在马背上，女子的氆氇很随意地遮盖在强向阳的身上，强向阳顿时觉得肌肤有了一股温暖，慢慢涌向体内。危急中的强向阳可是想不了太多，意识中还有刘荣森和向红兵被水卷走的挂念，想告诉这位雷雨中的女子，先救他俩要紧，谁料因为在风雨中待得过久，气温骤然下降，浑身肌肉变得僵硬，怎么也说不出话来，不多大工夫，就昏死在马背上了。等他醒来的时候，已经躺在卫生所的病床上了。

岸上的蔡稀胜，在风雨中突然发现有人骑着一匹马，在河中踏浪而行，并大声地喊着解放军，金珠玛米，知道是一位藏族姑娘救人来了，他突然觉得太愧对这位姑娘，一群军人站在岸上却让一个姑娘在水中到处救人，多少有些不尽情理。正要把那姑娘喊出河中，不料那姑娘已经向他们所在的位置走来了，看样子马背上还驮着一个人，肯定就是三排三个人中的一个了。他急忙让岸边的人下水接应，接过马背上的人，等将人抬上岸来时，才看清是强向阳，弯下腰来问了几句话，见强向阳没有反应，就知道刘荣森和向红兵遇难了。

骑马的人从马上跳了下来，对向她表示谢意的蔡稀胜说："我叫卓玛，替阿爸拦羊，遇到有人落水了，就骑马下到水里，救了一个，还有两个，在水中不见了。你快把他送到医院抢救，我再下到水中看看那两个人。"

蔡稀胜断然拒绝道："卓玛，再不能下去，雨这么大，浪这么大，你会有生命危险。"

卓玛说："我骑马，马会水，不怕的。"

“骑马也不行，等风小浪小的时候才能下。”

“救人要紧。”

“现在太危险，谁也不能下。”

说完，就大声地对站在周围的同志们说：“沿河边向下游追赶，看到他们就下水，直到追到为止。”

全连同志像风一样向下游跑去了。雨击打着他们的身子，风刮着他们的衣衫，这支救援的队伍顶风冒雨与死神拉开了竞赛的架势。

七

王琪震怒了！

团里召开的营以上干部大会，气氛显得相当紧张。王琪绷着脸，坐在桌子顶头，沈士铭虎着脸坐在王琪旁边，一声不吭。与会人员面无表情，大气不吭，柳建昌更是不敢抬头看王琪和沈士杰的脸，闷头装作记笔记的样子。王琪雷霆震怒，把桌子敲得山响，点名批评柳建昌："我到四营的时候，反复说过，不能下河，小心有人掉在河里，可你就是不听嘛，偏要下到河里，这不，弄出事来了嘛，出了人命来了嘛，出大事了嘛。人命关天啊，世上的啥事大，人命最大，人命和天一样大，所以才叫人命关天嘛！人下到河里，赶快采取救援措施啊，站在岸上就是不动弹，叫一个藏族姑娘救了人，你愧不愧啊，一个军人，连一个姑娘都不如，怎么当这个营长，怎么带领全营完成团里交给的任务呢？柳建昌，你说说，到底怎么回事！"

柳建昌站起身来，嗫嚅着说："当时雨下得很大，河里的风浪也很大，要是抢险的人下水了，保不齐也会淹到水里，所以，就没有下水。"

"胆小鬼，一场大雨就把你吓着了，你就不下水了？遇到更大的困难你就不上了，敌人势力大了向你进攻，你就爬在那里不敢动了，你是鸡猫凤胆！"

柳建昌再不敢多嘴，坐回原位，任凭王琪发多大的火，都不肯做声了，他知道，在这样的场合，要是再多嘴一句，是要触霉头的。

王琪沉着脸问："死的那两个战士是哪个排的？"

"十七连三排十班。"

“三排那个排长叫个啥名字？”

“史丰先。”

“把这个排长撤了。”

“团长，你处分我吧，也不能全怪史丰先。”

“你就别替他说话，你也难辞其咎，十七连连长和你都得要处分。我在洪水来临之后也到过二营，二营驻在布哈河边上，与你们隔河相望，也在洪水的围困当中，可就是一个人也没有下河，一个人也没有死，这说明什么？说明两个营的纪律管理就是不一样么！”

“团长，你就处分我一个人吧，”柳建昌用几乎是哀求一般的声音对王琪说。在这个时候，柳建昌已经顾不得颜面，不怕在营以上干部会上丢人现眼了，他要把自己的干部保护在自己的羽翼下，至于回去怎么处理，则是另外一回事了。

这时候，坐在王琪旁边的沈士铭开口说话了，营以上干部会议是沈士铭主持的，会议一开始，王琪就怒不可遏，直点四营的涣散作风，直说得怒发冲冠，两眼冒火，偏遇上柳建昌在一旁争辩，沈士铭就在一边不能坐住了。还没等柳建昌说完话来，就用手指敲着桌子，发出当当地声响，震得在坐的人头皮发麻：“柳建昌同志，你的处分是少不了的，一定少不了的，从你们营长、教导员、连长、指导员、排长，都要受处分，不处分不能刹住这股无组织无纪律的歪风邪气，不能整肃部队作风。”沈士铭说着，回头看了一眼王琪，又用目光环顾了一下在座的所有干部，接着说，“我看，就把那个十七连三排排长史丰先的职务撤了，降为副排长使用，指导员王国庆、连长蔡稀胜给予记过处分，你，柳建昌，教导员翁阳明行政警告。我看在座的团党委成员一定是不会有什么意见的，你们二位同志，”沈士铭用手指了一下柳建昌和翁阳明坐的位置，“我想也不会有什么意见的，不但如此，还得要回去之后向团党委写出一份深刻检查，交到团里来，以观后效。”

沈士铭的话一说完，会场上起了一阵骚动，有一半以上的干部将目光投向了低着头的柳建昌和翁阳明，目光中有同情，有揶揄的，也有不同意见的，总之，会场起了一阵嗡嗡声。柳建昌和翁阳明的脸色一阵红一阵白，脸上滚动着豆大的汗珠，可就是不敢动弹。沈士铭在团里是出了名的厉害，他对干部可以说做到了了如指掌，从姓名年龄、职务、性格爱好等无一不精，特别是对自己布置过的工作，不论大小，轻重缓急，都一一记在心里，说定的完成时间，一定到时间要一一过问，看看落实情况，并给予总结评价。他原来是师干部科科长，以记性过人出名，大有过目成诵的美誉。刚到团里来时，有的干部不太了解他的工作作风，倒了大霉，挨了批评不说，还耽误了提职机会，从此，团里干部没人不敢对沈士铭肃然起敬。这一次再次领教了沈士铭严厉的工作作风。按理，撤职一名干部，是要上团党委会研究决定的，但是，沈士铭在全团营以上干部会议上，直接做出了对史丰先撤职和营连主官干部的处分决定，事先没有和任何人商量过，这在以前的政委职上，是没有先例的，沈士铭做了，在座的团党委成员却没有一个人站出来说声不字，由此可见团里的干部对沈士铭的敬畏程度。

沈士铭停顿了一下后继续说："下来，我们把这个处分在团党委会上追认一下，发个通报，让全团干部从中汲取教训，以儆效尤。"接着，沈士铭话锋一转，说，"同志们呐，我们刚到青海高原的时候，有的同志看到这一片草原，没有高山险阻，没有大河急流，就以为到了一个太平的地方了，到了一个轻松的地方了，岂不知我们对青海高原的地理地形还没有完全摸透，对青海高原的秉性还不甚了解，只知道青海高原降雨量小，一年下不了几次雨，下雨的时候也是湿一下地皮就停了，看看吧，青海高原发威了吧，并不是我们所想象的那样，下的雨是百年来没有见过的，发的水也是百年来不曾遇到的，这是对我们的一个下马威啊，是一个深刻的教训，我们不仅要牢牢记住，青海这个地方，高寒缺氧，紫外线强烈，还有，百年不遇的洪水，对青海高原一定得要怀有敬畏之心，要像对待特殊困难那样对待这个地方。对了，还有，青海高原是一个少数民族聚集地区，不要忘了模范地执行民族政策，为边疆少数民族做出应有的贡献。我看，你们四营，翁阳明，"沈士铭说着点了一下翁阳明的将，翁阳明听到之后立马从座位上站了起来，响亮地答了一声："到！"沈士铭用手掌向翁阳明按了一下，继续说道，"你们回去以后，要组织一个答谢小组，好好地把才旦卓玛一家人答谢一下，特别感谢他们一家人对解放军的大力支持，把这件事在全营好好宣传一下，让大家永远记住一个藏族姑娘卓玛，在风雨之中英勇抢救我们解放军生命的英雄壮举。"

翁阳明大声地答道："是。"

"同时，你们营里要好好总结一下，在这件事上的经验教训，要让大家牢牢记住这个血的教训，不再发生类似的事故。你们也要知道，师里来电话，要我们团党委向师里写一份详细的汇报材料，就此事做出深刻检查，这在我们团里，是从来没有发生过的啊，你说，我们不这样做，能行吗？"

"是！"

"好了，下边就由王琪团长听取各营的工程进展情况吧，一场洪水把我们的工程秩序打乱了，但愿我们的工程不要因此而受到大的影响。"

沈士铭这样一说，会场的气氛才稍稍松懈下来，按惯例，从一营开始，一一进行施工进度汇报。一营长汇报说，他们的工程没有受到多大影响，路基的进程很快，最近正在突击道碴，预计三季度可以全部上到路面上。二营长说，他们的布哈河大桥桥墩基础工程进展顺利，七座桥墩中的两个已经出了水面，按工程进度看，入冬前能完成百分之七十的施工任务。三营营长说，吉尔孟的一二号山头大开挖，受到大雨的影响，但，经过第八次爆破，工程进展也很顺利。轮到四营，柳建昌用有气无力的声音说："我们的路基被洪水冲了一大半，浚河大桥桥墩施工也受到了一定影响，工程进展很不顺利，我们全营把工程任务重新分配了一下，争取按期完成任务。"后勤处的几个单位也汇报了配属工作的情况。王琪听完了汇报，总结着说："一到三营的工程进展都还正常，没有受到洪水的影响，影响最大的就是四营，路基被冲了，桥墩基础也被破坏了，是自然灾害，但是，你们四营要组织全营干部战士，不管怎么样，一定要把被洪水造成的损失夺回来，争取在年底以前，按团里的要求，把工程进度赶上来。柳建昌同志，有没有这个决心，有没有这个信心？翁阳明，你也说说？"

柳建昌和翁阳明忽地一下从座位上站了起来，柳建昌说："请团长政委相信我们，我们一定想方设法完成任务。"

翁阳明接着说："没有条件，创造条件也要完成任务。"

王琪冷笑了一声说："牛皮不是吹的，火车不是推的，泰山不是堆的，年底要是完不成任务，我王琪可要拿你是问。"

柳建昌涨红着脸说："完不成任务，你就撤了我的营长。"

王琪说："我记住你的话，到时候再说。"

全团营以上干部会议就这样结束了。

沈士铭刚一出会议室，宣传股程股长拿着一篇材料迎了上来，程德永，四川省入伍，五短身材，说话时，人未开言脸先红，一口浓重的资中口音，但吐词清晰，为四十六团秀才之一。程德永说有一件事情想要给政委汇报一下，沈士铭问什么事情？程股长说，是关于卓玛在洪水中救人的一篇长篇通讯报道。沈士铭说，政治处审一下发出去就行了，不用向我汇报啊。程德永说，政治处里有不同声音，所以才请政委定夺。沈士铭一听，一句半句说不清，就让程德永到他的办公室里谈。

刚一在沈士铭的办公室坐下，程德永就汇报了对这一篇稿件不同看法的来龙去脉。原来，宣传股报道组在洪水消退后，立马组织报道骨干采写了一篇报道《风雨中的军民情》，说的是卓玛如何在洪水中不顾个人安危，在大雨滂沱中将一名被洪水围困、生命垂危的解放军战士抢救出来，在青海高原上谱写了一首军民团结的壮丽凯歌。不料，稿子成了之后，送到政治处审阅，先是政治处书记说，有点不好吧，把一次重大事故，事故中还死了两个人，写成军民团结的颂歌，怕会造成很坏的影响吧？不予盖章。找到主任，主任也说，文章写的很好，但这是一次事故，不宜向军内外太多宣传。报道组的同志不以为然，事故大固然不错，但事故中孕育了英雄人物，而且是一位藏族姑娘，藏族英雄人物，具有典型意义，想把这一稿件发出去，不好和主任硬顶，所以就请你定夺了。

沈士铭明白了事情原委，随手翻了一下程德永递过来的稿子，看了几个标题，觉得文章写得不错，但政治处有不同意见，就低头沉吟了一下问："事物在矛盾中成长，在矛盾中发展，政治处有不同意见，报道组的同志想发出去，你的意见呢？"

程德永直言相告："我是宣传股股长，当然想让稿子发出去，也是我们的一项工作成绩。"

"是啊，你想得没错，报道组的同志想得也没错，问题是，这的确是一个事故，我们刚处理了一连串干部，从中汲取教训，你是知道的。在报道英雄事迹的同时，可能会把我们的反面东西告诉大家，有利有弊啊，我刚才权衡了一下利弊，还是不要发为好，你看好不好？”

程德永难为地笑了笑说：“政委说了不发，那只有这样了，不发为好。只是我觉得不发这篇稿子太可惜了。”

“你是在说，我和主任坐在一条板凳上了，不好驳我的面子？”

程德永一看政委有点误解自己的意思，急忙红着脸说：“不是，是报道组费了很大的力气，有点太可惜。当然以大局为重，不存在你和主任坐一条板凳的问题。”

“这就好，回去向报道组的同志多作解释，就是要以大局为重，别让这件事在师里、军里、军内外产生对我们团里的不利影响。”

“是！”程德永拿起稿子就向外走去了。心里却一直在说，不发太可惜了，太可惜了。

八

柳建昌和翁阳明可要吃不消了。面对这么多的工作，他们一时有点不好处理了。史丰先被撤职了，工程受影响了，还要组成一个答谢小组答谢卓玛一家，这部队的情绪，这工程的进度，这史丰先的思想政治工作，都是摆在面前不能逾越的工作，工程还好办一些，这人的思想政治工作，远比工作要难得多。怎么办呢？柳建昌和翁阳明分了一下工，由翁阳明做史丰先的工作和稳定全营干部战士的思想工作，卓玛家呢，则要隆重一些，先到卓玛商店去一下，再邀请才旦和卓玛来部队作一次英勇救人的报告。他呢，则一心抓好工程建设，一定要赶在入冬之前把工程任务赶上去，兑现在全团营以上干部会议上对王琪团长立下的军令状。

分工一明确，柳建昌就紧锣密鼓地干了起来。翁阳明则就做起针线活来了。

翁阳明让蔡稀胜通知史丰先，俩人一起到营里来，代表营党委谈一次话。不一会，就听到蔡稀胜在门外响亮地喊道："报告！十七连连长蔡稀胜和史丰先前来报到！"

翁阳明说："进来。"

话音未落，蔡稀胜、史丰先就一先一后地走了进来。站在翁阳明面前，蔡稀胜嘟着脸，史丰先哭丧着脸，一看就有一肚子委屈。翁阳明待通信员把茶水倒好出去之后，大声粗气地说："到我这地方来都吊着脸，谁欠了你二百块钱了？你那脸长得不好看，还把脸嘟着，叫人恶心啊？"

蔡稀胜一看翁教导员大为光火，一下子把脸变得和颜悦色起来。

并用胳膊肘碰了一下旁边的史丰先，让他的脸色也好看一些，然后就说：“教导员，人心里不是不痛快嘛，脸色能好看吗，见了你，咧着嘴笑，比哭还难看，你说，你能容忍这样的模样吗？”

“两种都不能，还干部呢，还共产党员呢，受点处分，受点委屈就不得了了，天塌下来了？地陷下去了？我和营长都在团营以上干部大会受到批评，也挨了处分，我就哭鼻子啦，我就不干啦？没见过像你们这样的兵，遇到挫折就垂头丧气，遇到成绩就趾高气扬，永远成不了气候！”

“是，我们是熊兵。”蔡稀胜说。

“我可没说你俩是熊兵，你自说自话，但是你们确实不是一个成熟的兵。别在这里自己作践自己。坐下吧。”

蔡稀胜很快坐在条凳上，史丰先则还站在原地不动，不过脸色要比来时好多了。翁阳明见状说：“咋啦，还想示威不成？”

史丰先挺了一下胸膛说：“报告教导员，我不坐，我就站着。”

“好，你不想坐就站着，站着也有好处，能好好想想问题。”

“那我也站着。”蔡稀胜也站起身来，挺着胸说。

翁阳明一看这两人来劲了，就不客气地说：“都站着，给我站好了，一动不动。”

蔡稀胜和史丰先异口同声地说：“是！”

翁阳明坐着，他俩站着，就这样谈起话来：“说说吧，团里给你们的处分对吧？”

蔡稀胜和史丰先同时回答道：“对！”

“一个一个说吧，蔡稀胜，你身为连长，你就先说吧。”

“对。”

“对在哪里？”

“没管好连队。”

“你呢，史丰先？”

“对。”

“对在哪里？”

“没管好三排，还死了两个战士。”

“教训惨痛啊。心里服不服？”

“服。”

“是真服还是假服？”

史丰先嗫嚅了一下，可是并没有开口。翁阳明察觉出了史丰先这一细微动作，明白他心里不服，于是就沉着脸说：“是不是想说，他们是自己出去的，不是你批准出去的？不是你的直接责任？对不对？”

“有点对。”

“你大点声说对不对？”

“对。”

“我就知道你心里打着这个小九九，陕西兵嘛，怎么学起九毛九来了。”

翁阳明刚一说完，蔡稀胜就噗哧地一声笑了起来，翁阳明是山西人，爱人是陕西人，家里结着秦晋之好，这会儿数落起陕西兵来，把自己也带进去了。翁阳明看一下蔡稀胜，说：“笑啥呢，没听过九毛九啊。把你的嘴给我闭上。”

蔡稀胜就不再笑了。

“是的，你没有批准他俩出去，但是，从他俩的举动中，能够得出来你的管理是很松散的，平常养成不够，就会发生这样的事情，就一定会发生这样的事情，你要抓得严了，能发生这样的事情吗？能出这样大的乱子吗？你抓得严了，他在这样的情况下会第一个想到纪律，第二个想到后果，抓得松了，他能想到这些吗？先让自己痛快一下，再说别的。你说是不是这样？”

史丰先说：“教导员说得对，是我的错，我没有带好三排，平时抓得不紧，抓得不狠，才出了这样的事情。”

“真是这样吗？”

“真是这样。”

“处分对不对？”

“对。”

“服不服？”

“服。”

“是真的服还是假的服？”

“真服了。”

“这就对了，还吊着脸，真服了就别吊脸，关中汉子心胸大一点，哪里跌倒了，哪里爬起来，遇到挫折不怕，怕的是一遇挫就丧失进取，失去斗志，跌坐在原地永远不起来。我是看不起这样的人这样的兵。”

“是，我一定哪里跌倒了，在哪里爬起来。”

“你呢，蔡稀胜，连队纪律松懈，管理松懈，所以才出这样的事情，你的领导责任一定不会少，你要在当下采取果断措施，把人叫回来，就一定不会发生后来的事情。一声集合号，不信他不回来，我们的兵再吊儿郎当，也不会听到军号声不回来。吓破了他的胆！可是，你没有这样做，以至于后来死了两个战士，两个年轻的生命。你说可惜不可惜！你说，你能逃脱责任吗？”

蔡稀胜不再笑了，翁阳明说得对，要在当下，他采取果断措施，的确不会发生这样的情况，是自己太放心了，太大意了，才招致这样的后果，点到了自己的痛处。想到这里，就挺起胸膛说：“我心服口服。接受组织的处理。”

“我和柳营长的责任就是没有管好全营，一样的，抓得不严，对全营放松了管理，才发生了这样的事，让政委在全团营以上干部会议上把我们四营的皮扒光了，只留了骨头让人看，我们脸上无光啊，责任在我们身上，我们先得向你们检讨。”

蔡稀胜赶忙打断了翁阳明的话头说：“是我们不好，让教导员受委屈了。”

“你要知道错了，就得要把这个面子给我争回来，让我们四营在团里也扬眉吐气一回，也神气一回。”翁阳明站起身来，语气中显得有些激动，这是他的心声，也是他的期盼。

蔡稀胜一看翁阳明动了感情，也为之受到感动，就一字一顿地说：“教导员，我向你保证，一定要用我们的成绩来回报你的希望，一定要让四营在全团站起身来，神气一回。”

“好，就看你们的了。史丰先啊，你就还待在三排，职务是副排长，暂不任命排长，你干好了，官复原职，干不好了，对不住了，你就把副排长干到底，干到老！”

史丰先明白了，翁阳明这是对自己的一点偏心啊，自己排长职务已经撤了，按说营里立马可以请团里任命一个新排长，可是他有私心，暂不任命，还想让自己再回到排长的职位上来。不愧是和他同生死共患难的战友，不愧是同生死共患难的战友情谊。想到这里，史丰先心里有点激动，眼眶里有点热，就“啪”的一声来了一个立正，向翁阳明敬了一个礼，郑重其事，一字一顿地说：“报告教导员，我一定不辜负教导员的期望，用我的行动来证明我还是一个响当当的兵。”

“这就对了，我看你的行动，不要让我失望。”

“记住了。”

“回去告诉王国庆，把部队的情绪稳定下来，不要让低沉的情绪影响部队的士气，影响工程进度，要把这种情绪，化作一种积极向上的力量，加强纪律的力量，完成各项任务。”

“是！”蔡稀胜响亮地答道。

翁阳明说：“有情况随时向营里报告，不能再出一点差错。”

“是！”

“好了。”翁阳明点了一枝烟，开始抽了起来。烟斗很精致，红柳根雕，烟嘴处是一根弯曲的有机玻璃，烟锅处是不锈钢，通体是一个很美的S形，抽起来还真有点斯大林的势。房间里立时缭绕起一股淡淡的青烟，呛得人都要流出眼泪来了。

“还有事吗？”蔡稀胜一看教导员说完话了，就试探着问了一下。

“我说让你们走了吗？”翁阳明从淡蓝色的烟雾中看着蔡稀胜的和史丰先的脸，脸上露出了一丝不悦。

“我们听着。”蔡稀胜伸了一下舌头，站在原地不动了。

“要是脚麻了可以坐下来，我不是国民党军阀，不让部下活了，要是不麻了，继续站着。”

蔡稀胜拉了一下史丰先，俩人乖乖地坐在翁阳明对面。

“下来的事呢，”翁阳明开始说起下一个工作，“你们连抽几个人，组成一个答谢小组，以营里的名义，前往吉尔孟商店，向卓玛同志郑重其事地表示一次谢意。你就不去了，要王国庆参加，王国庆是指导员，做政治工作的。史丰先参加，带上哈达，是我们的敬意，然后呢，再把父女两人邀请到营里来，向全营作一次报告，谈谈英雄事迹，在全营展开一个学习卓玛父女的热潮。”

“营里谁去啊？”

“当然是我了。我带队，把衣服，军容风纪都给我弄好了，漂漂亮亮的，别在草原上丢我们四营的脸，丢四十六团的脸。铁道兵是一支光荣的部队嘞，别以为我们在桥梁和隧道工地上来回转，灰头土脸，个个威风凛凛嘞。”

“好，一定按要求做好准备。”

“这下回去吧，就不留你们吃饭了，等咱们露脸的时候再吃喜庆饭吧。”

“是！”

蔡稀胜、史丰先起立敬了礼后，转身向外走去。

蔡稀胜和史丰先刚走出教导员的房子，正好碰上了营长柳建昌。柳建昌乜斜眼看着蔡稀胜，蔡稀胜经不住这种目光的逼视，就赶忙向柳建昌敬了一个礼：“营长好。”

史丰先也跟着敬了一个礼。

柳建昌只看蔡稀胜，并不看史丰先。声音低沉着说：“我能好吗？你做的好事，我能好吗？”

蔡稀胜干笑了一声说：“让营长受委屈了，给营长脸上抹黑了。”

“知道就好。教导员和你谈了，我就不再和你谈，我只说一句话，把部队给我管好，再不能出一件事。”

“是！”

“你，史丰先，先回去吧，我和蔡连长说几句话。”

史丰先打了一个立正，说：“是！”转身离开柳建昌和蔡稀胜。

等史丰先一走开，柳建昌这才说：“你最近的施工方案做出来了没有？”

“做出来了。”

“还是原来的那一个？”

“不是，另做了一个。”

“你可要知道，现在的时间和工程量已不是原来那个样子了，你明白吗？”

“我明白，路基被毁严重，河床冲毁严重，桥墩全部都得从头再来。”

"时间呢？"

"时间也得从头计算。"

"已经不是这个概念了，不是从头再算的问题，而是刻不容缓了。"

"对，我说从头再计算，其实和你所说的一个样，把猫叫了个咪。"

"不对，时间是刻不容缓，是原来的一半还不到，你就给我好生想着，要用什么方法把这些被洪水冲走了的时间夺回来。"

"放心吧，我就是拼了命也得把工程进度赶上去。"

"是保质保量地赶上去。"

"保质保量。"

"时间已经不允许咱们四营拖下去了，拖下去，就得把我们营拖跨，把我们的名声拖臭。你们十七连决不能拖四营的后腿，不光是你们十七连，所有的连队都不能拖营里的后腿，要是哪一个连拖了营里的后腿，全营从我开始，官降一级，永不提拔。人家是官升一级，那是啥火色，啥斤秤；咱是官降一级，你想想心里会是啥滋味。"

蔡稀胜低着声音近乎哀求地对柳建昌说："营长啊，我心里也是憋得慌啊，要不是这洪水，要不是这出事，不是死人，我十七连能让你这样说吗，这样批评吗？你说话就别太刻薄了，让人心里好受一些。"

"有了错误还不能叫人说了？你真是毛病！好了，教导员已经说过了，我说过不再说了。可是，你的施工方案回去之后就给我送来，我要仔细看看，对不对。"

"是！我就是不睡觉也得把工程任务拿下，省得叫你说我们十七连是不成气的连。"

"我要的就是你这句话。从后天开始，全营大会战，你就安排好了，别缩在别的连队后边。"

"保证完成任务！"

"好，回去吧，和你就不多说了，完了之后再说，好了嘉奖，不好了，等着看你的好戏吧。"

蔡稀胜还想说什么，但是，柳建昌向他摇了摇手，示意他不再说话，赶快回去。蔡稀胜这才转过身向连队走去。

蔡稀胜的委屈是难以用言语来表达的，他自知自己的不足，出了这么一个岔子，不能理直气壮，不能气壮如牛，只有在工程上做精做强，做漂亮。十七连的工程任务有两样，一样是修筑路基，一样是建浚河大桥。在这两样任务中，路基是比较简单的工程，比较难的是这座浚河大桥了。尽管大桥高度不太高，可是长，三百米跨度，十几个桥墩。他的方案是这样安排的，按照先易后难的战术，把路基工程排在先行的位置，等路基任务完成之后，集中全连兵力，突击性地围歼浚河大桥，这样以来，就不至于出现两头出击，两头都进展缓慢的情况。当然，他的施工方案也得到了连里其他同志的支持和同意。对此他有绝对的把握，在入冬前，把浚河大桥和路基工程任务全部拿下，营长之所以对此不放心，是因为有出事的阴影，有挨批评的心理压力，所以反复强调不能拖营里的后腿，这是情理当中的事，不可厚非，让人窝火的是，背上了出事的黑锅，左挨一个批评，右挨一个批评，自尊着实让人有些受不了。

回去以后，他立马召开了全连班以上干部会议，把全连面临的情况，团里营里的要求，时间任务等客观条件全面向大家摆了一遍，然后下了死命令，一定要打好施工这一仗，哪个排打不好，哪个排长负责，哪个班打不好，哪个班长负责。总之，逃脱不了处理的责任。要求各排拿出一个具体施工方案，把任务落在时间上，落在人头上。二天又召开全连干部战士大会，进行再度动员，人人争当模范，个个争当标兵，用出色的工作成绩完成连里交给的任务。会上，口号喊得是震天响，情绪高得是冲云霄。大家激动得嗷嗷叫，一定用自己的行动，洗刷蒙在十七连脸上的污垢，让全营，不，让全团对十七连刮目相看！指导员随即让文书向营里写了一份报告，将连队动员的情况、工程任务分解情况、连里的要求等作了详尽的报告，从细小的事情上，让营首长重新看待十七连。

蔡稀胜对王国庆说："咱就从大会战这一天开始，让他们看看十七连，还是不是他们心中的那个十七连。"

王国庆说："咱不为蒸馍，就为气圆，把这个气争回来。"

十七连连部，气氛相当凝重，这在十七连的历史上还从来没有过。

九

十七连的答谢小组组成了，王国庆打头，史丰先列二，被救战士强向阳，再加十班一个战士、文书，总共五个人。这样组织，王国庆是经过深思熟虑的，被救战士是三排的，史丰先为三排长，是亲历过救人的人员之一，强向阳更不用说，十班再去一个人，帮助史丰先穿针引线，文书呢，万一有个要说话要发言什么的，能立马写几句应景的词，免得说瞎话，说错话，破坏军民关系，破坏民族关系。组好以后，向蔡稀胜征求了一下意见，蔡稀胜一看挺好，就说，赶快向教导员翁阳明报告吧，早点去，早点过了这个手，然后集中力量攻克年底的施工任务是正经。王国庆立马向营教导员电话报告了一下，翁阳明说好，就这样，买点礼物，明天就去，去之前打问一下，小心人家卓玛姑娘不在，咱们扑了空。另外，要不要和镇上的领导联系一下，让他们知道卓玛姑娘这个英雄壮举，也让他们镇上有一种荣誉感。王国庆说“是”，撂下电话，就让通信员把史丰先叫过来，让他亲自去一趟吉尔孟，和当地政府联系一下，通报情况，为答谢小组去时做好准备。史丰先不敢怠慢，立马安排了排里的工作，只身一人到吉尔孟，找政府的人联系去了。

史丰先走在路上心想，吉尔孟商店不过手掌大个地方，还能有什么单位管理啊，最多不过是县上商业局管，哪知走到镇上才知道，这是镇上办的一个商店，真是麻雀虽小，五脏俱全，算得上一个像模向样的商业企业嘞。

在近乎破烂的吉尔孟公社大院，史丰先找到了负责人，是一个脸膛黑瘦的中年人，小眼睛乌黑发亮，炯炯有神。家在县城，被派在草原深处工作，既能说汉话，也能说藏话，骑马骑牛样样在行。一看解放军同志来联系给卓玛送哈达，一下子来了劲。好奇地问："我们的卓玛做什么好事了？在草原上学了雷锋？"

史丰先笑了笑说："是啊，是学了雷锋啦，所以我们营长和指导员都要来答谢她呢。"

"她做的好事我们怎么都不知道呢？"

"那是她做了好事不留名，所以才没有人知道。"

"呀呀呀，她是我们公社的好青年啊，也是镇上的一朵花。我以为你们哪个解放军看上她了，胡来不是，好，我带你去。"

"不，我是来和你联系的，我的意思是说，她的父亲，阿爸也对我们部队做了很多好事，我们明天来的时候，能不能也请你们把他叫到镇上来？"

"呀呀呀，好的，我这就骑着马到他那里去，给他说说，明天十点钟在公社等你们。"

"那就说好了，我们明天一来直接到你这里来，举行一个小仪式，把我们的谢意表达一下。"

"哎，对了，没想到我们的商店出了一个活雷锋啊，我可得好好向县上汇报一下，让我也风光风光。"

"这商店归镇上管吗？"

"管。镇上出了个英雄，不给县商业局报，那我们不就成了知情不报了吗？不，这话可能说得不对，是不让英雄事迹在草原上传颂啊。上边怪罪下来，我可吃不了得兜着走。"

"那好，你们该做的都做，明天我们就来了，大概是在上午十多点钟。"

"啥时候来都行，我们表示热烈地欢迎。"

史丰先和吉尔孟镇主任将所有事宜联系好后，就赶回了连里。

史丰先回到连里，立马将情况向指导员王国庆作了汇报，王国庆把情况又向教导员翁阳明作了报告，翁阳明说可以，就这么定了，明天就去，越早越好，这件事撂过手后，咱们全身心地投入到施工当中。晚上让文书写上几句词，如果吉尔孟公社的人多了，咱就照着稿子念上一遍，也不怕说错话，惹人笑话，影响军民关系。王国庆说，我这就办，一定让你放心。

第二天，当翁阳明和王国庆一行几人来到吉尔孟镇时，远远看去，吉尔孟公社门口张灯结彩，门前站了两行人马，手持白色哈达，等他们在镇上一露面，那站在门前的人就高声地喊着，来了来了。翁阳明才知道，这件事已经惊动了公社的领导同志。于是几个人麻利地从翻斗车上跳下来，整了一下队伍，迈着整齐的步伐向公社大门口走去了。走到近前一看，看到卓玛和才旦父女二人站在队伍的后边，卓玛面带羞涩，才旦面露喜悦，等候着他们的到来。

公社负责人亦藏亦汉打扮，穿一身制服，却外加一件藏袍，一只胳膊穿着，一只露着，肤色黝黑，发如毡片。翁阳明一接触才知道他是一位工作在草原上的汉族同志。负责人走出人群，手持洁白的哈达，迎面站在翁阳明面前，恭敬地弯下腰去，用双手将哈达送到翁阳明面前，并说："五彩祥云从天上飘过，尊贵的客人从草原上到来，我们献上洁白的哈达，它是我们对客人最热烈地欢迎。"

翁阳明弯下腰来，让负责人把哈达披在脖子上，然后把随身带来的鸡蛋罐头茶叶白糖等送给负责人，说："我们感谢公社领导同志的隆重欢迎，感谢领导同志的一片深情厚意。部队的给养有限，随身带了一点来，权当一件小小礼物，表达一下我们的感激之情。"负责人高兴地接过礼物，把他们让进院子里。院子不大，约有几十平方米，院中早已摆好了酒席，上边放着青棵酒和酥油茶，手抓羊肉。负责人伸手向酒席的旁边指了一下，示意他们几个坐下来，感受一下吉尔孟人的盛情。

翁阳明摆了一下手说："不了，饭就不用吃了，酒也不喝了，我们是向卓玛同志道谢来的，我们道完谢就走了，别弄得这么复杂，给你们带来麻烦。好不好？"

谁知翁阳明话音刚落，负责人就显出了很不高兴的样子说："不，不，你们是我们公社最尊贵的客人，到我们这里来了，不喝一口我们的酒，吃上一口菜，就是看不起我们这里的人，不吃不喝说什么也不行的，我们公社的人会不高兴的。"

"这个不存在看不起的，要是看不起，我们就不来了，我们是很看得起你们的啊，你们的卓玛英勇救人的行为很让我们看得起，很了不起，我们是向你们卓玛和她的阿爸学习来的，表示敬意来的，怎么会看不起呢。”

“向我们学习来的，就得好好吃上一顿，喝上一顿，这样才能学到我们的好处吗。”

“我们不能增加你们的负担不是？”

“哎，什么负担不负担的事，一点点酒和一点点肉，就能把我们吃穷了，吃光了？哎，你们要和我们同吃同住同劳动，这才是军民鱼水情嘛，鱼水关系嘛。你不吃不喝，怎么建立鱼水关系呢。来，不要说了，坐下来，你们有啥话一说，我们就一起喝几盅，这才是军民一家亲呢。”

翁阳明迫不得已，这才向王国庆几人打了一个手势，让他们几个坐在酒桌旁边，看来，今天是非要喝上几盅不成了。他可知道，青海的藏家人，遇到客人时，不醉不归，不醉不高兴，喝酒的工具不是小酒杯，而是小瓷碗，一口干。这样一来二回，不知哪一位要变成醉汉了。但是既然来了，就坐下来，好好地表达一下敬意，也好好地喝上几口，让军民之花盛开在草原上。

“哎，这就对了，军民一家人，这才是个军民一家人的样子。”

“那就麻烦你了。”

“看看这话说到哪里去了。你来给我们送喜报，我们让你吃一顿饭，抄一口菜，有什么麻烦的，你不吃不喝那才是麻烦呢。我们一下子做了这么多的饭菜，就是为了你们准备的，你们不吃，一下子剩了一河滩，你说，是你们麻烦还是我们麻烦？”

“好了，恭敬不如从命。”翁阳明笑着说，“那我就先说说我们的来意吧，说了再喝不迟。”

“这个可以，说了，高兴高兴再喝更好。”

“是这样，前几天，浚河那个地方发大水，我们有几个战士落水了，被水冲了好长的路程，有两个同志被水淹死了。有一位没有，被人救了上来，这个救人的人，就是卓玛姑娘，今天我代表四十六团四营全体干部战士，向卓玛同志表示衷心的感谢，并致以崇高的革命敬意。”来前，文书给翁阳明起了一个稿子，怕教导员在吉尔孟商店讲话时说错了话，说走了嘴，上车的时候，文书把稿子交给了翁阳明，翁阳明顺手放进了口袋。到了镇上，公社负责人一阵客气，倒让翁阳明把稿子忘在了脑后，当他坐下来时，只顾着说明来意，却怎么也想不起稿子的事了，等他把话一股脑儿地说完后，才突然想起口袋里的稿子来，想起来也没用了，他已经把稿子上的话基本上说得七八不离十。文书开始为他捏着一把汗，可是等他说完之后，才放心地吁了一口气，所幸他没有说错话。

公社负责人哈哈哈地笑了起来，粗大的手在膝盖上狠劲地拍了一下，说："我们的卓玛救了解放军，是舍己救人的英雄，古书上说英雄救美人，可是在草原上，我们的美人救了英雄。"

闹了半天，卓玛和她的父亲一直被冷落在一旁，一堆子人只顾着说话，却忘了让今天的主角坐在应当坐的位置上，只有当翁阳明说起卓玛的故事来后，他们才想起还有两位人站在大门里，远远地看着，不知是该走还是该留。但不管怎么说，他们几人的谈话却是真切地听到了，才旦并不在意，卓玛却红了脸，急忙用手把脸捂了起来，藏在了阿爸身后，轻声地说："阿爸，你听，他们在说我。"

才旦轻声笑了起来说："说你长得美嘞，你还害羞。要是说你长得丑，你怕是要哭起来了。"

卓玛轻轻地捶打着才旦的背，不让才旦继续说下去。

父女俩正对着话，却听到公社负责人高声地叫了起来："哎，卓玛，才旦，快过来，谁让你站在大门口的？你是今天的英雄，还不快来，解放军就是冲着你来的，送你表扬信，还有一面锦旗，多光彩体面的事。快来，到这边来。"

卓玛和才旦这才走近了酒桌前，坐在桌子一边。卓玛说："主任，我还得要上班呢。"

"不，这里我说了算，你是美人英雄，你就不要去上班了，等把解放军送走了，你再去。"

卓玛这才放心地点点头。

翁阳明接着说："还有，卓玛的父亲才旦同志，也对我们团首长很大的照顾，充分体现出他们父女俩很高的拥军热情，我们对才旦和他的女儿卓玛表示崇高的敬意。"

"哎，哪里，哪里，这是我们刚察草原人应该做的，你说说卓玛，是不是？"

卓玛羞涩地点了点头。

"看看，卓玛心里多亮清。才旦，你说说，是不是？"才旦呀呀地说了一句。主任就高兴地说：“这是一对心里亮清的藏家人啊。”

翁阳明把强向阳拉到前边，说：“主任同志，卓玛救的人，就是他，没有卓玛，他已经不能站在这个地方了。”

公社主任惊讶地看着强向阳说：“多英俊的小伙子啊，要是被水淹了，那可就太可惜了啊。”

“是啊，强向阳，你当面向卓玛一家说几句话吧。”

强向阳一听要他在这么多的生人面前说话，一时红了脸，不知说什么好。翁阳明就鼓动着说：“强向阳，你就别不好意思了，人家姑娘救了你的命，你还不好意思说话，快，向卓玛一家说几句感谢的话。”

强向阳这才挣挣巴巴地说道：“是卓玛姑娘救了我，我永世不忘，我要用我的实际工作来回报卓玛的救命之恩，争当一名优秀的革命军人。”

“好好，真不愧是解放军，就是会说话，我们的卓玛呢，你也说说吧，你救的人，有什么说词啊？”

卓玛通红着脸，低着头，忸怩着身子，声音低低地说：“我看到了一个人被困在水里，我就跑过去，把他救了出来，就是这样，我不是专门守在河边的，我是无意中碰上的，要是你们碰上了，也都和我一样，也要救人的。”

才旦接着卓玛的话头急忙说道：“对对，见死不救，佛爷是要怪罪的，说得对。”

翁阳明赶忙接过话头说：“是这样，那天的风雨很大，河中的浪头也很大，卓玛骑着马，从河边冲进河里，见强向阳困在水中，就一把抱起他，放在马背上，从浊浪滔天的河水中，把强向阳救了出来。当时强向阳已经浑身无力，不能自救，要是再过十多分钟，就可能被水冲走，或者说被冻死在河里，那天，要不是卓玛相救，就没有强向阳的今天。”

“不是，”卓玛急忙解释道，“我是在河边替阿爸放羊，突然风雨下了起来，我想把羊赶回去，突然看见河里有几个人在向岸上招手，我知道有人落水了，就骑着马跑下去，等到我走到跟前时，只有一个人在红柳丛中了，那两人已经不见踪影了，我就把他用马驮了出来，当时我啥也没想，一心只想救人。我就救了。不是啥英雄。”

“这真让人感动，救了人，还说不是英雄，多么动人。”公社主任啧啧啧地咂起嘴来。

“我们就是要学习这种英勇献身的无私精神，就是要学习这种崇高的思想境界，做一名优秀的革命军人。”翁阳明郑重地说。说着文书拿出了早已准备好的一面锦旗来，展开在手中。那上面写着：军民团结谱新篇，草原盛开英雄花。烫金楷字，闪闪发光。才旦和卓玛接过来，送到公社主任手中，公社主任接在手中，上下打量着，脸上笑开了一朵花，连说：“好好，我们把锦旗收下来，咱现在开始吃饭，边吃边喝，连吃带说。”公社主任端起一碗酒来，说，“我先代表公社党委对你们一行的到来表示热烈的欢迎，同时我们为出了这样一个英雄感到非常骄傲，来，美酒敬英雄，我把这碗酒敬给才旦和卓玛，表示我们的敬意。然后呢，再向解放军同志敬一杯，感谢你们为我们修建青藏铁路，给我们带来了吉祥和幸福。”说完，端起一碗酒来，向卓玛父女俩敬了一碗，卓玛父女恭敬地接过碗来，举过头顶，然后一口喝了下去。翁阳明看到，不愧为草原上的人，卓玛喝酒的时候，连眼都没有眨一下就仰头喝了下去。接下来，公社负责人端着一个方形的盘子来，上边放着六只酒杯，两两排开，每只酒杯中都荡漾着满满的青稞酒，恭敬地举在翁阳明面前，让翁阳明喝下。翁阳明一看一盘六杯，心里有些发毛，问：“都喝吗？”

“对，都喝。六六大顺。”

“哎哟，有点多嘞。”

“我们草原人的敬意，酒可以不喝，但是敬意你不得不收。”

“好，我喝了。”翁阳明再就没有推辞，一仰脖将酒喝了下去。

“好，翁营长好酒量，好酒风，一看就是个解放军的好干部。来来来。”他又倒满了六杯，端到王国庆面前，如法炮制，王国庆一看推辞不了，索性喝了就成，一仰脖子，把酒喝了下去。如此三番五次，酒场一下子就热闹起来。

翁阳明趁着喝酒的间隙说：“主任同志，我们还要把卓玛同志请到部队去，让她给我们讲一讲舍己救人的经过，谈谈崇高的革命理想，怎么样啊？”

公社主任说：“啥怎么样啊，去就是了，让她好好讲一讲，她是我们公社的一朵花，心里美得也跟一朵花一样，她一定能讲好，一定能把军民关系搞得很好。”

“有你这句话我也就放心了，那我准备好了的话就来向你报告，也请你带着她和才旦一起来，和我们一起座谈座谈，目的只有一个，加强军民团结，尽快修好铁路。”

“很好，我来时再带上几个草原歌手，好好热闹一下。”

“好，咱们就说定了，你可一定来啊。”

“一定。”

两人说着话，卓玛和才旦就端着酒杯走了过来。低头弯腰地站在翁阳明面前，卓玛说：“营长，今天我很高兴，能见到你和你的同志，我没做什么，也不是什么英雄，你给了我这么高的荣誉，我真有点不好意思。来，我和我阿爸敬你们一人一碗酒，真心地感谢你们对我们一家人的盛情。”

翁阳明以为卓玛端着酒是来和他碰的，也就端起一碗酒来，才旦马上说：“哎，那不成，这是我和卓玛敬你的啊，不是碰的。”说话的同时，用一双粗大的手，把翁阳明手中的酒碗夺了过来，放在桌子上。翁阳明皱了一下眉头，心里说，今天也就豁出去了，正想着心事时，史丰先想上前替他一下，翁阳明举手挡住了，说：“藏族同胞的酒，我一滴也不能少地喝下。这不是对我教导员翁阳明的敬重，是对我们铁道兵的敬重，来，谢谢你们。”说完后一仰脖子将两碗酒一气灌了下去。

才旦见状，伸出了大拇指，呀呀呀地连说了几个好。

酒至酣时几人才归。公社主任送翁阳明出门的时候，双腿已经不能站立，身子打晃，而翁阳明也是醉意蒙胧，不辨西东了。

十

舍己救人英雄报告大会，经营里研究，放在十七连，原因是，事情就发生在十七连，被救的人也在十七连，十七连的一部分人是那场洪水灾害的亲历者，亲身感受到英雄的壮举，观看过那个悲壮的场面，放在十七连会更加生动，更有感染力，也能更加激励十七连和全营的同志们学习英雄行为，把英雄行为化作施工中的冲天干劲和饱满热情。十七连也有这个意向，认为这是对十七连全体同志的鞭策和推动，以此为契机，掀起一个学英雄赶英雄的热潮。所以，会场也是刻意作了布置，在营房内篮球场上拉了一道横幅，上边写着几个大字：舍己救人英雄报告大会。字符不小，足有一尺见方，颜体楷书，虽说还不太老到，但颜体神韵十足，是被称之为军中书法家的营部书记黄维刚手笔。大门的入口处两边各贴了几张标语：向英雄卓玛学习致敬！军民团结如一人，试看天下谁能敌！主席台上摆了几张桌子，上边放了干果洋糖等小食品。翁阳明看了后满意地说，很好很好，这样才像个部队的样子。全营按预定时间在十七连操场上集合，以连为单位坐成几个方阵，军容也是焕然一新，按柳建昌的说法，这是展示军容的重要时刻，部队不打扮得整齐精神一点，让人家藏族同胞小看咱们不是。拉歌声、唱歌声此起彼伏，掌声、号子声不绝于耳。

上午九点多的时候，公社主任带着一干人马向十七连走来，十多个人全都骑马而来，马蹄得得，藏袍飘飘，鲜艳的民族服装在灿烂的阳光下非常夺目。哨兵远远看见后，报告蔡稀胜，蔡稀胜立马让三排出列，在营房外边列队欢迎。同时报告翁阳明，翁阳明说，让三排在门外站成两列，形成一个夹道，把英雄迎进营房。翁阳明和蔡稀胜站在最前列，将英雄一行几人领进营房。

等公社主任一行人走到跟前时，蔡稀胜看清楚了，男男女女大大小小共计十一个人，是一个不小的报告队伍。蔡稀胜悄声地说：“教导员，他们一下子来了这么多人，按说最多也就五六个人就成了，来这么多人做啥？”

翁阳明正色地说道：“你是请人家卓玛来的吗，不是吗，既请人来了，就不要管他多少，男的还是女的，领导还是群众，一门心思把会开好就成。”

“我也就是随口说说而已，并没有嫌怪的意思。”

“这样的话最好还是不要从你的口里说出来，因为你是连长，你的话会在部队中产生不小的影响。知道吗？”

“知道了。”

“可是话又说回来了，我们营里怎么没有出现这样的人物呢，我们要是有了这样的人物，一个就行，不要太多，我们四营可就能在全团面前风光起来了。”

“是啊，相反的，咱们光让团长在大会上批评来批评去的，哪有风光的日子。”

“你要相信，这些都是暂时的，我们营是一个英雄集体，不久的将来，一定会涌现出一大批英雄人物，把咱们的光荣旗帜举起来，让全团刮目相看，我们四营是一个英雄辈出的营，不让所有的人说三道四。”

“不是全团，得让全师刮目相看，看看四营的英雄本色。”

“是的，一定会的。”

话还没有说完，公社主任的马队就跑到跟前了。蔡稀胜第一个迎了上去，向公社主任敬了一个军礼，早早地伸出手去，紧紧地握了起来。公社主任把他来的人全部给蔡稀胜作了介绍，在来的这么多人中，他只认得才旦父女，还有公社主任，除此之外的好几个年轻而又漂亮的藏族姑娘和两个陌生的汉族干部，他就一点也不认得了。公社主任指着两位陌生人介绍说：“这两位是县上来的同志，是县委宣传部宣传科的同志，听说卓玛立了大功，要来部队作报告，县委领导不是一般的重视，一定要派人来一趟，并且把卓玛的发言稿子连夜晚修改了一遍，直到满意了才让人取回来。”蔡稀胜看那汉族干部长相斯文，穿一身中山装，笑模笑样的，心里不禁涌上一股暖意。之后，公社主任又把那几个年轻而又漂亮的藏族姑娘作了介绍，是吉尔孟草原上最漂亮的姑娘不说，还是几个唱得最好的拉夜歌手。蔡稀胜看着这几个漂亮姑娘，禁不住内心的喜悦，连忙说："欢迎你们啊，你们的到来是我们部队的极大荣幸，是我们部队的极大光荣。"

那几个姑娘面向蔡稀胜和翁阳明，双手向两边一分，微微弯下身子，一只脚向前伸出半步，齐声地说："扎西德勒。"

蔡稀胜说："扎西德勒。"说完把翁阳明向公社主任作了介绍，公社主任说："哎，这就不用介绍了，早就认得了，教导员呗。"说着和翁阳明握了一下手，侧身向后边的站着的几个同样的人说："这位是四营的教导员翁阳明呗。前几天我们已经认得了，他的酒量太好了，把我们都灌倒了，人好着，是一个好人。"草原人有不醉不高兴之酒风，来家不喝酒看作是看不起他们，喝醉了，认为可交，把他们看作是朋友，真正的朋友，所以每次喝酒都不醉不归，直闹到大半夜。那天公社主任和翁阳明喝了一场，翁阳明本来就有酒量，也着实没有客气地好好地喝了一通，被草原上的人认作可交的朋友，所以才有今天这番话语。

翁阳明和公社主任说了几句简短的话后，就让吉尔孟来的人向连队里边走去。翁阳明刚说了声"请进"，史丰先大声地发出了一声口令："三排的同志注意了，立正！向右看齐，向前看，稍息，立正！"随着一连串的口令，早已列队在大门口的三排全体同志，挺胸昂首，一字排开，史丰先小跑几步站立在公社主任一行人面前，打了一个敬礼，然后用洪亮的声音说："报告主任同志，我们十七连三排全体干部战士，代表全营指战员，热烈欢迎英雄卓玛，卓玛英雄的亲人，同志们前来我们营检查指导工作。"说完，他退后一步，向部队再次发出一命令："向英雄和英雄的同志们敬礼！"史丰先正正规规地行了一个举手礼，三排同志们行了一个持枪礼，只听得"咔"的一声，三排全部右手持枪，左手成掌放在护木上，一双眼睛看着主任，行注目礼，油黑的脸膛凝结着严肃和庄重，银色的枪刺在灿烂的阳光下闪闪发光。

公社主任和他的同志们从未见过这样的阵势，乍一看还有点局促不安，到后来看到营教导员的手势后，才随着翁阳明一起向连队里边走去。待翁阳明一行人走进连队大门后，营值班连长向部队喊了一声：“全营都听好了，全体起立，鼓掌欢迎！”十七连操场上掌声一片，待宾主坐定后，翁阳明就站在主席台上说：“同志们，静一静，今天，我们请来了舍己救人的英雄卓玛和她的父亲、刚察县委宣传部的两位同志、吉尔孟公社主任等同志，前来我们四营作一次英雄事迹报告，让英雄谈谈她的救人经过，谈谈她的高尚思想品德，也让我们从中学习她那崇高的思想境界，激励我们在青海高原多创佳绩，多修好路。现在，就让我们以热烈地掌声欢迎卓玛同志上台作报告。”

翁阳明的话音一落，操场上就响起了经久不息的掌声。卓玛坐在桌子前，低着头，心里慌乱不堪，她在吉尔孟草原上从来没有坐在这么多人面前，从来没有被一百多双眼睛盯视过，初次出席这样的场合，心里慌乱不宁，脸上也觉得热辣辣地发烧，一听让自己上台发言，心里更是毛乱厉害。这心里发急，就不由得浑身冒出热汗来。阿爸才旦一看卓玛坐在原地未动，就用胳膊肘捅了捅，悄声地用藏语说：“卓玛，要你上台报告呢。还愣着干啥。”

卓玛这才拘谨地站起身来，向主席台前走去。老实说，她从来没有在太多的人面前发过言，一提起发言，就不由得口唇发干，心内发紧，嗓音发颤。像今天这样的场合，她更没有经历过，走上讲台后，向台下的解放军同志行了一个礼后，就不知道说什么了。好不容易掏出早已准备好的稿子，可是开口念了几句，就觉得手在颤抖腿在颤抖，心里有一个声音在说，说什么呢，不就是那么一件事吗，值得给人再三说道吗？说得多，那不叫人把自己小看了吗？想到这里，她的内心再也不慌乱了，腿也不抖了，手也不抖了，然后就用平静的语气说：“金珠玛米，我做了一件最普通的事情，不值得向你们提起，你们来到草原给我们草原做了那么多的好事，也从没有向我们提起过，所以卓玛非常感谢金珠玛米这样看得起我，让我露了脸。但是我就不说我的救人事情了，那天好多金珠玛米都看到了，我就唱一首拉夜吧，用我的歌声来答谢金珠玛米对我们的厚爱，祝愿军民鱼水情深意长。”

翁阳明一愣，卓玛上到台上却不发言了，而要唱一首歌，他倒是知道草原人有腿就能跳舞，有嘴就能唱歌，但在这样隆重的场合，用唱歌代替发言，恐有不妥吧？回头看看县委来的同志，正和主任临时商量，在卓玛做出这样的决定之后怎么应对。过了片刻，宣传部来的同志就站起身来向大家说：“卓玛是一个品格高尚的姑娘，她不想把自己做过的英雄事迹再次向大家诉说了，她那天的表现大家都看到了吧，是一个多么英勇的姑娘，今天的行动大家也看到了，再次表现出一种高尚的品德。好了，就由卓玛了，让她给大家唱一支拉夜，表达一下她此时此刻的心情吧。”

翁阳明这才把焦急的心情平静下来，满面笑容地说：“好啊，就随卓玛姑娘吧，桃李不言，下自成蹊，就让我们再次用热烈的掌声欢迎卓玛同志为我们唱一支拉夜吧。”

操场上掌声再起，卓玛大大方方地站在主席台上，开始用拉夜的调子唱出一首刚编出的歌来：

“白云从蓝天上飘来，
鸟儿从草原上飞来，
白云带来了幸福雨，
鸟儿带来了吉祥音。

汽车从草原边开来，
金珠玛米从山外走来，
汽车载来了党的祝福，
金珠玛米修来了幸福路。

扎西德勒，金珠玛米，
扎西德勒，草原万物。”

拉夜是草原游牧民族的一种演唱方式，俗称山歌。随即填词，信马由缰，音调却一成不变， 在喜庆的场合能唱，在游牧途中能唱，在做饭洗衣时也能唱，在草原流行很广。歌声一起，卓玛竟判若两人，刚才上台前，神态忸怩，两颊绯红，可是此刻唱起歌来，她竟是那样投入，神态如此大方，而且嗓音是那样清亮，真似天籁之音从天而降，越过连队营房，回荡在广袤的草原，高远天际，响遏行云，引凤招莺，久久萦绕在部队干部战士们的心间。卓玛正唱得起劲，那几个年轻的藏族姑娘情不自禁地走上前去，排在卓玛身后，载歌载舞跳起了锅庄。锅庄亦是一种藏族舞蹈，盛行于草原之上，不论是茶余饭后，节日喜庆，亲朋相聚，酒酣耳热之际，便手舞足蹈，围成一圈旋转着跳起来，一边跳还一边发出阵阵尖叫声，抒发欢快的情感。

英雄报告会开成了军民联欢会，卓玛歌声一落，那几位草原歌手先后上场亮相，一人献唱一首藏族歌曲。而部队的文艺骨干也不示弱，组成一个合唱队，唱起了《铁道兵之歌》《打靶归来》，欢乐之声一浪高过一浪，热烈气氛一阵胜似一阵。

午饭时候，十七连又好生招待一回，喝酒的时间照例拉长了许多，直到黄昏时分，吉尔孟的同志才策马归去。

十一

上苍留给十七连的时间不多了。从会战那天开始，十七连按照先易后难的战术安排，集中全连兵力，把被水冲毁的路基做了补修，新建的路基做好路肩，然后又集中全连兵力向浚河大桥发起了进攻。可惜的是，当路基任务完成之后，蔡稀胜掐指一算，按正常的时间，在规定的时间内，浚河桥墩的施工任务是怎么也不能完成了。这早就在蔡稀胜的意料之中，正常时间不够可以用非正常时间补过来，即是说，全连在这一段时间内可以少休息多加班，连续突击一段时间，这桥墩的施工任务就会赶过来。但是，问题并不在这儿，而是时间虽然可以赶出来，但季节却到了严冬时候，在草原，在青海高原，过了十月份，进入高原冬季，施工质量得不到保证，一切施工全部都得停止。这将意味着工程任务不能按期完成，在团长营长面前立下的军令状无法兑现，这样的结果是拿他蔡稀胜是问，撤职查办此乃小事，丢了十七连的荣誉那可就是一件大事了。问题出在哪里？当然出在洪水灾难上，除此之外呢？有没有干部战士的热情和干劲原因？大家都尽力了，一点没问题，是时间太紧张，任务量太大，所以才把时间推向了数九寒天。怎么办呢，有什么得当的方法能赶在上冻之前完成任务，也就是说在规定的时间里完成任务，向团首长有一个体面的交待？

困惑之中，蔡稀胜召开了一个施工分析会，研究制定新的施工方案。分析会扩大到班以上干部，这样才能群策群力，集中集体智慧，找到一个最佳施工方案。

连部坐满了连里的所有干部。前排两个排班以上干部，后排两个排班以上干部，蔡稀胜王国庆坐在会议桌两旁。副指导员副连长各自坐在连长指导员的两边。蔡稀胜宣布会议主题只有一个，那就是如何在规定的时间内完成团交给的修桥任务。蔡稀胜先把十七连目前所面临的情况向参加会议的同志们摆了一下，时间过半了，但是任务还没有过半，在平常加班加点可以赶出时间。但是，紧赶慢赶，就入冬季了，草原的冬季可不比平原的冬季，零下二十多度，什么活路都得停下来，时间就在这个点上冻结了。所以让大家都开动脑筋，想想有什么好主意，在冰天雪地里把任务完成了。

蔡稀胜的话音刚一落，就有几个班长叽叽嘎嘎地说，大冬天的，有什么好办法，只有一个办法，就是把施工停下来，团里不是不知道草原的情况，他不能硬逼着人在不能施工的季节里完成施工任务吧。这几个人悄声一议论，其他几个人就随声附和起来，说，言之有理，冰天雪地是客观存在，谁也不能眼看着这种情况硬让人做出不客观的事情来。

这些话传进蔡稀胜的耳朵里，蔡稀胜不由得皱起了眉头。照这么说来，后半段的任务就无法完成了？想到这里，就觉得心里毛搅，有一种被针扎的感觉。但他表情如常，面部没有表露出一点焦急和悲观的情绪，还在静静地听着他们的议论，到了大家都静默不语的时候，他才点名道："一排长，你说说，有没有什么好办法？难道说十七连就一点办法也没有了吗？"

一排长周子星站了起来，不好意思地摸了一下头说："我有一点不成熟的想法，也不知能不能成。"

听了一排长这一番话后，蔡稀胜心里一动，迄今为止，这是第一个站起来说积极的意见的人，不禁大喜过望着说："你说吧，成熟不成熟说出来看看，让大家讨论一下，能成了咱就这么办。"

"我说出来你也别说我异想天开啊。"

"说吧，别在这里唠唠叨叨的。"

"我说能不能这样，在工地上临时搭一个棚子，一两个班在棚子里拌混凝土，一两个班快速运送，这样就可能解决天冷结冰的问题。"

王国庆听了不以为然，他当下提了一个问题："这大棚得离桥墩多远啊？"

"不能太远。"

"但总是得有距离吧，这里面有两个问题，一个是，运送过程中混凝土会不会结冰的问题，你先说说，会不会结冰？"

"要是快一点的话，应当不会。"

"得要多快的速度？"

"这个……"

"第二个问题是，拌和水泥和沙子的水会不会上冻？"

"这个应当不会冻。"

"我想，假如说你的话成立，也是第一车不会结冰，但是第二车呢？河里的水都结成冰块了，水又从何而来呢？"

"这个……"

王国庆用肯定的语气说："这种办法肯定是不行的。你想想，首先是水的问题，河水都结冰了，从很远的地方拉水又不可能，我们在草原上从来没有打过一眼水井，哪儿有水供你打混凝土？其次是，混凝土打好了，把它倒进斗车里，再运到桥墩处，这运送的时候一定会有距离，没有距离不会运送的，这是肯定的，运送的过程没有保温设施，你难保不会冻冰，冻了冰的混凝土能打桥墩吗？回答也是肯定的，所以说这个想法是不成立的。再想别的办法吧。"

"对，指导员说得有道理，这个办法不能用，"蔡稀胜听了王国庆的一番分析，觉得很有道理，也很有哲理，就赞成地插进话来。"另想办法吧。"

一排长周子星坐了下去，脸色有些微微泛红。

"二排长，你说说，有什么想法。"

二排长吴庆德也从人群中站了起来，看一下蔡稀胜，蔡稀胜说："看我做啥，说说你的想法。"

二排长吴庆德难为情地说："我还没有想好，咱们是第一次遇到这样的问题，我一点经验都没有，所以还没有想好。"

"好，没有想好就没有想好，等想好了再说不迟。三排长呢？你一直坐在一边低头纳闷，想什么呢，你是连里施工点子最多的人，今天怎么见你一言不发，是不是要我点你的将才发言啊？"蔡稀胜点着三排长史丰先的名，但语言却比点二排长时要温和多了，他心里明白，史丰先正被撤职的处分困扰着，情绪一直不高，心情一直不好，要他在这样的场合积极地发言表态，那是不明智和不现实的。等到按顺序轮换到他跟前时让他谈谈自己的想法，这才顺理成章，才不致招人说道。

蔡稀胜想得不错，史丰先之所以不太积极发言，就是心里有一种症结，那就是自己前些日子受了处分，情绪受到一定影响，所以处处时时都在自制言行，让自己不要成为众矢之的。本来受处分被撤职就是一件不太光荣的事情，尽管事出有因，但是，毕竟自己受了处分，这对于一个年轻的军人来说，不啻是一件天大的事件，在部队干着的军官，能有几多这样的境遇，除却少数干部外，还能有多少？有了这种思想，工作起来就比较谨慎，接人待物也不像以前那样大胆开朗了。甚至于休息下来时，也不太和大家在一起交心，独处一室，郁郁寡欢。当然，工作也是他下工夫思考的事情之一。受了处分，并不是说躺着不干了，而是要用工作来填补失衡了的心态，要用工作弥补已往的过失。特别是眼目前临近冬季施工的问题，常常在他的心里翻腾不已。按照以往的施工经验，他设想了一个个方案，又被一个个方案推翻，临到蔡稀胜召开班以上干部会议前，还没有在脑中形成一种完整的方案，这使他心里着实有些着急，心里责问着自己，要是连长问到自己有什么方案时，自己该如何应答，该不是一个一问三不知的主儿吧？怀着一颗忐忑不安的心思坐进了会场，正心下担忧，没想到蔡稀胜就点将到自己的头上了。史丰先这时候就没有一点退路了，他不得不站起身来，认真地对待这件事情了。

他挺着胸部，看了一眼指导员和连长，又很快地扫视了一下在场所有的班以上干部。见大家静下心来，一双审视的目光全都盯着自己，就平静一下心态后说："报告连长指导员，我刚才听了一排长和二排长的意见，也听了下边同志的一点议论，对于如何克服气温过低，保证施工质量，在规定的时间内完成团里交给的施工任务，我的想法和一排长的有点近似，只不过比他要细一点，当然也不知道可行不可行，要是可行的话，就可在规定的时间内完成任务，不可行的话，我看入冬以后，要完成团里交给的任务恐怕就很难了。"

蔡稀胜静心地一字一句地听着史丰先的讲话，对于别的排长、班长等，在这种场合，他会用一种武断地口气打断发言人的话头，会让他不要讲太多的虚话套话，要让他直奔主题。但是对史丰先，他却保持了一种特别克制的心态，尽量让他说完，而不要随意打断他的话头，他正处在情绪低落时期，要是在大众场合稍有不慎，就会刺伤他的自尊。作为连长，他是非常清楚这一点的，所以当他看到史丰先讲话中间有点停顿的当儿，就说："你就别说得太远，什么成不成，你不说出来，像二排长那样，又有谁能知道你说的是哪一种方案，不要怕，说错了，想错了都没事，要是真的没辙了，我们只好向团里说明情况，待来年开春的时候再用我们的英勇精神补上就是了。"

史丰先点了一下头说："对，我不说出来，谁也不知道这是一种啥样的方案。我的方案是这样的，刚才一排长说到在工地上搭一个棚子，在棚子里拌和混凝土（史丰先说到这里，会场上就有一阵窃窃的笑声，史丰先心里知道这些人在笑自己和一排长是一种思路了，但他并不放在心上，继续他的发言），我心里突然就有了一种想法，在工地上支上几口大锅，把水烧热，用热水拌和混凝土，岂不是一种很好的办法？天它就是再冷，也能施工，这样就不怕在规定的时间内完成不了团里交给的任务了啊。"

史丰先说到这里，看了一下蔡稀胜，见蔡稀胜并没有赞同的表情，而是眼睛盯着桌面，面无表情地思考着自己刚才的一番话。他在考量，自己提出的方案是否符合浚河大桥的施工实际，看样子，他是不太赞同自己的想法了，也就是说，他不赞成自己提出的施工方案，要是赞成的话，他会当即拍板定夺，可是现在的他，并不是自己所想象的那样结果。看到这种情景，他的心里就有点发虚，他的方案有点让连队领导失望了。正惶恐不安时，王国庆同样打断了他的话头问："史排长，我听你提的方案和一排长有点相似。之不过不同的是，把搭棚变成了支锅，而且支在工地上，这个设想更大胆。我得要问你，你打算在工地上支几口大锅？"

王国庆的话音刚一落地，会场上就爆发出了一阵哄堂大笑，这个近乎于讥笑的话语让大家忍俊不禁，有的人轻声地说：给工地上支几口大锅是要给全营同志吃舍饭啊？还没到腊八粥的日子，怎么就支起大铁锅来了？会场上起了一阵骚动。王国庆挥了一下手制止道："安静一点，听三排长说话。"

史丰先没有受到会场上的气氛影响，平静地回答道："指导员，按我的想法，每个排支上一口锅。当然还得要大锅，就像农村里饲养室里喂牲口的那种大口锅。”

“一个排一口锅，便于工作。我要问你，为什么要支在工地上？”

“为了缩短距离，节省时间，在结冰之前把混凝土浇铸在模型里。”

“那么这水呢？”

“水不成问题。浚河河道里到处都是水。不过咱们看到的是冰，要是放在锅里一化，不就成了水？这水是取之不尽、用之不竭的啊。”

“好说，水现在是不成问题了，我们以前都没有太仔细地考虑过。水的问题解决了，可是你想过没有，烧水用的煤，可不是随便就能弄来的，咱们连队一年用的煤，除过生活和冬季取暖以外，再也没有其他方面的余量了，何况咱们生活用煤都嫌太少，还能用到烧水上？”

“是啊，这个问题我还没有考虑成熟。我在想，我们可以人受点委屈，把煤用在施工上，这个矛盾不是不能得不到解决的。”

“你是说，我们把生活用煤省下来，用到施工上？”

“如果为了完成团里交给的施工任务，这样做也没有什么不可。”

“这样的话，我们部队要受多大的苦，你想过没有？我们不是在襄渝线上，三抗两抗就抗过去了，这是在青海高原。”

王国庆的一句问话，让全场气氛都静寂下来，原来对史丰先这一奇谈怪论持讥笑态度的人，这时静心地听他阐述观点，另外用史丰先的观点来审视自己的想法，是史丰先异想天开，还是自己思路不开，压根儿脑际中就没有智慧的闪光？会场上静极了，就连掉根针的声音都能清楚地分辨出来。

“是啊，我怎么能不知道呢，其实，燃料的问题是可以得到补充的，咱们看到，草原上到处是牛羊拉下的粪，藏族同胞用来烧饭做菜，我们怎么就不能用来烧水施工呢？”

“对，我没有想到这一点，是一种补充。”

“如果我的方案成立的话，我们连可以向团里申请几吨煤，这个问题不就解决了吗？”

正在向史丰先问话的王国庆停住了问话，他在思考，这个大胆的想法，是有一定道理的，但是，毕竟没有经过试验，没有一点经验，没有一点把握，所以一时半会儿不好说行还是不行。当然，行与不行，还得蔡稀胜说了算，自己是不好做主的。想到这里，王国庆看了看在史丰先发言期间一直没有说话的蔡稀胜，看看他的想法如何。没想到，蔡稀胜在王国庆的目光注视下，站起身来，说："史丰先排长的这个想法太好了，把我们一直想要解决但一直没有解决的问题一下子解决了。这个方案很好，我看就用这个方案准备施工。给工地上支几口大锅，当然是一个排一口，化冰为水，这冰满河道里都是，只要咱们用冰镐凿一下就成。问题是煤，这个问题也好解决，就用史丰先的办法，在草原上捡拾牛粪，先干起来再说，然后呢，连里向营里申请几十吨煤炭，这不两下一夹攻，时间和工程都解决了。老实说，这几天我的头发都愁白了，一直没有想到一个很好的方法，没有想到史丰先同志想出来了，真是太好了，解决了我们连的燃眉之急。这样吧，今天的会就开到这儿，班长先回去，各排排长留下，把这一方案再细化一下，向团里正式报告。然后呢，就按这个方案准备，以最大的热情，最快的速度，按期完成任务。"

蔡稀胜一锤定音，班长们都提着马扎凳向外走去，会场上留下的只有排长们了。蔡稀胜见班长们都走了，就站起来，在会议桌前来回地走动了几步，他用掩饰不住内心激动的神情向在座的干部说："今天这个会开得太好了。还是众人拾柴火焰高，干部战士中蕴藏着丰富的智慧的力量。真的，我得要好好地表扬史丰先同志，这次施工之后，我向营里为你请功，让团里给你立三等功，你的一个方案，顶得上一个营的兵力，没有你的这个点子，我想我们的任务怎么说也不会在规定的时间内完成的了，到那个时候，我们连是怎么一回事，让人踩在脚下，永远抬不起头来；有了你这个方案，谁想把十七连踩在脚下，我看门都没有。"

史丰先有点受宠若惊，说："我不过想了这一点，还不太成熟，还没有经过实践，还不知道行与不行。"

"对，没有实践过，但是，我是搞施工的，一听这个方案就可行。没有实践过不要紧，不就是让大家细化一下你提出的方案吗，这样吧，你回头详细地计算一下，咱们施工时需要多少煤炭，还需要什么工具，在养护上还要做好哪些工作，这一切都得要考虑细致，要不然，咱们打好的桥墩会变成一堆豆腐渣，到那个时候，问题可就更严重了。要是这样的话，我们还不如不干的好。现在我们是要干，不但要干，还得要在规定的时间内干，在规定的时间内干好一个保质保量符合施工标准的大桥。所以，要把施工方案想得特别周到仔细。这才是我们这个排以上干部会议的主题。你说呢，王指导员？”

王国庆同意地点了一下头。他和蔡稀胜一样对今天的会议感到意外和满意，想不到困扰着他和蔡稀胜好长一段时间的问题，用了不到半个钟头就顺利地解决了，这真让他喜出望外。蔡稀胜的话说得很是在理，方案虽说很好，但是毕竟是在冬季里，在青海高原的冬季里，弄不好，落得一身骂名，十七连那可就要身败名裂了。对此，一点都马虎不得，马虎了，吃不了兜着走。“对，就是这个意思，大家好好讨论一下，把任何细小的环节都好好考虑一下，比方速度、距离、搅拌、捣固等等，一一想到，然后我们好按预定方案操作。”

与会的排长说好。蔡稀胜见大家都没有别的意见，就对史丰先说：“史排长，你把你的想法好好缕一下，给文书谈一下，文书根据你的想法再整理成一份施工报告，向营里报一下，待营里批准之后，就可以正式进行了。到进入冬季的时间还有十多天，按照这样的方案干的话，准备工作还是来得及的。文书。”蔡稀胜说着停下话头，话锋一转，向在一边做着记录的曹义峰讲道，“下来就和史排长谈谈，尽快整理出一个报告来，我和指导员看一下后，报到营里去，明天午饭前搞完。有没有问题？”

曹义峰站起身子说：“没有问题。”

“没有问题就好，那今天的会就开到这里，各自分头准备吧。散会吧。”

十二

可是，施工报告到了柳建昌手里，却有点不能利索地通过了。柳建昌眼睛直勾勾地看着蔡稀胜，足足有十多秒。蔡稀胜知道柳建昌对自己的施工方案不放心，有很多疑问要问自己。就用平静的语气说：“营长，我知道你不放心，你就问吧，看看哪个地方还有行不通的。”

柳建昌瞪着蔡稀胜说：“知道就好，你还算聪明。我要问你，桥墩灌了混凝土后，在凝固的那段时间里，如果混凝土上冻那可怎么办？”

“这个问题我倒没有想，但是，你看到过内地里那些越冬的树木吗？”

“树木怎么啦，你要说些什么？”

“在冬季到来的时候，都给刚栽不久的树木裹上一圈谷草，你知道谷草吗？”

“你是想给我上上农业知识课吗？”

“哪敢啊。我是说，这个做法给我以很大的启示，我们在桥墩模板外边裹上一圈柴草，柴草起着保暖作用，等混凝土浇灌完之后，需要凝固的那段时间，冷空气还不能进到模板内，这样混凝土就可以在该凝固的时间内凝固了，等到冷冻浸入模板壁时，它已经凝固好了。你说对不对？”

“恩，听起来有些道理，可我就是不放心，我得要让技术干部说能成了后才能下决心。”

“那当然啦，你是谁吗，是柳营长啊，我还不知道你的作风、你的脾气。”

“少贫嘴，少给我戴高帽子，说你的正事。”

“是。哎，营长，我前些年听说部队进了些速凝水泥，不知咱们营里有没有？”

“咱们营里有没有你还不知道啊？你整天和水泥打交道，你还不知道有没有？”

“那，团里有没有？”

“你就直说什么意思吧？”

“有了速凝水泥那就再好不过了，咱们用上速凝水泥那就可保万无一失了。”

“想得太美了，把桥墩给你放在温室里，你什么都好办了。想得还真不错呢。”

“我听说过这件事，你可以向团里申请一下，如果有的话，那就解决大问题了，这个事情就靠你营长了。”

“独立自主，自力更生，别想靠着别人过日子，恐怕要耽搁你的事。”

“这不是工程需要嘛，你能看着不管吗？”

“那十八连、十六连要是都要的话，我怎么办呢？”、

“营长，咱不是说你要偏向十八连、十六连的话，问题是他们的工程任务在入冬之前不是能完成了吗？他们还要这个干什么用呢？”

“那万一要用的话，我怎么办呢？”

“营长，这可就是你的不是了，咱这不是为了洗刷不光彩的历史吗？咱们不是为了给四营争口气吗？”蔡稀胜说着说着就认真起来了，柳建昌一看蔡稀胜的神情发生了变化，心里也受到震动。是啊，蔡稀胜说得对，一个洪水，把十七连抹得五抹六道，让全营干部战士跟着背黑锅，还有好几个干部挨了处分，史丰先为此被撤了职。这个惨痛的历史十七连的干部是永远也不会忘记的，要是团里下达的任务在规定的时间里不能完成，那么四营就在团里彻底成为一个抬不起头的营了，永远也见不得人的营了。是的，这口气得争一争，不但要争，而且还得要争得光彩夺目，闪光耀眼，让全团同志看看，四营到底不是一个熊包烂骨头，是一个有血有肉的钢铁队伍。想到这里，柳建昌郑重地点了点头说：“你说对了，就是为了争这口气，不为蒸馍

为了气圆。我看就这么干吧！”

蔡稀胜看着柳建昌同意了自己的施工方案，心里的一块石头落了地，精神顿时轻松了许多。可是转念间又想到十八连、十六连，他们还不知道自己的这种干法，要是让这两个连队知道了，照样干起来，那可就变主动为被动了。想到这里，他悄声地对柳建昌说：“营长啊，你可别对他们两个连说啊，我这是法儿他妈把法儿死了——没法儿了，他们要是知道了，和我飙起劲来，我们就傻了眼了。”

柳建昌冷笑了一下，说：“哼，你小子鬼心眼还挺多的。是得不让其他几个连队知道啊，不但不让两个连队知道，就是团里也不得报告，报告到我这里就算到头了，再不能让团首长知道。”

蔡稀胜一听柳建昌的话，有点丈二和尚摸不着头脑了，不让兄弟连队知道那是因为存在着连队之间的竞争，有个先后之分，但是不给团里报施工方案那可就有隐瞒不报的嫌疑了，没有事再好不过，大家都好，可是要是有了事，营长却是脱不了干系的啊。想到这里，蔡稀胜就不无担心地问：“这是为啥？”

“不为啥，为的是咱们第一次，不论在哪条线上，我们这样的施工都没有干过，我没有干过，我也没有听人说这样干过。大冬天的，天寒地冻，要是出了质量事故，可不是一般的责任，所以不能说，干成了再说。”

“那咱可就要捏一把汗了。”

“所以我要告诉你，这次施工，绝不亚于打一场攻尖战，一定得打好，只能打胜，不能打败，败了，你我就卷铺盖回家种地吧。但是，回去之前，我先把你的皮扒了再放你走。”

“营长，你就放心吧，我这不说是破釜沉舟，也是背水一战了，我不用对你下保证书了，你就听我一句话吧，我要是干不好，你拿我是问就是了。”

“蔡稀胜同志，蔡连长，非同小可非同儿戏啊，道理你都清楚，我也不用说什么了。你只管大胆地干，缺的东西营里给你们供，直到你们把浚河大桥干完为止。这下行了吧？”

“营长，我要的就是你这一句话啊。那我就如实地向你伸手要东西了？”

“你说吧，可别狮子大开口，的确需用的，一定供给，额外的，一点也不给。”

“那当然，我要四口大锅，三四十吨煤。柴草的问题自行解决，到县城走走，一定能找到一些。最好弄到一些速凝水泥，就一切问题迎刃而解了。”

“好，这样吧，煤的事，我让团里调一点过来，你们自己派人到矿上拉一点回来，这样双管齐下，一定能保证你们的施工用煤。”

“那就太好了，谢谢营长。”

“速凝水泥的事，我也听说过有，我到后勤处走一下，让他们给师里要一些，送到你们连里来。”

“营长这样支持我们十七连，我们要是干不好了，怎么都说不过去了。营长，还是那句老话，你就看我们的行动吧。”

“好了，我就看你们的行动了。”

“那我走了。”

“按你们的方案施工，早作准备，早点动作，时间就是生命。时间不够晚上加班挤，人员确实不够营里支持。总之，这一仗只能打好，不能打坏，只能打胜，不能打败。”

“是！我们一定完成任务。”

蔡稀胜向柳建昌用力地敬了一个礼后，迈着坚定有力的步伐向外走去。

十三

十七连连务会再次在连部召开，蔡稀胜开门见山地说：“柳营长已经同意了我们的施工方案，但是，还有一些准备工作要我们来做，是什么工作呢？就是柴草和煤的问题。柴草应当不成问题，这煤是要费一点神的，也要吃一点苦的。柴草可以到县城和一些镇点找一找，对了，再和才旦同志联系一下，看看藏族同胞能不能给点支援。这煤就得要到木里山煤矿上去拉了，那个地方路途遥远，道路不平，来回一趟也得好几天。但是，不管有多大的困难，我们都得要做，而且还得尽早做，这样呢才不至于拖施工的后腿，今天开会的主要内容就是，把这准备工作分一下，分头落实，然后等准备妥当了，就开始施工。”

王国庆接过蔡稀胜的话头说：“当然，在准备的同时，施工还不能停，照样进行，各排要留下一定的兵力，保证正常施工，每天的施工进度也不能拉下，所以各排要合理安排，施工和冬季施工准备两不误。”

“对，施工和冬季施工准备两不误。我的想法是，两个排搜集柴草，两个排进山拉煤，这样呢，准备工作推进得会快一点。两个准备都必须在一周之内完成。你们几位说说吧，看看谁来拉煤，谁来搜集柴草？”蔡稀胜明确地提出了分工问题，看看谁更能承担重要任务。

史丰先第一个从桌子前站了起来，他拉了拉军装的衣角，两手平摊在桌子上，用平静的语气说：“连长，就把进山拉煤的任务交给我们吧！”

“你们排和哪个排？”

“就交给我们三排吧。”

“交给你们三排一个排？”

“对。”史丰先用坚定的语气说，站在桌前丝纹未动。

“木里山那个地方路不好走，山高路险，而且从来都没有去过，你们人生地不熟的，一个排能完成了任务吗？”

“请连长放心，我们一定按时完成任务。”

“当然你们一个排能完成任务最好，我是担心，你们排面临着还有许多不可知的困难，这一点我是不放心的。”

“请连长放心，再大的困难我们能克服，再重的任务我们也能完成。”

“这不是一句话的问题，光有信心不能让我放心哪。”蔡稀胜轻轻地敲着桌子，桌面就发出了当当的声响，在静寂的会场上显得格外响亮。

“连长放心吧，我是一个老兵了，经过了好多艰难险阻，也积累了一些经验，不论遇到什么样的困难，再大的困难，我都能想办法克服掉。”

蔡稀胜把目光凝聚在史丰先的脸上，他看到的是一张充满坚毅而自信和无畏无惧的脸，一双放射着坚定胜利的目光，炯炯有神。棱角分明的嘴唇，紧紧地啮合在一起。看到这张脸，蔡稀胜放下心来，是的，史丰先是一个当兵多年的老兵了，在襄渝线上，经历过多少次生死考验，应当说是一个办事老练处事稳当的老兵了，这样的任务交给史丰先排应当说是比较放心的。但是，事有不同，境有不同，目前是青海高原，是一个早已进入冬季的天峻草原，是一件从来都没有干过的事情，谁能知道前程中隐伏着哪些困难，哪些困难可以化解，哪些困难不易化解，这些个都是他当初在制定准备方案时第一个想到的。放在平时，这样的困难也许算不了什么，但是现在，到了节骨眼上，火烧眉毛的时候，要是有点闪失，哪可是要挨板子呀，得吃不了兜着走。此时拉煤非彼时拉煤啊。应当说，用两个排的人马去能稳妥一些，一个排让人有点不放心。现在，面对着史丰先坚毅果决的脸，他把一颗悬着的心放下来了，就说：“好，你坐下吧，就把这个任务交给你们一个排吧，但是，有个前提，要是不能按时完成任务，我就得拿你是问，这可不是闹着玩的事，营长对我说过，完不成任务他把一切都担着。但是，营长不会饶过我。在我们连呢，我负全责，在处理我以前，先得把所有责任人都处理了，我再心甘情愿地接受处分。你说怎么样啊？”

“连长还是对我们不放心啊。”

“不是不放心，是因为责任重大，不得不慎重考虑。”

“连长，容我多说几句，你想啊，进山拉煤，不是人工拉运，是用汽车，到了煤矿，有装运煤炭的工人，一辆汽车上能坐几个人，你能派几辆车去？所以人不要去得太多，去得多了也是无益，再者说了，两个排拉煤会分散兵力，也影响正常的施工，所以说，把这个任务交给我们三排一个排就行了。”

蔡稀胜回着看了看王国庆，见王国庆同意地点了点头，就回过头来对史丰先说：“对，就把这个任务交给你们排吧。”

“完不成任务你拿我是问就行了。我史丰先担着就是了。”

“好了，这个事情就说到这儿吧。那就把任务重新调整一下，三排拉运煤炭，其他排呢，就做好柴草和施工场地的准备。”

王国庆微笑着对参加会议的几个排长说：“看看有没有意见，没有意见就这样定了。”

几个排长先后表态说：“没意见。”

“那就这样定了，”蔡稀胜一看会场上没有反对意见，就直接分起工来，“一排负责工地上施工现场的准备，二排四排一部分人马在草原上打柴禾、捡牛粪，我再和才旦同志联系一下，看看牧民们的过冬草料能不能匀出来一点。”

“是！”一排长站起来说。

“是！”二排长也站起来说。

四排长也同样表了态，一定完成任务。

蔡稀胜一看会议完成了既定的任务，就宣布散会，明天开始行动，早一天行动，早一天开工。

十四

第二天，营长柳建昌打来电话，给蔡稀胜通报了一条信息，柳建昌说，作训股打来电话询问，浚河大桥的施工进度，我说，进展正常。问我能不能完成任务？我说可以。作训股长说，马上进入冬季了，全线的混凝土施工都要停下来，你能完成任务？我说，我能，过几天就要收尾了。作训股长说，你别老吹死牛了，牛吹死了，可就不吹了。我就知道火车不是推的，泰山不是堆的，牛皮不是吹的。我说，你就把心放在胸膛里吧，到时候我的任务完成了，你就知道我柳建昌不是在吹牛，不是吹牛专家。你知道吧，我是夸了海口的，你可得要掂量着这话分量的轻重，要是完不成任务，那咱四营可就身败名裂了啊。蔡稀胜在电话里说，营长，你就把心放进胸膛里吧，我们十七连决不会给你丢面子，决不落一个吹牛的专家。柳建昌放心地笑了说：好了，听了你这句话我就放心了，我倒要看看，咱们四营给他们是一个什么样的答案。

蔡稀胜放下电话，心里忽地沉了下来，冬季施工在高原上从来没有干过，到了时间全团的施工就得停下来，当然这只是指混凝土施工，在停工之前，我们的任务完成不了，那可是一件非同小可的事情，十七连的面子可就要在全团面前丢尽了，再也无法在全团面前抬起头来。他意识到自己是走在刀尖上了，走在声誉的边缘了。但他又意识到，空谈和担心是解决不了问题的，消除这些担心和恐惧的最佳办法就是干出一番成绩来，这样才方显英雄本色。

下午吃饭的时候，王国庆见蔡稀胜突然间面色凝重，知道他心上压着一块沉重的石头，就开导蔡稀胜说，别这么担心，咱们十七连水里火里都走过了，这点事情还值得担心，我看完成任务是十拿九稳的，咱就不要锁紧眉头，放心大胆地干吧，眉头锁着也是无济于事，只有干了，才能释放心中的压力。你说是不是？

蔡稀胜看了看王国庆，心想，我能不知道十七连是个什么样子吗？不就是因为一场洪水冲坏了十七连的名誉，把我们逼到墙角上，让我们再一次证明我们是一个英雄的连队么？但是，王国庆也说得很对，只有干才能释放心中的压力，就一边吃着饭一边不经意地问："指导员，是不是你上次领着强向阳几个到吉尔孟公社和才旦见的面？"

"对呀，怎么啦？"

"不怎么，我是说，你再带着强向阳到才旦那里走一趟，问问能不能给咱解决一点柴禾问题。"

"我也这么想呢，我思谋着这件事我去最合适。昨天我就想说，怕你另有安排，就没有说出来。"

"我原来想让四排派一个人去就行了，就没有给你说，但是我又想，和藏族同胞打交道，还得你出面才合适，让别人去了，要闹出另一出来可就不好了。"

"我看你这个人不但适合做军事干部，还能做一个政工干部，一个优秀的政工干部，不错。这就对了，柴草是小事，军民关系可是大事，一点也不能马虎。"

"那你就去？"

"你安排家里就行了，我去完成这个任务。"

"那就看你的了。"

"放心吧，毕竟我做政治工作的经验要比你多一点，没有多的，还得有个少的。"

"最好多来点。"

"看着办吧。"

十五

王国庆是在一个背风的沟里找到才旦的。藏族同胞逐草而居，当水草丰茂季节，他们把帐房扎在格桑花开的草地上，当冬天来临的时候，把帐房扎在背风的山坳里，在那里，储藏了过冬的草料。牛羊多的藏家人呢，是一年转一个草场，今年放牧在这个草场，把这里的草吃下去了，让另一个草场蓄养草势，当这里的草场被牛羊吃光了的时候，那里的草却长得叶繁枝茂了。于是，藏家人开始长途跋涉，转到另一个遥远的草场，让牛羊度过一个有吃有喝的寒冷冬季。才旦是藏族中的一员，少不了也作这样的转场，但才旦的牛羊数量有限，一片偌大的草场，足以供养他几十头牛羊生活，就没有一年一次转场遥远草场的功课。当寒冬来临时，只是把帐房从平坦的地势处转向背风的山脚下，那里有他低矮的土墙，有他低矮的土房，还有一顶宽大的黑牦牛帐房。牛羊圈进他的土墙里，人住进帐房里，就在这里度过一个漫漫冬季。能找到这个地方，只有一同在这个草原上放牧的藏族同胞，草原外的人是很难找到这个地方的。幸亏王国庆临来时在吉尔孟商店里问了声卓玛，才费了不算太大的周折找到这里。卓玛要带王国庆来，王国庆见卓玛正上班，就婉言谢绝了卓玛的好意，带着强向阳、文书曹义峰自行前来了。

早就下过好几场雪了，草原上积雪很厚，王国庆几人行走在深深的积雪中，步履蹒跚，随着几声咔咔的声响，脚和腿就陷进深深的雪窝，前进一步得要付出相当大的力气。走了大半天，才走进了一座小山后。刚一转过山角，文书曹义峰就指着那个地方告诉王国庆，看见一顶帐房。王国庆定眼看去，是一顶黑色的帐房，帐房顶部飘着袅袅炊烟，宛似一幅画，活在王国庆心中。王国庆问曹义峰：“那是才旦的帐房吗？”

曹义峰说：“不知道，走近了问一下就知道了。”

强向阳脸上冒着腾腾的热气说：“咱就是按照卓玛说的路线走的，应该是他。”

“但愿就是，”王国庆喘了口气说，“再走我的衣服就湿透了。”

“藏胞骑着马在草原上行走，我们呢，靠两条腿，当然是比他们费劲了。”曹义峰喘着粗气说。

强向阳接着说：“还难走。”

“回去的时候踩着雪窝就不难走了，也不费劲了。”王国庆用粗重的语声说。

藏狗的凶狠叫声引出了在帐房里的才旦。才旦手搭凉棚向远处一看，见一行三人向自己的帐房走来，从走势上判断并不是牧羊的同胞，再细一看，是几位穿着军装的金珠玛米，于是从黑色的牦牛帐房里跑出，跑向王国庆跟前。那藏狗咆哮着扑向向才旦走来的王国庆。在冷寂的草原上，能遇见几个前来造访的客人，主人是多么欣喜若狂，一定得走出老远把客人接进帐房里，拥着火炉，畅叙一番。才旦大声地喝止藏狗，让它别叫，自己却一步没有停止地走向王国庆几人。

远远地，王国庆看到一个熟悉的身影，那个身影走路时身子前后有点闪，总是低着头，像在寻找掉落地上的物件，此时他穿一件宽大的藏袍，戴一顶黑毡帽，脚穿一双皮靴，一脸沧桑，那是岁月在他脸上留下的印记。不错，就是才旦，就是卓玛的父亲才旦，看清了人后，王国庆就大声地呼喊起来：“才旦大叔，才旦大叔。”

才旦在王国庆认出自己的同时，也认出了王国庆来。刚出帐房时是慢步走着向来人，这个时候慢步变成了小跑，等到离王国庆七八步的时候，收住脚步，用藏家的礼节向王国庆三人道了一个祝福：身子微微下弯，右脚向前伸出半步，双手向两边伸展开来，随后右手按在左胸前，大声地说道：扎西德勒，扎西德勒！

王国庆三人立定站在才旦面前，正正规规地敬了一个军礼：“才旦大叔好。”并伸出手去和才旦紧紧地握在一起。

才旦握着王国庆的手说：“王指导，这么冷的天，你们怎么跑到这个地方来了？是路过这里吗？”

王国庆笑着说：“哪里是路过这里啊，是专门来拜访你大叔来的。我这是无事不登三宝殿哪。”

“哎，我这个放牛羊的，能帮你们金珠玛米啥呀？”

“哎，大叔你可说错了，你能的，大小都能帮一点。”

“啊，要是能帮上，我才旦一定会尽心帮助你们。”

“我就知道，要是知道你不会帮的话，我们就不来你这儿了。”

“这个话就不对了，金珠玛米和藏家人是一家人哪，帮不上忙也可到我才旦这里坐啊，喝一碗酥油茶，喝一口青稞酒，也是可以的嘛。”

“噢，对对，只是我们是部队，不能随便离开，要是别的单位，我们可以有事没事地到你这里来，好好叙叙旧，喝酒吃手抓，那多快乐。”

“哎，这就对了。哟，”才旦像是突然想起什么似的，拍拍脑袋，恍然大悟，“你看看，光顾着说话了，都不知道快进帐篷里坐坐。快，到帐篷里去，到帐篷里去。喝碗茶暖暖身子。”

说着，伸出胳膊，向帐篷方向一指，把王国庆三人让在身前，自己则拉着狗，走在后边，走了几步后，又在狗的脖子上拍了几下，给狗不知说了句什么藏语，那狗就飞也似的向着帐篷方向跑去，到帐篷跟前时，卧在一边，摇着尾巴，再也不作声了。早就听说狗通人性，王国庆在草原上再次验证了这句俗语，并不是随便说道的。

王国庆在才旦的引导下坐进了帐房，曹义峰和强向阳把从连队带来的礼物交到才旦手上，红糖、茶叶、水果糖，还有内地带来的花生，都是草原上牧民们最喜欢的。特别是茯砖茶则更是草原人离不了的日常生活用品。按藏族人的习惯和讲究，客人造访时，须得顺时针依次坐在左边，主人则坐在进门的右手。王国庆坐定后，看到帐房中间支着一个火炉子，炉膛里的火正烧得旺，火苗蛇信似的向上跳窜，火炉子上架着一个被烟火熏黑了的铁壶，噗噜噗噜地冒着白气。火炉旁堆着等待用的干牛粪。一个藏家妇女坐在才旦身旁，一身用金线绣的藏袍，裹着一个瘦弱的身子，她只顾低头忙着烧火沏茶，没有抬头说出一句话来。才旦就说：“这是卓玛的阿妈，勤快的女人，就是没见过太多的世面，你们的到来，她确实还有些不好意思，还像小姑娘一样的害羞呢。”才旦女人就红了脸，抬起头来轻声地几乎用听不见的声音问候着王国庆三人：“扎西德勒！”说完就再也不说一句话，只顾忙着烧水做饭了。

才旦说：“她平时也不多说话，来了人只管做事，就是这个脾气。哎，老婆子，这几个是部队上来的王指导，还有一个是卓玛救过的小伙子。嗨，说这些就像没说一样。咱说咱的吧。我说王指导，你们几个来了，是头一次来，就得先在我这个地方好好喝几碗，尝尝我家女人的手抓，再喝喝我们藏家人的酥油茶，喝好了，再说你们的事。咋样？”

王国庆被才旦的热情深深地感动了，藏家人的热情好客质朴和无私在才旦这个人物身上展现得淋漓尽致，这使得王国庆浑身暖热，他深知“入乡随俗、恭敬不如从命”的古训，可是，他重任在身，不得不在几番感谢之后说明自己的来意：“才旦大叔，酒是要喝的，但是我得先把事和你说清了，看看能不能帮忙，这是我们今天来的任务，一点都不能马虎的任务啊。”

“行啊，说说吧，只是我能帮的，我一定要帮。”

王国庆就把来意作了说明。之后特别强调，如果草不多的话千万不要勉强，牧民也得要过冬啊。牛羊也得过冬啊。

才旦大声地笑了起来：“呀呀呀，是这个事啊，我还当是啥大事呢，修桥用的啊，好办，就是我们不用，也得把你们要的弄齐了。要多少？”

“不太多，几千斤就够了。”

“噢，几千斤草，当是啥事呢。包到我身上。”

“没问题吗？”

“你只说啥时要就是了，我到时间给你们运到。”

“越快越好。”

“运到什么地方？”

“浚河大桥工地。”

“好了，我帮你们弄吧，后天太阳落下之前给你送到。耽搁事不？”

“那就太感谢了。”

说话间，才旦女人把一盘热腾腾的手抓放在了矮桌子上，立马帐房里弥漫出一股扑鼻的羊肉味。

“不说了，现在可以喝酒了吧？你看手抓都上来了。”

“那就恭敬不如从命了，就借花献佛，给才旦大叔敬几杯酒吧。”

才旦女人很快用干牛粪擦了擦酒碗，那是几只银光闪闪的银碗，只有到草原上来的尊贵客人才配用得上这样的酒具。才旦拿起互助大曲酒瓶，用坚硬而雪白的牙齿咬掉瓶盖，把酒倒进酒碗中，然后把酒碗举过头顶，说：“你们是我家的尊贵客人，给我们带来了吉祥，带来了幸福，才旦就真心地敬你们一杯。”

王国庆站起身来恭敬地接过酒来，说了声：“再次感谢才旦大叔的无私支援。”然后就一仰脖子喝尽了碗中的酒。一碗酒下肚，王国庆直觉得一股热辣辣地暖流从口腔流入内心，心里有种说不出的温暖和感动。

第三天中午，王国庆还在心里盘算着才旦的柴草能不能按时送来时，却听得门口的哨兵向他报告说：草原上走来了一支牦牛队，背上驮着柴禾。王国庆心里一喜，说，是才旦大叔的柴草到了，就让哨兵通知一排长周子星赶快出来迎接，并让炊事班准备几个好菜，拿出几瓶酒，犒劳犒劳才旦大叔和一起来的人。哨兵接到命令飞也似的传达去了。

十六

三排的拉煤任务是由史丰先亲自带领去的。连里暂且由副排长负责，自己带着三辆解放牌卡车第二天一大早向木里山进发。三道车灯刺破草原的黑暗，像三把利剑，刺向远方的木里山。史丰先信心足足，一趟木里山，不是什么刀山火海，没有什么可怕的，就是刀山火海也没有什么可怕，刀山敢上，火海敢闯，这是共产党人常说的一句话，何况它不是刀山不是火海，不就是山高一点嘛，不就是天冷一点嘛，路难走一点嘛。只要司机技术没问题，这算不了什么。临走时听说那山上时有野狼出没，所有出入木里山的车辆，都带着枪支，以防野狼侵袭。他也不例外，就带了枪，还让另外几个人带了冲锋枪，以防不测。有了这样的装备，这样的人，还怕不能把煤顺利地拉回工地来。对此他充满信心。

可是，当他坐上车后，在路上与拉煤的司机一攀谈才知道，那个地方凡是汽车连的司机，没有一个不怕到木里山的，没有一个司机愿意到木里山拉煤的。史丰先奇怪地问：一个木里山，怎么就让司机们怕到这个份儿上？司机说：路太难走，上边比这里更缺氧，这还不是主要的，那个地方，一年四季都在下雪，路上积雪冻成冰，稍不留意，就有可能出车祸，要是遇到下雪天气，还不知道要出啥事呢。史丰先听了倒吸了一口冷气，只觉得从头顶凉到了脚低。原来想的那些豪言壮语，在这些具体困难当中，变得有些苍白无力了。但史丰先并没有由此而畏缩，反倒想好好经历一下，这木里山到底有多艰难，有多险阻。

木里山处在海北草原北部，海拔四千三百米，为祁连山之一山脉，绵延在海北高原上，是青海境内比较有名的煤田基地，供应着青海大部分的工业和生活用煤。此山常年积雪，人烟稀少，野生动物出没无常。出入山里山外是一条用石子铺成的公路，因为拉运煤炭的车队，载重量大，公路不堪重负，已经变得高低不平。夏秋两季，好多路段被车辆碾成橡皮路，车行在路上，就像行驶在波涛汹涌的大海上，半天走不出几公里远；冬天路面结冰打滑，车行在上面，常有侧滑而翻进沟里的惨剧发生，造成车毁人亡的悲剧。所以不管哪个单位的车辆行驶在这座山里，司机个个都提心吊胆，把此地视为鬼门关、生死关口。鉴于这种情况，司机们要是领受进山拉煤的任务，都要编队前往，生怕有个大小闪失得不到救助。在十七连助勤的汽车一连司机班，自从到刚察草原驻防之后，接受的第一个任务就是到木里煤矿拉运煤炭，亲身经历过木里山的恶劣环境，所以，这次再去木里山，他们三辆车同时进发，一路相互图个照应。

令史丰先最为担心的，并不是木里山的人烟稀少，高山缺氧，寒风刺骨，而是路面结冰，山高沟深坑大，再就是怕大雪弥漫。要是在高低不平的山路上，遇到大雪弥漫，车轮打滑，爬不上坡路，那可就不是一件好事了，掉进沟里，车毁人亡不说，连里的任务就怎么也不能按期完成了。为此，他在心里着实捏着一把汗。

好在，一路风和日丽，山路虽说崎岖不平，公路狭窄，车辆来往不少，但三辆车还是一路顺利地到达了木里煤矿。

木里山脚下，一个山坳里，现出一圈围墙来，墙不太高，也不甚厚，基线也没有走在一条直线上，门口就挂了一个牌子：铁道兵四十六团木里山转运站。车进院子，才见里边盖了几间房子，土质平顶，上边覆了油毛毡，油毛毡上突兀地冒出好几根烟囱来，直直地刺向天空，烟囱里的青烟打着滚地向外冒出。史丰先从团宣传股制作的幻灯片中知道，木里山转运站站长吴长发可是一个全团人人知道的先进人物，自从部队进入青海高原以后，他就带领一个班驻守在木里山中，为部队采购煤炭。在大雪封山、物资断绝、粮食供应不济的情况下，顽强地坚守在转运站中。他的故事很多，其中靠九棵白菜坚守一个冬季的故事成为部队的一段佳话，在部队广为流传。

史丰先带领的三辆车刚一进转运站，史丰先就看见一个人穿一身棉军装，没有披军大衣，从一间房子中走了出来。史丰先很是惊讶，大冬天的，这里人人都穿着皮大衣，唯恐受了寒冷，得了感冒，可是，这个人却一身军装扎着腰带，挺着身子向他们走了过来。四个口袋微微鼓突，一看就是一个干部，他不怕冷么？正想着，此人走到跟前，用一口浓重的四川口音问道：“你是哪个连哩？”

史丰先立刻从驾驶室里跳到地上，敬了一个礼说：“我是四营十七连的。”史丰先心里猜测着，该不是那个吴长发吴排长吧？

那人又说：“知道了，你们四营打过电话。三辆车都是你们的吗？”

“对。”

“那就好，你们先歇一下，吃个饭，暖和一下身子，然后再说别的。”

“好。”史丰先忍不住地问道，“你是？”

“我是吴长发，转运站站长。”

“哎呀，久闻大名了，今天才见真人。”

“啥子久闻大名，先洗把脸再说吧。你们还得要快点装了煤走呢，别在这里说啥子久闻大名。”吴长发是一九六五年的四川兵，当兵诸多年了，可是一口乡音就是改不了，说起话来就像吵架似的，其实也不过就是一种表达方式而已。在团里的干部中，大部分人都知道他有两个很奇怪的特点，一个是他能生吞猪油，刚杀了猪的板油，从猪的肉体上一把撕下来，他一张嘴一气吞到肚子里，大气不喘，面不改色，心不跳，别人一直担心他吸了板油会拉肚子的，可是他却安之若素，什么也没有发生，令大家惊奇不已。第二个特点是，他大冬天的上身只穿一件绒背心，下身只穿一条衬裤，能度过整个冬天。在襄渝线上大家还不以为然，可是到了青海高原，不得不佩服他这种超乎常人的体质，怎么能耐得住这零下三十多度的寒冷？

史丰先洗罢脸，几个人就坐在饭桌上，一边吃着饭，一边听吴长发给他们介绍山里的情况。吴长发说，临近冬季了，进山拉煤的车子很多，全都排着队，队都排了好几公里长。当然，部队的车辆优先，可以直接开到煤场里。这都不是主要的，问题是，最近天要变了，大约在三五天之内吧，这里要降大雪，雪一下，可就麻烦了，出入山里的车子可能就走不了了，所以，你们得要赶在大雪来临之前把车子开到山外，要不，你们就得住到山里边，和我搭伴了。吴长发说，吃完饭，你们把车况检查好，也不要歇着，就去装煤，装上煤也不要停，赶快就走，走出木里山你想咋走咋走，全都由你们了。不是我不留你们，是天不留你们，在这里，你们一定得听我的，不要乱做主意。史丰先听完吴长发的一席话，心里暗暗吃紧，三五天之内要下大雪了，大雪一下，木里山可就要封山了，这一封山，车子开不出去，车子开不出去，煤拉不到连队里，这不是把事闯下了吗？心里吃紧，嘴上就不由得多问了吴长发一句："吴站长，这雪真的是三五天要下下来吗？"

吴长发一听，面色一沉，显然有点生气，说："你是在说我对你说谎话噻？"

"当然不是，我是想算一下时间，看看能不能在大雪封山之前走出木里山。"

"青海气象台告诉我们的，离这儿不远有一个气象站，他们的预测还是挺准的。"

"这下我心里就有底了。"

"有底了，你们就快点动作，别在这里待太多时间，要是动作慢了，被堵在我这里，我还得要管你们的饭，顿顿还得炒几个菜招待你们，够麻烦的了。"

"那你也就不寂寞了，有人陪你说话了。"

"就是嘛，可是，这里吃的，仅够我们几个人啊，你们呆在这里多添了几张嘴，我们不就得饿肚子了嘛。"

"你放心吧，我们几个决不和你争口粮。我还要告诉你我们营长让我给你们捎带了几样菜，让你们改善一下生活。"

"粮不要紧，关键是菜啊，你们带来的菜对我们来说，是最好的东西，你们营长也是抠门，光带了菜不带点肉来，可是车却派了三辆，光知道拉，不知道送，抠门的家伙。"

柳建昌和吴长发原属同一个营，同一个连，他当排长的时候，吴长发也是排长，他提到四营来，一路连长、副营长地升，直到营长这个位子，吴长发还是一个排长。原因何在呢？吴长发是一个大字不识一斗的工农干部，而柳建昌却是一个念完初小的干部，这样一来，柳建昌就沾了文化的便宜，而吴长发却吃了文化的亏。这样的事例在四十六团比比皆是。

“下次不用柳营长安排了，我把这事就定了。”

“好，下次来了，咱多喝几杯。这次就不了，赶快回去是正主意。”

“对，来日方长啊。有见面的机会。”

十七

一切都很顺利。装完车，他们几个也就不敢太停留，立马向山外走。轻车行驶时，史丰先也不觉得这路的难走程度，可是载重后的汽车，行驶在弯曲的山路上，让史丰先感到格外难走。史丰先不是司机，也没有开过汽车，但坐车是常有的事，走过所有的路，都没有像木里山这样的路难走，都说大海中行船，在波涛汹涌的浪涛中船只上下颠簸，让人呕吐头晕。这路段酷似大海中行船，一程又一程，一波又一波，不但让人会产生颠簸头晕眼花的感觉，而且随时让人有一种整个解放车要被这崎岖不平的路扭曲变形，直至断裂的感觉。好在，司机若干次走过这样的路，有着对付这种路面丰富的经验，所以一路走来还算顺利。司机边驾驶车辆，边和史丰先拉呱，说，这样的路面并不可怕，可怕的是在这种路面上抛锚。要是天气好了，也没有什么，要是碰到坏天气，那可就要受罪了。

史丰先在心里说，千万不要发生这样的事，老天保佑，苍天在上，让我们顺利地走出这个地方。

可是谁又能知道，史丰先最担心的，偏就在木里山最崎岖的山路上发生了：走在前边的两辆车停在了路边，史丰先心里咯噔一下，心里冒出一个胆战心惊的问号："别出什么故障了吧？"

史丰先下到地上，走近最前头的一辆车，见司机正手忙脚乱地站在保险杠上，满手油污地提着一条橡胶带，一脸茫然。车头上嘶嘶嘶地冒着白雾，像是开锅的样子。史丰先问："怎么了？"

那满手油污的司机说："风扇皮带断了。"

是的，风扇皮带断了，发动机的温度降不下来，而降不下温度的发动机水箱就开锅，高温水像喷泉般的喷向天空，化为一道汽雾，弥漫在车头上。司机一筹莫展。

史丰先说："皮带断了换一条不就成了？"

那司机苦笑了一声，说："史排长，要是有换了就成了，可是没有啊？"

"你们没带？"

"我原先带着一条放在工具箱里，想在路上有备用的。"

"有就拿出来用不就成了？"

"可是，工具箱一打开我才想起来，临走的时候给别的车用了。"

史丰先一听急火攻心，一下变了脸说："你是干啥吃的？走这么长的路你也不做好准备，就这样仓促上路，你都不想想路上可能要发生什么事情？现在可好，没有皮带能不能行驶？"

"史排长你别发火，已经是这样了，我也没办法了。"

按说，汽车班他是不好批评的，因为他们对四营来说是助勤来的，行政管理权限不在营里，更何况即便在营里，他也不好批评一个有缺点的司机。是的，已经是这样了，看看有没有别的办法？他一下平静下来，然后对司机心平气静地说："看看另两辆车上有没有备用的？"

"我去问问。"

"快点啊，别窝在半路上，这可不是个什么好地方。"

那司机从前跑到后，最后手里提着一条风扇皮带走了过来。史丰先悬在半空中的心这才放了下来。那司机走到史丰先跟前说："史排长，有了，你就放心吧，把它换上就成了。"

史丰先一看皮带有了着落，故障可以短时间内排除，就问了问另两辆车的司机，有没有什么问题，得到肯定的答复之后，他把行车方案作了一个小调整，让后边的两辆车先走，他陪着断了皮带的车断后，一路不要停，等到出山口的地方再会合。到了山口，再大的风雪也都不怕了。

后边的两辆车走了，留下了断了皮带的这辆车。史丰先让司机换着皮带，自己呢，在车边闲溜达。史丰先在车上还没有完全看得清自己所处的位置，等到下到地上后，他才看清，这是一个群山起伏的地段，逶迤起伏的山峦，白雪皑皑，此时天朗气清，阳光明媚，蓝天如洗，一只雄鹰盘旋在高远的天际上。要不是外边冻到让人不能伸出手来，这该是一个怎么样的环境？公路蜿蜒在山的皱褶处。似一条黑色的麻线，时而显出，时而隐没，让人心生悲凉的同时也心生恐惧。

皮带换好了，史丰先走到车前准备走，可没想到因为换皮带的时间有点长，水箱的胶皮管子冻住了。怎么回事呢？史丰先问司机，司机解释说，在换皮带的时候，管子卸下来了，管子里边积有降温水，冰天雪地的，就冻住了。史丰先脑子一片空白，他无奈地问了句：怎么办呢？司机则是见惯不怪地说，用喷灯烤一下就成了。史丰先没辙，就说，快点烤吧，争取早点上路。

史丰先闲得无聊，就再折返身走向山头，正走着，无意间看到一朵花开在一个小山头上。那花呈深红色，长长的花瓣向着天空，向着雪山尽情地开放，那花瓣应当是叫花蕊的吧，是那样细长，那样鲜艳，在木里山强劲的冬风中起伏摇曳。史丰先心里着实奇怪，是什么花开在这雪山顶上呢，该不是雪莲花吧？对，一定是雪莲，哎，他是第一次在青海高原看到雪莲花，多美啊，多么高贵啊，开在冰天雪地中，她虽说不能和腊梅花相提并论，可是这凌霜傲雪的骨格，足以让开在温暖春风下的花儿逊色几倍。史丰先确定它为雪莲，突然就想起卫生队一位懂中医的军医说过，雪莲既是一种非常美丽的花朵，同时呢，还是一味有名的中药，入药可治月经不调、肾亏等病，是治妇女病很好的药材。史丰先就跑到跟前，将雪莲小心翼翼地采了下来，放在口袋里，刚做完这一切，就听得路上的司机在大声地叫了：水通了，咱走吧。于是，史丰先就快速地下到路上，问了声“好了”？就坐上驾驶楼里，继续没走完的里程。

现在，司机楼里只留下史丰先和司机两个人了，史丰先见司机开得很顺当，就拉开了闲话说：“哎呀，我刚才在山头上采了一朵雪莲。你没见过吧？”

司机好奇地问：“真的吗？我看看。”

史丰先把雪莲从口袋里拿出来，放在眼前让他看。那雪莲还没有枯萎，又细又长呈椭圆形的叶子，精神地挺在史丰先的手中。司机哇地一声叫：“这么好看的花啊。我还是头一次见到。”

“不光是你第一次，我也是第一次。这下咱俩都看到了，就知道雪莲是怎么回事了。”

“对。要不是咱在路上抛了锚，咱咋也不会见到雪莲。”

“对，坏事里边有好事，好事里边有坏事。这叫福兮祸所依，祸兮福所藏。这是古人说的。”

“你是有知识的人，就是比我们懂得多。”

“我把她放在排里，等我回到家里后，送给我的老婆，让她也开开眼，知道什么是雪莲花。”

“对。史排长，老婆是做什么的呢？”

“现在还不能叫老婆，还没有结婚呢。在县里商店当售货员。”

“一定很漂亮吧？”

“你说呢？”

“我又没有见过。”

“当然很漂亮，不漂亮能当我的媳妇吗？”

“那是，你是一个很标致的人，要是找了一个丑八怪，那还不把人羞死了。”

“对呀，我把县里商业部门的花尖尖挑来了。你说她还能不漂亮？”

“你真有福。”

“有媳妇了吗？”

“还在丈母娘家里养着哪。”

“好，让她养得好好的，女大十八变，等她变漂亮了，再把她娶过来。”

“你说得对。”

“你要是谈对象不会写信，我替你写，一定给你把信写得好好的，让她一看咱就非得要嫁给咱不可。”

“那好，那就说定了，我要是相对象了，就让你给我写信。”

“不，那叫情书，你不懂。”

“对，情书。那才叫浪漫呢。”

两人一直说着话，也一直顺利地走过了许多弯曲的道路。史丰先心里算计着，要是按照现在的时速算，再过十几个钟头就可到达山口了，即便是到不了山口，他记得进了山口很长一段路都还平坦，也能到达那段平坦的路上，到那个地方，就是把天下塌了，也不怕完不成任务了。谁知好景不长，车子再次抛锚在路上。史丰先问：“怎么回事啊？又停在了路上？”

司机小崔说：“我觉得轮子好像不得劲，可能是轮子出了毛病。”

“你可别给我说这句，让我听了心惊胆战的话啊。”

“可能是。你没开过车不知道，我一打方向就知道是怎么回事了。”

“你可别说这样的话了，在这个时候，我最不爱听的就是你现在说的这句话，最不想的也是这句话，你就行行好，别让咱停在路上，哪怕是把咱撂到山口跟前，也别撂在山里头。”

“那我也没办法，要是车有了毛病，我有什么办法？”

“车有了毛病，一定是你的毛病，你平时不保养车况，到关键的时候就抛锚，你还说你有什么办法。”

“那也说不定呢。”

史丰先心里稍稍松了一下，说不定不是轮胎的问题，是他的错觉呢？可是当他和司机一同走下驾驶楼后，看到右后轮胎的一条瘪了气塌在路上，心里再次现出了莫名的沉重来，史丰先心里暗暗叫苦，换轮胎可得要费一些工夫的啊，可千万别在这个时候下雪呀。

“有备胎吗？”史丰先问。

“没有。”

史丰先吃了一惊，没有备胎可怎么渡过这个难关呢？“没有咱还能走吗？”

“我看看，换下来火补一下还能不能走。”

“哎呀，小崔师傅啊，你真是了不起，你一路弄了这么多的麻烦，你都不知道要担多少风险，要吃多少苦头啊？”

“没事，你没出过车，我出得多了，小毛病好修。”

“你可别弄出大毛病来了。”

这时候，天渐渐黑了起来，因为车停在一个山头的下坡处，还能看到一缕夕阳一抹余光，要是在山底，早就会被傍晚的黑暗拥在夜幕中了。史丰先也不再说什么，他知道说什么也没用，就搭手和司机一起卸起了轮胎。此前他从未换过这玩艺，看见别人换，觉着挺轻松，可是到了自己换起来，才体会到的确不是一件轻松的活，轮胎上的螺丝生锈了，锈在轮毂上，一个人扳着长柄扳手，半天丝纹不动。六个螺丝卸下来需要半天工夫。等到卸下来将外胎扒开，取出内胎来，将破裂的口子火补之后再装上去，那可是要费一阵工夫的。

史丰先和小崔换完轮胎，天色已经黑了下来。在沉沉的夜色中，史丰先和小崔两个人，开着一辆车，备觉黑暗的恐怖和个体的孤单。毕竟，他俩是从部队练出来的胆子，毕竟这样的情况经历过多次，此时的史丰先，镇定自若，像往常一样协助小崔把所有工具收拾好，准备启程。

真是好事多磨，当他们在一心一意火补轮胎时，那油底壳内的机油却冻结在一起了。这真是要命的事，在冬天里，解放车不管早晨还是晚上发动，都得要用摇把把车摇上五六分钟，等到机油不再冻结后，发动机才能艰难地启动起来。情况往往是，在室外的早晨，不但要摇上五六分钟，更要命的是，先得把喷灯支在油底壳下边，持续喷上十多分钟，这样冻结了一夜的机油才能在高温下恢复其润滑作用，否则，引擎无论如何是发动不起来的。今天，虽说不是冬天的早晨，可是汽车停在木里山山坳里，气温比草原要低好多度，发动机一停止工作，机油就凝结成一块冻坨，再次发动时，就得再用喷灯把机油化开。小崔这时候才显得有些手忙脚乱了，就对史丰先说："史排长，真对不起了，机油冻住了，我得用喷灯把机油化开，才能发动汽车。"

史丰先耐住性子说："已经是这样了，你就发动呗。"

"我在下边喷，你坐在驾驶室里脚踩在油门踏板上，我让你踩油门你就踩几下，这样咱就能快点把车发动起来。"

"对，就照你说的做。"

小崔说完钻进车底下支起喷灯来了。呼呼地喷灯声从车底下粗重地传导过来，盖过了山风的呼号。车上的史丰先心里琢磨着，要是顺利地把车发动起来的话，在夜幕之中行车虽说慢一点，但是，也能走出个十几公里的，这十几公里也许是救命的十几公里，它可以躲过暴风雪地侵袭，它可以带给四营胜利的希望。要是不能顺利的话，那可就说不上来了。正想着心事，却看到车的正前方现出了几个绿色的光点。那绿色的光点在沉沉的夜色当中，显得格外的绿莹，它像一颗颗镶在黑色天幕上的绿色宝石，闪闪发亮。史丰先心里想，这闪闪发光的东西是什么呢，真的就是一颗颗绿色的宝石吗？仔细看了，却见那绿莹莹的亮光在慢慢地向近游动，而且在游动中由几个光点变成了十多个，形成一片绿色的光亮，这片绿色的亮光究竟是什么呢？史丰先迅速地寻找着准确答案。倏乎之间，史丰先脑子里冒出一个可怕的念头：是那些被人四处传播的木里山马狼吧？这些木里山的尤物，白日里深藏在人迹罕至的深山里，偶尔露出狰狞的面容；夜深人静的时候，游走在荒无人烟的山峦深沟旷野之间，遇到可口的猎物，便成集团作战之势，向猎物群起而攻之，直到猎物成为它们的嘴中美餐。史丰先想到这里，不禁打了一个寒战，要是真的遇到这样的狼群，小崔和自己这条命也就不好说了。来此前他听说过，好多行走在这个山坳里的生命，就结束在群马狼的攻击之下。今天自己不幸地碰上这个他曾经以为是传说然而却是真实的事件当中了。是吉是凶？他一时紧张得头发一根根竖了起来。最好还是快点走，这才是万全之策，才是最好的结果。

小崔在车下边喊着踩油门，史丰先就用力地踩了几下脚踏板。汽车引擎发出沉重的喘息声，只转了几下，复又陷入沉寂。小崔又喊道：再踩再踩，他再踩几下，这回车有了连续的转动，可是只转了几下，就又灭了。第三次史丰先踩了油门，那发动机慢慢地转了起来，由慢逐渐加快，由起初的沉重到最后轻松地工作起来，谢天谢地，总算转了起来。发动机一工作，史丰先的精神也随之安定下来了，要知道，汽车是一个移动的防卫工事，当群狼向小崔和自己发起攻击时，他俩完全可以坐进驾驶楼里与之周旋，不致于被狼撕咬在荒山野岭之中。

小崔收起喷灯，走向驾驶室里。趁着小崔在轰油门的当儿，他把随身携带的五四式手枪顶上了火。放进右边的口袋中。之后，他把小崔身后的冲锋枪拿过来，装上弹夹，拉好枪机，锁上扳机，还有一把半自动步枪，也顶上了火（这杆枪是在前两辆车先行一步时留下来的，他们担心史丰先走在最后，万一遇到不测，多留一杆枪能帮助史丰先走出困境，真没想到，身陷危境的史丰先，还真的就把这把半自动步枪派上了用场），做完了这一切，史丰先这才用手拍着小崔的肩膀，很是严肃地说：“小崔呀，看来我们今天晚上遇到麻烦了。”

小崔不以为然地说：“没有多大麻烦，只要不下雪，就是晚上我也能把车开到山外去。不就是天黑了嘛。”

史丰先正色地说道：“不，我们遇到大麻烦了。你先别说话，听我说，你先把车窗关好了，再锁上门锁。好了，锁上就好，这下，你往对面的山头看，发现有没有什么奇怪的东西？”

小崔顺着史丰先的手势向车窗外看去，窗外一片漆黑，不见一点亮光。小崔奇怪地说：“没有看到什么呀？”

史丰先搜寻着自己原来发现绿色亮光的地方，真的，什么也没有了。在这一瞬间，他甚至怀疑自己刚才是不是神经出现幻觉了？错把星光当成了绿光，把遥远的星光当成了木里山中的马狼了？小崔再次向他发问道：“是不是你刚才眼花了？”

“好了，不管怎么说，小崔同志，我得给你说清楚，从现在起，你得一切行动听指挥，听我的指挥。”

“你是排长啊，我还能不听你的指挥。”

“不是这样，是我们遇到大麻烦了，你别独立行动。我叫你走你就走，不叫你走你就停。”

小崔一看史丰先的口气一直很严肃， 所以也就不再像平常那样太随便，就郑重其事地说：“我听你的。”

“带了多少发子弹？”

“两梭子。”

“冲锋枪一共是几梭子子弹？”

“五六梭子。”

“到底是几梭子？”

“我看看，”小崔回过身来，在子弹袋上来回摸索了几下，就用肯定地语气说，“五个梭子。”

“都是满梭子吧？”

“对。”

“这就放心了。我告诉你，我刚才看到狼了，你知道吗，是木里山里的马狼。”

“我真的没有看到。”

“我看到了，可能是它们看到咱们汽车的灯光了，你知道狼是怕灯光的，藏到别的地方去了，也许从山头上正向咱们汽车停的这个地方走过来。”

“你可别吓我。”

“没有吓你。你的任务就是要把车开好，不论在什么情况下，都要把车开稳开安全，一直往前走，不要停下来。那杆半自动步枪我给你留在手边，但是，你轻易不要开枪，我让你开的时候你再开。听明白了没有？”

“是，听明白了。”

“遇到过这种事情吗？”

“没有，从来没有遇到过。”

“经过这次事情后，你就会不怕这种事情了。”

“好了，汽车预热好了，咱们走还是不走？”

“走，像往常一样地往前走。不管狼多狼少，都要往前走。”

“最好别遇到你说的这个情况。”

“我也这样想的，可是，狼不听咱的话。要是听咱的话，咱和他商量一下，你别来了啊，等我们过去了你再来啊。可惜狼是畜生，不是人啊。”

“那咱就走了。”

小崔驾着车，慢慢地向前走了。

史丰先判断得没错，那是十几只狼，十几只木里山中的马狼，之所以被称之为马狼，是因为体型高大，攻击凶猛，较之其他地方的狼来说更加凶残。那十几只狼集合在一起，顺着山势，快速地向着史丰先的汽车停靠地点前走来了。这就是小崔和史丰先再次向那个山头张望时没有看到狼眼的缘故。它们在沉沉的夜幕中，在隐秘的行进中，向史丰先小崔跟前走来了。

在这个隐藏着极其危险的夜幕中，小崔所开的解放牌军车再次出了毛病。油箱没油了。小崔反复踩踏油门没有反应，车也呻吟了几下，停在路上不走了。史丰先瞪着眼问：“怎么不走了？”

小崔哭丧着脸说：“没有油了。”

史丰先脑袋“嗡”的一下炸开了。没有油了，就意味着不能走了，不能走了，就意味着走不出木里山了，不能走了，就意味着要在大雪弥漫中在山里窝着了，不能走了，只能眼睁睁地被围困在马狼中间，经受生死考验了。不能走了，路上没有带多余的食粮，也就意味着，不被马狼咬死，不被冰雪冻死，也得被饥饿饿死。你说这个该死的小崔来前怎么就这样的不认真仔细呢，粗心大意是要牺牲生命的啊。这要放在自己排里，史丰先怎么也不会放过这次疏乎，但是，小崔是汽车连派来的助勤人员，他一时不能发火，再说了，在这个群狼逼进的危机时刻，修理一个粗心大意的战士似乎也不妥当。史丰先尽量平息一下自己即将爆发出来的怒火，用平静的语气问小崔："带着备用油吗？"

"带着。"

史丰先一听带着备用油，心里就松了口气，这个家伙，带了汽油怎么就不知道加进油箱呢？史丰先继续问着："放在什么地方？"

"在车厢上。"

史丰先想起来了，车厢上是有一个大油桶，就放在车厢的角落里，装煤的时候，把它埋在煤堆里。一盘橡胶油管就放在油桶的旁边。"怎么加呢？"史丰先又追问了一句。

"把橡胶管子一头放进油桶里一吸，另一头搿进油箱里就成了。"

"你们平常就是这么做的吗？"

"对，就是这么做的。这个活不复杂，一会儿就完。"

"问题是晚上啊，问题是狼在我们跟前啊。"

"那你说怎么办呢？"

"狼在跟前也得要加，要不然，我们不就得被困死、饿死、冻死，最后被狼吃得可能连骨头都剩不下了。"

"史排长，你的话挺瘆人的，别说了，你说咋办呀，我听你的。"

"从油桶里给油箱中抽油。"

"啥时候？"

"就现在。立马动手。"

"好，你可要看着啊，我上到车上去，把管子塞到油桶里，可别让狼爬到车上，在我屁股蛋子上咬一口啊。"

"你要是动作快了的话，狼就咬不上你了。"

"别的事我做不来，这事我是袜子穿腿，快着呢。"

"带上枪，万一有狼窜到你身后，你就给它一枪。"

"好。"

小崔麻利地将半自动步枪挎上肩头，打开驾驶室门，一翻身从驾驶楼顶窜上了车顶，熟练地用扳手将油桶盖子旋开，再将管子绽开，一头塞进油桶里，另一头丢下车来，让史丰先接着，小崔又麻利地从车顶跳到地上，抽掉油箱卡子，嘴对着橡胶管子狠猛地吸了起来。听得一阵咕噜噜的响声后，松开嘴巴，把管子放进油箱里。小崔听到汽油流进油箱的声音，就像听到歌唱家的美妙声音，连连高兴地对史丰先说："史排长，一会儿就好了。"

自从小崔爬上车顶之后，史丰先一刻也没有闲着。他从腰间拔出手枪，提在手中，绕车的前后走了一遭，他在黑暗中寻找那一对对绿莹莹的宛若鬼火似的亮光，如果没有，那就再好不过，如果有了，他可开枪射击，保护小崔把油加完。走了一圈，并没有见着那些亮光，这才协助小崔做起加油的事情来。

一切都很顺利，小崔麻利地将管子收掉，盖上油箱，卡好卡子，再次翻身跳上车顶，把管子扔在煤上，拧上油桶的盖子，一切万事大吉，正准备跳下车来，却见一双绿色的眼睛，在黑暗中向自己的车前游动。小崔一看事态不好，失声叫了声："排长有狼。"便飞身下车，坐进车内。史丰先手持电筒，向车后一照，果然见一只狼从车后蹦跳着扑向车顶。狼是惧怕灯火的，当史丰先的电筒照到狼的眼睛时，那只已经扑向车顶的狼迟疑了一下，就在这一瞬间，史丰先一步跨上驾驶楼，随手带上车门，说："发动车吧。"

好在，加油的时间并不太长，机油没有结成冰，当小崔拧开马达钥匙后，只稍稍震动了一下，就开始正常工作了。这时候，坐在一边的史丰先意外地发现，公路前方，闪烁着一片绿莹莹的鬼火。史丰先心里一紧，知道那些先前还在另一个山头上的狼，已经集结在汽车前边了。它们也许知道，在这个漆黑的夜晚，在这个已经断绝车辆的公路上，遇到了两个不知深浅的军人，它们好长时间都没有吃饱肚子了，此时此刻，该是享受美味大餐的时候了。

生死大劫到了。准备起步的小崔也发现了前方的情况，眼睛死死盯着那片绿色的鬼火问史丰先："史排长，咋办？"

史丰先沉着地说："这样，听我的。你先不要开大灯，开着小灯向前走，走一段路程再说。"

"好。"

“不开大灯能看见路吗？”

“能开，我们演练过夜间驾驶，慢一点就是了。”

“那就好。走吧。”

车子起步了，慢慢地向前开去。坐在副驾驶位置上的史丰先，一刻也没有放下手中的五四式手枪。左手边，立着六五式冲锋枪，若是需要，触手可及。

解放车行驶在弯曲的山路上。夜很静，引擎的巨大轰鸣，在静夜中显得格外粗重，传播得格外深远。不知是野风的怪叫，还是马狼的怪叫，总之，木里山中回响着一阵又一阵尖利的呼啸声。史丰先看到，那些绿莹莹的鬼火在公路上，随着汽车的慢慢向前推进，也在慢慢地向后退缩，它们也许不知道行进的庞然大物，给自己带来的是一场灾难还是美餐，正在犹豫着不敢冒然攻击。也许他们正在等待着头狼的指令，选择适宜的时机，向这个坐在铁壳当中的美味发起猛烈进攻。狼与车的距离越来越近，史丰先判断，大约最多也只是三五米的样子。史丰先心里有一个念头，一直在告诫自己：轻易不要开枪，狼多子弹少，弹尽粮绝的时候，那可就是狼的欢宴日子了。但是他得用自己的智慧，与这些群狼斗智斗勇一番。狼虽然可怕，但在人类的智慧面前，无计可施，无计可施的狼有什么可怕的呢。再说了，手握一杆钢枪，还能有惧怕野狼的道理？就是死，也得死个人样来。

史丰先想到这里，轻声地说：“小崔，把车停下来。”

小崔不解地问史丰先：“停下来做啥？”

“你就别说话，听我的就是了。”

“好。”

“别熄火。”

“好。”

“灯该没有问题吧？”

“没有。”

“没有就好。”

车停了，但是引擎还在工作。

“小灯也关掉。”

小崔点点头，伸手将小灯也关掉了。

“你就看着前边吧，等狼群靠近了再说。”史丰先又补充了一句道。

小崔轻声地应了一句，随手把半自动步枪紧紧地握在手中。并且随手打开了枪机。看着小崔的举动，史丰先叮嘱了一句：千万别开枪，我说开枪再开。小崔无声地点点头。

史丰先盯着公路前方。前方是一片绿色的鬼火，在漆黑的夜幕下磷磷闪光。没想到，那只跳上车顶的狼也并不安分起来，用爪子抓着驾驶室的铁皮，发出咔咔的声响。抓在车棚顶的铁皮上，就像抓在他的头上。让人不由得头皮一阵发麻。看着这片鬼火，想着头顶上的马狼，他在心里盘算，第一次看到这些鬼火时，还不过十多只啊，可是，仅仅过了个把小时，十多只变成了百多只，一座木里山中，竟有这么大的狼群，不知该对人畜造成多么大的灾害。正心下寻思着，却见那绿色的鬼火慢慢地向车前靠拢了，车与狼群的距离仅有三五米远，车停下来后，那狼慢慢向前又靠了靠，只有一米左右了。史丰先甚至看到，一只狼的前爪已经搭到了保险杠上，一双绿色的眼睛直对着自己和小崔，借着黑夜里微弱的亮光，史丰先看到这只把前爪放在保险杠上的狼已经伸展了腰身，准备纵身向自己坐的驾驶室里扑过来了。史丰先冷笑了一声道：“哼，想得美。”尔后，果断地向小崔说：“开大灯！”

小崔在一阵紧张的沉默中，手心里渗出一层汗水来，他没有想到这狼如此这般的不怕人和汽车，竟一步一步地逼到汽车跟前，大有把自己和史排长生吞活剥之势。当他看到一只狼已经爬上车头时，心一下子提到了嗓子眼上。要是狼扑到挡风玻璃上，打碎玻璃，一口咬住两人脖子，那可怎么办啊？史排长难道说没有看到？正在担心的时候，听到史丰先说开大灯，开大灯干什么呢？开大灯能赶走马狼？心里当下冒出了这样的疑问，可是来不及细想，就按史丰先的命令把大灯打开。管它呢，先开了大灯再说，等过了这个坎再问也不迟。

随着小崔的手指一动，两道大灯突然间在漆黑的夜晚点亮起来，两道灯光像两把利剑，刺开黑夜的天幕，直刷刷地照在车前的群狼上。史丰先看到，灯光亮处，一群马狼，成排地蹲在公路上，个个吐着血红的舌头，盯视着面前的汽车。狼的种群中也许有着严密的组织，一排一排序列井然，小狼在前，老狼在后，疑似一个撕杀的战阵。毕竟这狼是木里山中的一群尤物，毕竟是一群昼伏夜出的豺狼，再井然的战阵，也在这两道强烈的猛然间射出的光亮之下四散奔逃，让出了一条弯曲的山路。

人和狼的第一回合战斗，以史丰先和小崔的胜利而告终。

史丰先兴奋地叫了起来，大声地对小崔说："这下明白了吧？为什么要开大灯？"

小崔也掩饰不住内心的喜悦说："明白了，狼怕灯光。"

"对，在黑暗中生活的东西最怕阳光，有阳光的地方最不怕黑暗的东西。"

"史排长，你真有学问。"

"当兵前我是老初中生呢。开车。"

车一起动，史丰先听得车顶上一阵响动，才想起车灯把路上的群狼吓跑了，这车上的狼还坐在车顶上，没有下去。这家伙坐在车上怕是太舒服了吧？竟在灯开之后还坐在车上，是想多享受一下现代交通运输带来的快乐，还是想趁麻痹大意时偷袭我们？史丰先冷笑着说："小崔，听到了吧，车顶上的这个家伙还不肯下车啊。"

"听到了。这可咋办呀？咱一停车，从车上下来，这不成了狼的下酒菜了？"

"是啊，可是等不到咱下车，它就得下了。"

"咋办呀？总不能把它带到连里去再收拾吗？"

"你就放心地开吧，反正它进不了驾驶楼。"

"我听你的。"

"你听着，在稍微直的路上，你就把车开得快一些，开一阵子后，来一个急刹车，就知道结果了。"

"好嘞。"

汽车行走在公路上，史丰先从后视镜中看到那只马狼站在车前帮跟前，歪着头，两只贪婪的眼睛直勾勾地盯着坐在驾驶室里的自己。可是当小崔的车在一阵高速行驶后，猛然地刹住车，这只得意而贪婪的马狼一个前扑，从车帮上摔到右前轮的挡泥板上，发出沉重的一声响，然后又跌落在地上，翻了一个滚，正想站起来跑向一边，史丰先手疾眼快，拉开车门，举枪向着马狼的脑袋就是一枪。那马狼应声倒在地上，四只爪子抽搐了几下躺在地上不动了。史丰先打完枪又迅速地关上车门，再次冷笑着说："你要知道，铁道兵的军车可不是好坐的，上了车是要付出生命代价的。"说完，让小崔大小灯都开着继续向前行驶。

车灯在沉沉的黑夜中，像一把利剑，刺开浓重的夜幕， 向着木里山外驶去。也许集中精力开车的小崔没有注意到，倒是史丰先看到了，汽车前挡风玻璃上飞来了一片又一片雪花。吴长发说得没错，木里山近几天要下大雪了，雪一下，这里边的车全都得停在山里边不能出去，要是硬行出走，就得要付出车翻人亡的危险。没想到，车走在半路，雪提前下了起来。史丰先心里一紧，双眼紧紧地盯着前方的道路，他看到的，不仅仅是前挡风玻璃上飞来的大片雪花，更重要的是，在前进的公路上，那雪花在雪亮的车灯下，飞舞飘荡，方才还是一片黑色的道路，上边立马覆起一层薄薄的雪花。史丰先没有开车的经验，他担心的是，手握方向盘的小崔在这场提前来临的大雪当中，在群狼围攻的山路上，能不能顺利地将车开到山口，追上提前走了的另外两辆车，最终顺利地回到连里，把这一趟光荣而艰巨的任务完成了？史丰先心里着实捏了一把汗。史丰先看了一眼小崔，小崔正在聚精会神地驾驶着车辆。史丰先忍不住问了一声小崔，雪开始下起来了，在这么大的雪中，能不能走了？小崔集中精力地看着前方，连头都没有回地说道：“放心吧，只要车不再出故障，就一定会开出山去。”

史丰先听到小崔充满自信的话，心里略略放宽了一点，但他还是有点不放心地说：“这么大的雪，你开过吗？”

小崔笑了笑说：“哎，史排长，你就别问了，比这大得多的雪我都开过，这算什么呢？”

“是啊，我知道你走过很多地方，可是这是木里山啊，不是平坦的公路。”

“对，要是路上结了冰，就是平坦的路也不好走，挂着防滑链也不好走，现在的情况是，雪刚下起来，落在地上，还没有结起冰来，这样的路反倒还好走一点，只要行驶中不要猛刹车就行了，猛刹车车会侧滑，这样的话那就太危险了。”

“你在这样的天气下走过？”

“走过多次了，雪下着不要紧，怕的是雪停了，过了好长时间，路上结起冰来，那就不好走了，就是平路，我也得在白天里走，不敢在晚上走。”

“现在天这么黑，你可要小心才是啊。”

“放心吧，咱不说上过刀山下过火海，但是，这样的条件下是经过的了，你就别怕了，我怕的是啥呢，是狼，咱们两个人，黑天半夜的，狼群把咱围在路上，把咱撕成片片那可就惨了。”

“你就这个胆子啊？把咱围到中间怕什么呢？就等死啊，亏你还是个铁道兵，还是一个老兵了，遇到群狼你就胆怯了。”

“这家伙，悄儿没声地蹭到你跟前，突然下口，你还没有反应过来，就一口咬住你的脖子，想喊喊不出来，想动动弹不得，只有等死了。还有，狼见了你，会噤了你的声，光知道喊，嗓子不出声。”

“没有这么害怕吧？”

“我那里有一个山里人，一个人走夜路，走到半路上，突然肩膀上搭了一只手，他以为是哪个熟人和他说话，就偏头问着：谁？没想到是一只狼的前爪搭上了他的肩膀，他一回头，狼嘴一下咬住了脖子，死在了半路，狼把他的血喝干，肉吃得剩下一堆白骨，你说，人听着心里瘆得慌不慌？”

“你这故事纯属虚构，人死了，谁能知道他是被狼咬住了脖子？还爪子搭在了肩膀上，都是自己吓自己。人吓人吓死人。”

“村里人都这么说的。”

“没有这么害怕的，就是徒手走路，也不怕狼的。你没听过农村人讲过么，狼怕火，你走夜路，带着烟袋锅，一路走着一路抽着，狼见了烟火还不等你走到跟前，就老远跑了。我们现在开着大灯，这么亮的光，还怕狼来不成？”

“那刚才不是狼把咱们堵在路上了？”

“那什么堵住了，是我有意让你不要开灯，咱和狼玩一下，我是想看看木里山狼，到底有多厉害。”

“你这一玩，自己不觉得啥，可是着实把我吓了一跳。”

“一个军人，一个铁道兵，应当是泰山崩于前而色不变，一只狼就把你吓一跳，你不知道枪是军人的生命，有了枪，多少狼都会是我们枪口的猎物。”

“就怕被围得时间长了，咱没吃没喝，可就惨了。”

“这就要求你的车况始终要保持在正常状态下，不在路上停下。”

小崔回头迅速地看了一眼史丰先，知道史丰先在借机批评自己车况不好的缺点了，就坦诚地说：“史排长，你批评得对，我一定改正。这回是走得急了一点，我没有把车况保养好。”

史丰先知道小崔在对号入座了，就善意地说道：“平时要养成，不靠一时的突击，这样仓促上阵难免要出这样那样的问题。”

“史排长说得对，我一定把这个毛病改了。唉，都是我的懒毛病害了我。”

“勤能补拙。这是古人说的。”

两人正说着，在漫天飞舞的雪花中，史丰先再次看到了一只只绿色的眼睛，那些游动的鬼火，在雪花织成的帷帘中，闪闪烁烁。史丰先心想，只要我们的车不抛锚，你这些黑夜中的幽灵，就别想靠近我们的煤车一步。当然老天保佑，小崔别再出了哪些小毛病了。如果再出毛病，他和小崔冻馁交错，虽说手握钢枪，也难保不出生命危险。

车在木里山的雪路上慢慢地向前走着，车灯点亮了沉沉的黑夜，使得黑夜不再寂寞。虽说很慢，但它顽强地向前行进，没有停下前进的步伐，这就让史丰先心中充满出山的希望。

蓦然，史丰先看到在前方的一个拐弯处，落满雪花的公路上，晃动着几只雪亮的光点，史丰先心里突地一跳，难道说狼群走上了公路，连雪亮的车灯都不惧怕了，下死工夫和我们决一生死的较量？真的这样，生死就未卜了，子弹毕竟有限，所带的食粮也不多，这些狼群起而攻之，只有成了狼的美餐了。

可是当他再次看着那些光点时，却发现那是几只晃动的手电光，对，是手电光，在漆黑的夜幕中，那些手电光交织成散乱的光柱，迎着他和小崔走来了。史丰先心里一热，原来是一场虚惊，是前行一步的人回过头来接应自己来了。看着这散乱的手电光，他心里突然冒出了这样一个信念：有了这个用生死凝结起来的战友情谊，什么样的危险不能渡过呢？想到这里，史丰先哈哈哈地笑了一声，大声地对小崔说：“好好开车，我们啥也不怕了，我们的援兵来了。”

“好，这我开车也就有劲了，技术也就能发挥好了。”

“瞧你那点出息。”史丰先轻轻地笑了下说。

车子在黑夜中加快了速度向前驶去。

十八

史丰先提前将煤拉回了连队。

蔡稀胜一听汽车马达的轰鸣声，就从连部走了出来，站在操场上，篮球架旁边。蔡稀胜一身棉军装，单手叉腰，一只手捏着烟斗，嘴里吞云吐雾，等着史丰先的到来。他总是这样，一到有人在外地执行任务归来，他都会站在操场上，像迎接亲人似的把他们迎到连队来。

解放车从草原上开进了连里。蔡稀胜看到史丰先坐在驾驶楼里，看到自己站在操场上，急着给司机做手势，让车停下来，自己抢着下车。司机把车停在了操场边上，史丰先快速地从车上跳了下来，跑到蔡稀胜跟前，敬了一个礼，说道："报告连长，三排排长史丰先拉煤回来，顺利地完成了任务，请指示。"

蔡稀胜收起烟斗，还着礼道："先把车停在操场，所有人员先洗脸吃饭，饭后再把车开到工地，把煤卸了。"

"是！先吃饭，后卸煤。"

史丰先转身对小崔交待着，把车在操场上排成一排，然后到勤杂班吃饭。吃完饭后再把车卸了。蔡稀胜说，不到勤杂班吃，都到连部吧，你们是功臣，今天这顿饭就到连部吃，好好喝几盅，犒劳犒劳你们。史丰先就笑起来说："还是连长会体贴人，把我们犒劳一下，舍得给酒喝了。"

蔡稀胜说："怎么，不想喝啊？不想喝了吃碗干饭就成了。"

"哪能呢，连长的命令谁还敢说半个不字。"

"给你犒劳了还不落好。"

“那就谢谢连长了。”

蔡稀胜和史丰先说完，把那只拿着烟斗的手在半空中挥了一下，高声地喊着司务长：炒几个菜，下一盆面条，再把互助大曲拿出来几瓶，我得要好好慰劳一下这几位拉煤的人。司务长的房子就在操场边上，距蔡稀胜不过三五米远，一听到蔡稀胜让他准备几个好菜，立马从房子里边跑出来，问明了几个人，然后说，到时候叫你就是了。说完就跑到炊事班里布置饭菜去了。而蔡稀胜呢，则对史丰先说，你回去把脸洗一下后，就到连部来，有件重要的事情要给你说一下。史丰先没说二话，答应洗完就来。可是转过身，心里嘀咕着，什么重要的事情呢？是不是自己职务的事情，被连里营里再次提起？这些天来，关于职务的问题就像一块大石头压在心上一样，让他每时每刻都不能轻松地喘息，他别无选择，只有埋头苦干，用汗水和成绩来洗刷自己管理上的过失，目的是让连里营里重新恢复自己的职务。莫非是这样的时刻提早来到了？史丰先暗自思忖，要是这样的话，那就再好不过了，除此之外还能有什么事情，还能有什么重要的事情和自己有关联呢？

史丰先麻利地洗漱了一下，就来到了连部。蔡稀胜早就等在那里。史丰先正正规规地喊了声报告，蔡稀胜也没有客气，叫了声“进来”，把史丰先让进了自己的房间，进门后，又轻轻地带上了门。史丰先看到蔡稀胜这个细小动作，心里不由得紧张了一下，什么重要事情，还值得把门闭上说话？蔡稀胜让史丰先坐下，顺便给史丰先泡了杯茶，是连里战士探亲回来后捎带的龙井，开水一冲，房子里立马弥漫着一股淡淡的茶香。蔡稀胜将茶杯放在史丰先面前，便直奔主题地说起了冬季施工的准备工作来了。说，其他几个组的工作也都进展得很顺利，牛粪啊，柴禾啊，全都捡回来了，加上你这煤炭，咱们的冬季施工，就万事俱备，只欠东风了。蔡稀胜还说道，团里昨天开了一个施工形势分析会，王团长在全团营以上干部会上，问到了浚河桥的进展情况，说要是完不成任务也不要紧，等明年开春的时候加点劲赶上就是了，质量第一，王团长考虑到今年的特殊情况，所以对咱们营的施工留了面子，放在往常，这样的进度一定会受到王团长的批评，当然，往年咱也不会这样慢到冬季来临之前完不成任务。

两人说着话，炊事班做的饭端了上来，蔡稀胜把筷子交到史丰先手里说，先吃饭，吃了饭再说。史丰先说，王指导员呢？他不吃？也来一起吃吧。蔡稀胜说，不管他，他还有事情，他一直在连里，你一直在外边，风餐露宿的，吃饱了再说。蔡稀胜说话的当儿，就动起手来，他独自拿起一个酒杯子，给自己倒了一杯酒，兀自喝了下去，也没有让史丰先。史丰先心想这不是蔡稀胜的作风啊，往常要是喝起酒来，他先给桌上的人全都倒满了，酒过三巡，谁不喝还不行，今天这是怎么了，喝酒的时候都不让人，一定是心里装着什么不快的事，所以才有这样的举动。蔡稀胜看史丰先在愣神看着自己，就看了一眼史丰先说："看啥呢，没见过我啊，就这样没出息的，没让你喝酒你就这个样子？"

史丰先试探着说："我能喝一盅吗，就一盅。"

蔡稀胜断然地拒绝了他的要求说："平常可以，让你喝个够，今天可不行，吃完之后你还有事，所以你不能喝，一点儿也不能喝。"

"能问问啥事吗？"

"你把这件事办好了，晚上我就请你喝，办不好，以后再说喝酒的事。"史丰先想探个明白，谁知蔡稀胜却偏不给他敲明，让史丰先心里愈来愈蹊跷。

史丰先心里逮鬼，犯嘀咕，但还是服从了蔡稀胜的命令。几天来，史丰先没有吃过一顿好饭，尝过一口好菜，就不管三七二十一，狼吞虎咽，风卷残云，桌上的几盘菜就被他全送进了肚子里。

史丰先刚吃完饭，王国庆就像有感知似的，从他的房间里走了出来，史丰先见王国庆出来，就站起身来说了声指导员好，我回来了。王国庆笑吟吟地说："我都听到了，一路辛苦了。"

"指导员辛苦。"

"不，你辛苦了，我在连里大门不出二门不迈，像一个大家闺女，哪像你啊，几百里木里山，风雪兼程。"

"这是我的任务啊。"

"完成得很好。"

"只要指导员说声好我就放心了。"

"本来你从大老远的地方回来，连里让你要休息一下，好好调整调整，可是啊，你还不得行，有件事情还得要你处理一下，才能谈到休息。"

“非要我处理不行吗？不行就让别的同志处理吧，不是我偷懒，我确实累了，我得好好休息一下子。”

“哎，那不行的，非得要你处理才行，谁也不能代替。”

“那好，我来处理吧。”

“哎，这就对了，但我可要告诉你，如果她要问起你有没有挨过处分，你就说没有，我可是对她说了你没有挨过处分的。”

“谁呀，你说得我莫名其妙。”

“你跟我来，看看就知道了。”

王国庆向史丰先挤了一下眼，就让史丰先和他一起走进自己的房间，蔡稀胜则喝完最后一杯酒，转身安排卸煤炭的事情了。

史丰先一跨进王国庆的房间，猛然看到一个熟悉的身影，这身影不是别人，就是他在路上向小崔一遍又一遍地谈起的腊梅。史丰先这才想起，进连部门的时候，听得连部里好像有女人的声音在说话，可是当他进来的时候，这声音却又听不见了，那时候他想，也许是连长或指导员的媳妇来队了，也没在意；更没有将连长的反常举动与这个女人的声音相联系，一跨进门他才恍然大悟，来到连部一切的一切都是与腊梅的到来有绝大的关系。连长和指导员太有城府了，把腊梅到部队的事捂得密不透风，实在让他吃惊。这样的作风可以到保密局里干特工的差事了。接着，史丰先脑子闪过一个疑问，腊梅怎么到部队来了？事先连个招呼都没有打就来了，不会有什么不好的事情吧？正想着心事，猛不丁地听王国庆一声喊：“愣在那里干什么，还不过来和腊梅说说话。”

史丰先像被人击了一掌，脑子这才从各种疑问中缓了过来，向前走了几步，红着脸说：“腊梅，是你啊，你怎么来了？”

一直坐在凳子上，侧着身子的腊梅，这才回过头来，礼貌地和史丰先打了声招呼：“我咋不能来！”语气中多少有点不快。腊梅的确像史丰先说的那样，是一个漂亮的姑娘，一双水汪汪的大眼睛，圆脸盘，樱桃小嘴，一头乌黑的头发，辫成两个长辫子，挂在左右肩膀上，虽然她坐着，但是能看得出三围突显，是一个数得上的窈窕淑女。史丰先能摊上这样的姑娘，算是他的造化。

史丰先想着可能是自己的话说错了，惹得腊梅不高兴不痛快，就有话没话地问：“你啥时来的？”

“我都来了好几天了。”

王国庆一看腊梅的脸色有些不悦，就插话说道：“你刚走，腊梅同志就到了部队，想叫你回来，可是你走得很远了，想给木里山转运站挂个电话，让你快点回来，可又怕那里的路不好走，让你分心，一路上不安全，所以就没有打。腊梅同志等你都好几天了。”

“哎呀，我一点都不知道。你来之前给我发一封电报，至少来一封信呀，让我啥准备都没有。”史丰先接过王国庆的话头说。

腊梅面无表情地说：“我想发一个电报来的，可是我妈说，别弄得在部队摇了铃，人还没有来，就惊动得部队首长不安。”

“我得有个准备呀，现在我连个啥都没有，让你休息的地方都没弄好，不是让你说我的嘛。”

王国庆对史丰先解释着说：“房子我已经安排好了，就在进营房门的那一排房子，晚上我还加了一个岗，放心吧，在部队，军人的家属都是很安全的。腊梅也不例外。”

“那就谢谢指导员了。”史丰先真心实意地向王国庆道谢说。

王国庆却说：“哪里的话，你又不在，我们不安排谁来安排啊，家属照顾得好坏，直接关乎着部队干部战士的战斗情绪，做不好，我是要失职的。”

“那是。”

“好了，你们俩说说话吧，要是觉得我这里不方便，就到临时家属房里去坐坐，腊梅同志好不容易来一趟部队，心里一定有好多话要对你说，就到那里去吧。”

谁知腊梅却生硬地说：“就在这个地方说吧，就当着指导员的面说。”

王国庆哈哈地笑了一声说：“你们俩说话要我坐在旁边，恐怕不大方便吧？还是你们两个说吧，我还有些事要办，等一会儿再来。”王国庆说完就抬起屁股走了出来。史丰先看到王国庆出去时，脱下头上的帽子，擦了一把汗。他是急得出了汗还是热得出了汗，史丰先一时琢磨不透。

王国庆一走，史丰先就关切地问道：“你吃了没有？”这是史丰先老家的一种习惯，到饭时，见面的第一句话就是：吃咧么？以示亲热和关切。

腊梅冷着脸子说："吃咧。指导员陪着我吃的。"

"那就好。"

"家里还好吧？"

谁知腊梅却面无表情地说："你就别问家里的事情了，我得问问你，你在部队表现得怎么样？"

"我挺好的。"

"你有没有受过处分？"

史丰先从这一句话里彻底明白了腊梅到部队来的目的和用意了。她是来问自己是不是受了处分这件事的啊，在部队受处分的事情常有，但自己的处分和别的处分不同，是一个被撤职的犯过错误的干部。当年自己和腊梅订婚的时候，是以干部身份订的，而处分后，自己的身份就不是干部了，不是一个初级指挥员了，这将意味着，自己和腊梅成了现役战士与一个在职人员的婚姻。战士与干部完全是两个不同的概念，天壤之别啊，战士复员是农村户口的，一律不予安排工作，注定是要面朝黄土背朝天，打一辈子牛后半截了。腊梅不能接受这种突然变化，所以就亲自到部队打问一下情况确实与否，然后再论说婚姻是否存在。史丰先在刹那间就明白了腊梅来队的原委，也洞察了她内心深处的不安和躁动，可以想象，一个在职人员和一个农民的婚姻状态，在一个追求商品粮的社会背景下，还能存在下去，还能存活多久？可是，腊梅是怎么知道这个消息的，是谁把这个消息走漏到了家乡，又传到了腊梅的耳朵里？

见史丰先用疑惑不定的目光看着自己，腊梅追问着说："你实话告诉我，受没受处分？"

史丰先定定地看着腊梅，此时的腊梅眼中带了些许的不满和不平，知道她对自己受处分一事已经全然知道了，就坦然地一笑说："我实话告诉你，我受过处分。怎么啦？"

"受的啥处分？"腊梅咄咄逼人地问，眼睛射出一股失望的光。

"你都知道了还问我呢。"

"我就想从你的嘴里说出来，到底有没有这回事？"

"我正想告诉你这件事呢，可是我这几天不是忙吗，去了一趟木里山，拉了几车煤，没有来得急写信告诉你。"

"别给我说这些了，你就说说受什么处分吧。"

“你就为这事来的吧？”

“你别管，你说说受什么处分吧。”

史丰先沉思了一下，看来腊梅是得到风声后特意来到部队的，她怕这个消息是假的，也怕这个消息是真的，就只身到部队来了。假的呢，怕误了她的婚姻，真的，也怕误了自己的婚姻，横竖是个怕，最终的想法就是她以一个商品粮的姑娘家，嫁给一个打牛后半截的农民，门不当户不对的，误了终身。对了，以实相告吧，天要下雨娘要嫁人，由她去吧。想到这里，史丰先就如实地说：“我告诉你啊，几个月前，团里给了我一个撤职处分，原因是我带的三排在洪水来临时，管理不善，死了两个人。就是这么回事。”

“这是真的啊？”

“真的，千真万确。”

“哎呀，我就知道会是真的，开始我还不相信，现在我全明白了，家里人说得都是真的，一个假也没有。”

“我干的不好，让你受委屈了。”

“哎呀，我可怎么办啊？”腊梅突然间放声哭泣起来，声音穿透帐篷，传在连队大院，几乎是大半个连队的人都听到了。她在哭自己的伤心，哭自己的前程，哭自己的不幸。不幸中找到了一个穿四个兜的军人，转眼间却又成了两个兜的军人。当初她和史丰先的定婚在县城里是摇了铃的啊，影响之大，传播之远，是方圆几十里同岁女子中所没有过的。她们为她有这样一个婚姻而感到高兴，可是天晴过后是阴天，谁又知道事情会发生这么大的变化，让她从婚姻的美梦顶峰跌落到一个无底深渊。来的时候，她就有过思想准备，万一被撤职是真的话，就痛下杀手，和他一刀两断，要是假的，就订下结婚日期，她不能容忍，一个吃商品粮的女子和一个打牛后半截的人生活一辈子，那样的话，她这一生的青春美梦可就付之东流了。想到这个不幸的后果，她再次放声哭泣起来，不，简直就像是在号啕大哭。先前还很整齐的头发，此时散乱地披散在脸上，左右飘动，整个一个歇斯底里大发作。

史丰先知道腊梅是真的伤心了，就轻声地劝慰道：“别哭了，你看咱在王指导员房间里，又没在家属房里，闹得连领导都不好看，笑话咱们的。”

谁知，腊梅听到连领导之后，不但没有平静下来，反倒声音比前边还高了起来，尖着嗓子说：“别提你那个连领导了，我刚来时，问你是不是受过处分了，你猜你那个指导员说啥，说你没有，你是全营雷锋式的好干部。我开始还信以为真，可是在排里问了一下兵，说的和你们连指导员完全不一样。还是指导员呢，蒙哄平头百姓，还笑话咱们呢，我不笑话他都算好呢，还咱们。”

“我们指导员是为了咱们好。”

“你以后可别说咱们咱们的。你说，咱俩的事咋个办呀？”

“你说吧，随你的意吧。”史丰先看到腊梅的确是伤心透顶了，知道自己和腊梅的婚姻将不复存在，就冷冷地说道。

腊梅总算是平静下来了，也算是理智起来了。她不断抽着鼻子说：“这不是我心硬，不是我狠心，而是你的情况让我吃了一惊。原来咱们订婚的时候，你是排长，我是售货员，咱们算是门当户对，现在你受了处分，我还是售货员，你说还门当户对不?再者说了，你受了处分一直瞒着我，可见你的品质成问题，我得回去把你的情况向家里人好好说说，等我家里人商量好了之后，再说别的吧。我就是这个意思。”

“我想你来就是这个意思，好吧，一切随你，等你们家里人商量好了再说。”

“唉，咋会发生这样的事情呢，老天对我不公啊。”

“都是我不好，带累你了。”

“好了，别再说了，我一切都明白了。让我安静一下。”

史丰先不再说什么，看来覆水难收了，说什么也没有用的了。史丰先就把眼睛从腊梅的身子上移开，这个女人不再与他有联系了，看看她的样子，看看她的表现，曾经和他订了终身的她，再也不会把这婚约保持长久。他对这个女人怀着多么深的感情啊，自打订了婚后，他无时无刻不在想着她，给她的信中，充满多少激情和浪漫。可是现在呢，昔日常常闯入梦中的她，侧着身子，连头也不肯转过来一次看着自己了，这是一个多么悲伤的结局！

“这儿离吉尔孟有多远？”过了好大一阵工夫，腊梅问史丰先。

史丰先愣了一下说：“问吉尔孟做啥？”

“我想住在镇上。”

“那不行，即就是咱们做不了夫妻，也不能住在镇上。再说了，那么小的一个镇，连一家旅馆都没有，你住在镇上的哪里？”

“那我住在连队里像个啥？”

“不要紧，指导员不是给你安排了家属房，还派了岗哨，没人伤着你。”

“那好，我再在这里住上一晚，明儿一大早，你把我送到吉尔孟公社，我自己坐车回去。”

“行，我把回去的路费给你备好，多带点，小心路上有难处。”

“不用了，我身上带的有钱，够用了。”

“那就好，我给你带点吃的，路上好吃。”

“少带一点就行，带的多了都是行李。”

“好，够吃就行。”

腊梅不想在王国庆房间里坐了，要回到给她准备的家属房里去。史丰先也不强留，就陪着她一起向外走去。刚一出门，差点和一个女人碰了个满怀。定眼一看，这女人不是别人，却是卓玛。卓玛见状咯咯地笑了起来，笑声在连部里来回荡漾。史丰先却吃惊得差点叫了起来。史丰先说：“卓玛，是你啊，啥时候来了？”

卓玛咯咯地笑着说，满头的辮子在使劲地抖动：“我来一会儿了，到你的帐篷里看你，你没在，说你到连部来了。我就跑到这里来。”

“是的，我刚从木里山回来，要是你来早一个小时的话，我还没有到连队呢。”

“来得早不如来得巧。”

“到我那里坐坐吧，我给连领导汇报完了。”

“等一下，我和王指导员说几句就去。”

卓玛猛然看到了史丰先身边的腊梅，惊讶得后退了几步，上下左右打量了一下腊梅，笑声朗朗地说：“这位是谁呀？我猜猜，一定是你的那一位媳妇吧？”说话的同时，一只胳膊背在身后，一只手举在半空，眼睛咕噜咕噜地转动着，做出一个优美的姿势，让人忍俊不住。

自打腊梅看到了卓玛后，眼睛就一直没有离开过卓玛的身子，这姑娘一身的藏族打扮，穿一身漂亮的藏袍，头上梳那么多的辮子，脸上擦着一股味道很浓的脂粉，不知道此为何物；脚上穿着一双靴子，积满灰尘。这姑娘恁地落落大方，全不像汉族姑娘那样面带羞涩，见了面热情洋溢，这种举动倒显得自己拘谨有余而活泼不足了。

史丰先看了一眼腊梅，显出难为情的神情，他向卓玛摊开了双手，说："是一个老乡，到格尔木出差，顺路给我带了点东西。不是媳妇，你可别乱说啊，这样人家腊梅同志会不高兴的。"

卓玛一听史丰先的解释，信以为真，当下不好意思起来，急忙道歉着说："哎呀，我说错了，真对不起，腊梅同志，请你不要计较。"说着伸出一只手去，做出一种友好的样子说，"来，认识一下，我叫卓玛，是吉尔孟商店的售货员。"

史丰先为了打破僵局，急忙插了一句话说："腊梅同志是我们家乡的售货员，你们都是人民的售货员。"

"那就是同一条战线上的战友了。向你学习。"

腊梅挺不悦意地伸出手去，抓住卓玛的手握了一下，说："互相学习，互相提高。"

"你在这里多住几天吧，抽空到我那个地方坐一坐，给我传授一下售货的经验。"

"不了，我明天就回去，单位上的工作是很忙的，在外边待的时间长了对工作怕有影响。"

"那就下次吧，我一定请你吃一顿手抓肉，那可是我们草原上最美的饭菜了。"

"下次再说吧。"腊梅冷冷地说，撇开史丰先和卓玛抽身往外走。

卓玛向史丰先摇摇手，说："我等一会儿到你那里去。"

史丰先说："好，欢迎你到我那里做客。"

史丰先随着腊梅一起出了门，把腊梅送到了家属房，转身回到了自己排里，仰身躺在床上，看着绿色的帐篷顶，想着他与腊梅订婚前后的诸多事情，心里不禁生出许多烦乱的念头来。她和腊梅订婚已经两年多了，那是他提干的第一年回家探亲，家里人托人介绍了腊梅。两人一见钟情，两厢情愿，便订了终身。要说农村人和城里人的婚姻并不是同样都有许多浪漫的情调，倒是有不少传统的婚嫁习俗。在史丰先家，男女双方订婚后，男方要向女方交付一定彩礼，男方家富的，彩礼多一些，家穷的，彩礼相对少一些，还有不同的，就是男方条件特好，女方一分不要寻着把女嫁到男方。史丰先家庭经济不好，但在部队提了干，所以彩礼比别人少了一些，但绝不是一分不掏，因为腊梅是一个在城里吃商品粮的职工，所以出了三成彩礼，一成彩礼一百二十块钱，三成三百六十块，是一个不小的数字。好在，史丰先提干后，月月有工资，家里人在亲戚处凑够了数，订了这门亲事。两年来书信来往情意深长，可是哪知天有不测风云，人有旦夕祸福，自己挨了处分，被撤了职，竟让腊梅找上门来，悔掉这门亲事。她的这些举动，家中的父母是否全都知道？万一悔了这门亲，父母大人会有什么想法呢？

心里正胡思乱想着，卓玛却在帐篷外边大声地喊着史排长，还未应答，她就一撩门帘从外边走进了帐篷里。史丰先急忙翻身坐了起来，说了声“坐”，班里的同志就给卓玛倒了一杯水，放在桌子上。史丰先从床上坐到了桌子前，与卓玛面对面地聊了起来。

“你怎么到连里来了？”

卓玛向史丰先做了一个鬼脸，露出一排整齐而又洁白的牙齿来：“我不能来吗？”

“不，欢迎地方同志到部队检查指导工作。”

“对嘛，让我看看你们的工作和学习，搞得怎么样？”

“多提批评意见。”

“我才不呢，是阿爸让我来的，让我问问你们连队的柴禾还够不够用，他这几天又从别的地方弄来了一些柴禾，要是有用的话，他用牦牛驮过来。”

史丰先偏头想了一下说：“可能够了吧？我这几天没在连里，应该筹措得够了的。你对指导员说了吗？”

“说了。指导员说，柴禾煤都够用了。现在缺的是水，大冬天的，河里的水都结成冰了，哪还有水啊，这几天正为这个事犯愁呢。”

“是啊，水是个问题。”

“我对指导员说了，没有水有雪啊，河里有冰啊。”

“指导员怎么说？”

“他说就在想这个办法。用肩扛手抬，把冰攒够了再开工，一气呵成。”

“只有这一种办法了。”

“我回去给阿爸说一声，让他多牵些牦牛来。”

“牵牦牛做啥？”

“帮你们驮冰啊。”

“这合适吗？”

“咋就不合适？你们把铁路修到我们大草原上，给我们带来了多少方便，我们给你们驮一点冰还不行吗？”

“行，咋不行，只是给你们添这么多麻烦，我们心里怎么会过意得去呢。”

“嗨，快别说这样的话了，军民一家嘛，一家人不说两家话。”

卓玛说话的同时，一下子站了起来，在帐篷里手舞足蹈，简直就像在草地上跳起了锅庄来，惹得坐在旁边的同志哈哈大笑。

“卓玛同志，你真有意思。”

“军爱民，民拥军，快把你们的脏衣服都拿出来，趁着我今天有空，给你们搓洗搓洗。”

“这哪好意思啊。你就坐着陪着我说说话就行了，我们的衣服都洗完了。”

“真的吗，我一点也不相信。”

卓玛左顾右盼，在床上床下寻找着脏衣服。十七连三排的战士中，哪能没有脏衣服的，卓玛没找几下就找出了好几件衣服来，全部放进大铁盆里，不等史丰先拦挡，就端起盆来向河边走去。深秋中，虽说浚河的水流不太大了，可是，水还是有的，清格冽冽，渗骨的冷。卓玛是草原上的人，已经习惯了这种环境，所以一放铁盆就把衣服全泡进水里，挽起袖子干了起来。没有办法，史丰先只好把一袋洗衣粉送到卓玛跟前，任由她好好干一场了。

十九

还是王国庆细致入微。当史丰先从房间里出去后，王国庆让炊事班晚饭时做几个菜，他要和连长、史丰先、腊梅几个人一起吃顿饭，算是给腊梅同志饯行吧。当晚饭的开饭号声响了之后，他就让通信员把史丰先叫来，再把腊梅请过来，让连长作陪，吃几口菜，喝几盅子酒。人都到齐后，无意中发现史丰先正和卓玛告别，王国庆立马让通信员到外边把卓玛喊了过来，既然来了，就留下吃顿饭吧，饭时送客那可不是十七连的作风。

蔡稀胜、王国庆、史丰先、卓玛和腊梅几个人围坐在一张桌子前，桌上摆着几个大搪瓷盘子，里边盛着鸡块和猪肉、蔬菜等。每人面前倒了一杯酒，杯子各异，女人面前摆着小玻璃杯，倒了满满一杯，男同志面前摆着搪瓷缸子，倒了少半杯。王国庆看着菜已经上完了，就轻声地询问了下蔡稀胜，蔡稀胜点了一下头，王国庆就清了一下嗓子说："咱们就开始吧。今天，咱们不过节不过年的，坐在一起吃顿饭。有两个意思，一个是腊梅同志大老远地从家乡来到我们连队，看望我们大家和他的老乡，给我们带来了家乡的喜信，也带来了家乡人民的问候。很不容易啊，住了几天，明天一大早就要走了，我们今晚给她送个行，叫饯行。来，我们就端起杯子来，祝腊梅同志明天一路平安，顺利地回到家乡。"

王国庆说完举起杯子来，看了大家一眼，然后一口干尽了缸子里的酒，之后又把缸子对着大家看了一下，放在了桌子上，其他人也都一饮而尽。腊梅有点难为情，举着杯子说："我不会喝酒，抿一下算了。"

王国庆说："腊梅同志，你难得来一次我们连里，不就是几杯酒吗，喝了，醉不了。是不是连长？"

蔡稀胜明白王国庆是在有意搞活气氛，就附和着说："酒是粮食精，越喝越灵醒，喝一杯不打紧。"腊梅这才忸忸捏捏地喝了杯中酒，放下酒杯，连咳了几声，眼泪差点都呛出来了。

王国庆笑着问卓玛："你是能喝酒的，草原上的儿女哪一个不能喝酒？"

卓玛朗声地笑了起来，说："不是所有草原上的女人都能喝酒的，我能喝几杯，但不能喝得太多。"说着也没有客气，一仰头把杯中酒一饮而尽。然后对王国庆说："再倒一杯。"

王国庆大声地笑了一下说："爽快，还是草原上的藏族同胞豪爽。来，给你再倒一杯。但是，这酒可不能白喝的，你们草原上不是有一句俗话嘛，有嘴就能唱歌，有腿就能跳舞。酒过三巡后，你得唱上一首歌才行。"

卓玛爽快地答应着："好，我一会唱上一首。"

"连唱带跳。"

"就连跳带唱。"

王国庆再次举起了杯子说："这第二杯酒嘛，我们真诚地感谢卓玛同志来我们连队，支援我们即将开始的冬季施工大会战。有了藏族同胞的大力支持，我们有什么困难不能克服，有什么任务不能完成，来，为我们军民一家亲干一杯。"

王国庆说完也不再动员，一仰脖子率先干完了酒。大家也都一饮而尽。

王国庆心里想，今晚自己可不能把风头出尽了，得让连长提第三杯酒了。于是就对大家挥了一下手说："第三杯酒就让蔡连长提议吧。"

蔡稀胜也没有推辞，就势端起酒来说："我们的史排长史丰先同志今天大老远从木里山回到连队，一路风餐露宿，沐雨栉风，挺辛苦的，所以，这第三杯酒，就为我们的史排长史丰先同志接风洗尘。来，大家一起干了。"

蔡稀胜站直了身子，端着搪瓷缸子向大家绕了个半圆，一口干尽了缸子中的酒。然后把缸子向桌子上一墩，又坐回了原位。所有人都举起面前的杯子，喝干了酒。

酒至酣处，王国庆就让卓玛唱歌跳舞。卓玛也不推辞，站起身来大方地在桌子周围跳了起来。王国庆留意地看了下腊梅，脸上始终没有露出快乐的笑容。王国庆心里说，这女人是铁定了心要和史丰先分手了。就借机让人把腊梅送回到家属房里，照例加了双岗，这才放开联欢起来。

当夜，在清冷的月光下，卓玛骑着枣红色的马，微醉而归，马蹄在草原上拉出一道烟尘，在月光下淡淡而散，哨兵站在门前向着马蹄翻飞的方向瞭望，那一道烟尘在草原上拉出一道线，从连队门前向着草原深处飘去。哨兵知道，草原深处是卓玛的家。

二十

团里的年终施工大检查定在十月初进行。会议通知是在前两天下发的，这也是每年团里施工工作的惯例。当文书将团里的通知送到柳建昌手里时，柳建昌的心弦马上绷紧起来。往年这样的会他有什么紧张的呢？按时参加就是了，营里的任务月月完成，并且还多少有些超额。时不时地还被团首长捎带着表扬几句，心里那个美，是一些受批评的单位所不能体会的。可是今年的情况发生了很大的变化，洪水耽搁了他们的工期，团里让营里减少工程任务，柳建昌硬是不让减，硬是要在洪水之后来一个革命加拼命，在冬季来临之前把洪水耽搁的时间抢回来。可是人算不及天算啊，心里想着赶上几天就能把工程任务赶出来，谁知今年的冬季来得特别早，天气也变得快，没几天冬季就到了跟前。再者说了，冬季施工是高原施工的禁区，部队到来之前，哪个单位也没有搞过，团作训股也明令禁止。眼前到了冬季，那任务还是没有抢出来。到了关键的时候，柳建昌把蔡稀胜叫过来问了问，知道准备工作已经就绪，心里这才踏实了一些。当他正要动员十七连投入冬季会战时，团里的施工大检查提前开始了。这使他一时心里发起紧来。自己在王团长面前是拍了胸脯的啊，让减任务死活不准，说按以前的时间、以前的任务，圆满完成。大检查意味着全年任务的大盘点，谁完成谁没完成，谁好谁坏，一眼就能看得出来。四营可不是个熊包蛋营啊，年年都走在全团前边，今年死了人，受了处理，在全团是摇了铃，要是任务再完不成，那可不要叫人用尻子把四营笑了。不行，这个脸是非争不可的。但是，话好说，事可不好做啊，怎么争脸呢？柳建昌寻思了一会儿，就给教导员翁阳明要了一个电话，问他现在有事没事？没事的话是我到你那里去还是你到我这里来？翁阳明在电话上笑着说，棋瘾犯了，想杀几盘？你那臭其篓子经不住几下，就被杀得丢盔弃甲，让子也经不住下的。柳建昌就说，少说话，你到我房子里来吧，我有正经事和你商量呢。翁阳明说好，有事好说，有棋难下。不一会俩人凑到一块。

柳建昌没等翁阳明坐稳，就连珠炮似的对翁阳明说："团里施工大检查的通知看到了吧？"

翁阳明奇怪地看着柳建昌说："看到了。怎么啦？"

"还怎么啦。你是糊涂呢还是装糊涂呢？这一开始大检查咱们可不是要坐蜡啊？"

"那是你的事，你是营长，施工的事你一手管，从不让人插手，你不坐蜡谁坐蜡啊？"

"说得轻巧，你我是同一条绳子上的蚂蚱，我坐蜡你也跑不了。"

"才不呢，咱们是有分工的，该你受的你受，该我受的我受，井水河水两不犯。你可别拉我啊。"

"少说费话。说正经的。十八连、十六连的任务早就完成了，二十连只是配属，不用操心，我最担心的是十七连，浚河大桥计划在十一月中旬前要完成任务的，现在到了最关键的时候。咱们不是要搞会战吗？在这个节骨眼上，团里的施工大检查开始了。这不是要命的事吗？"

"是的，你要是一走，这施工我可是没有你那两把刷子，弄不好砸了锅我可不负责啊。"

"我正是这个意思，我想这个会你去参加，我不去了。"

"你说得轻巧，人家施工大检查是军事干部参加的，我是教导员，你不是不知道，哪有参加的份，团里的通知写得明明白白，让营长参加，我去了不是要挨头子吗？"

"你傻瓜呀，不会动个脑子？说我得了病，重感冒，来不了。"

"就你鬼点子多，但是我可不能说你病了，这是犯忌讳的事，咒你不好。我可不干。"

柳建昌和翁阳明是同年入伍的，年龄一般大，脾气也相投，说起话来直来直去，从不拐弯，也不忌讳，有时候动了粗口也不计较。这会儿柳建昌一看翁阳明不买账，就不由得动起粗来：“我说你个翁阳明，给你个面子你还给我端起来了，真有你的。你替一替我怎么了，弄不好咱俩一起挨训，弄好了你我一起沾光，人要脸树要皮，不要把咱的脸当成了屁子好不好。”

“你看，你是个属猴的，一急就跳起来了。不是说不去啊，是说不能说你病了啊，得找个另外理由这才行呢，是要有一个很充分的理由。”

“这就对了。别给我端架子啊，小心把你的架子拆了当柴禾烧。”

“那就重感冒吧，别的理由还一时半时找不出来。”

“我呢，在家里组织施工，团里不是从一营开始检查吗？等他们从一营开始走到这里的时候，咱的工程已经快完了，团里想批评咱也来不及了，咱这是屙屎逮虱，一举两得。”

“说得好，也想得好。没说你点子多嘛，就是多。”

“那就这样，咱们晚上就开一个动员会，明天就开始冬季施工大会战。你动员讲话，我安排施工，一文一武，全上上。尔后呢，你开你的会，我搞我的施工。可是有一点，无论如何也不准向团里提起咱们进行大会战，他们知道了，冬季施工这台戏就唱不下去了。”

“就你聪明，我是傻瓜，一五一十地把营里的事情向外倒。”

“不犯傻就好。那咱就这样定了。晚上开一个全营干部会议。十七连排以上干部全部参加，其他连队的连长指导员参加就行了，咱把这出戏唱响，别让咱四营在全团面前再丢底子。”

“那就这么办。我让文书通知。”

“对，七点半开始。”

七点半，全营连以上干部会议在营部准时召开。翁阳明作了简单动员之后，柳建昌就开始布置工作：经过一段紧张的准备，浚河大桥冬季施工的所有材料都已经准备齐备，从明天开始，十七连全部投入到施工大会战当中，团里计划在十一月中旬要完成所有任务，时间不变，任务不变，营里要求，赶在十一月初完成所有工程的主体任务，扫尾工程要求在十一月中旬全部完成。十七连有没有信心？蔡稀胜站起来向柳建昌大声地表态说：保证完成任务。柳建昌沉着脸说：现在是所有准备工作都已经妥当，就差你的施工热情了。要是你干不了，现在就说话，咱宁可不干这个事，也不要把脸丢在全团人的面前。蔡稀胜说：我愿立下军令状，拿不下浚河大桥，我甘愿处罚。柳建昌铁青着脸说，一言既出，驷马难追。咱就等着看你的行动吧。柳建昌随即在会上给十六连、十八连布置了新的任务：十六连保障水的供给，不管冰块、积雪，还是从远地方拉运，凡是水都拉到工地上；十八连保证燃料的供给，柴禾也罢，煤炭也罢，总之在大会战之中，不能断线；十七连腾出手来，集中精力打混凝土，全连人歇工具不歇，直到把桥墩浇到规定高程为止。

蔡稀胜在营连以上干部会议结束后，全班人马在连里接着开了一个会，进行了再次动员。给各排做了详细分工，一个排一座桥墩，马不停蹄，人不卸鞍，直到把任务一点不少地完成了再停下来。不是说要接受党和人民的考验吗，这个时候就是党和人民考验的时候，要拿出十二份的热情，投入到浚河大桥的施工当中。用出色的成绩，抹去十七连上半年不光彩的事故，亮出十七连的英雄本色。

一排长周子星说：坚决完成任务！

二排长吴庆德说：坚决完成任务！

三排长史丰先说：坚决完成任务！

四排长黄永平说：坚决完成任务！

司务长董高地说：坚决做好后勤保障，饭菜到工地，保证做到让全连同志吃上热饭热菜，顿顿不离荤菜。

蔡稀胜最后咬着腮帮子说：“我是在营长和教导员面前立下军令状的，谁要是完不成任务，营里拿下我来，我先把谁拿下，到时候可别说我蔡稀胜睁眼不认人。”

浚河大桥冬季施工正式拉开了序幕。

二十一

蔡稀胜在施工力量配置上，做了精心的思考，一共还有四个桥墩没有完工，本应该是一个排一个桥墩从头到尾做完，但是，这样有点分散兵力，不能集中优势兵力以打歼灭战。于是，就两个排一个桥墩，待桥墩彻底完工之后，再转下一个施工。在两个排中，又有明确分工，立模防护、加温水、拌和混凝土、浇灌混凝土、捣固等各有侧重，排有目标，班有任务，这样忙而不乱，相互配合，既能保证质量，又能保证进度。这是他多年来组织施工的经验总结，也是可行的方法之一。

冰冻的浚河河面上，立起了四口大锅，每口大锅前堆满了煤炭和柴禾，铺开十几块铁皮，那是拌和混凝土的场地。冰块正从河的各处源源不断地送到现场来，那是十六连、十八连的有力支援。

大锅下的火熊熊燃烧起来了，火舌从锅底冒向锅沿，吞噬着锅的四周。浓浓的烟雾冲天而起，在空旷的河床上成四股烟柱，慢慢散开。天是那样晴朗，阳光是那样灿烂，风也不起，云也不盖，是天意还是人和？这多像一幅绝妙好画，蓝天如洗，雪山逶迤，河中人欢马嘶，浓烟腾腾，让人观之，许多感奋许多激情油然而起。蔡稀胜不是艺术家，无法欣赏这幅天然美景，但在心里琢磨，此乃天意还是人和？

蔡稀胜管不了这许多了，在他眼里，如何打好冬季施工这一仗，如何完成团里交给的光荣而艰巨的任务？他在浚河河床上来回奔走，一会儿看看一排，一会儿看看二排，一会儿看看立模，一会儿看看拌和，……不停地奔走在各排之间，哪里有问题就在哪里就地处理。

王国庆就扎在拌和那个地方，一直看着拌和比例、水温适度，帮着烧火，帮着化冰。各排排长简直就不是排长了，一人手中一把锹，和战士们一样，集中精力进行施工。

全连都动起来了，全连的劲都鼓起来了。

十七连为荣誉而战，为尊严而战！

柳建昌悄然来到了工地，谁也没有发现，谁也没有注意，他只身一人，站在冰冻地河床上。他远远地望着浚河工地，并不走近，他要看看这会战后的施工场景，在冬季的浚河呈现出一种什么模样，几个连队的施工热情和战斗意志，究竟发挥到什么程度。他要拉开距离思考一下，会战中可能出现的意料不到的问题。

看到这一幅图画，柳建昌在心里笑了起来。再没有这么美的图画了，它比天下所有天才的艺术家们精心绘制出来的图画要精美得多，激动人心得多，震撼人心得多。他是一个军人，最愿意看到的就是这样一幅图画，就是这样一个激烈的战斗场面。他心里掂量着，似这等热情、这等速度，不要几天，施工任务不仅可以赶上，而且还要提前几天完成。

一想到这样的结果，他心里真是美滋滋的，简直就要陶醉了。

柳建昌把什么困难什么问题都想到了，可是就是没有想到团里施工大检查来了一个大变化。这让他心里着实吃了一惊。

这一天，柳建昌正站在河床里，看着运冰的车子从眼前经过。那大块大块的冰坨子堆在翻斗车上，在强烈的阳光下熠熠闪光。这时候，通信员从营部跑了过来，让他火速回营里接电话。柳建昌问道：谁的电话？通信员说是教导员的。柳建昌再问了一句话，问了之后就觉得是很多余的了：没说什么事？通信员说：没说，只说快点让你接电话。柳建昌再也没有说话，就一路小跑着回到营部，看着电话听筒放在一边，顺手操起在手中，喂了一声，等在那边的翁阳明就说：“老柳啊，我是翁明阳。”

柳建昌没好气地说：“你说吧，知道是你。”

“情况不妙啊，老柳。”

“你说吧，别绕弯子了，啥事不妙？”

“团里的施工大检查日程有点变化。”

“我当是啥事呢，日程变化关咱们的啥事？”

“关系大了，大检查明天开始，检查的第一个单位是咱们四营。”

“啊，怎么是这样？”

“对呀，就是这样。”

“你怎么就不说说，按往常的安排进行！”

“你老柳站着说话不腰疼，我能拿了团长的事？是团长定下来的，往年从一营开始，今天倒过来从四营开始，千锤打锣，一锤定音，谁敢说个不字。”

“啥时候来？”

“明天就来，早上九点左右到咱们营里，看完之后到二营，不在咱们这里吃饭。午饭安排在二营。”

“你是不是在会上把咱们的事情给捅了出去？”

“你个老柳啊，咋这样想问题呢，怎么会呢。好了，我就是要给你说说时间，让你好好准备一下，小心团长来了挨头子。我来开会团长就不高兴，只差在会上发火了，要是看见咱们还在施工，说不定是要骂娘的啊，你可要心里有个数。就这样，挂了啊。”

放下电话，柳建昌心下一沉，往常的年终施工大检查都是从一营开始到四营结束，今年怎么就倒了过来，他并不是怕检查，而是今年不同，他的施工任务拉了个尾巴，再过两天就可以大功告成，他心里算计很好，等大检查的队伍从一营开始，来到四营时，他的工程刚好结束。可是天有不测风云，大检查却倒着过来了，工程结束不了，肯定挨批，还有更重要的是，冬季施工，团里明令禁止，咱这浚河桥冬季施工是偷着来的，冒着天下之大不韪，不是要吃苦头的吗？这可如何是好，这可如何是好！

一向沉着冷静的柳建昌如同热锅上的蚂蚁，急得在房间里团团转。转着转着，心里重重地叹息了一下：老天和我过意不去啊。洪水冲我，抢夺人命，又蓄意安排提前检查施工，让我背负着沉重的精神压力，还让人活也不活！

其实，在房间里团团转的柳建昌并不知情，团长王琪今年倒过来检查的安排也是临时动议。今年上半年，一营出了一个特大事故，那就是泉吉河大桥桥墩偏离设计距离一点三公尺，团长王琪命令炸掉那座偏离的桥墩，在全团引起了很大的震动，今年的大检查，就不按惯例，从四营开始。在王琪心目中，四营是全团的标兵，施工一向很好，就临时把检查的顺序倒过来排，这样四营从往年的最后排到了今年的最前。这一倒，可苦了柳建昌。他在心里连连叫着，这下要坐蜡了，这下要坐蜡了。

柳建昌一夜没有好好合眼，搜肠刮肚地想着法子，看看有什么好的措辞来应对王琪团长，可是想了一夜也没有一句恰当的话来应付。

不管怎么说，太阳照样升起，照样那样鲜红。柳建昌动手安排迎接大检查的事情起来。

九点钟，团里的检查小组准时到达四营。柳建昌带着材料班、测量班、物资排、通信排的同志们站在营部外，列队欢迎。王琪一行人走进营部，坐在会议室里，准备听取柳建昌的汇报。还没有开始，王琪突然像是想起什么似的，问柳建昌："柳建昌，你不是得了重感冒了吗？病情怎么样啊？"

柳建昌讪笑着说："团长，托您的福，昨天好了。"

"在高原上得场感冒很不容易好的，你柳建昌得了一夜之间就能好了？慢说在高原，就是在内地，这感冒也得个十头八天的，你好得就这么快啊？"

"我下的药重，好得就快。"

"一看你就是没病，可是没病不参加施工检查会，让翁阳明参加，你欺哄领导，肯定有不可告人的事情。"

"团长，哪有那么严重啊，我只是没有参加会议嘛，能说得上是欺哄领导吗，我是吃了豹子胆了吗？我是不想干了啊？"

"你是胆大包天，不是吃了豹子胆。"王琪拍了一下桌子说。王琪在来的路上就看到了，浚河河床上冒着的浓浓青烟，心里琢磨着，这四营怎么了，在河床里烧火做甚？再看看那河床里来回奔跑的人，心里就明白了个八九不离十，这四营，还在施工着，赶着没有完成的施工任务。再一想，这四营参加会的是不是柳建昌，是翁阳明，理由是得了重感冒不能参加，心里就犯嘀咕，柳建昌这家伙又给自己唱的是那一出啊。所以坐进会议室，当看到柳建昌精精神神地坐在自己面前时，一切的一切都明白了。四营在赶着未完工的施工任务是真实无疑的了。

柳建昌被王琪的一句话说得睁起眼来。他看了一眼王琪，脸上毫无玩笑的表情，有的是冷面相对。平时和团长说话很随便，此时就小心起来，一字一句不敢说错了，柳建昌照样讪笑着说：“团长别发火，我的胆能把天包下来吗，你先喝点水，我来给你汇报。”

“哼，翁阳明在会上汇报工程进展时，吞吞吐吐，我一听你们心里有鬼，但是没有想到你们的鬼有这么大，翁阳明呢？”

翁阳明赶快站起来说：“到！”

王琪指着翁阳明说：“你们俩给我唱的双簧啊，唱得真好，唱念做打，还见功夫。现在，你俩这假戏真做，怎么收场呢？”

翁阳明说：“什么假戏真做啊？”

“你不是说施工进度很好，基本完成了任务吗？”

“对，是我说的。”

“那部队怎么还在河床里施工呢？”

“我说得没错，是基本完成了任务。不是还有一点么。”

“你个翁阳明，和我玩起文字游戏来了。是不是，看着我是大老粗，不如你识文断字。”

“哪敢哪。”

王琪就不再说什么了，站起身来说：“好了，咱就不要在会议室里听汇报了，到河床里去看一下就知道了。柳建昌，带我们去。”说着抬脚就往外走，柳建昌、翁阳明挡也挡不住。

浚河河床上，一派施工的热闹景象。王琪看着人欢马嘶的场面，冷笑着说：“看着像狼烟四起，人欢马叫，还蛮像回事似的。可是，我要问你，柳建昌，你知道不知道团里三令五申不让冬季施工的命令？”

“知道。”柳建昌大声地回答道。

“你知道不知道冬季施工质量得不到保证？”

“不一定。”

“好了，就把你这话撂到这里，你可知道，一营的大桥是怎么处理的吗？”

“知道，被炸掉了。”

“对，算你还有记性。对干部是怎么处理的？”

“我知道，记大过一次，留用察看。”

“知道这结果就好。”王琪说完就不再理柳建昌，厉声地叫了一下陈立仁。陈立仁从检查的队伍中麻利地闪了出来：“到。”

“给我下令把大桥的施工停下来，部队转入道碴备料。”

“是！团长。”

柳建昌一看王团长来真的，心下一急，抢着说：“团长，不要这样，我的营正在施工的会战当中，要是下令停下来，会影响到全营同志的施工热情；还有，我们之所以在冬季里施工，是有质量保障措施的，不是胡来啊，水是加温的，模板是防冻的，我从师里要了批速凝水泥，全部用在现在的施工当中，距离短，速度快，不会产生质量问题。我向你保证，质量不会出一点差错。”

“你说了算还是我说了算？”

“当然是你说了算。”

“那就听我的。”

“团长，你先听我说几句，你先让部队把施工搞完，要是真的出了质量问题，你处理我好了，我无怨无悔。”

“这可是你说的？你记住了。施工质量出了问题，拿你是问。到时候桥人放在一起处理。”

“对，就这样办。”

“陈立仁。”

陈立仁挺着胸膛答道：“到！”

“好好看着浚河大桥，质量没问题咱什么话都别说，有了问题从严处理。你给我好好看着，如果施工当中有什么问题立马停下来，随时向我报告。”

“是！”

“好啦，我们就不要在四营停了，到二营去，希望二营别再给我弄出个什么想不到的玩艺儿来。”说完头也不回地向营部走去了。那里停着检查的车辆。

陈立仁跟着王琪向回走去，路过柳建昌的身边时，低声地说：“最好快点把施工搞完，别拖的时间太长。”说完，匆匆地跟上了王琪的队伍。

柳建昌送走了王琪团长率领的检查组，心里怅怅的。王琪不留情面地当着检查小组成员的面批评了自己，但不论怎么说，王琪还是当着这么多的人给了自己一份面子，施工没有停下来，施工要是停下来，那可就不好说了。当务之急就是把施工赶快搞完，并不是要赶年度任务，而是深冬时节，再好的保障措施也难说保证施工质量了。团里常说：百年大计，质量第一。要真的出了质量事故，那可就要吃不了兜着走了。箭在弦上，不得不发！没有别的办法，只有放手一搏了。

想到这里，他急匆匆地向工地赶去。

工地的施工正在热火朝天地进行着，柳建昌把蔡稀胜叫到跟前来问道："工程进展情况怎么样？"

蔡稀胜一身的泥水，水点子在身上都结了冰，安全帽上沾满了水泥灰，但精神状态相当的好。蔡稀胜说："进展得很顺利。再有两天就完工了。"

"能不能赶在一天内完成？"

蔡稀胜为难地说："营长，两天的时间也就够快的了，再提前一天这不把人逼死了？"

"什么话，谁把你逼的？这不是团里的要求吗？"

"团长表扬咱们了？"

"表扬咱们了，你想得好，在检查小组面前把咱们营狠狠地批了一通，只差让咱们作检讨了。"

"真的呀？"

"说我不开会，说我隐瞒工程不报，说我大冬天的搞施工，保证不了工程质量，说让咱们的工程停下来。"

"有这么严重吗？"

"就这么严重。"

"你就这样答应了？"

"那不是我的性格。要不我怎么让你再加把劲在一天之内完成呢。"

"营长，我明白你的意思了，咱四营啥时候弄过这丢人的事，算干着的工程让停下来，这分明是对我们的指挥能力不信任嘛。这样吧，我就连轴转他一下，一定在一天之内把任务拿下来，让团里看看，咱们的能力，既要按时完成任务，又要保证质量，咱四营咋都不含糊！"

"行不行啊？连里的同志吃得消吗？"

"行也行，不行也得行，咱这是拼了，咱不为蒸馍只为气圆，一天之内把任务拿不下来，我这连长不干了。"

"好，团里下达的任务日期是后天，咱这加班干他一家伙，刚好任务也完成了，时间也到了，别让人在咱营前说闲话。"

"好，那就这么办。"

"这样吧，外围的工程交给十六连和十八连，你们一个连主攻桥墩，混凝土一刻也不能停，人三班倒变成两班倒，集中优势兵力打歼灭战。"

"好了，我现在就让炊事班给加几个菜，好好改善一下，明天中午再开几瓶酒，让大家温温身子，做最后的冲刺。"

"你这家伙还是主意多，那就这样，一定要组织好，我把营材料室、试验室、技术室的人全部派到你打混凝土这个地方来，人多力量大，这样一来，混凝土的速度会大大提高，要不了一天时间，就能完成任务。"

"那就太好了，我一定把他们组织好，一天之内给它把顶封了。"

"就看你的了，咱把任务完成了，王团长说啥我也不怕了。"

柳建昌和蔡稀胜说完，一刻也没有在工地停歇，就转身回到了营部，让书记通知营里的勤杂人员，晚上提前开饭。饭后，带上工具到浚河大桥工地，听从蔡稀胜指挥，直到大桥施工完成。布置完营部的事，他又接通了十八连连长和十六连连长，让他们在明天午饭前，把会战用的沙石料、冰块等材料全部备齐，之后，抽出兵力，协助做好立模拆模工作，直到工作结束。之后，想到为了节省时间，他又让通信员告知十七连炊事班，晚饭和明天的饭一律送到工地，还得要保证饭菜都是热的。安排完这一切后，他才放心地坐下来，抽出一支烟来，美美地抽了起来。没等抽完，他一甩袖，又向工地上风风火火地走去。

二十二

王琪团长的震怒是前所未有的。打从工程检查开始，他就有一肚子的火要向外发。各营干部到了，四营却来了个翁阳明，不见柳建昌的面，年终工程分析会不见行政干部到场，这就让他恼火，一问病了，患了重感冒，也就罢了。可是到了四营工地一看，这柳建昌给他使的是瞒天过海之计，在营里搞突击施工。这就让王琪大为光火，再一看季节到了冬天，师里明令禁止施工，可这家伙不听指挥，我行我素，在工地干得如火如荼。本来这干工程的热情无可厚非，但是，质量问题可是一件大事。去年，一营就是因为工程质量问题受到了严厉的批评，泉吉河大桥的桥墩中心线错位五十公分，撤了主管工程师，降了营长和负责施工连队的领导职务，在全师进行了通报。这通报墨迹还未干，柳建昌却梗着脖子在大冬天里搞起了会战。这不是无视师团规定，又要生造出一个新的事端来么。这举动本当严肃处理，但考虑到柳建昌是一片苦心，为了夺回洪水造成的损失，也就放他一马，但要是真的出了质量问题，那可就要从严处理，绝不留情。

回到团里，王琪一刻也没有休息，就把陈立仁和副总工程师臧仙香叫过来，询问有关在青海高原上冬季施工的技术问题。陈立仁当然知道王琪叫自己所为何事，只有臧仙香还蒙在鼓里，不知就里。

王琪还未等俩人坐下来，就劈头盖脸地对陈立仁说："陈股长，你给我把浚河大桥看好了，团里下达完成任务的时间一到，立刻停止施工。再一个就是，要派一个认真负责的质量检查组，对浚河大桥的质量认真检查，质量不合格，立马把桥墩处理掉。百年大计，质量第一，一点也马虎不得，一点也不准马虎。"

陈立仁说：“好，我让畅参谋在四营住上几天，把工地上的施工情况作一个详细的了解，拿到第一手材料，然后，根据情况再说别的。”

“对，掌握第一手材料，别让这个柳建昌再给咱们下什么蛋。下了好蛋自然表扬，下了坏蛋要好好收拾。这是事先都说好了的。”

“功是功，过是过，这就对了。”

“好了，你不说了，把那个柳建昌给我看好了，最后再说。我现在要请教一下臧工一个技术问题。”

臧仙香祖籍山东邹城人，鼻梁上架了一幅高度近视眼镜，大头，络腮胡，高个子，人却瘦得了得。不知是他有神经官能症，还是脖子太细支撑不了硕大的头颅，那大头时不时地要抽动一下。当他一听王琪要向自己请教技术问题时，一下子吃不消了，急忙摇着手说：“团长这不是要折杀我了吗？你是团长，我是总工程师，要干啥技术上的事，你说我做就是了，还敢当个请教？”臧仙香摇着头，不住地说：“不敢当，不敢当。”

“我虽为团长，但不懂技术，就得向你请教啊。”

“你就直说吧，让我解决什么问题？”

“我想问问你，在现在的天气里，能不能搞冬季施工？”

臧仙香低头想了想，说：“团长，在目前这种情况下，是不宜高原施工的，因为气温太低，凝固的时间拉长，就会影响工程质量。这一点是肯定的。”

“你说的是一般情况下，那么要是采取了保温措施呢？”

“那可就另当别论了。在采取保温措施下，不过是凝固的时间稍微拉长一点，但不会影响工程质量。现在，有一种速凝水泥正在国内应用到工程当中，即便是在没有保温的条件下，也能保证质量。”

“那你说用了速凝水泥后，工程质量就可得到保证？”

“应当可以说是这样的。”

“我一直放心不下啊，怕再出质量事故。”

“你说的是四营啊？”

“对，就是四营。”

“柳建昌好几天前问过我这方面的技术性问题，我也是这样说的。”

王琪不再问臧仙香的技术问题了，背着手在房子里转起圈子来了。心里说，这个柳建昌，还真有心计，并没有盲目地在冬天里施工，而是做了充分的准备，看来他的行为并不是一时冲动，而是深思熟虑的结果。但理论归理论，实践归实践，好不好、能不能保证质量，还得等完工了再说，不能过早地下结论才是。但是，从臧仙香的嘴里得知了质量可以得到保证的信息，他的心这才稍稍地轻松一点。他是被质量事故出怕了，再出一次，他这个团长怎么着也不能向师里交待了。

三人正说着，政委沈士铭走了进来。沈士铭高大的身影一在房子里出现，三个人不约而同地停止了说话。王琪的脸色也变得好看了许多，尽管如此，还是让沈士铭看出了王琪脸上的不悦。沈士铭笑着问："怎么，一脸的不高兴，是嫌我到你们这个地方来了，打断了你们的谈话？"

王琪笑了笑说："哪里是嘞，我们正说着浚河大桥的事。"

沈士铭盯着王琪说："那个柳建昌是不是惹你生气了？"

"这家伙大冬天的还不停工，我是担心工程质量保证不了，正在询问臧工的技术问题。"

"我正是为了这个来的。"

"怎么，你也听到这方面的情况了？"

"对呀。当然不是从施工方面，而是从政治工作方面。所以我也是来请教技术问题的。"

"政委，你就说吧，啥事，还劳你亲自出马，让别人问一问不就成了吗？"

"哎，这是个严肃的事情，我不问定不下来的。"

"你说吧。"

"政治处宣传股的同志给我拿过来一篇稿子，是什么通信报道。写的是四营在浚河大桥施工的事，大概意思是，四营在青海高原的冬季里，打破禁区，敢于向冬季挑战，以英勇顽强精神完成了浚河大桥的施工任务。我看了一下，稿子还写得不错，很有特色。但是我看到的是，里边有两个问题，第一个问题是，浚河大桥还没有完工，就按他们的推测，说大桥提前完成了任务；第二个问题是，报道组的同志到四营盖章核实，四营的同志挡了回来，说，浚河大桥还没有完工就写这样的报道，有点不实事求是。当然，我知道，搞报道的同志，想发一发提前量，上个新闻稿子，这能理解。问题的关键在后边，营部书记说，这个工程遭到了团长的批评，全营的同志都紧张得不行，柳建昌营长随时都有被撤职的危险，原因就是冬季施工，所以这个稿子不能发，章子不能盖。”

“对呀，我在工地上当场批评了柳建昌，说搞不好拿他是问，撤职是小事，还得要向师里做检讨。有这回事。”

“怪不得营部书记是这样说的，四营书记没有错啊。”

“就是这事啊？”

“不，我要问的是，正好你臧总工在场，我想问一个技术方面的问题。”

“你说吧，什么问题?”臧仙香紧张地看着沈士铭说 。头就不由自主地动了起来。

“青海高原能不能搞冬季施工？”

“我刚才也对王团长说了，一般情况下，青海高原的冬季是不能搞冬季施工的，因为高原上的天气太冷，绝对温度在零下几十度，混凝土浇铸后，不易凝固，因此而导致工程质量不合格，从这一个意义上来 说，是不能搞施工的。”

“嗯，就是说，高原是不能搞冬季施工了？”

“当然这不是绝对的。”

“那就是说，还有另一种情况是可以施工的？”

“对，这另一种情况是要创造一定的条件，克服冬天极寒天气，就能搞。”

“说说看，不要太深奥，简单一点，我能听得懂就成。”

“一个是水温，一个是凝固的时间，还有养护措施。”

“你一个一个说，这水温？”

“水温要高，保证在常态下水温不能结冰，混凝土拌和很均匀。”

“凝固呢？”

“凝固要快，不等水在寒冷天气下结冰就凝固，保证质量不受影响。”

“养护又是怎么一回事？”

“因为高原的天气冷，混凝土一打上后，容易结冰，不利于混凝土的凝固。在这样的情况下，要使浇灌的混凝土保持在正常状态下凝固好，养护的问题就显得很重要了。也就是说，在外边加上一层防护保暖材料，问题就得到解决了。”臧仙香一口气说完了几个问题，语言很快，心情也很激动。当他说完这一番话后，只觉得脸上鼻尖上沁出了一层汗水，用手一抹，果然，手掌里全湿了，身上也觉得湿浆浆的，很不好受了。

沈士铭听后笑了起来，说：“我明白了，按你的解释，青海高原的冬季里不是不可以施工，在一定条件下是可以搞的？”

“可以这样说。”

“那你说，浚河大桥施工算不算一个创举呢？算不算打破禁区呢？”

臧仙香看看王琪，又看看沈士铭，心想，王团长批评了柳建昌，不顾冬季低温不按规定进行施工，按我的解释是可以进行的，和王团长唱了反调。现在沈士铭问是不是创举，明显有着肯定的意思。这一边是团长，一边是政委，这个话实在是不好说的。于是就摸了一下头，笑笑没有说话。

沈士铭是一个聪明人，什么样的场面都经经历过，什么样的事情都见过，看看臧仙香的窘迫样，知道其中必有缘故，于是就笑了笑说：“好了，你们都回去吧，我和王团长说说。”

陈立仁和臧仙香如释重负，听到让他们离开，就齐刷刷地向政委、团长敬了一个礼，转身风一般地卷了出去。出到门外，俩人相视而笑，长长地吁了一口气，各自回股里去了。

臧仙香和陈立仁一走，宣传股程德永股长带着报道组岳林才来到了王琪房里。喊了声报告，房子里的王琪说进来，俩人就匆匆走了进来。沈士铭一看程德永走了进来，还跟着个岳林才，一下子就明白了，这俩人等不到回音，竟自向团长请示来了。

王琪却不知就里，隐约猜想与新闻稿子有关的事情。于是开口就问：“有什么事？”

程德永说：“政委也在，是四营的通迅报道的事。”

沈士铭看了看说：“鸡屁子掏蛋呢，等不到团长的指示了么?”

程德永一听沈士铭的话，心里明白政委和团长正在就此事进行商量，可能还没有说到一起，就不好意思地说：“不是心里急吗，想把咱们的经验向外边介绍吗？”

“你们先回去吧，我和王团长说说再说。”

程德永二话没说，转过身和岳林才一起走了出去。

二十三

柳建昌在肉体的疲乏和精神的压力之下，终于迎来了又一个新的黎明。这个黎明没有军号声，没有出操的叫队声，有的是满天红霞，一轮朝阳，浚河工地上满身泥浆的战士，向最后一个桥墩冲击的呐喊声。柳建昌已经不是营长了，变成了一个普通的士兵，站在桥墩的顶部，和十七连的同志们一起抬着灰斗子，把一斗又一斗的混凝土浇向立好模板的桥墩里。浇完后又拿起捣固棒，在犄角旮旯仔细地捣固一气。他是憋着一股气在工地上干的，也是顶着巨大压力干的，他知道团长王琪对自己的施工方案提出了批评，他知道工程结束后可能会遭到的不幸结局。但是箭在弦上，不得不发啊，施工到了这个份儿上，只有向前推进而没有向后退缩的道理，所谓的碌碡拽到半坡里，只有向上推而不能放手不管了。

混凝土的泥浆溅到他身上、腿上，糊在脸上，灌进脖子里，粘在帽子上，把他塑成了一个泥人。冬天里落在身上的泥浆冻成一个硬块，动作起来，浑身上下发出咔咔的声响。夜晚的风从河道里刮过来，穿过冰冷的冻衣服，像锥子一样地扎进衣服里，扎着柳建昌的肌肉。但这一切，柳建昌已经不觉得了，他只记得在明天的十二点前要把工程彻底结束，要向团里交出一份答卷，能不能令人满意，那是另当别论。但是，要紧的是在十二点交，必须把所有工程结束完毕，至于千秋功罪，就任人评说去吧。

黎明中，柳建昌看到的是和他同样一身装扮的同志们，他们身着施工服，腰扎皮带，皮帽子全部放下来，有的系在颌下，有点干脆就没有系上，那两只帽扇就像鸟的两只翅膀，在蓝天下振羽高翔。看得出来，他们经过好几个昼夜的施工，已经成为疲惫之师，可是他们的精神和劲头丝毫未能减退。运送混凝土的队伍，像风一样在工地刮过。拌和混凝土的班排，像聚歼猛兽一样勇猛顽强。倒换模板的战士翻江倒海，锤子叮当作响。绑扎钢筋的同志铁钩翻飞，劳动的倩影酷似翩飞的舞姿。无论哪种姿势，伴随着他们的是一团团不断线的白气，——那是从战士们口中呼出来的热气，遇到冷空气之后凝结成的爽雾。柳建昌看了，直在心里说，此场面真像军乐团的劳动交响曲啊，它奏出的是一曲多么美妙的劳动乐曲，让人终生难以忘怀！

这不是一个让他纯粹欣赏图景的时候啊，此时此刻他要的是一个劳动乐曲之后的胜利成果。想到这里，他的思想未能再次旁骛，一门心思地和同志们加劲地干起活来。

和柳建昌同样带着心理压力的史丰先，更是不顾一切地奋战在工地上，从根子上说，他是这场冬季施工的策划人之一，也是力主用劳动挽回面子的人员之一。在柳建昌营长还没有完全下决心的时候，他力主要干冬季施工，把洪水来临时的那个耻辱洗刷掉。干好了，从上到下脸上都是光，可是干不好了呢，从上到下都是灰，比张飞的脸还要黑，还要难看了。大家追究起来，当时史丰先是叫喊着最凶要干冬季施工的人，现在搞砸了，一切不满的账都要记在他的头上了。还有一层，自己正在接受撤职察看，弄不好一辈子的政治前途都有可能被葬进这座浚河大桥里！史丰先心里很清楚，浚河大桥施工不仅仅是一个标准工程，因为洪水事件而含有一定的政治意义了。因此，在这场政治施工中，他的精神压力比起其他排长来说都要大，甚至于比蔡稀胜和王国庆的压力还要大，只不过他没有说出来而已。

三排负责着立模和钢筋的绑扎，是一个在桥墩施工中较为精细的活路，往常天气暖和的时候，绑扎的工作还看不出什么难处，但是到了冬季里，人站在高处，经历寒风的侵袭，风从头上灌进脖子里，从下半腰处吹进脊背里，透心地凉，尽管戴着棉手套，可是手不小心碰到钢筋上，或者被绑丝戳一下皮，就会钻心地疼；人站在混凝土泥浆里，两脚浸泡在泥水里，冬季的施工棉鞋被泡得像冰壶，既沉重又行走不便。要是遇到鞋被钢筋扎破的事情，那可就不是一点难受了。鞋里鞋外一样冷冰，就像没有穿鞋一样。史丰先要在这样的环境中领导全排同志突击完成一个新任务。

大会战开始后，是两个桥墩同时施工的，史丰先把全排的力量作了划分，两个班三班倒，各负责一个桥墩的支模和绑扎任务。自己就在两个班中来回奔跑，累了困了，就在工地上打一个盹，醒来后又继续跟着班里干起来。混凝土刚一浇上，他就提着震动棒在桥墩上来回转，从中心向四周震动，要的是没有蜂窝，没有麻面。捣固完了又去立模，之后又钻进模子里绑钢筋，为了快，他把棉手套脱掉甩在一边，拿着扎锥飞快地拧着，手碰在钢筋上，脱了皮他也不去理睬，血流了，冻在手上，结成紫痂，他也不管，用手只一抹，继续自己的施工。稍微有点空闲时间，他就去帮着别的排干点顺手的事，一个会战时期，天天如此，就像一个拧紧发条的钟表，不停歇地转动，浑身充满了劲头。

三排的同志们个个铆足了劲，冲着浚河大桥和三排的荣誉，发起了猛烈进攻。

其他排也是各不相让，你争我抢，争先恐后。

浚河大桥在这种激昂的施工热情中节节向上增长了。

十点钟，蔡稀胜在浚河工地上，吹响了一声长长的哨子，哨音划过冰冷的河床，穿透冰冷的河风，在浚河两岸游弋。施工的同志们停下手中的活路，向蔡稀胜站立的地方遥望了一下，见蔡稀胜腰扎皮带，脚穿高腰胶鞋，头戴皮帽，两只帽扇在风中轻轻扇动。吹完哨子，蔡稀胜成立正姿势，站在河床中，大声地喊着：“全体立正——”河床喧嚣的声音静了下来，急促的脚步声也停了下来，只有风的啸叫。

柳建昌见状，急忙从桥墩上走了下来，将满身是泥的衣服稍事整理了下，站在桥墩一边。他知道，蔡稀胜是向他报告施工的进展情况了。果然，待柳建昌站好之后，蔡稀胜再次在河床上发出了又一个口令：“全体稍息！立正。”河床上一二百个军人，肃立成一二百个雕像，他们衣衫破烂，风度不再，但是那种冲天的英雄气概和战无不胜的一身豪气，却写真般的凝固在浚河河床中。蔡稀胜喊完口令，双手抱于腰间，一路小跑着跑向柳建昌面前，到柳建昌跟前后站定，向柳建昌行礼，并大声地报告：“报告营长，十七连浚河大桥施工全部完工，请指示！”

柳建昌看着浑身是泥的蔡稀胜，平时他是一个多么干净利落的人啊，一个多么干净利落的军人，但是现在，却成了一个泥人，一个疲乏得走路都有些打闪的人。他和他的战友们在浚河河床中，连续战斗了多少个日日夜夜，付出了多少汗水辛苦！现在，这样的日子终于结束了，工程终于完工了，他本想说："打扫战场，收工回营！"可是从他嘴里说出来的话却成了："让司号员吹起冲锋号，在号声中列队，洗漱吃饭。"

蔡稀胜大声地答道："是！"

行完礼的蔡稀胜，背转身来，再次向肃立在河中的同志们发出了口令："稍息。立正——司号员，吹冲锋号！"

司号员高声地应答了声，然后从腰间解下金黄色的军号，一手叉腰，一手紧握军号，对着湛蓝的天空，吹了起来。

一声雄壮高昂的冲锋号声划破长空，像一只锦雉，从每个军人的身边冲向蓝天，游弋在浚河两岸，风为之感动，减弱了速度，阳光为之微笑，更加灿烂辉煌！

浚河大桥冬季施工的大会战在一声长长的冲锋号声中收工了。大家拖着疲惫的身子，向着军营走去。他们不再高唱打靶之歌，连续的施工使得他们身子骨酥软，他们不再步履铿锵，冻馁饥饿使得他们手脚无力。他们放下了心中一块沉重的包袱，他们不再为是不是英雄连队英雄营而担心，放进心里的是：我们是一个拖不跨打不烂的钢铁连队，钢铁军人。

然而，柳建昌的心里却犯着嘀咕：交出的这份答卷，团首长是满意还是不满意？这让他欣慰的心里再次蒙上了一层沉沉的阴云。

二十四

营以上干部会议再次在团里召开。团里要求，四营除营长教导员参加以外，十七连的连长指导员蔡稀胜和王国庆列席。作训股的通知下得很奇怪，往年营以上干部会议都是营以上干部参加，绝没有列席的连职干部。今年会议有点蹊跷，特意通知蔡稀胜和王国庆参加，这其中有什么特别的用意？从通知的人员上看来，肯定是与浚河大桥施工有关联了，王国庆、蔡稀胜是主管浚河桥施工的连队负责人，从头到尾负责着浚河大桥的施工，无疑的，是好是坏，却是另一回事了。柳建昌心里有点逮鬼，叫上蔡稀胜和王国庆，一定是与浚河大桥有关的会议了，可是团里是持批评还是表扬态度，这就不得而知了。表扬那当然是好事，多大多小都是好事，在全团露脸的事，啥都好说，可是要是批评的事呢，那可就不好受了，在全团面前受批评这将意味着什么呢？意味着营里的工作没有做好，让团首长不放心，这个营在首长的心目中没有希望，是一个再也不能让人敬仰的部队。这样的部队领导者怎么在这样大的场面里做人呢，谁的心里能受得了呢？柳建昌心里不安，想探探团里的意图，于是就想到了陈立仁。此时柳建昌能想到陈立仁并非陈立仁与他私交很好，是因为陈立仁在前一段时间里，前后几次带着一干人马对浚河大桥的施工情况进行了详细认真地检查，来的人员中有技术人员、军事干部、政工干部、宣传股的同志也例外参加。可是检查的结果没有向柳建昌透露，浚河大桥能不能在冬季里进行施工，已经在冬季里施工的浚河大桥质量能不能符合施工标准，团里的态度是赞成还是否定，陈立仁都三缄其口，秘而不宣，让柳建昌如坠五里云雾，心里像十五个吊桶打水，七上八下。直到现在，营以上干部会议召开了，还不知道团里的态度，这就更让柳建昌心里打鼓，不得不向陈立仁处打探消息了。

陈立仁接到电话问柳建昌有何事体？柳建昌说，还用问有何事体吗，心火上攻，虚火上升，再也压不住了，才向你问过来了。陈立仁说，沉不住气了吧？你也是，早不打探迟不打探，会要开了才来打探，屎憋到尻门子了才解裤带，你说能来得急么？柳建昌说，你和我关系还算可以，也算是老战友了，你检查我们的工作都这么多天了，连一点消息都没有透露，你说我不来问你问谁呀？陈立仁说，哼哼，我倒是想说来着，但是团长不让我说呀，团里没有做出决定之前不能说呀，再说了，沈政委那个人的脾气你是知道的，他要是知道了谁把团里的意图提早向外抖露出去，谁就得吃不了兜着走。我要是不想干了，四个兜不想穿了，我就把情况向你透露出去，你就行行好，别为难我了。柳建昌一听团里首长有指令，也就没有再多发问，只说好你个陈立仁，到时候你要是有事落在我手里，我也得用同样的办法治治你。我有等着你的时候。陈立仁笑笑挂上了电话。

柳建昌不问则已，一问是一头雾水，心里更是不踏实。于是，就把翁阳明、蔡稀胜和王国庆叫到房间里来，等他们一坐下还没开口，就对此次会议的情况进行了分析，也做了安排。总的要求是：不管团里的态度怎么样，表扬的不要太张狂，得意忘形，批评的不要垂头丧气，更不要在会上当场发作。胜不骄，败不馁，是咱们四营的精神支撑，当然遇到更大的坏事，比如说，大桥质量或是违犯团里命令，要杀要剐，由我柳建昌一人担着。蔡稀胜王国庆一听柳建昌的话头有些沉重，不由得相互看了一眼，想说几句，可是柳建昌武断地挡住了他们的举动，让他们回去做好准备，按时参加会议。弄得翁阳明也不知所措，只好随他去了。

团营以上干部会议在吉尔孟团部党委会议室召开。

政委沈士明宣布了会议议程，说今天只有一个议题，这就是关于浚河大桥的施工和质量问题。过去，我们在青藏线建设中，有许多成功经验和失败的教训，这些经验和教训经过不断地总结和汲取，已经得到了长足的进步。今天呢，有关于浚河桥的施工，在全团里引起了广泛的关注，关注的焦点是冬季里能不能施工，冬季里施工能不能保证大桥的质量，我们从中看到了哪些值得注意的问题，给了我们哪些启示？现在就请柳建昌同志谈谈他们如何想到要在冬季里搞一次冬季施工，冬季施工是怎么组织的，施工中遇到过什么困难，又是怎么克服的。

柳建昌措手不及，事先政委沈士铭只给他招呼了一声，说让他要把浚河大桥的施工情况在会上讲一讲，成功的经验和失败的教训，什么都行，要想说的话在会上好好说一说，让全团同志们从中有点启发。但是没说是经验交流还是自我批评。柳建昌意识到是对浚河大桥进行总结的时候了，但是，是经验呢，还是教训，从沈士铭的脸上却总是看不出。沈士铭表情平静，没有看出他是在赞扬还是在批评。这让几天忐忑不安的柳建昌更是如坠五里云雾。现在，政委让他说话了，在这么多的人面前该怎么说呢？是把浚河大桥当作经验向大家介绍呢，还是把它当作违犯纪律的典型向大家作一检查，这使他心里很费思量。但是这时候不容思索了，只好把自己关于如何想到要搞这个冬季施工，在施工中遇到了哪些困难，又是怎么克服的，施工是怎么组织的，大家对此的情绪想法等，不一而足。说到最后，他向大家总结似的说：“总之，我们之所以想到了冬季施工，是为了在正常时间内完成团里交给我们的任务，我们是第一次搞，在施工之前作了大量的准备，施工进行时，举全营之力给予有力地支持，所以才在规定的时间里完成了任务。至于质量问题，我们技术组自行测定了一下，我个人认为没多大问题，但不知道团里的检查结论如何，还请大家多批评，让我们在今后的施工中加以改进。”

柳建昌说完，看看会场，会场里没有掌声，没有笑声，也没有嘘声，团长和政委没有笑，等到他说完后，政委沈士铭绷着脸，让陈立仁说说对浚河大桥的检查结果。柳建昌看看陈立仁，只见陈立仁清了清嗓子，脸上微微泛着红色说：“最近，团里对浚河大桥进行了为期几天的认真检查，检查的结果是，施工符合程序要求，质量合乎标准，开创了青海高原冬季施工的新途径，可以立为样板工程。”

陈立仁讲完，放下讲稿，把身子向后靠了靠，轻松地吁了口气，然后似在无意间看了一眼柳建昌，并做了一个鬼脸。柳建昌这才长长地吁了一口气，今天的会并不是为了让四营作检讨来的，从目前进展的情况看，是一个对四营冬季施工予以肯定的会议，也是一个为四营正名的会议。从此之后，四营又可以在全团面前挺起胸膛，堂堂正正地做人了，再也不会让人在背后说三道四了。可以自豪地说，四营是一支英雄的部队，任何艰难险阻都不能阻止四营前进的步伐。此时，他把一直绷着的脸放松了，露出了一丝不易察觉的笑容，当他想得意地动一下身子时，突然想到了临行前他对其他同志所提的要求来，胜不骄，败不馁，是四营的精神力量，这会儿要是自己先自张狂地动作起来，那不是在自己人跟前丢份子了吗？不是让在坐的所有人看自己的不成熟不稳当了吗？千万可别犯这样的错误、做这样的傻事，就是把一个大元宝塞在自己怀里，都不可忘情地守不住丹田，得意忘了形啊。他偷偷地看了一眼翁阳明，见翁阳明正襟危坐，脸上没有一丝笑意，端的是一种庄重，一个军人的稳重。再看看蔡稀胜和王国庆，也是一脸的庄严，但从脸上可以看得出来，他们硬压着内心的喜悦，耐心地倾听着所有人的发言，没有被突如其来的喜悦而弄昏了头脑。柳建昌看着他们，自己的心情也为之更加平静起来了。

会场的气氛活跃起来了，开始与会人员不知道对浚河工程的态度，以为又是一个泉吉大桥质量事故的批评会，是一个宣布纪律处分的决定会，不定柳建昌、翁阳明要受多大的罪，要背负多大的精神压力。可是当柳建昌的发言结束后，主持会议的沈士明并没有用严厉的批评口气对柳建昌进行点评，反倒让陈立仁把检查结果很快向大家作了宣布，大家从中很快猜出，今天的会议绝非平日的会议了，一定是一个让四营出头露脸的会议，好戏还在后头，等着瞧吧，一定是的。于是会场再也不是以前那样严肃那样凝重，而是慢慢悄悄地向轻松活泼的方向转变了。

陈立仁的讲话完了，沈士铭让宣传股股长程德永从宣传工作的角度谈谈对浚河大桥冬季施工的观点。程德永从座位上站了起来，照例红了脸，用浓重的四川口音讲开了对浚河大桥施工的看法。程德永扫视了一眼会场，见大家都用期待的目光看着自己，就轻轻地咳嗽了一声，然后滔滔不绝地说了起来：“从一开始，我们宣传股就对浚河大桥的施工给予了高度关注，为什么会是高度关注呢？从宣传工作的角度出发，我们认为，在青海高原冬季施工还从来没有过，不是说前无古人，也是后无来者。”程德永的话引起了一阵哄笑，有人在私下说，太有水平了，就是搞宣传的，在这样的场合能用上这样的词汇，不容易。有人说，出口成章，一篇好文章啊。程德永似乎听到了这样的小声议论，似乎又没有听到，他继续着自己要讲的话，一任别人小声地议论。“这样的一个工程，我们宣传部门的同志认为，从一开始就得要跟踪记录，把它当作一个重要新闻向外报道，当然，这一切都是在我们的安排之下暗中进行的，这是一个创举工程，是一个新生事物，我们不应当把这个工程丢掉不管，要真实地记录它的全过程，包括在这次施工中涌现出来的好人好事。根据我们的跟踪记录，四营从营里领导到连里全体干部战士都为之付出了艰巨的劳动。比如说，柳建昌营长大胆决策，力主进行冬季施工，教导员政治工作坚强有力，连长蔡稀胜，一门心思扑在施工现场，王国庆指导员保障有力，那个被撤了职的史丰先，更是英勇顽强，一马当先，还有一些战士，不管天寒地冻，全部冲锋在前，这些干部战士为我们团树立了光辉的榜样。我们在组稿时，常常为他们的英雄行为而感动得热泪盈眶，激动万分。因此，我们就写了一篇长篇通讯，投到铁道兵报。所幸的是，铁道兵报全文刊登，肯定了我们的看法，更是肯定了四营的创举，它是我们团的光荣，也是我们师里的光荣，更是我们铁道兵的光荣。在这里，我代表宣传股的全体同志，特别是报道组的全体同志，向四营的干部战士致以崇高的敬意。”程德永说着整理了一下军装，郑重地向四营的柳建昌和翁阳明行了一个军礼。

翁阳明一直不动声色，可是看到程德永动了感情，向他们举起手来，行了一个礼，就再也坐不住了，急忙站起身来说：“四营的同志，全体起立。”

柳建昌、蔡稀胜、王国庆腾地一下像弹簧似的从座位上站了起来，整理了一下军容风纪，严肃地站在会场上。翁阳明待大家都站起来后，面对程德永说：“我们四营的全体干部，向你们宣传股的同志表示衷心地感谢，敬礼！”

四个人四只手，齐刷刷地举在头边，以表对他们的关心爱护支持的敬重。

会场上响起一片热烈的掌声，一阵欢乐的笑声。沈士铭笑了起来，说：“你个程德永不愧是一个搞宣传工作的，把会场的气氛搞得这么热烈，很好嘛，很了不起，但是现在不是庆功的时候，这样的事情离庆功还太远，我们进行下一个议程吧。”

程德永收敛了笑容说：“沈政委，现在可以把报纸发给大家了吧？”

沈士铭说：“好吧，现在是揭开锅盖的时候了，发给大家，让大家认识一下四营，认识一下咱们四十六团干部战士的勇敢和智慧，也分享一下咱们四十六团的光荣和自豪。”

程德永大声地说：“是！”

会前，程德永曾向政委沈士铭请示，会前把登载四营事迹的报纸发给大家吧？沈士铭说，今天的会议主题没向任何人透露，先让大家心里没底，议论上一阵子，等到锅开的时候再揭锅盖，这样才有新意，才有很好的效果。程德永说好，就没有让岳林才把报纸分发给大家。等他的话讲完之后，看看会场上的气氛已经热了起来，这才再次向沈士铭请示说，把报纸分发给大家。早已准备好的岳林才一听政委发了指示，和报道组的一个报道员进到会场，穿插在会场中间，很快把报纸发到各位与会代表手中。柳建昌来不及细看报道内容，只看了一眼标题，那标题是：寒冬逼不退，高奏凯歌还！副标题是：四十六团青海高原冬季施工纪实。柳建昌看后心跳眼热，热血上涌，可是又不能得意忘形，先自将报纸收好，等会后再仔细看看。

沈士铭看看报纸已经分发完毕，就轻轻地敲了一下桌子说：“好了，大家先把报纸收起来吧，会议结束后好好看看，好好学学，现在还是继续咱们的会议。下面请咱们的王琪团长讲话。”

王琪的脸从一开会就绷着，不知道是他一脸郑重还是他平时就有的作风。到这会儿了，会场上的气氛起来了，他仍是不变面色，现在轮到他讲话了，他还是那个样子，只是轻轻地清了一下嗓子后，从上次的年终施工大检查开始说起：“我说这个四营啊，这个四营就是事情多。我说这个柳建昌啊，就是那个鬼点子多，上次开施工大检查的时候，向团里谎说生病了，愣是没有来开会，让那个当教导员的翁阳明跑来充了个数，你道是这个柳建昌在家里做什么呢，就是筹划着这个冬季施工的事情，这个柳建昌啊，就是胆子大，不向团里请示，也不向团里汇报，就这么自己搞起来了。刚才大家都听了，他说是为了按时完成团里下达的施工任务，没错就是为了这个。我说他胆子大，是说这个柳建昌在青海高原没有搞过这样施工的情况下就敢动脑子搞冬季施工，就不怕把工程质量搞砸了，就不怕把自己的政治前途搞坏了。这家伙就是胆大，瞒着团里搞起来了。我那时候是持反对态度的，原因是，对此没有十分把握，也是怕工程质量出了问题。现在看来，这个担心是不必要的，从检查的结果来看所有指标都符合要求，这件事办的很成功，也据此可以说，在青海高原上，在做好必要准备的情况下，也可搞冬季施工，青海高原冬季施工的禁区是可以被打破的。在这里，我要表扬这个柳建昌，我要肯定这个冬季施工的做法。不仅如此，师里也会派工作组到团里来，总结四营的这个做法，向全兵种推广。这是四营的荣耀，是我们团里的的荣耀，也是我们师里的荣耀。我在这里，向四营的干部，向四营的全体干部战士致敬！并且要求全团向四营学习，学习他们迎难而上的大无畏革命精神，为四十六团多创佳绩。”

王琪团长说着站了起来，向柳建昌和翁阳明郑重地敬了一个礼。翁阳明再次向自己的干部发出了命令，接受王琪团长的敬意。

沈士铭再也坐不住了，笑着说：“看来今天的会议开得很好嘛。会议开始前，我和王团长商量过，这次会议的议题不告诉一个人，开一个别开生面的会，让大家先说，畅所欲言，说到了，明白了，再把我们的主题亮出来。现在是亮开主题的时候了。我们今天的主题是什么呢？就是要总结表彰一下四营在浚河大桥施工当中敢于打破青海高原的施工禁区，开创性地进行了冬季施工，为我们青藏铁路的修建开辟了一条新路子。我们还要表彰几个为此做出贡献的人，这几个人呢就是，柳建昌营长，翁阳明教导员，我们团党委给予团嘉奖一次，十七连连长蔡稀胜，王国庆，三排排长史丰先给予记三等功一次，另外，我们还报请师党委给予十七连记集体三等功一次。”

沈士铭话音未落，会场里就响起了一阵热烈的掌声，翁阳明和柳建昌、蔡稀胜、王国庆全部站起身，向会场上的干部举手敬礼，表示衷心地感谢。

沈士铭等掌声一落，继续着自己的讲话。“当然，我们还记得，前不久，在四营发生了一些不愉快的事情，暴露出了四营管理上和纪律上的薄弱环节，这个教训是我们每个人每个单位都必须要汲取的，也是沉痛的。但是，四营在挫折面前没有倒下，他们知道哪里跌倒了，就在哪里爬起来，所以才有今大这样辉煌的成绩。团党委要求全团向十七连学习，学习他们不畏严寒、敢于探索、勇闯禁区、敢于拼搏、勇敢顽强的革命精神，在青藏线建设中再立新功。”

会议顺带着研究了一些其他事情，都是些支微小节，很快就结束了。柳建昌和翁阳明心中有点措手不及，来时以为受批评的，所以当政委让他发言谈谈浚河大桥施工经过时，他挑些重点的话说了说，没有详细思考，把那些一直藏在心里的话说给大家听，要知道后来的情况，他一定会总结出一些很实用的经验和响亮的口号，在会上大出风头。这荣誉来得有点太突然，也来得太快，让他一时觉得很眩晕，头脑胀得像醉了酒，昏头昏脑。

会散了好长时间，四个人都走在了团部的门口，柳建昌还没有回过神来，翁阳明看着找不到北的柳建昌，打趣地说：“哎，柳营长，柳建昌同志，咱现在是回去呢还是不回去，准备在团小灶上吃上一顿？”

柳建昌迷迷瞪瞪地说：“回去干什么？”

“会都散了，咱不回去，还要让团首长请咱们撮一顿啊？”

“我怎么咋就回不过神来呢？”

翁阳明说：“咱四营的荣誉来得太突然，你是带着做检讨的思想准备来的，可是没想到却受到了表扬，得了一个团嘉奖，还带两个三等功，你被突如其来的荣誉弄得晕头转向。是不是？”

“差不多吧，这不是在梦里吧？”柳建昌仍然迷迷瞪瞪地说。

翁阳明说：“你就别再作梦了，你就说吧，今天得了这个天大的好事，你说怎么办吧，就说眼前的吧，中午这顿饭怎么吃吧？”

一直跟在柳建昌和翁阳明身后的蔡稀胜和王国庆，听着俩人有趣的对话，心里有股子说不出的兴奋和喜悦。这会儿听到翁阳明说，中午饭怎么个吃法，蔡稀胜就主动站出来说：“中午肯定是我们连管饭了，咱不说大庆一次，也得小吃一顿吧，还能让你们营长教导员操心破费。”

翁阳明说：“那也不能只是几个罐头蛋粉了事啊，起码也得弄斤半牛肉什么的和炒瓢见个面。”

蔡稀胜说：“那就交给我了，我和王指导员办了就是了。”

翁阳明说：“那就这样了，加菜的事交给你们俩个了，至于酒嘛，我看，柳营长要是不出，看着就不够意思了啊。”

蔡稀胜和王国庆一看翁阳明一意要让柳建昌出血，就跟着起哄。蔡稀胜道：“那就看柳营长肯不肯出水了。”

王国庆说：“也不要硬逼柳营长嘛，没有好酒也不能让人买啊。”

柳建昌一听瞪起眼来：“啥啥啥，我没有好酒，我不肯出水，我是九毛九？”

“谁说你不是九毛九，账算得精细，谁也算不过你。你拿了酒吃亏，能拿出来嘛。”翁阳明打趣地说。

柳建昌：“你们这是合伙起来打劫啊是不是？好，冲你们这样，我贡献两瓶酒来，让你们高兴高兴。”

“酒不好，我不喝，宁可喝互助大曲，那个酒还攒劲。”蔡稀胜故意揶揄着说。

“就是嘛，不好的酒喝了还落了个喝，没意思。”

“啥！杏花村的美酒，谁敢说不是好酒，全国八大名酒，谁敢说不是好酒。”

“喝了才算呢，说了不算，是不是，人家连长指导员不好说，我能说好？”

柳建昌被说得有些光火了，瞪着眼说：“这么不信任我啊，回去立马就拿，谁不拿谁小狗。”

蔡稀胜说：“柳营长急了，咱就不喝了。”

翁阳明说：“那不行，君子一言，驷马难追，怎么能算说算绽呢，还营长呢，连连长都不如呢。”

“翁阳明，你就在这里给我胡搅和吧，等我拿出酒来咱再说。”

“好，等着你呢，我把我的好烟拿出来，一人一包，我也不是老鼠尾巴砸不出几两油来，我也出水。”

“你好意思，就是这三个人，连你加上四个，你还自己不抽自己的，一人一包，一人一条都嫌少呢。”

“行行，你这是要人命呢，不是要人烟。好了，一条就一条。”

几人说着，车过吉尔孟公社镇点上时看见商店里人来人往，翁阳明说：“停车吧，到商店里看看，有没有新鲜牛肉卖，别只吃那些罐头啊什么的，是不是老柳？”

“好，今天你就要人吧，把人耍够，你说咋弄咱咋弄。”

车停在了吉尔孟商店门口，四人下得车来，一齐向商店里走去。

二十五

商店里很小，大约三间房大小，迎面一个凹字形，一边是小商品，一边是布匹，中间就是副食了。商店里只有十多个人，因为地方小，所以十多个人在房子里就显得很多了。四个人一进里边，直向副食柜台前走去，蔡稀胜嚷着看肉看肉，冲在前头，走到柜台跟前才看到商店不是肉食店，有点失望地停在柜台前，对柳建昌说："营长，没法了，想吃点鲜肉，人家这里还没有卖的，你说这可咋办呀？"

柳建昌说："你就是不想让我们吃嘛，这里没有，天峻县城里还没有嘛。咱有的是车，你就是不想让我们吃嘛。"

翁阳明说："我看老柳说得对，有没有肉是一回事，想不想让咱们吃，那可又是另一回事了。"

蔡稀胜说："不说了，回去就派车到天峻去嘛，不就是几斤肉嘛，还能让人小看了我们不成。"

柳建昌说："那是你的事了，反正我们没有鲜肉的时候咱再说，可别说我的酒不好。"

正说着，柳建昌听得一声银铃般的嗓音说："翁教导，你们都来了啊。"回过头来一看，一个个头不太高的服务员站在柜台里，向他和翁阳明站立的地方走来。这姑娘一身汉族装扮，红卫服，小辫子，一双大眼睛明眸皓齿，扑闪扑闪地看着翁阳明和他，柳建昌与售票员很近，只隔着一个柜台，闻得到她脸上擦的淡淡的雪花膏味。这姑娘和翁阳明认识？还没等他回过神来，那姑娘又面向蔡稀胜说："蔡连长，不认识我啦？藏族姑娘卓玛。"

噢，翁阳明和蔡稀胜恍然大悟，原来是卓玛姑娘。这卓玛几次见面都是一身藏族打扮，就是前几次见了也是这身打扮，谁知这次穿一身汉族衣衫，真是有点想不到。蔡稀胜说："原来是你啊，你是越来越漂亮了，我们几个都认不出来了。"

还是卓玛落落大方："当然了，我们草原上的姑娘没有不漂亮的。"

翁阳明也认出了卓玛。翁阳明说："对不起啊，卓玛，是你啊，我一眼都没把你认出来。你还好吗？"

卓玛说："托你们解放军的福，好，一切都好。"

"好就好，有工夫到我们部队去啊，我们热烈地欢迎你。"翁阳明笑着说。

"什么呀，都成大名人了，还热烈地欢迎我呢，现在都认不出我来了，还说到部队去呢。"

蔡稀胜凑过来说："卓玛，谁成了大名人了？我们吗？"

卓玛说："还瞒我呢，铁道兵报都把你们的名字登出来了，寒冬逼不退，高奏凯歌还，你们几个人的名字都在上边登着呢。"

柳建昌瞪着眼睛问："你是怎么知道的？"

"哎呀，柳营长，我早就看过那张报纸了，除过你们几个，还有史丰先的名字，上边说英雄的名字与青史一样名留百世。"

柳建昌继续问道："你是从哪儿弄来的《铁道兵报》？"

"你们团的通信员取报纸的时候，在我这个地方买东西，我要了一张看看，没想到正是你们几个熟人的事。"

柳建昌点点头说："噢，原来是这么回事。我就说嘛，我们的部队报纸怎么会到你的手里呢？"

翁阳明笑笑说："还欢迎你多多关心我们部队的建设，为军民关系增加一些新的内容。"

"你们那个史丰先怎么没有来啊？"卓玛瞪着两只亮晶晶的眼睛问，一点没有羞怯的样子。

王国庆知道，史丰先与卓玛是有过一段交往的，那是在浚河洪水来临时和来临后的几天日子里，后来卓玛也与史丰先有过更多的接触，如果卓玛看过报纸，问到史丰先也就不足为怪了。王国庆说："史丰先今天没有来，在连里准备开一个会，你找他有什么事吗？"

"没有，我看你们几个人来了就差报上说的史丰先，顺便问一下。”

“可是，你随便问一下，史丰先却是常提到过你嘞。”

“是不是？”

“那可不是，他说，哪次还让你到我们连里来好好说说呢。”

“我去可以，我可没有提到过他。”

“那是史丰先的事。”

“翁教导员，你们要买啥东西？”

翁阳明说：“看看你们这里有没有牛肉？”

“这个商店没有。要牛肉做什么用呢？”

翁阳明说：“没有就不说了。”

“我知道了，一定是要搞一个庆祝活动，放心吧，这里没有，我家里有，晚上就给你送过去。”

翁阳明说：“这可使不得，不要。”

“我都听到你们几个说的话了，我下班后骑马给你送过去，一定不会耽搁你们的事。”

翁阳明说：“卓玛，这可不比别的事，不能这样做事，要是这样做了，我这个教导员可就不好当了。”

“军民关系嘛，谁说不好当了。”

“这样的军民关系不好说啊。”

“你就别说了，我给你送过去就是了。顺便我也去看看史丰先。我看他挺好的。”

“你看史丰先可以，但是你要送给我们牛肉那可就不可以了。”

“你刚才还在说要让给军民关系增加一点新内容的嘛。”

因为王国庆与卓玛有过好几次接触，这时候看看卓玛与翁阳明扯不过来，就打了一个圆场说：“我看这样吧，你这次就不用送了，等到我们八一节的时候你送几斤来不是很好嘛。”

卓玛生气地说：“过节要送，今天也要送，不让我送就是看不起我卓玛，也是看不起我们草原上的人。”

翁阳明说：“卓玛啊，言重了言重了，不是这样，是怕给你添麻烦。”

“麻烦不怕，就怕你们看不起我们。”

柳建昌看着话越说越多，就一锤定音说："就这样吧，让卓玛送过来就是了，不过下不为例。你说好不好卓玛？"

"这还差不多。"卓玛假装生气地转过身子说。惹得几个人哈哈大笑。

果然下午六点以前，卓玛骑着一匹快马到十七连来了。一进连部，蔡稀胜迎进门来，卓玛说："蔡连长我把牛肉给你送来了。"

蔡稀胜一看牛肉鲜红鲜红的，像是才杀了割下来的一块，就奇怪地问："是刚杀的吧？"

卓玛说："怎么，嫌不是风干的？鲜牛肉比风干的好吃多了。再说了你们也吃不惯风干肉。"

"不是，我是说你们家里为了我们杀了一头牛？"

"刚好我们家里要请草原上的人吃一顿，我回家的时候就割了一块送过来。"

"你肯定是在说谎了，你们家里为了让我们吃一顿牛肉杀了一头牦牛，对不对？"

"这个，你别管这个吧，你要的牛肉我送来了，都是我们自家的，没有公家的事。"

"那也不行。"

"什么这也不行，那也不行，你们吃去就是了。"

"不行，我得给你们家里一点补尝。"

"什么意思啊？我去了，史排长在哪儿啊？"

"在三排，你去吧，我来办这个事情。"

"我去找史排长了。"

卓玛不管三七二十一，向外疯跑而去。一气跑到史丰先的排里，大声地喊着史排长史排长，没想到一进帐篷，却见史丰先躺在床上，头蒙在被窝里，旁边放着几片头痛粉阿斯匹林。一个战士向她举起手来，一个指头放在嘴上，轻轻地嘘了一声，示意让她别吱声。卓玛明白，史丰先病了。走到跟前伸手一摸，哎呀，热得烫手，卓玛收回手来，轻轻地揭开被角，看到史丰先紧闭着双目，一动不动的，满面通红的脸上，正冒着一层汗水。旁边的战士轻声地说："排长病了，都好几天了，烧一直不退，我们正想着要把他送到卫生队里去呢。"

卓玛轻声问："是感冒了吗？"

“连累带冷，像是感冒，但就是治不好。”

“我知道了。你等着，我有草原上治这种病的药，一会儿就来。”说着风一样地向外跑去。

王国庆到三排来的时候，卓玛早已刮到草原上不知道什么地方去了。王国庆叹了口气说：“这个卓玛，像风一样来去无踪。”

不到一个小时工夫，卓玛又跑回到史丰先的帐篷里，给那个照顾史丰先的战士要了一个铝盆，把一大把草放进铝盆里，放在火炉上就熬了起来。别人要替，她怎么也不肯，说你们不会熬，不知道火候，火候不到，这种草药没有效力。大家也只好任由她去了。药熬好了，她又向那个照顾史丰先的战士交待着怎么服用，一天几次，然后才骑着马走了。走的时候，草原上的启明星已经高高升起，草原上一片漆黑。

三排的同志们听得到一阵嘚嘚嘚的马蹄声，敲击着草皮，也敲击着他们的心灵。

二十六

一辆绿色的吉普车在刚察通往乌兰的公路上急驶着。公路没有铺柏油，全是石子路面，车子跑得多了，路面就成了搓板状，高低不平，而且石子全集中在路面当中，相向而行的车，不能在路中央行驶，只能在路的两边跑动。行驶在公路上的车就像航行在大海中的船似的上下左右颠簸。王琪和沈士铭坐在吉普车内，车子的颠簸使得他们的身子弹起又落下，没有一刻安静的时候。王琪真想让车子开得慢一点，但是，师首长要求在下午两点钟之前，一定得要赶到师部。因为路途遥远，且路况又不好，所以，还不敢让车子开得太慢，误了到师里的时间。

在颠簸的车子里，王琪想的是：师首长要他们赶到师里去的意图是什么呢？是对十七连立功的问题当面征求团里主要领导的意见么？似乎有点说的不过去，一般情况下，师里对团里的请示，师里直接批文下达就是了，成与不成都是师里说了算的，还叫团里的领导干什么呢？不是这个又是什么？会不会有了新的任务，让他们团独立承担呢？仔细想想，也不可能，因为从青藏线的兵力布署来看，所有的工点都有部队在施工，还能有什么新的任务下达给四十六团呢？

而坐在同一辆车上的沈士铭，则想的是，从干部管理的角度出发，是不是师里对团里干部的任用要做一个大的调整。团里早就缺一个副团长一个副政委，提谁放谁，一直让师里颇费思量，经过这一次有较大影响的冬季施工之后，认为是调整干部的成熟时机了。让他们一同谈谈对新任用干部的看法，这也是情理之中的事情。

王琪实在忍不住了，偏着头问摇摇晃晃的沈士铭："你说，江师长叫咱俩一起到师里，到底是什么事呢？”

沈士铭微笑着说：“我也猜不透。我是搞组织工作的，从组织工作的角度想了一下，是不是咱们团的领导班子人员有些什么变化了吧？”

王琪说：“我可是没这么想过，我是搞军事工作的，一点也没朝这个地方想。”

“我也想过工程问题，想了大半天，没有什么特殊的工作要让我们干吧。”

“对，我也是这么想的，青藏线总共两个师，全在线上，东边一个西边一个，任务全都分到了两个师的头上，还有什么剩下的工作要给咱们干呢？”

“要么还是记功的问题，可能要征求咱的意见。”

“什么意见哪，师里下不就行了吗，还用征求咱的意见吗？不行也就放到那个地方，让部门的人告诉咱们团一下不就成了？”

“我也是这么想的，要真的是这件事的话，可能就是不同意记功吧，然后把咱们都叫过来，给咱们一个体面的答复，就算是对四十六团的一个交待吧。”

“我想不可能的，没有这样做事的，审批权限在师里，师里能做出这样出格的事情吗？”

“你说的对，恐怕还有别的事情，这是顺带说的一件事。”

“这还差不离儿。”

吉普车在石子路上疾速地跑着，不时地被坑弹起来，又驶进另一个坑里。王琪就让司机靠着边儿走，那个地方比中间的要稍平一点，人坐在上边也好受一点，要是这么在凹凸不平的路上跑，要不了多长时间，我们两个没等到达师部，早就散架了。司机看准了路，向路边稍靠了一下后，加速地开，没想到，开快了，反倒感到车子不太颠了，比刚才平稳多了。

中午一点多钟，王琪和沈士铭赶到师部，在小灶上简单地吃了一点后，两点钟就快到了。两人不敢耽搁，直接走进党委会议室，等候师长和政委的接见。两点整，师长江之风从外边走了进来。抬腕看了一下手表，说：“准点到达，很好。政委马上就到。”

江之风，山东人，曾在胶东军区与国民党军队进行过数次作战，铁道纵队成立时成建制划归铁道纵队，入朝打过美国鬼子，回国后在各个新建线上多次立功，是一个身经百战的老兵。中等身材，皮肤稍黑，眉毛浓而又密，说话果断干练，是铁道兵中有名的师级指挥员之一。

江之风的话音刚落，政委徐首华就走了进来。王琪和沈士铭急忙立正敬礼，徐首华微笑着与二人一一握手，一边握着手还一边说着：“辛苦了，王琪同志，辛苦了，沈士铭同志。”

比起江之风来，徐首华的身材却要瘦小一些，说话和举手投足也要文雅一些，他始终面带微笑，即就是在批评工作失误时，也是面带着微笑，让人感到他的微笑是一种艺术，并非是一种自然的流露，很有一种亲和力。接受一位长者的教诲，而不是在挨一位声色俱厉的上司的训斥。

徐政委坐定后，江之风看了一下徐首华，说那就开始吧，徐首华点了点头，示意就不等了。于是江之风就说：“好了，咱们谈工作吧。是这样，今天让你们两个来，有两件事要告诉，一件事呢，就是为你们四十六团十七连记功的事，经师党委研究同意授予三等功的荣誉，文件随后就下，先告知你们一下，让你们高兴高兴。这第二件事就是，你们知道，关角山的施工已经开始。但是你们不知道承担关角山隧道施工任务的四十七团、四十八团的兵力有点不足，所以呢，师党委决定调你们四十六团两个连队到关角山，加强四十七、四十八团的力量，尽量在短期内打通关角山隧道，为青藏线全线开通打开通道。”

沈士铭听完江之风的讲话后，回头看了看王琪，心里说，记功的事我们都猜到了，可是关角山的事谁也没有猜到，这比四十六团承担的任何一个任务都要艰巨，都要重要。王琪也看了一眼沈士铭，会心地笑了。

江之风师长讲到这里停顿了一下，接着又继续往下讲：“关于关角山的重要性我就不讲了，等一会儿徐政委要给你们详细地讲一下。我要说的是，师党委的决心已经下了，要你们四十六团抽调两个战斗力很强的连队，配合四十八团搞关角山隧道掘进，至于调哪个连，师里有个初步想法，不知道是否与你们的意见相符合？”

沈士铭和王琪相互看了一眼，江之风没有等他们说话就直接点将着说："别看了，王琪王团长，你说吧，让哪两个连上去比较合适？嗯？"

王琪一看江之风点将了，就站起身来说："报告师长，我看就是你刚才提到的记三等功的十七连，另一个就是十八连。你看呢，沈政委？"

沈士铭笑了一下说："你是团长。对部队是最为了解的，我也是刚下到部队，对团里的情况不是太熟悉，你说让谁就谁去吧。"

江之风知道沈士铭刚到四十六团任政委不久，对部队的认识还有一个过程，谁的战斗力强，谁的弱，不可能在短期内了解，这是实情，了解部队最深的，就数王琪了，所以他又继续问王琪："你说说为什么要调这两个连上去？"

王琪说："十七连是一个作风很硬朗的连队，政治上靠得住，军事上参加过各种工程的施工，什么成昆线，鹰厦线，襄渝线等，大小工程不下几十个，而且样样都是合格工程，还有好几个被评为师里的优质工程。在这些工程当中，干得最出色的是隧道，有经验，有方法，目前部队的情绪处在最好时期，所以我建议让十七连十八连上去。"

江之风脸上露出了一丝微笑，并与徐首华交换了一下眼神后说："真是与师党委的想法不谋而合啊，师党委也想让十七连、十八连上去，这是从过去和现在各个方面综合考虑的结果，没想到你们也是这种想法，这就对了，徐政委，"江之风把视线转到了徐首华一边说，"那就调十七连十八连上，就这样定了。"

徐首华说："好，不再研究了。"

"是的，不再研究了，让作训科下达命令就是了。下边我要说的是，师里抽调你们两个连有什么意见和想法啊？"

王琪依然站着说："这个任务来得有点突然。"

江之风说："坐下说吧，别老站着，你要是站着的话，我也要站着陪你。"

王琪坐下继续说："我们两在路上还寻思着师长和政委叫我们来有什么事要说呢，没想到是这个事，一时半会儿里还转不过神来。"

"是的，事先没有和你们打过招呼，也是师临时决定，所以才让你们两一起到师里来接受任务。"

"坚决服从师党委的决定，并且坚决完成好任务。"

沈士铭接着王琪的话向师长政委表态着说："江师长，徐政委，师里能从我们四十六团抽调兵力加强关角山隧道施工，是对我们四十六团的信任，是对我们四十六团一个很好的锻炼机会，我们坚决服从命令，决不辜负师党委的期望，打好关角山这一仗。"

"这就对了，"徐首华政委慢条斯理地说，"师里调你们团出兵，并不是随便做出的决定，而是权衡各种利弊之后才下的决心，这是一种光荣，是一种信任，不要看作是负担，一定要把这次光荣而艰巨的任务完成好，给师党委一个满意的答卷。"

"是！"沈士铭站起身来说。

徐首华伸出手来，手心向下，做了一个向下压的姿势，示意让沈士铭坐下来说。沈士铭复又坐回到原位上来。

王琪说："师长，政委，我们完成任务那是没有什么说的了。但是我有一个想法想对你们说说。"

江之风说："说吧，什么想法都可以说。"

"十七连、十八连在天峻草原上担负着大桥施工任务，施工工具全都是大桥施工用的，隧道施工工具一个都没有，请师里尽快下发一批。"

"还有呢？"

"关角隧道施工结束后，十七连、十八连归建我们四十六团，不能划归所配属的团营。"

"还有呢？"

"十七连、十八连在关角隧道施工期间，干部不要调动，确实要调动的，得征求一下我们四十六团意见。"

"还有呢？"

"没有了。"

"想法还不少呢。"江之风不露声色地动了一下嘴，又看了一眼沈士铭，"你呢，有什么想法？"

沈士铭说："没有了。"

江之风等沈士铭一说完，就用手指头敲击了一下会议桌，说："你们两个的态度都很明确，很好，师里就很放心了。至于这些想法嘛，是这样，第一条这不成问题，让后勤部给四十八团下发一批隧道施工工具和器材，让四十八团负责配发到你们两个连队，工具和器材都要好的，包括最近进来的隧道施工机械都给你们配上。这第二点呢，师里保证不将十七十八连划归任何一个团，施工任务完成后立即归建，这个我和徐政委可以向你们打保票。至于第三条嘛，有点越外，师里调动一个干部，还得要征得你们同意，难道说师党委连调动一个干部的权限都没有了？”

王琪一看江之风严肃起来了，就急了眼说：“师长，不是这样说，我是说，十七连十八连是配属四十八团施工，孤身在外，不能把我们的干部随意更换，说的权限问题不是我的本意。”

“是啊，我知道，打虎亲兄弟，上阵父子兵，兵都是自己带出来的好，干部也是一样，摸爬滚打在一起，熟悉，相互了解，但是，干部是十师干部，是党的干部，不是一个团一个营的干部，不要用狭隘的干部思想来管理干部、看待干部。你们的要求也不是越外的，情理之中，我和徐政委在这里向你们表态，干部一个不动，是提是调等关角山结束之后再议。徐政委你看我的这种态度可以吗？”

徐首华说：“就是这样，一切回头再说。”

王琪的脸上这才露出了一丝笑容说：“这就对了。我们增援了，再把干部换了，那我们不是八边都沾不上边了嘛。”

“你这个团长就是守家，所以你们的团战斗意志都是一流的，体现了你个人的风格，很好，很了不起。”

徐首华打断了江之风和王琪的谈话，道：“可是，你们四十六团可不要高兴得太早，小心吃亏，到时候用干部的时候，你可别说用迟不用早。”

沈士铭打趣地说：“相信政委和师长不会忘记我们四十六团的。”

徐首华说：“才下去几天，心就和四十六团在一起了。是的，相信师党委不会亏待每一个干部战士。”

沈士铭还要说什么，却听到党委会议室外一声响亮的“报告”声，沈士铭转头向外看去，只见人语不见人影，江之风抬腕看了一下手表，说：“是四十八团的两位到了。”

徐首华答道：“进来。”

党委会议室的门被推开，只见一高一低、一胖一瘦两位中年军人一步跨了进来。那个瘦点儿的，举手向江之风和徐首华敬礼道："报告师长政委，四十八团团长梁中明，政委申玉龙前来报到。"

徐首华还了一个礼道："坐下，由师长给你们下达任务。"

"是！"梁中明和申玉龙脱掉帽子，就势坐在江之风和徐首华的对面。

沈士铭和王琪当然都认识梁中明和申玉龙，沈十铭在师里管干部，团里哪一个领导不认识？王琪为四十六团团长，经常在师里开各种会议，与各团团长见面交流也是机会很多。沈士铭主动起身与两位团领导握手问好。王琪只向他们招了招手，算是作了见面。

江之风说："来得很准时。两点半就是两点半，这种养成是部队优良作风的最好体现。你们两个团不分彼此。这样吧，今天叫你们来，要宣布一道命令，就是，调四十六团十七连、十八连进驻关角山隧道，加强关角山隧道的施工力量。两个连队归四十八团二营代管，其他事项一律不变。从现在起，十五天之内到达关角山施工现场。"

梁中明和申玉龙起立齐声地说："是！"

江之风继续说："十七连、十八连到达关角山驻地前的一切准备工作，概由四十八团负责，比如营房建设、施工工具、机械配属、地质资料、技术资料等，必须按期做好。明白了吗？"

"明白了。"梁中明说。

徐首华说："十七连、十八连到达关角山的时间为隆冬季节，你们不光要搭好帐篷，还得要把炉子点着了，火墙烧热了，也能洗一个热水脸，保证他们一进帐篷就能感到四十八团同志的热情，工具送到连队，给养送到连队。"

"是！"梁中明说。

"来，再看一下十七连、十八连将要承担的任务。"徐首华让王琪、沈士铭、梁中明、中玉龙四个人走到青藏铁路兵力部署图前，指着部署图说："关角山隧道，是青藏线一期工程的重点难点项目，位于天峻县祁连山脉东延部分的关角垭口，路肩标高海拔3671米，最大埋深520米，地质构造复杂，岩性多变，软硬不均，断层最宽处达100多米，断层带两侧岩山破碎，裂隙丛生，地下水呈网络状运动。地方单位在1958年开始了关角山隧道的施工，1961年下马停工。这些情况，四十八团都已经很清楚了，你们四十六团还不太明白。四十七团、四十八团从隧道两头相向施工，已经展开攻势，你们的任务呢……”

江之风打断了徐首华的话头，走到地图跟前说：“你们的任务是，从关角山中腰处，拦腰打开一个口子，向两边施工，一边向四十七团方向，一边向四十八团方向，直到贯通为止。”

王琪、沈士铭挺着胸膛说：“是! ”

徐首华看看江之风的布置已经完毕，就接着江之风的话头说：“你们四十八团，要像对待自己的连队一样对待十七连和十八连，亲如兄弟，情同手足，多提供一些方便，不能歧视漠视，就像一个团体。不得在十七连、十八连调动期间搞一些自由主义，这应当作为一条纪律向你们四十八团提出，一旦发生了什么事情，不问情由，一律拿你们四十八团是问。”

江之风冷着脸说：“任务是艰巨的，要求是严格的，任务要完成，纪律要遵守，哪个没有做到，或者说没有做好，都要拿你们四个开刀。”

王琪、沈士铭止要说话，江之风摇了摇手，说：“不用再说了，说一千道一万不如看看你们怎么干。下边，你们两个团指挥员好好合计一下，看看还有什么要接洽的，还要沟通的，合计好了，按师里的命令，在指定时间到达指定位置。”

二十七

王琪、沈士铭和江之风、徐首华一样，也把柳建昌叫到团部来，宣布师里的命令，不同的是，让他来时叫上十七连、十八连的连长、指导员。现在，八个人相对而坐。王琪沈士铭坐团会议室面门的正中位置，而柳建昌、翁阳明和蔡稀胜等侧面对着王琪沈士铭而坐。王琪在还没有正式宣布命令时，问起了前几天的一件事。王琪问道：“柳建昌同志，我问问你，你们营在全团营以上干部会议结束之后是不是搞了一次小庆功会？”

柳建昌红着脸说：“对，我们小庆了一下，没敢声张太大。”

“我听说你还让一个叫卓玛的藏族姑娘杀了一头牛，送了牛肉过来，有没有这回事？”

柳建昌看看王琪，又看看沈士铭，他们两人脸上毫无表情，心下暗自打鼓，王团长问这件事干什么呢？是不是招了师里的批评，今天问罪下来，要挨批评呀？一时不知说什么好。

翁阳明一看柳建昌有点吃不透王团长的心思，就急忙接过柳建昌的话头说：“是这样，我们那次想吃点牛肉，到商店里买，可是商店里没有，正好卓玛姑娘上班，听说了，就从家里拿了点牛肉过来，是不是杀了牛拿了肉，我们确实不知道。”

柳建昌点着头说：“对，就是这回事。”

王琪冷笑了一下，说：“小的庆功不是不可以，但是，不要搞过了头，怎么能让人家藏族同胞杀了牛来给你们送肉来呢？你知道一头牛对一个藏族同胞有多重要吗？是一个家当啊，财产啊，你把牛肉吃了，你痛快了，可是人家的家当没了，财产没了，怎么办呢？藏族同胞会怎么看我们呢？”

柳建昌急出了一身汗说：“我们没有要，是那个卓玛硬送过来的，不要还说看不起她们藏族人，话说到这个份儿上了，你能让人家不送。再说了，我们当时想，她们家里可能现存着牛肉的，送一点也就行了，可谁想到她家是现杀了的，又把肉送过来。”

沈士铭沉着脸说：“送肉事小，可是纪律事大，军民关系事大，这样的事情从一开始就不能接受那个姑娘的好意，可以婉言谢绝。”

柳建昌一看沈士铭一脸的不高兴，就低声地争辩说：“不是硬推不掉嘛。”

沈士铭一听后正色地说道：“不是你推不掉，是你管不住你的嘴，管不住你的心。嘴管住了，心管住了，卓玛姑娘再咋说你也是不让她送，怎么会发生后来的事呢？你要知道，在草原上，一件小事处理不好，就有可能引发大的民族问题，这是一个严肃的政治问题。”

柳建昌和翁阳明一听沈士铭把送牛肉的事情提到了政治高度上来认始，就再也不说话了。任南沈士铭批评指正了

“好在，你们后边的事情做得还好，没有留下什么什么问题，下不为例。军民关系要搞，但不能搞无原则的关系，这个应当引起高度重视。”

翁阳明和柳建昌齐声地说：“是！”

正题还没有开始，却听到一声响亮的报告声，王琪说：“进来！”应声而入的是程德永，手里捏着一份报纸，脸上洋溢着喜悦的神情，一看就是向政委报告喜事来的。果然，程德永一看正在开会，就红了脸说：“政委，打搅一分钟，今天的《铁道兵报》登了咱一篇报道，现在把报纸送来你看看。”

沈士铭政委接过报纸，让程德永离开会议室，眼睛随便嘹了一眼《铁道兵报》，只见上边赫然写着：草原谱写鱼水情，说的是藏族姑娘卓玛送药熬药为史先丰治病的事。姑娘如何得知史丰先在浚河大桥施工中得病卧床不起，姑娘如何在家拿取藏药熬制，史丰先怎么奇迹般地好起来等等，不一而足。咱这报道组的同志啊，真能变换角度，把一个送牛肉无意间碰到史丰先病了的事，如此传神地写成了一篇报道，读起来还真像那么回事，沈士铭忍不住兀白笑了起来。四营的人在座，正在批评四营的做法不合纪律，哪知这表扬四营指战员的

新闻稿件却送到了案头。这程德永啊还真的是能看准火候，迟不送早不送，不迟不早现在送来，真是误打误撞，撞了个正着。沈士铭收住笑容说："好了，这个事情就不再说了，以此为鉴，咱就说今天的正题吧。"

王琪团长轻声地咳嗽了一下，准备讲话，对面的六个人齐刷刷地摊开笔记本做好了记录的准备。王琪说："现在宣布一道命令：

命令第四十六团四营十七连十八连开赴关角山隧道二郎洞点，由四十八团二营代管，担负关角山之一施工任务。十日内于二郎洞集结待命。

师长：江之风

政委：徐首华

一九七四年十一月十八日"

王琪念完后，把命令放在桌上，看了一下在座的六个人。六个人也看着王琪，显出不可思议的神情来。王琪知道他们思想准备不足，就继续说道："今天叫你们四营主管领导来，还有十七连十八连连长指导员来，就是为了这一件事。关角山隧道工程的重要性咱们就不多说了，你们在报上在有关文件上已经了解了，在这里就不多说了。调你们营十七连十八连前往关角山，是师首长对我们四十六团的重视，你们从现在开始要做好一切移防准备，在规定的日期内到达指定地点集结待命。你，柳建昌带队，把两个连队妥善交到四十八团二营手里后归队。"

翁阳明听后，有点沉不住气了，还没有等王琪说完就站起来说："团长，为什么调我们的部队去啊？"

王琪不动声色地说："是师首长的重视，好钢要用在刀刃上。"

"到时候我们只有两个连了，怎么干啊？"

"不会让你们躺在床上无事可干，路基道碴铺轨防护等要做的事情很多，有干不完的工作，就看你怎么干。"

"调别的营去吧，让我们干啥都行。"

"执行命令，不能有丝毫的动摇。现在要做的不是调别的部队去，而是做好行前的一切准备，在规定的时间里到达指定地点。"

翁阳明不再说什么了。军人以服从命令为天职，当兵这么多年了，这一点意识还是有的，翁阳明就是感到事出突然，事前一点思想准备都没有，这样凭空抽调了两个连，他怎么也不能适应。何止翁阳明一个人，柳建昌听了后也瞪大了眼睛，看看沈士明又看看王琪，一时半会儿说不出话来，只把那眼睛直愣愣地望着两位团首长。

沈士铭开口说话了。沈士铭知道四营的这两个人物心里想着的鬼点子，这也和自己与王琪一个样啊，当他听到要调十七连、十八连的时候，一时半会儿也转不过神来，心情都是一样的。但他不能把自己和王琪的情感传导到营里的干部，要把师里的意志贯彻到这两个连队里，于是就以非常严厉的口气说："王团长已经说过了，调你们十七连十八连赴关角山执行任务，是师首长对我们的信任，对我们的重视，师首长多次说过，是钢就要用在刀刃上，现在是用你们的时候了，希望你们不要辜负师首长和团党委的期望，打好关角山这一仗。这是我要说的第一点。第二点呢，你们离开团里在兄弟部队作战，孤身在外，要特别注意搞好上下关系，友邻关系，求得兄弟部队的大力支持。第三点呢，你们出师关角山，不仅仅代表你们两个连，一个营，代表着我们四十六团，你们一举一动都是我们团精神面貌的具体体现。你们的作风就是四十六团的作风，你们和四十六团荣辱与共，这一点希望你们时刻牢记于心，不可忘记。第四点，关角山施工的一应准备概由四十八团负责配发。第五点，关角山隧道打通后归建。"

王琪插进话来说："到时候我和政委去看你们，你们可别让我们看到的是一个灰头土脸的样子，看到的应该是喜气洋洋的面貌。"

柳建昌这才从迷惘的神态中回过神来，马上起立要表态，却被王琪制止了。王琪说："别的不用说了，从现在开始，回去准备吧，临行时我和政委为你们壮行，你柳建昌和翁阳明不是爱喝点小酒吗？走的时候让你好好喝一回。"

"喝好，但不是酗酒，酒后失德，误事！"沈士明这才露出了笑容说。

柳建昌、翁阳明、蔡稀胜、王国庆等人全都笑了起来。会议室的气氛变得热烈起来。

二十八

从草原到山地，那是一个漫长的里程。蔡稀胜坐在解放车驾驶室里，眼望着一片草原，一条条河流从自己的眼前向后退去，心中感慨良多。去年进驻刚察草原时，那草原生机勃勃，万木复苏，百花争艳，千鸟竞翔，天色蔚蓝，云淡风轻，在他的心目中，留下了多么美好的记忆。如今，物是人非，秋色浓浓。那绿草青青、千鸟竞翔的美景早已成过眼烟云，取而代之的则是一片枯黄，衰草萋萋，河流冻结，牛羊群几乎绝迹。一路走来，并未见到像样的人烟，即便有，也是在遥远天际，一道青烟从山包背后袅袅升起，那天籁般的拉夜，也遁入空旷的草场深处，听不到半点音符。让人心境着实感到沉闷。

蔡稀胜心情沉闷的根源还不在没有看到美丽如画的景观，而在于，他们连从刚察草原调防天峻县，接手一项非常艰难的工程任务，就是和其他兄弟连队一起钻进关角山，在山腹中凿开一条通道，让火车从关角山的腹腔中隆隆通过。从昨夜零晨开拔，到天色放亮还未见到关角山的真容，是自己心情急迫，还是路途遥远，他真有点分辨不清。是不是前方发生了意想不到的情况，他也说不清。

前卫部队至今还没有传来消息，他们所在的位置，距他们连队是远是近。而且行军缓慢，一步一步像是在匍匐前进，坐在车上真有点让人昏昏入睡。

终于，一声号响，前进的部队停止了脚步，原地休息。蔡稀胜下车来，指挥着部队下到地上，活动活动手脚，然后就小跑步着向前走去。在前边，营长柳建昌率队前进，他得问一问，部队为什么前进得这样缓慢。

天刚放亮，太阳从东方天际上冉冉升起，一道耀眼的光线从薄雾中喷薄而出，草地高山一片光明。昨夜并未留意，早晨一看，却见高低不平的山头上，落满了雪迹，那逶迤起伏的山峦，头顶白雪，蠕动在莽莽的草地上，如游龙向前行进。站在天峻草原上，他还是第一次见到如此美丽壮观的景象。

柳建昌坐在第一辆车上，负责带队前进。蔡稀胜疾步走到前边后，看见柳建昌正向十八连连长下达着什么指令。没等说完，他就抢前一步，向柳建昌敬了一个礼："报告营长，蔡稀胜前来报告。"

柳建昌闻声还了一个礼："稍息！"

然后又与十八连连长说了几句："不要走得太快，缓缓前进。"之后转身和蔡稀胜攀谈了起来。

"什么事？"

"我想问大半个晚上走了这么一点路，不知有什么情况？"

"天峻局部地区下了一场大雪，大雪封路，不容快速前进。"

蔡稀胜这才想到山上的雪况是昨天夜里下下来的啊，奇怪的是，刚察草原一点未下，在天峻县草原上却大雪封路，这草原上也竟有这等奇怪的天象，这使他惊奇万分。

"你来得正好，通知部队，原地休息，准备早饭，另外，告诉部队帮助汽车连的同志上好防滑链，准备翻越关角山。"

"是！"

"告诉同志们，不要着急，晚上六点钟前到达宿营地，做好长途行军和抗御寒冷的准备。"

"是！"

"还有什么问题吗？"

"我想问问，我们连驻在什么地方？"

"你想驻一个好一点的地方？想都别想，二郎洞。海拔四千两百米，你就做美梦去吧。"

"那么高的海拔会不会有高山反应啊？"

"肯定会有，只不过程度不同而已。"

"十八连呢？"

"也在二郎洞。"

"那就好，只要十八连也在，我心里就踏实了。"

“你怕十八连驻县城啊？”

“不是。”

“那你问十八连做什么？”

“我怕我是孤军作战，一个连驻一个地方，遇到困难没有帮手。”

“你是想别的吧？你是怕十八连放在好地方是不？我知道你心里的小九九，你想都别想，你们十七连和十八连被师里命令到关角山，就是并肩作战来的，不是享福来的。噢，十八连放在县里，十七连放在二郎洞里，师首长吃错药了是不？”

“不是，我真的是想别让我们一个连在二郎洞里，遇到什么事情不好照顾。”

“你这是狭隘的军事思想，到了兄弟团，还能让你孤立无援，我们好坏是一个师呢，这不过是临时军事行动，能让你受到这样的特殊待遇？兄弟营能看着我们的困难不闻不问？”

“是，我明白了。”

“把你们的部队带好，不要掉队，不要进行剧烈活动，保持安静，等适应高海拔地区的气候和环境时再大运动量的活动。”

“是！”

“现在的任务是，把饭吃好，把衣服穿暖，保持旺盛的精力，准备应对新的困难。”

“是！”

蔡稀胜回到连里，现在的连里和原来的连里完全是两个不同的概念，原来连的情况是在固定的一个点上，而现在却在流动的公路上。他让通信员通知炊事班就地做饭，其他人员一律帮助汽车连的同志绑好防滑链，之后，穿暖穿厚，等待前进命令。通信员接到命令后，逐一向各排传达连长命令去了。指导员王国庆从另一辆车上走过来，给蔡稀胜点了一枝烟后问：“前方出现什么情况了吗？”

蔡稀胜说：“大雪把路封了，所以半天才走了这么一点路。”

“是一点都走不了还是能走一点？”

“不知道，十八连在前头开的路，咱们只知道让走就走，让停就停。”

“这个地方怎么一点雪都没见呢？”

“我也这么说呢，所以说，草原的天，娃娃脸，说变就变，而且不是同一个地点，同一个时候变。”

“海拔越来越高了，我怎么觉得有些气喘吁吁的。”

“我也是，这个狗贼的地方就是这。比咱们刚察草原高一些。”

“高一点就有明显感觉，这地方真是个鬼地方。”

“你别叫唤了，这才多少米啊，你就叫起来了，到了驻地，比这个地方还要高，你就得叫唤受不了了。”

“不是叫唤，我是说地方不同，就反应不同。”

“听说二郎山比这个地方要高出几百米，够咱们喝一壶的。”

“再多喝一壶也得喝，谁叫咱是铁道兵呢。”

“再大的困难也得克服，到了这个地方就不能说二话，不是说了吗，苦不苦，想想长征二万五，比起长征来，这真算不了什么。”

“是啊，当年西北野战军进军西藏的时候就曾走过这个路，那时候的条件比现在不知要坏多少，他们都过来了，我们现在还能过不去？”

“不说了，到各个排里走走看，有没有什么情况。”

说完王国庆就和蔡稀胜向公路的另一端走去了。在这一条简陋的公路上，排列着他们一个连的人马，二百多号人啊，走了大半宿，要是出了什么差错，可是得费上一阵工夫处理的。

生硬冰冷的风又一次刮起来了。迎着风的时候，冰冷的风吹得你张不开口，呼不进气。转过身子，你才能倒过气来。不一会儿，风中飘过来一粒粒细碎的雪花，雪粒落在皮大衣上、帽子上，嘣嘣地响，落在脸上，虽是米粒般大小，却有针扎般的疼痛。没过多久，雪粒变成了雪片，在阴沉沉的天际上飘舞。不大一会儿工夫，脚下就积了厚厚的一层雪，来回走动时，发出咯咯的声响。蔡稀胜这才知道部队走得慢的原由和道理了。

用过早餐，部队再次开拔。天亮了，路看得清了，部队前进的速度仿佛快了起来。好在部队从原地出发到达天峻县城，一路都为平坦的石子路，并无大的沟壑，所以一路行进都很顺利。当部队从天峻县城通过时，蔡稀胜看了看街上，竟没有几个行人，而且容貌破旧的县城，不过几十米长，还没有等仔细看看就从东边走到了西边，行走的时间不到十几分钟。街上的商店也少得可怜，只有一家百货商店在冰冷的早上大门紧闭。蔡稀胜感慨地想，草原上的县城还不如内地一个小村的地域大呢。内地外地，差异如此之大。

风雪越来越大，石子铺就的路面早已被大雪覆盖，路和草原成了一色，如果不在白天里，断不能分辨出哪儿是路，哪儿是草原。幸好，前边走着开路部队，不然，蔡稀胜他们还得一边找路一边前进，那样的行军不知比现在状态下要困难多少。

约有一个小时后，前导部队传来了口令，前方即将到达关角山口，所有人员活动好手脚，带上武器，做好下车徒步前进的准备。蔡稀胜心里嘟哝着，在这么大的风雪中行军，不让休息也就罢了，还让部队下车徒步前进，真让人有点想不过来。不多一会儿，停止前进的号声再一次响起。紧接着，又传来了带上武器，徒步前进的命令。一排长立刻整理队伍，带上武器，徒步行走。

车外的天气真不是一般的冷，雪打在脸上，就像冰碴子刮在脸上，风吹在脸上，灌进脖子，又从衣缝里吹进肚子，像刀割般疼。部队顶着风前进，不一会前襟帽沿眼眉上结满了雪花，蔡稀胜觉着眨一下眼睛都会听到咔咔声响。这样的天气，在青海高原上早已司空见惯，蔡稀胜也顾不了这么多，向王国庆作了几句交待，注意带好部队，然后就向营长柳建昌所在的位置走去。他要问问，在这么大的风雪天气里，为什么要让部队下车徒步前进，不让大家节省点体力。

拉运他们的汽车，呜呜地向前艰难地开进着，防滑链被车轮甩动的哗啦声响清晰可辨，同时夹杂着车轮碾压积雪的咔咔声，充满耳膜。蔡稀胜知道，雪地上行车，远不比无雪时行车那样简单，弄不好，一脚刹车，一脚油门不慎，极有可能造成意想不到的车祸，这在进入青海高原以后，时不时地接到各种通报，让新老司机从血的教训中，清醒过来，特别是在复杂天气状态下，一定得要谨慎操作，不要让事故牺牲了我们宝贵的生命。想到这一切，蔡稀胜就为司机们捏起一把汗来。

柳建昌正行走在风雪当中。低着头，侧着身子，躲着风雪的侵袭。浑身上下落满了雪花，要不是在一支部队里，你一定会以为，这是一个雪人。蔡稀胜紧走几步，赶上了柳建昌。大声地叫道：“营长。”风声太大，盖过了蔡稀胜的呐喊声，在这样大的风中讲话，要付出比平时大三倍的力气。

柳建昌回过头来，看到蔡稀胜站在自己身边，就奇怪地问："你不待在部队里，跑到这里干什么？"蔡稀声大声地回答道："我想问问你为什么不让部队坐车行进，让大家徒步前进？"

"亏你还是一连之长呢，连这点问题都看不出来，也想不到。"

"到底为什么？？"

"你没看风雪这么大，路面这么滑，而且马上就要翻越关角山了，车一路走一路打滑，越来越危险，车都这样危险，人要再坐在上面，那不是更加危险。"

"不是还没有到山口嘛，这样早就下车来了？"

"你连一点军事头脑都没有，眼前就是关角山，草原和公路几乎成为一体了，弄不好就有迷路的危险，平路都这么难走，马上要上山了，山路比平路更难走，你不懂这个道理？人不下来能行吗？再说了，人一直坐在车上，不活动手脚，时间长了，不说累病了，冻都冻出毛病来了，还不下车？"

"原来如此，我怎么就没有想到这一点呢？光知道要让大家节省体力。"

"还得要做好抬车拉车的准备。"

"那是当然的了。"

"快回部队去，告诉大家步子不要太快，要缓缓行走，关角山的海拔可不比刚察草原，三千九百多米，走得快了喘不上气来，可能还有高山反应，影响部队的行进速度。"

"是！"

蔡稀胜这才明白下车徒步行走不是一时的脑袋发热，是柳建昌深思熟虑的结果，在这里边，深藏着柳建昌多少智慧啊。想到这里，蔡稀胜二话没说，转过身去，向自己的连队走去。

果然，走不多远，就开始进入山路。山路的崎岖难行，蔡稀胜早就料到，走在雪路上，一步一滑，在还不甚陡峭的路段，跌倒了爬起来，还没有心理负担，可是当走到山腰时，你就不得不格外小心翼翼了。不断有人摔倒在地上，不断地被人拉起来，不断地听到队伍里有人喊小心一点，别摔倒了。在这喊叫的声音中，他听得出来，史丰先的声音是最大的，也是最多。

蔡稀胜并不担心自己队伍滑倒在山路上，倒是担心那一路哼哼叽叽地行驶在山路上的解放汽车，铁链沉重的声响，让人时不时地为它们捏着一把汗，遇到一个不太大的坎坷，它都要挣扎一下，而且大有因为打滑不能前行之势。带队的汽车排长，浑身落满雪花，风雪弥漫中，来回行走在汽车前后，指挥着上山的车队，不但没有一点寒冷的感觉，反而满头大汗，让人看了不知是高兴还是担忧。

队伍上到半山坡，感到风愈来愈猛了，山路分不清哪个是坑，哪个是路了。车子的行进速度在这风雪弥漫的山路上反倒不如步行者的速度了，蔡稀胜看到这困难的状况，更加注意起自己的队伍来了。他站在山路的边沿，看着一个又一个战士从自己的眼前走过，一遍又一遍地说着小心，史丰先是当值排长，站在队伍一边，不断地喊着"跟上，跟上"，自己呢，肩上不知扛了谁的几杆枪，人和枪上都落满了雪花，队伍像一字长蛇阵，缓慢地向前蠕动着。蔡稀胜大有感慨，自从史丰先被撤职以后，情绪没有受到丝毫影响，反倒比以前更加积极主动，精心管理，无论大小事，都冲锋在前，而且也不再多话，三排的各样工作都走在连队的前列，不得不让人打心眼深处佩服。

正看着眼前的队伍，不想汽车队伍停了下来。在半山中停车是相当危险的啊，尤其是在风雪漫天的时候，山路很滑，要悠着劲慢慢行驶的话还可以一步一步地向上前进，可是要是停在半坡上，光是起步，就很不容易，弄不好，因为轮胎打滑而可能滑向山沟底下，那样的话，可就太惨了，汽车为何停了下来？蔡稀胜急忙跑向前边，想探个究竟。

走到前边，看到汽车排长正在满面头大汗地指挥着停车，车停下来后，又负责给车轮下边支上几块石头，别让停在半坡的车子滑向山沟里去。所有的司机和助手都在忙着同一件事，让车停在路边，同时加固好车轮，别让生出事端来。蔡稀胜忍不住地问道："郑排长，车为啥不走了？"

郑排长擦了一下脸上的汗水说"我也不想让车停下来，问题是前边走不动，车不停下来由不了人啊。"

"前边发生了什么情况？"

"你到前边看看就知道了。郑排长说完就走到另一辆车跟前，做同样的事情了。蔡稀胜就继续往前走，看看到底出现了什么情况，车队停在原地。

翁阳明站在车队的最前头，正焦急万分地看着前边出现的障碍物。蔡稀胜定眼一看，原来是一辆柴达木运输公司的解放卡车坏在了当路，堵住了上山的路，看样子，这车是昨天夜里就坏到山路上的，造成了山上的车不能下来，而山下的车也上不去，司机毫无主意，让人把话带到了公司。可是，公司远离关角山口，不知猴年马月才能赶到山上来。十八连在缓慢推进中，遇到了这一情况，部队徒步通过，而车子呢，却被迫停在了半山腰上，经受风雪的侵袭。蔡稀胜走到柳建昌跟前说，营长，这可怎么办啊，不能让部队停在这半山腰上啊。

柳建昌点了一下头说："是啊，这可不是一个好地方。部队挨饿不说，就是冻也冻个半死。"

"还有车呢，如果半天不动，水也得全都放掉了，机油都会冻成冰块了，光发动也得大半会儿呢。"

"你说得对。我们不能等在这里，一定要想办法从这个地方翻过去。"

"可是这车不能动啊，它挡着路的啊。"

"我看看汽车连的同志有没有办法，和他们商量一下。"

柳建昌果决地离开蔡稀胜，向正在招呼停车的汽车排郑排长跟前走去。

汽车排长经过这一阵子折腾，已经是满身油污了，但他头上的热气还在不停地向上冒，显然，内心的焦急和不断地活动，让他的身心都处在一种焦虑状态下，使他不得不冒出一身汗来。翁阳明上前把他叫到一边，用严肃的口气向郑排长说："郑排长，情况你都清楚了，咱现在商量一下，看看有没有什么好的办法能把这一段险路通过去。"

郑排长擦了一下脸上的汗，无可奈何地说："能有什么好办法啊，只要能让这个抛了锚的车动起来，我们就能让车队从山垭口通过去。"

"我看这样啊，你去问问这车到底出了什么毛病，看看我们能不能帮他一下。"

"我刚才问了一下，他说是轮胎爆了，没带备胎，没办法走。"

"这不好办吗，把咱们的轮胎给他们换上，让他开上垭口，咱不就通过了吗？"

“你说的好，把谁的轮胎给他换上？你们营啊？”

“当然是你们连啊，你们排啊，我们营有这么多车吗？”

“我们要是轮胎爆了，谁给我们换呢？”

“自己倒呗。”

“你站着说话不腰疼，那我们要走不了呢？”

汽车连配属四营施工，从行政管理上四营属于代管，所以，一般情况下，营里连里和汽车连的司机们谈工作时，都是以商量的口气来谈的，当然汽车连的同志也都通情达理，没有二话，但是，有的时候，就有点不好说话了。就像现在首先保证自己工作的前提下，才能给营里提供运输保证。但是事有特例，移防前，团里曾经明确命令，汽车排的一切行动归四营指挥，大小事体可以随机处理。郑排长说了这一番话后，柳建昌就有点不悦意了。

“郑排长啊，你这不是在抬杠吗？你们走不了就是我们走不了，那怨谁呀？”

“我们走不了，你们给我推呀？”

“你们走不了活该，那是你们准备不足，上不了战场，这话就不要对我说了。你要顾全大局不是？咱不是处在风雪天气中嘛，还在这里斤斤计较连队的事，要是咱们的人冷了饿了，耽误了行军计划哪可怎么办呢？不是就成了大事吗？”

“汽车排的事我说了算，你少说话。”

“郑排长，”柳建昌一听，立刻板起脸来说，“你可配属我们营移防的啊，你说了算，你能说了算吗？我跟你好说好商量，你倒给我耍起脾气来了，我现在就给你说，就按我说的办，不办也得办，要是你说半个不字，将来一切后果由你负责。”

“你的口气还这么大的。我要是不听了呢？”

“我就要给你好看。这是命令，必须执行，而且还得要坚决执行。”

郑排长一看柳建昌动起真气来了，就口气软了下来说：“好，好，就听你的，官大一级压死人，你厉害。”

“不是官大官小的问题，而是服从命令的问题。你要知道，你是配属我们营执行移防任务的，这一点必须给你说清楚，一切行动要听我的指挥。”

“服从命令，听从指挥。”

“现在就执行命令。”

“是。”郑排长极不情愿地说了声。

“大点声，执行命令。”柳建昌铁青着脸说。

“是！”郑排长声音提高了八度说。但心里却是极不服气的。

“换好了，回来向我汇报。”

郑排长用眼翻看了一下柳建昌，把头偏向一边。

“我的话听清楚了没有？”

“听清了。”郑排长一看营长板起脸来了，眼睛里冒出一团火，心里就有些发毛，便低声地答了一声。

“快去快回。”

“是！”

郑排长极不情愿地离开原地，向出事的柴达木运输公司的汽车跟前走去。

柳建昌见郑排长走了，自觉脸上有点发烫，脸皮也绷得有些紧，知道自己一定脸色难看了，就在原地踱起步来了，一来为了等郑排长的消息，二来消解一下心中的闷气，这个郑排长，仗着在汽车连工作，就不把四营放在眼里了，不就是开了车嘛，这么牛的，不听指挥，看我管不上你啊，我管不上你，有人管得上，团长能管得上，真是没王法了。正想着心事，蓦然抬头看见蔡稀胜还站在面前，就黑着脸说：“还站在这个地方干什么呢？还不去组织部队。”

蔡稀胜亲眼看见刚才柳建昌对郑排长发火的情景，知道他心里不痛快，就没敢太多废话，悄悄地说：“营长，这个郑排长也太牛了，根本不把咱施工连队往眼里放。”

“去去，回去告诉部队，赶快把车上的洋镐和铁锹拿下来，准备给汽车开路。”

“是。”蔡稀胜挺了一下身子说，赶快离开柳建昌，要不，柳建昌骂起人来了，可是不留情面的。

蔡稀胜刚走了没多大工夫，郑排长就转了回来，显然，他刚才受批评的委屈还没有过，心态没有调整过来，脸上有点不高兴，但是，他也明白，这个时候，要是把事情弄不好，一定要吃苦头的。他站在柳建昌面前，挺了一下胸，说：“报告柳营长，柴达木运输公司的师傅说可以，说翻过山头把车停在一个平缓的地方，就把轮胎换下来给咱。”

“这不结了嘛，费不了多少事的，至于说什么时候换，咱先搁下不说，现在要说的是快点把队伍带过山头，别让大家在这个地方做无谓的牺牲。”柳建昌听了郑排长的一番话后，心里这才稍稍平静起来。“他们坏了两个轮胎，后边一边一个。”

柳建昌大手一摇，打断了郑排长的话头说：“这些个你就别给我说了，是你自己的事，一百个也罢，一个也罢，是你要办的事。你现在给我说，要施工连队的同志怎么样来配合你？”

“对。我看，得带上镢头铁锹，刨开路面的冰块，让车起起步来。”

“这就对了，要多少人？”

“得五六个人。”

“一个班够不够？”

“差不多够了。”

“你不要说差不多够了，你就说几个人能行？”

“一个班够了。”

“好，你去带人换你的轮胎，我给你把人派好，各弄各的事吧。”

郑排长高兴地向柳建昌敬了一个礼，道：“是！”口气中不无兴奋和激动。之后，转身向汽车排的司机们发出了口令。“汽车排各班班长听口令，面向我，集合！”

正在忙碌的汽车排各班班长立马在郑排长面前站成一排，风雪中，他们挺胸抬头，精神饱满，不像在冰天雪地的青海高原，倒像是在内地的汉江边上。

郑排长说：前边柴达木运输公司的同志车胎爆了，一个班两人，帮助换轮胎，四班、三班各卸一个备胎，把咱们的备胎给柴达木运输公司的车换上。换完之后，再帮着把车启动起来，翻过这个山头。听清楚了没有？

一班长问道：“排长，那过了这个山头轮胎还换下来不？”

“还换什么呢，换下来他们不就走不了么？你怕他不还你了是不？人家地方上的同志就这么没有觉悟，连个轮胎都不给你还了？”

“好，明白了。”

“其他人坐在车上，别熄灭，随时准备启动。”

“是。”

“解散。”

郑排长一声令下，大家都分别跑向自己的班里。

柳建昌见郑排长布置完工作，就转身向十七连走去。见蔡稀胜正在和王国庆说话，就高声地叫道：“蔡稀胜！”

蔡稀胜听到柳建昌的叫声，立刻原地立正，用响亮的嗓音答道：“到！”并大步流星地走到柳建昌跟前：“十七连连长蔡稀胜到。”

柳建昌挥了一下手，并不要他这么正规，说：“好了，现在都什么时候了，还这样。”

“是。”

“赶快派一个班，配属汽车排的同志。”

“什么任务？”

“到郑排长跟前报到，由郑排长分配任务。”

“是。”

蔡稀胜转身对着远处喊：“史丰先，带一个班到汽车排郑排长处报到。”

史丰先急急地向蔡稀胜处跑来，蔡稀胜当面又作了交待，史丰先风一般地走了。

二十九

郑排长带着汽车排的人先到了关角山半腰处，柴达木运输公司车上的人从驾驶楼一下来，郑排长就让他带着，把两边的轮胎卸下来。师傅的扳手和套筒不好使用，不凑手，郑排长让换轮胎的同志把部队的工具拿到车前来，尽量快一点换好。过了一会，几个人一路小跑着来到换轮胎的车前，几个人一齐搭手，两边同时动手，开始工作。冬天里换轮胎可不比夏天，螺丝生锈不说，所有的螺丝都冻在上边，几个人一上手，拧都拧不动，毕竟是年轻人，力气比年龄大的人要强得多，手脚并用，一会儿就将旧的换下来，又把新的换上去。看看换完了，郑排长又让部队把旧轮胎放到车上，然后让柴达木运输公司师傅开始起动。师傅坐上车去，挂上档，加大油门，轮胎伴随着油门地不断加大，慢慢地向前转动，哪知，轮胎下的积雪摩擦力太小，只见轮胎空转，不见车子前进。师傅跳下车来，无奈地摇摇头，郑排长一看，知道师傅想让人帮着将路上的积雪铲掉，于是不容分说，就让几个班的人全部动手，用手中的工具刨开跑面的积雪，露出土石来。正在这时，史丰先的人赶了过来，洋镐铁锹一齐下手，铲除了轮胎下的雪冰。车子重新发动，一声粗重的喘息声后，汽车缓缓离开原地，向山上驶去。这抛锚的车子一走，就像打开了一道堵塞的水管，上下都通畅起来，向山下行驶的车子也缓缓地向下走去，车子就像一条游龙，蜿蜒着向山下驶去。轰轰的引擎声，震得关角山微微发颤。排气管中喷出的浓烟，在半山腰中形成一股烟雾，慢慢地飘向山巅。看着柴达木运输公司的车子向前走了，郑排长就命令汽车排和十七连的同志全部归位，准备开拔。郑排长又折回柳建昌所在的位置，正正规规恭恭敬敬地敬了一个礼，道：“报告营长，前方的道路已经打通，请求出发。”

柳建昌也是正正正规规地回了一个礼，说：“出发。十七连一个班的同志配合汽车排，由你指挥。”

“是。”

郑排长转回身向汽车排走去，十七连的同志列队站在汽车排的第一辆车前，等待命令。郑排长把兵力进行了简单的分配，让所有的人力把车下的积雪铲除，全部撒上沙子，布置完毕，让大家散开工作。散开后的十七连人员，两人一组，一把镢头，一把铁锹，从前轮干起，铲掉积雪，又撒上沙子，司机一看轮胎下边积雪清除后，开始起步，头一辆很顺利地向山上开去，后边的几辆也都缓缓地驶上正路。没想到在第七辆车的时候出现点问题。这辆车停在一个雪窝子里，雪窝子里的雪全部冻成了冰，尽管轮下沙子石子都垫好，因为在坑里起步，一时半时走不了，不但没有起起步来，反而轮子向靠山沟的方向侧滑。郑排长一看急了眼，把司机从驾驶楼上拽了下来，自己坐上去，试着向前开动。可是不管怎么起也起不起来，更加让人担心的是，轮子越来越向沟边滑近了，稍不注意，就会滑下山沟，造成车毁人亡的事故。史丰先急中生智，脱下身上的皮大衣，外边朝下，皮子朝上，塞在轮胎下边，让郑排长试试。十七连的同志见排长脱下大衣，也都跟着脱了，垫在轮胎下边，看看准备就绪，史丰先就向郑排长示意，加大马力试着再开。郑排长三下五除二，麻利地挂档起步，果然，汽车一阵轰鸣，一跃冲出了雪窝。后边的车子都相继起步向山上驶去。

柳建昌见车队继续前进了，这才长长地吁了一口气，不怕部队在山腰上过夜吃苦了。于是，就和营里的同志徒步向山垭走去。

车到山垭处，路面显得宽绰一点，错车的空间比半山腰处大了许多。柳建昌见山路平缓起来，下令让所有部队停止前进，在山垭上休息片刻，然后再继续向前进发。车队再次在山路上停了下来，不同的是，路平缓了，没有障碍了，更重要的是没有心理压力了。趁着这个时候，柳建昌抬腕看了一下手表，时针正指向十点钟，心里盘算，从天峻县到山垭口，不过二十多公里的路程，可是竟走了好几个小时，这在内地，就是在襄渝线上的山区一带，也不可能有过这样的情况。

高原、内地两重天啊。一边想着，一边从口袋里摸出一根烟来，背着风划根火柴，没想到山垭口的风太大，划了好几回都没划成。王国庆走过来说：“柳营长，山口上氧气太少，再加上风太大，所以很不好划。”柳建昌瞪了一眼王国庆说：“我就不信它氧气能缺到哪儿去，非得要划着不可。”说完把手头缩进大衣领子里，再划，王国庆一看柳建昌来了犟劲，就过来帮着用皮大衣挡在柳建昌的前边，这样，柳建昌的火才划着了。但是，着了的火柴，灭死搭活地燃着，全不像在浚河时那样燃烧旺盛了。柳建昌心里说，真就是关角山的氧气比浚河的要少许多了，不然，这火怎么也都燃不亮哩。王国庆言之有理。

柳建昌点着了烟，蔡稀胜也来到了跟前，三个人一起向一块平坦的地方走去，还没走到里边，远远看见平坦的地方扎着一块碑石，走近了看去，才知是关角山的标高，上边用楷体字写着：关角山海拔3954米。柳建昌心里暗暗叫道，好家伙，比起浚河的海拔又高出了几百米，难怪说大家的气比原来喘得更凶了，腿走路更软了。

王国庆见蔡稀胜沉默不语，没话找话地说：“连长，快四千米了，咱现在是部队的制高点了，咱要是打阻击的话，一夫挡关，万夫莫开呀。”

“是啊，我们的今天，是一个值得纪念的一天，如果哪一个人记住这一天的经历，多少年之后，一定会让人感动得流下泪来的。”

“极有可能，不知谁能把这段记下来？”

“那还不是你这样的耍笔杆子的人了，还能有谁？”

“可惜的是，我们没有照相机，要是有，让人把这一情景拍下来，一定会永远留在我们的记忆里。”

“你还照相机呢，现在的问题是，把部队安全地带上山去，到达目的地，那才是最好的记忆。”

“你说得也对。”

“我看是不是部队该出发了，营长？”蔡稀胜转身向柳建昌问道。

“就出发吧。横竖待在这个地方都太冷。”柳建昌抽着烟说。说话的当儿，还不忘环顾关角山的冬景。关角凌绝顶，一览众山小，柳建昌脑子里突然冒出这样近乎于诗一样的语句来。想到这句突如其来的话，他在心里忍不住暗暗笑了起来。

蔡稀胜就对王国庆说："让通信员把史丰先叫过来，通知部队做好下山准备。"

"好。"

王国庆说完，高声地叫道："通信员！"风雪中，通信员快速地站在了王国庆身边："到！"

"叫史丰先到这里来，整理部队。"

"是！"

通信员转身向别的地方跑去了。不一会，史丰先跟着通信员来到蔡稀胜和王国庆身边。史丰先向蔡稀胜和王国庆敬了一个礼："报告连长指导员，史丰先前来报到。"

蔡稀胜还着礼道："通知部队，稍事休息后，全部上车，继续前进。"

"是！"

"趁这个工夫派人看看前方的路况怎么样，是和这边的路况一样，还是比这边差，如果好的话那就没什么说的，不好的话，谨慎前进。"

"报告连长，刚才我到前边看了一下，路面和这边一样，不过坡度稍缓一点。"

"路面宽窄呢？"

"比这边的宽一点。"

"那就好了，这边的路不但难走而且路面狭窄，前边的路要是宽了，再怎么困难也能顺利通过。"

"对。"

"现在通知部队，不要在山垭口剧烈活动，不要坐在地上睡觉，不要过分高兴。原因是，山垭口海拔增高，部队中有些人不定能快速适应，剧烈活动、情绪激动会增加心脏负担。"

王国庆补充着说："在山顶上睡觉不把人冻死了，冻不死，一旦感冒了，那可就了不得了，气管发炎，是会憋死人的呀。"

史丰先挺着胸膛说："是，明白了。"

"上到车上，要通知部队戴好口罩，放下帽扇，戴上手套。"

"是，戴好口罩，放下帽扇，戴上手套。"

"去吧。"

史丰先去了。王国庆偏着头说："老蔡啊，这些琐碎的事你还管啊？"

"你应当知道，有些二杆子兵，就是不在意这些小事，结果可能导致冻伤，减少兵员，削弱战斗力。"

"是有个别操蛋的，不在乎这些。"

"这就该提醒一下，在高原上冻伤了，可不是一件小事，不但会给部队造成减员，还会给部队管理带来麻烦，所以高原上的小事不小，每件小事都得你大事一样对待。"

"说得有道理，还是你想得细，我怎么就没想到这一点呢？"

"你做政治思想工作的，我是带兵的，咱们想的事情不一样。"

"殊途同归。"

"那是。"

部队继续前进的号声响起来了，一时垭口上下，汽车轰鸣，部队全部坐上卡车，开始慢慢地向山下运动。雪山垭口上，部队行进在狭窄的山路上，像一条游龙，慢慢向关角山的腹地走去。

三十

晚霞映照着皑皑的关角山，雪山如一个伟岸的巨人，伫立在苍茫的天际之下，披着银色雪沫的大小山头环立在关角山下，山下的公路从山垭口一直向着乌兰方向延伸而去，车轮碾过的公路似动物大小肠道一样，曲曲连环，弯绕在大山之中。风就夹带着雪沫子，在山涧中呼啸着，飞舞着，落在山脊上，落在四营的军车上，也落在带领着四营十七连、十八连的营长身上。

柳建昌很像一个雪人了，浑身上下都被雪花飘裹着，从远处看已经看不出他的眼睛和鼻子了，只看到一顶皮帽沿上洁白的雪花，结成冰碴子，还有一股白气从中冒了出来。别的就什么也看不出来了。可是柳建昌呢，却把冰雪世界看得清清楚楚，自从他从车上下到地面上后，他就看到在伟岸的雪山下，立了一排绿色的帐篷，那帐篷上冒出的青烟在雪山下显得格外醒目。心想，这就是十七连和十八连的驻防之所了。来前，他已经接到通知，说四十八团三营已经先期在山脚下替四营立好了帐篷，以备四营到达驻地之后，免受冰冻之苦。现在，他看到了一排排帐篷立在冰天雪地中，而且帐篷上还冒出青烟来，柳建昌不禁心中涌上了一股暖流，手足情啊，骨肉亲啊，在这冰天雪地中能有一片温暖的栖息之地，那是一种什么感觉，那是比入住皇宫还要幸福的感觉啊。冲这一点，柳建昌在心里就得要好好感谢四十八团大力支持了。

远远地，看见一个人站在帐篷的外边，绿色的军大衣在寒风中使劲的飘扬，皮帽子的扇子在头上上下扇动。走近了定眼一看，才知是四十八团二营长曹光标。曹光标见柳建昌走到跟前，举手敬了一个礼，说：“柳营长啊，我们从前几天就等在这里，盼着你们早点到来啊。”

柳建昌和曹光标早在几年前就已经认识了，一九七四年，在师教导队受训时，同在一个队里，那时候他们同是副营长职务，共同学习基层指挥艺术。学习结束后，俩人时不时地打个电话问候一下，有时不知在哪个地方碰上了，免不了要弄几个菜、一瓶酒，干上几杯。来前，柳建昌一听十七连、十八连归四十八团二营代管，就知道是曹光标那个营，心里不禁涌上一股暖意，是二营就好，不管遇到什么艰难困苦，我们的十七十八连都有一个帮手，不会孤立无援。现在见到曹光标了，老战友见面，少不得一阵激动、一阵兴奋。一阵高兴之后，柳建昌说：“太感谢你们了，没有你们的帮助，我们还在要在雪地里露宿一晚上啊。”

“不，这是师里的安排，要谢就谢师首长吧，我们只是执行命令而已。”

“那也得感谢啊，你们不早早地搭好帐篷，不烧好火墙，我们不得受冰冻之苦吗？”

“这你就不要客气了，先让部队住下来，有话以后再慢慢说。”

“好，我先把部队安顿下来，等我们安定后再好好谢谢你。”

“从今天开始，我们就并肩作战了，有见面的时候，要谢还得我先尽个地主之谊啊。”两人说定，晚上，柳建昌带着几个连级干部到二营那里坐坐，吃个温暖饭，介绍一下施工情况，然后等待团里命令。柳建昌欣然从命，曹光标就转身走了。在曹光标和柳建昌说话的当儿，十七连、十八连全部从车上下到地上，并列队站在一边，单等柳建昌的命令了。柳建昌见部队已经集合完毕，考虑到两个连队已是疲惫之师，所以也就没有按部就班地整理部队，直接把两个连作了分配，十七连在左，十八连在右，尽快安排住宿，住到帐篷里后烧水做饭，饭后再洗个脚，消除一下疲劳。从第二天开始，部队休息几天，做好基本建设，等正式命令下达之后再进入施工。随后，部队按柳建昌的命令，分头进到帐篷。

此次关角山移防，柳建昌是带队指挥官，他的任务是把部队带到四十八团关角山防地，向二营移交后，就可归队了。所以，在营房设置上，并没有营部人员的住处，柳建昌明白自己不过是临时在这个地方住一住就走，所以，他对蔡稀胜说，我临时住到你们连部。蔡稀胜巴不得柳建昌和他们连住在一起，这样的话，有事好商量，也好对营长进行照顾。柳建昌随蔡稀胜进到十七连连部，见一盏马灯挂在房子正中央，雪亮的光线把帐篷里照得如同白昼。一座火炉，炉膛里正烧着通红的炭火，火苗像蛇信一样慢腾腾地向上升腾。从门外向里看去，一道火墙足有两三米，向里伸进去。火炉旁立着一个大水桶，里边放满了清水。柳建昌此时此刻，直觉一股热浪扑面而来，外边冰天雪地，而里边温暖如春，帐篷内外真是两重天地啊。

帐房里虚位以待，柳建昌就要了一把折叠凳，坐在一边抽起斯大林烟斗来了。剩下来的事就由蔡稀胜他们来办了，柳建昌可以逍遥自在一阵子，然后进入睡眠。蔡稀胜在初来乍到之时，要求连队以最快的速度把床铺桌椅板凳等全部搬到帐房里，在收拾床铺的同时，烧上一大桶水，以备洗漱之用，其他物件待明天再收拾不急。命令下达之后，各排自行动作。

三十一

几天之后，四十六团十七连、十八连集合在四十八团二营营部大院里，和二营全体干部战士一道，接受到达目的地后的第一次受训。四十八团副团长梁中明代表团党委对十七连和十八连的到来表示最热烈地欢迎，并对四十六团的大力支持表示衷心地感谢。宣布从现在开始，十七连和十八连将和二营干部战士并肩作战，共同完成师党委交给的光荣而艰巨的任务。十七连十八连代由二营指挥，待关角山隧道贯通后归建。希望二营的同志们通力合作，共同打好关角山这一仗，为人民再立新功，为青海高原修建成一条高质量的铁路。随后，柳建昌代表四营在会上作了表态性发言，绝不辜负四十六团和四十八团党委的期望，一定要和二营的干部战士通力合作，打好关角山隧道这一硬仗。

会议结束后，梁中明带着柳建昌、蔡稀胜，十八连连长冯天虎，一起到二营已经开始开凿的关角山隧道中实地观摩。梁团长边走边向柳建昌介绍道："关角山是青藏线上海拔最高也是最长的一座隧道，全长8000多米，共分三个施工段，分别为进口、出口和中间段，进口由四十七团负责施工，出口由四十八团负责施工。现在，进口施工已经全面展开，出口也全面展开，中间段二营才上战场，施工也马上展开。团里的部署为，在中间段，十七连、十八连负责向右开凿，二营的其他连队向左开凿，分别与进口和出口的连队会合。工期大约为两年时间。"梁团长特别强调："青海高原不同于襄渝线上的隧道，虽说施工标准都是一样，但是，地质条件和海拔大为不同。需要说明的是，里边缺氧，是关角山施工的最大困难，本来青海高原就很缺氧，在山洞里粉尘废气等充满隧道，就更加缺氧，所以，不论是十七连、十八连，还是早先已经到达的二营各连，都得要高度重视，不可掉以轻心，否则，一定会带来严重后果。”一行人说着就到了隧道入口。柳建昌走进隧道，伸手抓起脚下的一块碎石，放在手中一捏，那碎石立马变成了粉末状，抬头看看头顶，犬牙交错的石头，挂在头顶，随时都有掉落头上的可能。柳建昌见状心里一沉，脑际立马反应出不好，这地质条件和襄渝线比起来差得太远，随时都有塌方的危险，光这一点就足让十七连和十八连喝一壶的了，还别说高原缺氧的困难。关角山这一仗真不好打呀。

再往进走，就是一些作业用的机械和工具了，梁中明走到半截，收住了脚步说："往里走也就是那样了，我们是铁道兵，是打隧道的部队，施工的场面也就不要再看了，主要是让你们看看地质条件，感受一下洞内的缺氧情况。我们就不再往里走了，回头让二营长把其他方面的情况向你们介绍一下，然后就可以开始施工。怎么样啊？"

柳建昌说："好，按梁团长的指示办。"

二营长曹光标接着梁中明的话头说："其实缺氧也不可怕，加大隧道内的通风机工作的强度就行。一茬炮放过后，把里边的烟尘清除干净后再进入就可以避免缺氧的问题。"

柳建昌随口问道："在这么松软的地质情况下，治塌方有什么好办法？"

"这些都是咱们的熟题了，快支撑、加大密度就行了，这还用我说吗？"

"还有没有别的好办法？"

"我们现在还没有找到。"

"我看这地质情况太坏，所以我的第一个担心就是，治塌方没有一个好办法。"

"看看吧，要是有的话，我会早点告诉你。"

"但愿这里边的地质条件会比外边的要好一些。"

"对，我们也是这样想的，但是，可能不能让你满意。"

"这个我也会想到。"

"1957年，地方铁路局曾经在这个地方干过，因为自然灾害而停工下马了，走的时候把洞口封了。我们团到达这个地方以后，打开封口一看，里边还放置了好多工具，好多施工服，施工服上开了花，上边落满了灰尘，可是掌子面却平平整整，上边积满了泥水。看来地方的同志临走时一定是把洞子里好好收拾了一下，还等再到这个地方。没想到，多年后，是我们铁道兵来到这里接替他们施工，又向拉萨方向进军了。看了这一幕真让人感动得掉眼泪。”

“他们不会想到在这样的地质条件下施工将要付出多么大的代价，而今天的我们，一来就知道了我们面临着怎么一场战斗。”

“你说得对啊，”一直在一旁听着两位营长说话的梁中明忍不住地开口说道，“困难不小，但是，再大的困难也得克服，再艰巨的任务也得要完成，谁叫我们是铁道兵呢，逢山凿路，遇水架桥，攻无不克，战无不胜，这是我们的风格，也是我们的口号。”

“请梁团长放心，我们保证完成任务。”

“好啦，我们出去吧，有些具体任务，你们自行布置安排，有什么困难，提早给我们报告，我们一定全力支持。”

“好。”曹光标响亮地回答道。柳建昌看看梁团长快要走了，就提出了个小要求：“报告梁团长，我有一个请求。”

梁中明定眼看着柳建昌，静静地问：“说吧，只要是合理的，我都批准。”

“也没有什么难的。”柳建昌见梁中明这样痛快，开心地笑了一下说，“谢谢团长啦。”

“不，谢什么，我还没有批准呢。就这么快地谢我？”

“我想多留几天，待我们十七连、十八连正式开工之后再走，行不？”

“完全可以嘛。你想一直留在这个地方更好，我回去就给你们团长打电话，让你把这里的工作安排妥当之后再走，我想这个面子王团长一定会给我的。”

“我不是不放心我们的连长，而是想把我这几天以来的有些想法和他们磋商一下，好让他们在今后的施工中更加顺利一些。”

“到底是一个部队的，感情上就是舍不得，不用说了，你多留几天想什么时候走再什么时候走，没问题。”

“谢谢团长。”

梁中明团长回团里去了，曹光标也回到自己营里，临走时告诉柳建昌："这几天你就代管十七连、十八连，你走后我再管上，要不然这两个连是你的队伍，看着让我管，心里一定不舒坦，我也不好放开手脚管你的部队。"柳建昌似乎要分辩几句，却被曹光标武断地制止了，说："就这样吧，你管我管都是管，管好了就行。"柳建昌只好答应了。柳建昌和蔡稀胜，十八连连长冯天虎、指导员马占彪，王国庆回到十七连连部，对想要拔脚就走的冯天虎和马占彪说："你们先别急着走，在十七连临时开一个会议。"冯天虎和马占彪也就打消了急于回连的打算，拉了一把凳子坐了下来。柳建昌待几个人坐定后，若有所思地说："你们都说说，进了隧道后，看到了些啥，有啥想法？"柳建昌说完，停住话头，眯起眼睛看着坐在面前的四个连级干部。

蔡稀胜和冯天虎几个面面相觑，不知柳建昌一席话所指什么，还是蔡稀胜与营长说话有些随便，就壮着胆子问柳建昌："营长，没看到啥啊，不就是一个高原隧道嘛，没啥新奇的了。"

"我知道你们几个都没留意，知道吧，同样都是个隧道，但是人家的施工管理就比咱们好得多，咱们从一走进隧道口，我就没有看到有什么杂物堆在掌子面上。所有东西都堆放得整整齐齐。你看看你们几个连，施工现场确实不如人家，不知道你们几个心里有什么感觉，我看了以后有很多感慨，我们的管理和人家的差距太多太大，得要好好地学一学嘞。尤其是你十七连，乱得像一堆麻，没有发生事故不说，要是真发生了事故，你连逃都不好逃嘞。你得要好好留心学一学。我对你的要求是，施过工的隧道，不管谁，穿着布鞋能走到掌子面，工具摆放也要讲究，不要歪七扭八地撂在一边，碍手碍脚。"

柳建昌一席话说得蔡稀胜心里毛毛的，但心里挺佩服，因为在他来说，施工管理正是他的弱点之一，每到施工紧张的时候，他只顾了进度忽略了管理，施工现场混乱不堪，当然也不是乱得不可收拾，是让人看了心里不整端，总是觉得好像缺了点什么。柳建昌一说，他立马感觉到自己的弱项了，从现在开始，当在管理上下点工夫了，别让营长再挑自己管理上的毛病。

"还有，这里的地质条件比襄渝线上差多了，我们初来乍到，不摸底细，四十八团二营他们早已到这个地方开始施工了，应当说经验比起我们来要好得多了，他们在掘进，处理塌方、排烟尘通风上，一定比我们要成熟的多了。我想，你们两个连，一是要放下架子，虚心向二营的同志们学习，把人家的好方法好经验等全部学到手，拿来给自己用，这样呢，可以免得咱像没头苍蝇似的到处乱碰。二是呢，要长个心眼，从施工一开始就要留心各种情况，想想如何支撑，如何避免更多的塌方，如何保证掘进。心用到了，各种困难就不怕了，我们是和隧道打过交道的人了，我们也号称是师里边打隧道的尖兵，是师里的尖子连，对付隧道我们不敢说是小菜一碟，什么样的情况也都经历过，是不怕的，但是，青海高原的情况又有不同，缺氧、地质松散，气候寒冷，隧道又长，是不得不重视的问题。动了脑筋了，对这些问题有所思考，遇到各种困难就会想方设法克服，不动脑筋，遇到困难，就是小的困难也不会很好解决的。三是呢，你们十七连十八连要协同作战，要时时刻刻拧成一股绳，像一个人的样子，把咱们四营的威风干出来，要让四十八团好好看，我们四营不论哪一个连队，个个都是英雄好汉，不是熊包软蛋。”柳建昌说着用拳头在桌子上轻轻地砸了一下，桌面起了一阵震动，茶杯茶缸在桌面上轻轻地跳动着。

蔡稀胜抬起眼来看了一下柳建昌，发现他的表情有些庄重，往常在这样的会议上，他是不会这样表现的，每到讲话的时候，总是言简意赅，说完事情后就不再啰嗦。而今天，不知怎么搞的，他的情绪有些异样，他是有所指呢还是在两个部队同时作业的时候，表露出一种争强好胜的心理？但无论如何，柳建昌句句话掷地有声，他一定是有感而发。但是因何而发呢？

冯天虎也有一种异样的感觉，这感觉是什么呢，是柳建昌缘何能在参观完四十八团二营的隧道之后，莫名其妙地说出这段话来，其中必有缘由。

果然，柳建昌道出了自己的内心话语。他凝视了好大一会儿蔡稀胜和冯天虎，直到把他们看得心里有点挺不好意思，才说出这番话来：“你知道我为什么突然说出这一段话来吗？”

蔡稀胜摇摇头，其他人也都摇了摇头。

柳建昌接着说：“团里把我们调到这个地方来，不仅仅是为了打通关角山隧道，我想除此之外呢，还有一层意思，是什么意思呢？那就是，把我们放在另一个团的另一个营中学习，是一种比拼，比精神比干劲，比作风比成绩。所以呢，我想，我们四营决不能败在关角山，相反，要在关角山学到四十八团的好作风好品质，把我们锻炼成一种无坚不摧的钢铁连队。这就是我此时想要说的话，将来我不在你们身边了，由二营代管，希望你们保持四营的光荣传统，把四营的作风发扬光大，给团党委交出一份优秀答卷。”

冯天虎说：“营长你就放心吧，我们不会让你失望的。失望了，我们几个甘愿处分。”

蔡稀胜也说：“冯连长说得对，我们甘愿处分。”

“我对你们当然是放心的。你们要知道，此时此地，你们并不是代表一个十七连十八连，而代表四十六团，你们的一举一动，都会影响到四十六团的荣辱，所以我有必要再次对你们提出更加严格的要求。”

“营长，那要是我们干好了，你可得要有点表示啊。”蔡稀胜和柳建昌开着玩笑说。

“要什么表示？”

“起码得让我们几个喝上一顿酒啊，把你那山西汾酒让我们喝两口，别让你的汾酒在你床下放坏了。”

“你想得美，我那酒是你喝的？我都不得够喝呢，还能轮上你们喝。哼！”

“那可就不好说了，我们干不好了，受处分。可是干好了，连你个酒都喝不上，那太不够意思了，我们几个不干。”

“就你那点出息啊，干得好就图个喝几口，照你这样，我看你干到连长也就到头了，连我这个营长的职位都挨不上嘞。”

“挨不上不要紧，只要能喝上汾酒就行。”

“没有办法，好了，答应你好了，就让你喝上一瓶。”

“一瓶哪够喝啊？”

“想喝几瓶？”

“起码得要三瓶以上呗。”

“好了，干好了，我那床下的酒全都给你们喝，能喝多少我管多少。但是有一句，要是干不好了，我可是黑脸不认人的。”

“这就对了嘛。”

蔡稀胜一席话下来，惹得大家哈哈大笑，气氛一下子由凝重变得轻松起来。

柳建昌笑了一阵后说："你们几个，也就是这点出息，不想当将军的士兵不是好士兵，你们不想当将军，光想着喝我的汾酒，肯定不是好兵。好了，说到这儿，你，蔡稀胜，可得要操着一个人的心嘞。"

"谁？"

"史丰先。你们都知道他是怎么回事，你们可能没有想到他的心理压力有多大，他的情绪与你们的不同，所以越是在困难的情况下，越是在离开大部队的情况下，越是要给他以关心和帮助，一定让他卸掉包袱，轻装上阵，别让处分压弯了腰，别让眼前的困难吓爬下。我不是也受了处分吗？这是谁都不愿干的。你就要操着这个人的心，帮他走过这个困难时期，不能让一个好同志毁在处分的压力之下。"

"是，营长，我一定注意，他是我的兵，我义不容辞。"

史丰先这一段时间一直是柳建昌心中的结，这个干部来自于陕西最贫困县的一个山村，以吃苦耐劳而赢得部队首长的青睐。从一个青年，进步为团员，再从团员进步到党员，很快提拔为干部，他所带的排，样样工作都走在前列，事事不落人后，而且工作很有点子，胜人一筹。在他眼里，的确是一位干才。可是，不幸的事发生在他所在的排里，将他从一名排长一撸到底，成为一名普通战士。多可惜呀！他很可能成为部队的中坚力量，很可能成为部队的高级指挥员。但天有不测风云，人有旦夕祸福。他太爱这个人才了，他不能让这样的人才就这样被毁在这场突如其来的事故当中，让一个闪耀着军事智慧的人才埋没在偶然的事故当中。在前一段时间里，他对史丰先的行为是颇为关注的。但是，十七连别离了四营，来到关角山下，远离自己的目光，要是他有个波动的情绪，出现不该出的事情，别人无法理解，他又鞭长莫及，到那个时候，后悔也就来不及了。所以，在他快要离开的时候，他特意将史丰先的事情向蔡稀胜提起，同时也要十八连的干部注意，对史丰先不是看扁的问题，而是要不断帮助关心爱护的问题，让他尽快从撤职的阴影里解脱出来，早日恢复干部身份。这才是他此时的真实心境。柳建昌听得蔡稀胜说出这番话后，就放心地说："这就对了。其他我也就不说什么了，你们各自都做好开工典礼准备吧，工一开，我也就返回营里去了。希望你们这个工开好，开得红火，把头三脚踢得响响的。"

蔡稀胜听后立马站了起来，挺直着身子说：“是，我们一定把这个工开得红红火火的。”

冯天虎也照样站起身来表态说：“我们十八连一定不会给你营长脸上抹黑，让你脸上放光彩。”

“好了，不是我个人，弄清楚了，是给团首长，给师首长，给我们营。”

蔡稀胜和冯天虎异口同声地说：“是！”

三十二

开工仪式搞得既隆重又简朴。这些创意都出自蔡稀胜之手，冯天虎作为配角，也参插了好多智慧。未开挖的山脚下，搭了一个彩门，门柱用彩纸缠裹，彩纸上写了一副对联：逢山凿路，遇水架桥；穿越关角，进军西藏。横额：创造奇迹。字足有一尺见方，颜体楷书，出自文书曹义峰之手，虽说功底不太深厚，但是，贴在门柱上，还像点样子。在十七连，像曹义峰这样的书家可并不多，不是不多，而是绝无仅有，在四营整个部队中，能像曹义峰这样的书家也没有几个，曹义峰的字在四营已经是荣誉的向征了。从仪式的的编排上，既简约，又不失隆重。还有，有传统的文化，也有现代意识。在正式开工之前，在山脚下，搭了一个不大的台子，上边放置了猪头等物，燃了几炷香火。香烟在皑皑的雪山下，袅袅上升，那是对山神的一种敬告，那是对上苍的告慰。沉寂千年的关角山，就要在人民解放军铁道兵的炮声中惊醒了，人民解放军要在关角山腹中穿越而过，用他们的钢铁意志书写新时代的美丽童话。随后，十七连十八连在柳建昌的主持下，进行了庄严的宣誓，史丰先和十八连一排排长公有度代表各自的连队发言，表达了开山凿路的坚定信念。四十八团副团长梁中明在会上作了动员讲话，对十七、十八连的全体同志们寄予厚望，希望两个连队相互学习，相互前进，给师党委交出一份优秀的答卷。之后，一声巨声炮响，激起阵阵回声，脚下剧烈震颤，关角山下腾起一股烟尘，向山头升起。那被炸碎的石子从烟尘里飞迸而出，射向空中，似一朵美丽的花，开放在关角山的半腰中。

十七连、十八连向关角山开战的序幕由此拉开，柳建昌留梁中明在十七连吃饭。梁中明开始不大愿意留下来，柳建昌说："开工仪式后，我的任务就要完成了，我得立马回四十六团去，在四营报到。临行前请团长吃个饭，向团长告别一下总是可以的吧？"

梁中明一听，就说："好，我留下来，这个饭一定要吃，不但要吃，而且还得要吃好。"说完，让二营营长过来，一同为柳建昌饯行。

晚饭放在十七连连部，蔡稀胜拼了三个方桌，上边铺了塑料布，上边印了红颜色的苹果，鲜艳夺目。让炊事班炒了最拿手的菜，还开了大肉灌头，梅林午餐肉罐头，拿出一箱互助大曲。没有酒杯，就把刷牙缸子集中在一起，整齐地排放在桌子上，绿色的缸子构成一组很美的图画，成为餐桌上的一道美丽风景线，别有风味。五点半的时候，柳建昌、蔡稀胜、冯天虎、王国庆等列队十七连门前，等候梁中明的到来。五点四十分梁中明和二营营长曹光标来到十七连，十七连十八连连长指导员全部起立，柳建昌向梁中明正规地报告道："报告梁团长，四十六团四营柳建昌率十七连十八连连长指导员欢迎团长到来，请指示。"

梁中明举手还礼道："请坐下。"

"是！"

柳建昌让几个人坐下，梁中明慢步走进连队，边走边说："你个柳建昌啊，吃个饭还搞得这么正规，要是别的事情，你一定比这个还正规。"

"你是团长嘛，不搞一个正规的欢迎，你会说我柳建昌不懂规矩。这是下级对上级的尊重啊。"

梁中明团长是山东人，一身豪气，对工程抓得很紧，治军很严，但在生活小事上却不太讲究，像晚上吃饭这样的事情，在他心里，是一个很随便的事情，所以就不要太讲究，搞得连里的同志很紧张，很把作。凡是知道他的作风的人，都在这种场合很随便。但是，柳建昌在四十六团，对梁团长的这一切知之甚少，甚至于一点都不知道，怕第一次请兄弟团的副团长吃饭，太随便了会对自己和自己的十七连、十八连有看法，就中规中矩地来了一个小的欢迎仪式。

"哪有那么多讲究，都是同志加兄弟，了解我的人都知道在这样的场合不搞这个。"

二营营长曹光标插进话来说：“梁团长是一个很随和的人，你不要太正规。”

“话虽这么说，但尊重上级是每一个军人起码的行为准则。”

“你做得对，一个军人就应当保持你这样的素质。好了，咱到班里看看吧。”

“好。”

柳建昌看饭菜还有一阵子才能送上来，就临时请示着说，既然梁团长来了，就到我们的班里看看吧，检查一下我们的工作，给我们提出一个改进的方向。梁中明说：“好，那就看看吧，不过看几个班就行了，别全连十多个班都看。”柳建昌说：“怎么都行，只要梁团长看看就行。”于是，他引导着梁中明从一班看起，梁中明说：“正好问问同志们，在关角山下有没有什么困难，有没有我们要解决的问题？”柳建昌说“好”。梁中明一行人走进一班。一班住在用绿色的帆布搭成的房子里，进门是一个烧火间，炉膛中的火正在熊熊燃烧，炉子上的水桶正翻滚着水泡；二道门后是一道火墙，墙的左右边，搭着上下两层架子床，床上整整齐齐地摆放着被子，四方四正，见楞见角，似用直尺量过一般。牙刷牙缸成一列地摆放在火墙旁边，枪架上架着半自动步枪和一把冲锋枪。全体战士似青松般地直立在床铺旁边，向团长问好。梁中明心中一阵欣喜，心想，什么样的困难能难倒这样的战士呢？

看了几个班后，梁中明问柳建昌：“晚上连里的同志们也都一起改善生活吧？”

“对，今天全连改善生活，让大家放开肚子吃一顿，从明天开始好好掘进。”

“说到这里，给连里同志说一下，在这个地方驻防，一定要把连队的生活抓好，吃不好，就在这个地方呆不住。吃好了，才能干好，这是最起码的常识，当然精神上也要吃好，不能光把肚子吃饱了，就不管精神上的事。”

柳建昌笑着对王国庆说：“这是团长在给你们提要求哟，不要放松精神教育。”

王国庆大声地说道：“我一定按照团长的要求办，把连队的政治思想工作做得扎扎实实的，让同志们保持旺盛的革命斗志。”

“这就对了。好了，咱不谈这些了，曹营长啊，你把你今天带来的东西交给柳营长，让他好好加工以下，也表表你们营的盛情啊。”

“是！”

曹光标大声地应道。然后就转身向随着一起来的通信员吩咐着，把从营里带来的东西全部交给蔡稀胜，让蔡连长多搞几个菜来，晚上好好吃一顿。蔡稀胜让自己的通信员接过来，一看一大堆，就不好意思地说：“来了就来嘛，还带东西，带一点东西就成了，带这么多，让人心上过意不去。”

“梁团长交待过了，不光是今天晚上要吃的，多带点，让你们多吃几次。”

“你们也不多啊，给我们多了，你们就少啊”。

“你们初来乍到，什么都不方便，等到你们方便了，我们再向你们要呗。”

“这个好说，我要有好的，一定给你留着，有福共享，有难同当。”

“这就对了。”

回到连部里，按职务大小依次坐下，柳建昌端起酒杯站起来说道：“尊敬的梁团长，曹营长，我们四营十七连、十八连来到关角山驻地后，得到了四十八团首长和二营同志们的热情关怀和大力支持，今天晚上，我就代表十七连、十八连向梁团长和二营长，并通过你们向二营的同志们表示衷心地感谢。来，咱们共同举杯，干了杯中酒，以表达我们对首长和同志们的敬意！”

柳建昌说完一仰脖子，把一大缸子酒灌进口中。然后，双手端着缸子，向梁中明等人看了下，放在桌子上。梁中明也端起酒来，大口地喝了一下。可是缸子中的酒并没有喝完，柳建昌听曹光标说过，梁中明的酒力不行，这是全团人都知道的，所以当梁中明放下茶缸的时候，柳建昌并没有说啥。但是桌上的其他人，他都一一看过缸子，在柳建昌看来酒风就是战斗作风，酒桌上耍尖溜滑的人一定是一个战斗作风不好的人，此人一定不能重用。

一缸子酒下肚，柳建昌心里开始发热，吃了几口菜后，又端起酒缸来说：“梁团长，这第二杯，我要说的是，我的四营十七连、十八连全都交给你了，请你就像管四十八团那样，对这两个连队严格要求，严格纪律，把他们锻炼成两个优秀连队。”

梁中明微笑着看看柳建昌，说道：“你们两个连本身就是一个很优秀的连队，不用带就是一个响当当的部队；再说了，到了我的部队，我从来不分四十六团，四十八团，什么二营四营，都是我的兵，一视同仁。好了表扬，不好了批评，犯了错误处分。”

“梁团长，我要的就是你这句话，来，我在这里敬你了。”说完一仰脖子把第二缸子酒干了下去。

梁中明也举起缸子来说：“我平常不大喝酒的，这团里人都知道，今天，冲着你这句话，我把它干完了。谢谢你的信任！”

柳建昌想说不用喝完，还未等他开口，梁中明就像往嘴里倒似的将小半缸子酒送进嘴里，梁中明把缸子口朝向柳建昌，让他看看缸子里已经没有一滴酒了，并说：“看到了吧，滴酒罚三杯。”口子朝下，用力地甩了甩，未见一滴酒流下来。然后把缸子放在桌子上，拿起筷子吃起菜来。

柳建昌知道梁中明团长是一片诚心喝了这一缸子的，一个新的连队到达一个新的环境，作为部队首长，心里是多少有些放不下的。梁中明是老兵，从战火中走来，在部队摸爬滚打了几十年，肯定懂得柳建昌的心思。当柳建昌看到梁中明举起杯子的那一刻，他已经明白梁团长不会对十七连、十八连另眼相看了。所以，他声明，不管下来怎么喝，梁中明再也不用动缸子了，只管吃肉夹菜。梁中明说，就这么办，你们喝你们的。柳建昌把梁团长安顿好了之后，这才端起缸子来与曹光标喝起第三缸子来：“老曹，现在轮到咱们两个了。有两个意思，一个是我们在这个地方不常见面的，就要走了，咱喝一个分手酒，再一个就是我的两个连交到你的手里，请你就多担待，他们干的不好，就不要留情面，干的好了也不要表扬，不要让他们跷起尾巴来。来，咱俩就喝上一个痛快酒。”

曹光标瞪起眼来说：“你是怕我慢待你的两个连吧，你这不是小心眼吗？放心吧，我们铁道兵走到哪儿都是一家人，谁叫我们都姓铁呢。你还担心个什么？多余了，来，咱就喝一个老战友酒吧，别的什么也别说，今天我借你的酒给你饯行，你说喝几杯咱喝几杯。”

“好，痛快，还是教导队的那个曹光标，来，把这杯干了。”

两个人端起缸子来，咣地一声碰在一起，随即一仰脖子咕嘟一下将酒灌进嘴里。

接下来，蔡稀胜冯天虎王国庆等开始轮番上阵，一场欢乐的喝酒战打响。

酒喝到六七成，梁中明说，我看酒也喝得差不多了。咱就说点正事吧。酒桌上的人一听梁中明发话说点正事，就个个红脖子涨脸地坐直了身子，听梁中明讲话。梁中明一看大家静了下来，就慢条斯理地说道："最近，接师里通知，今年接的新兵就要下到部队来了，要各团做好准备。当然，这本来也就没有啥大问题，按部就班的来就是了。今年涉及到十七连和十八连两个连的兵员问题，所以就在这儿说一声。师里的要求是，哪个团接的兵，还分到哪个团，所以，四十六团接的十七连的兵，十八连的兵，还分到这两个连队来。这几天，你们两个连队要做好迎接新兵的准备，床铺啊，编排啊，思想政治工作啊等等，都要充分准备，一旦下到部队，就要让他们安心地住下来。据说，这些兵员来自陕西河北贵州几个省，听说这年的兵员文化程度还挺高的。有一大部份是高中毕业，是个好事，但是，文化程度高了，能不能吃苦，这是个很要紧的事。咱们是铁道兵，是个吃苦的部队，这些新兵来到部队，能不能像现在的战士们扎下根来干一番活来，是一个值得研究的问题。所以说，政治思想工作一定要跟上，不要让这些新兵一到部队，看见施工场面，就有思想波动，不但对个人造成不好影响，对其他同志也会产生消极影响。你们两个连队，在这个方面一定得要引起注意，别让个别兵员的表现影响了一大片人。"

梁中明说这一番话，是针对部队的现状说的。在现有的兵员中，文化程度平均不到初中，一大部份干部，都是初小文化程度，可以说，他们的晋升是靠实干得来的，并不是文化的感染和影响。有好多干部开会发言念稿子时，很多字不曾见过，有好多话不能句逗，以致于弄出好多笑话。比如"你们团长途跋涉，不辞辛苦，"被念成"你们团长，途跋涉，不辞辛苦。""让我们一起高呼口号，"被念成"让我们一拉高吹。"文书给领导写稿子时备注了一句："发言结束时，口号自拟。"被弄成直接呼喊成口号："口号自拟。"弄得大家面面相觑。还有下转第二页，紧接第二页的例子枚不胜举。上下都盼望着补充一批文化程度高的兵员进来，改善一下部队的文化结构，可是文化程度高的兵，能不能在部队扎下根来好好干事，这可成了大家在盼望改善结构的同时共同担心的一个问题。柳建昌听得出来，梁团长这番话的确是发自肺腑的。

蔡稀胜冯天虎听后，一连声地说：“一定注意，一定注意。决不辜负团长的期望。”

三十三

谁又能料得到，不幸再一次落在了史丰先的头上。

史丰先听说家信从吉尔孟转过来了，就让七班的同志看看有没有自己的。在青海，交通不便，要看一封信和读一份报，那是比较困难的。谈不到烽火连三月，家书抵万金，也是家书贵如油的啊。一封信，从家乡到青海要走三五天时间，再从省邮局走到部队至少还得三五天。多少次，连里的同志们拿到手中的信，大多的边角已经被磨得快要破了，有的干脆就张开了口子，似乎渴望得到收信人的关注。十七连由浚河移防关角山以后，好长一段时间，连里的音信和外地就断了。他们不知道，所有发往十七连的信，需要在团里再次中转一次，而且不是即时能转送过来，要送走的话，得等到积攒好大一堆后才能送出去，否则，因为几封信而派一辆专车，从经济上是太不划算的。这次的来信，是第一次从吉尔孟驻地邮局转过来的，甚得同志们的盼望。

不多长时间，七班的同志给他捎回几封信来。他一一看过，一封是家里的，一封是同学的，一封是出嫁的姐姐来的，还有一封是那个临走时连头都没有回的腊梅来的。这封信不说是谁写的，从地址上他能认得出来，一看字体，那隽秀的字迹他一眼也能认出来，太熟悉了啊，字字工整，一丝不苟，绝不似男人那样粗手大脚。这封信也是他久已期待的，她在信上说了些啥，是回心转意了，还是和自己挥手再见了？是她想到结婚了，还是想知道自己近来的部队情况？他一概不知，但是，让他最为操心的是，她和自己的关系是续还是断，可能要在这封信中来一个了结。他一看到这封信，心里就突突地跳了起来，这并不是害怕看到这封信，而是想到这封信给自己所能带来的后果，心里就不由得剧烈地跳。这是一封让他期待又让他犯愁的信。想想可能有的后果，他就有意地将这封信放在了四封信的最后边，等看完了前三封后，再看这最后一封。

家里的来信说，情况一切都好，今年的粮食基本够吃了，不要操心。过年也不再像前些年那样，吃不到肉，年底，把家里养的猪卖了，足够吃过正月哩。就是那个腊梅，不知道是不是和你闹起别扭来了，村里人传说她好像变心了，传得挺凶。人家变心不要紧，你可别变心啊，咱都是穷汉出身，不要做那些对不住先人的事。要是钱宽展的话，给家里寄点来，买点房料，盖了给你结婚用。史丰先看着信，心里说，我哪儿能变得了心啊，变不变心不由我说了算。想着心事，也没忘了撕开第二封信。同学说了很多想念的话，也说到家乡的变化，村里修的水库进展到半个高程了，另外几个同学娶妻生子，他也快成家立业了，都是些官话。姐姐的信说得很直接，一是外甥上学交不了学费，能不能给寄点学费来，再者就是说，她见到了腊梅，以前说话挺客气的，可是这次呢，一见就像生人一样，有意躲藏起来，她心里纳闷，腊梅怎么了，是她和你闹别扭了，还是你和她闹别扭了？听说她和你一起当兵的人来往很多，不知是想问问你的情况呢，还是另有所图？最后就问他，部队的情况好不好？一定要好好干，别让家里人操心。史丰先放下看过了的两封信，两封信都提到了腊梅，都有不快乐的信息传送过来。看来，腊梅的情况已经引起了家里人的注意，是她有意在向家里人做出来的，还是无意中流露出来的？想到这里，一丝不祥的阴云慢慢浮上心头。腊梅写给自己的这封信一定不会有好的消息传导过来，是的，想想她那双绝情和冷酷的眼睛，想想她那僵硬的身子，他确信不会有好的消息给他传来。但是，好消息，坏消息总是消息，不看不会知道，不管是好是坏看了再说吧。想到这一层，他慢慢地打开了手中捏得很长时间的信来。信纸折叠得很仔细，不是胡乱地折放了塞进信封里，先是把信纸对折后，再将信纸的下方三分之一处向上一折，平展地躺在信封里。展开折好的信纸，一篇隽秀的字迹映入眼帘：是用鸵鸟牌蓝墨水写的，一串文字，很工整地写在纸上，布局很讲究，各自然段错落有致。史丰先心里说，到底是上过学的人啊，到底是办事认真的工作人员，给对象写信都很讲究的。

史丰先欣赏完了这一大片文字后，才开始认真地阅读起内容来了。

“丰先同志，近来好吧！”

史丰先看到丰先同志近来好吧这一句话，心里大致就明了，这个腊梅同志，已经不再和自己是对象关系了，的的确确为同志关系了。原先腊梅在和自己通信的时候，是以亲爱的丰先来开头的，你从这热辣辣的五个字就能看出她内心的渴望、内心的激情。这次呢，却以丰先同志，你看看，完全不是一种渴望，而是一种平静的心态来和自己谈话了。不用说，一切都已经明白，她不再是自己的对象了，成了别人的朋友，或者说成为别人的心上人了。不是了也就行了，不再牵挂，现在所要做的是，心平气静地将腊梅的信看完，该咋的就咋的，大路通天，各走一边。想到这里，他的心完全平静下来了，不再担心信中所带来的不幸与有幸的事情了。

“丰先同志，近来好吧！

从你部队回家已经好长时间了，没有给你来信，请你原谅。我回到家里后，一直在想咱俩的事。咱俩订婚已经好几年了，我们从不认识到了解，一直都在做着美丽的梦想。可是，你在部队因为工作上的失误受了处分，不知你是咋想的，一直没有告诉我，而我从来都没有怀疑你是一个光荣的解放军军官。怎么说呢，你对我隐瞒了部队的真相，以为我对此一切都不知道，可是你错了。家里不是有和你一同当兵的人吗，他们回家探亲的时候把情况详细地告诉了我，让我的心灵受到很大的打击。我想不到，你竟是这样的人，会把受处分的情况向一个深深爱着你的人隐瞒起来。为此我在单位哭红了眼，别人以为我得了重病。我思前想后，想着咱俩的关系，是继续保持下去呢，还是就此了断？我几天都拿不定主意，后来，我是想通了，像你这样现在对我能把处分的事隐瞒起来的人，以后，还不知道要隐瞒些什么更重要的事情呢？于是，我在痛苦之中，下了决心，还是咱们把关系断了吧，明知今后，何必当初！

丰先同志，我知道你听到这个消息后心里是很不好受的，我也一样，但是长痛不如短痛，免得将来咱们心里永远有一个解不开的疙瘩。我只能写到这里了，虽说咱们分了手，可是咱们还是朋友，再见了，丰先同志。你不用回信，记在心里就是了。

此致，敬礼！

腊梅

一九七五年三月七日”

史丰先看着信，持信纸的手微微颤抖。盼天盼地，盼回来的是这一封信啊，盼星星盼月亮，盼的是这一封断绝关系的信啊，多少天了，实心指望着腊梅给自己带来好的音信，实心想着她能说一声，受处分并不怕，怕的是你跌倒了，爬不起来，永远被处分所击倒。可是，谁又能想到，她竟能说出这样的话来呢，她太绝情了啊，她太心硬，把一个相亲相爱了好几年的人用一封信就打发了，这太不公平，太不丈义了啊。看着这封信，他不由得脑海中浮现出一张漂亮而年轻的脸庞，她是那样漂亮，对，她在自己的心中是一个漂亮的女子，她也有商业战线一枝花的称谓，她在和自己说话的时候，脸上总带着一丝微笑，泛起一阵红晕，眼睛里漾着明亮的光。她细长的腰身扭向一边，做出一个优美的姿势，让你时时把目光聚焦在她的腰身处。她和自己相处的日子并不多，可是每当相聚一处，她总能给自己带来很大的幸福和快意。她是那样大方地拉住自己的手，给自己倾诉着心中的话语，向自己谈着单位的工作、自己的理想、自己的追求、自己的人生目标。她在自己的心中是一个多么高大多么靓丽的形象啊！可是，可是现在，她的形象从那么高大变得那么微小，那么渺小，这让他的感情一时转不过弯来。她怎么会这样，说变就变了呢？就像草原上的天，说变就变？她怎么能不珍惜多年以来的感情，而说散就散了呢？是啊，人说过，女人的心，是多变的天空，时而晴空万里，时而阴云密布，时而电闪雷鸣。她们多是一些势利之女，追逐名利是她们的天份，贪图富贵是她们的特长，其中保持坚贞爱情者能有几个？史丰先被腊梅的这封信深深的激怒了，他此前从不相信世上会有这样绝情的女人，她们在自己的心目中是那样美丽，是那样贤慧。可是，这封信字里行间充满着一个女人的绝情，一个女人的铁石心肠。受了处分怎么了？受了处分就不是一个好人了，就是一个永远站不起来的军人了？别用这种眼光看着我，别用这种瞧不起的眼光对待我，散就散了呗，你走你的阳关道，我走我的独木桥，从此井水不犯河水。史丰先想到这里，心下发了狠，说，等着瞧吧，我史丰先要是干不出一个人样来，不是我娘生的，我要是娶不到一个比你美丽的媳妇我誓不为人！

史丰先心里有了狠劲，也就不再把这事当回事了，心情由开始的愤怒暴躁、冲动发昏，变成平静松驰和轻松自如了。是啊，一个军人，一个当兵的，不能光为了自己着想啊，自己在部队受了处分，传到家里，那是多大的影响啊，家里人不知道这处分是怎么回事，以为自己在部队做了天大的坏事。而自己的对象，则更是为之担心受怕，要是攀上这样一个坏军人，那可是一辈子都洗不脱的瑕点啊，是一辈子在人前都抬不起头来的缺点啊。人家一个大姑娘，还没有结婚，还没有过门，平白地背了这一个黑锅，放在谁的身上也都会受不了的啊。史丰先啊，你怎么这么自私，只管自顾自，而不设身处地对一个未过门的姑娘负责呢？你要知道，千里之外，一个军人的处分传回家里，传到腊梅的耳里，那该有多大的影响，那可是多少年都不能消除的啊，你受得了，人家姑娘能受得了？你呀你呀，说人家自私，你不也是一个自私的人吗？史丰先在心里责备起自己来了，罢罢罢，让腊梅寻找自己心中的最爱吧，让她得到自己的幸福吧，真正的军人是一个无私无畏胸怀宽广的人，面对荣誉不骄傲，面对困难从不气馁，面对爱情和婚姻从不自私，不把自己的幸福强加在别人身上。只有做到这点，用这样的标准来要求自己，那才是一个真正的热血军人。想到这里，史丰先长吁一口气，心里说，过去的就让它过去吧，就当是风吹草地，掀起一阵波浪，它带走的是风和浪，而带不走扎根在土里的草根。好了，早点结束也好，别让自己心里总掂记着一件放不下来的事，让自己轻松愉快的投入工作，用自己的实际行动，改变别人对自己的看法吧。

史丰先有了这样的心理，就再也不毛糙了，他轻轻地把信纸叠起来，塞进信封里，又用手把信封抹抹平，然后把它和自己家里的来信一起放在枕头下边，让那不快的记忆，在自己的脑后边淡淡地逝去。放好信后，他躺上床去，把头放在枕头上，跷起二郎腿，让自己的心情慢慢平复一下。一切都将过去，一切都已过去，接下来的事情是要自己谋划下一步的美好蓝图了。对了，连里说过，新兵马上就要下连队了，排里要做好一切准备，可不要把迎接新兵的事忘在了脑后，下午得开一个排务会，把以前强调过的事情再强调一遍，床铺啊，枪枝啊，木箱啊，带领的人啊等等，还有，排里的动员讲话啊，安全常识啊，都得要有一个详细地准备。

下午，史丰先准时召开了排务会，把新兵下到部队后的一切准备工作都做了详细安排，又说了这一段时间里施工方面要注意的问题，要求各班以老带新，再创一个施工新高潮。新兵到部队后，要激发新兵参与施工的热情，在最短的时间内，以最高的热情投入到施工当中去，为排里增添新的光彩。各位班长齐声地说好，一定完成任务。

晚上，指导员让通信员把史丰先叫到连部，史丰先问什么事啊？通信员说，不知道，指导员没有告诉他，你去就是了。史丰先心里纳闷，指导员叫自己干什么呢，是不是排里又出了什么不好的事情了，让连里知道了，找他谈谈，提出批评，然后再磋商一个办法，把事情很快纠正过来。可是，他一时一刻都没有离开排里，排里发生的一切细小事情，都看在眼里，别不是有另外的话题吧？自从排里出了那个事故之后，史丰先像是得了惊恐症了似的，一遇到连领导叫自己，心里就有点发毛，发紧。自己在考察使用期间，要是再出现一个不好的事故，哪怕是很细小的事故对他来说都是致命的，他得时时刻刻小心从事，把排里的工作做得更加细致。不是排里有了事，还有哪些事呢？

赶快收拾了一下后就到连部，指导员正在房子里忙前忙后，见史丰先到来后，也不顾礼仪，就高声地说，来来，别站在哪里，先帮我干点事，在连部外边抱点柴禾进来，加到炉子里。史丰先听后，转身跑到门外边，抱起一捆柴来又进到房子里，抽一根大一点的，放进火炉子中，干柴烈火，一下子就燃了起来。指导员则把几根大葱的皮一剥，放在案板上，也不用洗，用刀将其断了几节。也不知从哪个地方弄来了一把香菜，在水里淘了淘，放在案板上切巴切巴，用刀揽在碗里。然后从碗柜里取出几个碗碟来，放在案板上，直看得史丰先眼花缭乱，不知所措。做完了这一切，指导员才停下手来说：“你吃过饭了吧？”

史丰先说：“我刚吃过，放下碗就到你这里来了。”

“好样的，像一个军人。”

“这不是咱还当了几年兵嘛。”

“你知道我叫你来干什么？”

指导员是一位北京入伍的老兵，人长得精精干干，写得一手好文章，在同年兵里边，显得格外出色。参军后没几天当了副班长，没几天当了班长，又没几天当了副排长，还没等把凳子暖热又当了排长。过了两年，又被三结合进了连领导班子，从排长直接提到了连指导员，这是四十六团建团以来提升速度最快的一位初级指挥员，这种升迁，不仅仅在他们当年的兵员当中，也在其他不同年度的兵员中引起了相当大的反响。这位指导员也不负重望，在连队干得很出色，特别是在遇到刺手的问题时，都能很快地将其处理，赢得了全连同志的热烈拥戴。对指导员的干练才华，史丰先佩服得五体投地，简直没什么可说的。

史丰先见指导员问起叫他来的用意，他摊开一双手说："我不知道啊，我怎么会知道？"

"你想想这几天你都干了些啥？"

史丰先越发地丈二和尚摸不着头脑了："没干啥啊？"

"你还不实话实说，你的一切举动都看在我的眼里了，你还不承认？"

史丰先再次想了想，的确没做什么不好的事情，就直白地说："你说吧，我都干了些什么？"

"我问你，你这几天情绪低沉，低着头走路，是不是在想心事？"

"我没有心事啊。"

"看看，你就没说实话，我可是看过心理学书的人哪，有心事的人，一般走路都低着头，琢磨着心事，不像没有心事的人那样，昂着头，眼路很宽，你说是不是？"

"我没有啥心事。"

"好啊，没心事你为什么总是走路低着头，连里的同志丢了钱，你在后头捡啊？"

"这是我的习惯。"

"你这不是不说实话了吧。你平时就不是这号子人，走路昂首阔步，哪像现在，说说吧，有什么心事，今天我就是叫你来谈谈这方面的情况。为了和你谈心，我可是花了大力气了，给你炖了一只鸡，还准备了面片，你说，你还不把实情告诉我？"

“真让你破费了。”

“你说得不对。在生活上照顾，政治上关心这可是政治工作的基本要求。我看你这几天进洞子挺辛苦的，给你开个小灶，也不犯啥法。”指导员笑哈哈地说，说完话锋一转说，“你不说我也知道，你这几天为着你那个家里的女朋友吧？”

“你怎么知道？”

“这不是都写在你脸上嘛，你还问我呢。”

“对，就是，这个事让人烦恼得很。”

“我说得不错吧，现在你才说了实话。”

“上午我接到了她的一封信。”

“信上都写了些什么，能让我知道一点么？”

“信上写着从此了断的一些话。”

“真是这样的话？”

“一点没有假。”

“果然不出我的所料。”

“你看过我的信了？”

“哪能呢。”

“此话怎么讲啊？”

“我早就知道她会来这一手的。咱们还没有移防到关角山这地方时，她不是来队了吗？你还记得不记得？”

“记得。”

“对，就是你去木里山拉煤的那几天。不错，想起来了。你没有回来之前我和她谈了一席话，发现她并不是和你来商量关于结婚的事情，她在家里听了和你一同当兵人给她带回去的话，知道你在部队受了处分，被撤了职，特意来到部队想证实一下是否真实。真实的话呢，就和你散了，不真实的话回去再和家里人商量以后怎么办的事情。”

“对，不错，她是这样问我的。”

“你怎么回答的啊？”

“我如实相告，说有这回事。”

“你果然如实相告了。你还记得不，在你进到我房子之前，我对你说过的一句话？”

“我有点不记得了。时间都一年多了。”

“你可能没太留意。我对你说过这样一句话，是说，你可别说你受过处分，我可是告诉她你没受处分这事。记得不记得。”

“对，是说过这一句话。”

“她当时问我有没有这回事，我是替你隐瞒了事实真相，实心指望迷惑她，成全你这对姻缘。部队干部能找到一个如意媳妇多么不容易。现在想起来，有点欺骗人家的意思，可谁叫咱都是军人呢，没办法，我是说了句谎话。我还说过，你是雷锋式的好干部，在青海高原上，脸是黑的，可是心是红的，一颗红心向着党，也时刻挂念着你。这可不是编的，你确实表现不错，可是，你那个腊梅，半信半疑，就是不相信。我让她问问连里的其他同志，看看是不是这样。她问没问我就不知道了，后来你从木里山回到连里，一说话却说漏了嘴。她这才打定了主意要和你分手，我这可不是事后诸葛亮，马后炮，我从那几天她在连里的神情就能看出来。你可能还记得，她那张紧绷着的脸，和很快就要回去的急切心情。怎么样，事实证明我的判断是不错的吧？”

“对。她和我分手了。”

“我并不是幸灾乐祸，而是要对你说，这样的女人值得爱吗？她爱虚荣，爱名利，肯定还会爱金钱，即便是勉强结了婚，将来说不定会在金钱和名利面前迷失方向。我们军人长年流动在外，摊上这样一个媳妇，你说，你能安心地在部队服役么，你能放心得下么？你说说。”

“指导员说得对。我都想通了。”

“要叫我说呢，咱们军人，要找哪一种媳妇呢？我看一心牵挂着长年在外的丈夫，孝敬老人，一边工作，一边操持家务，务养孩子，将来够条件了随军到部队，转业了一起回到家里，热热火火，不图模样好看，只图个品性好。那些个看着和花瓶一样的人，我们做军人的尽量少要，当然，也不能一概而论。你说呢？”

“对，我也这么想。可是，咱军人一年只有十几天的探亲假，相亲像走马灯似的，哪里会知道哪个品性好，哪个品性不好？”

“话又说回来了，婚姻是可遇不可求的，真正好的媳妇不是一下子就能找到的。单凭咱回到家里那几天时间就能订到一个称心如意的好媳妇，那真的不见得。不是有相互了解的一段时间么？这会对你提供宝贵的观察机会，在这一段时间里，你会从中找到相对满意的人啊。”

“咱可是在这方面没有经验啊，不是行家里手。”

“你放心，有情人终成眷属，只要有心，你会找到心上人的。”

“王指导员把人说得心花怒放。”

“你要相信，世上的好姑娘多的是，好男儿是不愁找对象的，你会找到一个比腊梅更好的女人。”

“借你的吉言，今年我休假的时候，一定再找一个好的。”

“咱铁道兵也不低人一等，怎么就找不到一个品性好的媳妇呢。”

王国庆说着，看了一眼炉子上的铁锅，发现锅上的汽像蒸汽机头一样，哧哧地向上冒着白汽，房子里弥漫着一股浓浓的卤肉味。王国庆说，好了，咱别光顾说话了，把锅端下来，开始吃吧，把人馋得都流口水了。史丰先立马起身把炉子上的铁锅端下来，揭开锅盖，那肉在咕噜咕噜的汤中，微微颤动。王国庆拿起筷子，伸向了铁锅，却让史丰先把蔡稀胜叫过来，一同消灭这顿难得的盛宴。

三十四

真是与君一席话，胜读十年书。史丰先自从和王国庆谈话之后，心底一下子明亮起来，就像有人在黑暗中点燃了一盏明灯，刹那间照亮了他迷茫的脑海。他不再消沉，不再忧郁，不再郁郁寡欢，一下子精神振作起来了。是的，婚姻不可强求，强扭的瓜不甜，就让它当作一回宝贵的实践活动吧，为下次相亲提供可资借鉴的经验。从此，他不再多想，一门心思准备起新兵到来的事情了。

偏不偏，就在新兵来队之前，连里发生了一次塌方事故。一茬炮放过后，一排待尘烟散尽，冲进掌子面中扒碴出碴，没注意一块大石头从天而降，正好砸在推着斗子车的战士身上，当场牺牲。这样的不幸在襄渝线上随处可见，开挖一座隧道，几乎一米成洞就要牺牲一个战友或学兵的生命。因此部队有学问的人曾经说过，襄渝线是战友和学兵们用鲜血和生命铸就的一条生命线，他们的灵魂浇铸在桥梁和隧道之中，山沟里的风，是他们英灵的呼号，咆哮的汉江，是他们热血的奔流。山脉记得住，蓝天记得住。听得人热血沸腾，激情满怀。自从转战到青藏线后，此类事故时有发生，但频率明显比襄渝线上慢了下来。连里一时沉浸在悲痛的气氛当中。连里组织追悼会有关事宜，扎制了好几个花圈，放在临时搭建的灵堂里。正常情况下，在第三天的早晨日上一竿，即在十点前将战友的遗体安葬在烈士陵园。一切准备都在正常且按部就班地进行。可谁能知道，安葬战友的时间正好和新兵到达连队碰在了一起。当送葬的队列缓缓地行进在山沟之中时，载运新兵的车辆鸣着喇叭开上了通往连队营房的道路。一列队伍满是缟素，偌大的花圈举过头顶，花圈上的挽帐在寒风中高高飘扬，一具黑色的棺木被连里的同志扛在肩上，雪山为之哀悼，草木为之枯萎，偶尔从头上飞过的苍鹰凄厉地一声哀号，更加增添生离死别的悲伤。

载运新兵的车，为在青藏铁路建设中付出可贵生命的战友们让路送行。司机们主动熄灭了引擎，老兵们都脱下帽子默哀致意。新兵们坐在车上向战友的棺木行注目礼。当送葬的队伍从车旁缓缓走过后，车又继续向前行进，开进了十七连的营房大门。三排补充了十个新兵，一个班两三位。史丰先把新兵领到各班后，按照连里的安排，全连休息两天，等到新兵们适应高原气候环境之后，再慢慢进洞施工。晚上，让各班班长带着新兵，集中在一起，为新来的战友们举办一个小型的欢迎餐会。几个新兵坐在一起，面带羞涩拘谨。经自我介绍后，史丰先知道了，这几个兵来自于陕西的一个县，都是城关镇。也就是说，他们都是县城入伍的新兵，文化程度也不低，三个高中，四个初中，三个初小。从他们的谈吐中，不管学没学到知识，说话比起其他省份的同志要文雅得多。史丰先心想，部队就是要这样的兵员啊，现在部队的文化状况是，排以上干部大专的屈指可数，而大学学历的就更如凤毛麟角，百分之八十以上都是初小以下文化程度。一个伟人说过，没有文化的部队是愚蠢的部队，有了这股新鲜血液，还愁十七连摘不掉愚蠢连队的帽子？心下暗喜，就多喝了几杯。那些新兵呢，吃得多喝得少，面面相觑。史丰先就没有在意。

第二天，起床号还没有吹响，就见九班班长悄然地走到跟前，诡秘地对史丰先说：“排长，分到我们班里的那个新兵不见了。”九班长是一个山西入伍的兵，人长得五大三粗，可是却有一副好嗓子，每到连队搞文艺联欢时，他都能站在全连战士面前高歌一曲，把那山西民歌演绎得尽善尽美。前些日子脸上出了水痘，奇痒难忍，就用手挤了，没想到那红痘却严重感染，大半个脸肿得老高，像一个肿胀的面包，让人看了难受。

史丰先一时没有回过神来，抬眼看着他肿胀的脸说：“是不是上厕所了，睡了一晚上，起来上个厕所你还大惊小怪。”

“不是，小半夜的时候就见他出去了，现在还没有见他回来。”

“不会吧，是你亲眼看见的？”

“我听到他床上有动静，知道他起夜去了，就没在意，早上一看，床上没人，被子是拉开的，人却没在被窝。”

“你去找找，没准他是高原反应了正在一个地方难受呢，别这样大惊小怪的，给人新兵背上一个不好的名声。”

“好，我再找找。”

正说着，十班、十一班、十二班的班长也都来到床前，说，他们班里的那几个新兵也不见了。史丰先就瞪起眼睛来问：“哪里去了？是不是昏倒在哪个地方了？”几个人都说，他们把连队的犄角旮旯找遍了，就是没找见人。

史丰先这下心里毛了，一个念头立马从心头升起：会不会这几个从连里向家里跑去了？这个念头爬上心头以后，史丰先再也坐不住了，立马让四个班长分头找寻。两人一组，在山脚下，在公路上，一定得把他们找回来。同时，不准向外排透露消息，无论如何等把人找回来后再说别的。四个班长一起悄声地向外边走去。

史丰先焦急地在排里等待着消息。

事有凑巧，梁中明一大早要赶到师里去开会，绿色的吉普车行驶到关角山半腰处，猛然看到几个军人站在路上。梁中明定眼看了，从衣着上看得出来，是刚从新兵连下到部队的新战士。心里不由得生出了一阵好奇，这几个新兵蛋子，大清早地站在公路上有什么事啊，是想看看关角山的风景还是早上有晨练的习惯？越看越蹊跷，就在他们跟前停下车来。下车一问，这四个新兵吞吞吐吐，似有难言之隐，全知他们心中的鬼道道了。于是，就说，你们几个别站在公路上了，坐着我的车回去吧，我在这里稍等一下，等我回来之后再和你们谈谈。四个新兵不知对方是谁，官职有多大，但从所坐的车子来看一定是一个团以上干部，就没敢多说什么，一个个面面相觑，迟迟不敢上车。梁中明正在催促，蓦然看到从山下又来了两个军人，那两个军人一看车子和自己，快步地向车子跟前跑了过来，心里明白是这四个战士所在连队的人赶到这地方来找寻他们了。见此情况，梁中明挥手制止着上车的四个新兵，说，等一下，跟着你们连的同志回去吧。四个兵相互看了一眼，再看看正从山下跑向自己跟前的两个人，他们中的两个人很快认出，是九班长和十班长。就什么也没说，站在了梁中明身旁。九班长和十班长两人赶到梁中明跟前，一看是副团长，敬了一个礼，想报告来意，梁中明没等他俩开口，挥了一下手说，把新来的同志带回去吧，数九寒天，别让他们冻坏了身子。九班长二话没说，就对几个新兵说：回去吧，马上就要开饭了。几个人扭过头向连队方向走去。梁中明也没停留，坐着车继续他的历程。

十点多钟，九班长和十班长带着四个新兵回到了连队。史丰先苦苦等待，当见到六个人一同走进连队的时候，一颗悬在半空的心才放了下来。放假休息日，早上十点开饭，当他们六个人刚走进连队大门时，开饭号声响了起来。各班打饭的，提着铝盆饭桶，蜂拥着跑向炊事班。史丰先站在连队门口，看到六个人疲惫的样子，就什么也没说，只向几个人招了招手，示意他们尽快回到班里，先吃了饭再说。没等他们向他报告情况，自己折返身，回到了排里。天大的事，等吃完饭了再说。

一丝不祥的阴云掠过史丰先的脑海。这四个兵是不是想逃离连队呢？他们不辞而别，从昨天晚上大半夜出走，待在关角山里，为的什么呢？不为逃走那才是怪事。逃兵可不是一件小事啊，也是一件极不光彩的事。要是真的话，那可就不能掉以轻心了，得认真对待。回头想来，心中就有一种愤恨，这几个新兵怎么就这么不争气，他这样逃走为的是什么呢？怕苦吗？嫌条件艰苦吗？嫌部队生活单调枯燥无味吗？可是，他们还没来一天，就有这样的想法，也让人太不理解，太不能容忍了。唉，这样的事，怎么就出现在三排呢？怎么就摊到自己头上呢？要是连里营里知道了，不定怎么来收拾自己呢。

吃饭的时候，他把四个班长叫在一起，布置了一项任务，说，吃完饭后，你们问一问他们大半夜的到公路上做什么？为什么这样做？再者问一下，其他排里有没有这样的事情发生，要是有，赶快告诉我，我得给连里汇报。要是没有，就不要吭气，小心扩大影响，对排里工作不利，对这些新来的战士成长不利。四个人端着饭碗又很快地回到自己班里，准备完成史丰先交给的任务了。

事情很快弄清了。这几个兵是因为看到了一场最为悲壮的场面，心中产生动摇念头，再想想一路荒寂的草原，荒无人烟，偌大的草地上，一棵树木不生，狂风刮过，遮天蔽日，看不见天地上下，分不清东南西北，再想想肩上的任务，不由得打起了退堂鼓。史丰先心中暗自庆幸，他们的行为不幸被他猜中，还好，他们仅仅只是怕苦怕累，才做出这样的事情来。要是为了别的，那可就难说了。事情的原委弄清了，接下来的事情就是怎么办了。对这样的战士怎么办呢？得要先谈谈心，稳定一下他们的心，让他们踏实地留下来，然后再说其他。想定了这个主意，他就把这四个兵叫到排里来，和他们几个好好谈一谈。

四个新兵很快来到了史丰先住的帐篷里。史丰先让其他同志把火炉烧得旺一点，茶泡得酽一点，放在桌子上，五个人呈梅花型地坐在桌前，开始了集体谈心。

史丰先先点了一个面色白晰的小伙子问："叫什么名字啊？"

那白晰的小伙子说："我叫孟三辰。"

"多大年纪？"

"今年十八岁。"

"读过几年书？"

"初中。"

史丰先接着问一位肤色黝黑的小伙子。叫什么名字啊？

黑小伙说："我叫胡肖群。"

"今年多大了？"

"今年十九岁。"

"读了几年书？"

"初中。"

后边的一一问过后，史丰先就问他们几个。你们深更半夜地跑到公路上去干什么呢？是想到山顶上看一看吗？

四个新兵都低着头不吭气，只翻眼睛盯着脚面，想着自己的心事。

史丰先开导着说："从现在起，咱们就是一条战壕里的战友了，生活学习都在一起，是同志加兄弟。有什么不好说的呢？"

那孟三辰忍不住地说起了上山的原委。原来，他们四人都是县城入伍的，家乡的条件远比这草原上要好许多，出门一马平川，吃喝有余。可是到了部队，还没有下车，就看到一行送葬的队伍从眼前经过，再看看上下工的老兵们，一个个穿着开了花的施工服，戴着积满尘土的安全帽，脸上看不清一点皮肤，只看到一双眼睛在白咕噜噜地转动，一时就有点怯火。几个人私下里商量了一下，不想留在部队里了，半夜里起身，悄悄溜出连队，跑到公路上，想搭顺路的车跑回去。可是哪里知道，这青海高原本身就人烟稀少，平时公路上的车辆就很少。到了冬季，路上跑的车就更少，晚上一般都不跑了，停在旅馆，等到太阳一竿高时再出行。他们几个人在深更半夜不说，又在冬季里蹲了大半夜，没有看到一束灯光从公路上射过来。实指望太阳出来后，能碰到一辆车，车倒是没碰到，那些起早的雄鹰啊，却看到了几只。正要着急时，看到梁中明团长的车从山弯里转了过来，把他们交给了九班长。就是这么回事。

史丰先心里咯噔了下，果然不出所料，他们就是想要逃回家里去，不想在部队里干了。情况一明了，史丰先就哈哈地笑了起来。说："你们还年轻啊，才十八九岁，才离开家乡不久，家里的条件比部队好，见到这样的情况产生了思想波动，也是自然的，可是你们千不该万不该，不该随便离开部队跑回家里去。你们不想想，要是跑回家里去，给家里人怎么交待啊？家里人知道你们出门当兵，保卫祖国，是一名光荣的解放军战士了，可是逃回家里却成了逃兵啊，不但部队纪律不允许，在家乡人面前也抬不起头啊。你们说是不是？"

四个人照样低着头一声不吭。

史丰先就势开导他们起来："年轻人，在艰苦的环境中吃点苦没有什么坏处，苦难是财富啊，你们没听别人说过，都是上过学的人，想必一定听说过这样的话。吃吃苦对今后的发展有很大的好处，我们部队的哪一位老首长，不是从苦窝子里爬出来的，不吃苦就能率领千军万马？当然，要奋斗就会有牺牲，可那是偶然发生的，不会落到每一个人的头上。当兵就要当一个勇敢的兵，当一个英雄，不要当一个狗熊，你看我在隧道里钻，在大桥上走，翻山越岭，还不都好好的啊。不要怕，什么地方不会死人呢，走在路上栽上一跤也可能一命呜乎。好了，回去好好休息一下，在连队周围转转，看看连队的环境，听听老兵的故事，你们很快就会成为一个好兵，成为一个勇敢的新兵。好了，今天就说到这里，回头咱们再继续聊。"

刚把话说完，通信员就走进帐篷里来了，说连长叫你快点到连部。史丰先问知道什么事吗？通信员说，不知道，只说让你快点去。史丰先心里逮鬼，别不是这四个逃兵的事吧？不管怎么说，四个人都回来了，回来了就好，说什么也不怕了，那次洪水事故是死了人，人死了再说什么也没有用了。

史丰先刚一踏进连部，蔡稀胜劈头盖脑地向史丰先砸下一大串话，都是史丰先事先一点儿也没有意识到的。

蔡稀胜说："史丰先啊，你是怎么带的部队，还没有把被窝暖热就不见人了，难道你们排的人都睡着了吗？难道你们一个都没有看见吗？"

史丰先轻声地问了一下："连长，怎么回事啊，你先别发火，让我听听到底是怎么一回事嘛。"

"怎么一回事，不要发火。你们排的兵，四个新兵跑到公路上，让梁团长截回来了，你不知道？团长正在等待反馈情况呢。能不让人发火吗？"

"噢，这个我已经知道了，这四个人全都回到了排里，我和他们谈了一下话，了解了一下情况。我也给各班做了布置，让他们分别和四个新来的同志好好谈心，稳定一下情绪。"

"就这么简单？排里出了问题，你隐瞒不报，你为什么不报？"

"我还来不及啊，我的情况还不明啊，我没法报啊。"

"你没法报，我看你是不想报。你这个排是怎么带的！"

看着蔡稀胜从见了他一路的火就发个没停，本来心里就不痛快的史丰先，一下子头上冒火，也沉不住气地和蔡稀胜顶了起来："我是怎么带的，我就是这么带的。这不是个突发情况么，这不是个情况不明么。我怎么带的，我还要问你呢，你是怎么带全连的，连里的战士跑到外边去了，你在干什么？对不对，他事先给谁都没有说，自己个跑出去了，我们得到情况马上采取措施，把人带了回来，还要怎么带？"

史丰先的一席话，把蔡稀胜一下子问得无话可说。是啊，不是个突发情况嘛，营里要问你蔡稀胜是怎么带的部队，也是不好说的啊，不是史丰先有意把四个新兵放回去的，是他们自己跑回去的。这样批评责备史丰先也没有道理。看着涨红着脸的史丰先，蔡稀胜的火一下子就降了下来，但他面子上一时还下不来，就继续着自己的责问，但口气明显地软了下来："我问你怎么带的，是因为梁团长在问我，要是这些兵出现了意外，那可不是你是怎么带的一句话能负了责任的。现在你给梁团长回个电话，由你去解释。"

"这个话我不回，你回吧，我只给你说就是了，你是我的领导，我不能越级报告。"

"你还牛的，排里出了事，你还这么牛，牛什么牛！"

“连长，可不是我牛，我向你报告是对的，没有错，你向团长报告也是对的，没有错，因为团长给你打的电话，没有指名道姓地说让我报告情况。我只向你报告，不能向团长报告。”

一直站在旁边的王国庆，一直没有开口说话的王国庆，看看史丰先火气上来了，就赶快劝说：“别发火，有话好好说，让我听听，把事情弄清楚了再说。你先说说，这四个的情况是怎么回事？”

史丰先这才压住了火，心情平静了下来。他有意咳嗽了一下，清了清嗓子，这才说道：“我刚才问了下这几个同志，他们是怕吃苦，看到连里死了人，又看到是施工连队，再一个就是看草原这么艰苦，就产生了回家的念头，半夜里就跑出连队，准备在路上截住一辆车，没截到，却被梁团长截住了，就是这么回事。”

“这几个新兵蛋子啊，真能惹事，刚来部队就干出这样的事情。哎，老蔡啊，这是一个信号啊，反映出这些新兵中确实有种怕苦怕累的思想情绪。往年新兵到连队后，这样的情况很多，但还没有一个人产生要离队的想法，看来，对这些兵进行一场艰苦奋斗的政治教育是很必要的了。”

“这是以后的事了，现在的问题是，怎么向梁团长汇报这件事。”

“我看这样啊，咱先给梁团长报告说，这四个新兵想家了，思念心切，睡不着觉，跑到公路上，想散散心。现在情绪基本稳定，针对这种情况，我们准备开展一个活动，我想叫我为家乡争光荣。对，就是这个活动，把传统教育艰苦奋斗教育都放在这个活动当中，稳定所有新来的战士。你看这样行不行？”

王国庆的一席话，把蔡稀胜说的吭地一声笑了起来：“你呀，王国庆，你的鬼点子就是多，一下子就能想出这样的点子来。很好，就这样汇报，由我来说。这个教育也的确很有必要，这个就是你份内的事了，我可不管这么多了，我汇报了，你就要做，不然的话，梁团长过几天一问活动情况开展得怎么样啊，我可不干那个坐蜡的事。”

“你放心吧，政治思想工作是我的事，我干不起来、干不好，你拿我是问就是了。你尽快放心大胆地向梁团长汇报吧。”

“对，咱就这样说。”

史丰先一看蔡稀胜态度平和起来，心情一下子也轻松了许多。一看两人说得热火，没有自己的事，就问：“还有事吗？没有的话我可就回去了。”

蔡稀胜没好气地说：“还有啥事啊？让你当连长！回去抓紧时间想一个点子，把这些新兵的情绪稳定下来，再不能发生类似的事情。”

“还敢发生这样的事情，再发生这样的事，我史丰先可就要彻底完蛋了。”

“有这种想法就很好。油井没压不出油，人无压力轻飘飘！知道谁说的吗？石油工人的先进代表王进喜同志。”

“你也能背过？我记住了。”

“你个史丰先欺我是大老粗不是？我没文化，可是也能跟文化人学舌两句。”

“学得还有点像。”

“还不快去，跟我斗嘴。”

“是！敬礼。”原先还满脸阴云的史丰先，此时却阳光灿烂，笑嘻嘻地转过身去，回到排里。

蔡稀胜看着史丰先走了后，在房间里转着圈子对王国庆说：“指导员啊，我看这个事是捂不住的。梁团长既然能打过电话来，就一定在二营领导之间传遍了，就是说，大家都知道这件事了，大家都知道了，你说该怎么办呢？”

王国庆笑着说：“你不是号称鬼点子多的人吗？你说说有什么高招？”

“这家伙一有问题就把我推到前边，你躲在后边看西洋镜。”

“你是有智慧的人，能说我躲到一边吗？”

“好了，我想咱这么办，主动向二营长曹光标把情况说明一下，就说几个新兵蛋子，刚来部队有点想家，跑到山上哭鼻子，哭了半个晚上，找都找不回来。”

“这就能说得过去了？”

“能说得过去。千说万说人不是回来了么？就是想跑回去，不是没跑了吗？这事说说就过去了，谁还会挂在心上，眼下二营关心的事情是看月掘进多少米，在施工上能创个先进出来，谁还记着这件事情呢。再说了，这新兵想家的事不是一个两个，我当年当兵的时候，也偷偷地捂着被子哭鼻子呢，就是没让人知道。”

“你还有这光荣历史啊，鲜为人知。”

“你就没有？哪个当兵的人没有这个经历，就你坚强啊，说得好听，神一样，连个七情六欲都没有，还活在人世间做甚。”

“是的，都有这个情况。但凡当过兵的人都会理解这种情况。”

“王指导员啊，你也得替史丰先想想啊，他背了个处分，心里够难受的了，再遇到这样的事，你说心里吃不吃劲？职撤了，成战士了，媳妇不跟了，吹了，再遇到个兵逃了，让人家四十八团的领导批评了。传到团里，你说，史丰先还有好果子吃吗？他还能官复原职吗？”

“你说得对，咱可得要把这事想细了些，替史丰先想想。”

“那就这样吧，我去二营营部一趟，给曹营长把情况说一说，你到十七连了解一下情况，顺便安排一下政治工作，这方面你是内行，也是份内的事情。行吧？”

“行，就按你说的办。咱们分头行动。”

两人说好后，蔡稀胜去了曹光标那里，王国庆下到三排，分别和几位新兵谈起心来。

三十五

吹响第二遍哨子后，洞子里完全静了下来。这一班的碴出得很好，第三茬炮的碴石全部清理完毕，从进度上看，一个月来是清碴最快的一个班次，史丰先粗略地看了一下，不用尺子丈量，就知道这个班次上创造了一个施工好成绩。这使得他心里好一阵高兴，但是，成绩面前，不动声色，那才是英雄本色，稍见丰收就露出得意神色，那可不是史丰先的作为啊。因此，史丰先压住内心的喜悦，静静地站在掌子面上，看着下班前的同志们在收放施工工具，整理服装。洞里的光线有点昏暗，灯罩上落满了尘土，灯光从里边照出来，发出暗黄中带红色的光亮，照在洞内施工人员身上，显得眉目不清。最清的是，那一身身开了花的，掉了扣子，浸了泥水的，糊了岩浆的工作服，在灯光中格外扎眼。有人把安全帽摘下来了，提在手中，有的人把工具顺手向旁边一扔，拍打着身上的灰渣，班长们开始整理队伍，向外走去了。在关角山隧道里，每个班要上六个小时少一点，为的是，保证一个班次干完一个成洞进度。一个班干下来，大家也就疲惫得不能自已，只想出了洞子，简单地吃点饭倒头好好睡上一觉。因此到出洞的时间，大家的心情都颇为急切，什么安全什么要求的概念已经很淡薄了。史丰先看到那个抹掉安全帽的人，心里就不大高兴，立刻在洞子中大声地叫了几下，让把安全帽戴着，出了洞子再摘掉。那个兵看了一眼史丰先，心里有点不满意，可是还是重新戴在头上。他们也许不知道，在洞子中，一顶安全帽会带来多么不同的后果。有时候，正在施工当中，一块石头从洞顶掉下来，正好落在头部，如果没戴安全帽的话，结果就会很糟，戴了则就只听一声响，石头掉向一边，而人呢却没有一点皮肉之伤。在这一方面，许多血的教训已经让全连同志深为汲取，当然连里对这种不戴安全帽的行为大加批评，严重者，给予不轻的纪律处分。谁遇到谁倒霉，这个已经在全连同志们心中形成了一个很严谨的纪律，记在心中。

接下来呢，就是对施工现场的整理。柳建昌临行前，可是将这一细节作为一个严格要求布置下来的啊，他说，凡是我们搞的施工，到后来，一定要把施工现场打扫干净，工具摆放整齐，不但如此，还得要让人穿着胶鞋从外边走到洞子里边。这反映出的是一种战斗作风，是一种精细的施工组织。如果施工现场乱七八糟，工具胡乱摆放，说明这个队伍的管理水平低下，指挥能力水平低下，就不能担负重大的施工任务。这是一种良好的作风养成，一种良好素质的外在表现，看看曹光标，人家的施工管理就是这样搞的，同在一个施工工地，人家能做到这样，我们做不到，这就有失四十六团四营的面子，也会影响到全团的政治声誉。就这一点，是一个硬任务，也是一个死任务，非得要学到手不可，从一开始就学，直到养成一种习惯，无论大小工程都要有这种作风的体现，不然，有好看的。

史丰先谨记了柳建昌的指示，一点也不放松，原来简单地拾掇一下也就可以撤离现场了，可是自从柳建昌重点强调了这之后，就把它作为一种纪律定了下来，谁不执行，拿谁说话。施工现场的处理很快结束，各班班长集合队伍向外走去。史丰先看着各班队伍排成排，在班长的指挥下向外开步走，自己则抢先一步，向外走去。在转身的时候，一颗不大的石子掉落脚下，掉在一块石头上，弹起十多公分高，发出一阵很大的声响，并且在洞子中激起很大的回声。史丰先抬头看了一下，想寻找那块石头掉落的地方，不想这一看不要紧，一看看出毛病来了。那块石头掉落的地方，正有一块更大的石头从石缝里向外滑落，周边的碎石碴唰唰地从缝子里向下掉落，这是一个危险的信号，不断有碎石碴向下掉落，是一种石头松动的异常现象，不是这块松动的石头在长时间的震动之后，失去支撑力量而滑向地面，就是新塌方开始的前兆。史丰先向正在向外行走的队伍招了一下手，示意他们放慢脚步，让他仔细察看一下，是否有新的石头从头上掉落地下。

前进的队伍慢下了脚步，打头的看着头顶，也想看看是否有塌方的迹向。一切如常，但史丰先走在前边一步一挪，仰头看着头顶，没有发出快步通过的手势．他们只好慢步向外走着。

史丰先的眼睛一刻也没有离开过头顶，那个掉落石头的地方，滑落的碎石子也不再掉落了，其他地方没有一丝裂缝。史丰先心里的一块石头落了地。但他还是不放心，往前走了几步，就在往前走的当儿，听到一声沉闷的声响，脚下一阵抖动，刚平静下来的心情再次提了起来，这一沉闷的声音来自何方？是不是洞顶的石头裂开了缝隙，石头从松开的岩石中脱落而下，如果这样的话，那么，这个将要掉下的石头一定不会是一个小的石头，它所带来的塌方也不会是一个小的塌方了，被堵在洞子中的人就会面临着很大的生命危险了。但这声响，仅仅只是一声响，接下来并没有发生大的动静，会不会是自己神经过敏，在心里产生了塌方的错觉？当然，史丰先盼望着这种声响是一种错觉，是一种错误的判断。但当他再次深思自己的判断时，却发现脚下的那一阵动，不会是无中生有，这绝不会是洞内放炮所产生的震动。按施工管理，在下午六点多的时间里，全营所有工点都不会放炮的，那是交接施工的当儿，也是吃饭的时间，在这个时间是严禁放炮的。再说了，真的放炮的话，那声音伴着震动是同时到来的，同时发生的，绝不会在没有任何声音的前提下，会产生一阵震动。这是生活常识，也是施工经验，任何一个在掌子面上工作过的人，都有这种常识。这声震动带给自己的是一种什么样的启示呢？如果说这种震动是真实存在，那么就可以说，一块被震松的大石头，经过一段时间的调整后，慢慢挣脱周边的挤压，向下滑动了一下，做着向地面掉落的准备。从震动的强度来看，这块石头的面积一定不小，造成的塌方也就一定很大，如果有人员在下边，塌方所带来的伤亡也就很大了。当然这仅仅是一种推测，也是一种想象，在现在的情况下，真发生了这样的塌方事故，那就不是一点伤亡了，全排同志正行走在就要塌方的大石头下，百八十号人，这家伙一石头下去，不知有多少条鲜活的生命倒在这样大的石头下边。不，这样的事情决不能发生，这样的事故也决不能发生。史丰先心想，在这个危在旦夕的塌方面前，唯一一个能避免重大伤亡的措施，就是快速离开原地，即便真的发生了大塌方，只不过是延迟工期，但决无人员伤亡，这是不幸中的万幸，也是我们一直在追求的一种施工境界。要的是什么呢？要的就是以小的伤亡得来大的施工进度，这种境界是所有铁道兵干部战士追求的终极目标。想到这里，他正准备向排头的班长挥下手，让他们快点走了。可是，当他刚要举起手来时，却看见二排的同志，扛着工具从洞外向洞内走来了。显然，他们行进的速度远比三排的同志要快得多，他们精神饱满，斗志昂扬，接替三排的施工来了。他们迈着整齐的步伐向前走着，虽说没有叫队的声音，但是整齐的步伐在洞内激起的回声，节奏分明。史丰先挥手示意本排的同志向右靠，给进洞的二排同志让出路来，他一边指挥着自己的人员，一边看着头顶上的裂缝，发现头上的裂缝比刚才增大了一些，从缝隙中掉落的碎石头也比以前多了起来。史丰先对洞内的施工有着很丰富的经验，各类塌方也经见的很多，对裂缝不断扩大的这种现象，他是再熟悉不过的了。一个塌方就要开始，从裂缝的大小长短来判断，一定是一次大塌方，塌方的面积一定不小于二到三米。尽管面积不太大，但是下班的队伍正从塌方下方通过，而且还有另一支队伍正向塌方下方走来，如果在这个时候发生，那么伤亡一定是很大的。

史丰先脑中闪过一种念头，让自己的队伍停下来，让进洞的队伍快点走过去，不然，塌方带来的后果将不堪设想。史丰先站在昏暗的灯光下，面向向外行走的队伍，突然大声地喊出了这样的口令："立定！"史丰先的声音很大，在洞子里激起很大的回音。正是上下班交接的时候，洞子里的风枪声斗车的运行声全部都停息了，洞子中相当安静，使得史丰先的声音显得格外之大。正在行走的队伍听到这一声突如其来的命令，凭着军人的本能停住了脚步。他们好奇地看着昏暗灯光下的史丰先，见他像一棵松树般地挺立在洞子当中，没有一丝一毫的动摇。不是玩笑，不是儿戏，史丰先的面部表情极为严肃，前方发生什么事故了吗？没有，没有听到塌方的巨大轰鸣，也没有听到抢险的命令，那又怎么了，又发生了什么？所有下班的同志，全部在用一种好奇的目光看着史丰先，又在心里这样地问着史丰先，究竟怎么了，在这纷乱的行进中，发出了这样的口令？

史丰先见队伍停了下来，也没有解释，紧接着又发出了另一个口令："注意了，立正，向后转，跑步走！"

队伍在史丰先的指挥下，向掌子面上小跑着跑去了。那些班长们，丈二和尚摸不着金刚，不知道史丰先的突然举动，葫芦里卖的什么药，当史丰先再一次发出立定的口令后，他们几个，才聚到史丰先跟前，悄声地问：“怎么回事？排长，前边发生塌方了吗？”

三十六

史丰先没有吭声，只是打了一下手势说："先在这个地方等一下，看看有没有情况。"

"到底怎么回事啊？"

史丰先突然急躁地吼了起来："别问东问西了，把同志们管好。"

说完急转身向外边跑去，当他再次站在那条裂缝下时，看见那缝子更大了，从裂缝的情况看，塌方马上就要发生，而更加要命的是，二排的同志们对此还一无所知，他们迈着散乱的步伐，向掌子面上走去，一边走还一边说笑。打头的是五班长，二排长不知何种原因，没有在队前，要通知行进在前边的五班长显然时间已经来不及了，在这千钧一发之际，史丰先向前紧跑了几步，立在五班长的前头，五班长一看是史丰先，还没有来得急问这个奇怪的举动是什么意思，史丰先就大声地说："五班长，听口令，让你们的同志听口令。"五班长没有回过神来，想说什么，史丰先武断地打断了他的话头说："让你们的人听我的口令。"

五班长一看史丰先的神态有点异样，就再没有说话，停下脚步向正在向里行进的队伍发出了口令："大家安静，请听史排长的命令。"

行进的队伍纷纷停了下来，他们探头探脑地看着史丰先，一个三排的排长，却要指挥二排的队伍，这不是有点让人滑稽可笑吗？但见他严肃紧张的神情，知道可能发生了不测事件，否则，一个别的排的排长不会做出这样出格的事情来。正在疑惑着，史丰先大声地发出了口令："注意了，听我的口令，立正，跟着我，跑步走！"

这是一支训练有素的队伍，当史丰先的命令一发出，他们按照口令，向着前方快步地跑去。整齐而又雄壮的步伐在洞子里格外响亮而富有节奏。史丰先在前边领跑着，后边跟着，当他跑到那条裂缝下方时，他收住了脚步，站在裂缝下方，眼睛盯着裂缝，让队伍从自己的面前跑过。跑向掌子面的队伍与等待着下班出洞的三排同志们，在掌子面上会合了，空间立时显得狭小起来，遇到无路可走，跑步前进的队伍自动收住了脚步，站在掌子面上，等待史丰先的下一步命令。此时的史丰先，正站在裂缝下观察着裂缝的变化。史丰先看到，那裂缝的缝子在迅速扩大，从裂缝掉下来的石碴越来越多，而且越来越大。史丰先惊得出了一身冷汗，这不是一个小塌方，从裂缝的情况看来，一定是一个大塌方啊，要是两支队伍还在下边若无其事的行走，不知道要造成多大的悲剧。正想着，突然，隧道里一声巨响，脚下一阵震动，紧接着迎面涌来一阵强风，险些将站着的史丰先吹倒。巨响过后，隧道里复又归于平静，但是昏黄的灯光再也不见光亮，天地万物全部陷入一片黑暗当中。

一次罕见的大塌方发生了。隧道里常有这样的事情发生，也常有塌方下鲜活的生命被夺走。但是，史丰先从声音判断，这次塌方决不像平常那样的塌方，面积决不下于十几平方米。在这样大的塌方中，会不会有人被塌在下面？这是史丰先在听到一声巨响后的第一个心理反应。

漆黑的隧道里出现了短暂的沉寂，那是一阵惊讶之后的沉默，是在一阵疑惑中的醒悟。此时此刻他们才知道，史丰先怪异的行为使得几十条生命免遭伤亡。到现在才彻底明白他在一场大的塌方来临之前，用他的智慧和果断，拯救了多少人的生命。在短暂的沉寂之后，隧道中出现了一阵骚动，几十人聚集在这个危险的掌子面上，群龙无首，束手待毙，显然不是一个军人之所为，而是在困难时期，要用军人的智慧，军人的勇气，冲过死亡线，书写瑰丽的军人篇章。谁来担当危机中的责任？

快向连里报告，隧道里发生了大塌方。

快让连里采取措施，把堵在洞子里的人救出去。

要快啊，不快我们要被憋死在洞里了。

快刨吧，刨出一条出路，我们大家活着出去。

一时间，洞子里的议论鹊起，在黑暗的隧道里嗡嗡作响，要不是近在咫尺，谁也不知道他们都在说些什么。

史丰先被这些议论深深地刺激了，是的，得赶快向连里报告，隧道里发生了特大塌方。但是，大塌方状态下的通信联络显然不是常态下的情况，谁能在很短的时间里把里边的情况向连里快速地报告呢？如果能报告得了，那我们就能从塌方地段冲出去，个个平安无恙，问题是，能不能出去，还是一个很大的问号。更为严重的是，在青海高原的隧道里施工，本身就缺氧，这洞子被堵后，里外空气隔绝，一大帮子人聚集在一个狭小的空间里，氧气就更加缺少，弄不好，用不了多长时间，里边的同志不被塌方塌死，就会被缺氧憋死，这是洞内的同志们面临的第一个最为危险的问题。其次是，在黑暗中，要是再发生一个塌方，不论大小，都将会带来新的更大的伤亡，比起两个排的同志未聚一起时伤亡要大得多，道理很简单，现在单位面积上的人员密集度要比以前多许多了。除此之外，史丰先想的是，此次大塌方有多大，被关在洞子里的人有多少，有没有被砸伤的，被关在隧道里的人，有几位干部？所幸自己身无点伤，只是被风带倒在地，他上下摸索了一下身体，竟无一点受伤的地方，这使他感到万分幸运。现在要做的是什么呢？史丰先在脑子中迅速地过了一下电，先得把大家伙的情绪平定下来，不要让大家的情绪处在极度恐慌和悲伤绝望当中，其次才是自救，冲出这个危险的掌子面。可是人员怎么组织呢？组织人员得要洞内的干部联起手来，把遇险的同志组成一个强力的抢险队伍。眼下的情况是，被堵在洞中的共有两个排，一个是三排，就是自己领导的这个排，另一个是进洞要接班的二排。在两个排的情况下，如果没有一个意志高度统一的领导班子，那是一定要吃亏的。对，看看换班的二排长在不在洞内，要是在洞内的话，两人共同联起手来，制定一个抢险方案，然后呢，开始向塌方发起进攻，让死亡之神，在两个排军人的意志力下，束手就擒。想到这里，史丰先在黑暗中开口说起话来。

“大家静一下，听我说几句，我是三排的副排长史丰先，大家静一下。”

一鹞入林，万雀哑声！吵吵嚷嚷的掌子面上静下来了，再也没有人随意讲话。整个隧道中，就连喘气的声音都能清楚地听到，有人站得累了，脚跟轻轻地挪动一下，那嚓嚓的声响立马传遍隧道当中。

史丰先听到洞子里安静下来，就大声地说："大塌方把咱们堵在洞子里了，请你们放心，连里很快就会知道洞子里的情况，组织力量营救咱们。咱们呢，也不能在里边等着，从里边向外边自救，这样呢，里外结合，我们生的希望就会大大增强。现在呢，我要问一问，二排的五班长，排长在不在洞子里？"

五班长在黑暗中应了一声说："史排长，排长没有进来。"

"副排长呢？"

"休假去了，不在连里。"

"是不是排长不在？"

"排长进洞前被连长叫去了，没有跟着我们一起进洞来。"

"那就对了。"史丰先说。五班长说完他就明白了，如果二排长在洞内，他第一次询问二排长在不在，二排长一定会站出来说，在，绝不会站在原地沉默不语的。当下史丰先清楚了，洞内就他一个副排长，而却被堵了两个排的人员。在这种情况下，只有他是洞内的最高指挥官了，不用说的，在非常情况下，职务高的军人，就是最高指挥官。在目前这种情况下，只有他担当起这群人生命的保护神了。没什么，去留皆无意，生死两昆仑，泰山崩于前而色不变，似乎是一个伟人说过的，即便是死，也要死个光彩，死个痛快。于是，他向所有在洞内的人员下达了这样的指令："从现在起，所有被堵在洞子里的同志，一切行动听从我的指挥。不得胡乱行事。大家听到了没有？"

洞子里响起一片呼应：听清楚了。

"两个排的班还是原来的建制，由各个班长负责带领，原地不动。然后呢，我们按照以下几个步骤进行抢险自救。"史丰先说到这里停顿了一下，从容地说起自救方案来了。史丰先说，因为青海高原上的空气本来就稀薄，空气中的含氧量是内地的三分之二，因此大家保持安静，原地不动，不要无白地消耗氧气；第二，一个排抽调一个人，组成一个尖刀班，在塌方地段侦察一番，看看塌方有多大；第三，根据塌方制定一个抢险方案，进行抢险；第四，所有在洞子中的人，划分成几个小组，轮番出击，不能一拥而上，场地小活动展不开，还容易造成不必要的伤亡；第五，从现在开始，在洞子里的人都要向外边传递一个信号，隔一段时间敲一下通风管，告知外边的同志，被堵在洞子里的人还在，正在里边向外突围。一个班指定一个人，一定要保持与外边的联络。

史丰先说完，让大家在洞子里找找，先把应急灯点亮，让洞子里亮起来，别让大家在黑暗中等待。亮光是一种希望，是生命的灯塔，是精神的支柱。史丰先的话音刚落，有人就在黑暗中点亮了应急灯，黑暗的隧道里立时亮堂起来。应急灯下，那一张张紧张而又镇定的面庞，一一映现在史丰先的眼里。很明显，三排的同志，脸上落满了污垢，显得有点疲惫，而二排的同志，则脸上干净而光彩照人。显然，三排在落满尘土的环境中工作了将近六个小时，而二排的同志精神饱满地才走上战场。但不论怎么说，他们在这场还没有探明的大塌方中情绪镇定，心理平静，这是抢险自救的最有利条件。有了这些，再大的塌方也能战胜，再艰难的死亡线也能冲得过去。看到这一切，史丰先心里稍稍踏实起来。于是，他让五班长指定一个人，史丰先随便点了一个人，五个人组成一个探察小组，探察塌方情况。不曾想，一个清亮的声音在洞中响了起来："报告排长，算我一个。"史丰先定眼一看，此人不是别的，就是前不久刚来部队时和他的同乡一起想要逃离部队的那个名叫孟三辰的新战士。史丰先心里一阵激动，在这个生命攸关的时候，一个新兵能挺身而出，冲在抢险自救的最前沿，的确是没有一种牺牲的勇气，那是不会做出这样的选择的。史丰先说，你在隧道里工作时间不长，没有经验，今天你就别上了。

孟三辰却说："没有经验是没有经验，但是这是最好的学习机会啊，不参与，怎么有经验呢？"

史丰先心里想，这新兵蛋子还挺有想法，能在这样紧张的时候想到这一点，说明心理素质是不一般的。史丰先按住内心的喜悦，却说出了另一番话，让他打消这种念头："你刚入伍，现在需要有经验的同志，而且探察塌方很危险，随时都有生命危险。"

"越是危险越是要去，谁都是一样，我去危险，其他人去也有危险，就把这个危险交给我，把安全留给其他同志。"

"不行，没有经验工作起来可能会带来新的危险。"

可是孟三辰却执着地站在原地说："把我算作一个编外的，算是我跟着学习一次。"

史丰先看看孟三辰，心想在这么多人面前，一个新兵蛋子，能做出这样的决定，实属不易，而要在这样的场合下，公开拒绝他的要求，会对这位刚来连队的同志是一个莫大的打击，难得他有这种热情，难得他的这种勇敢，难得他的这种豪气。史丰先当即改变了主意说："好，就算你一个吧，三排再抽一个，我看就九班长吧，二排就是你五班长了，好了，就这样定了，你们三个人，跟着我到塌方地段走上一趟，看看情况如何，然后再说下一步的事。其他同志原地坐着不准动，等我们四个人回来后再动。"

九班长和五班长很快出列，站在史丰先跟前，史丰先向他们挥了一下手说，走，跟着我。

史丰先没走几步就让塌方挡住了去路，不看不要紧，一看吓了一大跳，一大堆石碴堆在洞子里，没有一点出路，史丰先的心里咯噔跳了一下，他在隧道里工作了这么多年，大小塌方经历不下几十次，最大的塌方半间房大小，有两条鲜活的生命塌在大石头下。但是，像今天这样的塌方，这样的场面，他着实是第一次见到，他用应急灯照了照，塌下来的石头堵住了整个隧道，而且顶上看不到塌下来的空洞。青海高原地质脆弱，以页岩为主的关角山，施工中的小塌小方屡见不鲜，塌下来的石头也都是以小块为主，处理起来非常复杂。现在大小不一的石头堆满隧道，看不见穹窿。最要命的是，这些碎石块堵住了隧道，不但堵塞了通道，而且堵住了空气流通，里边的新鲜空气有限，再加上里边被堵的人不断排出的二氧化碳，就成为一个新的危险，一步一步，悄无声息地逼进同志们的生命。

现在还不是考虑其他方面事情的时候，目前最要紧的是，探明塌方情况，做出一个最佳的抢险方案，把关在里边的同志引导到外边去。自然，外边有生命的天地，外边有生活的自由，外边有战友的温情、部队的温暖、首长的关心。

脚一踩到塌下来的石碴上，脚下就一滑，那是一些未塌实的碎石向下塌实时闪空的反应。史丰先放稳了脚步，一步一步地向上迈步。还好，所有塌下来的石碴并非全都是碎石，还有一些大石头挤压在碎石当中，脚踩上去，并不虚空。走了几米，他用应急灯向上照了照，隧道顶部现出了一个黑洞洞的大坑。显然，是原先就在那个地方安放着的石头塌在地上的结果，再细一看，好家伙，塌的空间不小，足有一间房子大小，史丰先心中一阵狂喜，虽说塌下来的方石很多，但毕竟在这塌下来的地方留出了一个拥有生存的空间，这足以让他们利用这个空间，出逃到安全的地方，回过身来再次对关角山进行开凿。史丰先看清了情况，向跟在后边的同志招了招手，让他们几个慢慢跟在后边向前再行探察。

可是，当他向上多走了几步后，看到另一幕情景时，他那刚刚升起来生的希望再一次回到死的境地。塌方的顶间被塌下来的岩石死死的顶着，从下往上看，几乎没有一点空间，应急灯光照到的地方全是一片灰白，灰白的下边是一块又一块重重叠叠的碎石头。这就是说，在底部看到的希望是什么呢？那是一片可以供人们勉强出行的通道，通道尽管狭窄，但足可以让人逃生，可是到了顶部，那可是另一番景象了，不但塌下来的石头堵住了隧道，而且，那些所谓的碎石头，都是顶个的大块头，十多个人如果不借助机械的力量，便很难把这些大石头挪动一步。从这一情况可以看出，那些从上边掉下来的石头，碎石全都滚落到了下部，而大石却立在上部，堵死了向外出行的通道，也就是说，堵死了逃生的道路，扼住了生命的咽喉。史丰先情绪再次向低谷处回落，一种尽乎于绝望的心情慢慢升到脑海。

情况让其他三个人也感到不妙，孟三辰是第一次经历这样的阵势，自然没有已经经历过了的九班长和五班长心中所产生的悲哀。这种情况将意味着什么呢？意味着死神在一步一步地向所有人走来，从往日的经验看来，像这样的大塌方，如果被关在里边的人，在七十二个小时内不从洞里走出来，那么，等待他们的不再是欢声笑语、鲜花和掌声，等待他们的将是一片哭泣、一片悲痛，亲人们的呼号，朋友们的伤心。这七十二小时，那是指在内地，还不是青海高原，在青海高原这个空气稀薄的草原上，被关在洞内的人，三十六小时之内从中走不出来的话，可能就有生命危险。

危险像一块大石头似的重重地压在四个人的心头。

史丰先从塌方的上方回到掌子面上，后边跟着的几个人沉默着一脸严肃。

隧道里的气氛相当凝重，没有一个人说话，没有一个人动弹，偶尔从洞顶上掉落下来的石头，砸在石头上，发出响亮的声音，让人心头一阵又一阵地不安和紧张。

此刻，映现在史丰先脑海中的，是一幅艰难的抢险方案，那就是：必须从顶部打开一条通道，让被关在里边的同志全部撤出去，与此同时，要不惜一切代价，从塌下来的石碴中，打开一条空洞，让外边的空气送到掌子面上，在这两个方案中，第二个远比第一个更加重要。相信，外边的蔡稀胜蔡连长一定会从空洞里，设法把空气送进来。从顶部打开通道，这是一个死方案，尽管如此，也要坚持不断地向外刨着，不管有多大的石碴量，总会打开一个通道。而在塌方中凿开一个空洞就不那么容易了。从什么地方打？用什么东西打，这都是要搅尽脑子的啊。不管怎么说，现在必须动手抢险了。史丰先把想好的抢险方案向大家说了一下，然后清点掌子面上的人数。结果，被关在洞内的人数多达一百二十三个。史丰先沉重的心情又加重了一份。要知道，这一百多号人，一百二十三条生命，全部集中在掌子面上，万一掌子面上再发生了塌方，那么，这些人中，不死几个，那才是怪事。另外，一百多号人，一个小时内消耗的氧气量，排出的二氧化碳，那将造成多大的威胁。这情况只有史丰先心头明白，其他人员只知道面临被关的危险，至于即将用尽的氧气这个危险，就没有人动脑筋思考了。

一百多号人，同时在洞子当中抢险显然是展不开的，分成几个组既可保证效率，也能相互得到休息。于是，史丰先把二排三排的人员做了安排，仍然是以班为单位，轮番工作。两个班在顶部开凿通道，其他人员在下头清理石头。休息的人员，必须靠洞壁站着，不要坐在掌子面中间，以防掌子面上发生塌方造成伤亡。

第一梯队组成了，史丰先带着他们，再次向上攀爬。脚下松动的石头哗哗地响。应急灯光下的石头怪相丛生，看着让人心生恐惧。越往上爬，供人进退的空间越小，史丰先一边爬着一边把面前松动的石头挪开，让出一个地方，再继续向前爬行。但是不是所有的石头都能让他轻易挪开，有大个的，横在面前，挪都挪不动，他只有绕开，另辟蹊径。后边的孟三辰，不断地接过史丰先推过来的石块，把它放在一个牢靠的地方，以防后边的人行走不小心将其撞掉，对下边的人造成伤害。

史丰先感到气不够用了，在这么狭小的空间里，他觉着呼吸有点困难，是自己干了将近六个小时，体力有所不支，还是空间中的氧气不够使用，史丰先不得而知。这使得他被迫停下手中的活来，稍稍喘息一阵，再行向前探寻。孟三辰和九班长也是呼吸困难，他们相对喘息着，大口大口的，彼此清晰地听得到。史丰先觉着后边的几个人也都跟自己一样，知道在洞中的氧气跟不上趟了，于是就停下手中的活，问：“怎么样？能行吗？”

九班长大口地喘着气说：“还行，就是胸闷得慌。”

“我也是。”孟三辰说。

“那就歇个子。”

他们停下来，匍匐在乱石上，平息一下粗重的呼吸。

史丰先尽量把呼吸调整到平缓状态，然后用平静的语气说：“在高原，就是这样，咱这地方海拔多少来着？”

九班长接着史丰先的话茬说：“三千九百多米。”

“对，三千九百多，还有几米，我记不大清楚了，总之一句话，这个地方比起浚河那个地方来说，要高得多了，在高原高一米就有一米的感觉，你才从陕西到这个地方来，没有体会，我们到这个地方都好几年了，感觉很明显。这没有什么。不就是高那么一点吗？开始不要剧烈活动，过一段时间就适应了。现在也一样，你想在这么高的地方，能不喘吗，喘让它喘，咱慢一点，也不要太急，太急了，人受不了，再说急人吃不了热豆腐，等缓过这个劲了再探。”

九班长说：“对。”

孟三辰说：“我就跟着你，你说咋办咱咋办。”

“我看上边还没有塌实，就是空间小一些，上边还在掉石头，没事，堵不死，只要堵不死，就有希望。”史丰先用平静的语气说，尽量不让急躁的情绪传染到其他几个人身上。

“咱歇一会儿，把没塌实的地方扩大一点，能出去一个人的地方就成。”九班长说。

“不成，不是那么容易的事，有空隙，但是石头叠压着，挪都挪不动，得用钢钎把那些石头捅开才行。”

“我到下边给咱把钢钎拿来。”孟三辰说。

“不，”史丰先说，“你们几个也都累了，先下去，让五班长带几个人上来，不要人多，多了在这个地方也是无用，我给他们把这里的情况交待一下，让他们用咱们的方法，慢慢向外倒腾。”

“行。”九班长说。说完，就和孟三辰向后退去。孟三辰临走还不放心地说：“排长，你小心一点，看着头上，小心头上的石头掉下来。”

史丰先说，我知道。史丰先爬在石头上，高低不平的石头让他身子很不舒服，但此时的他已经顾不了这许多，能够顾上的，就是用应急灯在塌方的顶部来回照一照，看看有没有再次塌方的迹向。还好，顶部犬牙交错的怪石，怪相丛生，但从上边没有一个掉落的碎石，说明松动的岩层已经全部跨塌，留在上边的是那些密实的石头。看看顶部没有危险，他开始离开原地向上摸索着攀爬，爬过一片乱石，空间稍微大了一些，以他的经验看来，这个空间完全可以通过一个人缓慢行走。再往上走，空间就更大，他用应急灯照了照，塌下来的石头呈尖形堆在空洞中，尖顶的上部，形成一个穹窿，人可以立起站在石头上缓慢行走。史丰先心中一阵大喜，塌方没有塌死，洞子里的人生命没有灭绝，它留出来一线生的希望，生命的喜悦。他继续向上走，站在尖部的顶端，结果看出来另一边，大量的石块把路堵死了。史丰先心里虽说有点沉重，但是，以他的经验，另一边一定会像这一边一样，绝对不会被塌实，一定会有一条出入的通道，只不过是大小不同、宽窄不一就是了。这使他充满信心。正在暗自高兴时，五班长带着的人摸索着走了上来。每人手里带着一把钢叉。史丰先说：“来得正好。你看，这地方没有堵死，咱们稍加动作就会打开通道。”

五班长顺着史丰先的手势看去，这地方的确正如史丰先所说的，有一个很大的空间，只要他们把堵着的石头挪开一个路子，里边的人就能很快撤到洞外。这是一条生命线，是一条救命线，五班长心情颇为激动。史丰先叮咛五班长说，你们在这个地方慢慢开吧，动作不要太大，不要把上边的石头震掉下来，自己下到掌子面，组织他们顺着洞子壁，看看有没有供逃生的空间。五班长几个郑重地点了点头。史丰先这才慢慢地撤了下来。

三十七

大塌方使得梁中明团长心急如焚。接到电话，他立即从团部赶往关角山隧道旁，二营营长曹光标已经在洞口那地方组织抢险了。蔡稀胜在大声地指挥着连里兵力，全力开挖通道。梁中明让曹光标把塌方的情况详细地汇报一下，曹光标说，隧道的塌方很严重，方量是部队组建以来最大的，而且从塌方的情况看来，塌方堵死了内外通道，外边的人进不去，里边的人出不来，直到现在，里边音信不通，不知里边的同志有没有生命危险。梁中明问：堵在里边的人有多少？曹光标一时无语，说不准里边的情况。蔡稀胜接过曹光标的话头说：共有一百二十三人。梁中明一听脑子炸了开来，我的天神，大塌方一下子就堵了一百二十三人，这可是野战部队一个连的兵力啊，要是这些人不幸被埋在里边，那可是震惊全军的大事故。但是，现在可不是考虑后事的时候，梁中明等蔡稀胜一说完，就继续问曹光标，现在采取的什么抢险方案？

曹光标不假思索地说："一方面组织兵力，从隧道塌方顶部强行开凿通道，在最短的时间内把人从里边救出来。另一方面用压风机，从通风管道向里送空气。"

梁中明说："好，这个方案很好，就这么办，要抢时间，时间就是生命，里边的空气越来越少，这样，就是不被塌伤，也会被憋死在里头。"梁中明说得很实在，本来是说，里边的氧气越来越少，直接把氧气说成了空气，是的，氧气少了，里边的人得不到足够的氧气，那么，超过一定的时间就会死人的啊。这个严重性，作为团长的梁中明心里是十分清楚的。

曹光标说：“是！其他工地的工程都停下来了，兵力全部调到这个地方来，参加抢险。”

“好。就这么办，你们营里的干部一刻也不能离开现场，一刻也不能停止抢险，想尽一切办法，把他们抢救出来。”

“是！”曹光标说。

“蔡稀胜，你们连现在还有多少兵力？”

“还有一半人马。”蔡稀胜干脆利落地说。

“你们连对隧道里的情况最熟悉，你们所有兵力都要投入到抢险当中去，现在的任务就是抢险，一切事情都得要围着抢险这个中心任务转动。这样，你们的人马在上部寻找通路，把人员排成队，从顶部开始，把松动的石头从顶部挪开，一个一个从上边传递下来，贴住洞壁，下死力气要把路子抢开。遇到大石头，不能爆破，也不能用大锤，要用这两样东西的话，会把上边没有跨塌下来的石头震动下来，把可能打开的通道再行堵上，听明白了吗？”

“明白了。”

“去吧，不惜一切代价。”

“是！”

蔡稀胜几乎是小跑着向隧道里边走去了。

蔡稀胜一走，梁中明立马把随身带的参谋叫到身边，交待说：“贺参谋，立刻向师作战科报告，关角山发生大塌方，一百二十三人被堵在隧道里，我们正在实施抢险救援，请求指示。另外，团里的抢险指挥组就设在关角山工地，抵近指挥，直到抢险结束。好了，迅速执行命令。”

贺参谋向梁中明敬了一个礼说：“是！”转身向营部跑去。

梁中明又把曹光标叫了过来，命令道：“曹光标，给工地上快速搭几顶帐篷，架几张床铺，每顶帐篷里拉一部电话，烧上炉子。”

“搭几顶？”

“先搭三顶。帐篷不要搭得太远，里外联系方便。”

“是！”

“团里的指挥部设在第一个帐篷，营里派一个联络人员，参与团里的指挥工作，你先安排人员把帐篷搭起来，你一直盯着隧道里，一步不能离，随时报告抢险情况。”

曹光标打了一个立正后向外跑去，把梁团长交待的任务快速完成了。

曹光标一走，贺参谋就从营部向梁中明近前跑了过来。他是一路小跑着到梁中明跟前来的，所以来到梁中明跟前时，他还在小口小口地喘着气。贺参谋向梁中明报告说，给师里已经打过电话了，作战科说立即向师长政委报告。梁中明说，好，现在，你给作训股打个电话，让股长马上成立一个指挥小组，火速赶到现场来，接受我的指挥。团里的指挥所就设在关角山隧道口外，团指挥组的人员一律赶到这里报到。打完电话后，就回到这里来，给我死死地守着电话，不能离开一步，随时与上级机关保持联络。

贺参谋接受命令后，转身又向营部跑去。梁中明就踱步在原地，看着关角山隧道口，一边揪心地想着里边被堵的人，一边思考着还有没有更好的抢险方案。这时候，帐篷抬来了，在原地快速地支了起来，营里的通信兵也背着线拐跑到跟前，三下五除二，架设了一部电话。炉子也在向这里抬运，行军床和简易桌子也快速地抬了过来。关角山下，立马成了一个作战前的准备场面。不一会，贺参谋再次返回到梁中明的跟前，报告说，电话已经打通，作训股长带着指挥小组成员半个小时之内赶到这里。梁中明说，好，记住，他们到来后，就扎在这个帐篷里，上传下达，调运团里的一切兵力和机械，抢通关角山。你现在的任务就是，守在这个帐篷里，与师里保持联络，一有指示，立马报告给我，一分一秒也不得耽搁。贺参谋说是。梁中明就离开帐篷，向关角山隧道洞口走去。

半路上，正遇着蔡稀胜和曹光标说洞内的情况。蔡稀胜说："曹营长，你得派一位半机械连的领导在现场配合我们的工作。"

曹光标说："怎么回事，是机械连的人不听你的指挥？"

"不是不听指挥，是我指挥起来不方便。有一个领导在场，我好随时下达命令。"抢险刚一开始，蔡稀胜就发觉压风机操作员用起来不顺手。从体制上说来，压风机操作员归半机械连指挥，平时配合十七连施工。到关键时候，连里在找寻压风管道时，压风机操作员有点忙中出错，很多动作到不了位，这让蔡稀胜很为光火。但碍于不属自己指挥，发作不得，想找机械连的领导商量，可是机械连领导又不在现场，让他很是把作，于是就向曹光标提出了这个问题。

“原来是这样，好，这样吧，我让机械连配属你的班归你指挥，抢险完毕后归还。”

“可以。”

“特殊时期，特殊处理，人员交给你了，用好用坏是你的事，我要求你，只能用好，不能用坏，保证抢险工作的顺利进行。”

“是，有曹营长这句话就够了。我一定用好。”

俩人正说着，见梁中明走了过来，就打了个立正，向梁中明敬了一个礼，梁中明问：“现在里边的情况怎么样？”

曹光标答道：“正在抢着。”

梁中明说：“被堵在里边的人有没有消息？”

曹光标说：“还不太清楚。”

梁中明转向蔡稀胜说：“你呢，有没有消息？”

蔡稀胜说：“刚才一排长报告说，隐约听到里边有响动。”

“什么响动？”

“好像是石头砸在铁管上的声音。”

“能肯定吗？”

“一排长说，断断续续的。”

“你能肯定是石头砸在铁管子上的声音吗？”

“一排长说是肯定的。就是一会儿有，一会儿没有。”

“这就对了，如果说是石头砸铁管子的声音，很可能是被关在里边的同志们向外传达一种信息，他们虽然被堵在里边，但还活着，用石头砸铁管子来告诉一种平安。这就够了，还说什么呢，他们被关在里边了，可是并没有被塌死，他们还活着，活着就好，活着就有希望。好了，这样吧，你们所有抢险的人员都长个心眼，仔细搜寻里边的各种声音，一等有了声音，就要做出反应，也要向里传递我们的信息，告诉他们，我们正在全力抢救被关在里边的同志，让他们放心。去吧。”

蔡稀胜说：“是！”转身向洞内走去。

曹光标让通信员告诉机械连连长，在抢险救援这个时间里，所有配属十七连的人员，一律归蔡稀胜指挥，抢险结束后再归到连里。通信员接到命令，飞也似地向机械连跑去。其实，从建制上来讲，机械连并不是真正意义上的机械连，而是半机械连，连队拥有的机械都是不能自行移动的机械，而且全部安放在施工现场，比如压风机、发电机、斗车运输、电工等等，不一而足，施工连队干到哪里，半机械连就配属到哪里。机械连那就大为不同了，推土机、挖掘机、铲运机等等，全是一崭子的大型机械，从个头从阵势上讲，远超过半机械连的装备。因此，在连队的命名上，半机械连也不以半机械连命名，而与营里的其他连队编为一个序列，一个营一个，都编在最后一个序列：一营为五连，二营为十连，依此类推，到了四营，那就是二十连了。这样的建制在野战部队是极为罕见的，而铁道兵特例，一个师的建制顶着野战部队一个军的兵力，这在我军的建军史上，独一无二。

梁中明叫住了曹光标，说，十七连在洞里工作的时候不短了，让其他连队的人员替换一下，让他们缓缓气。另外，师里可能要有首长到关角山隧道工地上来，可能要来一个指挥小组，跟咱团里一样。你想想，这么大的事故，师首长能坐视不管，坐在师部里不到现场看看？所以，让你搭三顶帐篷是有讲究的，另外，西南指的首长也可能亲临现场，这第三顶帐篷也就派上用场了。师首长亲临现场，是对遇险同志的一种关怀，也是对我们团工作的一个检验，你得在这个特殊的时间里，要忙而不乱，既要把抢险工作做好，还得要把部队的其他工作做好，让首长对我们团的工作有一个很好的印象，不能带着光底板来，却带着不好的印象走。曹光标说，一定做好工作，不让团首长操心。

正说着，贺参谋从帐篷里向梁中明跟前跑来。看着气喘吁吁的贺参谋，梁中明心里明白，一定是师首长有指示来了。果然，等贺参谋一开口，不幸被梁中明猜到。贺参谋说："报告梁团长，师作战科来电，师长、参谋长等一行五人已经从乌兰县师部出发，前来关角山隧道工地，让我们做好迎接准备。"

梁中明说："好，知道了。"

贺参谋说完转身又向临时指挥所里跑去。

梁中明看着贺参谋向远处跑去，心里泛起一阵激情，人命关天啊，师首长不会无动于衷的。幸亏事先我已经做好了这方面的准备，不然，像这样的情况，不是要抓瞎了吗？此时此刻，不容他多思多想，也不容他思想旁骛，立马向曹光标又交待一项任务。赶快把炉子生起来，电话电台一应通信设备都架设起来，师长带队来了，在营部里腾出一间房子，让他临时住一下。不，营部里多腾出几间来，还有参谋长，说不定政委也要来现场督阵，提早做好准备。另外，给后勤处以我的名义多要点罐头来，以备不时之需要。曹光标听后，不敢迟缓，转身飞也似的向营里跑去。边跑边想，这一切的准备工作，让教导员带几个人马火速准备，自己脱身到抢险的工作当中，这才是忙而不乱，有条不紊。

三十八

蔡稀胜急了。连里所有兵力全部集中在隧道里，他把兵力作了详细地分配，用主要兵力攻塌方，死命地要从塌方的上部打开一条生路，用一少部分兵力，和压缩机班的同志一起，强力向里压送空气。

蔡稀胜的体质较弱，多次在隧道施工中因不能呼吸足够的氧气而致头昏眼花。今天，当他在心情极度紧张惊惧的状态下，更是头脑不堪痛苦。但在关键时刻，蔡稀胜怎么也不能倒下，里边有一百多号战士的生命，等待外边的救援，如若在这个时候倒下，大有临阵脱逃之嫌疑，而且也有大乱指挥阵脚的可能，蔡稀胜什么也不管不顾了。他和王国庆作了简单分工，王国庆主要负责向里送氧气，自己带一队人马，拼命地向里扒通道，不管怎么样，通道打开了，里边的同志就有生还的可能，通道打不开，一点生的希望都没有。这是他非常清楚地意识到的问题。他和王国庆一分手就走向塌方的顶层，在他看来，一般情况下，塌方的上部一定会有一个空间，之不过大小不同而已，按照这个规律，救援的人从塌方顶端向里挪移石头，一定会找到生命通道，一定会把洞里洞外的隔断打开。在这种思路下，他让救援人员从上到下，排成一字长蛇阵，上边的人员把堵在隧道中的塌下来的碎石向下一一传递，下边的人把碎石块堆放在隧道一边，遇到大的石头，不能搬动，一般情况下，他们就用大锤敲击，直到碎裂为止。但是现在不同，在救援过程中，如果动用大锤碎石也许会造成塌方地段未稳定的石头再次塌方。因此，他命令所有人员，不得动用大锤破碎石头，但是大石挡路，一律用钢钎撬，钢钎撬不动的用手挪动，哪怕皮磨掉了，手指磨短了，也得用手。关角山石质破碎，尽管如此，也是石头，不同于泥土，用手搬动起来，不是那么容易。但是，为了一百多号生命，为了一百多号战友，不容易也得搬，直到打开一条生命线。外边的再困难，也是活生生的人，是生活在自由活泼的环境当中，而里边的人，稍有迟缓，就有生命危险。因此外边的人纵有天大的困难，也得要克服了，给滞留在里边的同志们创造一个生命的通道。

蔡稀胜站在塌方的最高处，观察了塌方的整体情况。不错，正如自己所想到的那样，一边有一个不大不小的空间，那空间虽说被犬牙交错的石头堵着，但是，还有空间可供向里打通。他还看到，这次塌方的面积不同往常，长度约有十几米。从表面情况看来，空隙是有的，但是，往里边看，那石头却不是那么随人心意地堆在一处，有的地方与顶部连接，顶得严严实实，有的地方则是不平整地叠垒在一起。通常情况下，只要搬开空间的几块大石，那么路就很快通了。但是，事情并不是想象的那么简单，再往里是个什么情况谁也说不清。一个很危险的现状已经摆在眼前，那顶层的山体上，还不断线地向下掉落着石块，砸在石头堆上哗哗的声响，在异常寂静的隧道中，显得十分地阴森可怖。这是一个无可争辩的事实，那空间不断地被掉下来的石头填充着，空间愈见狭小，不光是空间利用的大小问题，还有救援人员的生命安全，也是一个很严峻而现实的问题。凭他的经验，这些下落的石头是可以搬掉的，问题在于那些空间中遭遇特大石头的话，那就不好说了。于是，他让其他人先在上端搬着石头，自己向里再走一步，看看是否还有空间可资利用。

一排长周子星不同意他朝里边去，去也得自己去。蔡稀胜说，你别去了，好好组织这里的兵力，向里突进，我看一下就出来。周子星说，你是连长，负责全连的抢险任务，如果隧道里再次发生塌方，你有个三长两短，这里的抢险工作将由谁负责。蔡稀胜说，我有三长两短不是还有指导员嘛，他可以负责这项工作。周子星说，那也不行，指导员负责送氧工作，这是你定的，全面工作由你负责，时间就是生命，如果你有事情，会延迟抢险时间，对里边的同志不利啊。蔡稀胜说，别争了，我是一连之长，在洞里负责抢险工作，可是说不清洞里情况，搞不清抢险方案，那还叫个啥负责，那还不叫营长骂我个混账王八蛋。好了，你在后边跟着，万一我有事了，你还可以顶着来。周子星就再也不争论了，挑了几个机灵的兵来，跟在后头，以防万一。

蔡稀胜慢慢地向上爬着，像壁虎一样，四只脚着地，一点一点地运动。正走着，眼前一黑，一头爬在石头上，动也动弹不得。紧跟在后边的一排长周子星看到蔡稀胜伏在石上不向前走动，于是轻声地喊着蔡连长，蔡连长，喊了几声，心里一惊，知道他的老毛病又犯了，隧道里的氧气稀少，使得他昏晕在隧道里。像这样的事情蔡稀胜已经不止一次地发生了，平时在隧道里施工时，工作的时间稍微一长，他就头晕眼花，开始以为缺乏营养，可后来才知道是氧气捣得鬼，造成短暂的休克。这一次准又是缺氧了。周子星快步地向前爬了几步，用手摇摇蔡稀胜，蔡稀胜毫无反应，周子星就让后边上来两个人，把蔡稀胜拽出去休息一下，等缓过力量后再说别的。紧跟其后的几个兵，上得前来七手八脚步地把蔡稀胜连拽带拉地抬出了隧道。

匆匆从卫生队赶来的卫生队救护人员，全部守候在隧道洞口边上，一看几个抬出一个人来，全部围了上去，以为是关在里边的人被救了出来，准备施救。可是等放在地上时，才看清是蔡稀胜连长，就惊问道："蔡连长，蔡连长，怎么啦？"护送蔡稀胜出来的战士说："可能是缺氧，在隧道里昏了过去，快给输点氧。"卫生队的救护人员立马开始了输氧。护送的战士又急匆匆地向洞里跑去。

王国庆得到蔡稀胜缺氧昏倒的消息后，急忙从抢险点上跑过来询问情况，一看躺在担架上的蔡稀胜，鼻子上插着氧气管，脸色渐渐变得红起来，知道没有多大的危险。轻声地叫了几声蔡连长，蔡稀胜没有反应，还处在昏迷状态。就问卫生人员，情况怎么样？抢救人员说，不要紧，洞内缺氧造成短时间的休克，过一会儿，吸点氧就会好起来的。王国庆听了后心里的担忧打消了，就急急地对救护人员说了声，好好抢救，我去洞子里了，有事随时叫我。说完连招呼都没有打就小跑着向洞内去了。

王国庆的工作进展得也很不顺利。按说，放在平常，这送风的事，将压风机出风口接到送风管里，只要开了机，任它机器一个劲地转动就是了，那风就源源不断地向里送去。可是这时候，塌下来的石头砸在风管上，有的地方被砸得漏了气，有的地方砸成了扁平，压风机的风压开到最大程度，也不能将风送进洞里去。王国庆急得在送风口直跳脚，反复问压风机司机，像这样的情况怎么办呢，还有没有别的办法将风送进洞里去啊，外边本身就缺氧，洞内比外边还缺氧，遭了塌方更比平常缺氧，时间不敢太长啊，太长了，他们不被塌死也会被憋死的呀。压风机司机说，没有办法，管子漏风、被砸断，风道被堵，我也没有办法。一句说得王国庆火冒三丈，可是在这个紧关头又不好发作，首要的问题是救人要紧，把风送进洞里要紧。发再大的火也没有用啊。

还有什么办法可以代替这种方法呢？如果说派一两个技术工，顺着风管向里找去，找到那些个被砸漏了被堵了的地方，用榔头砸一砸，敲一敲，接着开动压风机就成了，可是，塌下来的石头把隧道堵得严严实实，没有任由人通行的空间，哪能让人顺着管道巡走一遍，再找到被压砸的地方。要是这样的话，里边的人早就脱险而去，也不用我们在这里提心吊胆、心惊肉跳地进行抢险了。王国庆急得似热锅上的蚂蚁，在送风口团团乱转。

王国庆心里盘算着，风管被压扁了，能不能不用原来的风管，从紧挨着的管子旁向里再打进一个风管。对呀，风管是贴着山墙向里延伸的，咱也靠着山墙壁向里打去，就贴着墙，顺着墙壁走，可是转念一想哪能心想怎么样就怎么样啊，塌下来的石头将隧道里堵死，管子再硬，也硬不过石头，当管子遇到石头阻挡时，你能打得进去吗？你能让钢管像长了眼睛向里边穿空而进吗？想着容易，行动起来那可就是另外一回事了。这一条路子是行不通的。王国庆心里又是一阵发急，里边没有了空气，没有了氧气就得要憋死在里头啊，无论如何也得想出个办法来，把风送进洞里去。摆在眼前的情况是，送风远比打开通道要紧的多。

怎么办哩，怎么办哩，王国庆抓耳挠腮，找不到一个奏效的方法。

一大堆人都在眼睁睁地看着他，等他发出新的指令。可是，王国庆一时没有想出好的办法来。只在原地来回踱着步子。突然，他脑中一闪，能不能从顶部向里送风呢，顶部送风是完全可以的啊。原来的方案是依据原有的管道，把风送进去，那时候谁也不知道管道已经被石头砸扁了，风根本就送不进去。对，从顶部送，顶部一定有空间，一般情况下，隧道这么大空间，即便是再大的塌方也不能把洞子的上部堵死，总有留出空间的地方，之不过是高低不平罢了。想到这里，王国庆心头一亮，人在事中迷啊，怎么就没有想到这个办法呢，原来他和蔡稀胜的分工是，自己从底部送风，蔡稀胜从顶部打开通道，可哪里知道情况有变，不能从底部送进风去，现在需要改变思路，选择新的送风方法了。王国庆心下有种兴奋，这叫急中生智，叫灵机一动，叫计上心来。可是等他静下心来认真思索这个问题时，想到了另外一个问题，如果从上部送风，与在上部打开通路的人员混杂，造成抢险混乱时，会不会带来新的不良后果？王国庆想到这里，脑子一下冷静下来，再次琢磨起这个简单而又很复杂的事情来了。不，不会造成混乱，送风的人员本身就很小，又在不同的地点工作，用的工具也很小，占用的地方也不大，退一万步讲，就是造成混乱了，也是短时间的，从大局上讲，送风远比打开通路要紧急得多，也重要得多。想到这里，王国庆就坚定了从上部送风的信念。于是果断地向压风机司机和现场抢险的人员发布了一道新的命令："压风机司机原地做好送风准备，多找点帆布风管，等待命令。其他人员，跟我向上走，带上风管，把管子从上部通进洞里去。"

送风组的人员齐声地说："是！"接着兵分两路，各干各的事情来了。

王国庆看看东西携带齐备，就大手一挥，向上爬去。后边的人员，紧紧跟在身后。

三十九

蔡稀胜醒过来了。多安静的气氛啊，多温暖的床铺，在眼睛微睁之前，闻到一股辛辣的药水味道，是睡到什么地方了，是在一家医院吗？我怎么睡在医院里了？心里不由一惊，睁眼一看，围着他的是一群医务人员，再伸手一摸，自己躺在担架上边，一床被单盖在自己身上，才回想起来，自己昏倒在隧道里，被人抬到外边救治了。都什么时候了，还躺在床上？里边的人正等着外边人的救援，可是自己却躺在这里安享清福，能成么，心里安然么。蔡稀胜一骨碌从担架上爬起来，摘掉氧气袋，说："我走呀，我不能躺在这里。"

医务人员着急地说："你不能走啊，你还没有完全恢复过来。"

蔡稀胜生气地说："这算什么呢，我常在隧道里发生这样的事情，现在都什么时候了，还能躺在这里。"

医务人员争辩着说："你没有恢复过来，如果再发生这样的事情，对健康是很不利的。"

"里边有那么多的人，生命受到威胁呢，我这点算什么。"

说着挣脱医务人员的管护，直接向隧道里边走去。

蔡稀胜离开医务人员后，不再想着和她们的争辩，思绪又回到了隧道里。里边的同志不知现在怎么样了，有没有受伤的，受了伤的能不能撑得住？他们会不会主动自救，脱离险境？另外，里边还会不会再次发生新塌方，给他们生存的处境造成新的困难。这一切的一切，都萦绕在蔡稀胜的脑海里。在这些个悬在心里的问题中，再次塌方莫过于最要紧的担心了，万一再次发生了塌方，里边的人生还的希望那可就很微小了。一想到这里，蔡稀胜不由得悲从中来，心里又一次压上一块沉重的铅块，怎么也排解不掉。

蔡稀胜在思索中走进了隧道，里边正在紧张地搬动石头。蔡稀胜定眼一看，送风口处没有人马了，心里不由犯起一阵嘀咕，王国庆怎么搞的，关键时刻怎么能不在岗呢，送风远比打开通路重要得多，而在这个时候却跑得不见人影，干什么去了？转念一想，是否找到了一个新的送风口，人马全部转移到那个地点去了？想到这一层后，他的心里才稍稍平稳了一些。

还没走几步，大家纷纷围了上来，问候他的病情，蔡稀胜说，都什么时候了，还问我的病情，快加劲干吧，救人要紧，其他人员看到蔡稀胜病情得到恢复，只是略感虚弱，就好言安慰了几句，又全部回到抢险岗位，全力搬运起石头来了。

蔡稀胜爬向塌方的最高层，一看，王国庆也在这里，蔡稀胜就问，怎么跑到这里来了？王国庆把刚才的想法向蔡稀胜说了，蔡稀胜觉得也是一种方案，就再也不说什么，让他们快点把风送进去，越快越好，越早越好。刚说完，只听得隧道顶部一阵响动，定眼一看，上边落下了好多碎石头，凭经验，蔡稀胜头顶上边的松动层又要下塌了，换句话说，就是一次新的塌方，蔡称胜心里一急，但机警地向里边的同志们高声地喊了起来：“大家注意，大家注意，赶快停下手中的活路，撤下去，快，赶快撤下去。”

王国庆一听蔡稀胜大声的呐喊声，知道隧道里的情况再次发生变化，抬头向上一看，那上边的碎石掉落得越来越多，越来越快，就不由分说，向他的抢险小组人员说：“快撤！”

洞里的情况再次紧张起来，所有抢险人员全部从塌方顶部向底部撤下，刚到底部，只听得轰隆一声，隧道里发生了又一次塌方。塌方卷起的烟尘把洞子里全部涨满，滚滚的尘烟形成一股很强的冲击波，产生很大的推力，把站在隧道里的人员差点推倒在地，那烟尘从里向外，冲击而出，带起一股低沉的啸声。洞里弥漫着浓浓的尘烟，那烟呛得所有人员大声地咳嗽起来。蔡稀胜抹掉帽子，捂在嘴上，在捂嘴的同进，推了推身边的人，示意让他们先出到外边，等里边的尘烟稍稍散了再行进来。隧道里响起一阵杂沓的脚步声，所有人员全部向洞外撤走了。

一股浓浓的烟尘从洞里冲到洞外，使得洞口的气氛再度紧张起来。洞外救援的人们一声呐喊，纷纷从稍远的地方向洞口跟前拥来。他们担心洞内再次发生的塌方不但会给被已经关进洞内的人员造成新的威胁，同时还担心正在抢险的人们遭遇这一突发的重大塌方事故后，付出生命的代价。幸好，洞内人在浓烟翻滚的烟尘中从洞里跑向洞外，他们急切地问候着，有事没有，伤着了没有，等蔡稀胜从洞内最后一个跑出来时，他们才放下了一点提着的心。

营长曹光标正在洞口，听到洞内沉闷的声音后，心里一沉，糟了，洞内又发生了一次塌方，从沉闷的声音来判断，此次塌方比起第一次塌方来，要小一些，但绝不会是平常那种小打小闹的塌一下，掉下几块碎石头了事。他从浓烟滚滚中，已经判断出，塌方量不下几百方石，更加严重的是，会使几个小时前已经展开的救援工作带来毁灭性的灾难。可以想象，已经打了一半的通道，经这一次塌方后，再次成为死路，再次需要重新工作，一切都得从头开始，不光这些，里边的人呢，经过这次塌方，他们的命运会得到什么的结果，是生是死，不得而知。但是可以肯定地说，死的可能远比生的希望要大得多，毋庸置疑，巨大的生死考验摆在了洞内人的面前，死神又一次举起了杀人的屠刀，他们命悬一丝，随时都有可能牺牲在正在开凿的隧道里。曹光标心急如焚，正要找一个从洞内跑出来的人询问一下情况，蔡稀胜和王国庆先后从洞子里边小跑着出来了。蔡稀胜、王国庆俩人浑身是泥土，脸上满是细碎的粉尘，看不清皮肤在哪里，肌肉是松是紧，只看到两只眼睛在尘泥中间咕噜噜地转。曹光标将蔡稀胜拦在了洞口边，随即问起了洞内的情况。

“洞内是怎么一个情况？”曹光标急切地问。

“又塌方了。”

“塌方量大小？”

“很大，足有上百方，这还是保守的估计。”

“救援人员有没有伤亡？”

“没有，塌方之前大家全部从塌方的上边撤了下来。”

“那就好，最好不要伤亡，要是救援的人伤了，里外受困，这谁也受不了。”

“对。人在里边站不住，站着也是白站，只有等里边的烟尘稍散之后才能继续工作。”

“我知道。”

“我得让压风机班的同志赶快把压风机开起来，把里边的烟尘排出来，让大家快一点进去。越快越好。”

“对。”

“和里边的同志联系了吗？”

“不断在联系，里边有点动静，听到钢管不断的敲击声，说明里边的同志在向外边传递信号，告诉他们还顽强地活着。”

“这就好。”

“曹营长，我看这样的方法有点不好。”蔡稀胜等曹光标问完之后，坦率地说出了自己的一个观点。

曹光标一听蔡稀胜说现在的抢险方法不好，就瞪起眼来问：“你说现在的抢险方法不好？”

“对，我咋觉得这样的方法进度太慢，等到把通道打开了，里边的人可能因为缺氧而闭气了。”

“怎么能这样说话？”

“我想的是，刚才我们在探路时，看到塌方量太大，不易从中找出一条通路，这次塌方之后，肯定又会增加很多困难，你说在这种情况下，这种方法能见效吗？”

“那你说用什么样的方法才能时间又短，效果又好？”

“我现在还没有想出来，等我好好想想后再说。现在让从里边跑出来的同志，抓紧时间休息一会，恢复一下体力，到洞子里好好干。”

“你说得不是没有道理，现在的问题是，在没有改变方法之前，还得死命地从塌方高处找到路子，打开通道，先把人救出来。”

“我知道。”

俩人正说着，营部通信员从远处跑了过来，紧急报告说：“报告营长，师首长已经到达指挥组，让你火速过去，并让蔡稀胜连长一起汇报情况。”

曹光标说：“知道了。”让通信员立马回去，他和蔡稀胜很快就到。曹光标对蔡稀胜说：“听到了吧，师首长已经到达事故第一线，让咱们汇报洞内的情况。”

“走。”蔡稀胜挥了一下手，就尾随着曹光标向临时指挥组跑去了。

王国庆在洞口，让从洞内撤出来的各排迅速地清点一下人数，报告上来，同时，原地休息，不准随意走动，准备再次进洞抢险。各排很快整理起队伍，立正稍息报数的声音很快响起来。

四十

和蔡稀胜看到的情况一样，史丰先在应急灯下，看到一块跌落在脚下的石头，抬头又看看顶部，发现松动的石头不断线地从顶部掉落下来，立刻意识到又一次塌方开始了。危急当中，他大声地说："要塌方了，快撤下去。"几个在上边摸索着探路的人，倒退着向下撤来，还没等在边墙站稳，塌方又一次下来了。在哗哗的声响中，他提醒大家戴上口罩，靠住墙壁，不要乱走，自己则迅速地把挂在胸前的口罩戴在了嘴上。就在这一瞬间，如雨般的石头就从上边落到了塌下来的石头上，好多石头崩滚在他们的脚下，险些砸断几个人的腿。

应急灯下，所有人员看到一股浓厚的气浪，夹裹着厚厚的粉尘，在洞内翻卷起来，应急灯光线为之暗淡，接着闻到一股浓烈的呛鼻的味道。有人被呛得大声地咳嗽起来，有的则轻声地骂几句。

塌方终于在一阵流星雨般的滚动下停住了。洞内出现了短暂的寂静。在这短暂的寂静中，突然听到一声凄惨地叫声："快来救我。"史丰先一听叫声，心里一紧，不好，有人在这次塌方中受伤了。于是他一个箭步冲到那个惨叫着的人跟前，是二排一个新兵，被埋在石渣里，石头压着他的半个身子，半个身子露在外边，痛苦是他求援的叫声也变了调，两只手在空中胡乱地挥动，渐渐无力，人就昏死过去了，显然，伤势不轻。史丰先让一起奔跑过来的人齐上手，拼命地扒掉这个新兵身上的石渣，把它刨了出来，放在边墙的地方。史丰先仔细地查看了新兵的伤势，两条腿被严重砸伤了，不能动弹，汩汩流淌的血水向外冒着，顺着两条腿不断地流到脚上，又从脚上流到地下。史丰先懂得简易包扎术，麻利地撕开新兵的裤子，将受伤的地方露出来，才看到，两条腿已经粉碎性骨折，白骨露在外边，沾满血液，他心中泛起一阵悲壮，可是现在不是抒发情感的时候，他意识到身处险境，肩上所担的重担，迅速给这位新兵进行紧急包扎。

史丰先边包扎边想，没有卫生所，没有卫生员，没办法对这位新兵进行抢救性处理，只有让他躺在洞子里，等待走出洞子后再行救治。可是，能不能从洞子里走出去，那还是很难说的，真的这样话，那也没有办法了，洞子里所有的人都出不去了，还谈一个人的生死。

处理完新兵的腿之后，史丰先再次大声地说："还有没有被伤着的人？"

洞内一阵沉默，没有一个人说有受伤的情况。史丰先稍稍放下心来，这真是不幸中的万幸，在这样大的塌方中，只有一个人受伤，世界上要是真有上苍的话，一定有上苍的护佑，要是这次塌方中砸伤砸死几个人，那可就是要命的事了。苍天有眼，一百多号人集中在空间不大的隧道里，两次很大的塌方，没有造成大的伤亡，真让人谢天谢地了。想到这里，史丰先热血上涌，有点不能自已，但他很快平定了情绪，用平静的语气说："没有就好，咱就能好好地把自已从这个地方救出去。"说完，他稍微停顿了一下，又对里边的人发出了一个命令，"再清点一下人数，看看人数全不全。"

清点人数的声音很快响了起来，结果也很快报到他跟前来。一个也不少，只有一个受伤的，就躺在边墙边上。史丰先的心又踏实了一步，但是，浮现在心里的又一个沉重念头让他再次陷入悲伤，二次塌方把掌子面上的空间挤得更小了，也把里边人的生存空间压缩得更小了，眼前的情况是，空间越来越小，里边的空气也越来越少，里边人的恐慌情绪也在慢慢蔓延滋长，一个重伤的同志还躺在隧道里不能脱身，现在生存的希望在哪里？被关在里边的人生的希望在哪里？史丰先越想越担心，心里那股子惊恐和不安又起来了，怎么办呢？是在里边等待外边人的伸手救援，还是自己从中找出一条生路，尽早脱离死亡深渊？当然，等待救援是一种消极的态度，决不能等待救援，要马上行动，寻找一条紧急地逃生路。但是，这条路在哪里？

往里走，隧道尚未贯通，往外走，被大塌方死死地堵住，唯一的逃生路，是在塌方的上部，就是他们先前探寻的那条路径。那条路径从自己初步的观察来看，是可以找到向外出的通道的。对，不能等了，还在原来的路往下找，说不定大塌方还给原来的地方塌出一条通道来呢。想到这里，史丰先就高声地对站在边墙跟前的同志们说："这样吧，我们洞里的情况都很清楚了，就留下两个人照顾伤员，其他人，跟以前一样，轮流作业，从塌方上部寻找向外的逃生的通道，如果没有，再想别的办法。五班长，开始行动。

五班长大声地说："好，就这样，一切听你的。"

史丰先把应急灯举了举高，让应急灯光打在五班长脸上，史丰先看到的是一张沾满尘土的脸和一双流泪的眼睛，泪水从眼眶中流落出来，在满是粉尘的脸上冲出了两条泪槽，直通到下颌，安全帽顶端飞动着细小的灰尘。史丰先心里暗自笑了，我的脸上也许和五班长一个样呢，很快，他把视线转向洞内的全体同志，开始了新的布置。"大家记住，轮休的同志，人坐在原地不动，一是减少不必要的体力消耗，二是别在洞内消耗过量的氧气，给我们在洞内生存创造一点条件。听清楚了没有？"

洞内的同志齐声地说："听清楚了。"

"那就好，五班长，还是我先带几个人上去，看看这次塌方的情况，你就把大家的情绪稳定住，要让大家保持旺盛的情绪，与这次塌方作斗争。"

"好。"

史丰先带着孟三辰几个人向上走去，塌方滚落下来的碎石在洞内错乱地叠压着，逐渐形成一个斜坡，但还能行走。可是走不了十几步，史丰先发现，塌方将隧道里的空间完全塌死了，他们向前无路可走，无法向前。孟三辰急着向上爬去，同样，没爬几步就退了回来，说，前边没办法走了，大大小小的石块把隧道塞得满满的，一点缝隙都没有。史丰先的心凉了，心里盘算着，二次塌方给洞里带来的结果是，向外走的通道完全堵死了，二次塌方前，顶部还有一线希望，塌方后，那点仅有的希望也破灭了。一个更加严重的现实再次摆到了史丰先面前：往外出的通道完全被堵死，求生的可能性更加渺茫了，没有其他出逃的通道，只有从塌方的地方打开一条通道后才能出得去。可是，问题是，这么大的塌方，靠这几个人的手工操作，是能力所不及的，另外，即便是能力可及，时间也来不及的，洞内可供生存的氧气已经不多了，时间不多了，每过一分，死神就向前迈一步步。怎么办呢，怎么办呢？史丰先心里一连问了好几个怎么办呢，一时想不出一个好的主意。在这个时候，他多想变成一个充满神力的大力士，用尽浑身力气，手一推，将这些堵在洞内的石碴一气推向洞外，可是自己没有这种神力，他是人而并不是神，人也变不成神，自己也不会在一瞬间从人变成神。

孟三辰见史丰先愣在原地，知道他心里正在思谋着向外突围的办法，就悄声地说："史排长，咋办呀？"

一时走进人神交错境界的史丰先，听到孟三辰的问话，脑子一个激灵，从神游中回到了现实。他把茫然的目光从一边移到孟三辰脸上，看到孟三辰正在用恐慌和期盼的眼神盯着自己，就不由得悲从中来。一个刚入伍不到几个月的同志，身处这种死亡存亡的境地，内心生发出这种情绪，是完全可以理解的，同时，他看到，这一个新兵蛋子，在从未遇到过的灾难面前，他没有太多的噬魂落魄，没有更多的惊慌失措，只是略显紧张，但并不垂头丧气，看得出他内心有一种坚强的意志，一种超人的稳定的心理因素，能表现出这样的情绪，该是多么了不起。史丰先看到孟三辰的眼神，从中看到了一股精神力量，对啊，新兵尚且如此，咱们一个大小塌方经历了不下二十次的老兵，还怕什么呢？更何况咱肩上还有一百二十多条人命的沉重担子，如果自己此时惊慌失措，六神无主，那么，其他的同志们呢，该会多么悲观，最终导致绝望。面对突然出现的危险，慌什么呢，大不了一个死字了结了，人总是要死的，只不过方式不同、时间长短不一罢了，反正人生在世总有一死，我虽活得并不精彩，可是却要死得壮烈，不当在死神面前的胆小鬼，让人耻笑一生，让人小看一生。史丰先在看到孟三辰表情的一刹那间，坚定了一个信念，无所畏惧，一定要死得光彩耀人。这样想了心里立马稳定下来，然后就显得很轻松地对孟三辰说："咋办呀？你有点怕吗？"

"不，你不怕我就不怕，你都不怕，我怕什么呢。"

"好，算你有种，好样的，刚来就赶上了大塌方，难得你有这种表现。好。”

“怕什么呢，不就是一个死吗。”

“怎么就是一个死呢，我们没有活的可能了吗？”

“我是打个比喻。”

“我们暂时遇到了一点困难，是生死考验，并不是说我们就是死路一条。我们是谁呢，我们是铁道兵，逢山凿路，遇水架桥，什么困难都难不倒我们的铁道兵啊。”

“对。我们新兵训练的时候听过这方面的讲课。”

“知道这些就对了。走，先到掌子面上，和五班长通报一下情况，想想还有没有别的办法。只要思想不滑坡，办法总比困难多，商量一下后看看用什么办法。”

史丰先的先头小组从塌方地段回到掌子面上。五班长迎了上来焦急地问：“史排长，情况怎么样？”

史丰先说：“向外走的通道全部堵死了，没有一点出路。”

“是吗？有这么严重啊？”

“就是。大家的情绪怎么样？”

“还好，情绪都很稳定。”

“情绪稳定就好。”

“咱弄这种事都多少年了，还怕这个。就是有几个新兵没有见过这样的场面，不断在我跟前打探消息，精神稍微有点紧张。”

“这是自然的，可以理解。让各班班长做好这些同志的思想工作，别让他们在灾难面前惊慌失措，要表现得坚强一些。意志坚强了，就能战胜困难；意志脆弱了，在什么样的困难面前都过不去的。”

“好，我给二排的同志们说一下。”

“现在，咱两个就是洞内同志们的主心骨，咱可千万不能乱了方寸，主心骨一乱，里边就全乱了，记着，无论在什么时候，咱都不能乱，就是死，也得表现得英勇一点，别让人说咱是个怕死鬼，这个名我不想背，我先人不要这个名份。”

“说得对，死也要死得壮烈一点，临死不当怕死鬼。”

“好，咱就这么办。下来呢，看看还有没有别的出路和办法。人在事中迷呀，一急可能会把好多办法忘掉了。”

“对，说得对。让我想想。”

“也让大家想想。”

“对，众人拾柴火焰高，人多智慧多，力量大。”

“那我就把现在的情况向大家告知一下，让大家都开动脑子，想方设法，找出一条逃生的通道来。”

“好，就这么办。”

于是，史丰先让大家安静下来，用平静的语气通报现在的处境：“同志们，我们现在所处的环境更加困难了，更加危险了。刚才，我和第一小组的同志在塌方地段看了一下，第二次塌方的量也很不小，把隧道拦腰截断堵死了。”洞内发出了一阵沉重的叹息。史丰先知道，这是大家为自己的处境和生死而发出的一声哀叹。但令他欣慰的是，这么多人，并没有一个为之绝望和大放悲声。可见铁道兵历经艰难万险、临危不惧、处惊不乱的心理素质是多么令人景仰。史丰先不由得心里一热，轻声地咳嗽了一下后，继续说话：“在这种情况下，我要告诉大家的是，不要惊慌失措，不要有任何绝望情绪，因为这样的情绪和心理与事无补，一点也没有用，相反，会给逃生工作带来负面影响，我们要的是团结一心，坚定意志，齐心合力地把我们从困难境地中解救山来。当然，外边的首长和同志们决不会袖手旁观，我们里外一致，就可能尽早摆脱困境。现在，人家开动脑子想想，除过我们从塌方处向外走这条通道外，还有没有另外的突围路径？人家都是多年打隧道的老手，有丰富的经验，多出主意多想办法，总之，不能等在里边，多等一分钟就会多一分钟死亡的威胁。好了，我不说了。想好了，就大声地说出来。”

洞内一阵沉默，显然同志们都处在一阵紧张的思索状态。洞内的气氛再度安静下来，谁稍稍挪动一下步子，就能清楚得传进大家的耳膜。

站在史丰先身旁的五班长用胳膊肘轻轻地碰了一下史丰先，声音低低地说：“史排长，我有个想法，不知成不成？”

“你就说吧，说出来听听”

“咱们不是施工中打过平洞吗？”

“是啊，有平洞。”

“平洞是用来通风的，咱看看平洞是不是被堵着了，要是堵得不太严重，咱可以从这个地方下手。”

“对呀，还是你的主意高，我怎么就没想到呢。”

“人在事中迷嘛。光想着从隧道里向外出，可谁又能想这档子事来呢。我也是刚才想到的。”

五班长的一席话，点亮了史丰先心中一盏明灯，隧道长了，会在中腰地段打一个平洞，用来通风透气，也为了安全逃生，塌方堵死了竖洞，可是平洞应当是不会被堵死的。找到平洞，不就打开生命的通道了吗，不就得救了吗？想到这里，史丰先心里一阵狂喜，我们折腾了半天，怎么就一点也没有想到这一点呢？真是脑筋差啊，连这一点法子都想不出来，还领导洞内的同志向塌方作斗争，带领大家从死亡走向新生，真是笑话。史丰先按捺住内心的激动说：“好，五班长，就从这个地方打，其他办法看来是绝没有的了。这一条通道打开了，我们就有希望了。”

“好，咱先看看吧。”

不幸的是，史丰先和五班长走到塌方落石处一看，完了，平洞的地理标段是在塌方的正中央，要找到平洞，得先把洞里的塌方石头全部挪开来，才能进到平洞里。这不是一句空话么？能把洞子里的石头全部挪开，还用得着从这个平洞里向外出逃吗？早就从竖洞里走了出去。刚刚升起的一线希望再次沉落到史丰先的心底，史丰先再次陷入一种焦急和失望的情绪当中。

五班长用失神的眼光看着史丰先。紧跟在后边的人，也在用失神的眼睛望着史丰先。

“完了，这下全完了。”

不知谁在寂静的隧道里低声地说出了这句话，声音虽说很低，但是，隧道里太过于寂静，这句话在洞里以让人吃惊的声量飞动着。所有人的心里禁不住一阵心悸。史丰先听到这句充满绝望情绪的话语，不由得心里一紧，他扫了一眼站在面前的所有人员，发现他们虽说看不出绝望的表情，可是，在内心深处，这种情绪已经开始弥漫，消蚀着刚刚树立起来的坚定意志。一种死亡的恐惧悄然爬上史丰先的心头，刹那间，他仿佛听到了死神迈着无情而沉重的脚步，慢慢向他和所有被困在洞内的人们面前走来。

五班长悄声地对史丰先说："看看还有没有其他办法。"

史丰先摇摇头，心里说，再也没有办法了，办法到目前为止是想尽了的，还能有什么办法，洞内的人是死路一条了，只有坐在里边，等着外边的同志向里抢险了，一切希望都寄托在外边同志们身上了。

"不能等死啊。"五班长又轻声地向史丰先说了句。

史丰先听了，突然勃然大怒，高声地说了声："胡说，咋能等死。"

五班长说："那得快想办法啊。"

"别在这里说那些丧气的话，怎么也不能等死，谁也不能说等死，谁也不准说等死，就是死，也得死在向外冲的道路上。"

五班长不再说话了。史丰先说得对，这样的话头在平时说起来并不觉得什么，可在目前这种特殊的环境下，那可就大不一样了，低落绝望的情绪会像传染病一样在洞内漫延滋长，死亡的恐惧就会笼罩洞内，在这样的情况下要说奋勇向外突围，那是一件非常困难的事情了。

孟三辰在五班长和史丰先说话的当儿，在塌下来的石头旁转了转，突然有一个新想法在脑中萌生出来，于是转过身来，靠进史丰先，悄声地说："史排长，我想问问，平洞离咱站的地方有多远？"

"问这个干什么？"

"我有个想法，看看行不行。你是排长，你是老兵，我是新兵，不知道行不行？"

"你就说吧，都什么时候了，还新兵老兵的，都是一条战壕里的战友。"

"要是不远的话，咱可以顺着边墙向平洞处掏，石头不一定把边墙处塌得很实，可能留有一定的空间，咱在这个空间里，慢慢向前拱，说不定会拱到平洞处，到了那个地方，咱不是就把事弄成了吗？"

史丰先心里一明，眼前一亮，对呀，这个方法有一定的道理，如果塌方没有把边墙壁处塌实的话，我们就不会死路一条了，还有生还的可能，这叫天无绝人之路。我怎么就没想到这茬呢，这个新兵怎么就想出了这样一个主意呢，对，就从边墙向外拱动，即便是不能成功，也比一直等在这里强，不能等死，这是他在洞内向所有遇难的同志们说的一句话，也是他骂了五班长的一句话。一丝希望再次在史丰先心里升起，一种生的快乐慢慢爬满全身。史丰先为之而高兴，激动不已。他猛不丁地给了孟三辰一拳，出手有点重，把孟三辰打了个趔趄："你个新后蛋子，脑子还不笨。"

这一拳，来得太突然，孟三辰没有提防，差点被打得坐在了地上。起初以为是他说错了话，史丰先才给了他一拳，随后听到史丰先说的那句话，不禁开心地笑了："还不是史排长带得好。"

"说你不笨，你还会说话，我带出来的，我带出来的就给我好好表现，别给我丢脸。"

"是，不给排长丢脸。"

史丰先这句说给孟三辰听的，也是说给所有在洞内的同志们听的，他想以此给洞内的同志们鼓起一种战胜困难的勇气，冲出死亡的决心。史丰先对五班长说："五班长，孟三辰的想法很好，塌下来的石头不一定把边墙处塌实了，咱就从边墙跟前向外突围，我看还是有希望的。咱这么多人，排成队，把边墙跟前的石头向里挪，从这里打开一条通道。你看怎么样？"

五班长说："行，咱咋说都听你的。"

"咱不能等死，就是死，也得死在向外冲的路上，不是这样吗？"

"史排长，不用说了，咱就是这话，不能等死。死在向外冲的路上也值。"

"不说了，咱现在就开始。"

"好，你下命令吧。"

史丰先面向大家，大家都在各处焦急地盯着他，渴望他找出一个有效的方法，把他们带出死亡之洞，让他们重获生命。史丰先大声地说："大家听着，现在，还按两个排的顺序，排成一条线，顺着边墙，站着，五班在前，六班在后，三排的同志跟上，前边的同志把塌在边墙跟前的石头递给后边的同志，后边的同志把石头堆放在掌子里面，给咱们打开一条通道。现在，时间就是生命，早一点打开通道，就早一分钟生还。谁也不准松懈，现在是考验我们的时候了，就是天塌下来，也不准离开队伍一步，直到把通道打开为止。这是命令，这是死命令，好了，现在开始行动。”

史丰先话音一落，隧道里立即响起杂沓的脚步声，各班班长喊起了短促而有力的口令：“五班到这里来！”

“六班在这里！”

“七班排队！”

……

原来散乱着站立着的人，立刻向本班靠拢，瞬间排成一条长龙，虽说不能占成一条线，可是，在洞内有限的空间里，却排成一列整齐的队伍，这队伍似一道提防，亦似一杆矛枪，汇成一股不可战胜的力量，让人倍增精神力量，更加坚定意志。这支队伍，衣衫褴褛，施工棉鞋破烂，活像一只骆驼蹄子，浑身泥水，满脸粉尘，活像一支民工队伍，可是，就是这支队伍，却有着战胜不了的钢铁意志，再被塌实的关角山隧道里，顽强地战斗着，与死神较量着。再也没有命令，再也不用动员，这支队伍，开始了紧张地搬运石头工作。大小不一的石头从塌下来的地方，搬到五班长的手上，又从五班长的手里传到后边同志的手里，最后被撂在掌子面上。隧道里再也听不到小声的议论，只听到搬运石头的声音，还有偶尔发出的咳嗽声。

一场生与死、希望与绝望的战斗再次在洞内打响。

一个向困难和灾难挑战的特殊战斗在洞内再次拉开了序幕！

史丰先悄声地走到那个被砸伤的同志跟前，借着洞内微弱的灯光，低头看了看受伤的腿部，血已经凝结，不再流淌，是血流完了，还是就此凝住，流不动了？史丰先难以说得清楚，但他看着受伤同志的脸，此时正在痛苦的抽搐着，嘴巴歪向一边，还处在沉沉的昏睡状态。史丰先期盼着通道早点打开，让他得到及时的救治。在期盼的同时，他脑子不由得冒出这样一个问号：外边的救援也许有进展了吧？

史丰先在心中暗暗祈祷，老天，你就睁眼看着吧，别让这样的同志再受苦难，别让里边的同志再受折磨，别让这一百二十多条生命困死在洞里呀。

四十一

蔡稀胜和曹光标站在了师长江之风面前。从这一刻起，他才知道，师首长马不停蹄从乌兰县赶往事故地点，组成了关角山隧道抢险指挥小组，实施对大塌方的抢险和救援。他还从曹光标嘴里得知，520西南指挥部首长从格尔木火速赶往二郎洞，在事故一线进行现场指挥，还有，铁道兵部以副司令员为总指挥，正从首都一个军用机场乘飞机前来西宁市，领导这场特殊的战斗。十七连同志们的生命安危，牵动着铁道兵全体指战员的心哪。

江之风头戴一顶安全帽，站在刚搭起来的帐篷里，双手背在身后，不苟言笑，一脸严肃地问蔡稀胜，隧道里现在的情况怎么样？蔡稀胜说："报告师长，里边又塌方了一次。"

"这就不用说了，情况我已经知道了。说说塌方后的情况。"

"塌方把原来的空隙全都堵死了，没有一点可以向里进去的空间。"

"塌方量有多大？"

"不少呢，大约有几百方。"

"你们的抢救方案是？"

"分两组进行，一组送风，一组通路。"

"第二次塌方后这种方案还能用得上吗？"

"没有别的办法，只有用这种办法了。"

"还有没有别的方法可以试一下，既快又实用？"

"到现在为止我还没有想到有更好的办法。"

"部队还在洞里吗？"

“临时撤出的洞子，里边的灰尘太大，人都站不住。机械连的同志正在排风，过一会部队再进去。”

“知道了。”

江之风不再问蔡稀胜，转身走向一个身体瘦弱的干部。他是和江之风一同从乌兰县赶往关角隧道的，是师副总工程师，也是关角山抢险指挥部的技术总指挥。他对桥梁隧道施工技术样样精通，算得上是全师的专家，施工中的各类塌方都经历过，也多次被塌方埋在洞子里，可是每次遇险，每次却安然无恙。部队的同志说，他能次次从死神手里逃生，如有神助，放到其他人，十有八九早就和马克思谈起话来了，还等这时。他叫潘建学，福建长汀人，从地方铁路局调入铁道兵，戎马倥偬几十年，练得一身过硬功夫。

江之风说：“潘总，现在情况你听清楚了吗？”

“听清楚了。”

“谈谈你的想法。看看还有没有别的抢险方案。我认为，目前这种方案不是不行，而是太费时间了，不等部队把通道打开，里边的同志全都牺牲了。这样的结果我们是不能要的。我要的是，在短时间内用一种快捷的方法把他们从危险的环境中抢救出来。”

潘建学低头想了一下，然后抬起头来说：“我没有到达事故现场，现在还不好说，能不能让我在现场查看一下后再给师长报告我的想法？”

“好，你带几个人去吧，非常时期，非常速度，别的不用说了。”

“我知道。别的人就不用去了，蔡稀胜和我一起进洞里，他对洞里的情况熟悉。”

“好，就按你说的办。去吧。进洞后小心走动，安全第一。”

“放心吧，我会小心的。”

蔡稀胜就随潘建学向洞子里走去。在匆匆的行走中，潘建学向蔡稀胜提出了好多技术性的问题。潘建学说：“你们掘进的隧道总长有多少米？”

“大约三百多米。”

“塌方地段距离洞口有多长？”

“一百多米。”

“你们第一次爬在塌方上部看到的空间大约多大？”

“约有三四间房子大小。”

“你估计有多少方量？”

“我没有算过。”

“说个大概数字。”

“少说也有几百方。”

“塌方的时候，你在不在隧道前？”

“不在，我在连部。”

“你听到声音了吗？”

“没有。”

“你感觉到塌方的震动了吗？”

“感到了。”

“震感强不强烈？”

“我觉得房子墙壁都在颤动。”

“那就是感觉很强烈。”

“对。”

潘建学就不再向蔡稀胜发问，甩开两腿急步向前走。蔡稀胜心里却纳起闷来：塌方了，问这些个八竿子打不着的问题做什么，问问抢险方案那还差不多，在这么紧张的时候，你咋就还有这份闲心。但这种念头只在脑海里闪现了一下，之后再也没有理它，三步并做两步走，没走几下就走到了洞口。

其实，潘建学在向蔡稀胜询问的过程中，脑子里一点又一点地判断着塌方的具体情况，声音大，震动大，声音沉闷，这就是大塌方的表象，也由此可推断出塌方的大概方量了。既是经验，又是科学判断，这一点蔡稀胜是绝对不能理解的。

洞口站满了等待命令的部队，他们队列整齐，全部着施工服，一身征尘，面露焦急神色，看到潘建学走了过来，都向潘建学投去了期望的眼神，也像是一个注目礼，送他进洞，期盼他带来希望的消息。

洞里的尘烟尚未散尽，只是比蔡稀胜离开时淡了一点，但那呛人的味道让人吸入后肺部很不舒服。潘建学用手捂着嘴巴，疾走如飞，蔡稀胜差点被甩到后头，到了塌方现场，潘建学立住脚，认真地对塌方探勘起来。

蔡稀胜还要对潘建学介绍一点情况，潘建学就举起手来示意他不要说话，洞子里安静下来了。潘建学不断地弯下腰来，捡起一块石头在手中掂量一下，又放下，不断地抬起头看看顶部，又看看脚底下，然后，静静地思考着什么。蔡稀胜不敢打断潘建学的思路，只是跟在身边，摸摸地看着，不知做什么好。

终于，将近十分钟的时候，潘建学对蔡稀胜说："走，咱们出去。"

蔡稀胜又跟着潘建学向隧道外走去。

回到临时指挥部的潘建学，看到江之风正在焦急地等着着他的回来，潘建学快步走到会议桌前，展开一张关角山隧道施工图，放在江之风面前，拿起案头的一支铅笔，准备向江之风详细讲解抢险方案。谁知江之风将图纸向一边一推，铁青着脸说："不要纸上谈兵，你就说从技术上抢险，从哪儿下手？"江之风和潘建学是多年的战友了，脾性爱好等彼此了如指掌，潘建学的学究气很浓，谈工程时总是先将技术上的要求数据参数都一一说来，然后再提出自己的施工观点，从理论到现实说得头头是道，很受师里领导的尊重。但这次不同寻常，时间不等人，时间就是生命，等不起，谈不起，所以，当潘建学展开图纸时，他断然地将图纸推向了一边，准备端老碗吃面，不喝汤，只捞干的。

潘建学也不气恼，顺手将图纸向边上搁了搁，但是铅笔却还握在手中。从容地说："我刚才在隧道里实地查看了一下，也听了一下这位连长的情况介绍，你叫什么来着？"

"我叫蔡稀胜。"蔡稀胜急忙答应道。

"对了，蔡连长的介绍，对我的抢险方案有很大的帮助。从隧道的进度来看，这次大塌方面积不小，以我的估计约有一千五百多方。在这样大的塌方量下，隧道的正洞已经被牢牢地堵死了，所以，从正洞里的里边和外边相对打开一条通道，那是不可能的，当然我说的是在这么紧的时间内。"

江之风急得脸都发白了，急切地问："你意思是说在短时间内他们没有可能从里边逃出来了？"

"我说的不是这个意思。"

“那还有生还的可能？”

“是这样，从技术的角度来说，抢险人员要从一千五百多方石碴中打开一条通道，至少得要十几天时间，十几天时间里，洞内的那些同志，不因塌方致死、饥饿致死、劳累而死、也得被缺氧和过量的一氧化氮窒息而死，当然我说的是，如果他们还活着的话。”

“你说从隧道里边向掌子面抢险死路一条？”

“对，我说的是这个意思。”

“还有没有生的路子呢？”

“以我的经验和目前的塌方情况，我认为，咱们得改变现在的抢险方法，另辟一条通道，也许他们还有救。”

“你就快说吧，别绕得太远。”

“我得从技术上说清楚，供你决策参考。”

“说吧。”

“我建议从塌方的顶部下手，是一条抢险救援的好办法。”

“你说说，你展开说一下，为什么说这是一条好办法？”

“我刚才说过了，这次塌方约有一千五百方石，可见塌方面积不小，方量也不少，这么大的塌方从隧道的顶部掉下来，不，是塌下来，会造成顶部多大的空间？蔡连长说他看了一下，足有三四间房子大小，是不，蔡连长？”

“对。”蔡稀胜赶忙说。

“这就对了，我说的意思是，这么大的空间，距离关角山的腰部恐怕不会太远了吧？我们的隧道是修在山的边缘处，没有修在山的中间部位，所以相对高程是不太高的，塌下来三四间房那么大的空间，想必把山的相对厚度减少了。这样从塌方的顶端打开一条通路，抢险人员下到塌方顶部，再从顶部向掌子面方向打开通路，就比从正洞向里打开通路容易得多，也简捷得多。”

江之风脸上现出了凝重的神色。潘建学在师里算得上是技术权威，不论施工还是抢险都有着丰富的经验，此时提出的这个抢险方案，是经过他深思熟虑的，也是经过从实地考察后提出来的，应当说，是一条可行的方案，也是目前唯一有用的方案。刻不容缓，就用这种方案江之风经过慎重思考，正准备向抢险部队发出指令，这时候，潘建学却急忙制止了他的举动，说：“还有我们再派一支抢险分队从平洞处向里开挖，想法设法把氧气送进去，不，准确点说就是把空气送进去，让被塌在里边的同志有新鲜空气赖以延续生命，我们的抢险动作慢一点也不会导致严重的恶果。”

“平洞要塌死了呢？”

“那不要紧，平洞离掌子面距离不远，到了边墙处，顺着墙角向里打进一根管子去，把风送进去，我们的抢险就成功了一半。”

江之风长长地吁了口气，听到潘建学的第二个方案后，他彻底地放松下来了，可是当他就要下决心时，却想到了另一个问题，就不无担忧地问：“潘总，要是我们的抢险人员正在抢险中，再次发生了塌方，我们将采用什么预备方案？”

“我可以断言，再也不会出现塌方，至少刚发生的那么大的塌方再也不会发生了。”

“为什么？”

“因为塌方在这个局部地段已经塌完，加上我们从上至下的开掘，把顶部的岩石已经开挖，还会有什么塌方的可能呢。”

江之风的心彻底放下来了。他转身看着梁中明，再看看所有在场的抢险人员说：“怎么样？谁还有好的方案？没有，那就这样。我命令，梁中明团长组织抢险队伍，从塌方顶部向下开挖抢险，再组织一支小分队从平洞向掌子面开挖，以最快的速度、最短的时间把空气送进掌子面。不惜一切代价，不管困难多大，把里边的同志抢救出来。半个小时报告一次抢险进度。执行命令。”

梁中明接到命令就去组织部队了。

江之风则向参谋长安排与520首长联系，是否到达关角山隧道现场，并且立即撰写一份抢险方案报告，一等520首长到达驻地，就向首长汇报，请求指示，参谋长转身安排报务员与520首长联络去了。

四十二

蔡稀胜再次走到关角山隧道前，不过这次不是进洞，而是带领全连两个排，向着关角山边坡上跑去，他们一身施工服，被泥水浆成一团泥，肩上扛着铁锹钢钎，在落满积雪的山路上急速地飞跑着，泥雪被他们踩踏成一团软泥，雪中有泥，泥中有雪，黑白混搭一起，纷乱地推在脚下，周子星跑在队伍的最前端，他不顾脚下打滑，一边向上攀爬，一边查看着地理位置，还不时地回过身来照顾紧跟在身后的潘建学。

潘建学虽说年龄大了，可是常年工作在施工第一线，登山爬坡家常便饭，摸爬滚打司空见惯，练就了一身好本领，所以，一步不拉地跟在周子星身后，潘建学一言不发，不管周子星怎么招呼，他都一一摇头不予回答，可是当他走到一个高坎地段时，让周子星停下脚步，说："别走了，就在这个地方。"

周子星怕弄错了地方，耽搁了抢险时间，试探性地问潘建学："潘总，你可看好了，没有错啊？挖错了地方可是要耽误好长时间的啊。"

"你就别说了，我经常来这个地方，隧道座标各种参数早已在我的脑子里扎下根了，还用问错和对吗？你放手干就是了，别再问东问西，错了我负责就是了。"

"是，潘工，我信你，就从这个地方向下打了。"

"我搞施工不行，现在就看你的了。"

周子星高声地叫道："风枪，风枪，这个地方来，给我狠狠地打。"

几名风枪手扛着风枪从身后小跑着来到周子星身边，相向而立，不用周子星发话，就突突突地干了起来。

蔡稀胜来到潘建学身边，急切地问道："潘总，洞口要开多大？"

潘建学慢条斯理地说："能下去五六个人的空间。"

"好。"

"一次下去五个人，次数多了自然人数就多了，抢险的速度就快了。"

"是的。"

"可是，要注意，在向下开挖的时候，不要把开挖人员掉进塌方的空洞里。"

"这个我早有安排。"

"爆破的药量不要太大，上下本来就不太厚，所以用适量的炸药就可以穿透了。"

"一切都听你的。"

"蔡连长，这下就看你们的了。我是搞技术的，技术上我可以为你提供方案和数据，可是抢险还得靠你们才行啊。"

"你放心吧，我们连就是拼死，也得要把里边的同志救出来。"

"好了，你忙去吧。我就在你身边，技术上需要我，就喊我。"

山坡上已经是一个拼命大战的场面了。风枪手将洞子钻好后，几个人刚一离开原地，几个炸药装填手迅速地跑上前去，把炸药填进风枪孔里。一声哨响，附近的人全部躲在较安全地带，轰隆地一声，那地方炸开一个口子。潘建学说得不错，隧道塌方处离山体厚度不太厚，所以，稍用炸药一轰，就打开一个口子。蔡稀胜让别人让开，自己站在洞口朝下看了看，只见黑洞洞的隧道里没有一丝亮光，几块碎石掉进洞内，发出低沉的声响，蔡稀胜命令一排长周子星先行进行洞内试探洞内情况。待里边没有危险后向洞外发出一声信号，其他人再行进人。蔡稀胜让人给周子星绑好保险绳，几个人双手拉着，慢慢地向洞内送放下去。

随着绳子地不断向下移动，蔡稀胜的心也一节一节地向下沉去，向下有多深，下边的塌方情况怎么样，能不能在上边打开一条通道，能不能用两个排的兵力，向洞内展开营救工作，这一个个疑问都随着绳子一寸一寸地向下移动而迸出。这时候的一分一秒，都像一个小时地往前走动。终于，周子星在洞内的呼喊声大声地传了过来。蔡稀胜知道周子星已经到达塌方顶部了。于是，蔡稀胜立即指挥后边的人一个跟着一个进入。当大多数人下到洞内时，蔡稀胜自己把绳子向腰间一缠，让其他人把自己放进洞内。

洞内被一盏盏应急灯点亮了，塌方情况在蔡稀胜眼前一目了然。的确正如潘建学总工程师所说，塌方足有一千五百多方，而且把平洞的两边全部堵死了，直观地看去，如果让被关在里边的人向外打开通路，那简直就是瞎子点灯白费蜡。让外边的人从平洞入口向里打开通道结果也将一样，潘建学真可谓是神机妙算，长着透视眼，从外边一直看到洞里，就像一架X光透视机，站在人体外能清楚地看到体内五脏六腑的律动。令蔡稀胜惊喜的是，塌方的碎石竟然没有一块较大个的，大部分为三十公分见方，最大的也不过七八十公分，蔡稀胜心中就一阵狂喜， 里边的战友有救了，里边的战友有希望了，这真是大自然的造化，是青藏高原特有的地质地貌所造成的独特结果，风化性页岩塌下来时经过强烈震动，大块的石头变为小块了。依据他的经验，像这么大的石块，用人力移动是再快不过的了，也许会遇到大个的石头，可是，在大的石块之间，必有一些碎的石头，可以用人力搬动出来。这样一来，就会很快在大石和小石之间打开一条通向掌子面的通道，到那个时候，我们就可以把洞内的同志们营救出洞外了；到那个时候，我们就可以欢呼胜利了，就可以说，我们用铁道兵的钢铁意志战胜了死神的威胁，宣告生与死的战斗结束了。于是，他毫不犹豫地向洞内的同志发出命令：“按照预定的抢险方案，立即展开营救！”

洞内的人排成两条长龙，前边的人将靠掌子面边的石头一一拿起来交给站在身后的人员，后边的人再传递给又一个身后的人。没有寒暄，没有懈怠，只有偶尔的催促声：快，快，快！营救战斗在洞内悄无声息中再次拉开了序幕！就在蔡稀胜炸开隧道顶部下到塌方上部的同时，另一支小分队从平洞里输送氧气的营救战斗也已打响。曹光标站在平洞内，让风枪手向里钻动，每钻动一寸，就让跟在后边的人将石头向外移送一拃。毕竟塌方事故严重，石头相互叠压的情况不同一般，挪移一块石头，就有一大堆石头重新压在上边。这石头像是有意和他们较劲似的，你越是向里掏挖，它就越是向外挤压，你进一步，它逼一步。营救战斗相当艰难。但是，曹光标坚信，只要向里不断掏挖，就是再有多大的力量压下来，总有掏向里面的希望。

正在掏挖中，有人低声地建议曹光标，能不能用炸药轰它一下？曹光标看着提建议的人，这是机械班的一位老兵，满身是泥地站在自己面前，正用一双探询的目光看着自己。曹光标没有立即回答，能不能呢？平洞离掌子面很近，万一炸声一起，再给掌子面带来新的塌方，那可就是又一场灾难了。正在孤疑间，老兵悄声地说："咱可以不用炸药，只用雷管，轰它一下，石头松了，咱不是好营救里边的同志了吗？"

曹光标一想，有道理，只用雷管，不用炸药，震动小，威力还大，不妨试它一试。

曹光标说，好，就这样干吧。

于是，一节节雷管被安在了石头缝里，清脆的一响，乱石从平洞内飞向洞口，叠压在一起的石头被炸开了一个深洞。曹光标组织人力将碎石掏出来后，再放进几个雷管，如法炮制，收到了神奇的效果。如此反复不断，洞子的深度延伸进了正洞边缘。营救小组再放一次雷管后，曹光标看见一根铸铁管横在地上。这是向洞里输送空气的铸铁管，曹光标心中一阵惊喜，平洞离掌子面不远，从露出来的铁管现状来看，它没有被塌石砸扁，而且，他知道，送风管都贴住边墙壁向里延伸，遭到损坏的可能性很小，开始在正洞里边从送风管中向里送风时，没有成功，可能因为送风管在塌方中间，受到了损坏，送风管破裂，导致漏风不能将风送到掌子面。眼前这节送风管完好无损，说明送风管在这一段里，受到的损失不太严重。想到这里，曹光标灵机一动，计上心来，马上让机械班的同志，拉来电焊机，在管子上切开一个口子，将通风机管子与送风管连接起来，试一试，看看从平洞这段距离中，能不能把空气送进掌子面里去。老天保佑，千万不要这段管子遭到损坏，遭到损坏，就要一点一点地再向里掘进，那样的话，时间就会长了，时间一长，里边同志的生命就不保了。曹光标不信天命，他信自己，他之所以做出这样的决定，是因为他对洞子里的情况了如指掌，送风管在平洞这段距离中，靠边墙最紧的，再大的塌方也不会给这段送风管造成损坏。这是一条经验，也是一条教训，不管洞子有多深，送风管得要牢牢地依靠边墙而放，不然，将会付出生命代价！

气焊机的“嗞嗞”声在洞内响了起来，刺目的弧光将平洞映照得明光灿烂。

耀眼的弧光后，送风管上现出一道圆圆的口子。那口子上青烟缕缕，还有些星残火。那口子也像一只大嘴，向着洞外的求援者发出急切的呼唤。那洞口又像一条绷紧的神经，将洞内洞外人的神经连接在一起，微微地颤动，似乎稍有不慎，这根神经就会嘣一声断为两段。

蔡稀胜未等管口上的青烟散尽，就让压风机操作员，将压风机管口接上刚烧开的口子，以最快的速度固定好。然后，开动压风机，试着向里边送进了第一缕风。

四十三

520指挥部首长一行几人到了关角山隧道工地了。江之风站在临时搭起的帐篷前，将他们一一接进里边。刚在桌前坐下，江之风就向从格尔木匆匆赶来的首长们将正在进行的抢险战斗作了汇报。最后说：”现在改为从塌方顶部打洞求援的方案。同时，让另一支人马从平洞处向里尽快突破，给里边的同志们将空气送进去，让他们不能因为缺氧窒息而牺牲在洞里。”

“和被塌在洞子里的同志保持着联系吗？” 520指挥部的首长问道。

“一直保持联系。”

“他们的情况怎么样？”

“有一段时间听得到里边敲击钢管的声音，第二次塌方后，就没有听到任何消息了。”

“情况严重了。里边的同志生死不明。”

“他们的处境可能比第一次塌方前更加困难了。”

“对。塌方距现在多长时间？”

“已经七八个小时过去了。”

“七八个小时后，里边的空气还够不够呼吸？”

“根据以往的情况看来，勉强可以维持一段时间。”

“知道不知道现在的空气还可供里边的同志们呼吸多长时间？”

“这个技术问题，潘总工程师比我了解的多。”

“潘总现在何处？”

“就在现场。”

“让他来解释一下这个问题。”

“好，我让潘总过来汇报。”

通信员跑步着向隧道口去了。潘建学一直和抢险人员待在一起，随时处理抢险救援中遇到的各种技术困难。人还在关角山的边坡上。通信员一走，520指挥部首长说：“兵部首长对塌方情况极为关心，前来青海的人员约一个小时后到达西宁，亲临前方指挥。你们采用的方案很正确，也很及时，但是，直到现在，还没有打通里外的通道，还不知道里边同志的生死与安危。困难再大，任务再艰巨，也得要将里边的同志们救出来。这是兵部首长的命令，也是我们全体铁道兵的意愿。”

“我们尽一切努力，不惜一切代价，把他们从里面就出来。”

潘建学急匆匆地从外边走进了帐篷，做了一个正规的报告后，520首长问起了技术上的几个问题，潘建学思索了一下说：“从隧道的大致容积来看，正常情况下，里边的空气可以提供十个小时以上的呼吸时间。”

520首长打断了潘建学的话头问：“现在八个小时已经过去，是不是说他们还可以自由地呼吸两个小时？”

“情况不是这样的。”潘建学引经据典地向520首长说起了特殊情况下的呼吸时间来，“这是正常情况下的呼吸时间，我们处在青海高原，空气里的含氧量是内地的三分之二，还有一个问题是，洞内的氧气比起洞外的来说还更要少一些，事实上，十二个小时是用不到的，再加上还有一个非常危险的因素，那就是，里边的同志不断地呼吸着新鲜空气，不断地消耗着空气中的氧气，也在不断地向洞内吐着一氧化氮，氧气在急剧减少，而废气也在急剧加重，他们实际能自由呼吸的时间应该在十个小时左右。”

“现在八个小时过去了，按你的说法，里边的氧气已经不够用的了？”

“从理论上来说，应当是这样的。”

“危在旦夕呀。江师长。拼了命也得赶在氧气耗完之前把空气送进洞去。”

“抢险人员正在全力以赴！”

“走，到现场看看。一个小时之内必须把空气送到洞子里。”

520首长和江之风一起从帐篷向隧道前走去。

出得门来，江之风抬头一看，天不知在什么时候又下起雪来。飘飘扬扬的雪花漫天飞舞，落在山上、沟道、帐篷上，也落在他们几个刚从帐篷里走出来的人身上。天地一片白茫，看不清哪一片是天，哪一片是地，唯能看得清的是，前行的军人们脚下留着深深的脚印。

是苍天与人同悲，洒落的泪水变成了晶莹洁白的雪花？还是老天与人作对，在抢险救援的关键时刻，给人一个冰雪考验？

雪落无声，只听到这行疾走的指挥官们嚓嚓的脚步声，还有因高原反应引起的轻声喘息声。

四十四

掌子面上，一个严重的危机降临到了史丰先和他的战友们身上。史丰先再次感到生死的紧迫了。

那个一直冲在前边的，面临生死危机毫无畏惧的新兵蛋子孟三辰，当史丰先走过孟三辰身边时，孟三辰一把拉住了他的衣襟，让他停一下。史丰先不知就里地停住了脚步。孟三辰还没有等到史丰先停稳，就喘着粗气，有一阵没一阵地对史丰先说："史排长，我浑身咋就没一点劲了？"

史丰先安慰孟三辰说："你干得很好，可能累了，你就休息一下，等缓过来了，再干。"

"不累，我咋觉得胸膛闷的气都喘不过来了？"

史丰先一听脑子轰的一声，知道他从一开始最为担心的事情出现了。他担心的什么呢？就是怕洞子里的空气不够用，洞内人因缺氧而导致窒息，最终因缺氧而死亡。孟三辰刚给他说出这种现象，他就意识到生死存亡的关键时刻到来了。是啊，被关进洞子里已经几个小时了，这么一大堆人局促在一个狭小的空间里，又是在高寒缺氧的高原地带，那种预计到的极度困难局面提前到来了。但是，知道了却不能说破，说破了会造成洞内人员严重的情绪恐慌，绷不住弦了，怕要出现情绪失控，到时候别说要摆脱死亡，就是等待救援恐怕都要坚持不下来呢。有了这种想法，史丰先就淡淡地说："你刚刚到高原来，对高原气候和高海拔环境还不太适应，遇到这种情况，你就先歇一会儿，等缓口气后，这种情况就会消失了。"

"我听你的，先在这地方歇会儿再说。"

孟三辰不再说话了，靠在墙边上喘息。史丰先迈步向正在搬挪石头的队伍中走去。

五班长看到史丰先走了过来，悄然地将史丰先拉过一边，说："史排长，我得给你说件事。"

史丰先奇怪地看了一眼五班长问："什么事啊？现在了，还这么神秘的。"

"不是，我不敢大声地对你说，小声地说给你听，听了后，你快点决断，看看下一步怎么办呢？"

"你说吧，我听听。"

"我胸口闷得很，头也昏，不知道咋了。"

"是不是太劳累了？"

"不是，是洞子里边缺氧了。"

"也许可能吧。"

"我们班里好几个人都给我说了，腿软气短，胸闷头痛。这种情况早就有了，只是我没有对你说就是了。"

"是啊，我最怕的就是这个啊，怕鬼真的就碰上鬼了。"

"你快拿主意吧，在这种情况下怎么办呢？"

"你说说，现在咱该咋办？"

"你看吧，情况挺严重的，你是洞里的最高指挥员，你说了算，快决断吧。"

是啊，在这种情况下，是该决断的时候了，一刻也不能缓。两个问题摆在面前，都异常严重的，一个是洞内的氧气已经快消耗完了，过不了多长时间洞内人员就会因缺氧而窒息身亡；第二个问题是，不赶快打开一条通道，逃离死亡地带，这些鲜活的生命就将僵死在这个洞子里。但是，两个情况都有一个致命的问题，那就是空气的威胁，打开通道需要氧气的维持，而坐着不动，也需要氧气的维持，这就是说，不管怎么样，都得要氧气来维持生命的啊。史丰先有点难为情了，刚被关进洞子里时，他向所有人员说过，我们决不能等死，决不能当怕死鬼，要是因氧气不足而停下来，会不会让人落个怕死鬼的名声呢？不停下来，大家的手脚发软，呼吸困难，已经受到了没有氧气的威胁，怎么办呢，怎么办呢？正在犹豫中，五班长又催了一声："史排长，决断吧，不能再犹豫了。"

“你说说，在现在这种情况下，你有啥想法？”

“人都干不动了，不是不想干，而是老天不让干，还不如停下来，少消耗一点氧气，让大家多活一会儿。”

“你说对了。我也是这么想的，洞内的氧气不足了，越是活动，就越消耗氧气，静下来，可能还能少消耗一点，这样真的就能让大家多活一点时间，可能还能等到外边的首长和同志们打开通道的时候。要是还继续干下去的话，说不定，大家在不知不觉中，就倒在洞子里，爬不起来了。对，我们不是等死，我们不是怕死，我们不是怕死鬼，我们是为了节省洞内的氧气，而暂时停下来，等待外边的同志救援。就这样，咱就都停下来？”

“听你的，你是最高指挥员，一切都听你的。”

“那就好，我下命令了？”

“下吧，对了错了，咱俩担着。”

“好。”

史丰先与五班长商量完，就站起身来，看着正在缓缓作业的人员和换休在掌子面的同志们，这时候，自己也觉得胸口憋闷，呼吸不畅了，怎么会这样？是条件反射还是真的就是氧气不足了才出现的这种特有情况？细细地一想，真的是氧气不足带来的效应啊。刚才他就觉得呼吸短促，可是老觉得是劳累所致，现在和五班长一谈，就彻底地明白造成这种现象的原因了。劳动强度大，一定会多消耗氧气，洞内一百二十多号人，在强体力劳动状态下的用氧量，远比平常要多得多，也大得多啊，如果说大家鼓把劲，很快能打通逃生的通道的话，自然没话可说，但是，大塌方带来的情况令人不敢想象，在完全失去机械帮助，迫不得已使用人力的情况下，不知猴年马月才能打开向外的通道，把洞外新鲜的空气带进洞子中来？史丰先在这一瞬间所产生的心理活动，突然就坚定了停下来等待救援的决心。而且很快明白，这个决心是下对了，这个决定也是做对了。史丰先不再犹豫了，不再瞻前顾后，果断地扯开嗓子在洞内大声喊道：“全体都有了，听我的命令，以五班长为中心，集合！”

五班长的手很快握成一个拳头，举过头顶，笔直地站在史丰先面前。

洞内出现了一阵安静，谁也没有想到，在这个时候，在这个生死攸关的节骨眼上，史丰先会下命令让大家以五班长为中心集合。他让大家集合干什么？不干了？不让大家向外打开通道了？让大家等死了？但是，毕竟，军人以服从命令为天职，在大家疑惑的同时，都放下手中的活路，慢慢向五班长靠拢了。

队伍在洞中排成，不似平地上那样整齐划一，但队列左右有形，前后有列，个个精神饱满斗志昂扬。他们身上蒙满尘土，可是双目却炯炯有神。史丰先见队伍已然排好，就习惯地喊了句口令，整理了一下队伍，然后向大家下了达命令："从现在开始，原地休息，不要再向外寻找通道，等待外边的首长同志们救援。"

史丰先的命令一下，队伍里响起了一阵轻微的议论，史丰先听到，咱就这样等着死啊，咱死也要死个样子啊？要是几十天外边的人进不来，咱还这么等吗？史丰先听了，一一记在心上，等大家的言论声稍加平息后，才用平静的口气说："你们说的话我都听到了，大家的心情我也理解，我和大家的心情都是一样的，可是，洞内的氧气不足了，不够用了，咱们要是还这样拼着命地干下去，氧气就会很快就会耗完。如果我们还不停下来的话，会加速氧气的消耗，这样一来呢，就会使我们正常的氧气提前使用完，对我们的生命带来威胁。在这种情况下，我们只有停下手中的活，保持平静，不要过多的消耗氧气。现在唯一的办法就是，停下来，原地就坐，等待外边的同志们救援。"

掌子面上没有议论声了，但却听到有人轻轻地叹息了几下。史丰先敏锐地想到，别让绝望情绪笼罩在洞子里，停下活来，并不是原地等待死亡，而是保存实力，延续生命，一旦有了空气的的补充，我们再组织有效的突围，打仗的目的是为了彻底地消灭敌人，可是在消灭敌人之前，得要先保护好自己，自己保存不好，何谈消灭敌人呢？于是，史丰先再次说道："一切行动听指挥，就按我说的做，就地休息就是命令。大家不要想得太多，不要悲观失望，现在的休息是积蓄力量，等到关键时候再向外突围。"

史丰先说完，向队伍又发出了一声口令："全体都有，原地坐下！"

站立的队伍原地坐了下来，有的席地而坐，有的靠墙而坐，有的就着支撑木而立，他们累了，从被关进洞子里算起，八九个小时以来，都没有得到好好休息，即就是停下来歇的时候也是在一边多多少少地帮着前边的同志干些顺手的活。这下，当他们全部停下手中的活后，就觉一股疲意袭上头来，过于劳累的，刚一坐下来，就低头睡着了，还不到几分钟，就响起了浓浓的鼾声。

大家坐下来了，史丰先却不敢闲着，他把五班长叫到跟前，悄声地商量起另一件事情来了。史丰先说："五班长，咱这一阵子光顾着向外掏洞子了，没有好好地和外边联系，就是联系了，也不见得外边就能听得到。"

"是啊，塌方量太大，又塌了两次，可能听不到。"

"现在呢，咱们歇下来了，可是千万不能闲着，也不能让洞子里太安静了，太安静了，会让人的心里产生害怕心理，这么多的人心理害怕了，你想想会带来什么后果呢，我们只有被塌方吓死了。"

"对呀。"

"刚才我们忙着顾不过来，现在都休息了，有时间了。这样吧，你带几个人，轮换着，不断地敲着钢管，向外边发出信号，让外边的同志们知道咱还在和他们联系，让他们快点营救 。"

"可以。"

"你我一刻也不要歇着，直到与外连接联系上了，就再不敲管子，怎么样？"

"就按你说的办。"

于是，两人就分头安排这件事情来了。不一会儿，洞子里就响起了有节奏的钢管敲击声。间隔一段时间，敲击声停下来，听听外边有没有回应。没有回应后，这敲击声就又响了起来。

史丰先一坐下来，突然觉得肚子在咕咕地叫着，这时候才想起来，他们自从进洞子后，水米未沾，在洞子里已经干了六个小时，现在又在洞子里与塌方抗争了七八个小时，肚子是实在扛不住，叫了起来。二排他们是吃了饭进到洞子来的，好坏能撑得起七八个小时，而他们三排所有在洞子里的人都和他一样，全是空着肚子的，想必也和他一样肚子闹起革命来了。洞子里没有一点可供填充的食物，只能硬着头皮往下撑了。自己能撑下去，三排的其他同志能撑得下去吗？他看看身边的同志，他们虽说全身疲惫，可是谁也没有说一声肚子饿的话来，他们是一群多么坚强的战士，是一群多么能吃苦的同志，在这么困难的情况下，不叫一声苦，不喊一声累，没有顽强的意志，是不会从八个小时前坚持到现在，也不会从现在坚持到最后。在生死攸关的时刻，他们镇定自若，视死如归，多么高尚的情操，多么可贵的精神！

正想着，五班长来到史丰先身边，声音低低地说，听得出来，洞内的缺氧使得他的说话也不甚连惯了，平时洪亮的声音听起来也显得有气无力："史排长，咱得把洞内的气氛活跃活跃一下啊，我看洞子里的气氛有点沉闷，活跃一下大家的心情会好一些。"

"对呀，我想想。让我试试，看看这个新兵蛋子成不成？"

"对，我看这家伙刚来部队时，唱什么秦腔，现在能不能唱？"

"就是这话嘛，我问问。"

史丰先说话的时候还担心着孟三辰有点不太愿意，可是没想到孟三辰却慢慢地走到自己跟前来，说："史排长，谁说我不能唱？"史丰先先自笑了起来："谁说你不能唱了？给大家鼓鼓劲，谁说你就不能唱？"

"就是嘛，这是关键时候了么，我唱一段能给大家鼓个劲也算我为突围出了点力嘛。"

"好，你就不要客气，唱两句吧。"

"没嘛达，就是我的气有点喘不匀，可别笑话我。"

"来吧，我给你报个幕。"

"好，你报了我就唱。"

"大家静一下啊，为了活跃一下洞子里的气氛，现在让三排的孟三辰同志，给咱们唱一段戏，大家呱唧呱唧。"

洞内响起稀稀拉拉的掌声。史丰先再次大声地说道："怎么，都成这了，被塌方吓住了吗？"

"没有。"

洞子里的人一窝声地说。

"那怎么就连掌声都听不到了呢？"

洞内的掌声再度响了起来。史丰先这才满意地说："好，也对得住人家孟三辰同志的表演嘛。好，孟三辰，现在开始。"

孟三辰亮起沙哑的嗓子，在洞子里唱了起来，嗓音不好，但那秦腔韵味十足，让人听起来蛮有意思的：

祖籍陕西韩城县，杏花村里有庄园。

姐弟婚姻生了变，千里寻亲到蒲关。

沙哑的嗓音，柔弱的气息，一段悲凉的唱段，在掌子面上响了起来。这本是秦腔《三滴血》中的一段著名唱段，经几个名艺人的演唱，成为关中大地一段家喻户晓的名段，几乎所有秦腔爱好者都能哼上两句，就是不爱秦腔的人，也能跟着演员溜上两声。孟三辰喜爱秦腔，所以对这段唱词更是不能忘怀。可是今天，这个新兵在洞子里开口演唱，嗓音太苦涩，听了非但让人产生不了美感，反倒让人徒生一股股悲伤。尽管如此，还是给大家带来了异外的欢乐。史丰先也是陕西人，秦腔本是西北地区最为流行的一个古老剧种，他小的时候也看过这出戏，熟知剧情，也曾不时地哼唱过这两句戏词，对唱腔也有了解，这新兵蛋子一开口他便听得出来，嗓子还好，要不是在洞中，不是在缺氧状态下，他会把这段唱腔演得惟妙惟肖。外省人不懂秦腔的个中美妙，只是把这剧种的唱法直呼为驴吼马叫，震得人头痛。让人觉得匪夷所思。孟三辰唱声一落，洞子里一阵沉默，史丰先见无人喝彩，就大声地喊了一下："唱得好不好？"

"好。"洞内响起了稀稀拉拉的声音，气息同样也很虚弱。

"再来一个要不要？"

"要！"

"呱唧呱唧！"

掌声还没有起来，却听得有人尖声地叫了起来："谁给我扬了一把沙子？呸，呛我一嘴。"

这刺耳的声音盖过了即将响起来的掌声。史丰先顺着尖叫声看去，那个尖叫的人从地上站了起来，慌乱地摸着脸，那脸上似有好多粒沙子扑上脸来。史丰先以为真的有人给那个兵扬了一把沙子，可是，当他正要让那人安静下来时，却意外地发现，一股细微的沙土，从那个兵的脚下升了起来，那沙土像一棵细长的蘑菇，越过那个兵的胯下，直冲脸部，并不断地向上冲去。史丰先一阵惊喜，身子立马像弹簧似的弹了起来，一个箭步冲向那个尖叫的兵前，在冲动的同时，又大声地喊着："别动，别叫，气来了，气进来了。"

那尖叫的兵木讷地停了摸脸的手，低头向下看去，只见一股混浊的气浪从胯下升起，直冲头顶，这才明白，有一股强劲的风从脚下冲进洞子里来了。正要仔细看过，却被史丰先一把推到一边，见史丰先蹲下身子，双手将冒出气体的地方刨了刨，那地方现出一个管口来，纯净的空气带着一丝响声，“呲呲”地向洞内冲进来了。很快又见史丰先突然站起身来，向着洞内声嘶力竭地喊：“我们有救了，我们不会被憋死了。”

原来，送风的管子被散乱的人群踩在脚下，盖在石碴下边没人管了，在慌乱中只是想着向外突围的同志们谁也没有想到会利用这个送风管沟通与外界的联络，也绝没有想到利用这个管子建起一个生命的通道，让几乎濒临死亡的生命再现旺盛的生机。没有啊，没有。可是谁又能想得如此周全呢？史丰先懊悔地摇了摇头，毕竟他们再次见到生的希望了！这一个小小的失误又能算得了什么呢？

洞内大多数人还没有从这突如其来的叫喊声中回过神来，刚才还在嘈嘈议论着谁给那个兵扬了沙子，倏忽间又听到史丰先发了疯似的喊叫：“我们有救了，我们不会被憋死了。”洞子里一下又现出了寂静，想仔细地听听史丰先死不了的真实含义。

史丰先见大家还愣在那里，就平复了一下自己的情绪，站直了身子后，一字一顿地大声说道：“大家都听着，我们有救了，我们再也不会被憋死在洞子里了。外边的同志们把空气从通风管道给我们送进来了。空气是什么呢，是我们的大救星，是我们的命根子。我们有救了。”

洞内就响起了一阵欢呼：“我们有救了，我们有救了。”

等大家平静下来时，史丰先接着又说：“外边的同志们一刻也没有忘记我们，一定是克服了种种困难，把空气送到掌子面上来，他们一定也在竭尽全力设法营救我们。现在呢，我们再也不能在掌子面上歇着了，都要动起来，按照原来的计划，继续向外打通通道，与外边营救我们的同志们会合，多向外进一寸，就会早一分钟与外边的同志们会合。来吧，干起来吧，先把通风管口清理出来，让空气顺畅地灌进来。等我们缓过这口气，用尽全身力气，冲出这个地方。”

“干起来啊！”洞子里响起了雷声般的呼喊。

“来吧，干起来吧！”坐着的、站着的、躺着的，全都涌向边墙处，自然排成一条长龙，把靠边墙的碎石头一块一块地搬向最里边。欢乐的声音再次在洞子里响起，他们为冲出塌方的威胁而呼喊，为生命的不息而歌唱。

洞子里没有歇着的人了，只有那个被砸伤的新兵，躺在掌子里的角落里，昏迷不醒。

五班长突然间像想到了什么似的，悄然来到史丰先跟前。五班长心事重重地说：“史排长，咱怎么也得向外边传递一个信号吧，我们在里边还活着。”

史丰先说：“是啊，我也正在想这个问题呢，你和我想到一块去了。可是现在这种情况怎么才能把信号传递出去呢？顺管道，还是再敲管子？”

五班长沉思了下下说：“管子的风是向里边吹来的，要向外边传递信号，怎么也传不出去。”

“是啊，咱不是一直在敲着钢管子的吗？外边就没有一声回应，说明什么呢？说明外边就没有接到咱们里边传出的信号。”

“对呀。可是，咱们不能就这么黑着头等外边的同志救咱们啊。总得有个表示才是。”

“是啊，让我想想。”

五班长又陷入了沉思。

史丰先突然眼睛一亮说：“哎呀，有办法了。咱可以这样办。风不是从管道里向进吹的吗？”

“对呀。”

“我们可以多写几张纸条，放在顺风的高处，让风把纸条吹向外边。”

“问题是还没有挖通向外的洞口啊。”

“是啊，但是，我想外边的同志们一定会从高处向里边打开路子的，如果稍有一点空隙的话，纸条就可能飞出去。他们就会得到我们还活着的情况。如果打不开，那肯定不会吹出去的。我们只有这样做了，做了总比不做强。”

“你说得对，咱就这么做，赶快让人写。”

“与此同时呢，我们还继续敲钢管，传递不出去也得继续敲，也得让外边的同志放心。”

“你说得对。就这么办。”

“这个事你来办，我带着大家继续打洞子。”

五班长很快和史丰先分了手，执行史丰先给他下达的任务去了。

五班长走后，史丰先心中突然又冒出一个念头，一个掌子面上，聚集了一百多号人，一百多号人单从边墙处向外突破，既窝工又混乱，与其这样，不如将人马分成两拨，一拨从边墙处向外找寻出路，一拨再从上边寻找出路。上边的碎石很多，也很危险，但是，等着毕竟不如向外挖着，从送风的情况看来，外边的同志在竭尽全力向里边挖掘，挖掘的方向一定会向着掌子面，选择的突破点也会从高到底，如果是这样的话，我们被关在里边的人就从里向外打，里外夹攻，不但会抢出突围时间，而且也会缩短打通通道的距离。对，这是一个两全其美的方法，以前怎么就没有想到呢，真是糊涂啊，蠢材蠢材，这么多的人交到你的手里，你却糊里糊涂地瞎搞一气，不是误人性命吗。这样想了，就有一种自责，但此时此刻他也管不了这许多，赶紧重新布置兵力，把洞子里的人马分为两拨，他带一拨在上边，从里向外，向下搬动石头，五班长在边墙处，继续向外掏洞，洞子不通不能停手，就是把命搭上了，也得把通向外边的通道蹚开。

于是，洞子里兵分两路，又开始了新一轮的战斗。

四十五

王国庆笔直地站立在江之风面前。江之风问："向里边的空气送进去了没有？"

王国庆答道："从风压的情况来看，风已经送到了掌子面。"

"你能确定？"

"我能确定。"王国庆不是信口开河，乱说一气。此前，压风机司机报告他，从一开始空气遇到的阻力到最后一声瞬间减压的猛烈程度上判断，一个是送风管道没有遭到损坏；二是，风通过风管，冲开了管口的堵塞物，走到了掌子面上。王国庆反复询问：情况可否准确？压风机司机一口咬定，他从事这么多年送风操作，从来没有一次失手过。王国庆由此喜上眉梢。因此他敢如此肯定风已经送到掌子面上。

"里边有没有回应？"

"一直与里边保持联系，没有听到回答。"

"那就是说，还不知道里边的同志是活着还是遇到不幸？"

"对。我们还在继续联系。"

江之风表情严肃地在原地倒换了几下步子，然后说："用风管向里送进一个纸条，告诉同志们，兵部首长和520首长正在和同志们一起全力营救，不论什么情况都要坚持，直到救援部队与你们会合。坚持就是胜利！"

王国庆响亮地回答道："是！坚持就是胜利。"

于是，王国庆向文书下达了一个明确的指示：赶快写一个纸条，交给压风机司机，就写："首长和同志们和你们同在，坚持就是胜利！

王国庆。”文书就地取纸，并用钢笔急就一章，落了王国庆的名字，交到压风机司机手里。压风机司机临时停了送风，从管道接口处，将纸条塞进里边，又开动了机器，将风压开到最大处。整个动作，不过三五分钟。

江之风看到纸条子放进管子里，风机再次开启的时候，这才转身对520首长说：“走，我们到隧道上边去。”

520首长压在心上的一块大石头这才落到地上。首长一时有如释重负的感觉。

江之风刚离开平洞，曹光标就安排了六连的人员，从平洞处，贴着风管，贴着边墙，向里快速开掘，风枪、洋镐、铁耙子、铁锹全部上场，一拨累了，倒换另一拨，一拨接一拨，马不停蹄，向里开掘。

洞子在强劲地开掘下，一米一米地向里延伸。

就在520首长和江之风师长了解送风进展情况的同时，梁中明独自跑到了隧道顶上，亲自督战抢险的进程。曹光标见梁中明急急地从山下赶到山顶，出面将梁中明拦在了新开的洞口旁边。梁中明问：“下边的抢险进展得怎么样？”

曹光标说：“正在加紧进行。”

“离掌子面还有多少距离？”

“小洞还没有掏到正洞顶部。”

梁中明一时发了火。还没有掏到隧道顶部，也就是说，从塌方顶部往下掏洞，进度不大。掏不到顶部，就意味着不能进入正洞顶部，进不了正洞顶部，就将难以打开一个通道，把里边的同志们在最短的时间内救出来。时间就是生命，这么长时间过去了，可是，抢险小组却还没有把洞掏到正洞顶部。这不是要命的一件事吗？梁中明大声地说：“你们是干什么吃的，这么长时间了，怎么就一点进度都没有！”

曹光标委屈地说：“里边的石头压得太实，方量又大，洞内空间又小，兵力展不开，下边的同志一直在拼命地工作，困难太大。”

“困难再大也得抓紧时间，把通道开出来。”

曹光标说：“是！”

“要是下边的人员干得时间长了，另换一拨人上去。”

“换哪个部队上？”

“你们二营不论哪一个连，体力精力都比下边的人好。”

“好，我去通知蔡连长他们，把六连两个排调上来。”

“去吧，要快，也让他们休息一下。”

可是当曹光标把蔡稀胜叫到跟前，刚一开口说让十七连下场休息时，蔡稀胜一下子火了起来：“你这不是给我们十七连办难看吗？我们马不停蹄地在洞子里边抢险，你却叫我们撤下来？我们十七连不行？我们十七连完不成这个任务？”

曹光标说：“不是这个意思，是你们一直在洞内抢险，已经很是疲劳了，让你们下来，是让你们喘口气，不是什么不信任，也不是说你们十七连完不成这个任务。”

“我们十七连从来也没有干过临阵脱逃这样的事。”

“没人说你们十七连临阵脱逃啊。你这不是在胡搅蛮缠的吗？”

“在抢险第一线被撤下来就是临阵脱逃，这是一种耻辱，我们十七连从来不干这样的事。”

一旁的梁中明看到蔡稀胜一脸的不高兴，又听到蔡稀胜的话语，就走上前去，一脸严肃地说：“蔡稀胜同志，让你们换下来，是让你们好好休息一下，你们已经连续干了十多个小时了，好多人的手和脚都磨出了血，碰破了皮，不好好休息一下，进度就加快不了，这是组织决定。不要胡思乱想。让你们的人快点下来，让二营的同志们上去。”

蔡稀胜一看梁中明团长发了话，就向梁中明跟前走了一步说：“梁团长，我们连在洞子下边已经干了好长时间了，对下边的情况比较熟悉，干起来顺手，再者说了，要是调换兵力，势必耽搁时间，耽搁一分钟，就给洞内的同志们造成一分钟的威胁，所以不能调换部队。”

“不要讲道理，这是命令。”

蔡稀胜说：“这要看下边的同志们答应不答应。”

下边抢险的同志们早就听到他们的争论了，一直有一股气憋在心里。他们一窝声在下边说：“不换。”

梁中明一下来了气，当面顶撞领导，又拒不执行命令。但抢险救援之际，不能多说什么，再一想，他们也是求战心切，早点把里边的同志们救出来。就没有发作，但梁中明却厉声地问：“不想换，你多长时间能给我把塌方中间的通道打开？”

“两个小时内。”

“军中无戏言。”

“两个小时不能把通道打开，以撤职论处。”

“好，有你这句话在，就不换了，但是，要是不在两个小时内打通通道，当下撤了你的职。”

“甘愿处理。”

“曹光标，听到没有？部队就不要调换了。你要全力做好保障，洞子里要什么供什么，一切以抢救同志们为前提。”

“是！团长。”曹光标涨红着脸说。

“两个小时后我再来这里看。”梁中明说完，转身向山下走去。走到半道，遇到江之风和520首长，梁中明说：“首长们请下山吧，一切都在紧张地进行，估计不到两个小时洞子里就会打开一个通道。”江之风一听梁中明的报告，心里有了底，再说了，风从送风管道已经送进了洞子，他的心就放下了一多半，此时他最为担心的是，里边的同志是伤是残还是亡，现在，里外不通音信，得不到一点可靠消息，纵是站在洞口，也是无益，于是就和520首长商量了几句后，转身向山下走来。

蔡稀胜也急了眼，看着梁中明带一股气走下山去，就不管曹光标在不在场，大声地在山头上喊了起来：“通信员！”

通信员小跑着从山下向蔡稀胜跑来：“到！”

“看看王指导员那里，风送没有送进洞里？”

“报告连长，风已经送进洞里去了。”

“那就好，让王指导员那里只留两个人，其余人员全部带着钢钎、撬杠、大锤，撤到上边来，下到洞子里，从这里突破。”

“是！”通信员转身撒开丫子向山下跑去。

王国庆带着的人马火速从山下赶到山上来了，没等说几句话，王国庆带头拽着绳索从新开的洞口下到塌方的顶部，其他人员，也鱼贯而下，在洞内展开了一场生死搏杀。

蔡稀胜的人马像疯了似的进行抢险着。遇到小石头，用手搬走，遇到大石头，大锤、钢钎一起上，把大石头砸为小石头，再把小石头搬到另一个地方，手套早就磨得不成样子，手指也磨得血肉模糊，衣服被尖利的石头割得左一个道子右一个口子。但是，他们就是紧咬嘴唇，下死力气地干着，没有人说一句话。

时间在他们不断搬动的手中慢慢地逝去，深度一分一分地向下掘进。

不知过了多长时间，蔡稀胜累得浑身没有一点力气了，他从一开始救援到现在，一刻也没有歇着，一连十多个小时，强体力劳动，就是一个铁打的人也会被折磨得脱去一层皮的，也会累的腰酸腿疼。他站在最深的石坑里，手脚越来越慢了，动作越来越迟缓。王国庆看到了，实在不忍心让他再干下去，于是就在上边喊着："连长，你上来，我在下边干。"说话的同时，跃身跳进深坑中，没想到，随着他的这一个下落动作，只听得扑通一声，身子往下一沉，他和蔡稀胜的身就向下陷了进去。王国庆心中喊了一声不好，以为第三次塌方又发生了，正在暗自担心，却没到一两秒钟时间，下落的身子停止了，王国庆四下里看了一下，心中涌上一股喜悦来：通道从顶部终于打通了。在他跳到蔡稀胜身边的这一瞬间，那架着的塌方石，被他一脚踩透，俩人齐齐地站在了正洞顶部下的空隙里。

众里寻他千百度，蓦然回首，那人却在灯火栏栅处！

或者可以说：踏破铁鞋无觅处，得来全不费工夫。

这一意外情况，让蔡稀胜再度兴奋起来。他们将通道打到正洞的顶部了，而且正洞的顶部现出了一个空洞，向里看去，虽说有石头填在洞子里，但是总有一些大小不一的空隙露出来。蔡稀胜大喜过望，一时忘了疲劳，精神倍增，就指挥着几个精干的战士，让他们从这个洞子里向里探去，同时，让王国庆向里喊话。王国庆铆足了劲，双手在嘴上捂个嗽叭型，向着洞内喊道："史丰先，听到了请回答！"

王国庆喊完，洞子里的同志们全都凝神谛听，希望得到里边的回应。

蔡稀胜心急如焚，王国庆的喊声一出，他最为担心的是，里边没有回应，没有回应就说明他们已经被塌方塌死，遇到不幸；回应了，自然就万事大吉，只不过是里边伤亡多少的事情了。

王国庆在焦急地等待着里边的回应。

等了好大一会儿，仿佛一个世纪，洞内传来了沉闷而有气无力的声音：“我是史丰先，我是史丰先。”

洞内终于有了回音，这是王国庆他们期待已久的，王国庆内心不禁涌上一股热流，他们还活着，他们没有死，活着就好，只要活着，一切问题都迎刃而解了。王国庆激动地转身向蔡稀胜说：“听到了没有，史丰先答应了，他们没有死，还活着。

“听到了，他们活着。告诉他们，再坚持几分钟，我们就到！”

王国庆说：“好。”又转过身去，大声地向里边喊道：“史丰先，再坚持几分钟，我们就到你们身边。”

过了一会儿，史丰先沉闷的声音再次从石头堆里传了出来：“我们也向你们跟前靠拢。”

蔡稀胜长长地吁了一口气，史丰先他们联系上了，他们还活着，他们没有被埋在关角山中，这是不幸中的万幸啊。幸运的是，他们在一个强大的抢险指挥工作组的领导下告别了死亡，他们在战友们的拼死营救中与死神擦身而过，他们在同志们的指尖上躲过了人生中的重大灾难，他们是不幸的，但又是幸运的。此时的蔡稀胜下意识地抬腕看了看表，时间离师长江之风规定的提前了十五分钟。多么宝贵的十五分钟，这十五分钟意味着什么？意味着他们的生命提前释放出鲜活的生命力，这十五分钟是一种诺言，是一个考验，也是一种象征，它象征着铁道兵钢铁般的意志是任何艰难险阻都摧不跨压不烂的。铁道兵的旗帜永远不会倒！

蔡稀胜在洞内做了一下深呼吸，然后对王国庆说：“老王，让我缓一口气，你带着人加紧时间把通道打开，把里边的同志们救出来，另外，让通信员报告师长，我们在预定时间与里边的战友联系上了，伤亡情况待后再报……我有点头晕，让我歇歇吧，可能老毛病又犯了。”

王国庆知道蔡稀胜身体羸弱，多次在洞内施工中晕倒在地，这次同样又因劳累缺氧而头晕了，就赶快让洞内的同志把蔡稀胜拉上洞外。蔡稀胜说：“不要管我，啥时候了还管我，把通道打开了再管我的事，我这是老毛病了，里边一百多号人，哪一个都比我重要，快去。”

王国庆只好将蔡稀胜放在一边，让他靠着，自己则扯着嗓子让通信员向师长报告，带着洞子内的同志们加紧地向里开道了。

洞内的通道一点一点地向里开进，通道越来越长，生命的道路也越来越宽广。

江之风再一次来到正洞顶部新开的竖洞口上，他把梁中明叫到跟前，面无表情地下达了又一个命令："命令十七连撤出抢险，二营其他连队接替，直到彻底把通道打开，迎接里边遇难的同志们。"江之风是下了决心的，他从一到抢险现场，就知道十七连一直战斗在抢险第一线，连续战斗了足有十个小时，人的精力是有限的，就是钢铁意志也经不住长时间的劳累。再说了，他们与里边的同志们已经取得了联系，接下来的战斗就是扩大战果的问题了，这时候是该让他们休息一阵子了。江之风知道他的命令一出，肯定会遭到蔡稀胜和王国庆的反对，所以就不容抗拒，下了道死命令。

梁中明复述了命令后，立刻在洞口前调兵遣将，将二营曹光标叫到跟前，让他立马交换阵地，将六连两个排调上战场。曹光标向洞内下达了十七连迅速撤出抢险的命令。尽管王国庆怨声载道，不满情绪一大滩，曹光标就是不松口，让他们在十分钟内全部撤出抢险救援。

王国庆和周子星他们上来了，最后上来的是蔡稀胜。他们用绳索将蔡稀胜捆着，几个人站在洞口，一把一把地将他从洞内拉了上来。直到洞口，上边的同志们才知道蔡稀胜还处在昏迷状态。再看看这些从洞内上来的同志们，施工棉衣没有一个是完好的，面子全部开了花，露出了发黄的棉絮，施工鞋也都开了胶，袜子从破烂地方露在外边，结着一层碱垢，脚指头大多流着紫红的血，凝成血痂。手指头全部磨破了皮，血和尘土凝结在一起，肿起高高的一个大包，脸上全都蒙着一层厚厚的尘垢，刺骨的寒风将他们的破衣烂衫高高地掀起，在空中上下飞舞，活像一组视觉冲击强烈的雕像，让人看了不禁心生一种悲悯情绪。

蔡稀胜带着他们慢慢走下山坡，边走边回头望望，盼望着他的战士们从苦难的境地中走出来。

四十六

掌子面上，空气已经送进来了，也知道洞外在全力救援，坚强的铁道兵怎么还是“悲壮气息”。五班长带着几人在送风口，顺着边墙向外一点一点地掏着，史丰先则带着另一拨人在塌方的顶部向上掏挖着。两者无论哪一个掏出通道，都会给几近死亡的洞内人们带来一种生的希望。

掏挖在沉闷中进行着，没有一声叹息，没有一声抱怨，只有石头相互碰撞的声音，和突围人员粗重的喘气声。

孟三辰干得累了，他被后边的人换了下来，坐在杂乱的石头上稍作休息。刚坐下来，就觉一张牛皮纸被管中的空气吹到了脸上，他伸出无力的手，将几乎就要贴到脸上的牛皮纸揭了下来，满脸的汗水得要毛巾擦擦呀，于是他将纸放在脸上胡乱地抹了一下，可惜纸太小不能将脸全部覆盖了，孟三辰害气地将纸扔到了地下。那纸极不情愿地在空中打了一旋，落在脚下，窄楞子靠在一块石头上。孟三辰也就没多大在意，大声地喘了几口气，又准备上到顶部去，接着搬动石头。当他刚要站起身来时，却看到那张牛皮纸，又被管中吹进洞内的风托了起来，飞到膝盖不远的地方，定眼一看，那上边写着几个粗大的字迹，是牛皮纸上原来就有的文字还是有人在上边随意画的？一时让他化解不开，心想，在突围如此紧张的情况下，还想着上边是随意写了还是原来就有的字迹这个劳什子做啥，正要起身而走，却蓦然发现“王国庆”三个大字赫然入目。王指导员写着字的牛皮纸怎么就从送风管中吹了进来呢？又一想，不对，不对，可能是王指导员从送风管中送进来的命令啊。想到这里，飞快地将纸抓在手中，放在眼前一看，就见上边写着这么一行字："首长和同志们和你们同在，坚持就是胜利！王国庆。"孟三辰急了，尖着嗓子喊："史排长，指导员给我们来信了。"

史丰先正在塌方顶部向外掏洞，忽听一阵叫声，嗓音怪怪的，回头一看却见孟三辰神里神道地向自己扬着手，手中捏着一张小纸条，脸上的表情因为异常激动而变得极度扭曲。他轻声地追问了一句："你说什么？"

孟三辰又高高地扬了扬手说："指导员给我们来信了。"

史丰先没有理他，轻轻地说："是不是咱写的那些纸条落到你脸上了？"自从史丰先让人把洞里的情况写在纸上，顺着风向扬上塌方顶部后，因为塌方顶部没有打开一个口子，所以，纸条就落在塌方的碎石上，根本就没有出得洞子去，孟三辰猛不丁的一喊，史丰先以为孟三辰搞错了，错把自己写的纸条子当成了外边传进来的，就没有在意。

"不是啊，是指导员的信。"

经这么一说，史丰先才猛然醒悟了，一定是外边的王国庆指导员顺着送风管道，送进一张纸条子来了，对，这种情况是极有可能的，史丰先三步两步从顶部下到孟三辰跟前，夺过手中的纸条，定眼一看，真的就是王国庆写来的条子。史丰先周身涌起了一股热浪，首长和同志正在营救我们出去，首长和同志们和我们同在。外边的纸条送进首长和同志们的慰问来了，我们的纸条却没有送出洞外去。对，坚持就是胜利，坚持到底就是胜利。史丰先让洞内所有人停下动作，大声地将从送风管中吹进来的纸条子扬在空中，说："同志们，外边的首长和同志们正在加紧营救我们，鼓励我们坚持就是胜利。我们一定要坚持到最后一分钟，直到从洞子里走出去。我现在问，生命不息，战斗不止，我们能不能做到？"

洞内一片声音喊道："能，生命不息，战斗不止。"

"好，继续战斗，直到从洞子里走出去！"

"继续战斗！"

停下来的突围又开始了。他们一扫沉闷和精神状态，高扬起不畏艰难险阻的旗帜，和塌方展开了最后的搏杀！

快！快！

洞内的人员反复地讲着这一句话，传递着同一个坚定有力的意念：坚持就是胜利。

时间在快快的喊声中溜过，通道在二排三排同志们顽强的战斗中慢慢向前延伸。

不知过了多长时间，史丰先猛然听到一声喊："史丰先，听到请回答！"

声音仿佛从地狱中传来，带着丝丝悲悯，但在嘈杂的石头搬运声当中是那样清晰，又是那样坚定那样的急迫。是谁在呼唤着自己，是谁在哪个方位呼唤着自己？该不是蔡连长王指导员在洞子的另一边与自己进行联系？对了，就是他们，他们在洞外一定焦急万分，心急如焚，但是，在哪个方位？是在正洞的正前方，还是在上方？是在塌下来的石头中打开的通道里，还是在平洞处？一想到外边战友营救自己快到近前，他的心里不禁涌上一股热流，我们快结束这不幸的遭遇了，我们快走出这个该死的掌子面了，我们将走上草原，自由地呼吸草原上的新鲜空气了。于是，他向洞内大声地喊着："都有了，停止一切活动，听听是不是外边传进来营救大家的声音。"

洞内嘈杂的声响静了下来，没有一个人走动，没有一个人吱声，没有一个人小声嘈嘈，全部原地站着，侧耳听着从外部传进洞内的细小声音。

"史丰先，听到请回答！"

外边的呼唤再次传进洞内来，像上次那样，是那样的清晰，那样的急迫。对了，耳朵尖的史丰先早就听出来，这是王国庆那略带沙哑的嗓音。是王国庆指导员在呼唤着我们。史丰先一阵激动，高声地在洞内说："听到了吗，是王指导员的声音，他们在呼叫我们。"

洞内一片欢腾，有人激动地拥抱一团，庆祝战塌方取得了阶段性胜利。史丰先立刻挥了挥手，将沸腾的情绪按了下来，说："别着急，让我向洞外的指导员回答一声我们在。"

"好！"洞内又一阵欢腾，复又安静下来。

史丰先卯足了劲，几乎是扯着嗓子向外边使劲喊："我是史丰先，我是史丰先。"

不长时间，又听到一声呐喊："史丰先，再坚持几分钟，我们就到你们身边。"

史丰先又大声地喊了句："我们还活着，我们都在。我们也向你们跟前靠拢。"

这一声喊就像一声战斗号角，唤起了洞内同志们激扬的战斗热情，他们不再用史丰先鼓动，就以极大的热情、忘我的精神发起了向洞外的最后冲锋。

凌晨四点，塌方的顶部挖开了一个洞，这个洞只有七八十公分见方，可是却是里外相通了，接着，一个人从洞口手脚并用，慢慢爬向洞子里边来。洞内的史丰先，第一个发现了这个令人异常激动的情况，有人从顶上的洞口爬进里边来了，外边救援的同志们从洞口爬进洞子里边来了。史丰先以为这个进来的人是连长蔡稀胜，却身手有点不像，待他定睛看时，却见这个爬着身子的人，弯起腰来，试探着叫了声史丰先，史丰先。当看到正在观望自己的史丰先离自己不远站着时，就突然吼出一声喊来："史丰先！"声音如此之洪亮，如此之充满激情，如此之欣喜若狂，震得洞子内落石为之震颤，心灵为之震撼！史丰先听得清楚了，不是蔡稀胜连长的声音，而是二营营长曹光标，他是从施工连队冲杀出来的，嗓音如雷，在空旷的原野上，他的讲话令人耳膜嗡嗡作响，在密闭的洞子里更是如炸雷一般。史丰先立刻放下手中的活路，挺着身子答道："到！"

"组织人员，分成小组，向外突围！"曹光标向史丰先发出了向外突围的命令。

"是，组织人员，分成小组，向外突围。"

恰在此时，下边的五班长也向史丰先发出了呼喊："史排长，平洞的通道也打通了。"

史丰先兴奋地向空中挥了下拳头，禁不住激动地说："好，你带二排同志从下边向外突围，我带三排从上边向外突围。以班为单位，现在开始！"

洞子里立刻以排为单位，迅速集结，向外成梯形的突围。

史丰先让三排的同志以班为单位，从小到大，快速向外，一个接着一个，冲向洞口。史丰先则守在最后，留着孟三辰一人，待排里所有人离开掌子面后，俩人将受伤的新兵抬着，向上走去，孟三辰看着两人在洞内行动不方便，干脆将受伤的同志背在背上，一步一步地向上爬去，史丰先一步步地跟在后边，向上推着。伤员身上凝结成紫色的血水，从孟三辰的身上慢慢地流下来，滴落在碎石头上，洒下一路血迹。

史丰先看着一路血迹，眼里不禁涌上一股热泪。

四十七

史丰先最后一个出现在塌方顶部新开的洞口上。是夜，凌晨四点钟，黑黝黝的关角山里只看得见轮廓，雪线隐在幽幽的暗夜中。冷如刀割的风从山间刮来，搅起一阵又一阵雪末，吹进他烂成絮絮的施工棉衣，身上一阵又一阵冰冷。十四个小时，从昨天下午两点钟计起，整整十四个小时，他和他的战友们在塌方的隧道中经历了炼狱一般的折磨，当他们被关在洞内的一刹那间，他还一度悲伤又绝望地想，此生毕矣，还能不能回到外边那个寒冷的但充满生机的世界？还能不能和那些朝夕相处的战友们共处一室，共话未来？现在，他从那个炼狱一般的隧道中走了出来，自由地呼吸着冰冷的空气，再一次感受到了生活的美好，战友情谊的深厚。他下意识地裹夹了一下身上的衣服，向远处望去，却见山下灯火辉煌，旌旗猎猎。听不到喧啸的呐喊，也感觉不到匆匆前进的脚步声。二郎洞怎么了？关角山怎么了？怎的就如此的静寂？正愣着神，却听曹光标在身旁大声地说："史丰先，还站在那个地方干什么呢？还不赶快集合队伍，师长和520首长在下边列队等着你们呢。"

史丰先这才回过神来。是啊，曹营长和同志们正在外边等着洞内的同志们，他们从格尔木赶来，从西宁赶来，从兰州军区赶来，从兵部赶来，就是为了营救和他一起被关进洞子里的同志们，想到这里，他直觉得一股热流涌遍全身，眼眶也不禁湿润起来。

"还愣着干什么，听到我的话没有？"见史丰先没有动弹，曹光标又一次大声地喊了起来。

史丰先这才完全清醒过来，打起精神说："听到了，集合队伍，向首长们报告。"

“听到了就动。”

“是！”史丰先尽量用响亮的声音回答道，然后向散乱地站在山坡上的二排和三排同志们，大声地喊了一声，“三排的同志们集合！”

五班长听到三排集合的消息，一下愣在原地，问：“我们二排呢，怎么办呢？”在洞子里，史丰先是最高指挥员，可是出了洞子后，二排是二排，三排是三排，史丰先就只是三排的指挥员了。因此，五班长听到的是洞子里的同志们全体集合，并没有说二排三排单独集合，于是就不解地问了一声。

史丰先略加思索后说：“二排三排全体人员在山下集合。”

从洞子里出来的同志们，全部从半山坡上走向山脚下，以排为单位，站在史丰先面前，等待命令。史丰先将凌乱的队伍整理成一个军姿严整的队伍，然后向二营营长曹光标报告：“报告营长，四十六团十七连二排三排应到一百二十三人，实到一百二十二人，重伤一人，现在集合完毕，请指示。”

曹光标没有像平时那样将队伍重新整理一下后向首长们报告，而只是喊了声立正后，就小跑着向首长跟前走去，然后举手敬礼对着江之风说：“报告师长，十七连二排三排被关在洞子里应到一百二十三人，实到一百二十二人，一人重伤，队伍集合完毕，请指示。”

一切都在按照正常的秩序向前走着，师长江之风报告完毕后，520首长向这支衣衫褴褛的队伍前走了几步，然后扯开洪亮的嗓音说：“同志们！”

史丰先的三排和二排同志们，看到的是一个让人非常感动的场面：关角山大塌方抢险指挥部所有指挥员，全部列队，站在从洞子里边走出来，又很快站成一排的同志们面前，他们表情严肃，着装整齐，军姿整肃，头上的五星在强烈的灯光照耀下，闪闪发光，鲜红的领章，似两面旗帜在风夹雪的黑夜里微微飘动；他们的身后，是一排又一排雪亮的灯光，有临时接上火的工作灯，有几千瓦的照明灯，还有架在山岭上的探照灯，总之，一片雪亮的灯光，在冰冷的雪夜中，织成一道美丽的灯网，宛如舞台上的追光，把一群亮相的英雄聚焦在明亮的灯光下，多么让人感动让人热血沸腾的场面，多么感人至深的情景。在这一时一刻，天地为之感动，大山为之动情。

520首长的声音在关角山的山沟里回荡着，在积满雪花的枯草上传播着："兵部首长，兰州军区首长，以及天峻县的领导和群众，都在焦急地等待着这个胜利的消息，都在等待着你们安全脱险的消息，现在，你们以英勇的行为，与突然发生的大塌方进行了殊死的搏斗后，全部脱离危险，回到部队的行列，回到人民的怀抱，这是一个天大的喜讯，是一个振奋人心的消息。在这里，我代表兵部首长，520指挥部，兰州军区首长以及天峻县的领导和全体指战员，向你们表示亲切的慰问并致以热烈的祝贺。你们以大无畏的革命英雄主义精神，与特大塌方进行了英勇的搏斗，再次谱写了一曲人民解放军不可战胜的凯歌，再次证明了铁道兵前无险阻的光荣称号。你们是好样的，你们是我们第十师活着的英雄，我们向你们致以崇高的敬意。"520首长说着，向这些站姿不太端正的军人们敬了一个礼。

顿时，面对史丰先他们的军人们，全都举起了手，向着他们行了一个军礼。雪停了，风停了，山为之动容，天为之动容。史丰先热血上涌，心潮澎湃，右手捏成拳头，大声地说："感谢首长关怀，感谢同志们关怀！"

关角山中立刻响起一阵吼声："感谢首长关怀，感谢同志们关怀！"

血性的言语，钢铁般的意志，在关角山中激起一阵阵的回声。

520首长讲完话，向站在身边的江之风说："向兵部首长报告，关角山大塌方中受困的人员，安全撤出，一人重伤，其他人员除身体疲惫外，无一意外。抢险救援工作成功结束，抢险救援转入善后。"

江之风说："好，立刻报告。"

梁中明着手让报务员拟文向兵部首长报告去了。

四十八

归建命令终于下达了。青藏线上的咽喉工程关角山在一片欢呼声中贯通了。作为增援部队的四十六团十七十八连，也该到了归建四十六团的时候了。此前，曹光标已经给蔡稀胜透露了一点点关于移防的消息，蔡稀胜心里虽说有种惊喜，可是，他并没有喜形于色，而是静静地等待正式命令的到来。蔡稀胜心里非常明白，类似这样的事情，最好还是不要太张狂，始终保持着平静地来，平静地离，万一师部下达的命令不是归建而是编进四十八团序列，那可不就成了一个全师都知道的笑话了。王团长和沈政委临行可是有过交待的，你们的一举一动，并不代表你们自己，而是代表全团同志的精神面貌，代表着全团同志的作风纪律，肩上的担子是不小的，在这么长时间里，十七连和十八连两个连都平静地走了过来，用自己的行动证明了四十六团十七连十八连是一个作风过硬，精神面貌战斗力不能说是英雄的连队吧，也是处在一流的连队，可是，临走之时，要是闹出一个什么笑话来，那可就得不偿失了。

这天下午，曹光标把蔡稀胜和王国庆叫到营部来，说是有一件重要的事情要向他们通报。蔡稀胜和王国庆接到通知后就结伴向营部走去。路上，王国庆有点沉不住气地问起曹光标缘何晚上要叫他们到营部去？是不是这几天传说的归建的事情有着落了？蔡稀胜笑了笑说：“还能有什么事情呢？还能有什么事情让咱们俩晚上到营部去一下？”

“要真的是这件事那就可好了，咱又要和柳营长、翁教导员在一起干事了。在这里好是好，可就是相互处的时间太短，都不摸脾气，话也不敢多说，不知道一句话出去是对是错，我这个人好开玩笑，可是不了解的人呢，常把玩笑当真的，弄不好就出岔子，在咱们营里，就是拍桌子，玩笑开得太过，相互摸脾气，谁也不会怪谁，一笑就这么过去了。还是老地方好。”

“我跟你的想法一个样，我在一个地方混熟了，就能放得开，到了一个新的地方，怎么说也得适应个三两个月的，对人的了解更得好长时间，当时来的时候我就有点想法，不愿到这个地方来。倒不是说咱怕苦怕死，真的是离开一个熟悉的营队，一切都得从头开始。再说了，要是真的有了进步的机会，咱还好意思向领导们开口谈谈自己的想法。但到这个地方，人生地不熟的，怎么好开口啊，人家会说，这新来的两个主怎么是这个德性。”

“现在可好了，这个历史结束了，咱就可以敞开胸怀和领导们谈心了。”

“你可别高兴得太早，要是中间有了新变故，别说敞开胸怀谈心了，就是要你和新的干部熟悉，还得从头再来呢。”

“不会的，一般情况是不会的，咱们已经在外干了两年多了，师首长就忍心把咱们再派到一个新的工点，让咱们脱离老部队孤身作战？这种情况有，但是，在咱身上不会再发生了。这一点我敢用一瓶酒打赌，我输了，送你一瓶柳林春的西凤酒。”

“你别说得太死，话说绝了，说不定没有退路，到时候用酒买一个教训。”

“不会的，不会的。”王国庆连连摇头道。

说着话，两人不知不觉就到了营部。进得门来，蔡稀胜、王国庆看到两个熟悉的面容，一个是团长王琪，一个是营长柳建昌。蔡稀胜和王国庆立时打了一个立正，向王琪和柳建昌敬礼报告。王琪让他俩坐下来，喝口茶后再慢慢说道。

蔡稀胜说：“团长，没听说你到这个地方来啊？”

王琪笑着说：“没听说来，我就不能来啊？有什么见不得人的，还不让我来？”

“当然不是，我是说你来之前给我们俩打个招呼，我们好好准备一下，把这一段时间的工作学习和连队的思想动态情况向你汇报一下，你这突然来了，我们两个一点准备都没有，只能是大体汇报一下了。”

王琪正色地说：“给我汇报什么呢，你现在还没有归建，没有归建就是四十八团二营的兵，你该给二营曹营长和梁团长他们汇报，不用给我汇报，要说汇报也得等归建以后才行啊。”

“那是，你是团长，来看望我们，我们总不能不说说连队的情况吧？”

“你们不说我也知道，师里过一段时间就把你们的情况向团里转达一次，离开了四十六团，可是四十六团也没有放弃对你们的管理，只不过管理是通过师里转送过来的就是了。”

“感谢团长的关怀和爱护。”

王国庆岔开蔡稀胜的话头，问王琪：“团长，这次来是顺路看看还是另有任务？”

王琪笑了笑说：“你是想刺探我的行动？”

“不是，不是，是想问问我们连队有没有动态？”

“你说呢？”

“我听说，团长，我只是听说啊，你别介意，我听说师里已经让我们归建了？你是不是来接我们归队的？”

“这是谁说的？”

“我听师里一位下来了解情况的参谋说的。”

“既是参谋说的，那就有点情况吧。”

“那什么时候动身呢？”

“待不住了？四十八团亏待你了？”

“不，不是待不住，四十八团对我们亲如骨肉。”

“八字还没见一撇呢，你就提着要归队，我看你这个脑子有问题，你是指导员，有意无意地把这种情绪传染给连队的战士们，就会造成部队情绪不稳，会给管理带来很多问题。这种思想是要不得的。”

“是，团长我错了。”

王琪看了看曹光标和蔡稀胜，突然忍不住地笑了起来，说：“我是随便说的，并不是在批评你们，你们在关角山的这段时间里，工作是很出色的，没有理由批评你们，但是，你俩可要记住，没有接到正式归建命令之前，就不要谈论和思谋归建的任何事情，这是常识，也是纪律，希望现在和今后都要记住。”

蔡稀胜赶忙说：“是，一定记住团长的教导。”

曹光标见王琪和蔡稀胜几个谈得正热火，就悄声地起身到炊事班里，催着快点把菜和饭都准备好，然后让司务长拿几瓶好酒来，好好招待一下王团长和柳建昌。

曹光标一走，看看暂时没有别的人，王琪就低声地说：“你们确实猜到了，我这次来就是接你们归建的，师里已经下了命令，向团里作了通报，但是要等到明天才宣布，所以在没有宣布之前，所有归建的话都不要说，遇到非说不可时，也要语言慎重，措辞严谨，不要在关键时候违犯组织纪律，造成不良影响。”

柳建昌这才插进话来说：“这下明白团长的意思了吧？”

蔡稀胜和王国庆急忙说：“明白了。”

王国庆说：“团长，等一会儿到我们连里去看看吧？”

“不了，曹营长要尽地主之宜，一片盛情，不能不领的啊，等一会儿十八连他们两个也要来，所以晚上就在这里了。明天一宣布，我不去也得去一下。今天就算了。”

王国庆一听，团长想得很是周到，就没有再提这方面的事。果然，王琪的话音刚落，十八连连长、指导员双双在外边喊了声报告。王琪笑了一下说：“说曹操，曹操就到。”然后就大声地说：“进来！”

十八连连长冯天虎、指导员马占彪一前一后地走了进来。也是进门一看王琪和柳建昌在座，冯天虎惊讶得站直了身子说：“报告团长，十八连连长冯天虎、指导员马占彪前来报到。”

王琪说：“好了，坐下吧。”

冯天虎眼睛瞪得溜圆说：“团长什么时候来的？”

王琪摆了摆手说：“别问了，坐下来，和曹营长聚一顿餐吧，吃了饭再说不迟。”

正说着，曹光标从外头走了进来。后边跟着炊事班的同志，司务长也把酒摆在了桌子上，转过身就要走。曹光标叫住了说：“别走，坐下来和王团长喝几杯，王团长好不容易从四十六团来咱这里一次，你不陪着喝几杯？”司务长听后转过身来就坐在了桌子一边。曹光标又让通信员把副营长和副教导员叫过来，晚上好好喝他一伙。通信员一走，曹光标就解释说，教导员不在，到师里送个典型材料，晚上赶不回来了，咱就这几个人吧，尝尝我们关角山二营的厨艺，也体验一下我们二营的热情。

王琪说，酒不可太过量，明天还有重要事情，回过头来再喝不迟。曹光标说，好的好的。嘴里说着，把那互助大曲拿起来，用嘴咬掉瓶盖，给每人面前摆了一个茶缸，提起瓶子哗哗地倒了将近一缸，司务长见状，急忙接过曹光标的酒瓶，如法炮制，人人面前摆了一缸子酒，晶莹的酒液在强烈的灯光下波光粼粼。曹光标说，今晚少喝点，一人两缸子，明天再好好喝。柳建昌一看这阵势一下子笑了起来说，你这不是要人的命吗，两缸子，一缸子都喝不了呢。曹光标说，铁道兵前无险阻，这点酒算不了啥。来来，先吃两口菜，再说干三杯。

师长江之风和干部科一行几人早早到达关角山四十八团二营驻地。团长梁中明、营长曹光标、四十六团团长王琪、四营营长柳建昌列队在二营部门前迎接。江之风一到二营营部，就让梁中明等人在其他办公室里等着，王琪单独留下。大家一听，知道江之风和王琪有一个重要的谈话了。

江之风等其他人一离开，就开门见山地说："今天，我到这里有三件事，一件事是宣布十七连、十八连归建，第二件事是宣布一个提干任命，第三件事是师里一个重大决定。"

"一切听师长命令。"

"归建这件事，我早就通报过你，你有思想准备，后两件事你可能还不知道，事先没有向你通气，不过现在通气还来得急。"

"提哪一位呢？"王琪疑惑地问。

"史丰先。在关角山隧道塌方中，史丰先的表现突出，为全师干部树立了光辉榜样，经师党委决定，撤销对史丰先排长的处分，提升为副政治指导员。"

"和我们团里的想法是一致的，这样的同志应当给予足够重视，不要让这样的同志对我们失去信心。"

"你说得对。第三件事就更重要了。兵部决定，青藏线二期工程将在不久上马，就是说，咱们的一期工程结束后，有可能转战唐古拉，进军拉萨。但是，唐古拉山可不是像刚察草原和柴达木盆地这样较容易通过，那里比这里的海拔还要高两千多米，是一个几乎没有生命迹象的禁区，因此，兵部命令我们派出一个连西进唐古拉，先期在山上进行施工试验，为大部队进军唐古拉总结经验，以便尽早完成青藏线的修建任务。”

“是不是要调我们一个连上去？”

“是的，我就是要对你说这件事情。师里决定，调十七连开赴风火山，在风火山上开辟新的战场。”

“这个……”

“我知道你思想准备不足，这件事是师里经过慎重考虑的，十七连是一个英雄的连队，在成昆线、襄渝线表现突出，是一个能吃苦能作战的连队，战斗作风硬朗，政治思想稳定，调十七连是比较合适的。”

“我真没想到会派十七连上去。”

“我们派就要派一个能战斗能吃苦的部队上去，不具备这样的特点，师里是不会调动的。风火山，条件异常艰苦，在这样的环境中搞铁路试验，可能会遇到很多意想不到的困难，兵部首长对这个试验很重视，是全铁道兵的一个重点难点工程，上下都在看着这个试验，这个试验段非同寻常，师里相信十七连能完成兵部和师里交给的任务。”

“这是师里交给我们团一项光荣的任务，我们坚决执行命令，保证完成任务。”

“我也相信你会有这个态度，有这个决心的。好了，就这样，下边咱就开会，宣布命令。”

“是。”

四十八团二营和四十六团十七连、十八连整齐地列队于二营营部大院，像一块绿色的方阵，威风八面，英姿勃发，准备迎接师长江之风的讲话。江之风一行和四十八团、四十六团的有关干部向十七连、十八连队列前走去。曹光标向两个连队发出了响亮的口令：“立正——，向右看齐，向前看，稍息，立正！”曹光标整理完队伍，向师长江之风报告道：“报告师长，二营列队完毕，请指示！”

江之风还礼道：“稍息。”

“是！”

曹光标转过身来向着部队又一次发出了口令，“稍息！”然后，双手抱拳放于腰间，小跑着站在队首。

江之风向前走了几步后，立定脚步，向部队讲起话来：“同志们！”队列咔的一声，全体变稍息为立正，“请稍息。”当队伍再次变成稍息立姿时，江之风就用洪亮的声音向十七、十八连讲道，“同志们辛苦了。”

“首长辛苦！”

“你们在关角山隧道施工中，充分发扬了大无畏的革命英雄主义精神，出色地完成了师党委交给的任务。现在，师党委命令：任命四十六团第十七连三排代理排长史丰先同志为四十六团第十七连副政治指导员；四十六团十七连、十八连归还原建制，接受新的任务；四十六团第十七连开赴风火山执行高原铁路施工试验任务。师党委希望你们保持和发扬革命传统，不怕困难不怕牺牲的战斗作风，为修筑青藏线再立新功，再创佳绩！”

江之风讲完，梁中明团长走上前去，作了一个简短的讲话，对四十六团十七连十八连自从奉调来关角山后，在极其艰苦的条件和环境下，克服重重困难，完成了担负的各项任务，特别是在关角山塌方的那个生死攸关的时刻，视死如归，用坚强的意志书写了壮丽的铁道兵之歌，为全团乃至全师树立了光辉榜样。四十八团对此表示崇高的敬意，同时对四十六团无私的支援也表示衷心地感谢。

会后，江之风特意让十七连排以上干部留下，再召开一个小型干部会议，十八连全体干部战士休整几天后，回归团里。王琪心里明白，这是师长江之风要对十七连临行前作一个战斗动员了。风火山试验工程、具体施工地点、工程量大小、社情民情、自然环境和地质地貌、工期、工程资料、试验项目等等，包括他本人在内，全团干部战士都一无所知，江师长要在这里向部队作一个大概的介绍，介绍的过程亦是一个动员过程，想必动员之后，就可以对风火山的工程有一个大概的了解。

果然，江之风在会议开始后，就开宗明义地说，风火山试验工程来得突然，是国务院青藏铁路建设领导小组做出的一项重大决策，中央军委下达给铁道兵的一项艰巨任务，目的是在青藏线二期工程上马前，对唐古拉山的地质地貌，自然环境，施工方法等等提前进行试验，是一个火力侦察，为将来大部队开进唐古拉山总结经验。那里的环境比起关角山来还要恶劣几倍，具体说来，海拔高，人烟稀少，氧气比这里更少，而且天气变化多端，一天可能变幻四个季候的天气，当地有过这样的民谣：“到了昆仑山，气息已奄奄，过了五道梁，难见爹和娘，上了风火山，进了鬼门关。”据铁道部兰州勘察设计院提供的资料来看，550公里的多年冻土层，影响着亚洲乃至世界生态变化的高原环境保护，960公里处在海拔4000米以上的高原缺氧区，是青藏线建设的三大难题，也是世界级的三大难题。困难不小哪。江之风说到这里，情绪有些激动起来，站起身来，在会议室里踱着步子，继续说，多少年前，一个美国的旅行家名字叫个什么保罗泰鲁的，曾经断言说，有昆仑山脉在，铁路永远修不到拉萨。我就不信这个邪，当年，我们西北野战军一位老将军，牟生忠，曾经率领一支部队，就在唐古拉山上，修筑了一条青藏公路，穿越了风火山，把公路通到了拉萨，创造了青藏公路的奇迹。二十多年前我们的部队能在风火山上修筑一条公路，二十年后，我们还能不修成一条青藏铁路！公路能修通，铁路就能修通，铁道兵前无险阻，我倒要看看这个美国旅行家的断言会不会成为鬼话！我相信你们十七连的全体指战员，会用自己的英雄行为，打破美国人的断言。今天我只是介绍一下风火山的大体情况，算是一个小的动员会，随后呢，师里将下发一个详细的动员材料，全员动员。当然，施工的有关资料也要下发，由师作训科发到连里。希望你们不要辜负师党委的期望，出色地完成好这一次光荣艰巨而又特殊的任务。出征时，我和参谋长为你们壮行。

蔡稀胜等江之风一讲完话，立马站起身来，向江之风敬了一个军礼，一字一板地说：“师长，请放心，我们决不辜负师党委的期望，坚决完成上级交给我们的光荣任务。”

王琪听了后，脸上露出了满意地笑容，说：“我要的就是你这一句话。”

江之风也露出了笑容道：“坐下吧。我相信你们会完成这次任务的，而且一定会完成得很出色。但是啊，这次任务不同平常，是在高山上，又是一个连单独在外执行任务，可能会遇到各种想象不到的困难。所以啊，光有信心还不行，还要有克服各种困难的方法，要对困难有足够的认识和准备，这样当遇到困难的时候，才会泰然处之，化险为夷。下来呢，你们十七连就地休整一段时间，搞一个声势浩大的动员大会，把大家的情绪和精神都鼓动起来，以旺盛的斗志迎接新的任务；还要放手让大家讨论一下进军风火山后将会遇到哪些困难，遇到困难后采用哪种办法能够克服掉，目的是要让大家有一个充分的心理准备，当好青藏线二期工程的尖刀。”

蔡稀胜干脆利落地答道：“是！”然后，转过身，向全体干部发出一声口令，“十七连的，起立！我们有没有信心完成上级交给的任务？”

“有！”起立的干部们异口同声地说，声震屋瓦。

“敢不敢上风火山？”

“敢！”山摇地动。

“怕不怕困难？”

“不怕！”海啸山呼。

……

江之风临行前对王琪说：“十七连的后勤供应物资供应施工机械配属等都由师后勤部提供，团里要派一个精干的指挥小组，跟进指挥，确保试验工程的顺利完成。部队出发时，我和参谋长在格尔木唐古拉山口送行。你们团这个期间的任务是要做好充分的战前动员，把连队的参战情绪搞起来，待机出发。”

王琪严肃地说：“师长放心吧，我和沈政委一定把战前动员搞好，让大家以饱满地战斗情绪冲向风火山。”

“这就看你们的了。五月马上就到了，风火山的气候也就不太冷了，中旬出发时间比较合适，对，出发的时间就定在五月中旬，一切准备工作都按这个时间表进行。”

“是！”

四十九

卓玛在关角山二郎洞下了车。她将衣服整了整，直到看看身上的衣服没有让人看不顺眼的地方，这才提着包包向十七连驻地走去。卓玛的装扮分为两套，要是回到草原上，他的装扮就是藏族人的服饰，与草原上人快活地过着草原生活，要是进了吉尔孟商店，她的装扮又变成了汉族人的扮相，但是，服饰变了，可是那发式却还盘在头上，让人乍一看是位汉族姑娘，就近看了，才知道是在城镇工作的藏族同胞。可是无论怎么说，她那天生的丽质却怎么也不能被各式打扮遮盖了，还有那充满朝气的活力，不论在什么地方，什么场合都会让你感到一种青春的美丽。是的，青春本身就是一种美丽，再美丽的容颜总抵不过青春的活力，那灵动的身姿和洋溢着旺盛生命力的举止，胜似百十吨化妆的脂粉，脂粉能够掩饰衰老，却抹不出活泼的青春！

二郎洞的驻军很多，不是军人的一时半会儿分不清哪个是哪个连。卓玛遇见一个军人，上前打问了一下，然后竟直向十七连走去。

卓玛是十七连的老朋友老熟人，一走进十七连，有人认出了卓玛，很快就把她领到连部。王国庆正在连部准备着动员讲话稿，听说卓玛来了，就放下手中的活，走出房子，一眼看到卓玛站在连部中间，一身漂亮装扮，楚楚动人，一双大眼一眨不眨地看着王国庆。让王国庆在突然间发现藏族姑娘竟如此美丽。

王国庆请卓玛坐下来，叫通信员倒了杯茶，放在卓玛面前，随后问道：“什么风把你吹来啦？”

卓玛莞尔一笑说："是春风呗。春天到了，春风刮起来了，一吹不就把我吹来了。"

"欢迎你啊，你带着春风，带着春意，还带着春天般的热情，我代表连里的同志表示热烈欢迎和衷心地感谢！"

"你就别客气了。军民一家嘛，一家人不说两家话。"

"对对，这是我们的老话，咱就不要客气了。"

"就是嘛，你老是客气，我就不能来了，不好意思来了。"

"家里都好吧？父母身体都好？"

"都很好。"

"这次是专门来的，还是路过这里？"

"我是路过这里，商店要进一批货，刚察县里没有，天峻县也找不到，领导就让我到乌兰县看看，海西比海北的商品供应要好一些，再说了，你们师军人服务社的一些货我们那个地方也能用得上。"

王国庆点头笑笑说："对呀。"刚察和天峻县隶属于海北州管辖，乌兰县归海西州管辖，相比之下，海西的物资比海北好一些，原因是交通上的便利带来了商业的繁荣，吉尔孟又离乌兰县较近，所以吉尔孟商店工作人员到乌兰采办货物，那是常有的事。"你这次来，是看望我们连的同志还是看望蔡连长和我？"王国庆轻轻地笑了一下问。

"看你呀，看蔡连长啊，看你们大伙啊。"

"史排长你看不看啊？"

"也看啊，特别想看他。"

"对，我一猜你就是来看他的，看我和蔡连长都是借口。"王国庆在心里笑了笑说，这藏族姑娘到底和内地姑娘不一样，心里想着啥，嘴里就说啥，一点也不掩饰，冲口就说出来，让人忍不住要发笑的。

"史排长我是最想看的。来，我给你们带了点好吃的，你们吃吧。"

王国庆客气地推辞道："你可千万别这样，来了就来了，还带这么多礼物，弄得人很不好意思。"

"这有啥呀，一点小意思，也是我的一点心意嘛。也有我阿爸的心意呢。"

“那就不说啥了，你的心意我领了，我看看你都带了些啥东西？”

“大白兔奶糖，花生，蚕豆，伊拉克蜜枣。”

“都是好东西。让我尝尝。”王国庆拿起一颗大白兔奶糖，将玻璃纸剥了，放进嘴里，用劲一咬，便有一股奶水从嘴角里流了出来。王国庆连连说道，“好吃好吃。”

王国庆吃着奶糖，安排通信员，“把咱们连好吃的拿点出来，也让卓玛姑娘尝尝。告诉司务长，可别啬皮呀，人多可要多拿点，另外备一桌好饭，草原上的客人来了，卓玛姑娘来了，好好招待一下，酒也要好的，军民关系嘛，不能搞糟了。”通信员笑着跑出去办事了。

还没有顾着擦嘴，连部的光线一暗，蔡稀胜从外边走了进来，连说：“卓玛姑娘来了，稀客啊，稀客。坐下，快喝点茶。”

卓玛站起身来说：“哎呀，蔡连长，这么长时间不见，你越来越英俊了。”

“是吗？我英俊了？”蔡稀胜哈哈哈地笑了起来，“你真会说话，我这模样还越来越英俊了。你看看王指导员比我长得好，他是不是越来越漂亮了？”

“都好看了。”

王国庆狡黠地说：“你还不知道呢，我们的史排长比我们俩更好看了。”

“我想一定好看。我本来不想到这个地方来，但是一想到史排长前些日子受的那个苦，我就下决心非要看看他来不可，安慰安慰他。”

“你怎么知道史排长受苦了？”

“我从报纸上看到的。你都没看，《青海日报》登了一大版，全都是你们连的事，里边说得最多的就是史排长，我看着那篇文章，忍不住几次都哭起来了。”卓玛说得没错，关角山隧道塌方抢险胜利结束后，师宣传科组织力量采写了一篇题为《英勇奋战关角山——青藏线关角山隧道大塌方抢险纪实》的长篇通迅，分别发在《青海日报》《铁道兵报》《人民军队报》上，把四十八团抢险救援的英雄事迹作了详尽报道，卓玛是抹着眼泪把文章看完的，心中常常记挂着一个人的名字和身影，就是史丰先。他那敦厚的模样和充满智慧的眼睛，常常像一盏明灯似的闪在脑海。

“你受感动了？”

“真让人感动，你说，我不来看看他我这心里能过得去吗？”

“是啊，史排长也想去看看你呢。”王国庆向蔡稀胜挤着眼睛，可是语气却是一本正经地说。蔡稀胜看见王国庆的眼神，心领神会，轻声地咳嗽了一下，忍住了差点就要笑出的声来。

“我们向英雄学习，英雄就在我身边，我不看看英雄，那还怎么学习呢。”

“你这样高尚的情操，也值得我们学习呢。”

“不，不，我是向你们学习来的。”

“我们的史排长没事常提起你，说你长得漂亮，心地善良，聪明好学，是一个很不错的姑娘，如果有一天休息，他一定要去看看你。心里一直放不下你。”王国庆一本正经地说。史丰先近几天在和王国庆的闲谈中，多次提到卓玛，说那次卓玛到排里来，他病得正重，听到卓玛说话，可就是睁不开眼，想说声谢谢也不成，啥时候有时间了一定得把卓玛看看心里才安稳。当时王国庆说，马上就要回到刚察了，回去后我陪你看看。史丰先说，对，那个姑娘的一双眼睛一直在我的眼前闪过去闪过来。王国庆打趣地说，该不是你恋上她了吧？史丰先说，那倒不是，可是卓玛确是一个让人一见就难以忘掉的姑娘呢。王国庆说，说你恋上卓玛了，你还说没有，恋人总是记着对方的影子，一直放在心上。你就是这样。史丰先叹了口气说，我这个人，家乡的姑娘都看不上我，这草原上的更是看不上眼了。咱就是看上人家了，也不定卓玛看上我。人家那可是一片真心对咱部队呀，可不是对着我的。今天，当卓玛提到史丰先的时候，王国庆就试探地给她提起了史丰先的话。

卓玛惊讶地瞪着眼问：“是吗？他心里装着我？”

“对呀，一直都放不下嘞。”

“那他也该给我写封信说说呀。”

“这不是部队的工作忙吗，没有时间写信。”

“我才不信，再忙也有写信的时间。你看，我心里想着他，我就来看他来了，他想着我连封信都不写，还说想着我呢。”

蔡稀胜和王国庆听后哈哈地大笑起来。蔡稀胜心想，卓玛这姑娘真是心地善良，心地纯净，心里想着什么，嘴里说着什么。蔡稀胜说："看来你不是来看我和王指导员的，是看史排长的。"

"他在不在？是不是在排里？我去他那里看看他吧。"

蔡稀胜说："哎，现在史排长可不是过去的史排长了。不在排里了。"

"他变了。"

"对呀，他变了，不但变了，变得还真不小的呢。"

"他当了英雄模范就变了？"

"对，提了副指导员了。进步了。所以不在排里了。"

"那他现在在哪里？"

"就住在连里，等一会儿就来， 到营里办件事，时间不会太长的。"

"我就说嘛，他会变？只能变好不能变坏。"

"我们铁道兵都是个顶个的英雄好汉，只有越变越好，没有越变越坏的。"

正说着，史丰先从连部外边走了进来。他没看清连部坐着的人是谁，先自脱了帽子，随口说："我一听就知道来客人了，里边真热闹。"话刚落地，却看见卓玛坐在桌前，一时惊讶得说不出话来。

王国庆笑笑说："怎么，不认识了？提了副指导员就不认识卓玛了？"

史丰先瞪着牛眼看卓玛，说："我真没想到你会来到这里。"

"人家可是专程过来看你的啊，还不拉拉手，把人家欢迎一下。"

史丰先一时红了脸，手一时半会二伸不出来，反倒是卓玛大方，从桌前站了起来，向史丰先伸出手来，史丰先这才伸出手去，和卓玛紧紧地握在了一起。史丰先立刻感到，卓玛细嫩而柔软的手，带着一股温热，落在他的手心，慢慢地又从手心传遍周身，直到深深的心窝。史丰先为之周身的热血都开始上涌，将要沸腾了。

蔡稀胜看见史丰先失态的样子，有点好笑起来。在军营里，在一群男人的世界里，一个军人，一个有着身份的军人，当着两位军人的面，拉着一个姑娘的手，一个少数民族姑娘的手，不难为情吗？于是故意板着脸说："哎哎，别拉着人家的手不放啊，握一下就行了，老拉在手上，人家姑娘还喝不喝茶，吃不吃东西了？”

史丰先这才放松了手，脸又不由自主地红了起来。没想到卓玛却咯咯咯地笑了起来。清朗的笑声在连部里久久回荡，有种草原上的音乐感，让人回味无穷。

四个人坐定，史丰先见蔡稀胜、王国庆在坐，就没有好意思开口问卓玛的近况，只是低着头吃卓玛带来的东西。蔡稀胜不愧为老江湖，见卓玛不定睛地看着史丰先，知道卓玛怀了心事，就推说到炊事班里看看饭菜好了没有，离座去了。王国庆则只字不提卓玛此行的目的，也不再说欢迎卓玛的客套话，却没头没脑地说起了腊梅的事来。

“……你还记着那个腊梅吧？”

史丰先奇怪地抬头看了一眼王国庆，不知他心里怎么想的，此时此刻平白无故地提起了那个给自己心灵带来深深创伤的人。卓玛却兴奋地回答道：“记得啊。不是你的那个，那个媳妇吗？”卓玛说着，明亮的大眼睛紧紧地盯着史丰先，想证实一下，这件事是否真的。

“那都是过去的事了，还提这个做啥！”史丰先不情愿地摇摇头说。

“她怎么啦？”卓玛却不管不顾地问，大有打破沙锅问到底的样子。把脸又转向王国庆。

“我告诉你啊，史排长，不，你现在是副指导员了，史副指导员啊，你知道腊梅同志现在的婚姻状况吗？”

“我不再和她有关联，她的事关我的什么事呢？”史丰先说着有点生起气来。

“她前一向办了终身大事，就是说，结了婚。我要说的是，她和咱们部队的一位排级干部结了婚。你可知道是哪个部队的？这位排长是谁呢？这个卓玛肯定是不知道的，一说史副指导员就明白了。他不是别人，就是和你一起当兵的同乡，名字叫个黄秉新，现在四十八团三营十三连二排当排长。”王国庆说完，眼睛一眨不眨地看着史丰先，似乎让他明白，他的那个未婚妻别离他这个被撤了职的排长，又跟了另一个在兄弟部队的排长。你的那场婚姻就此画上了一个让人伤心的句号，终结了那场噩梦。

史丰先心里咯噔了一下。那个黄秉新，和他一起穿上新绿装，打起背包扛起枪，坐上汽车，浩浩荡荡地开向了襄渝线。他俩为同一个县，早在县里就认识，在部队又是一起提干，一起奔向青藏线，不同的是他分到四十六团，黄秉新分到四十八团。前些年还有书信来往，近几年因为部队任务紧少了来往。自从他们连移防关角山以来，一直想着抽空去看看黄秉新，就是没有腾出时间来。万万没有想到，和他退了婚的腊梅，不跟别的，偏偏跟了和自己同一天当兵的黄秉新。这多叫人难为情，多让人丢脸面。好在他们不在一个团，不常见面，要是同在一个团，不定什么时候见面，那将令人多么难堪！史丰先的心里翻江倒海，很不是滋味。但他还是强颜欢笑着问："你是骗人吧，编出故事来让我听，不好好说些别的，却想到了这一出。你是怎么知道的？"

王国庆低着头说："我是听三营一位老乡说的，他说，他们的一位排长最近才结了婚，和你们连的一个排长是老乡，我问是谁，他说，一说你就知道，就是那个先前被撤了职的排长。我就知道是你了。我问媳妇是哪个地方人，干什么的？他说，是那个排长同一个县上的，名字叫腊梅，在县商业局一个商店里工作。你曾经对我说过，你有一个老乡在四十八团三营当排长，想得空的时候去看看，或者说叫过来聚一聚，这不是两厢全会一块儿了嘛，于是，我就判断腊梅嫁给了你的老乡。为人之妻。你说对不对？"

"你判断得不错。应当是他和她。"

"我说这个可没有别的意思，我是说，我们也该为腊梅的婚姻表示祝贺，也让你去掉心头的一块郁结，别想着过去的不快，放眼未来吧。"

"我本来就没有放在心上。"

"没放在心上那是假的，但是能想得通，能超脱事外，那就很了不起。你已经从那个情结里超脱出来了。天下美女多得是，总有一个会看上你这个铁道大兵的。何况你现在越级提了副指导员，能没有一个心上人么，能比你那个老乡的结局差么？我想不会的，一定不会的。"

"走一步看一步吧，没人跟了咱就打光棍嘛，喇嘛庙里的活佛还不活了！"

卓玛一直默默地听着王国庆和史丰先的对话，当她听到那个腊梅和史丰先老乡结婚的消息时，心里不知怎么就起了微妙的变化，脸发热，心发急，手发凉，她是替史丰先着急呢，还是为这个无情无义的女人而愤恨。她一时难以名状。关于腊梅的情况，十七连还在浚河的时候，她已经听过了，她曾为这个离史丰先而去的女人难过，也为受到腊梅伤害的史丰先而愤愤不平，但她心里一直在祈祷，腊梅可能有回心转意的时候，史丰先会得到一个美好姻缘。可是没想到，她今天得到的却是另一个不幸的消息。腊梅终于离史丰先而去，投入别人的怀抱，成了别人的新娘。这令她十二分的悲伤。史丰先受到这个打击能支撑得了吗？听他和王国庆的说话中，他对此毫不放在心上，可这毕竟不同与其他啊。感情的创伤是很难平复的，在她和许多汉族朋友的接触中，多少男儿因情而爱，因爱而恨，又因恨而爱，多少悲剧、多少悲欢离合都发生在这群年轻人身上。这一切都是为了什么，不就是为了爱情嘛。想到这里，她不禁对史丰先存了怜悯之心，就好言好语地劝着说："别伤心，心地善良的姑娘很多，只不过是你远离家乡暂没有找到罢了，但这时间不会太长，也一定会找到心上人的。"

史丰先一听就红了脸说："你这个藏族姑娘哪里知道内地姑娘的心呢，再说了，你还是一个姑娘，自己的事还没有着落却做起我的工作来了。你快喝茶吧。"

史丰先一句话把卓玛说得有点急了，卓玛涨红着脸说："人家不是想关心你吗？你怎么就这样不尽人情。"

"快别说了，你个姑娘家家的，懂个什么呢，知道结婚是什么呢。"

"我当然知道，爱情是男女青年之间的爱慕之情，结婚是爱情的结晶。"

"你没这个体验，就别说这些话了。说了让人笑话。"

"这有什么呢，关心人也有笑啊。"

"像你这样的姑娘人就笑。"

王国庆一看卓玛和史丰先争执起来了，就急忙解劝着说："哎哎，史副指导员，咱可是政工干部啊，别一听别人说话，不问青红皂白就说人一通啊，人家卓玛姑娘也是一片好心嘛，就是想让你有一个中意的媳妇嘛，至于这样对待一个大老远来看你的人吗？你说卓玛姑娘，是不是？”

“就是嘛。”卓玛不满地说。

“看看，惹人卓玛生气了吧。快还不给人家赔个不是。”

“对不起了，我伤着你了。”史丰先急忙对卓玛说。

“谁要你说对不起了。”卓玛涨红着脸说，明亮的大眼睛白了一眼史丰先。

“好了，不说了，我去司务长那里把酒拿来，你们好好说几句话，等一会儿咱好和卓玛喝几杯。”

王国庆说完起身走了。帐篷只剩卓玛和史丰先。卓玛因受了史丰先的抢白，心里又急又恼，一句话都说不出来。史丰先突然间和一个藏族姑娘独处一室，心里又窘慌，想走，又怕产生误会，对卓玛造成伤害，不走吧，又不知说些什么，只好干愣愣的坐着。

一阵沉默。

卓玛突然不好意思地开口说道：“关在洞子里挺害怕的吧？”

史丰先淡淡地说：“这有什么可怕的呢，我们早就习惯了的。”

“要是真出不来那可怎么办呢？”

“不会的，有这么多的战友。他们不会让我们关在里边。”

又陷入了沉默。空气像凝固了似的，一动也不动了，天地也像寂静了一样，静得连细微的风声都听得到。卓玛听到史丰先粗重的呼吸声在房间里重重地响着。史丰先盯着帐篷顶部一声不吭。

过了好大一阵子，史丰先再次打破了沉默，没话找话着说：“你知道吗，我们连要离开这地方了。”

“搬到哪儿去？”卓玛有一茬没一茬地答着。

“离这里更远。”

“离开草原，回内地去？”

“不，到风火山，海拔更高任务更艰巨的地方。”

“噢，那可是个比这里人更少的地方。”

“你知道那里？”

“听人说过，到拉萨朝圣的人从那儿过，我听他们回来后说过。”

“这一去不知道什么时候才能回到这地方来。”

“去了，别忘了我，来信啊。”

史丰先惊异地抬起头来看着卓玛，发现卓玛正用热辣辣的目光看着他，脸上飞起一片红晕。

“我的信写得不好。”

“我看懂了就行。”

“那好。”

“我有空的时候会去那里看你的。”

“你不怕那个地方海拔高，缺氧，会有生命危险？”

“你怕不怕？”

“我当然不怕。我是军人哪。”

“你不怕我就不怕。我还是高原上的人呢。”

“那就……”

“那就什么呢？”

卓玛转过身来，一双大眼大胆地看着史丰先，眼中荡漾着微微的笑意，多么情意隽永。史丰先抬起头来下意识地看着卓玛，见她眼中闪着异彩，情知她陷入情意缠绵之中，可就是不敢正眼再看一下，急忙将头转到原处，看着帐篷顶部出神了。

没想到卓玛却吃吃地笑了起来。史丰先正在发问缘何发笑，却猛不丁听到连部外边传来一声咳嗽，就止住了想要问的话来，起身给卓玛倒起水来。

史丰先刚一离座，王国庆、蔡稀胜就走了进来，后边还跟着司务长。蔡稀胜是过来人，感到气氛有点怪异，俩人脸上都绯红了晕，知道俩人有戏，就有意地说：“这就对了，人家卓玛从那么远的地方来看你，你早就应该给人家姑娘倒杯水喝了。”

“我不是笨吗，想不到这一点的，就慢待了卓玛。”

卓玛急忙抢着说：“我才不看他呢，我是看你们俩的，顺带看看他。”

“看看，人家卓玛不是来看史丰先的，你偏要说是的，”王国庆打趣地说，“是顺带着看一下，还带着一包糖来。”

“对，不是看史丰先的，是看我们的，”蔡稀胜说，“咱就好好招待一下卓玛姑娘吧。来，菜都上来了，咱就别老是说话了吧，吃起来吧，边吃边说，”

“好，咱就先吃。”王国庆说。

蔡稀胜说：“卓玛坐下吧，你坐我身边，史丰先，你坐卓玛这边，老王，你坐对面，司务长，你我这一边，好，端起酒来，先喝了第一杯，我们欢迎卓玛到连里来看望我们，还没有忘了我们。”

“哪能呢。”

“卓玛同志，得亏你这个时候来了，要是再晚几天，我们可就又要走了，到很远的地方去了。”

“我知道，到风火山。”

“你都知道了？”

“嗯。”

“谁告诉你的？”蔡稀胜和卓玛说着话，眼睛却看了一下史丰先。史丰先会意地低下了头。

王国庆说：“这都是公开的秘密了，没有人不知道的。”

“好了，我们到了那个地方，你也来看我们吗？”

“我也去。”

“那就太好了，你真是一个好姑娘，我们无论走到哪里都欢迎你来作客。可是风火山可不比这个地方啊，山高风大又缺氧，你一定会经受不住这个恶劣的自然环境考验的。我就劝你一句，人就别来了，心来就行。一个是路远，再一个是那个地方确实比这里要艰苦得多，弄不好还有生命危险。”

“我不怕的。”

“好啦，我只能把话说到这儿，下边咱就好好喝酒吧，不再提这个事了。来，我们为上风火山干。”

几个人的绿色茶缸举了起来，没想到卓玛锐声地说道：“祝你们胜利凯旋！”

几个人没再说什么，只是将缸子中的酒一气不歇地灌进了嘴里。帐篷里一时现出了出征前的悲壮。

五十

一阵锣鼓声打破了风火山千年的沉寂，兰州铁路高原冰川冻土研究所的同志们全体出动，敲锣打鼓地把十七连的同志们热热闹闹地迎进了风火山上。可是，他们没有搞任何欢迎仪式，就回到了房内，让他们独自搭建帐篷，一时间，刚刚喧闹了一阵子的风火山很快复归为沉寂。

蔡稀胜、王国庆心里纳闷，可谁也没有在意，就开始趁着天色尚早，搞起营房建设起来。

真没想到，一直让十七连全体指战员心生恐惧的风火山，竟然是这样的美丽。当史丰先第一个从解放车上跳下风火山时，看到的是一个蓝蓝的天空，一碧如洗，高无涯际；灿烂阳光照耀着逶迤起伏的山峦，山峦积满了银色的白雪，看不到一块裸露的山石，那雪似水晶般在阳光下闪闪发光，耀得人眼睛发疼。史丰先有一个直觉，恍惚进到了西游记中所描述的广寒宫中，一片银白世界；要说不同的是，登上山来，迎面吹来的风似比二郎洞施工时要大许多，可是奇怪的是，只觉山风刮，却不见雪花飞，真是一个奇妙天地。史丰先甚至奇怪地想，这地方并不是传说中那样的可怕，那样的如入地狱一般啊。

蔡稀胜还没有等部队全部从车上下来，就急忙喊着各排排长集合队伍，抓紧时间搭建帐篷，然后，让正在愣神看美景的史丰先到研究所联系一下，问问到了风火山之后，应当注意些什么。

兰州铁路勘察设计院冻土研究所先于十七连来到了风火山，他们带着冰川冻土研究的重要任务，早早地驻扎到风火山上，勘察设计院的任务是对风火山高原冻土地质状态进行一次全面而细细致地研究，为青藏铁路二期工程提供技术支持。而十七连呢，任务是配合设计院进行路基施工，提供后期工程施工各种数据。这些任务，早在十七连向风火山进军之前，师长江之风就已经作了详细介绍。自然，史丰先也是早就烂熟于心的。

这是排干打垒的土房子，总共五间，紧紧地靠着一座小山头。窗户很小。上边糊着作废了的厚厚的设计图纸，显然是用来抵御风雪的。窄小的门口挂着一条厚厚的棉门帘，门帘上用缝纫机扎出一个很粗糙的图案，既为了装饰、又为了结实，显得很是笨重。个个房顶上露出一个长长的烟囱，宛似一管榴弹炮，高高地指向天空。史丰先看着一间房门口有人出进的脚印，房顶上的烟囱又冒着青烟，就揭开门帘，大声地向里喊了一句："房里有人吗？"

房内很快有了一声粗重的回声："谁呀，进来吧。"

史丰先推门而入，见一位年龄稍大点的人爬在三屉桌前，正入神地看着一本资料，连头也没有抬。走到跟前看了，才看到此人一身棉衣，裹得严严实实，脚上穿一双毛皮鞋。史丰先就轻声地打了招呼："你好啊，老同志，正忙着哪。"

听到史丰先的问候声，此人才把视线从资料上移了过来。他上下打量了一下史丰先，看着穿了一身军装，就笑了笑说："你是铁道兵第十师派来的十七连的同志吧？"

"对，你怎么知道？"史丰先好奇地问。

"我们上山的时候，院里领导已经告诉我们了，说你们过不了几天，随后就到风火山，和我们一起共同研究冰川冻土的铁路难题。没想到你们说到就到了。"

史丰先这才看清，眼前这位老同志就是带头敲锣打鼓欢迎他们的人。从举止上来看，他一定是设计院的一位负责人。问了后果然就是。他叫双青侠。是设计院的总负责人。

"房子建好了吗？"

"还没有，刚刚开始。"

"对，要抓紧时间，时间可不能耽搁。在风火山，天晴状态下的时间是最为宝贵的，所以我们没敢打扰你们，把寒暄的时间节省下来，让给搭帐篷，等有了安乐窝了，再详细谈工作不迟的嘛。”

“你说得对。我们蔡连长让我过来请教一下，初来乍到，该注意些什么东西，我们好在短时间内适应一下。”

“哎，你说你姓史？对，副指导员？对，史指导员。”

“不，我不是指导员，是副指导员。”

“对，严格说来你是副指导员。刚来这里要告诫同志们，不要太多的剧烈活动，不要过于劳累，特别是不敢感冒。在内地，在柴达木盆地这个病算不了什么，可是到了这个地方，就可是个了不得的病。另外天气变化无常，也是你们现在和以后都得要注意的。好了，今天就说这些，你们刚来，也辛苦了，就不多说了，先把帐篷搭起来再说，完了之后我们在一起好好地说说今后要干的工作。”

“那就谢谢你了。”

“不谢，一定要注意休息，不要喝酒，小心给工作带来麻烦。”

双青侠的直率使得史丰先有点接受不了，可是他提醒的初来乍到应注意的事项却很有好处，毕竟到了一陌生的地方，进山打柴，过河脱鞋，能问出点注意事项，就是很大的收获了。于是告别了双青侠。

不知道是心理作用还是风火山给他来了个下马威，史丰先从双青侠房里一走出来，突然觉得双腿宛若灌了铅似的沉重起来，胸闷头痛，心跳加快。这是怎么回事呢？是一路长途跋涉过于疲劳，还是强烈的高山反应让他的腿不能迈开大步向前走，一步一挪，竟像小脚女人似的向前挪了？他是在高原待过的人啊，这才刚到风火山！可是不管怎么想，他的双腿却怎么也不像以前那样行走如飞了，眼看着勘察设计院与正在忙乎的连队不过一箭之遥的距离，可就是急走慢走，走不到连里。

史丰先没想到高山反应如此强烈，平日里，不，在关角山脚下生龙活虎的他，在这里竟变成了一个病夫，腿也迈不向前去了。

好不容易挪回连里，发现连里所有人都有同样的感觉。同在青藏高原，风火山不就是比关角山高了千把米吗，可是一到这个地方，才发现完全不是这样的情况。怎么样才能克服这个特殊困难呢？怎么样才能让大家很快顺利地适应这个特殊情况呢，怎么样才能保持部队强劲的战斗力呢？史丰先脑海里现出了一连串的问题。

史丰先将与双青侠接头的情况讲了，大致地转达了一下双青侠的意思，在部队适应这里的气候后，一起开一个座谈会，研究今后一个时期的工作。

蔡稀胜说，知道了，先安家，再说别的。

连队的帐篷在缓慢地建设着，尽管速度缓慢，可是，还是慢慢地建了起来。整个连队，扎在山坳里，成凹字型。刚要歇下来做饭，却不想一阵狂风刮来，掀起漫天沙尘，向连队驻地袭来。蔡稀胜急忙让各排加紧加固帐篷，将帐篷四周拽上拉绳，小心狂风将帐篷刮跑。四个排的人全都从帐篷里钻出来，挥动着榔头在风中干起了加固帐篷的事情来。

在狂风大作的情况下做饭是不可能的事了，蔡稀胜下令全连午饭吃干粮。之后，各班搭上一个铁炉子，先把家安下来再说别的。在狂风大作的情况下，王国庆和蔡稀胜、史丰先三个人碰了一下头，暂时安排了眼下的几项工作。蔡稀胜说，眼下最要紧的是让大家有一个落脚的地方，风火山一年四季冰冻如霜，不烧炉子肯定不行，按说砌上火墙是最好的保暖设施，但是呢，初来乍到，还没有立住阵脚，高山反应又这么强烈，就等连里所有的同志都适应这里的环境后再托土坯，砌火墙、火炉子。回头开一个排以上干部会议，对全连的同志们提一个要求，一定要注意保暖，保重身体，不要感冒，防止减弱部队的战斗力。

三个人碰过头后，就分头行动，通知连队按计划从事。

下午，双青侠只身来到连里，这是连队到风火山后第一个前来造访的客人。王国庆让他坐在临时搭建的连部里，史丰先叫来了蔡稀胜，四个人相对而坐。待坐定后，史丰先才看清了双青侠，四十五岁左右年纪，头发过早花白，肤色黝黑，写满了风火山岁月的记忆，但他双目炯炯，身板硬朗，精神矍烁，浑身透露出一股平和的书生气息。

王国庆和双青侠相互道了问候，双青侠说：“我来没有别的事情，就有一件事，你们初来乍到，还不摸风火山的脾气，锅碗瓢盆还没有着落，第一顿饭，可能也不好做，我让队里多做了一点，大家先凑合吃吧，先把到达这里的第一顿饭吃好。你看行不行？”

王国庆看了一眼蔡稀胜，却对双青侠说：“这怎么能成呢？你们本身的工作那么重，还有那么多人要吃饭，我们怎么能让你们做饭呢，使不得，千万使不得。”

“使得的，使得的，怎么就使不得？你们没摸透风火山的脾气，说不定第一顿饭你就做不好呢。”

“这个我们已经看到了，今天我们先吃压缩饼干，喝点水。”

“那怎么行呢，好坏也是我们的一片心意，我们是并肩作战的同志了嘛，这一点情意你们还是要收下的嘛。再说，我们已经做了一大锅，要是吃不了，不是全都坏了，贪污和浪费是极大的犯罪，不是么？”

蔡稀胜一看事情到了这个份儿上就说：“那就多谢你们了，可是只此一回啊，下不为例。”

“这就对了，让一个班拿一个大盆子，到我那里打回来，我们还准备了一些咸菜，不多，但是将就着吃一顿还是可以的。”

“好，那就这么着了。让通信员通知各班到设计院打饭。”

“这事就这么着，回头咱们坐在一起谈谈这里的任务和当地的自然条件，再做一个试验规划，总之，把领导交给我们的任务完成好，你看行不行？”

“就这样，我们是配合你们施工，一切按照你们的安排进行就是了。”

“哎，大家共同研究，共同施工，一个目标，把试验搞好，给领导和同志们交出一份满意的答卷。”

“就这么办了。”

正说着，只听得帐篷外风雨大作，蔡稀胜走到帐篷门口，撩起门帘向外一看，豆大的雨点哗哗地砸在地上，强劲的风把帐篷帆布高高地掀起，帐篷顶部嘣嘣嘣的雨点声就像打在里边人的头上，头皮一阵阵发麻。蔡稀胜自言自语地说：“这天怎么说变就变了啊。”

双青侠听到后，笑了笑说：“你这才是第一次看到风火山的特殊天象啊，我在风火山来了一年多了，经历了好多这样的情况，不光是狂风大作，一天之内四个天象呢。”

王国庆奇怪地问："四种天象，什么意思？"

"就是说，一天会看到四种天气变化。一会儿刮风，一会儿下雨，一会儿飘雪，一会儿雷鸣电闪。艳阳天气不太长，说变就变，不要多长时间就会发生，就像人一样，喜怒哀乐无常，全在老天的心情如何了。"

蔡稀胜从门口回到桌前说："这个鬼天气，变化咋就这么快这么多。"

"这就是唐古拉啊，不是草原，也不是平原，就是唐古拉。是一个神秘的地方。"

几个人一时无语，侧耳倾听着帐篷上边嘣嘣嘣的雨点声，似有一种无助的困惑，似有一片浓浓的乌云，悄悄地攀爬上每个人的脑际。

双青侠看出他们心中的郁闷，就说："这样的天气不会太长的，一会儿就过，地上也存不住水，全都流到低洼地带了。不用担心，所有的变化都很短暂，只不过，会常常打乱你的工作秩序。"

听到双青侠的这席话，蔡稀胜的心里才稍稍放宽了一些。末了，双青侠又说："雨一停，我就回去，过几天，等你们的基础建设搞完了，稍稍适应这里的气候了，咱们就开上一个协调会，我把这里的情况、试验要求介绍一下，然后，咱们共同制定一个施工方案，再开始施工，你看怎么样？"

蔡稀胜说："好，就这样说定了，我们的家安好后，咱就开会。"

果然，依如双青侠的话那样，过了不到二十分钟，帐篷上部的嘣嘣嘣声全都消失了。帐篷里边恢复了先前的平静。双青侠说我这就回去了，起身向外走去。史丰先送双青侠出来，顺便安排了各排，带着饭盆，在设计院那里打回晚饭来，吃饭后，继续没有完成的工作。

蔡稀胜则和王国庆商量，草拟一份电报，向团长政委报告：十七连顺利到达风火山，无一人掉队，无一人伤病，但大部分人员高山反应强烈，需要适应后进入施工。目前部队正在进行营房建设，预计一周后结束，并迅速投入施工。王国庆将电文写在纸上，反复斟酌之后，交通信员用电台发出。

王国庆做完这些，让文书把柳军医叫过来。问问对付高山反应柳军医有没有办法。连队配备电台和随队医生，是师里的特殊决定，十七连远离部队，破例给十七连配一个电台、一名报务员、一名军医，用以保障部队与师团的密切联络和同志们的身体健康。这是师首长对十七连的特殊待遇。

几分钟后柳军医到了连部。一声清脆的报告声后，就站在了王国庆面前。柳军医个子高挑，眉清目秀，皮肤白晰，说话细声细气，犹如和风细雨，在满是男人的世界里，显得格外美丽如画。柳军医名叫柳叶青，山东烟台人，十八岁入伍，一直在师医院，从卫生员干起，直到现在的军医职位，在全师是出了名的医术高明。她随部队转战南北，不光为部队服务，还为驻地群众行医送药，走到哪里，哪里就有一片赞扬声。

王国庆上下打量着柳叶青，看得柳叶青有点不好意思，好在柳叶青已经结婚生子，并不惧怕这些军中男儿的异样目光，就略微红了脸说："看什么，没见过？"

王国庆自觉有些失态，就自我解嘲地说："我看你有没有高山反应。"

"当然有啦，只不过比你轻一点就是了。"柳叶青自打上山之后，就觉得高山反应强烈，毕竟她是医生，在防治高山反应中还有点小医术。当她觉得头重脚轻时，就赶快吃了几片药，让反应减轻了一些，然后着手想法给其他有高山反应的同志们治病。

"轻了就好。坐吧。"待柳叶青坐在凳子上后，王国庆继续说："我是想问问，现在部队的高山反应这么强烈，你有没有什么办法减轻一点？"

"我来之前查了有关这方面的资料，防治高山反应的方法只有两个，一个是喝点藏红花水，一种是保持平静，就能慢慢克服这种症状。现在的情况是，我们这里哪来的藏红花啊，西药也很有限，只有一个办法，就是让大家不要剧烈活动，保持安静，过几天这种情况就会自然消失。"

"照你这么说，只能是大家都待在帐篷里不动了？"

"可以这么说。"

"那咱的任务怎么完成呢？"

"磨刀不误砍柴工。要是不顾高山反应，只顾完成任务，那么，高山反应带来的严重后果可是非常可怕的。”

“你可别吓唬人。”

“这是科学，没有一点恐吓的意思。”

“你就说个实话吧，现在这种情况到底该怎么办？”

“就地休息。”柳叶青用坚定的语气说。

“那就什么也别干了，帐篷也不搭了，火墙也不砌了，咱就裹着皮大衣躺在雪地里等高山反应过去了再说？”一旁听着的蔡稀胜实在有点听不下去，就插进话来生气地说。部队临出发前，王国庆说团里派的军医到了，蔡胜利高兴地出门迎接，却见一位女人背着背包，向连部走来，蔡稀胜大皱眉头，在风火山带一个女兵，恐多有不便吧？心里打着小九九，脸上就露出些许不快，这让柳叶青一眼看了出来，就说，不高兴让我来吧？我是奉命而来，为风火山任务而来，高兴不高兴我都去。当下两人的言语不合，弄得第一次见面就很尴尬。这回听她将高山反应的情况说得太过严重，心里的气就不打一出来，语言中就带了一种不满。

柳叶青听出蔡稀胜话里有话，但她一点儿也不动气，就说：“这是你的事，我可不是让部队躺在雪地里等高山反应过去。我只是说现在部队要保持平静，不能剧烈活动，否则部队将会大量减员。就是这样。”

一席话把王国庆和蔡稀胜说得面面相觑。

“还有，”见蔡稀胜和王国庆大眼瞪小眼之际，柳叶青又说，“不能吃得太饱，吃个半饱就行，不要把水喝得太多，多饮少喝。”

“知道了。”王国庆脑子木木地说。

五十一

风火山试验工程军地联席会很快召开了。双青侠带着设计院的三名设计人员和十七连的蔡稀胜、王国庆、史丰先、柳叶青列席共八人围坐在十七连连部的会议桌前，开始了对风火山地质地貌气候特征、试验项目进行了研究讨论。双青侠开门见山地说："风火山位于唐古拉山和昆仑山口，海拔5010米，是一个地下冰发育多年冻土腹部地区，一点五米地表层以下是冰块，素有冰雪仓库之称，雷阵雨和冰雹不分季节，当地有句谚语，叫'六月雪，七月冰，一年四季分不清'。风力最大可达十级，风过之处，飞沙走石，天昏地暗；这里还有一种天象，因海拔高，云层低，打雷就形成滚地雷，滚地雷滚过之后，草皮被烧糊一片。

"路基试验工程段全长483米，分两种方案设计施工，其中一段460米按保持冻结法设计施工，另一段23米，按允许融化法设计施共，这是路基试验，还有桥梁基础冻胀房建、给排水试验、机械试验等等。

"这里的施工与其他地方不同，一是高山冰冻区，缺氧高寒，物质馈乏，二是机械施工动力不足，三是施工节奏要慢，边施工边观察，不强求快速成形，强调的是成形过程和之后的变化，最终形成一组数据，为二期工程上马做好基础性工作。"

双青侠说完，回头问了一下坐在身边的其他同志，还有没有要讲的。待几个人都摇头后，双青侠说，我要说的就是这些，看看蔡连长和王指导员有什么想法。

蔡稀胜双手握着茶杯，沉吟了一下说："任务都明确了。我现在想问的是，十七连在本次试验中要担负什么任务？”

双青侠说：“你们的任务有四项，一项是路基，一项是桥梁基础，一项是给排水试验，最后一项是房建，至于机械试验嘛，就交给别的人员来做了，你们不用管。”

“四项试验是同时进行呢还是分别进行？”

“施工工序按你们正常工序进行，可以同时，也可以分先后。”

“明白了。”

“可是，不管怎么施工，我们的设计人员都要一步一步做好详细记录，比如施工时间、进度、方法、天气、气温等等，每天两次，早晚各一次，天天如此，一天不能落。”

“我们也做一个施工日志，两下都做，是不是可以？”

“那再好不过，将来我们可以相互应照，资料会更加详实。”

王国庆清了清嗓子说：“我看，这里的工程不大，时间要求也不紧，比起关角山和浚河那里的情况来要少很多。我理解是不是这样，这里的试验最终目的是要给二期工程做好前期设计和施工准备？”

“那是，这不用说的嘛。”双青侠说。

“所有的工程要经受得住时间的考验？”

“对，用两年时间提取全路桥涵路基和机械的科学数据。春夏秋冬四季一个季节也不能落。”

“对了，我的理解对了。那么就是说，三百多米的工程量对于我们来说，并不是一个大的工程量，而是总工程量的一小部分。这样呢，我想，这里还有一个试验，是不是应该有一个施工人员的生命体验，在这样高海拔的风火山上，参加施工的人员体能是不是能经受得住高原气候的考验，比如说我们，在这个地方长期施工，能不能受得了，身体会产生一些什么变化，对施工带来什么样的影响？”

“对啊，这是并行不悖的呀。还是你王指导员想得好。”双青侠眼睛一亮说，脸上露出了少有的微笑，“对于施工者来说，不是试验，是一种考验，在这样严酷的条件下，能不能把铁路修到拉萨，修到边疆，这同时是一个重要课题，也是一个重大课题。”

“我想一定会是这个样子的。”

会场上的气氛开始活跃起来，那种僵硬的严肃的气氛被王国庆和双青侠的对话搞得热闹起来。

一直坐在会场上做记录的史丰先，这时候，放下笔，趁着大家心情放松的当儿，说："我想说一个题外话，可能不适当，但是我想是与施工有关联的。"

"你就说吧，说出来看。"双青侠笑着说。

"我这几天在周围转了转，发现这个地方没有一口井，我想，施工用水和人员用水怎么办呢？"

"是啊，"双青侠听了之后轻声地笑了一下，很快又变得严肃起来，"这个问题在内地，不，就是在你们待过的草原上，就是在关角山下，也不是一个问题，可是在这个地方，就成了问题了。而且是一个很大的问题嘞。"双青侠环顾了会场，见大家都在瞪眼看着自己，就一字一顿地说道，"没有井，就打不到水，打不到水，施工人员就吃不到水，同志们啦，水是生命之源，没有水怎么个生存法呀？我们来这里好长时间了，先后五次在这里勘察设计，都遇到这样的问题，好在，我们来的时候都在夏天，山下河里有水，虽说流量很小，但可以取水生活。可是，现在面临的情况是，我们一年四季都要待在这个地方，到冬天了，人员用水的问题怎么解决，再说，施工用水怎么解决？这是一个很实际的也很难办的问题，虽说不在科研之内，但比工程试验还要重要。"

"水的问题怎么解决？"

"我刚才还忘记说了，我们来时才几个人啊，现在，我们风火山兵强马壮，一百多号人，水更是一个很重要的问题了。怎么解决？夏天在河边挖一个坑，把水截在坑里，冬天只能靠吃冰了，最后，只有到离这里几十里地的井里拉水了。"

双青侠一席话把大家说得心惊肉跳，会场里一时静了下来，你看我，我看你，不知说什么好。

柳叶青在静寂的会场，举起手来说："我想提一个问题，双工。"

双青侠说："咱这不是在研究问题吗，一个问题，几个问题都行，你说吧。"

柳叶青见双青侠让自己发言，脸上微微泛起一阵红晕，但她不慌不忙地说："我是学医的，我想问问，我们部队的同志高山反应很强烈，你有什么好的办法克服这个症状？”

双青侠哈哈地笑了笑说：“没有别的办法，我来得多了，适应这里的环境了，所以上来后略有不适，可是很快就会过去，没有别的办法，大家在山下生龙活虎，在这个地方就别那样了，不慌不忙，会使身体一直处在正常状态。”

“如果有个头疼脑热的，药物不起作用时怎么办？”

“那就得送下山去，到医院治疗。在这里，头疼脑热的可不是小病，那可是大病嘞，弄不好，一天之内会要了人命的。”

“山下的医院离这里这么远，一天赶不到那不是要出事的吗？”

“意外可能随时发生，所以，要让同志们保持良好的身体状态，最好别得病，这是最好的治疗方法了。”

柳叶青一时不知说什么好，是的，最好别得病。同时，不得病是不可能的，可以保证不得大病，可是小病谁也保不齐啥时候要得，得了会持续多长时间，万一有了这样的病号，怎么向山下送呢，能不能在一天之内送到？想到这里，她的眼中闪现出一丝暗淡的忧伤。

“岂止是水的问题呢，还有吃的，粮食、蔬菜、柴米油盐醋都是不小的事。人多了是好事，但是人多了吃得也多，用得也多，粮食部队可以定期供，但是蔬菜，要自己采购，近的要到格尔木，远的到柳园，一来一往几天时间，这还要天气和路况、车况好的情况下，不然，五天一个来回都是很快的。”

会议在一种心情极度紧张的状态下结束了，双青侠临结束时说，任务已经明确了，困难你们也知道了，下来就看你们的了。

五十二

素有冰雪仓库之称的风火山，在蔡稀胜他们的眼中终于撩开了神秘的面纱。举目望去，唐古拉山和昆仑山银装素裹，逶迤起伏，此时阳光灿烂，蓝天如碧，晴空无云，山风习习。难得的极好天气，皑皑白雪覆盖在两山山巅，沟壑纵横的山峦，形态各异，时而看到一只苍鹰盘旋在湛蓝的天际，让人不禁生出亘古悠远的遐思，是谁的鬼斧神工，将这里雕凿得如此神奇而美丽？想想在这样地老天荒的风火山上开出一条铁路来，让人感到人类的力量竟是这样的不可战胜！

军地联席会后，蔡稀胜将连里的兵力作了一个大致部署：一排修筑路基，二排房建，三排给水桥涵，四排生活保障。蔡稀胜作了分工后强调，各排的施工日志，天天都记，要有专人负责，不管遇到多大的施工问题都要记在日志上。连里几位领导也作了大体分工，蔡稀胜主抓施工，王国庆主抓政治思想教育，史丰先分管后勤保障，柳叶青密切关注全连干部战士的身体状况，没有特殊情况，就地治疗，不准下山，确要下山治疗，经请示后再下。柳叶青当下分辩说：我来时带的药品不多，头疼脑热还可以，遇到大的病情可就无法治疗，该下山的还得下山。蔡稀胜说，不是说请示后再下吗？没说不能下。柳叶青不满地瞪了一眼蔡稀胜，没吭气。接着几个排作了明确分工，各自就动了起来。

史丰先带着四排向风火山下的一条河沟里走去。那里是一条季节河，夏天里这里一股雪山水潺潺地流向山下，冬天时却结成厚冰。史丰先他们要在河道里挖成一个大坑，把河里的水引进坑里来，以供人和施工用。

脚下是坚硬的土地，上边浮着一层薄薄的尘土，脚踩上去，可见潮湿的冰土露在外边。脚用力地踩上几下，可以感觉出结冰的土地坚如铁石。这河叫什么河呢，没人能起一个叫得响的名字。史丰先走到河边，想着这一条没有名字的河流，叫人多别扭，于是就随口说了个名字，让它和四排的同志们有一个相互联系：风河。

风河的水潺潺地流出，水不深，清澈见底，似琼浆玉液，没有一丝尘迹，灿烂的阳光照在水面上，闪耀着晶亮晶亮的光。难道这就是传说中的雪山圣水？

看着河岸边湿漉漉的泥土，史丰先他们以为是一片酥软的土地。当他们动手挖掘下去时，才知道全都冻成铁板，一镐下去一个白点，要挖一个小坑，得套几次洋镐才行。史丰先指了一个很大的方向，让大家多存点水，即便是冬天到来了，也会存点冰，不至于因吃不到水而产生恐慌。

挖到半截，大家歇息的时候，史丰先把孟三辰叫到跟前问："孟班长，你在关角山的时候还不是这样，可是到了这里，你看你干活一点力气都没有，真不像刚来时那样。"孟三辰因为在关角山隧道塌方中的突出表现，被提升为十班班长。过去自己管自己，现在是除了管自己，还管着十多号人，是一个兵头将尾式的领兵人了，好不神气。

孟三辰笑着摸了一下脑袋，不好意思地说："不是我不想出力，这个地方真不比关角山那个地方，那个地方咱是一身力气使不完，可是到了这个地方浑身没有一点力气，走路也走不快，想多干点，就是用不上劲啊。"

"这里海拔要比关角山高两千多米呢，当然没有劲了。这是高原反应，全连同志都一样。"

"我还以为我得了什么病呢。"

"就这么没出息的，没有力气就病了，吓死你了？"

"不是不知道嘛。"

"柳军医不是常给大家讲克服高原反应的知识吗，你就没有好好听。"

"讲的时候我睡着了。"

史丰先看着远处，那银白的世界给他带来多少遐想。孟三辰见史丰先不说话了，就悄声地说："副指导员，你说，咱这是配属人家施工，一两个月的的工程两年干完，闲着没事干，硬把人熬到这，都不嫌把部队闲坏了？”

“是啊，我正琢磨这事呢，大半年时间无事可干，闲着的时间干什么呢？”

“叫大家学军事、学文化呗。”

“你说得对，闲下来时，咱就学文化、学军事，总不能让大空闲着没事干，这样的话，部队就不好带了。回头我得给指导员说说，把这项工作抓起来。”

“谁教啊？”

“你以为你没文化就没有人教了啊，咱的文书就是文化教员，就是干这个事的，他教。”

“这就对了。我保证第一个报名参加。”

“不报名也得参加。”

“好，让我也多学点文化。哎，”孟三辰突然压低了嗓音，神秘兮兮地问，“那个卓玛没给你来信吧？”

史丰先生气地瞪着孟三辰说：“你怎么问起这个来了？”

“我看到山中那一片草场了，看到有一群羊，就想起常来看你的那个卓玛了，怎么样了？”

“什么怎么样了，你个新兵蛋子，懂得个啥。”

可是孟三辰却涎着脸说：“我看卓玛还真是不错嘞。会说汉语，能歌善舞，比那个腊梅好多了，至少对你有情有意的。”

“去去，别胡说八道，影响军民关系。”

“我说的是真的。要是人家有意，你就娶了她。”

“去去，开始干活。”

史丰先这么一吆喝，歇下来的人又开始干了起来。

史丰先抡着铁镐，狠狠地砸在冰冻的泥土里，一下挖下去，震得他虎口发麻，可是泥土却只留下一个白点。但是他并没有停手，按着套镢的方法，抡着镢头在原点上再挖一镢。直到在原地挖开一个小坑为止，然后再在紧邻的地方开挖第二个坑。孟三辰的话触动了史丰先的敏感神经。自从到了风火山之后，卓玛的影子不断地在眼前和脑海中出现，特别是临别时对他说的话，让他一直铭记在心：“来信啊！”神色中多有激情啊，让人不禁怦然心动。由此，又不由得想起那个给他带来多少心酸和伤心的腊梅来。

人生不如意的有几多？腊梅和他分手，算得上一个么？人生如意有几多？那些快乐的，幸福的，算得上么？卓玛猛不丁地闯进心海，算得上一个如意的事么？假如算得上，这个如意的快乐和幸福能持续几多？

正想得入神，却见柳叶青从前边走了过来。她身挎药包，步履缓慢。柳叶青一到这里，就高声地让史丰先注意穿好衣服，看到有人敞胸露怀，就大声地嚷嚷：“小心感冒，在山上得了感冒，可是件了不得的事，弄不好会要命的啊。”史丰先问：“其他排的人员有没有发现生病，或说高山反应还不能过的？”柳叶青说：“有几个排已经出现身体不适了，都是在施工中不太注意保护导致了轻微感冒，幸好发现得早，及时吃药治疗，要不然，可能就得下山治疗，给部队带来减员。你说说，人少了，这试验任务能顺利完成么？”史丰先说：“对，但是四排没有发现一个有病的。高山反应虽说很强烈，但过了一阵子都适应了，就是力气没有山下那么大了，干几下就得喘口气。”柳叶青说：“这就是风火山啊，不是草原，海拔五千多米呢，不能掉以轻心。所以说大家要注意保护好身体，身体是革命的本钱，身体不好，别说在风火山上搞科学试验了，还得要拖累好几个人呢，拖试验的后腿。”史丰先急忙附和着说好好好，柳叶青说：“别光说好好好，你是副指导员，又是干部，这些事得从你做起，干部带了头，群众有劲头，有了好榜样，事情就好办多了。”

史丰先看着柳叶青，见她一副认真负责的神情，忍不住哧哧地笑了起来。柳叶青却一本正经地说：“别笑，要是把部队带垮了，到那时候你笑都笑不出来了。”说完起身向别的地方去了。

十七连施工分析会，在风雪迷漫的天气下召开了。会议特别邀请了两个人，试验总负责双青侠和随队军医柳叶青。

蔡稀胜坐在会议桌的一边，开门见山地说：“这两天连续下着雪，还挺大，所以，在大雪天，我们开一个连务会。主要有以下几个方面的事，”蔡稀胜清了清嗓子说，开会前，他说自己有点不舒服，有点感冒的意思，可是本人觉得还不太要紧，只要多喝点水，可能就会好起来了，所以，从一开始，他就不断地喝水，清嗓子，也是为了治一治感冒，“一个呢，是各排把前一段时间的工程进展情况汇报一下，遇到过什么问题，怎么解决，今后怎么办。另外一个是让柳军医把这一段时间来大家的身体状况作一个情况通报，高原嘛，不同内地，身体是本钱，没有身体了，没有好的身体，这试验肯定搞不了，二期工程也就不能上马了。第三个呢，让设计院的双总汇总一下我们的意见，看看在今后的一段时间里，怎么调整施工。最后呢，再安排下一阶段的工作。怎么样，双总？”

双青侠满意地向蔡稀胜点了点头，让他继续讲下去。王国庆点了点头，史丰先也说没有意见，柳叶青也点了一下头，几个排长都轻声地说“没意见”，蔡稀胜就接着说，没有意见，就开始说吧，进行第一个议程。还是从一排开始吧，都说说。

一排长周子星说：“因为天气的原因，路基建得很慢，近一个多月来，修了十多米长，当然是按照设计院的严格要求来的，里程不长，可是情况很复杂，在正常天气下，我们的路基修好了，可是在天气晴时，太阳照射强了，路基全都化了。”

蔡稀胜打断了周子星的话头问：“铺好的路基化了？”

“对，就是，路基下的常年积雪，一遇到大太阳，就慢慢地融化了，比原先的高程低了近一半，路基不成路基了，成了一个高低不平的小土堆。”

“这是什么原因呢？”

“是土质里面含的水分量太多，一见太阳就化了，工程很不好干。我从来还没有干过这样的工程，也没有见过这样的地质状况。”

“双总，你说是不是这样，是我们的工程质量有问题，还是风火山的地质构造本来就是这样？”

双青侠微微眯着眼睛说：“这是个地质学上的专业问题，你们经常干着地质条件很好的工程，相信从来没有见过像这样的地质条件。说起来这个问题专业性是很强的，一句两句也说不清的。简单地说吧，就是风火山的土壤中，含有大量的水分，这些水分是以凝因状态存在的，如果没有人为地破坏它的地质构造，那么，这种状态永远是平衡的，永远不会因融化而改变。周排长他们修建的这一条路基，就是这种地质状况，那些固态的土质被从地下翻到地上，打破了原先的地质构造，经强烈的紫外线照射，全都融化成一滩水，所以，筑起的路基就不成路基了。我们所处的位置，地下十五公分处，全是这样的地质状态，通俗一点来说，就是地面以下十五公分处，都是含冰土质，所以，建成一段，融化一段，工程难度是相当大的。”

“噢。原来是这么回事。”蔡稀胜醒悟地点着头说。

“这还是在没有受到震动的条件下，要是在强震下的冻土层，还不知要产生多大的变化。”

“那肯定比现在要大得多了去了。”

“是的，就是这样。”双青侠说，“毛主席说得好，实践出真知，咱不在这个地方实践，怎么会发现有这样的问题。这是允许融化法设计施工遇到的第一个难题。也可以说，我们需要动手研究的第一个问题让我们给找出来了。”

“那就好。二排呢？”

“我们负责的是不允许融化法施工，但是遇到的问题却和允许融化法一样，挖好的地基没多长时间就融化了，不知道在这种情况下怎么办。”二排长吴庆德说。吴庆德嘴唇干裂，裂缝处流出一丝血迹，让人看了有点不太忍心。

“双总，是不是同一个问题？”

“对，你说得对，两种施工法遇到同一个问题。这是我们必须马上就要研究的课题。同样，房建施工也会遇到这样的问题。房建一定会打地基，地基在开挖后也会在一定时间内融化，原因是都是永冻层土壤，房屋建在这样的基础上，不到几年，不，不到几个月，甚至几十天就会塌下来，三个排的情况大致一样。”

“怎么办呢？”蔡稀胜喟然叹气。

“怎么办呢，这正是我们要研究和解决的问题，肯定有办法，就是个时间问题。”

“这我相信，但是现在我们不知道怎么施工了。”

“继续施工。还要发现问题，仅仅发现一个问题是远远不够的。”

“好，那就按试验方案继续施工。”

“这就对了。”

“三排呢？”

三排长说：“给排水工程进展还算顺利，开挖困难一些，但是，进展还不错，工程量已经达到两米深度。预计一个星期后可以衬砌管道。目前还没有发现别的问题。”

四排长简要地说明了后勤保障事宜，一切进展顺利，按计划能完成任务。

“看看各排的汇报已经完了，蔡稀胜就要转到下一个话题，说：“各排还有没有补充的？没有了，那就看看史副指导员还有没有啥要说的？”

史丰先清了一下嗓子说：“水的问题现在基本解决，但是到了冬季，这里冰天雪地，人工池子存不了多少水，那可就成了问题。我经常在想，能不能在这个地方打一眼水井，永久性地解决这个地方的吃水问题？”

蔡稀胜满意地笑笑说：“这个问题提的好，双总，能不能解决呢？”

“就目前的科技条件来说，是不能满足这样的愿望，也许多年以后可以满足。”双青侠一字一板地说。

“这是为什么？”蔡稀胜好奇地问道。他又咳嗽了一下，震得全身都在发抖。

“风火山上没有地下水资源，打再深的井也不会出一方水来，怎么办呢，只有靠天吃水。下雪了，雪融了，河里有水了，就可以喝水了，冬天里冰冻了，雪冻了，只有吃冰了。人少了可以，可是人多了，就得要到很远的地方，饮马泉大家听说过吧，只有到那里去拉，三百多公里来回一趟，别说拉回多少水来，够人折腾的。车陷了，水箱冻了，路滑了，不知要付出多少生命的代价。”

“那这可就成了大问题了。”

“对，水是生命之源，水对人类来说不是小事，对在这里生活的人们来说，更不是小事了。”

“水池子修起来后，当地的羊群常来这里饮水。偶尔也有一两个藏族同胞到这里拦羊、背水，还有些野生动物会来这里。”史丰先说，“水本来就少，人畜多了，可能会对饮用水造成困难。”

“不要紧，它能喝多少，要命的是冬天了，水没了，坐吃山空，那可真的就是困难了。”

“水也是一个问题啊，当然水罐是最好的解决办法，剩下来的问题只是个防冻了。”

“对，就是的。”

大家正在讨论着，还没有转入第二个议题，没想到柳叶青却插进话来说：“这算什么呢，比起部队现在的病情来说，算不了什么，高山反应，身体乏力，营养不良，还有感冒的人员渐渐多了起来。”

蔡稀胜一看柳叶青抢先发了言，也就没有在乎，顺势说：“柳军医，那你就说说部队的健康情况吧。”

“好，我刚才说了，部队的身体情况不容乐观，不容忽视，你看看，二排长的嘴唇开裂，血流不止，这是高山反应强烈的症状，还有好多人指甲下陷，发青，陷下去的深度能放进一颗绿豆，大多数人心律不齐，还有紊乱症状，原因是缺水和维生素，长期吃压缩菜、罐头，喝只有六十度的开水，吃半生不熟的饭。”

蔡稀胜心平气和地说：“柳军医，你说的这些都是实情，但是，你说，咱们到这个地方不吃压缩菜，不喝河里的水，吃啥喝啥？”

“这些还都不是主要的，现在部队有好几个战士都患感冒了，劝他们下山，可就是不去，那我只有打青霉素了。咱这里远离大部队，我带的药品又不够，用不了几天就完了，完了事小，可感冒是要死人的呀。”

“说啥呀，死什么人呢，危言耸听。”

“你不懂，感冒引起的肺水肿，那可是要命的病嘞，这是典型的高原病，你不懂，你就知道抓施工，不知道抓好健康，健康不好，可是会影响战斗力的。”

“批评得好，我改正。但是你不要把情况说得那么严重，有病就治，怎么会死人呢？”

“这里是高原，发病是很快的，稍不注意就会有生命危险。”

“这不结了，你说个生命危险不就成了，说要死人那可不是很难听的吗？”

“就说你吧，你的感冒已经很重了，可是你就是不治，强挺着，让吃药不吃，让打针不打，油盐不进，我早上听你的肺，肺泡声很重，已经是一个危险的信号了，你再这样下去，是要出事的，要有生命危险的。”

“要死人啊，说得多难听啊，我命大，死不了。”

“我没说你死，可是不及时救治，可真的是要死的。”

“好好，你说咋办？”

“我说咋办，把生病的同志送下山去，住院治疗，等病情彻底好了再上来。另外，设法到柳园买点菜回来，给大家补充一点营养维生素。”

“好好，我研究一下，派辆车去柳园，拉回一车菜来。顺便把病号送下山去。照你说的做。”

“你也是病号，你和那些病了的同志一起下山，治好了病再来。”

“我下山了，谁来主持连里的工作？”

“还有王指导员呢，史丰先也在。”

“那我就只好下山了。顺带着给连里买回点东西来。”

“这就对了。”

“王指导员，你说说吧。”看看会议议题已经完成，蔡稀胜就让王国庆最后讲几句话。

王国庆点了一支烟，正要说话，却不曾想让柳叶青抢了一句：“别抽烟，本来氧气就少，你一抽氧气不是更少了。”

王国庆只好讪讪地掐了烟，说：“我们初来乍到，遇到了前所未有的困难，比方吃的、喝的、施工中的冻土融化问题，总之，困难重重啊。但是，不管怎么说，困难再大也要坚持下去，没有困难要我们这些军人干什么呢，我们铁道兵就是干这个的。没有吃的，我们在山上打野物，没有喝的，我们吃雪化冰，指甲下陷，就是烂了，也要坚持着把试验搞完，不完成任务，怎么叫铁道兵前无险阻呢。我们就是要迎着困难上，为后续工程打开一条路子，让他们沿着我们开辟的路子向前冲锋。”

“说得对，我们遇到过多少艰难险阻，可是哪一个又能难得住我们？我们现在多吃一点苦，后边的同志们就少吃很多苦，我们多遇到一些困难，后边的同志就少碰到一些困难，用这种勇气、这种精神把下边的工程搞完，把首长和同志们交给的任务搞完，大家有没有信心？”

“有。”与会者异口同声地说。

“就这样吧，各排干各排的，散会。”

双青侠没有走，留下来，等各排排长一走，就激动地拉着蔡稀胜的手说：“我在各种施工现场干过，见过各种各样的施工队伍，可是像你们这样的队伍着实没有见过，意志这么坚强，精神这么高尚，还是头一次。”

“过奖了，我们是军人，我们是铁道兵，水里火里走过来的，这样的情况是家常便饭，挺一挺也就过去了。”

“可以说，青藏线二期工程如果没有你们这支部队，那是永远也不会建成的。这可以说是我的断言。”

“谢谢你对我们铁道兵的信任。”

五十三

蔡稀胜的确感到感冒的严重性了，会议刚一结束，就觉得头昏眼花，呼吸困难，腿也迈不动了。王国庆不敢懈怠，立马安排车辆送蔡稀胜下山，连里还有好几个同志是同样的症状。王国庆当即立断，让史丰先带车下山，把蔡稀胜和其他几名同志迅速安全地送到165医院。之后，带车到柳园，给连里买点蔬菜回来。

史丰先就这样从风火山风风火火地下山来了。

165医院设在格尔木，是铁道兵专门配属西南指挥部的一所医院。从风火山到格尔木，足有三百多公里，真是一个艰苦之旅。肺水肿是高原多发病，是危害生命最为严重的病症之一，患上这个病，七小时之内不能得到有效牧治，就有生命危险。对于十七连来说，离开风火山那是最好的治疗措施之一，再辅助以药物，便可痊愈。

史丰先已经从柳叶青军医处得知这样的常识，于是马不停蹄，人不下鞍，不管路途有多艰险，水里火里地向山下冲去。上午十点多出发，直到下午六点多到达格尔木，蔡稀胜几人已经奄奄一息了。车子一到医院，史丰先直接将蔡稀胜几人送进急诊室，直说救人救人。医生将史丰先几人挡在急诊室外，急诊室非医务人员不得入内。史丰先只能在外边焦急地等待，静候平安消息。几个人疲惫不堪，冻馁交加，史丰先让司机在街上买点吃的打个尖，司机飞快地跑出医院采买东西去了。史丰先则坐在连椅上，不到几分钟就昏沉沉地进入了梦乡。

等到大半夜，医生看到史丰先几人还等在急诊室外，就说："你们这些同志，把人拖到现在才送来，要是再过一个小时，人就没命了啊。生命比工作更贵重。以后可得注意。别等了，已经采取了急救措施，人虽说还没有脱离危险，但是，像这种病，医院治疗轻车熟路，过几天就会脱离危险，过一段时间就会恢复健康。史丰先听了，这才放下心来，与给养员、司机一同走出医院。一走出医院才知道已经是三更时分了，街上灯火本来就不多，这时候更是灯火稀疏，人迹稀少了。黑灯瞎火中，史丰先几人找了间招待所，三张床一间，办完手续，一头扎进被窝，就沉沉入睡了。

在格尔木，史丰先待了三天，三天里，在医院里跑了不下十几次，看看蔡稀胜和连里的几个同志，他们虽说还在急诊室里躺着，但危险期已经脱离，医生也说，你就忙吧，部队的事情很多，他们几个就交给我们，我们护理人员一定会让他们几个早日康复。史丰先这才给蔡稀胜几人买了点水果，放心地走了。柳园离格尔木还有一二百公里，一来一回，也得要三五天时间。史丰先知道连队的同志们都在翘首等待，也不敢磨蹭，急如星火地向柳园赶了过去。

可是他万万没有想到，同在格尔木，却与卓玛不得相遇，竟擦肩而过。成了他终生的遗恨！

卓玛决定要去风火山了。

这是因为领导派她去格尔木出差。她早就知道格尔木离风火山不远，约有二三百公里，趁着出差的工夫，去一趟风火山，看看在那里的史丰先。她曾经说过要去看他的，她要践行自己的诺言。史丰先已经是她心中的神，让她天天膜拜，史丰先是她梦中的王子，让她时时追捧。有时候想着史丰先，不思茶饭，不思睡觉，寝食不安。夜晚，当一轮皎皎明月挂在天际时，望着月亮，她就想起史丰先来，脑海中产生出无限遐想。多少次她策马奔驰在宽广的草原，纵马高山峡谷，追念梦中的情人，这一天终于到来了。

卓玛到达格尔木的时候，史丰先护送着蔡稀胜几个病号，先一天到达格尔木。她在格尔木匆忙办完公事，就打算上风火山了。然而风火山她却是从来没有去过，从来没有听说过的地方，第一次听到风火山这个名字，还是在史丰先连里。那一次她直面史丰先，当她和他两个人独处一室时，史丰先曾说过，部队要去风火山了，风火山在哪里？是在朝圣的路上，还是在昆仑山很偏远的地方，阿爸阿妈隐约说起过，她却从来没有放在心上。这个山并不属于她，是属于那些朝觐札什伦布寺的人们。只是史丰先再次说起，才在她心目中打一个深刻的烙印。去风火山路过格尔木，那也是她从史丰先口里听到的。在格尔木，卓玛到处打听去风火山的车辆，可是谁也没个准信说什么时候去，路线怎么走，甚至不少人还是第一次听到这个山。她多了个心，史丰先部队的车牌她是记着的，碰到这样的车牌，她就站在路中间举手拦挡，结果大部分却是史丰先友邻部队的，在那个方向没有任务，心下一时没了主意。正当她犯难的时候，无意间看到通往昆仑山口的公路上，停着一列长长的军车车队。卓玛抱着试试看的心理，急步向这列车队走去。停在这列车队的最后一辆车，不知什么情况，司乘人员正在忙前忙后的检修车况。卓玛走到这辆车前，一问途经唐古拉山，便提出了想搭车前往唐古拉的请求。正在检查车辆的军人停下了手中的活路，上下打量着这个一身藏族打扮的卓玛，年轻而漂亮，举止落落大方，一双明亮的眼睛充满期盼，语气情真意切，心下就动了恻隐，但军车不同寻常，不得首长同意，这车是万万不能搭乘的。卓玛不知就里，刚一开口，就被这位军人拒绝了。卓玛说："我从刚察草原来，要到唐古拉山去，我要看的也是一位军人，地方的车一辆也不去，我没有办法，只有求求你们了。"

检查车辆的军人脸上露着笑脸，可就是没有说出要她坐车的话来。

"行行好，我在路上都走了两天了，在格尔木等了三天，没有找到一辆去唐古拉的车，让我搭一段路吧。"

这军人笑着说："不是我不让你搭，是因为我们部队有纪律，不让地方人员随意搭乘的。你还是找地方车辆吧，小心误了你的事。"

"他也是军人呢，我也算和军人有关系的人呢。"

"可是你不是军人，就是军人，也得看看能不能让搭乘呢。"

"军民一家人嘛，我也是去看军人的嘛，你就行行好。"

"你说什么也不行的。"

正说着话，领队的连长走了过来，一身戎装，腰里扎着武装带，斜挎着一把手枪，威风凛凛。连长看看那个军人，又看看卓玛，嘟着脸问道："问子道，怎么回事？"

这个叫问子道的军人就说："这位藏族姑娘说要搭咱的车去唐古拉山。"

连长继续问："去唐古拉干什么，不知道那个地方是没人敢去的吗?

"她说去看在那里的一个军人。"

"军人，让我问问。"连长转身问卓玛，"你要去唐古拉山吗？"

"对。"

"你叫什么名字？"

"卓玛。"

"真好听的名字。"

卓玛笑了一下，露出了一口洁白的牙齿

"去看一个军人？"

"对。"

"哪个部队的？"

"修铁路的。"

"噢，铁道兵啊，不对啊，铁道兵在格尔木以东修铁路，没有听说在唐古拉山修啊？"

"是在唐古拉山。他给我来信了，"卓玛就从身上往外掏史丰先给她写的信，让连长看看信封上的来信地址。

问子道悄声地对连长说："连长，真有一个铁道兵的连队在唐古拉山上搞试验。"

"你从哪儿听来的？"

"凉水泉兵站的同志都在说，离他们那个地方不太远，还有地方上的科研单位一齐在搞呢。"

"真有铁道兵在唐古拉山上？"

"兵站上的同志都在讲，哎，有时候咱还不是常碰到过亥字军车在凉水泉兵站停着吗？"

"对，是见过的。"

"你看，她是去看军人的，都是战友吗，搭上一段路也行。"

"你说了算，还有没有纪律！"

"我不说了，不能搭。"

"这就对了嘛。"

这时候，卓玛把史丰先写给她的信从身上掏了出来，递到了连长眼前，连长一挥手说："别看了，看这个干什么呢，看了也不能搭车，这是军车。”

卓玛陪着笑脸说：“你是连长，你说，铁道兵在我们那儿，像一家人那样，没有你这样办事说话的，我到他们连队一去，没有一个人不欢迎的。再说了，我去看军人，军人亲属来队了，还能不搭乘军车吗？地方上的车辆坐不上，还不把亲属困死在路上。”卓玛说这番话的时候，心都是别别跳着的，她还没有和史丰先捅破那张心中的窗户纸，谁也没有对谁说爱着对方，只是书信来往比别人多了一些，心心相印着，还没有到那个谈婚论嫁的时候，现在却以军人的亲属自居谈起坐车的事情来了。但是没有办法，不是没有车上唐古拉吗，为了上唐古拉，只好这样和他们说了，再说了，和史丰先结合，只是迟早问题，到了这个份上，还怕个什么呢？

“你说的还一套一套的。”

“军民一家亲嘛。”卓玛笑嘻嘻地说，边说边往身上装史丰先给她写的信。

卓玛话音刚落，问子道哈哈大笑起来。

连长正色地道：“笑什么，严肃一点，这可是纪律问题。来不得半点马虎。”可是话一说完自己也不禁笑了起来。

卓玛也朗声地笑了起来说：“连长笑了，同意我坐了？”

连长看着卓玛却问问子道道：“问子道，你说呢？”

问子道挺着胸说：“你是连长，你下命令吧。”

“好啦，今天就破个例，让这位军属坐上，铁道兵也是战友，是我们的战友嘛，不让战友的亲属坐车，还能让谁来坐呢？”

“连长，这可是纪律！”问子道忍住笑故意说。

“哪来那么多废话，不能亏待军人的妻子。走，下不为例。”

卓玛高兴地坐上了问子道的车。

卓玛没有想到，去唐古拉山的路途充满凶险。一进入昆仑山口，车队就被埋进了雪山峡谷中，一路上几乎碰不到一辆过路车辆，只有苍鹰在陪伴着这支车队，还有追随车队狂奔不已的野物。到了昆仑山深处，看到路边森森的白骨散乱地撂在路边，有兽骨，也有人骨，兽骨是弱肉强食还是病死在路途？人骨是死在朝圣的旅途，还是被野物侵害？卓玛难以说清，能说清的是，看到这番景象，不由得心中蒙上一缕淡淡的悲凉。

问子道让副手驾着车，有一搭没一搭地和卓玛拉着话："他是你的爱人？"

卓玛调皮地说："你说呢？"

"那是当然的了。"

"就算是吧。"

"有孩子了吗？"

卓玛红了脸，看着问子道不说话。问子道一看红了脸的卓玛知道不该问这个问题，就没再说下去，看着路旁的雪景，任由车辆摇着他和卓玛。卓玛却轻声地在车上唱起了拉夜：

格桑花开在春天里，
群马奔跑在草地里，
鱼儿游在河水里，
白云飘在蓝天里，
这美丽的景色哟，
是我们草原的。

姑娘等在草原里，
心里梦里都有你，
你在雪山圣境里，
你在绿色军营里，
我心上人哟，
何时才到你的怀抱里。

卓玛唱完了，但还沉浸在深深的情意之中，脸上泛起了一层淡淡的红晕。

卓玛是用藏语唱的，问子道一点也听不明白，但是从她那深情的韵律中，从那天籁般的嗓音中，问子道听得出来，美丽的卓玛想念唐古拉山上的亲人，动了真情感的，多少军人的妻子家属儿女，在遥远的家乡，思亲心切，盼亲归来，多少悲欢离合，生离死别！这位卓玛，也是军人的亲属，能不有着与亲人团聚的急切心情吗？问子道等卓玛唱完，深情地看着卓玛说：“卓玛，你唱得真好。”

卓玛高兴地仰起头来，看着驾驶室的顶棚，脑海中却幻化出了史丰先的伟岸魁梧身影。

总后运输团是跑车队的，一路风雨兼程，向着拉萨进发。部队就地休息吃饭了，她坐在一边，吃着随身带来的酥油糌粑，车队到达兵站后，卓玛就找一个藏家的帐篷打个盹，那车队的同志，看着这个卓玛很辛苦，就在吃饭的时候，给她送一点饭来，晚上到达宿营地，给她找一个房间住下，吃住都不收钱，卓玛再一次感到金珠玛米的热情与温暖。她甚至感到，这个部队和史丰先所在的部队一样，爱护地方群众是那样的无微不至。

车到凉水泉前边不远的地方，不知怎么地就停在了路上，那位批准卓玛坐车的连长，传下命令来，每辆车都上上防滑链，扎紧车上的捆扎绳。问子道就和司机一起忙活开了绑防滑链。到底是部队的同志，办事麻利快当，一时三刻就把防滑链绑在了轮子上。车队也没休息，继续前进。当车队再次踏上征程时，卓玛忍不住地问了起来：“解放军同志，天气好好的，你们怎么把防滑链子戴上了？”

问子道看着卓玛，表情凝重地说：“你没看看天上的云，你没看看唐古拉要变天了。”

卓玛抬头朝天上一看，天上正有一团乌云从喀拉昆仑山向唐古拉山上快速飘来，在车队绑防滑链的时候，天还是一片晴朗，可是这会儿却乌云四布，将阳光遮挡得没有一点亮光，又听得到风从山谷中刮过来，带着一种尖利的怪叫，冲向车队，又向另一个雪山刮去。卓玛心里不禁生出一种恐惧，唐古拉，变天了，可是变了天的唐古拉会是什么样呢？卓玛当然不知道。再问问子道时，问子道就没好气地说：“等一下你就知道了。”说完就再也不讲话了，两眼死死地盯着车窗外，怕是在担心着什么不幸的发生或者是什么灾难的降临。卓玛从未看到过问子道的这种神情，唐古拉的天气真有这么可怕吗？

风越来越大了，尖利的怪叫成了魔鬼的吼叫，雪也下起来了，鹅毛大的雪片纷纷扬扬，从天而落，风搅着雪，雪带着风，天地一片苍茫！唐古拉山变成了琼楼玉宇，看不清车前的路，看不清路边的沟，要是开车一不小心，随时都有掉下山沟的危险。问子道双手紧握着方向盘，双眼紧紧盯着前方，向前小心翼翼的行驶。

不幸和灾难到底还是发生了。车到凉水泉时，路过一个山崖，狂风大作，雪花漫天，路被大雪覆盖得不能通行，车队就地停在山脚下。卓玛在刚察草原遇到过大雪天气，可是像这样的恶劣天气，她还是第一次遇到，风是那样冷，她裹着藏袍都有点撑不住。蹴在驾驶室里，等待着雪暴的停止。车队的解放军同志，也是万般无奈，全都停在山脚下，寻找前进的机会。天气越来越差，到夜里两点多，山上发生了雪崩，半面山大的积雪带着一股狂风，卷起一阵雪雾，似泰山压顶之势滑下山来，卓玛所搭乘的那辆车，_ 正好对着雪崩下滑的方向，顷刻间，灾难降临了，那辆车连同驾驶员和卓玛被推向山沟，人和车都被埋在如山的积雪中，再也没有出来。

雪停了，风停了，这支部队临时改变了任务，全体官兵全力以赴搜寻那辆被埋的车和车上的乘员。两天以后，车被找到了，车架彻底扭曲报废，车上的物资全部散落沟底，不能收集带走。更惨的是，两个驾驶员被抛到沟底，人车分离，伤痕累累，遍体鳞伤，各处一方。卓玛被抛到更远的地方。连长同志整队脱帽，肃立沟边，举枪射击。为遇难的战友鸣枪致哀，一路送行。枪声在雪山下久久回荡，寒风为之呜咽，苍鹰为之哀鸣，蓝天白云似也有情，忽然飘起雪花，苍天落泪化为白雪，飘飘洒洒，无声地盖在几位难友的身上。部队遭遇突然灾难，一时不好处理，本部队人员按照有关规定处理就是，可是，这个不知名的女同志，可怎么个处理法？到后米，运输团的同志在卓玛身上查找了有关信息，才发现了她带着的工作证，还有一个磨破了皮的信封。部队将自己的战友掩埋后，说，绝不能不管这个搭乘着自己车辆的地方同志，她是要去部队看望亲人的，她就是部队的亲人，就是我们部队的亲人！一定得把这件事情处理好。于是他们做了三件事，一件是给卓玛所在的单位写了封信，告知卓玛不幸遇难的消息，二是给卓玛随身带的信址上的部队写了封信，告知卓玛在来队的路上遭遇雪崩遇难的消息，三是将卓玛的的遗体安葬在凉水泉附近的一个山包下，坟墓上插了根木桩，写上卓玛的名字，以便卓玛的亲人和单位同志查找。

做完这一切，已经是在事发后的十多天，卓玛的单位以及史丰先的连队都还没有得到消息。

五十四

史丰先到了柳园后，尽量把那些在风火山上大家吃不到的东西都多买些，比如说，西红柿、黄瓜、菠菜、蒜台、白菜、茄子、大青菜、豇豆、小葱等，能拉多少买多少。给养员说，路远，就别买那些个菠菜、大青菜了，多买些黄瓜、笋瓜、洋芋、大白菜都行，那些东西买多了，天气又热又远，保不齐车还没到就烂了，钱花了不说，大家吃不到东西，那就太可惜了。史丰先说，这不要紧，大家在风火山上多辛苦啊，常年吃不到新鲜蔬菜，买了带上，让大家都尝尝鲜，把身体养好，那不是很好的事情嘛。给养员也不好说，就由了他，多带了些新鲜蔬菜。柳园的天气正是七月时分，七月流火，走在路上头皮晒得发麻，穿上单衫还嫌热得慌，热风刮来，热得人透不过气来。史丰先说，大白天不要走，到天黑的时候再走，白天温度高，蔬菜容易坏掉，晚上走路虽说难走，人受点苦，可是菜却能保全好。所以他们在出发的当天下午，天快黑的时候装车，车装好后，在街上吃了顿饱饭，酒足饭饱之后，三个人就向回赶去。

回去的路上还算顺利，车到格尔木，史丰先在医院里看了看蔡稀胜他们，见他们身体明显恢复，就没敢多待，继续赶路。上了昆仑山，路面不好，车像行在大海中的船，左右摇晃，还有风侵袭，所以路上行进艰难。车到凉水泉，三人歇下来，在兵站吃饭，史丰先在与兵站的同志聊天时，听到不久前前方遇到一次雪崩，将总后的两位同志埋在雪山下，无意中听到一个叫卓玛的人也遇到不幸，说话间无限惋惜，唏嘘不已。给养员悄声地说，哎，史副指导员，吉尔孟的那个卓玛来信了吧？

史丰先一听，怦然心动。到风火山之后，他应卓玛之约，去了封信，谈了这里的情况，信发出多少天了，还不知收到没有。他知道，在风火山上，一封信要走一两个月，这还是在正常情况下，要是遇到风暴，或是大雪封山，一两个月还不一定会收得到呢。当他刚听到兵站的同志谈起卓玛这个名字时，不知怎么的，像有一只无形的手，抚动了他平静的心弦，该不会是他这段时间常常牵挂的卓玛吧？藏族同胞中名叫卓玛的姑娘很多，此地卓玛也绝非彼地卓玛，再说了，自己所牵挂的卓玛也绝不会遇到这样的不幸。史丰先说，不知道啊，人家会不会来信还不知道呢。

“我看卓玛对你是很有意思。”

“你知道啊？把你说的，她的心思告诉你啦？”

“我能看出来，她跟你说话的神情，还有在一起时的眼神，都写着一个爱字。”

“你个小不点，还能知道写着个爱字，亏你说得出口。”

给养员虽说职务不高，可是，却是个结过婚的人了，在这一方面，应当说比史丰先经验要丰富得多。史丰先从婚史上来说，充其量不过是瞅了个对象，但是夫妻间的事，他还是个不懂事的小学生啊。“这一点我比你知道的多。”

“才结婚几天，就敢说比我知道的多。”

“你不知道，结婚的滋味有多好。”

“快去你的吧。吃了饭赶路，别想你这个好滋味了。”

给养员哈哈地笑了一阵，三刨两刨地将饭吃完，三个人又继续向风火山赶去。

到了连队，王国庆带炊事班卸货，当一筐又一筐的蔬菜被抬下车时，却看到菠菜、西红柿、芹菜等一些时令蔬菜全部烂掉，成了一筐稀泥，唯有那笋瓜、黄瓜、白菜等还成点形。史丰先一看，满车蔬菜只留半车不到，费了钱不说，达不到补充营养的目的，这令史丰先大失所望。史丰先对王国庆说：“都怪我，没想到会有这样的结果。”

王国庆安慰他说：“不怪你，路太长了，鲜菜受压时间太长，坏了是自然的事，以后办这样的事，小心一下就是了。”

“还是我太粗心大意，要是多个心眼就好了。”史丰先这时候想起给养员的话，才知道是很有道理的，长途跋涉，鲜菜受不了压、受不了冻，也受不了热，冷热相攻，鲜菜肯定会坏掉。一想到他和给养员的对话，就有点后悔不迭。

王国庆将从柳园拉回来的鲜菜当宝贝一样，让给养员放在库房里，没有连里的命令，谁也不许动，谁动了，谁就要受到纪律处分。另外，让炊事班晚上炒几个鲜菜，好好犒劳一下所有人员，病号多打一点，身体健康的同志少吃一点，细水长流不断线，好钢使在刀刃上，把菜放在最有用的时候吃。最后呢，他和史丰先商量一下，双青侠他们和咱们一样在山上工作，吃的没咱好，给养不如咱们方便，能不能给双青侠他们一点，以表咱解放军的心意？史丰先说，好，咱们来的时候，双总给咱们提供了第一顿饭，咱有了鲜菜，也得给人家表示一下。于是，王国庆让给养员和司务长两人抬一筐菜，送到双青侠那里，让他们也改善改善生活。

王国庆后来告诉史丰先，自史丰先走后，施工地段雷电大作，电闪雷鸣，雷电形成一个大火球，在施工地段滚来滚去，就像着了火似的，幸亏大家撤离的快，不然，说不定又要有几个同志遭雷电袭击。史丰先问其原因，王国庆说，因为风火山海拔很高，云层太低，所以打雷闪电，就落在地上，形成滚地雷，是一种非常可怕的天象，当然这是双青侠总工程师解释说的。史丰先听了，头皮一阵发麻，担心铁路修在这样的地段，不知要造成多大的危险，这样的自然条件铁路能不能通得过？

过了一周，连里取回来一批报纸和来信。连里像逢集一样热闹，几乎所有同志都拿到一封亲友来信。史丰先任连里的同志们抢着信，自己则翻开报纸看了起来。多少天长途跋涉在外，报纸连面都没有见过，外边的情况一点也不了解，现在报纸来了，翻开看看，国家发生了什么大事，社会上有哪些让人震惊的事。翻了几张后，看到一行熟悉的字眼跳进眼帘，仔细看了，只见军报头版头条登着一行醒目的大字——“铁道兵某部团长梁中明勇拦惊马光荣牺牲”，看看文章末尾，落着本报记者白天氛的名字。史丰先心里就微微一颤，白天氛是军报驻铁道兵十师的记者，常把师里的先进人物、先进连队的英雄事迹写了稿子在军内外报纸上发表，让更多的人知道他们的闪光足迹。史丰先蒙了，这不是咱四十八团团长梁中明吗？他在拦惊马中英勇牺牲了？静下心来一读文章，才知道梁团长在探亲时候，路遇一辆受惊的马车正向集市上的人群中奔去，如果马车冲进人群，后果将不堪设想！梁团长奋不顾身地冲向前去将惊了的马死死地揽在怀里，惊马拦住了，许多群众的生命保住了，可是他却被裹进了马车轮下，再也没有起来。总政治部授予他“雷锋式的好干部”。史丰先心里闷闷的，多么熟悉的领导，他在关角山隧道工地时，常见梁团长下到掌子面查看工程进展情况，与同志们谈天说地，拉家常，问寒问暖，亲如弟兄。谁知这些竟成了他心中永远的回忆，一时令史丰先情绪低落，难以排遣。史丰先放下报纸没多久，通信员给他送来了两封信，一封是营部老乡来的，问他风火山的情况，是不是传说中的那样冷，那样缺氧，面煮熟了，舀上来却是七生子，开水只开六十度，常年四季烧火墙，吃水要到很远的地方拉，人的心脏是不是都移位，造成终生疾病云云。史丰先心里笑说，其实都是对的，至于说会不会落得个终生疾病，他还没有切身体验，因为还没有到时间，说不上会不会这样。第二封信是家里来的，一看日期，一路上走了大半年，说的是，家里一切都好，钱和所寄的东西均已收到。家里不放心的是史丰先的婚事，二十五六岁的人了，还瞅不到媳妇，全家人焦急万分，上下托人说对象提亲，有一个和他同年级的同学，听说他的情况，愿意谈对象。家里人托人提说了一下，情况不错，如果愿意，就快回信来，商量这门亲事，如果不愿意也回信来，再让人介绍。史丰先放下信来，在脑海里查找了一下信上所说这个人的情况，印象中约略记得起是一个大脸盘女子，个子不低，见着生人老远低了头只是向前走，说话时没开口先是红了脸，鼻尖上就渗出一层汗珠；离自家不远，上下学常常碰着面的，就是从来没有说话。心想，这姑娘也是痴情，他的事按说早已传到家乡，腊梅和他一刀两断，而她却不嫌弃，托人提亲，难为了她的一片心意。要是和这样的女子成了亲，日子肯定会和和美美的，幸福一生。可是半年过去了，自己消息全无，不知道她还会不会痴情地等着，会不会知道自己目前的变化？

这封信着实搅乱了史丰先的心绪，脑海中查找着那个几乎消失了的同学影子，却不由得唤起了卓玛的身影。卓玛收到自己写给她的信了吗？收到信后会不会给自己写来回信呢？她的心里是否像给养员所说的那样，对自己有情有意呢？一个草原上的藏族姑娘是不是能像内地姑娘那样直率地和自己谈婚论嫁呢？她对自己的感情只是停留在友好的层面上，还是更进一步，做一个特殊意义上的朋友？想到这里，卓玛开朗快乐的形象就映现在自己眼前。那是多么纯真、热情、奔放心底坦然的姑娘，要是和这样的姑娘结合在一起，将来的日子会是一种什么模样？

正在看着信，王国庆从外边走了进来。史丰先收了信，抬眼看着王国庆，见他一脸凝重，手中捏着一封拆开封的信，信纸压在信封上边，搭眼一看，信纸上边印着一行部队公文信笺的文字，随着手臂的摆动，信纸一阵阵发响。史丰先心里逮鬼，王国庆不知遇到什么不愉快的事了，是连里发生了什么违纪的事，还是收到家里告知不幸消息的信？正疑惑着，王国庆把手中拿着的一信封举在史丰先眼前，说，这封信，你看看吧，我想与你一定有关系的，你要沉住气，保持冷静，如果有关系，咱就商量一下，看看下一步怎么个走法，别让这样的事情影响了你的情绪。一边说着，一边把信交给史丰先的手中。

史丰先心想，那就是刚才自己猜错了，与自己有关？是师里、团里别的同志来的？还是哪一级组织来的？组织来的说到什么事？带着这样的疑惑，史丰先接过王国庆手中的信，展开一看，信封上端写着风火山八九三四六部队十七连指导员连长收，下端落着总后汽车团ＸＸ连缄。心中犯了疑惑，总后汽车团与我毫无瓜葛，能说些什么与自己有关联的事情来吗？看完信封，再看信的内容，当他看到卓玛两个字的时候，脑子轰然一响，知道大事不好，心脏也不由得加快了跳动，眼前的字也像活动的小蝌蚪，胡乱地跳起来了。史丰先定了定神，一口气将信读了下去，才知道卓玛的不幸遭遇。

十七连连长、指导员、兄弟部队的战友：

辛苦了！

我们车队在凉水泉处不幸遭遇雪崩，两位战友献出了宝贵的生命，为国防建设献出了青春，令我们悲痛万分。不幸中的不幸，有一位搭乘我们车辆的藏族姑娘，也遭到同样的灾难。我们将这位同志做了简单处理，埋在凉水泉的一个山口边，并做了记号。经我们查找有关信息，证明她是吉尔孟公社商店的一名售票员，名叫卓玛，随身带着你们部队一名同志写给她的信封。从这两件遗物来判断，她可能是你们连某一位同志的亲属，从吉尔孟公社探亲到部队的。为使生者安慰，死者安息，我们将这一消息告知你连，请查找与该同志有关的人员，并妥善善后，告慰生者。

如有垂询，请致信我们，我们将竭尽全力予以协助。

此致敬礼

随信附上你部某位同志写给卓玛同志的信封和卓玛同志的工作证。

总后运输团XX连指导员夏秋

一九七八年X年X月X日

史丰先看完信，刚把头抬起来，见王国庆又递给他一个磨破了皮的信封来。史丰先一眼认出来，这个拿在王国庆手中的信封，就是他不久前写给卓玛那封信的信封。从信封可以看出，信在路上走了多么长的时间，竟让信袋子磨破了皮。史丰先接过信皮，头脑木木的，一时不知说什么好。

王国庆说："这是你写给卓玛的信吗？"

"是的。我写给她的。"

"工作证上写着她的名字，上边虽说没有照片。可是从你和她的通信中，可以判断，这个人就是卓玛。你说呢？"

"就是卓玛。她一定是来看我的。"

"你能肯定？"

"她来关角山的时候，说过一定要我写信给她，要来看我，我当时劝说过，这么长的路，荒无人烟，别来了。到这里后，我给她写了封信，说了这里的情况，也劝她别来，谁知她竟真的来看我了。"

"真是一个好姑娘啊，她对你是动了感情的，不动感情，是不会从吉尔孟到这里来看你的。爱情的力量是无穷的，没有爱情，她不会翻越茫茫昆仑山到风火山来探望你。"

"我对不起她啊。"

"这个不幸，谁也不愿看到，她是为了一个纯真的爱情而遭遇不幸的，你要记住这个纯情的姑娘，她用生命践行了爱情的诺言。她是我们值得敬重的一位藏族姑娘。"

"我说什么也来不及了。"

"抽空去到凉水泉，找找卓玛的坟，给卓玛上炷香，告慰她的灵魂，有一个爱她的人，一个军人，让她在上天安息。"

“一定要去。”

“我让文书给总后汽车团的同志去一封信，问问卓玛安葬的具体地点，然后去几个人，给这个纯情的姑娘扫扫墓。”

“谢谢指导员。”

“别说客气话了。多好的姑娘，……只有这样了，才能尽一点我们的心意。”

史丰先别提有多后悔。当他和给养员三人从凉水泉经过时，听说到卓玛的不幸，他应当停下来，就地找寻一下卓玛的安葬地，怎么就匆匆地离去了呢？转念一想，谁又敢想是自己常常想着的卓玛遭到这样的不幸呢？这样的不幸怎么会落到自己心仪的姑娘身上呢？思来想去，怎么都对不住卓玛，要是不写信给她，她哪会想到这个地方来，哪会有这样的不幸，可是，她心里有自己啊，自己心里也有卓玛的，情不自禁，是任何力量都拦挡不住的。结果却发生了这个不幸。

这叫老天无情啊，降灾难于自己！

几周后，总后运输团的同志复信了，说了具体地点、大致方位、周围显著地标等等。王国庆派给养员和文书陪着史丰先下山到凉水泉去找寻卓玛的安葬地，举行一个祭奠活动。史丰先按照运输团同志的提示，在凉水泉几个山口找寻了一大圈，谁知，凉水泉雪大风急，连续下了好几场雪，将山沟埋了个严严实实，哪里分得出什么朝向坐标，那个插在坟头上的木桩子，也早就被风刮到不知什么地方。史丰先几人只好在一个不知名的山口，采了一大堆山野花，编成一个花圈，放在地上，化了一堆纸，让烟火带着史丰先的思念，带着史丰先的悲痛，飞上天空，飞到卓玛身边，告诉她一路走好，灵魂得到安息。正烧着纸，蓦地看到，就地起了一股风，打着旋儿，卷起纸灰来，向头上直冲而上，到了很高的位置，散了开来，纸灰在半空飘飘扬扬，久久不能落下。史丰先心里说：是你来了吗，卓玛？记着啊，一个念着你想着你的人，在这里送你来了，若你有知，慢慢地走吧，佛爷保你平安西行，我们祝你一路平安。说也奇怪，那纸灰竟趁着风向西慢慢飘去，不大工夫融在蓝天里。

史丰先怅然若失，看得目瞪口呆。

几天后，史丰先几人怅然而归。给养员和文书喟叹几声，史丰先却变得沉默寡言，似丢了魂一样，不苟言笑了。

五十五

转眼间到了冬月。

十七连大部分官兵适应了风火山的气候，只是营养跟不上，陷指甲、青指甲不但减不了，反而越来越多，成为柳叶青的一个头等大事。蔡稀胜也回到了连里，柳叶青不断地吆喝着吃饭喝药，身体才不至于虚弱得撑不下去。王国庆反而身体正常，没有一点反应。史丰先和王国庆一样，生活如常。只是进入冬季后，施工已经停止，按照双青侠的意图，注意观察铁路工程在风火山的冬天，会产生一种什么样的变化。待在山上的人不一定很多，多了也是无益，设计院只留个把人跟踪记录就成，别的人全部下山，到来年春季再行上来。双青侠也要回去，利用这个冬天，研究出几种对付高山地带冻土层建设工程的几种方案，春天时再行实验。

根据这种安排，蔡稀胜和王国庆要临时回趟部队，把风火山前段时间的工作情况向团里作一个总体汇报，领受一下新的任务。蔡稀胜让柳叶青也一同下山，柳叶青说她走了，连里的同志有个头痛脑热的，拿不住劲，闹出个人命可就不好了。不就是两年吗，转眼就过去了，再说下山之后再上来时，又得要适应一下高山气候，与其这样，还不如不下去的好。这样呢，风火山十七连连干部就留史丰先一个人，外加一个柳叶青。

冬天风火山真是一个银色的世界。夏天里，虽说露出一片绿茵，但却被六月飞雪遮盖，因此六月的风火山也遍布积雪，积雪满山头，到了冬天，积雪不化，覆盖了整个山脉，天朗气清时，群山起伏，银白一片，耀目眩眼；刮风落雪时候，风火山就像神话中的广寒宫，雪雾氤氲，雪花飞舞，恍如仙境一般。毕竟这里不是观景赏色之地，百多号人，在冰天雪地里，肩负着铁路建设试验施工的重任，承受着昆仑山带给他们的巨大压力。

进入冬季后遇到的第一个困难是粮食告急。大雪封山后，车上不了山，越冬的粮食一时接济不上，夏季里存的粮食已经不多，只能节衣缩食，艰难度日了。史丰先召集排以上干部会议说，老天饿不死咱们，风火山遍地都是野牛羊，咱们的枪一响，牛羊就进到锅里，还愁没有吃的？可是，话是这么说，风火山海拔高，山大沟深，积雪盈尺，外出狩猎也是一件不太容易的事。有时候满载而归，可是有时候却空手而归，全连百十多号人，只有数着锅里的勺过日子。

这一天，孟三辰出外狩猎，看见一只羊在山坡下卧着，以为是一只野麻羊，抬枪就射，那羊应声倒下。孟三辰拖着羊回到连里，高兴得让炊事班剥皮煮肉，没想到，一位藏族老人，跑进连里，叽里哇啦地说了一通话，史丰先闻讯赶来，听了半天，从藏族老人的手势上大致看懂了孟三辰打的那只羊是他家的，因风雪而迷了路，死在了孟三辰的枪下，抽出腰刀要和孟三辰拼命。孟三辰一下子被弄懵了，连说这是麻羊啊，我打的是麻羊啊，那藏族老人不依不饶，一扑两扑地要和孟三辰拼命。史丰先把老人叫到连部，叫来了设计院一位稍懂藏语的人当翻译，了解事情的真相。果然就是他所理解的那种情况，老人是顺着孟三辰的脚印找过来的。史丰先说，老人家，别急，是我们的人错打了你家的羊，我们照价赔上就是了，另外向老人真诚地道歉，请老人理解。翻译将史丰先的话向老人说了，又说了部队遇到粮食困难的情况，老人这才收起腰刀，态度缓和下来。史丰先一看老人的态度发生了变化，就把孟三辰叫到连部，当面向老人家道歉。孟三辰说明事情原委，只当是一只麻羊才开的枪，要是知道是老人家的，怎么也不会开枪啊。老人看着孟三辰，脸上舒展开了一丝笑容，也说，错怪了，错怪了。起身要走，史丰先拉着老人的手说，不能走，喝口热水，吃碗饭再走。说着随身掏出五十块钱，塞进老人的手里，老人执意不要，史丰先故意板着脸说，这是我们部队的纪律，不要可是要受处分的。老人这才放进口袋，又吃了碗面条，连说呀呀呀，起身向外走去。史丰先把老人送到离连队很远的地方，老人不断地挥手让他回去，史丰先只好收住脚步，看着老人消失在山脚转角处后，才回到连里。

史丰先抓住这件事，在连里进行了一次搞好军民关系的思想教育。他告诫大家，莫说风火山荒无人烟，风火山只是人烟稀少罢了，就是有一个人，也得要搞好军民关系，不能做危害群众的事情。特别是风火山是一个藏族地区，民族政策更是重要，马虎不得，孟三辰的事情作为一个深刻的教训，全连同志要牢牢记住，不能重犯这样的错误。谁要犯了，谁就要受到严肃处理。孟三辰要就此事在全连大会上作出深刻检查。

孟三辰说，诚恳接受，深刻反省，认真检讨。

又是一个大雪迷漫的日子。孟三辰在连里站岗值班。走到离连部稍远一点的地方，发现夏天时挖的蓄水池那个地方卧了一群羊，风雪把它们吹刮得挤成一团，几乎埋在了雪堆里。雪是白的，羊毛也是白的，要不是细细看了，还真看不出是雪还是羊，是羊还是雪。孟三辰汲取了上次的教训，没敢轻举妄动，立刻报告了史丰先。史丰先跑出来一看，果然是群羊，一定是在风雪中跑迷了路的羊，挤在这个低洼处，躲避风雪侵袭。史丰先一看天地一片茫茫，雪还在下，风还在刮，心里冒出一个念头，要是再这样下去的话，这群羊就会冻死在水池子里了。于是果断做出决定，全连出动，把这群羊全部赶到连里来，让羊群卧在帐篷的夹道处，再怎么说，连队有火墙，帐篷可以遮风挡雪，比水池子那地方暖和。全连一声号令，一起动手，把羊向连队里赶。雪太厚，羊赶不动，他们就把羊抱起来，放在帐篷夹道处，二百多只羊，不到一刻工夫就赶完了。

史丰先看着这些安卧在帐篷夹道的羊群，思前想后，不知是谁家的羊。羊在这里找到了温暖的家，可是时间长了，不喝不吃，不知要饿死多少，这样好事反倒做成了坏事，心里就犯起急和愁来。想到没办法处，他让通信员叫来柳叶青和设计院的同志，让他们想想办法，一是别让藏族同胞产生错觉，以为连里没得粮食吃，把羊圈到连里准备开个洋荤，二是想想办法，让藏族同胞知道他们的羊在连里圈着，想法子赶回去。几个人商量来商量去，认为只有一个办法，就是在山沟里找找这个藏族人家，才是解决问题的根本办法。史丰先只好这样，就让一排长周子星带几个人出去找找 。

可是事有凑巧，正当周子星几人准备出去时，前次那个要和孟三辰拼命的藏族老人再次来到了连里，当他看到一群羊卧在帐篷夹道处都还活着时，不禁喜出望外，急忙走进连部，一进门就把手放在胸前说呀呀呀，史丰先知道这群羊的主人来了，这才放下心来让他坐下，双手比划着，向老人说明原委，老人连连摇手，又放在胸口，意思是在说，明白了。史丰先又比划着说，一个也不少。老人嘴里叽里哇啦地又说了半天，史丰先怎么也听不懂，又让通信员叫来了设计院的同志当翻译，这才明白了，老人说，羊在这样大的雪里是赶不回去了，能不能让羊就在这里暂避一下风雪，等雪小的时候再赶？史丰先思忖了半会儿，雪是一会半会停不下来的，就是停下来，雪也太厚，羊也是走不了的，但是军营肯定不能当羊圈，让羊在这个地方越冬肯定不行，那么想一个什么办法才能让羊群安全地渡过这个风雪难关呢？想着想着，脑中冒出一个念头，在连队外边，用连里的帆布围成一个羊圈，把羊圈在里边？于是，他临时把柳叶青和周子星叫来商量一下，认为可以救急，于是就让连里的同志齐动手，在连队外连搭一个羊圈。老人知道后感激不尽，一个劲地说呀呀呀。老人不声不响地来到羊群跟前，掏出腰刀就要向一只羊捅去。史丰先手疾眼快，急忙挡住了老人举起的刀子，忙问怎么回事？老人说，他要杀几只羊犒劳金珠玛米。史丰先说，使不得，使不得，千万使不得，要这样，羊圈也搭不成了，羊也圈不成了，只能赶回家里去了。好不容易才把老人劝了下来。

从此十七连又多了个圈羊的任务。

冬天越来越冷了，柳叶青就越是念叨起连队同志们的身体来了。这天早上，刚吃完饭，她就把史丰先堵到连部里，说要和他谈一下连队同志们的身体健康问题。史丰先说，同志们的身体有什么问题啊？

柳叶青嘟着脸说："不听我的话，不吃药，不好好穿衣服，有的人还在帐篷里烧水洗澡。"

"洗澡怎么啦？有什么问题吗？"

"你要知道，在风火山上是不能洗澡的，再脏也得忍着。我是一个有洁癖的人。可是到了这里，癖也洁不了。"

"洗澡讲究卫生不是挺好的事吗，只要他们身体好就行。"

"别提你们的讲究卫生了，你那个副排长孟三辰把脏衣服摞在床下头，一直不洗，到了脏得不能穿了，又从床下边拉出来一件前几天没洗的穿上，一直这样换穿下去，一直穿的是脏衣服。还讲究卫生呢，要是放在内地，早就变成一个臭人了，离老远人都要捂着鼻子。”

“这个我得要收拾一下，懒到这个程度了，还当着副排长呢。”自从关角山之后，孟三辰以出色的表现，被破例提升为副排长，代理着史丰先原先的职务。这家伙人倒是精灵，可就是不讲卫生。衣服几个月洗一次，有时一放多少天简直就不洗，放在床下，过几天拣一件出来，还是原来那件没洗过的，就是比身上换下来的好一点，换来换去，都是个脏，就落了个脏懒的名声，这一点也让柳叶青发现了，成为和他说理的反面人物之一。

“冬天里，陷指甲的人更多了，肉都是灰的，好多人都流鼻血了。这是个很不好的征兆。”柳叶青说到这种现象，也是风火山特有的自然现象之一，春夏秋季，山上草青水清，氧气就产生得多，可是到了冬季，草枯了水断了，氧气就比往常少多了，对人的影响也就大了。

正说着，司务长进到房间里来，一看柳叶青坐在里边，像是说着正事，怕影响他俩，转身就想走，史丰先忙让司务长进来坐在一边，顺便问问粮食的问题。史丰先接着柳叶青的话说：“你说该怎么办呢？”

“该怎么办呢，让他们别洗澡，别胡乱活动，静静地待在帐篷里，冬天的氧气更少，弄不好就出人命。”

“好，就按你说的办。我让文书通知各排执行就是了。”

司务长说：“我也没啥事，就想给你说说，连里的粮食不多了。”

“我正想问你这件事呢。还能吃多少天。”

“最多能吃个把月。”

“你能不能说准确一点，个把月是个啥时间？”

“一个半月吧。”

“一个半月？”

“就这还要节省着点吃，放开吃，一个半月肯定到不了。”

“这就麻烦了。现在大雪封山了，车上不来，粮食就成了大问题了。”

“水也是问题。”

史丰先低头想了一下，说：“都不怕，没吃的了，咱就打野物吧，这里的野物很多，够咱们打的，水也不怕，不是遍地都是雪吗，咱就就地取材，度过这个冬天。”

“只有这样了。”

“你这样，给每个班配着一定量的粮食，控制着吃，一定得把粮食控制到和新送上来的粮食接上茬。”

“行。还得给春节留点。”

“你看着办。蔡连长、王指导员一时半会回不来，周子星的身体也不太好，就咱几个，一定想着法子把这一段困难渡过去。”

“你就放心吧，生活我来安排。”

司务长正要走，却听得柳叶青猛不丁地冒出了一句话来：“吃不饱身体，抵抗力弱，更容易生病，别只顾着节省粮食，却把大家的身体搞垮了。”

司务长看了一眼史丰先，又看了看柳叶青，柳叶青满脸的不高兴，一直嘟着嘴，像谁欠了她几吊大洋。史丰先说：“好好，这些情况我知道了，我会想法子解决的。”

入夜，又下起雪来，雪落无声，可是冷风嗖嗖，一直从傍晚下到半夜，刮到半夜。史丰先让通信员和文书把帐篷顶上的雪用锹把捅了捅，顶掉帐篷上方的积雪，可是没多久又见帐篷被压得塌了下来，心里想，从没见过这样大的雪，像要埋了人似的。睡到大半夜，被一阵喝问口令的声音惊醒了。心里想，是谁在风火山的深更半夜里来连队来了。不会是不速之客吧？还没等理出个头绪，却听得哨兵脚下响着咔咔的声响向连部来了。没过多久，就听得哨兵低低的叫道：“副指导员，副指导员。”

史丰先快速地起床穿好了衣服，走出门去，一看是五班长，现在是副排长了，披着厚厚的一层雪花站在自己面前。身后站着一个穿着蓝色皮大衣的人，和五班长一样，也是厚厚的一层雪。史丰先问：“有情况？”

五班长说：“这是拉萨来的一位师傅，车坏在山下了，知道咱们在这里，就摸黑到这里来，请咱们帮助，把他们救一下。”

史丰先这才放下心来，就让那位师傅坐下，让五班长给师傅倒水。史丰先问：“怎么回事？”

这位师傅显然是在雪地里走得累了，大口地喘着气，刚一坐下就脱下帽子说：“我是常跑这里的司机，三辆车跑一个车队，知道你们住在这里。下午，我们的车队走到离这不远的地方，我的车掉到雪坑了。我们的车连拉带拽地，半天没有拉得上来，越陷越深，不但这样，反倒把另外的车带到坑里去了，幸亏坑不太深，他们自己个爬了上来。天快黑的时候下雪了，车队人说，不敢在这里停太久了，雪太大，都停在这里是要冻死人的，不如他们先走，到前边道班歇下等着，临走时，突然想到了你们，就把我拉到山下，我一个人就走上来了。请解放军同志一定帮帮，冰天雪地的，弄不好，车冻坏了，人也冻坏了。”

史丰先明白了，就问：“就你一个人？”

“还有一个人在驾驶室里坐着，抱着喷灯，守着车。”师傅哭兮兮地说。

史丰先作难了。这么冷的天气，要去施救一个被困在雪坑里的卡车，冷尚且不说，能救得出来吗？救出来能开得出去吗？可是，不救呢，那个守车的人烤着喷灯，油烧完了，不就会被冻死在驾驶室里吗？史丰先心里不禁犯起难来了。师傅见史丰先有点犹豫，就再次恳求道：“解放军同志，请帮帮忙，不帮，我们就要冻死在山下了。”

是的，不帮这两个人就会冻死在山下了。救人一命胜造七级浮屠，何况我们是人民子弟兵，能见死不救吗，就是有再大的困难也得救他们一下。但是，史丰先还不放心，他们从雪坑里出来后，能走出这个山路吗？

那个师傅说：“能，我们是跑惯了这条路的，前边不远有个道班，到了那里歇一下，雪也就下得不大了，前边海拔低一点，雪不大，能走。要是这几天不走，大雪彻底封了路，可就怎么也走不了了，得等到春天才行。我们就是赶着这个空当走的，要把一批急用的物资送到格尔木。”

一切都清楚了。

史丰先让五班长叫醒孟三辰，让孟三辰带几个人到连里来，随他一同下山，再把机械司机叫起来，让他把推土机发动起来，带上钢绳把这个师傅的车从雪坑里拉出来，让他们赶路。

五班长得令去了。史丰先穿戴齐整，等人马到齐后，他领着孟三辰几个人提前向山下走去。推土机司机把机车发动起来后，开到山下来。

雪下得很大很大，像盛开的桃花那般大，扑打在史丰先几人的脸上、身上。幸亏山路他们常走，再大的雪也不怕迷路，几人冒着鹅毛大雪赶到车陷地点，果然就见一辆车门上印着拉萨运输公司的卡车陷在雪坑里。驾驶室里烤着火的人睡意蒙眬，眯一会儿眼，发动一会儿车，为的是怕时间长了水箱冻裂，再怎么着也走不成了。见到救援的人来了，猛地一个激灵，从车上跳下来，连声说着感谢的话。史丰先也不多说，围着卡车转了一圈子，发现用推土机向后拉车，倒比向前拉要容易拉出陷坑，于是脱掉大衣，给孟三辰说："我钻到车底下，你把钢绳递过来，我把绳子绑好后，咱们就一齐用力向后拉，看看情况怎么样。"

孟三辰说："我去吧。"

史丰先说："这个你没有我有经验，我钻到里边会快一些，你在外边动作要快一点。"

孟三辰不再争辩，忙和其他同志准备钢绳。史丰先钻到下边，把绳子结到后桥上，然后又从车下爬出来，让推土机调好方向，说好大家齐用力，和推土机一起向后拉。师傅呢，坐上驾驶室里，听从指挥，大家一齐用力时他加大油门向后倒。一声怒吼，推土机，五六个人，一齐上手，那车就颤微微地从雪坑里退了出来。

陷车师傅千恩万谢，说不尽的感谢话。史丰先说，快走吧，别说那么多了，一路走好就行。那师傅就和助手慢慢地把车开走了。

五十六

车从雪坑里救出来了，可是史丰先却在车底结绳时感冒了。史丰先并没有放在心上，只是喝了几杯子水，躺在被窝里。可是就这么一躺，却再也不能照常起来了。浑身发烧，头疼欲裂。他知道感冒严重了。文书、通信员吓得忙前忙后，喂药送水，柳叶青更是放下连里其他人的监理，守在史丰先身边，一边嘟哝着，让你不要胡折腾，你偏要胡折腾，这下可好了吧，感冒了，你自己难受，还连累别人照顾你，何苦来着。你又是一连的负责人，一旦要下山，冰天雪地，群龙无首，这一连的人谁来带啊。但说着话却一刻也没有停对史丰先的打针吃药。不断地把体温计放进腋窝里，又拔出来看一下，再放进去。起初史丰先还和柳叶青打着嘴仗，史丰先说，千万别让他下山治疗，山上没有领导，一下山就像你说的不就成了马蜂窝了吗？你的医术很好，药也好，交给你治就行了。柳叶青说，那可由不了你的，病重了就得下山，我说不让你胡来，可是你不听，你落到我的手里就得听我的。可是到后来，史丰先就迷糊糊地说不出话来了。

第二天，柳叶青听着史丰先的肺部蜂鸣异常，知道肺水肿的症状出现了，就对文书说，现在连里只有一排长周子星管事了，快把周子星叫来，我要和他商量事情。文书不敢怠慢，飞快地把周子星叫了过来。周子星前几天也是身体不太舒服，幸亏柳叶青一步不拉地守在身边，用了好药，才没有使病情向坏的方向发展，很快恢复了健康。周子星一来，柳叶青就说：“史丰先的病很严重了，你得给我派辆车把他送到山下去。”

周子星吃惊地说：“我给你派辆车，把人送下山去，现在这天气，坐上车，车能下得了山？”

“下不了山，史丰先就有生命危险，你说，不下山能行不？”

“我当然知道下山后这种病很快就好了，可是，大雪早就封了路，封了山，车根本就下不去，就是派了，也不一定下得去，说不定还要搭上其他人的性命。”

“不行也得行，我是医生，知道生命的危急程度，我不能看着一个生命在我的手里结束。”

“你说得也太严重了。不会这么严重的。”

“但是不下山他就会有生命危险。”

“看看还有没有别的办法？你不是活着的孙思邈吗，你是有绝招的。想想在这种不能下山的情况下，能不能把史丰先病治好。”周子星干笑了一下，想借机动摇柳叶青的意志。

可是柳叶青就是不听，坚持生命是第一位的，人世间再没有比生命更重要的了，就是要他派辆车送史丰先下山。周子星无计可施了。于是咬着腮帮子说：“好吧，你是医生，治病救人我得听你的，就派一辆车吧。”周子星明知车下不了山，明知不可为而为之，是下了很大决心的。要是车能上下，部队早就把越冬的粮食送上山了，还等着现在数着颗粒过日子？可是没有办法啊，人命关天。

周子星一声令下，克服一切困难送史丰先下山治病。

史丰先在迷糊中被穿好了衣服，几个人抬着向外走的时候，史丰先醒了过来，一看阵势是把自己向山下送，就一翻身坐了起来说：“我说过不下山的，谁让你把我往山下送？”

柳叶青冷着脸说：“是我要把你送下山去的。”

史丰先喘着气说：“你这人咋就这样和我过不去呢？我不是说过交给你治就行了吗？难道说你的医术不行吗？你治不好我的病了吗？你能治好周子星的病，就治不好我的病？”

“是治不好你的，”柳叶青不依不饶地说，“你的病到了非下山不可的地步了，不下山就治不了你的病。”

“你就别这样让我受这罪了好不好，让我消消停停地在山上养病吧，上去下来的多让人受罪啊。”

“在山上，你得遭更大的罪，我们都得跟上你遭罪。”

“求求你行吗？”

“我是医生，这会儿说什么都不行。谁说都不行。”

几个人正说着，那位要和孟三辰拼命的藏族老人从连队外边走了进来。他是来给连队送干羊肉的，前几次来部队后，看到同志们吃得紧巴巴的，就杀了几只羊，挂在帐篷里，等干了以后，用牦牛驮了过来。正好碰上柳叶青送史丰先下山。老人分开人群走近史丰先，一看史丰先涨红着脸，气喘不匀，知道是得了感冒，就连比划带说地向柳叶青说：“雪大，车不能走；我有药，就去拿，等着我。”老人比划了半天，大家似懂非懂，老人不顾他们莫名其妙的样子，转身骑马向连队外边跑去。柳叶青见状，心想，藏族老人可能有特效药，等他拿来后，也许难用得上，治不了根，但缓解一下也成。于是就让人把史丰先重新抬回连部，又打了一针青霉素，让他躺在床上，一边歇息一边等着老人拿药回来。

不大工夫，老人飞马又来到了连里，他把自己配制的药片药水放在桌子上，也不管柳叶青准不准，管用不管用，先自给史丰先灌了几口汤药，随后又吃了几丸药片，这才让人给史丰先盖好被子，静静地躺在床上。这药也真是神奇，史丰先吃下之后，立马感觉症状有所缓解，就又沉沉地昏睡了去。

柳叶青好奇地拿起桌上的药丸和药水，却怎么也不知道这药的成分是什么，就急忙叫了设计院留守的一个同志帮忙翻译，问问这药的成分和功效。问了半天，那设计院的同志说，这药里的成份很简单，是用藏药红花、冬虫夏草、雪莲等配制而成的，对高山病有奇特的疗效。老人说，喝上几次，吃上几次，史丰先的病就会慢慢好起来。柳叶青一听这效果，眼睛都直了，心想有朝一日，重返这个地方时，一定将这位老人的药方要下，好好研究一下，给二期工程的同志们用上，那不知要减轻同志们多少痛苦呢。

果然，史丰先一天比一天病情减弱了，十多天后竟奇迹般的康复了。

史丰先的病情好转了，可是眼前的困难却是越来越大了。年关将近，连队的粮食一天比一天少，存的罐头压缩菜等也所剩无几。部队在山上的第一个春节不能在缺吃少喝中度过呀，这其中，有好多新兵蛋子，每到年关时，就会产生思念家乡的情绪。吃不好、吃不饱，难免让他们情绪低落，影响士气。怎么办呢？史丰先说，各排派一两个人外出狩猎，打几只野物回来。史丰先想得很好，可是当他们一走出连队时，却见山上山下、沟底沟岸，白茫茫一片，难以分辨哪个是路哪个是沟沿，更没有想到的是，野物全都躲进深山，派出去的人寻找半天哪见得到个野物的影子。

几路人马铩羽而归。不仅没有带回猎物来，反而带回一阵失望。

史丰先一脸愁容，这个年可怎么过呢？

但是不论怎么说，年还是要过的，只不过是过好过坏罢了。史丰先安排了一系列活动，让各班糊些灯笼，抽空把衣服洗一下，发也理一下（有道是正月里理发死亲舅的），提前堆几个雪人，画上脸，堆在门口，还让柳叶青写上几副对联（一个女军医竟能写好一手毛笔字，羞死了一大群男人们，这让史丰先一直觉得是一件奇怪的事），好坏也得过上一个红红火火、干干净净的年啊。

这样一布置，全连的同志都动了起来，连里的忧愁情绪就少了许多。

临近三十时，史丰先把司务长叫了过来，问目前的粮食和蔬菜情况。司务长苦着脸说："勉强可以过得去年，就这还要悠着点，不然过了个好年，不出正月，到不了正月十五，可就得把嘴缯起来了。"

"有这么严重吗？"史丰先忧心忡忡地问。

"一点都没有夸大。"

"有什么措施吗？"

"措施有两条，一条是等到正月后，派狩猎队走远点，多打些猎回来，慢慢接济着向前走；二一条是，向团里发电报，告诉咱这里的情况，千方百计给山上送些粮食来，解决山上的燃眉之急。"

史丰先想了想说："第一条可以，第二条不行。"

司务长好奇地问："为什么？"

"咱不能向上级叫苦叫累。天大的困难咱自己克服。"

司务长想了一会儿，终于梗着脖子说："我说史副指导员啊，都什么时候了还这样啊，咱不是说随便给团队伸手，是遇到大困难了，不让团里支援就渡不过这个难关了啊，大家就得饿死在山上，还搞个什么高原冰川冻土层试验呢，百多号生命呢。"

一句话把史丰先说得低下了头来。司务长说得对啊，是到了最危险的时候了，粮食送不到，全连人就得饿肚子，不是一个人啊，一百多号人，一个人没了好说，一百多号人就不好说了。但是啊，要是给团里发封电报，团里组织人马在冰天雪地里向山上送粮食，不知要遭遇多少困难牺牲多少人呢。罢罢罢，无论如何也不能向团里报告，不能给首长添麻烦。但不给团里说，怎么渡过这个困难呢？他一时半时想不出一个好主意来。

司务长见史丰先半晌不说话，就又出了一个主意，说："还有一个就是向藏族老乡买几只羊，咱们凑合着吃，说不定能接上山下送来的粮食呢。"

"这个更不行，不能给当地老乡增加麻烦。"

"那就没办法了。"

"让我想想，只要精神不滑坡，办法总比困难多，这不是咱常说的话吗？"

司务长见史丰先钻了牛角，就说了声我先走了，就出了连部向自己的帐篷里走去。心里不由得埋怨了一句："真是个死脑筋！"

史丰先还是无计可施，抓耳挠腮，心烦意乱。正烦着，听到柳叶青在外边大声地和五班长说话，心里不由得想起卓玛来。那是一个多好的姑娘，心地善良，对自己一往情深，可红颜薄命，却走在了来看自己的路上。多么让人伤心，多么让人悔恨。想到凉水泉的那一幕，不由得眼眶中涌出一股热泪。正暗自落泪，却意外地生出一个念头来，凉水泉不是有兵站吗，兵站不是可以解急吗，在这样困难的情况下，向兵站的同志伸出手去，不是一切问题都迎刃而解了吗？对，想到这里，他兴奋地一拍大腿说，问题解决了。可是当他兴奋之余，却想到大雪封山这样的恶劣环境，心情又跌入深谷当中。车是走不动的，但是，人是可以走的啊。对，人可以走，把粮食背回来不就成吗？

想出一个绝妙好主意，史丰先兴奋得手舞足蹈，不能自已。但是天公不作美，又下起大雪来，刮起大风来，大风加大雪，使人在风雪中走路都很吃力。这样的天气是怎么也不能外出的，只有等天气稍好一点时再动身。

可是，春节却一天一天地逼近了。

大雪一直下到二十九，这才停了下来。史丰先掐指一算，一天时间是打不了一个来回的，马上要过年，不如等年关一过再派人去联系，这样过年借粮两不误，还真是一个好办法。

大年三十，早上正课的号声刚过，突然报务员手持一张电报纸急匆匆地走进连部，向史丰先报告道："团里急电。"

史丰先接过手中一看，心里刹那间涌起一阵春潮。那电报的内容为：史丰先，首长视察你连，将于即日十时许乘直升飞机抵达你连。命你连就近处设一红色标记，并以三发红色信号弹为座标，迎接首长莅临。团长王琪。

史丰先持电报纸的手在微微颤抖。首长没有忘记我们，在年三十的时候来看望我们。来得多好啊，正在我们困难的时候，给我们以力量和勇气。可是，哪位首长来呢？团首长还是师首长？520首长？520首长是绝对不可能来的，最多也是师首长，看望一下讲几句话就走了。520首长，那样大的首长，那样高的职务，能到这个地方来啊？哎，不对呀，师首长能乘飞机吗？师里也没有飞机啊，莫非还就是520首长？只有这样的首长才能坐上飞机视察部队。可是来这里干什么呢，这里没吃没喝，又是一个极寒的地方，万一有个差池，那是担不尽的责任哪。还是不来的好。他就想给团里发个电报，领了首长的心意，人就别来了，可是，又看看电报，上边分明写着命你连做好红色标记，迎接首长。是命令啊，不容分辩。只有这样了，来就来，少待一时就走，少让首长遭受高山反应之罪。

不管三七二十一，史丰先首先要做的是召集排以上干部会议，布置迎接首长视察事宜。再次是要做好几个准备：红色信号的设置，飞机降落场地的整治，第三是连容连貌的整理。一切也都是在紧急状态下进行的，会议不到五分钟结束。十分钟后，连里吹响了紧急集合号，全体干部战士紧急出动，打扫院子，将院内的积雪堆集有序，在机械场和连队营房间扫出一个飞机降落的空场地。一排周子星负责在空场地中燃烧柴油焰火，五班长的二排负责在连队帐篷上插一面红旗，炊事班准备最好的饭菜，首长一到，就让首长吃上一顿热乎乎香喷喷的饭菜。三排、四排、勤杂排负责营房内的卫生，一切都必须在一个小时内完成，然后列队迎接首长到来。

全连在倏忽之间忙碌起来了。正忙着，那位藏族老人却背着一大包东西从连队外边进来了。史丰先赶过去问候几句，老人放下肩上的包裹，也不言声，从里边拿出了酥油茶、青稞酒、奶酪，还有煮熟的羊肉、糌粑等，摆了一地。史丰先说，不客气，别这样，来连队看看坐坐可以，可是带这么些东西怎么行呢？老人生气地一瞪眼，比划了半天，史丰先才明白，过年了，没有别的，我把最好的东西拿给解放军同志吃，一片心意嘛。史丰先有点为难了，拒绝吧，是老人的一片好意，大过年的，老人有慰问的意思，不拒绝吧，违犯纪律，而且正当首长来临之时。老人在史丰先愣神的时候，收拾起东西就往连部走。史丰先一看急了，就让司务长将老人安顿在勤杂班，说明情况，暂时回去，过了这个时候再来。司务长就将老人领到勤杂班去了。

一面鲜红的五星红旗在帐篷的顶尖处升了起来，在满眼银色世界中，显得格外火红。风很大，把红旗吹得猎猎作响，旗杆吹得左右摇摆。柴油燃烧物也点起来了，浓浓的烟火，在茫茫的风火山上拉出一股狼烟，在强劲的山风中弥散，渐渐地融进灰蒙蒙的天际。九点五十分，史丰先命令司号员打三发红色信号弹。啪啪啪，三发红色信号弹射向天空，在灰蒙蒙的天空划出三道美丽的弧线，慢慢地落进山沟。十点整，史丰先集合全连，站在燃烧着的柴油火堆旁列队等待首长到来。

几分钟后，听得天空一阵隆隆的马达声从东方向西而来，全连同志翘首相望。这个时候，司务长正送藏族老人向连队外边走去，看到一架飞机快速地向十七连驻地飞来，老人激动得张开双臂，突然跪倒在地，连说“神鸟神鸟”，嘴里念起了六字箴言。这一切只有司务长看得真切，但司务长此时也顾不了这么多，急忙丢下老人向队伍站着的地方跑去了。

刚出连队大门，迎面碰上柳叶青。柳叶青一路小跑着，两只帽耳忽闪忽闪，像一只扇翅的蝴蝶。司务长问，跑什么呢？柳叶青摇着手，但并没有停下来，说，氧气氧气。司务长心想，又是谁高山反应了，真没眼色，偏偏到了首长到来的时候。但是，眼看着飞机越飞越近了，司务长也一路小跑着向队伍跟前跑去。

飞机在冒着浓烟的空地上停了下来，旋转的螺旋桨卷起一股强风，把机翼下的雪花吹得漫天飞舞，山头也为之震颤。机舱打开，走出来一位首长，身材高大魁梧，步履稳健。史丰先仔细看了看，并不认识，第二位是师长江之风，第三位是团长王琪，紧跟在后边的是作训科科长。几位领导在机翼下站成一排。师长江之风稍向前站了两步。史丰先大声地发出一声口令，叫了立正后，向师长敬礼报告：

“报告师长，第十师四十六团第十七连全体指战员列队欢迎首长，请指示。”

江之风师长举手还礼道：“同志们好！“

“首长好！”

“同志们辛苦了。”

“首长辛苦！”

江之风在空中有力地挥动了一下拳头，大声地说：“同志们，稍息！铁道兵司令员吴克华首长，带着铁道兵全体干部战士的深情厚意，前来风火山看望战斗在风雪高原上的十七连全体同志。让我们用热烈的掌声表示衷心的感谢。现在，请司令员向大家讲话。”

史丰先心里产生一阵剧颤，原来还以为是520首长，做梦也没想到是吴克华司令员，于是举起手来，转过身，向着自己的队伍做了一个鼓掌的姿势，空场地上响起了热烈的掌声。

“感谢首长关怀！”

一阵口号声响彻云天，似乎天也有意，风也有意，雪停了，风停了，天空中现出了灿烂的阳光，将风火山上有史以来最让人激动的一天留在了灿烂的阳光之中。吴克华司令员向前走了一步说：“同志们，你们辛苦了。不，真正的辛苦是你们，你们一年来战斗在荒无人烟的雪域高原，战风雪，斗严寒，历尽艰难困苦，为青藏铁路二期工程进行先期试验。用生命谱写铁道兵的壮丽凯歌。我们铁道兵不会忘记，祖国不会忘记，人民不会忘记。你们虽然没有战斗在烽火硝烟中，但立下的功绩是和烽火硝烟中一样的，功不可没，功在当代，利在千秋。”司令员显然不适应高山气候，说话气短话短，说上一句，就要停歇一下，但是，他那充满激情的语言，像一把铁锤重重地敲击在十七连全体同志们的心坎上。

江之风走上前去，在司令员耳旁悄声地说了句：“别说得太多，小心高原反应。”

司令员点了点头，走向史丰先，伸出手去，紧紧地握在一起。史丰先突然想到高山环境，就劝司令员到帐篷里坐。吴司令员说“好，好”，但是却走进队列中，和全体同志一一握手，把铁道兵全体官兵的问候带给每一位同志。当走到柳叶青面前时，柳叶青却没有伸出手去，而是把抱在胸前的氧气袋送到司令员面前：“首长，风火山海拔太高，您要注意身体，请带上氧气袋。”

司令员看着柳叶青，微笑着说：“你是柳叶青吧？”

“对，我是柳叶青。”

“军医？”

“对，师医院军医。”

“江师长都跟我说了，很了不起呀，要求上来的，干得很不错。”

“首长夸我了。”

“你说，这么多的人都没有吸氧，我一个人吸氧合适吗？”

“挺合适的，您没上过高原，年龄又大，又是首长，吸点氧能保持精神旺盛。”

“不，我枪林弹雨中都过来了，还怕这个。”

说完转身和另外的同志握起手来了。

在史丰先带领司令员向连部走去时，碰到了藏族老人。

司令员问藏族老人怎么会到这个地方来？史丰先如实相告，司令员说：“多好的同胞，事实证明了，只要有了人民群众的无私支持，我们就会打一个好胜仗。好，就请这位藏族老人和咱们一起过个年吧。军民同乐，共同庆祝我们的传统节日。”

史丰先就拉着藏族老人的手，介绍着司令员和一行几人。藏族老人呀呀地弯下腰来，毕恭毕敬地鞠了一个躬。吴克华向老人正正规规地敬了一个军礼。

吴克华司令员在院中凝神看着插在帐篷顶上的五星红旗，听着哗啦啦的声响，若有所思地点了一下头，走进了连部。

王琪团长等吴克华司令员坐下来后，说：“司令员，歇一下后再到班里看看，检查一下内务卫生。”

吴克华司令员说：“对，一定要到班里看看，他们在高原住得怎么样，吃得怎么样，干得怎么样，苦不苦，累不累，都是我要看的、要问的。”

“好，好！就从一班开始，逐个走一遍。”

“这样我才能全面了解情况。心中有数，才有发言权。”

史丰先大着胆子说：“首长，工程就别看了吧。”

“为什么？”吴克华司令员不解地问。

“全都被雪盖住了，再说，通往工地的路很不好走，全都是小道，弄不好就会陷到雪坑里去。”

“到了这里才知道在冰天雪地干工程是这样艰难。好，我就不到工地去了，去了也是白搭，冰封雪盖，什么也看不清，远处看看就行。”

“欢迎首长到各班检查。”

“班里一定是要去的。”

这时候，师作训科科长走到史丰先跟前悄声说：“让司务长带炊事班到飞机上卸一下东西，要快，飞机等着要走。”

王琪听到了作训科科长的话，就大声地说：“司令员给你们带来了米面油肉，还有菜，可惜的是，没有鲜菜，只有冬季蔬菜。还带了几瓶酒，这可是司令员在格尔木自己掏钱买的嘞，是司令员的一片心意啊。”

吴克华拦过王琪的话头说：“昆仑山大雪封山时间长了，给养运不上来，团里很着急，组织了多次运输队上山，可是都被困在了半路上，还牺牲了一两个同志。这次来，就随便带点给养过来，给你们解一下急，让你们在山上过一个红红火火的年，不让我们独立执行任务的同志们在荒无人烟的风火山上饿着肚子过年。”

史丰先感激地说：“感谢司令员的关心，我们一定不辜负首长的期望，坚守风火山，把党交给的任务完成好。”

司令员满意地笑了笑说：“就是要这样。铁道兵从来都不是孬种，是英雄。”

一句话说得大家开心得哈哈大笑。连部里的气氛一下子活跃起来。史丰先急令文书告知司务长，带上勤杂班，跟着作训科科长，到飞机上卸下司令员带来的给养和慰问品。文书一阵小跑着向连部外边走去，一路想着，这下可能过上个好年了，有吃的了。

过了一会，司令员逐一在班里走了走，与班里的同志们拉了拉话，问怕不怕苦，想不想家，高原反应厉害不厉害，拿起一些同志的手，看着陷下去的手指甲，问，怎么样才能治好这种病？怎么样才能不会得这种子病？患了感冒，在当地能不能找到特效药，医好这种病？……然后又回到连部，师长江之风看了看手表，脸上显出焦急的神色。司令员看出了江之风的意思，挥了挥手说：“别看了，让飞机先回去吧。让我和这里的同志们过一个年吧。你们也留下来，下到各班里，对，一人一个排，和大家一起包饺子、吃肉，体验一下风火山上同志们的艰苦。你们应当没意见吧？”

吴克华司令员此次视察青藏线第一期工程，先到十师，后到七师，每个团都走了走。在最后几天时间，司令员问起了风火山十七连的工作情况，十师师长江之风报告说，十七连在极其艰苦的条件下，完成了预定任务。很多人的手指甲都陷下去了，胳膊和腿虚肿，身体乏力，得了平常的疾病都有可能威胁到生命，但没有一个人叫苦喊累，像一枚钉子一样，钉在风火山上。目前处境更加困难，大雪封山，车不能上去，给养断了，可能正面临着粮食威胁，师里组织了多次运送，都被大雪封在山外。但十七连从未向团里提出任何要求，他们的意志、他们的精神真是让同志们钦佩。司令员听到后深深地为之感动。于是临时指示，到山上看看，看望一下这些青藏线二期工程的尖刀连队。带些日常用品，保证他们的生活正常进行。七师、十师都一窝声地不同意他上到山上来，只把首长的关怀带给山上的同志。可是，吴克华却说，我也是铁道兵呢，咋能不管在风火山上独立执行任务的同志们呢。于是临时动意，就安排了风火山之行。原来日程是在风火山上待两三个小时就离开返回格尔木，可是当看到风火山银装素裹，千里冰封，银蛇飞舞，特别是看到那面飘扬在帐篷上的五星红旗时，心中涌动出一种别样的激情。在这样艰苦的环境中，还有一面五星红旗高高地飘扬在帐篷上，还有一支部队战斗在冰雪天地里，这需要一种多么大的毅力，多么坚强的意志啊！我们不能转身就走，得和大家一起欢欢乐乐地过一个大年，让他们感到部队这个革命大家庭，始终充盈着亲人般的暖意。于是临时决定，留下来和十七连的同志们过个大年。司令员这样说了，谁还能不同意？都说好，留下来，过了年再走。

柳叶青低声地说，司令员，这里是风火山，不是格尔木。

吴克华说：同志们能待，我就能待。再也不理柳叶青了。

江之风、王琪和作训科科长分别下到各排，吴克华司令员就在连部和连里的几个人一起，看看四排没有人去，司令员又让连里在四排里一班挑一个人，到连部来和面包饺子。藏族老人呢，显得很紧张，吴克华一边熟练地包着饺子，一边和老人拉闲话，说，当年，西北野战军一兵团牟生忠将军进藏修青藏公路时，就得到了当地藏族群众的大力支持，你能在大年节到部队来，就是对部队的大力支持，军民一家嘛，就像一家人，一家人还不好意思吗，还放不开手脚吗？

老人似懂非懂地看着司令员，只是个憨憨地笑。

吴克华说到牟生忠将军，不由得语气中充满了深情，说，当年哪有现在这个条件，吃没吃的，穿没穿的，炒面也是一天只能吃一顿，大冬天的，好多人都穿着单衣单衫，部队大量减员，不是牺牲在敌人的枪口下，而是冻死的。一公里埋着一个战友的遗体，青藏公路是牟将军他们用生命和鲜血筑起来的，是一条生命线。

司令员由藏族老人突然又想到了留守在风火山上的几位设计院的同志，指示史丰先把他们几个也叫过来，一起包饺子，让在山上的同志们过一个革命化的春节。

通信员领命而去。

司令员边包饺子边说，十七连的工作情况师里都汇报过了，你们配属设计院做了艰苦卓绝的工作，路基筑好了化，化了筑，风把墙吹到了，再垒起来，滚地雷灼伤了人，但从来没有停止试验的步伐。设计院的同志把有关数据报送到铁路总院，铁路总院根据这些数据，正在研究适合这里的施工方案。这些都是十七连的功劳，没有你们的大力配合，总院就是老虎吃天没出下爪。兵部要给你们记功，隆重表彰一下你们这种不怕牺牲不怕艰苦的革命精神，也希望你们继续保持和发扬这种精神，把后面的工作干好，再出成绩，再立新功。

史丰先郑重地说：荣誉归功首长，归功于光荣的铁道兵。

司令员说，哎，是你们的，不是我们的。记住，荣誉是鲜血凝成的，归功那些抛洒热血的勇士们。你们就是热血勇士，荣誉归功你们。

这时，有人提起了吴司令最有名的战斗来，说塔山阻击战时，你好威风，能不能讲讲那次战斗经历？吴克华一笑置之，淡淡地说，那都是过去的事了，不是我的功劳，是那些英勇战斗的同志们的，那次战斗死了不少战友，比起他们来，我算不了什么。说到这里，就只字不提塔山阻击战的事了。

子夜时分，连里响起迎接新年第一缕夜光的枪声。

沉沉夜色中，风火山巅突然升起的十几发红白信号弹，划破长空，把黑暗的雪山深沟照得如同白昼。白昼中，那面鲜红的五星红旗在极寒的冷风中猎猎作响。

明亮的帐篷中，突然响起一阵热烈的欢呼声：新年好，干杯！祖国好，干杯！祝福祖国繁荣昌盛！祝福各族人民幸福安康！祝福家乡五谷丰登！亲人阖家团圆，幸福绵长！在这一片热烈的声浪过后，连队里隐隐传来一连串的六字箴言和扎西得勒的诵唱声。那是一个藏族老人在新年的祝福声中，从内心深处发出祝愿和期盼。

等掌声一过，吴克华司令员举起手中的酒来说："让我们为祖国的繁荣昌盛，为我们铁道兵的无坚不摧，为我们各族人民的幸福安康，为青藏线的早日建成，干杯！"

"干杯！"

干杯！帐篷里发出了声震屋瓦的呐喊。

在这呐喊声中，风火山不再寂寞，冰冷的雪山草地不再寒冷。一个坚定的意志在这声呐喊中，传到了遥远的雪域高原，青藏线即将越过亘古不变的高山峡谷，建到拉萨城里！

五十八

翌年。秋季，德令哈一片深绿。

史丰先自从石家庄铁道兵工程学院回来之后，养成了一个读书看报的习惯。每天早上九点多，他把通信员取回来的报纸都要浏览一遍，为的是看看当前形势，还有报上有没有好点的文章供他学习提高。这一天，通信员还没有去营部取报纸，却听到收音机中传来了宝成铁路被洪水冲垮，铁路运输中断的新闻。史丰先心想，是的，季节进入秋季，山中洪水上涨，河道宣泄不及的地方，就要遭一回洪水的侵袭。洪水来了，不知多少生命多少财产要遭到摧残，不知多少群众流离失所。

后来，当他进到营部后，却又想，咱这是干什么呢？半夜看三国——替古人操心。宝成铁路距离青海德令哈千里之遥，咱这是操的哪门子心呢？另外，营里的事摆了一河滩，理都理不顺，弄都弄不清，操这门心劳这门子神做啥哩。史丰先从风火山撤下来后，到石家庄铁道兵工程学院进修了工程指挥专业，毕业后，回到部队，被任命为四营副营长，柳建昌和翁阳明在全军第二批干部转业时，转到地方工作，王国庆晋升为教导员一职。史丰先最初在领导和他谈话时，不想出任副营长一职，强调说他在连里当惯了副指导员，对政治工作有点经验，行政职务让他干起来很吃力。团首长说，什么干起来很吃力，全都是瞎说，你在没提干以前，没有学过任何专业，怎么就把工作干得好好的，这下让你当副营长，你却是干起来很吃力，不要寻找理由，好好干吧？没有经验可以积累，没吃过猪肉还没听过猪哼哼，摸着石头过河，一天不习惯两天就习惯了。政委吊着脸说，革命需要就是你的理想，别给组织提一些过分的条件。史丰先一看团首长变了脸色，就不再强调专业对口，表示坚决服从组织需要，党叫干啥就干啥，只差要说，我是革命一块砖，哪里需要哪里搬。在这一时期，变化最大的，还有政委沈士铭，调任师副政治委员，团长王琪也被安排第二批转业地方工作。团长、政委都有了新的人选。铁打的军营，流水的军人，想不到，转眼间，部队竟发生如此大的变化，史丰先从副指导员破格提升为副营长，这在四十六团的历史上颇为少见，对于史丰先来说，仿佛一场春梦，始终觉得处在梦境中，眼前的一切，竟如太虚幻境一般。让别的干部看了，直呼他烧了桶壮的香火，青云直上，成了人中龙凤，云中仙鹤。

部队下来后，先在吉尔孟公社暂驻一段时间，很快从吉尔孟又转战德令哈，配属一营参与德令哈车站建设。当他们移防德令哈时，铁十师所承担的哈尔盖至连湖段的修建任务已经基本完成。新管科的试运营工作也开始了，留下来的工程量不大，均为新线站所的房建任务，据可靠消息称，部队已做好了撤向另一条新线的准备，只是哪条线，尚未定下来。但是消息归消息，谁也没有确切的消息，路透社消息不可信的。部队任务一松下来，连里的干部、营里的干部都休着探亲假走了，还有几个去院校进修学习。这几天，部队干部正是很少的时候，营长回家探亲了，副教导员又去石家庄工程学院学习了，他营长副营长一肩挑， 挺费精力，不敢旁骛。

中午吃饭的时候，大家聚在一处，小议了一下广播新闻，有是陕西兵的，直打听是哪个地段，哪个县，损失大小，有没有人伤亡。史丰先只是从广播上听到一点新闻，谈不到很是详细，于是就一五一十地告诉说，不大清楚，可能下午的报纸来了后就有新的消息，大体情况就能知道。可是他算了一下时间，广播中听到的是当天发生的新闻，到了报纸的消息发出来，怕是要到第二天才行，而省报和《铁道兵报》因为交通运输不便，所以要从报纸上知道当天的消息，还得三天以后。三天后，情况可能又发生了新的变化，所以现在说了，不知明后天变成什么样子了。另外，像这样的突发情况在部队中一定得慎重对待，不要太多渲染。1976年唐山大地震时，刚好有新入伍的唐山兵，消息一出，唐山兵情绪激动，大有失控不能自抑之势，幸好部队采取的措施得当，才将部队的情绪得到有效控制，否则，这群兵非要闹出一点事情来不可。史丰先是过来人，对此有着切身体会，所以遇到这样的事情，他一直言语谨慎，不敢多说一个字。

饭桌上，有人说，不知道火车要停开多长时间啊，会给旅客带来多大的不便。

有人说，这算不了什么，要是放在咱铁道兵身上，那一定会在很短时间内抢修好的。

另有人反驳说，地方铁路，有地方工程局，绝不会调铁道兵上去的。

有人又说，那不一定的，只要军委一声令下，不上去都得上去。

史丰先听着他们东一句西一句的扯淡，心里好笑，这些人，也真会遐想，连想不到的事情都能想到，真有超人的想象能力。史丰先插进话来说，吃饭吧，这么好的饭还把你们的嘴堵不住？

谁知，还没等到新报纸来到营里时，团里却发出一个紧急通知：命令四营营长王国庆、副营长史丰先下午四点前，到团部参加紧急会议。

史丰先接到命令，有点莫名其妙，从目前工程进展的情况来看，并没有什么需要紧急增援的。按常理，一般的工作是不会以紧急会议的通知下达，那么，没有增援的工程缘何又以紧急会议的通知下达？莫非是中午他们几个吃饭时私下瞎议论的抢险救灾的任务落到了四营头上？被他们不幸言中？不会的吧，宝成铁路距离青海如此之远，中央军委再怎么调也不会调到德令哈来啊。铁道兵十个师，竟有这种殊荣？王国庆也觉得纳闷，跑过来和史丰先商量，团里从未开过这样的会议，什么紧急会议？有什么事情要开一个紧急会议？是周边地区少数坏分子扇动不明真相的群众闹事，还是青海省境内遭遇重大的自然灾害？史丰先一头雾水，面对王国庆说不出个所以然来，只是说，从来没有遇到过这样的事情啊。

会不会与宝成铁路遭遇洪水袭击有关？

是不是与部队有了新动向有关？

王国庆一连问了好几个问题，史丰先都难以回答。王国庆就说，紧急会议就有紧急会议的事，准备一下，四点以前准时到会。

营里接到开会的紧急通知是在三点二十分，史丰先和王国庆说了几句话后，抬腕看了下手表，时间已经到了两点五十七分，离开会的时间不到半个小时了，于是两人简单地收拾了一下，带上笔记本和钢笔，就风风火火地向团里跑去了。好在团部离四营驻地不远，不到十分钟两人步行到了会场。进得门一看，后勤处副处长、司令部参谋长、运输股、装备股、宣传股、作训股的负责人都悉数到场，早已坐在会议桌前，史丰先和王国庆捡了一个稍偏的位置坐了下来，放好笔记本，史丰先有意地看了下会场，发现与会代表除四营营长教导员以外，其他几个营的干部一个也没有到场，心里起了疑心，其他营的干部怎么没来开会呢，难道说这个紧急会议与他们没有关系？史丰先悄悄用胳膊碰了一下王国庆，声音低低地说："我咋看着二营、一营、三营的几个营长都没有来呢？"

王国庆抬头扫了一眼会场，的确，史丰先所说的那几个营干部都没有来，王国庆还没有意识到这里边有什么不对，就说："可能还在后边走着吧，他们的路远，得一阵子，开会的时间不是还没有到，说不定一会儿就到。"

史丰先就哑了声，端起公务员倒好的水，小口地呷了一下，又放在桌上，单等着会议的开始了。

四点整，团长卢云峰、政委梅殿法双双走了进来，坐在面对门口正对面的位置上。梅殿法轻声地咳嗽了下，环顾了下会场，说："陈股长，人都到齐了吗？"

陈立仁站起身来说："到齐了。"

"现在开会。"

史丰先打开笔记本来，写上会议地址、参加人员、主持会议人员，会议内容却没法书写，于是就放下笔来看着梅殿法，等他说出会议议题。

梅殿法接着说："今天上午大家都听到广播新闻联播了吧？"

与会同志面面相觑，不知道梅殿法所说的新闻指的是什么。一个人都没有吭声。史丰先在心里说，别不是宝成铁路遭洪水的消息吧？还没等想完，梅殿法就继续说："宝成铁路，遭受有史以来最大的洪水袭击，造成铁路运输全线中断，给国民经济带来了巨大损失。引起了国务院和中央军委领导的高度关注。为使宝成铁路尽快通车，保证国民经济的持续发展，中央军委下达了我们一个抢险救灾的艰巨任务。现在请卢云峰团长宣读师党委命令。"

卢云峰站起身来，拿起放在桌上的一封密码电报，全体与会人员也唰地一声站了起来，做立正之势，面向卢云峰。卢云峰用浓重的浙江口音念道：

> “宝成铁路遭遇特人洪水袭击，铁路中断，给国家和人民群众财产带来重大损失。命令铁道兵第十师第四十六团第四营，三日内，开赴两当辉县境内，实施抢险救灾之任务。三十日内实现全线通车。
>
> 师长江之风，政委徐首华。
>
> 1981年8月16日

梅殿法见卢云峰宣读完命令，就做了一个下压的手势，说：“大家都坐下吧。师党委命令我们三日内开赴辉县、两当一带，实施抢险救灾任务。两当、辉县具体在什么位置呢？是陕西甘肃两省交界处的两个县，毗邻陕西汉中的阳平关，距德令哈一千五百多公里。就是那个地方的一段铁路遭到洪水袭击。灾情多大，损失面积多大，是路基还是桥梁，隧道，目前尚不清楚，师作战科批示，师抢险救援指挥部已经出发，先期到达地点，命我团先行向集结地进发，有关具体数字随后发来。现在的任务，是要轻车简行，保证三日内部队到达集结地点。现在请参谋长把抢险救灾的具体任务下达给各单位。”

参谋长冯大海站起来，挺着高大的身躯向各单位下达任务：“命令四营连夜动员，翌日出发，乘军列在天水站转乘汽车继续东进，第三天拂晓前到达指定地点。”

王国庆史丰先大声地回答道：“是！”

冯大海继续说：“运输股装备股立刻出发，赶赴天水，筹集物资及抢险设备，三日内抵达集结地。”

后勤处长装备股长，分别应答了是，然后，卢云峰说：“任务都明白了吧？对，就是这个任务。中央军委调我们铁道兵抗洪抢险，是对我们铁道兵的信任，师党委调我们四十六团参与抢险，是对我们四十六团的信任。四营应当以此为光荣。团里调你们四营，是因为你们四营一向战斗作风顽强，完成任务出色，经历过多次艰苦环境的考验。团里希望你们不要辜负全体指战员的期望，把中央军委国务院交给的任务全面完成好，打一个干净利落漂亮的抗洪抢险战，为我们四十六团争光，为我们铁十师争光，为我们铁道兵争光。”

还是王国庆有经验，听到卢云峰说到争光的话后，立马站起身来说：“我们四营保证完成团首长交给的光荣任务。”

梅殿法满意地笑了一下说：“好，这就好，就是要有这种决心，有这种雄心壮志，就是要用实际行动再次证明铁道兵前无险阻这样的光荣口号。卢团长已经说过了，师党委把这个任务交给我们团，是对我们团的信任，团里把这个任务交给你们四营，是对你们四营的信任。同时，也是一次意志力战斗力和顽强作风的考验，抗洪抢险是一次战斗，是一场战役，没有顽强的斗志坚强的战斗力是不能完成好这次任务的。希望你们发扬我军的优良传统，不屈不挠，攻坚克难，给党和人民交出一份优秀答卷。”

王国庆又是一个立正：“保证完成任务。”

“你们宣传股，”梅殿法转而对宣传股程德永，“把报道组的人员全部拉上去，实施火线跟踪报道，把我们四十六团的战斗作风，抗洪抢险中涌现出来的好人好事好好地向外宣传一下，让全国人民了解支持咱们在一线抢险的干部战士们，墙里开花墙外要红的。要让更多的人知道，新时代下的铁道兵同样是一支拖不跨打不烂的英雄部队。”

程德永自是一声保证完成任务。

会议就此结束，有任务的单位刻不容缓，立刻回部队进行动员准备。

一切都在瞬间发生，一切都在瞬间进行。史丰先和王国庆做梦也没有想到今天的会是他入伍以来第一次领受如此重大的任务，也是这么紧急而又艰巨的任务。中午吃饭时，他还说那些个议论宝成铁路遭遇洪水侵袭的同志，他们的想象力竟然超过小说家了，谁知天下的事就这么凑巧，就这么寸，竟让这些个乌鸦嘴一般的人言中了，这叫不幸言中，就这么巧这么奇怪的。后来他们才知道，中央军委之所以调铁道兵第十师，是因为从战区布署上，铁十师邻近两当和辉县，同时十师又是一个光荣部队，于是下令铁十师星夜兼程，火速前进，赶往灾区，执行抗洪抢险任务。物资抢险工具等就近调拨，一切为抗洪抢险让路。才有了四营开赴前线这一特殊战斗。

回到营里，王国庆就此事碰了个头，王国庆说：“现在部队的干部也不多，就咱们俩个，只有你司营长的职责了。没办法，咱还是按老规程，你负责抢险指挥，我负责政治工作吗，两人分工不分家，齐心协力，吧这任务搞好，决不能给团里丢脸。”

史丰先说：“你是营里的最高首长，你说了算，咱就按你说的办，有事多商量，一定把这个任务完成好，让团首长满意。”

一切都在紧急状态下进行，一切都在争分夺秒中进行。

排以上干部会议在营部紧急召开。

四个连队紧急动员大会在各自连队召开。

各排紧急出发前的各类准备连夜进行。

四营营房内灯火通明，炊事班房顶升起一缕缕炊烟。

……

一阵紧急集合号声打破了德令哈清晨的宁静。四营四个连，迈着短促而有力的步伐集结在营部。此时旭日初升，像团大火球，升在东方天际，很快火球变成一片飞霞，散布在大半个天空。灿烂的霞光映衬着这支威风凛凛的队伍。十七连那面鲜红的旗帜在晨风中猎猎飘扬：“英雄风火山十七连！”十七连指战员们群情激昂，神情凝重，表情肃穆，身背绿背包，肩扛钢枪，枪刺上挑着清冷的晨光，臂上戴着红色的标识袖章，前后成排，左右成行，列一队方阵，排在出征的队伍之中。清冷的戈壁风，吹拂着这些即将出征的勇士们。

王国庆站在队列前，用最简短的语言向部队作了出发前的动员：“同志们，党和人民考验我们的时候到了，为人民立新功的时候到了，是蛟龙在水中看，是猛虎在山里看，是好汉，是英雄，在火线上看，大家有没有信心？”

“有！”

四营营房内，德令哈戈壁滩上，久久回荡着这一声如雷震荡的怒吼。

史丰先发出了向抗洪抢险前线进发的口令：“出发！”

“背上了行装扛起枪，
雄壮的队伍浩浩荡荡。
同志呀，你要问我们哪里去呀，
我们要到祖国最需要的地方。
离别了天山千里雪，
但见东海万顷浪，

才听塞外牛羊叫，
又闻江南稻花香，
同志们呀，
迈开大步呀，朝前走，
铁道兵战士志在四方。
……
劈高山，填大海，
锦绣河山织上铁路网，
今天汗水洒下地，
明天鲜花齐开放。
同志们啦，迈开大步，朝前走，
铁道兵战士志在四方。”

值星连长用粗哑的嗓音唱起了铁道兵之歌。接着，行军的队伍也跟着唱起了这支《铁道兵志在四方之歌》。

寂静的戈壁滩再也不寂静，清冷的早晨再也不清冷，山也看得见，水也看得见，一支绿色的队伍浩浩荡荡向着火车站走去，在那里，一列军车正吐着白色的烟雾，等待着出征的男儿们。

五十九

四营第二天凌晨到达天水，后勤处已经将车辆停在站口。四营下了火车又上汽车，星夜兼程向两当、辉县开进。

黑夜中，看不到车外真实的景观，只听得辚辚的车马声。在高原，还不觉得怎么热。自从部队过了兰州后，史丰先就觉得气温热得有点受不了。他明白，内地正是九月天气，虽说已经进到秋季，但室外放一颗鸡蛋，不到一个小时可能就会烤熟了，哪里像青海高原，同是九月天，阳光灿灿，站在阳光下，脸上有股子灼热感，可是进到屋子，立马又感到是另一个气候了，不穿厚点的衣服，真还有点冷得受不了。史丰先和王国庆坐在头车的驾驶室里，史丰先忍不住问：“教导员啊，天热，咱不怕，千万可别下雨了啊，你知道下雨天这活是最难干的啊，要真的下了雨咱可怎么干啊。”

王国庆瞪了史丰先一眼说：“下刀子也得干，这已经不是一个工程了，而是一个荣誉，为荣誉而战，刀山得上，火海得下，你说呢。”

史丰先悻悻地说：“那是啊，我说最好可别下雨啊，等咱们干完了工程再下雨，那是再好不过。”

“可惜的是，老天不是你啊，你说要下就下，不下就不下。”

史丰先干笑了一下，说：“那是那是。”

坐在车上，王国庆和史丰先两人觉着无话可说，王国庆突然向史丰先提出一个很意外的问题。让史丰先心里平白地升起一种悬念。王国庆说：“史丰先营长，史丰先老弟，我问你一件事，不知道你听到过没有？”

史丰先懒懒地问道："什么事啊？"

"咱们铁道兵可能要解散了。"

"你说什么？铁道兵要解散了？"

"是的。"

"真的要解散了？"

"有人这么传说的。"

"你说的消息可靠吗？"

"你说呢，我在问你。"

"我黑搭糊涂的，怎么知道这些个。"

"现在你听说了，有什么想法。"

"我想不可能吧，我从来都没有听说过，一个兵种说解散就解散了？我想这不大可能。"

"这就是你的孤陋寡闻了。世上的事谁又能一时说得清楚，天有不测风云，人有旦夕祝福。说解散很快就解散了。"

"你是怎么知道的。"

"听说的呗。"

"从哪个渠道听来的，是不是回北京探亲听来的？"史丰先知道王国庆家住北京，一口的京腔，说起话总让人感到有一种文化的优越感，每每生出一种敬仰情感。北京的消息一定是从这个地方得到的。

"北京？"王国庆偏头看着史丰先，用奇怪的语气反问着，"你几时见我休假回北京了？"

"对，你没有休假。"

"那我怎么可能从北京得来的呢？"

"你别卖关子了，给我说说。"

"从信上，家里来的信上。"

"信上怎么说的。"

"就是我刚才对你说的那样，在北京都吵得疯了，可是咱这里去像没事一样。"

"那是当然，咱们远离北京，谁能听得到这种消息呢。"

"这下你你相信了吧？"

"有点信。"史丰先说了信，但又有点不相信地摇了摇头，说，"我有点不信。"

“信不信由你，说说，如果是真的话，有什么想法？”

“我能有什么想法呢？我不过一个小兵卒子，不是想干什么就能干的。”

“部队就要解散了，想法肯定是有的，但各人想法不同就是了。”

“你的想法呢？”

“我是要回去的，转业回去生活会安定一些。”

“我能回去吗？”

“现在谁也说不准，今天就别说这个了，大战在即，说这些会分散你的注意力，等有闲工夫了再说吧。”王国庆武断地打乱了史丰先的话头，微微闭起眼来，再也不说什么话了。

史丰先心中升起一种莫名的愁思，部队要解散了？这么大的部队说解散就解散了？人员怎么安排呢？是调往另一个兵种还是就地转业？让他心里忐忑不安。但是，这消息是真的吗？如果是真的话，那么这真的消息又是从哪个部门得来的？是信还是不信？一个又一个问题困扰在他的脑海里，让他的心久久不能平静。他想问问确实一点，可是，王国庆已经偏着头再也不答理他了，他只好把升到嘴边的问话又咽到肚子里，等到空闲时候再说不迟。

大战在即，精力分散是会影响战斗力的，这是指挥员的禁忌。

六十

部队走到半道上，史丰先最担心的事情，最不想发生的事情发生了。后半夜时，车外刮进一股凉爽的风，史丰先睡意蒙胧中感到一阵惬意，心中叫声好。可是醒来后，又觉风中带着浓浓的湿气，似有下雨的征兆。史丰先心里哀求着，可别下雨啊，老天，部队还在行进，好坏到了集结地再说。可是，还没等他哀求完毕，那天上突然一声炸雷，天上闪过一道耀眼的光电，听得嘎啦啦地响，天地一片光亮，万物瞬间全显露在眼前，接着瓢泼大雨从天而降，天地间没了鳞鳞的车马声，只听到哗哗的雨声，风声雨声一阵紧似一阵，人影物影汽车影变幻起伏，怪相丛生。车队明显感到前进的速度有所减缓，在雷电声中，隐约传来有人惊恐的尖叫声。史丰先问王国庆："停止前进，原地休息还是继续前进？"

王国庆似乎在眯着眼说："你说呢？"

"继续前进？"

"你是军事指挥员，你说吧。"

史丰先不再说话，立刻打开对讲机，向四个连连长下达命令："各连注意，各连注意，雷电天气，保持距离，注意安全，继续前进。"

对讲机里，依次传来了四个连连长的回答："保持距离，继续前进。"

放下对讲机，王国庆打趣地说："看来你脑子还没有乱，都什么时候了，还能停止前进。下刀子也得继续前进。"

"当然了，大雨天正好是对我们部队的一个洗礼，考验一下我们雨中行军的意志力。”

“算你还有血性。”

“不是跟你学的呗。”

“少说恭维的话，咱可不兴这个。”

车队在泥泞弯曲、坎坷不平的山路上行进，雷电交加的时候过去了，但是大雨如注，越下越猛，像是有人把天捅了一个窟窿。山路上，一串车灯，织成一个漂亮的光链缠绕在青山绿水中。山路旁，河道里的水迅猛地咆哮着，如奔马疾箭一般，向着东方奔去。

铁流隆隆，势不可挡。

阳平关，一个古来争战的关口，已经被洪水侵袭得满目疮痍。

车进阳平关口，按照指挥部的命令，就地休息。车队顺着公路一字排开，并关闭大灯，开启小灯，保持队形。史丰先和王国庆所坐的头车，车灯还亮着。雪亮的车灯刺破雨夜的黑暗，将路旁的景物一览无余地暴露在他们眼前。前方的公路已不再是一条平展完整的公路，傍河的一边多有塌陷，河边的树木东倒西歪，树梢挂在河岸边，虽说夜暗看不到倒伏的景象，但是，从那滔滔的河水咆哮声中足以可以判断，这里已经遭受到了洪水的肆虐，灾难并未幸免这里。

几个身穿雨衣的人，在夜暗中手持电筒，迎着车灯走来了。车灯下，看得到那飞溅的雨珠落在雨衣上，散起细小的雨花，之后，又顺着雨衣流到脚下，而脚下，是一串串珍珠似的雨帘，雨帘下边，是一双双泥泞的雨靴。他们踏雨而来，在这暗夜的阳平关口，情急如焚。

史丰先小跑几步迎了上去。

来人是作训股股长陈立仁。

史丰先和陈立仁握了一下手说：“四营奉命赶到阳平关，请求新的指示。”

陈立仁在团里的紧急会议之后，就和参谋长乘吉普车赶到了这里。他们马不停蹄，昼夜兼行，先于他们一天到达抢险地点。行进中，有的地方塌方严重，路面冲出了一个大坑，或被水旋出一个悬空，且走且停，且停且走，直到车子不能前行了，放弃乘车，徒步向着抢险地点赶去。到达抢险地点后，又在抢险地点实地查看了一遭，对灾情做了详尽的笔录后，先期拟定了一个抢险方案。参谋长留在原地，陈立仁赶赴阳平关迎接四营开赴灾区。陈立仁挥了一下手说："你们先了解一下抢险地点的灾情，然后再向灾区开进。"

史丰先就下达了停止前进，原地待命的命令。车队排成一字长蛇阵，打着转向灯，在阳平关的河道边停了下来，等待命令。

陈立仁把史丰先和王国庆叫到一边，站在一棵树下。他的用意是想避避雨，可是，这天夜里雨下得很大，树下树外一片汪洋，站在哪里都是在雨里。而且树下的雨滴比起树外的，还要大得多。落在树叶上的雨滴，两三滴合为一大滴，加上从天而落的雨滴，更加比天上掉下来的雨滴要大要密集。雨在三个人的雨衣上跳落，发出嘣嘣的声响。

陈立仁说："前方的情况基本弄清，被洪水冲垮的地方总共有十八处，最大的地方有五处，一处是山体滑坡冲垮了路基，把轨排冲进河里，一座隧道被洪水袭击，洪水从隧道中流入，又从隧道中冲出，轨排和道碴全部毁掉。一处洪水把铁路切为两段，形成一道小沟。一座小车站也受到了洪水的冲击，一座小桥被冲垮。大体情况就是这样。"陈立仁一气说完了灾情，然后，又挥着手中的电筒继续说道，"现在，通往灾区的道路也已被洪水切断，汽车只能到达前边的三五公里处，之后就不能乘车前进，改为步行。现在离预定时间还有三个多小时，从时间上来看，步行的速度完全可以到达指定地点，但是，就怕在行军途中，另外发生突发情况，延缓行军速度，你们可要审时度势，克服困难，把部队带到集结地，迅速展开抢险任务。"

史丰先说："就是天上下刀子，我们也要把部队带到指定地点。"

"放心吧，再大的困难我们也要克服，一定在规定时间内把部队带到。"王国庆补充着说道。

"这一点团首长是很放心的。部队的后勤供给，后勤处正在组织力量向前方运送，但是在部队初到灾区时，可能会遇到吃饭喝水等问题，最主要的是吃饭，部队在急行军中只带了路上吃的一点粮秣，可能到达集结点后就不够用了。这些，你们都得要做好充分的思想准备。"

王国庆说："放心吧，我们会想办法解决的。"

"那就这样，你们继续前进，我先到前边去了，集结地见。"陈立仁和史丰先、王国庆握了一下手，然后又和一起来的参谋原路返回了。

任务大体清楚。只等部队向前开进了。

六十一

就在四十六团四营向凤县开进的同时，江之风率师抢险指挥组一干人马进入了宝成铁路受灾区域，从西坡车站至嘉陵江九号桥，逐点考察，为抢险部队进入灾区作战进行实地侦察。江之风在山路上顺手折了一根树枝，当成手拐，一步一步艰难地在大山深处行走。一行人逢山攀着藤条上，遇水用棍探着行，饿了啃几口干粮，渴了喝几口山泉。对每一个灾点进行了详细记录和思考。

当天下午四点多，江之风一干人马全部到达九号桥前。江之风一声令下，就地休息，研究灾情。一行人就地而坐，江之风没等大家喘过气来，就让潘建学把考察后的情况报告一下。大家都拿出随身带的笔记本，作着详细记录。

潘建学一路走来，一路记录，一路作着计算，不敢怠慢。他了解江之风的作风，一旦遇到重要情况，他都得要在很短时间内得到工作任务、工作量、难易程度等。所以，一路走着，未敢松懈。当大家坐在九号大桥桥面时，他已经将所有灾情全部整理清楚，并有了准确的灾情数据。果然，江之风当下点将让他通报一下灾区的情况。潘建学就从容不迫地坐在一块大石头上，报告起了灾情。潘建学照例清了清嗓子，翻开笔记本，一笔一笔地向江之风报告着："西坡车站至嘉陵江段有两个车站被冲，三座隧道堵塞，路基坍塌严重，四处轨排悬空，最高达三十米，最长五百米，十一座山体移位，滑坡，塌方，形成泥石流漫道，水害点五十二处。"说到这里，潘建学看了一眼江之风，见江之风在认真地听他讲着灾情，就继续着自己的报告，"受灾全长十六点五公里，是宝成铁路水害最严重区段，是控制全段抢通的关键。需搬填土石方五十五万立方米，清淤或填土五万余立方米，扣除隧道，在十公里的线路上，平均每公里有五处水害点。一号工点位于灵官峡，有石无法开采，干砌需要片石，运送距离平均在三百米以上，最远达三点七公里。此外，抢修所需的工程材料和生活物资全靠人背肩扛到抢修现场，因而施工中百分之六十的力量运输，百分之四十的力量施工。”潘建学合上笔记本，向江之风看了一眼说，“我的报告完了。请师长指示。”

江之风沉思起来。潘建学所说完全确实，他和潘建学几人一起从灾区走过，满眼所见是潘建学所说，一路走来，一路思考着，这样严重的灾情采用什么样的抢险方案呢？现在，潘建学将情况全部明了地摆在了面前，就由自己来决断抢险方案了。江之风慢慢地站起身来，在原地踱着步子，脚下是一片绿绿的青草，草尖上落着还没有完全晒干的露珠，熠熠发光；抬头看去，是一条滔滔不绝的嘉陵江，滔声宛若催征的战鼓，不竭地在耳边敲响，催他下定决心，拿出抢险方案。江之风将潘建学的报告在心中一字一句地咀嚼着，将在灾区里所见所闻在脑子里一一过着电影，思考着，推敲着。蓦地，江之风转过身来，一只手背在身后，一只手在空中用力地挥动着，开始了抢险方案的部署：“情况大家都清楚了，有关数据也都清楚了。根据目前的水害情况，我们的抢险方案按照下列部署进行。抢险路基宽度为五米，铁路最小半径为300米，困难地段为250米，限制坡度为千分之十五，限制速度每小时25公里。绝大部分工程按原线恢复，做到一不大量拨道，二不架大跨度便梁，三不拆除已有建筑。”说到这里，江之风略微停顿了一下，扫视了所有在场的人员，然后又开始安排抢险步骤，“此次抢险步骤呢，按从外及里，层层推进，决战最里的也是最为重大最为艰巨的五号工点。看看大家有什么意见？”

潘建学点了点头以示同意。卢云峰也点了一下头，示意同意，其他人说没有意见。江之风一看大家没有异议，就很快结束了自己的部署：“那就这样，师指挥部就以这样的意图下达抢险命令，四十六团按照这个命令制定抢险方案。总的要求是，从我们进入水害地段开始，整个抢险任务在十月底全部结束。卢团长，有没有困难？”

卢云峰急忙站起身来说：“没有。保证完成任务。”

“这是一个硬仗，是一个特殊地战斗，十月底是一个最低时限，十月底拿不下抢险任务，拿你卢团长是问。”

“我们有信心提前完成任务。”

“军中无戏言，提前完成任务，我给你们团记功，完不成任务，别说记功，你和政委都给我作降职处理。”

“你就看我们的吧。”

“铁道兵前无险阻，你可别忘了这个口号。”

“逢山凿路，遇水架桥，铁道兵前无险阻。我们永远记在心里。”

“记着就好。部队进入预定地点后，立即展开抢险，希望我们尽早把胜利的捷报送到兵部首长手中。”

“是！我们四十六团决不辜负师首长的期望，就是拚到最后一口气，也得按期完成任务。”

“好了，向后转，原路返回，准备抢险！”

江之风说完，用手在空中用力地挥了一下，之后，拄着拐棍向来时的路上走去。他们之中的任何一个人，谁也没有想到，这样一个重大的抢险方案，作战命令是在在嘉陵江桥头制定的，也是在这个桥头下达的。从此，拉开了抢险救灾的战斗大幕！

六十二

卢云峰的团抢险部署会议紧接着在宏庆车站811库召开。这次会议特别简单，参加会议的人为数不多，是先期到达水害灾点的几个主要军政人员：团参谋长、作训股长、政治处主任、宣传股长以及个别参谋和干事。潘建学作为抢险总工程师，出席了四十六团会议。卢云峰简单地说了几句开场白后，然后向大家通报了情况。

卢云峰一改往常的习惯，开门见山地说："同志们，我们知道，凤县、两当一带连降大雨，降水量达383.4毫米，是历年来的四倍多。8月19日到21日又降雨142毫米，致使河水上涨，山洪暴发。冲毁工点284处，32个区间断道，9座隧道淤塞，嘉陵江4号7号9号11号桥的部分墩台倾倒，桥体坠落，钢轨掀翻悬空，冲毁淤积的土石方179万立方米。这是宝成铁路受灾的情况。我们团的具体任务呢，"卢云峰说着停顿了一下，加重了语气说道，"是从西坡车站嘉陵江129号桥至84号隧道段抢险，里程为16公里，共有水害点52处，冲毁淤积土石19万立方。是整个宝成铁路灾害的三分之一，在这16公里的战线上，共有五处重点工程。这里呢，依山傍水，地形复杂，交通中断，给部队抢险任务带来了困难。部队不能摩托化进军，只能沿铁路钻隧道，涉泥流，走悬轨，步行四十里地，才能到达抢险地点。任务是相当艰巨的。还有一千多吨物资和小型机具，都得要人肩扛手抬。"

卢云峰讲到这里，停了下来，他再次环视了一下会场，见大家都在用凝重的目光看着自己，知道他们的心里压力重重。于是呷了口茶，清了清嗓子，继续说道："兵部命令我们在十一月上旬抢通铁路，恢复宝成铁路正常运输。根据这个命令，指挥部已经做出了部署，命令我团必须在七月底前完成抢险，所以我团四营先期开进凤县、两当实施抢险任务，总工程师潘建学率工程技术人员进入灾区，进行实地勘察，了解情况，分解任务。任务明确后，四十六团再调十个连队赶往凤县，参与抢险。师指挥部命令我团，按先易后难，集中优势兵力打歼灭战的方案实施抢险。”卢云峰将身子向后边靠了靠，看看参加会议的人，然后用征询的口吻说道，“说说吧，情况清楚了没有？还有什么困难?”

会场静悄悄地，大家相互看着，都轻轻地摇了一下头，卢云峰见状最后说，“下边，请师抢险指挥部总工程师潘建学给我们讲讲抢险的总体部署。

潘建学看看坐在四周的同志，向大家摆了摆手，继续说：“没有了，好，问题全都清楚了，但是，以什么样的方案来完成师抢险指挥部的意图呢？我想这样比较可行，我们把抢险分作几个阶段，第一个阶段是运送物资，第二阶段是从西向东，依次将小的水害灾点工程抢完，第三个阶段，集中全线抢险部队，抢险第五个重点工程。这样的方案，是在充分考虑受灾现场的具体情况后提出的，现场的情况怎么样呢，就是铁路中断，交通不便，大型机具不能进场开展作业，物资全部要从外向进运。如果从里到外，不但不会快速完成抢险任务，而且因为工序安排不当造成混乱。卢团长已经把这个方案说了出来，我在这里理顺一下，各位，看看怎么样？”

没有什么比潘建学所提出的方案更能解决问题了，大家表示没有意见。潘建学见大家意见统一了，就以坚地定的口气说：“那么好，就以这个方案为全线抢险方案向师指挥部报告，批准后，下达抢险部队。”

卢云峰环顾会议，见大家都以赞许的目光看着潘建学，知道他们没有什么异议，但大敌当前，还得好好征求一下先遣人员的意见，别有一点半点疏乎造成大面积的损失。到那个时候，可就不好向师指挥部汇报了啊。想到这里，卢云峰扫视了一下会场，然后问道：“大家听清楚了没有？”

“听清楚了。”会场上的人员异口同声地说。

“还有什么不同意见？”

“没有！”又是异口同声地回答。

卢云峰这才放下心来，轻轻地咳嗽了一下说：“没有了，就按下边的命令进入抢险：作训股股长陈立仁。”

陈立仁站起身来响亮地答了声“到”。

“你和参谋长立刻出发，迎候向灾区疾进的先遣部队四营，迎接后传达师指挥部作战命令，迅速进入抢险。”

“是，传达命令，立刻进入抢险。”

“政工组程德永。”

程德永站起身来，未说话前脸照例红了：“到！”

“立即拟写第一份抢险简报，向师指挥部报告动员动态。”

“后勤处的后勤供应问题，由团指挥所向后勤处另行下达。”

与会人员纷纷将卢云峰的话记在笔记本上。

“今天的会就开到这里，下来各自分头行动。”

会议一散，人员们不像往常那样，找到熟悉的人寒暄几句才离开，而是夹着本子匆匆离开现场，向自己的指挥小组走去，然后根据会上所决定的方案，逐一落实，省得对整个抢险工作起到相反作用。

史丰先和王国庆站在陈立仁面前。

陈立仁指着抢险线路图，向史丰先下达了抢险任务：“你们营目前的任务是，向灾区运送所有所需物资，送到每一个工点。”

史丰先一听任务，一下子眼睛都瞪了起来，立刻跳着脚说：“你说什么，你说什么运送物资，这算什么任务？”

陈立仁一看史丰先瞪起眼来，也没有客气，说：“这算运送任务，抢险救灾的任务之一。”

“哎，股长，你没搞错吧，我们四营大老远的从德令哈跑到凤县来，就是为了运送物资？这样的任务你都能分给我们四营？”

“你们四营怎么了？了不得了？不由团里管了？”

史丰先一看陈立仁也瞪起眼来了，就把语气软了下来，说：“我不是说四营了不得了，不听团里的指挥，我说的是，把这样的任务别分给我们四营，分给其他营干吧。”

“这是团里的决定，再说了，你不想想，你们营是先遣营，其他营还在向灾区行军的路上，就交给他们，让你们在这里睡大觉，啥都不干！亏你想得出。”

正争着，参谋长冯大海走了过来，黑着脸说：“史丰先，你说说这是什么任务，你说是什么任务？”

史丰先一看参谋长和他黑起脸来了，他也不怕，壮着胆子说：“参谋长，我是说，我们四营是打硬仗大仗，专啃硬骨头的，就别让我们运送物资了。”

“你们是打硬仗，大仗的，别的营都是打软仗，小仗的，就你四营是英雄，其他营都是狗熊是不是？”

“当然不是。”

“我告诉你，运送物资就是抢险救灾，是重要的抢险救灾，不是一支好部队就不能打好这一仗，就不能完成抢险任务。团里把你们四营委屈了？把你们大材小用了？”

史丰先一看参谋长的眼珠子都瞪圆了，就不敢再说什么，赶忙说：“谢谢团首长的信任，我们坚决完成任务就是了。”

“抢险救灾是一场没有硝烟的战斗，不论那个任务都是一场战斗，决不是游戏，是命令就得无条件执行。你给我少翘尾巴。”参谋长的脸黑得差点要掉下黑碴来，说话中就带有非常强硬的命令口气。当然，他也了解史丰先的历史，两次关键时刻成就了他的英名，这小子心目中有股子骄气时不时地向上冒出来。想到这一层，参谋长的语气就很不客气：“真的成了名了，就目中无人了？”

王国庆一看气氛有点僵硬，赶忙陪着笑脸说：“参谋长，我们坚决执行就是了，但是，你不是常说嘛，好钢要用在刀刃上，我们四营不是块坏钢，关键的时候可别忘了四营。”

“少说废话，完成任务后再说。”

“是！”王国庆陪着笑脸说。

“走，回指挥所，按规定的时间来检查他们。”参谋长冯大海气冲冲地扭过身走了。陈立仁吊着的脸一直没有拉起来，当参谋长一说走时，转过身连向史丰先和王国庆招呼都没有打就走进了雨幕之中。

六十三

陈立仁在传达命令时，同时也交待了从阳平关到达集结地的路途难走，可是，他没有说过，在运输物资的路上还有一个不是灾害的灾害。部队在小站上草草地安下营寨，史丰先就来到距离小站不远的一个货站上，与先期来到这里的一支地方工程队取得联系，商谈能不能借用他们的车皮运送一下救援物资，并借用他们的车站转运一下物资。参谋长事先告诉说，这个工程队是地方铁路局在洪水灾害一发生就赶到这个地方来抢险的，但是当他们一看到此地遭受的灾害面积很大时，便担心在很短时间内，以他们一个人员不多的工程队能力是远远不能在规定时间内完成抢险救灾任务的，于是，就一边筹集物资，一边请求上级调派更多的人员。地方虽说积极地行动着，可是行动并不如部队那样雷厉风行，一声令下，千军万马冲上火线，投入抢险救灾的斗争当中，而是按部就班，人员物资都备齐了，再说上场的事，于是，人员虽然到达灾区了，可是迟迟没有动作，反而有一种等洪水彻底停止之后再动手的意思。史丰先到来的时候，正是他们在等待观望之时。

史丰先找到了工程队的负责人。这是一个中年人，黝黑的脸膛饱经沧桑，粗大的双手正在卷着自制牌香烟：一边卷着烟，一边乜斜着眼看史丰先，大概史丰先一身沾满泥土的军装，失去了军人的风彩吧，所以说起话来有点不很上心。史丰先走近这位负责人后，很有礼貌地问道：“请问你是工程队队长吧？”

队长照例乜斜着眼看着史丰先，眨都不眨一下地说：“算是一个吧。你是谁？”

“我是铁道兵第十师四十六团四营副营长史丰先，前来和你联系一下抢险救灾有关事宜。”

“客气。解放军，听说了，昨天晚上到的是不是？”

“对，我们昨天晚上到的。”

“来得挺快。”

“灾情就是命令，我们一刻也不敢耽误就到达抢险地点了。”

“想联系啥事？”

“想联系借用你们的车站倒运一下抢险物资，再一个就是想借用一下你们的车皮，把部队的抢险物资尽快运进来。”

“你们是部队，不是有军列吗，还要我们的车皮？”

“部队正在调集车皮，一时半时还不能编组，请你们提供一下帮助。”

“我们和你们一样啊，”工程队长卷好卷烟，用舌头在接茬处舔了一下，让唾沫把卷烟的纸沾得紧一点，然后划根火柴，点着了火，又狠狠地抽了一口，很快从鼻孔里吐出一股淡蓝色的烟雾，之后他夹着卷烟，照旧乜斜着眼说，“车皮正是紧缺的时候，还等着铁路局给我们再拨一批车皮来。”

“我们不要太多，几节就行。”

“一节都没有啊。再说了，我们的车皮调给你们，我们的物资怎么办呢？”

史丰先无话可说了。是的，他说的都是实情，同样担负着抢险救灾任务，同样需要车皮，若是我们用了，他们就不能用，而我们的物资到位了他们的还没有到，这不是无端给地方同志增添麻烦了吗？看来，车皮的事，是断然不会借给自己使用了。史丰先想到这里就不再提说车皮的事，转而商量第二件事，就提出了借用车站倒运物资的想法。谁知这位工程队长却把脸一沉说：“你没看这都是什么时候了，还借用车站呢，我们的物资来了往什么地方放？方便了你们我们可就要坐蜡了。”说话的当儿，还忘不了吞云吐雾，乜着眼看人。最后非常尖刻地补充了一句，“冰窖里借火呢，沙漠中要水，这不是要命的事嘛。”

史丰先心里凉了，在这紧要关头，车皮弄不来，车站也不给借用，对于抢险工作来说，可真是一个很大的难题。史丰先无功而返。

史丰先一时觉得摆在自己面前的困难不只是一个抢险救灾的问题了，他们要抢险的工程，是在阳平关以东方向，与汉中、安康相距甚远，所以，指挥部调运的所有军用物资都得从阳平关方向东进，东进途中，这个小站是必经之地，如果这个小站不能利用，车皮不能借用，那么，抢险部队就要额外的调动兵力抢运物资了，这一情况是史丰先和王国庆事先一点也没有预想到的。史丰先更是手足无措，一脸茫然。

史丰先站在王国庆面前，将碰了钉子的情况一五一十地学说了，灰心丧气地看着王国庆。营部书记一听，满面通红地说："这是啥意思，分明是在卡我们的脖子嘛，什么冬天里借火，沙漠中要水，连一点大局意识都没有。"

王国庆低头沉思着，一言不发，当书记说了不满意的话时，他抬了抬手，制止了书记的话头，在原地踱着步子，低声地说："想想办法，想想办法，办法总比困难多，一定会有办法解决这个难题的。"

史丰先灰头土脸地说："只有我们自己想办法解决了。"

"对，就是要我们自己解决。你想啊，地方的同志也是来抢险救灾的，咱们借了人家的车皮，不是把人家抢险的路子断了吗？人家的东西都在车站上存放着，咱们的物资要是也放进去，引起混乱暂且不说，是不是挤占了人家的储存地方吗？所以说不要生气，也不要说风凉话，现在根本就不是说风凉话的时候，赶快想法子，渡过眼前的困难。"

史丰先听了王国庆的话，心里一下子豁然开朗，是啊，都什么时候了，还对工程队的同志记恨哩。都是在同一个地方抢险，你用了人家的车皮，不就是抢了人家的饭碗吗？还是王国庆心胸宽大，站得角度高，看得远，做事有远见。以后无论做什么事，都得好好学着，把王教导员的胸怀和远见融进自己的血脉当中，也好让自己有点长进。

王国庆看着史丰先的情绪慢慢起了变化，知道他已经把联系失败的事情放在了脑后，就微微笑着追问了一句："想好了吗？有什么好主意？"

史丰先看了他一眼，突然间想出了一个好主意，说："不如这么办，老首长，"王国庆一直是史丰先的上级领导，在他当排长的时候，他已经是指导员了，在他当副指导员的时候，他依然是指导员，他当副营长的时候，他当了教导员，所以，史丰先在正式场合都把王国庆称之为老首长，而不以教导员来称呼，“我有这样一个想法，不知行不行？”

“你说，说出来再说行不行。”

“我的意思是说，在目前这种情况下，我们只有进而没有退的，不如组织人力搬运物资，这样呢，一来是节省时间，二来能把物资很快运到位，实施抢险时，咱就不用再次倒运物资了。”

“好主意，”王国庆兴奋地一拍大腿说，“我说办法总比困难多吧，你这不是一个好主意吗？就这么办。”

“这样一来就是同志们要多吃一些苦了。”

“别说苦了，抢险救灾就是吃苦来的，在这个关键时候，咱们不吃苦，让谁吃苦去呀？”

“那就成，咱们赶快召集一个连以上干部会，把抢险任务布置下去，然后一股作气，把抢险任务完成了。”

“对，就这么办。”王国庆转身对站在身边的书记说，“紧急通知各连，十五分钟后在营里开连以上干部会议，军政干部都来，下达抢险救灾任务。”

四营军政干部会议在小车站站台上召开了。刚下过雨的天气，早晨格外凉爽，秋风习习而来，让人顿觉快慰。但是，灾情紧急，任务繁重，就像一副担子，重重地压在四营干部身上，他们犹如负重泰山，不能畅抒胸怀。他们席地而坐，军装上落满泥花，双眼红肿，但是内心却存必胜信念。他们哪有观景赏花的心情？

史丰先站在干部中间，转着圈说：“现在，我们又遇到了一个新的困难，什么困难呢，就是，我们有物资没法运进来，地方抢险单位车皮匀不过来，这是一。二呢，就是物资运进来也没法存放，我们没有地方，我们所在这个地方，存放不了多少物资，怎么办呢，只能这样了，靠我们人背肩扛了，运进来的物资就堆放在抢险工点，就近使用。经过营里研究，全营投入转运物资战斗。一个连完成一定数量级的物资任务，保证抢险工程的按期完成。具体数字呢，由书记分别向各连下达。”

王国庆等史丰先说完，挽起袖子说：“这是死命令，也是我们抢险战斗的第一阶段，等我们物资全部运送到地点，我们再全线开始抢险。现在，在洪水灾害现场并不是我们铁道兵一支部队，要知道，还有一支地方工程队同在现场，这是一个不是比赛的比赛，是一个不是争抢头名的争抢，我们要是败给地方工程队，就是我们四营的耻辱，也是铁道兵的耻辱。为了铁道兵的荣誉，我们就是累趴下，也得把铁道兵的荣誉争回来。”王国庆说话时情绪激昂，极具感染力，一席话把连以上干部的情绪整个调动起来。所有参会的干部摩拳擦掌，跃跃欲试，巴不得立马带领部队向物资转运地走去。

史丰先看看大家的情绪都调动起来了，就撸了一下袖子说：“刚才教导员说过了，这次抢险不是为了抢险而抢险，而是为了荣誉而抢险，要是我们干不好，把仗打砸了，那我们可就把脸丢尽了，我们可不能丢这个人，我们丢不起这个人。大家说是不是？”

与会人员齐声地说：“是！”

“大家明白就好了。就不再说了，下边请王教导员说说粮食问题。”

王国庆抬头看了一下天，天气晴朗，万里无云，是一个很好的天气，但他还是叹了口气说：“咱们带的粮食，包括干粮，全部吃完了。现在我们没有一点粮食给养，阳平关西边，又遇到了一次山体滑坡，我们的后勤车队暂时上不来。所以，我们又遇到了粮食的困难。怎么办呢，大家看，就在我们的车站上，停放着一节车皮，”大家顺着王国庆手指的方向看去，站台上，停靠着一节车皮。车皮门子紧紧锁着，还挂着铅封条子，“车皮里装着什么物资呢，是乾县面粉。这面粉运到哪里去呢？不知道，现在我们只知道这节车皮的粮食在洪水中受了损害，有的快要发霉了，如果还要放下去，整车皮面粉就要坏完了。我们还知道，我们的给养不足，已经处在饥饿线上了，抢险救灾是我们的一项紧急任务，饿着肚子，怎么能完成任务呢，饿一天可以，饿两天也可以，但是要是饿上三天，就是铁打的人也要头晕的啊。所以呢，营里决定，我们就先用站上这节车皮里的面粉解救我们眼前的困难。让大家吃饱了，再到火线上冲杀。至于说偿还这车面粉的问题，待到我们的给养供应上来后，我们再把新的面粉装上去，归还原主。这算是借用吧。非常时期，就用这种非常的办法来解决当前的问题。所以说，会议结束后，各连赶快派人领回几车面粉，好好吃上一顿，吃完之后，就执行运输物资任务。听明白了吗？”

大家都说："听明白了。"

可是孟三辰却从会场上站了起来，向王国庆提出了一个问题："教导员，这事是不是向团里报告一下，要是因为挪用了人家的面粉而受到上级批评，追究责任咱也好说一点吧。"

王国庆断然地说："不用说了，将在外，君命有所不受，临时决断，现在没有时间向团长报告，等有机会时再说，出了事我一个人兜着，大家只管吃饭就是了。"

史丰先补充了一句："这事是我和教导员商量过的，我们两人负责。"

孟三辰点了一下头说："那就好了。"说完又坐在地上。

史丰先小声地问了问王国庆还要说什么，王国庆摇了摇手，示意不再说话，史丰先就宣布会议结束，大家立即行动起来，按照营里的安排，赶快做好准备，下午一点钟准时出发。干部们立刻起身向各自的连队走去。

六十四

孟三辰带领十七连，再次踏上了通往阳平关的路。孟三辰已经是十七连连长了，因为他在关角山和风火山的突出表现，团里将他提为排长、副连长，现在代理连长职务，算是他们这一茬新兵中提拔较为快的其中之一。五班长呢，也被任命为十七连的指导员。团里调集的物资因为交通中断，从天水运到阳平关后，火车不能东进，只好将所有物资都堆集在阳平关车站以东的一个货点上。靠人力搬运。十七连就是要到这个地方去执行运送抢险需要的物资任务。

孟三辰心里捏着一把汗。这是因为连队经过几天的长途行军，再加上天气暑热，还有好多同志从高原呼啸而下，出现醉氧，脑袋昏昏沉沉不太清醒，给养又供给不上，已经成为疲惫之师。虽然到达集结地后，部队进行了短暂的休整，缓了口气，可是，比起青海高原上的连队来，战斗力是大大下降了。像这样的一个战斗状态，能完成得了团里交给的抢险任务吗？抢险救灾，比的是爆发力，而不是耐久力，爆发力不强，等抢险的最佳时间一过，别的连队都出色地完成了任务，自己才缓过劲来，黄花菜都凉了。好在，今天大家好好改善了一顿，吃了一顿香喷喷的面条，士气有了明显地提高，他的担心才稍稍放松了一点。

十七连的任务和其他几个连的任务都是一样的。水泥、钢筋钢轨、沙石料、小型机具，抢险中所需要的材料全都要从这里向工点运进去。全连二百多号人，一人得要负重一百斤，往返两趟以上才能把这些东西备齐。孟三辰心里犯愁，二三十公里地，来回往返着得要多少趟啊，不说出多少力把肩上的东西扛回去，就是来回走上几趟，也得累得人够呛。用什么样的办法能解决既快捷又省力这个问题？孟三辰想了半天就是想不出一个好的办法来。只好硬着头皮和五班长商量，能不能想出一个好办法，让连里的同志省点力气用在抢险救灾上？

五班长也是浑身泥土，裤脚高高地挽起，不但这样，而且还一个高一个低。他身后的战士们也是一个个泥猴似的，军容不整，有的连袜子都没有穿，光脚穿着解放鞋，奔跑在汉水支流的河畔上。他们显然已经退去了新到秦岭山地时一场大雨带给他们的喜悦，脸上浮现一种决战前的凝重。

孟三辰和五班长边走边说："哎，指导员，我老想着咱这样来回跑，怕不是个事吧？"

五班长惊奇地看了一眼孟三辰，问："你又在动什么脑筋了？"

"不是，咱一趟几十里路，两趟近百里，还没有抢修遭水灾的工程，就人困马乏，你说这样干行不行啊？"

"你想出了什么主意？"

"我想不出办法来，这不才问你吗，你比我的经验多，想想吧，咱既省力又省时，这不就给抢工程省出力气来了吗？"

"这个问题很好，让我想想。咱们来回跑真不是个事，嗯，你看这样行不行？不是来回跑吗？咱把兵力分配一下，两个排从阳平关这边向东运，放下后再折返到阳平关，继续向东运，另两个排，从阳平关接过物资，向工地运，如此反复无穷，不是要省一半的力气吗？"

"对呀，"五班长恍然大悟，用手连连拍着脑袋说，"我想了好大半天，就这么简单的问题都没想出来，人说你聪明过人，不是浪得虚名啊。"

"这还不得了你的启示。"

"那咱就这样干。"

"对，就这样干。"

"这样的话，十六连几个想赶上咱，就不容易了吧？"孟三辰一想到这个好主意，心里不由得高兴起来。在德令哈临行前简单动员时，王国庆曾经说过，这次抗洪抢险是一个连和连之间的大比赛，谁干得好，谁就是当然的五好连队，谁干不好，谁就不能当五好连队。十七连在时间和人力上比他们几个连队节省了好多，就不愁把五好连队的锦旗拿在手中。可是还没等他笑出声来，五班长却正色地看了他一眼，说："要是全营都用这个办法，那不把人力时间省了一大半了吗？"

孟三辰还沉浸在想出好点子的喜悦之中，猛不丁听五班长说全营也用这种办法，一时半时没有回过神来。孟三辰说："你说什么，我没听清？"

"我是说全营都用这个办法，不是工效提高一倍以上了吗？"五班长一字一板地说。

"那咱不是白想这个法子了吗？"

"连长同志，可不要太小气，咱是一个整体啊，不是一个连，是一个营，代表的是四十六团，第十师，说大点，整个铁道兵。咱要是不把这个方法告诉营里，不就太小心眼了吗？"

"那咱要是和人家比输了可怎么办呢？"

"怎么办，凉拌。成大事者不拘小节。咱和那几个连队比，比的是作风，比的是干劲，比的是速度，比的是质量，咱无论在哪一个方面都比得过他们，你还怕什么呢，我们还能比不过他们？"

五班长一席话将孟三辰说得心服口服，他定眼看了五班长好长时间，然后才说："还是你站得高看得远，我真的是要向你好好学习呢。"

"别给我戴高帽子啦，等到了阳平关，你给史营长建议一下，全营都用这个办法来，把几个连排在几个点上，这样工效就会快一倍。"

"好，到了我就去。"

"不，现在就去，别让连队都涌到阳平关那里，咋能说提高工效呢。"

"对，我这就去。"

孟三辰转身向营部行军的位置跑去。

五班长回头看了一眼自己的连队，看到连队和十六连几个连队组成一支浩浩荡荡的铁流，向着阳平关方向滚滚而去。五班长心里突然冒出这样一个坚定的念头：有了这样的队伍，还有什么样的艰难险阻不能克服！

六十五

此时的史丰先和王国庆正走在通往阳平关的路上。史丰先心里盘算的是几天之内能让抢险物资全部到位。而王国庆呢，则想着如何能把部队的情绪好好地调动起来，让同志们的抢险热情像赤红的铁水一样，冒出腾腾热气？比如说，能不能来一个火线入团入党，能不能来个火线提干，能不能来个火线立功授奖？对呀，能不能呢？完全可以的，但又是一个什么具体方案呢？王国庆思索了半天，大体想出了这样一个方案：在抗洪抢险中，一般青年，表现突出者，可以火线批准加入共青团员，是共青团员者批准为共产党员，表现突出的战士，可以报请功，同时可以申请提为初级指挥员，也就是说提为排长。前边的几项都好说，唯独这提为排长，是要特别请示团领导的，总政干部部下达过一个命令，从1980年开始，全军不再直接从战士中提拔干部，所有预提对象必须经过师级以上教导队或者部队院校的培养训练。这就是说，那些在部队中表现优秀的战士从此再也不能直接被提为干部了，从总政的通知上能够看出，这是部队现代化科学化建设的需要。所以要让一些在抢险救灾第一线上表现优秀的战士提为干部，怕是要报告团里，由团里报告师里才行的。想到这里，王国庆觉得有点难为情，也有点想得太多太高，不能成为现实的想法竟让他在宝成铁路抢险中想出来了。可是转念一想，怎么就不能成呢，文件中并没有将基层战士晋升的渠道堵死，曾经规定过，特别优秀的，可以破格提拔，这不结了，什么是优秀？在抗洪抢险中表现突出者，付出劳动和汗水最多者不算优秀者？这些要说不算的话，那么什么样的事迹才能算得上？要是算的话，怎么就不能破格提拔呢？王国庆想到这里，心中有种得意，也有点激动。这都是在火线开展政治工作的条件哪，这些条件设定好了，一定会在部队中激起更大的热情和干劲，热情高涨了，干劲足了，抗洪抢险的任务就不难完成了。相信团首长会给予支持和鼓励的。

王国庆心中想好了，就把史丰先叫过来，把自己的想法讲了一遍，征求史丰先的意见。史丰先惊讶地瞪大了眼睛，看了好大一会儿王国庆，说："真有你的，真不愧是搞政治工作出身，在这么紧张的时候还能想出这样多的点子来，让部队充满朝气。"

"你不是不知道，政治工作是部队的灵魂，没有灵魂的部队是一支永远都打不了胜仗的部队。"

"要是放到我身上，我怎么也不会想出这么多的点子来。"

"别说了，长话短说，看看行不行，要是行的话，咱们请示一下团首长，紧急起草一个关于在抢险前线开展立功授奖活动的通知，把同志们的热情调动起来。"

"我看没有问题，团首长一定会同意咱的意见。"

"那就好，不如这样，让营书记起草文件，咱同时给团首长请求汇报。一旦同意了咱的请求，咱就可以尽快下发开展活动。"

"就这样。"

"不知团首长在不在阳平关？"

"咱们立马和团里联系一下，在的话，咱就直接汇报。"

"好，就这样。"

王国庆说完，让书记和团里联系一下，问团长现在在什么位置，有一个重要情况汇报。刚吩咐下去，就见孟三辰急匆匆地赶到他们跟前来了。史丰先瞪着眼问："你不在连里待着，跑营里来干什么？"

孟三辰急忙说："我和指导员有一个想法想给营里建议一下。"

史丰先挽着袖子，双手叉腰地问："什么建议啊？"

孟三辰说，把每个连搬运的方法变为倒运的方法，这样能节约好多时间，也能省很多人力。史丰先沉思了一会儿，觉得这个办法很好，于是就对王国庆道："教导员，我看这个办法还行，你看呢？"

王国庆问明了原因，权衡了利弊，说："这还真是个好办法嘞。十七连真能动脑筋。好，就这么办。"孟三辰正要转身离去，史丰先却叫住了，问："部队情况怎么样？"孟三辰说："情绪很高，嗷嗽的。”史丰先说：“嗽嗽的就好，就怕部队士气不高。你的情况呢？”孟三辰说：“没有啥，就是部队转来了一封电报，说我弟要结婚了，问我能不能回去。”史丰先说：“那你肯定是不能回去了。”孟三辰说：“没办法，只能寄点钱回去了。”史丰先说：“快回到连里去吧，一心放在连队上，抗洪抢险可比不了平时，一点问题都不能出的，关键时候，出了问题就是大事。”孟三辰说：“是，不打勤不打懒，专打那些不长眼。”史丰先说：“知道就好，去吧。”

史丰先是从十七连出来的，对十七连有着深厚的感情，所以当孟三辰请示工作时，他顺便给提醒几句，算是对十七连格外关怀。另外，孟三辰刚提副连长不久，又在代理连职当中，经验还不多，带部队第一次参与这样重要的抢险任务，要是出个岔子，那可就要不得了。所以，顺便提醒几句，让他多动些脑子，别把事情搞砸。

孟三辰说到兄弟结婚一事，无意中勾起了史丰先的心事，后方转告他，部队刚开拔就收到妻子电报，父亲病重住院，让速寄点钱回家。父亲的咳嗽他是知道的，在他还没当兵前，父亲就现出了这样的病情，但那时只是轻微咳嗽而已，时间长了就积成老病，这几年病情不但没有好转，反而有所加重。转告人没说父亲得了什么病，史丰先一听就知道是支气管炎，也许不太要紧。史丰先暗自祷告，老天保佑，千万可别是肺上有了毛病。得到这个消息，他急得团团转，此地没有邮局可资寄钱，再说来时轻装疾进，根本就没有带多少钱来，想寄没地方，能寄也没带多少钱，着急上火，又不能对人提起，只有悄悄地压在心里。等过了这阵子，把抢险任务执行完后再说别的。

史丰先正沉思在对家里的回想当中，猛不丁地听到王国庆叫他。史丰先定了定神，见王国庆正在用异样的眼神看着自己，就知道自己在片刻间走神了。王国庆诧异地问道：“怎么啦？有什么心事？想媳妇啦？”

史丰先急忙摇摇头说：“没有。”

“没有才怪呢，都什么时候了，泰山压顶了还想老婆，真有你的。”

“教导员真的没有。”

“书记黄维刚和卢团长通上话了，他正向咱们运送物资的地方走着。”

“那不是正好，咱就不用跑路了。”

“对，咱加快点步伐，早点到那里向团长汇报一下。”

“走。”

“要凝聚精神，把这场战斗打好，咱可是前线指挥员，仗打不好，铁道兵的臭名可是要背在咱俩身上的。”

“你批评得对，我一定凝聚精神。”

“谁都有个家长理短，可这不是时候，你以为我没有，一样，但是放在后头再说。”

史丰先和王国庆赶到物资集中点时，团长卢云峰、参谋长冯大海和陈立仁早已等在了那里。王国庆向卢云峰报告了部队的情况后，直接汇报了自己的想法。卢云峰听后立刻首肯道：“好，很好，这是一个很好的点子，立功受奖活动好。能不能提干，我看是可以的，现在是抗洪抢险，抗洪抢险是什么？就是战斗，是一场特殊而又艰巨的战斗。在这场战斗中表现突出者怎么就不能提为干部呢，我一定向师首长请示。”卢云说完，当机立断，让陈参谋要通江之风的电话，向江之风请示了这一问题，江之风当即拍板，这个想法很好，指挥部同意请示。江之风在铁道兵中以指挥迅速果断而出名，遇到这样的问题，当即决断，支持了卢云峰的请示，灾情紧急，抢险为上，火线提升一个排级干部，当不为过分。

卢云峰放下电话，盯着史丰先说：“你们的想法很好，师长已经同意了你们的请示。这下你们就可以放开手脚干了。把那些表现出色的同志，提拔到领导岗位上来。”

“谢谢团长对我们的支持。”

“你们的这种想法很好，要把这种做法在抢险前线部队中开展起来，激发参加抢险同志们的激情。”

“这样更好。”

“好了，你们就不管了，我让政工组他们向部队下个通知，把这个活动马上开展起来。”

王国庆看到第一个问题已经顺利解决，于是就向团长提出了第二个问题。说他擅自做主，把停靠在洪庆车站上的一车皮面粉搬到连里吃了，事先没有请示，现在向团长报告一声，如有不妥，就处理他一个人就是了。团长听了，眼睛瞪得比牛铃还大，连说了几声什么什么，怎么会做出这样的事情呢？王国庆解释说，那节车皮上的面粉反正停在车站上不能运出去，车皮里已经进了水，不吃也被水浸坏了，还不如吃了好，部队给养进来后再还他们一车皮新的面粉。卢云峰心里不由得冒出一股怒火来。怎么能这样呢？部队在执行任务中，有着严明的纪律，那就是不拿群众一针一线，车站上滞留了一车皮面粉，你们就守不住心境，把面粉让连队的同志吃了。这是一个典型的违纪行为，应当受到严厉查处的。卢云峰想到这里，怒火中烧，刹那间变了脸色，说："这可不是一个简单的违纪行为。"卢云峰说话时，两只手都在微微发抖，"这是地方单位的粮食，不知要救济多少条生命，你们就一下子吃了，你们怎么就不管地方群众的死活呢，你们怎么就这么没出息呢，你们在风火山上那样缺粮的情况下都坚持了过来，怎么才到这个地方就撑不住了呢？你们要为这件事情负责。"

王国庆说："要处理你处理我一个，与史副营长没关系。"

史丰先抢着说："是我和王教导员商量后动用的。"

王国庆拨开了史丰先说："没有你的事，是我一人决定的。"然后固执地对团长说："这不过是暂时借用一下而已，部队要长途运送物资，干这么重的体力活，饿着肚子肯定在规定的时间内完不成任务，现在的关键是，抢险第一，抢运物资第一，抢不通铁路，粮食照样运不出去，也到不了要到的单位，到不了群众手中，还不如先借用了，再还回去，这不是违反群众纪律。"

一席话把卢云峰说得不好回答，但卢云峰认定了这是一件违反群众纪律的行为，即便不是，也得先向团里请示一下，决不允许先斩后奏，擅自做主，给部队的脸上抹黑。卢云峰虽然说得很严厉，但是却没有下令立马纠正这个行为，说："现在不说这个了，你们先执行任务，等我把这件事向师里汇报后再说。"说完之后，拂袖而去。

王国庆向史丰先挤了挤眼，并向营部的方向摆了一下头，史丰先心领神会，抬脚向营里走去。王国庆知道，卢云峰的批评是对的，可是在这个特殊的环境下，要纠正也不是一件容易的事，只有说向师里汇报后再说，到那时候，后勤给养也送进来了，线路说不定都抢好了，顺手把面粉装进车皮里，原封不动地停在车站上就是了。卢团长想处理也不好下手了，只是批评批评，说声"下不为例"罢了。王国庆就放心地走了。

史丰先别离了卢云峰后，立刻按照孟三辰的想法，依部队序列，把部队排在了四个路点上，向部队交待了任务，两天之内必须将所有物资运到抢险地点。之后，让各连各自展开，进行运送。部队接受任务后，立刻动作起来。各连各排各有分工，紧张而又秩序地干了起来。

四营各连的勇士们，一个个在崎岖的山路上，不管负重还是轻装，都一路小跑着，像刮起的一阵风。东西运到指定地点，转过身去也不回头，又返回原来地点，重又开始新一轮的搬运。

山中的天娃娃脸，说变就变，部队刚一展开运送，又遇到了下雨。本来就没有完全干的小路再次被雨水浸湿了，部队行走在充满积水的路上，行动更加艰难。但是，史丰先说，就是下刀子，也得把任务完成。部队的行动没有减缓一点速度，继续穿梭在群山莽林之中。

水泥如山地在抢险地点堆集起来；

钢筋一捆一捆在抢险地点排列起来；

钢轨在抢险地点一根一根并列起来；

沙子一袋一袋在抢险地点码了起来；

小机具也一部一部地立在了抢险地点……

六十六

两天后，所有抢险物资全部运到现场。史丰先命令部队就地休息，等待团里新的命令。

史丰先不管运送物资劳累，赶快下到部队看看。十六连的队伍东倒西歪地散乱在山沟边，打瞌睡的打瞌睡，说闲话的说闲话。个个身上沾满了泥浆，衣衫不整，许多军装烂成条条，露出肌肉。史丰先没有惊动他们，让大家有一个可贵的休息时间。到了十七连，看到大多同志也都就地而卧，劳累使得他们不拣地方，胡乱地团在一起，养养精神。孟三辰靠在一块大石头旁，听到史丰先来到跟前，立马来了一个鲤鱼打挺，站了起来。史丰先按着孟三辰的身子说：“别起来，好好喘口气，等来了新的任务后再好好干。”

孟三辰就势靠在石头边，和史丰先说起话来。

“怎么样？很累吧？”

“不累，这不算什么。比把咱埋在关角山隧道里轻多了。”

“部队情绪怎么样？”

“都很好，说声干，立马像弹簧一样弹起来就走。”

“那就好。”

“哎，史营长，我正要找你呢，没想到说曹操，曹操就到。”

“有什么事啊，我不是来了吗？”

“我说，咱来这里就只为了运物资啊，咱不是来抢险？”

“运送物资也是抢险，谁说不是？”

“现在，咱把物资啥的运到抢险地点，让别的营拿着咱的物资立功受奖，你说这是算啥事吗？”

“你说这算什么事呢？”史丰先没想到这个孟三辰给自己发起牢骚来，气就不打一处来。前几天陈立仁就为这事狠狠地批评了自己，到现在这个孟三辰竟也说起自己来了，让他心里很窝火。

“算咱没本事，咱的馍让人家咬了马鞍子，咱不会咬啊？”

史丰先明白，这家伙说的家乡俚语，意思是说，自己手中的馍自己不会吃，却让给别人吃，咬马鞍子是嘴咬了后在馍上留下一个马鞍形的豁口。史丰先耐着性子说：“你就别这么小心眼了，什么你的馍我的馍，抢险救灾，全团是一个集体，总有不同分工。不是在新线建设中分工明确，现在哪能分得那样清啊，特殊时期特殊方法，这个就不用说了。”

“可人家现在在前头干得热火朝天。咱闲在这里睡大觉，你说，这一个集体有干的有睡的吗？”

史丰先一听孟三辰说着说着走起板眼来了，就瞪起眼来，狠狠地说道：“别在这里胡说八道，就你能啊，我们营长教导员都是吃干饭的啊，捞不到好任务，你就给我闭嘴，别用你的情绪影响了全连，耽搁了抢险任务。”

可是这个孟三辰还是涎着脸说：“营长，只要你能在团里抢到好任务，咱十七连没啥说的，你指到哪里，我们打到哪里。”

“像你这样带兵，怕是打到哪里，我指到哪里。”史丰先没好气地说。

“营长，我哪儿敢呢，就是我敢，十七连也不敢哪，是你的老底子。”

“你这不是乱说一气吗，谁的老底子，党的军队，是我的老底子吗？就冲这一句话就得好好批评批评你。”说着还狠狠地瞪了孟三辰一眼。

正说着，营通信员从远处跑了过来，到跟前后说了声报告后，把一份作战命令交到史丰先手里。史丰先拿到命令，搭眼看了一下，然后对通信员说：“明白了。命令各连立即开拔，向三号工点前进。”

“是！”通信员挺胸敬了一个礼后向各连跑去。

孟三辰悻悻地问：“营长，有新任务了？”

“你没听见向三号工地前进的命令？”

“是！”孟三辰兴奋地跳了起来，重复着史丰先的话说，“向三号工地前进！”然后，向史丰先做了个鬼脸，又说，“营长，这才像个事嘛，抢险来了嘛，总得捞个抢险的活儿。”

史丰先又气又好笑，抬起脚来就向孟三辰踢去，孟三辰却来了一个猴子跳树，躲开了史丰先的一脚，让自己的通信员吹起集合号。于是，一声声军号划破秦岭山脉的静寂，接着，响起一队队坚定有力的脚步声，四营四个连迈着有力的步伐向三号工点前进了。

史丰先率四营轻装疾进，转移到三号工点，拉开了抢险的又一轮战斗。三号工点是通往五号工点的重要关口，按照团里的抢险部署，充分利用铁路线路条件，先外围后中心，先易后难，最后决战五号工点。一、二号工程和四号工程分别命令一、二、三营进入抢险工点实施突击抢险。五号工点是本次抢险任务中最为艰巨的任务，工程量大，难度大，技术要求高，时间紧，需要采取集中全团力量打歼灭战的方法围剿五号工点。

六十七

就在四营全力投入运送物资的战斗中时，四十六团后续部队已经从德令哈到达宝成铁路受灾地区，展开了抢险救灾施工。当然，这是团里总体部署之第二步，即将阻碍通往重点工程的小工程先期抢修完毕，再行集中优势兵力抢修五个重点工程。抢险战斗在灾区如火如荼地开展起来，工地上人欢马嘶，一片热火朝天的景象。

四营到达三号工点后，史丰先看到的是一座被洪水灌了汤的隧道。走近跟前一看，隧道里塞满了石头、泥土、轨排钢轨、枕木，从外向里望去，密不透风，黑咕隆咚。部队根本无法从中通过。见此情景，史丰先当机立断，和王国庆商量了后，自己带十六连、十七连翻过山头，从隧道的另一头干起。王国庆带着十八连、二十连从这个地方干起，两边相对抢险，既节省劳动力又能提高工效。王国庆说，就这样，赶快翻越山去，从那里干起，在隧道中间会面。史丰先说完就转过身去，站在一块石头上，振臂高喊："十六连、十七连跟我来。"

话音未落，人已经从大石头上跳了下来，向山头上爬去。十六连、十七连紧跟在史丰先身后，像松鼠一样，灵巧地穿行在绿树草丛中，向眼前的山头上蹿去。

毕竟还是部队的年轻人手脚麻利，三下两下就跑到了史丰先前边。十七连很快撵上了史丰先。孟三辰跟在史丰先身后，放慢了脚步，却向自己的连队挥了一下手，大声地喊着快走。待大家一个个从自己面前走过后，他这才和史丰先说起俏皮话来。"史营长，还行吧？"

“就你行，我不行。”史丰先没好气地说。

“没说你不行。我说你要是累了的话就在路边歇歇。”

“快走你的。小心耽搁任务。”

“那是肯定的。”

“这下你满意了吧？”

“这算啥呢，把里边的泥石头钢轨什么的一抬出来就行了。那些大的工程呢，让给人了吧？你不是说好钢要用在刀刃上吗？这就是刀刃啊？”

“给你一样工程，你干好一样，这比刀刃还好，还能考验人。你就别在这里说三道四了。”

半个小时之后，十七连、十八连翻过高山，来到隧道的另一方位。史丰先来到洞口查看了一下，洪水造成泥石流下滑，灌进隧道洞中，摧毁了洞中的路基，枯木树枝塞满了洞口，钢轨带着枕木，扭曲着悬在半空。史丰先思谋着，道碴被水冲没了，轨排高高抬起，隧道里杂物堆集，只有先将泥石杂物清除干净，将轨排复位，冲毁的道碴呢，就地取材，人工破碎，部队在十六连中抽出一个排，破碎石碴，其余兵力全力投入清除杂物工程。对，就这么办，胸中方案已定，便命令十六连留一个排准备道碴，其他人员全部投入抢险。

十六连、十七连一声令下，全部动作起来。全体人员犹如一条游龙，钻到隧道口前，与杂草、树枝、泥石流悬空的轨排展开了较量。一时间，三号工点前人声鼎沸，脚步杂沓，又一场全新的战斗就地展开。

抢修这样的工程，不需要大型的机械，只要人力发挥作用就行，即便需要也是白搭，山滑路断，机械进不了场，用机械的地方也得换成人力。于是，现代条件下的铁道兵变成了原始状态下的手工施工，肩扛手提镢头挖。十六连、十七连各自占领一边，用先清理石头杂草树木，再行恢复轨排路基，最后填充道碴的方案急步推进。孟三辰布置完任务后，率先抱起一块大石头，就向洞口一边走去，后边的人立即动作起来，捡着大块的，往肩上一扛，一路小跑着向远处走去。石头大点的，两三个人合抬一块，喊着号子一步一挪，向外移动。

几百号人的双脚踏进泥泞的隧道里，鞋里灌满了泥浆，浑身被泥水糊满，不大一会儿脸上就看不见肌肉，只看到一双骨碌碌转动的双眼。不时有人的脚崴了，跛着脚扛着石头往外一歪一歪地走，不时有人的皮肉被划出血来，顺手用泥巴一糊，悄儿没声地又干了起来，不时地有人腰拧了，疼得龇牙咧嘴，揉一揉，咬牙又干了起来。

十七连、十六连像两条游龙，紧张地穿行在大山深处被泥石流冲毁的隧道中间。他们死死地咬住这个到手的猎物，用尖牙利齿撕扯着，锋利的尖爪紧抠着，腾云驾雾，翻江倒海，兴风起浪，三号工点浊浪滔天，龙吟虎啸！

两天后，四营向临时指挥部报告：三号工点顺利抢通，请求新的抢险任务。

参谋长冯大海果断命令史丰先：“四号工点片石告急，四营火速增援。”

史丰先不再犹豫，带着任务返回营里，向王国庆通报了情况，立即拔营行动，向四号工点开进。这时号声不再响起，取而代之的是紧急的哨音。一声短促的哨音后，部队迅速集合起来，排成一条整齐的队伍，然后一路小跑，向着四号工点前进。

史丰先知道，四号工点地处灵官峡近处，水害程度比较重，冲毁的铁路桥涵片石无法开采，要从三公里外的地方用人工运进来。二营一边恢复铁路，还要运送片石，兵力弱小，抢险进度落在了大家后头。在这样的情况下，才调自己这个营增援，其任务一定不是别的，是给二营运送片石。一路小跑着，他把这一猜想给王国庆说了，王国庆也同意这种想法，但是，不管什么任务，接到了，就要干净利落地完成了，不讲价钱，不提困难。史丰先说，那当然，这时候是考验我们的意志和作风的关键时刻了，不当英雄可以，但绝不能当狗熊！

果然，如史丰先所说，四营的又一个任务是为二营背石头。他们在紧张抢修工程时，片石跟不上趟，放下正在抢修的工程，运送片石，首尾不顾。史丰先和二营长接头后，向部队大声地喊道：“走，到片石场，向工地运片石。”说完，掉头就向三公里外的片石场走去。

一场运送片石的战斗打响了。

四营如离弦之箭，向片石场冲去。

史丰先王国庆走在队伍的最前边。

到达片石场后，王国庆二话没说，让史丰先将一块大点的片石扶上背上，掂了掂，觉得放得劲了，就迈开步子向二营工点走去。史丰先紧跟其后，腰稍弯着，让人给背上摞上两块片石，起身就走。

这无声的行动，激励着后边的同志们个个奋勇向前。一块块片石放到了同志们的背上，一队队人马疾走在深山峡谷当中。一双双起泡的大脚，一副副压肿的肩膀，筑起了一道血肉运输线，一道打不跨砸不烂的运输线。这一幕幕，何似在朝鲜，头顶着美军的飞机大炮，脚踩着湍急的河水，护卫着钢铁运输线，让前进的部队和不断线的物资到达前线，没有硝烟的战斗，让四营同志们显出了英雄本色！

十七连疾进在峡谷当中。在孟三辰和五班长带领下，负重的时候，他们疾走；放下石头轻松返回，一路小跑，快步如飞，如蛟龙入水，猛虎下山，其势威猛。

孟三辰扛着石头，见一队人马站在一边发愁。孟三辰停下脚步看了看这队人马，知道是一营的同志们从凤县方向向两当水害点前进。他们身后是一辆平板轨道车，面前是一道悬空的铁轨，一根钢轨铺在路基上，一根钢轨悬在空中，轨道车是沿着两条轨道向前推进的。现在，他们面前的钢轨一条悬在半空，一条耽在路基上，显然，人和车不能同时行走在悬空的单轨上，否则人和车全都得掉进轨道下的深坑中。孟三辰放下背上的片石，向一营的同志走过去，主动搭起话来："轨道车过不去了啊？"一营的同志苦着脸说："怎么过去呢？除非人长了丈二长的腿，站在深坑里把车推过去。"孟三辰说："办法总比困难多，没有过不去的火焰山，我看看。"孟三辰放下肩上的片石，站在深坑前看了看，见脚下的深坑足有两米多，长约三十米，悬空的单轨在深坑上晃晃悠悠得微微颤动。孟三辰说："你想不想过？"那站在坑边上的一营同志苦着脸说："想啊，不想，这运送物资和机械的问题怎么解决啊。"孟三辰说："想过好办，我给你把地铺平，你们把车推过去成不成？"一营的同志瞪着眼说："把你们的片石放进坑里啊？"孟三辰说："这个你就不用管了，只要你想过，我给你铺平道路，你推着过就行了，铺平的事我来办。"一营的同志有点不相信地说："铺平了我们就过，给你们敬礼。"孟三辰说："好，你等着，我让你过就过。"孟三辰站在坑沿上，转身向自己的队伍喊道："十七连的，都有了。把背上的片石放在原地，到我跟前集合。"

正在疾进的十七连猛然听到孟三辰这一声喊，都停止了前进的脚步，把背上的片石往脚下一扔，向孟三辰跟前走来。孟三辰待队伍聚拢后，大声地说：“同志们，一营推轨道车的同志遇到了困难，他们的困难就是我们的困难，现在，我们大家都跳进坑里，手撑着钢轨，让一营的同志踩着我们的肩头，推着轨道车过去。听清楚了没有？”

“听清楚了！”十七连的同志们异口同声地吼道。

“好，那就跟着我，全都向坑里跳！”

孟三辰说着纵身跳进两米多深的大坑里，其他人一个个接踵而下，下到坑底，全都撑在悬空的单轨上。一切都准备好了，孟三辰就对一营的同志说：“现在你们推着轨道车过吧”一营的同志看到孟三辰他们一个个跳进坑里，一时看傻了眼，正不知所措时，又听得孟三辰让他们推着轨道车向前过。他们这才如梦初醒，可是，总不能踩在十七连同志的肩膀上过啊？孟三辰瞪着眼说：“快过啊，别耽搁我们的时间。”

一营的同志不再说话，急忙跑向轨道车，将轨道车向深坑方向推去。推到深坑旁，几个人有点不敢前进，孟三辰瞪着眼说：“快别磨蹭，快点过。”那几个人才试着往前推行。等到悬空处，他们看到轨道车平稳如常，这才放心地踩在孟三辰一队人马的肩头上。悬空的单轨下，是一只只落满老茧的手和青筋暴突的胳膊，他们踩踏的脚下，是一副副铁骨钢筋般的肩膀，手是那样强劲，肩是那样坚实，行走在这种特殊的路上，一营的同志别有一番滋味在心头，单空的钢轨只有三十多米，可是，这三十多米在一营同志的心中留下的距离却有三千米、三万米，永远刻印在心头。

轨道车顺利地通过了。孟三辰又一声高喊：“十七连的，跟我上。”说着，孟三辰一个腾跃，跳上深坑，然后又背起石头向前走去。没走几步，却听得身后一声喊：“等等，孟连长。孟三辰回头一看，又是一营那几个家伙。”孟三辰说：“又遇到麻烦啦？”一营的同志说：“没有，可是，我答应向你敬礼的事，还没有兑现呢。”孟三辰说：“这不是笑话吗，还当真了。”可是那一营的同志说：“不行，君子一言，驷马难追。”说着腰一挺，向孟三辰正正规规地敬了一个礼，然后放心地跑了去。孟三辰忍不住失声地笑了起来。

孟三辰的身后也响起了一阵哈哈哈的笑声。

六十八

吃饭的时候，史丰先看到王国庆背上有片深红色的斑痕，仔细一下，见是一片渗出衬衣的血渍。史丰先惊叫着说，教导员，你的背上流血了。王国庆淡然地说：“是吗，怪不得我觉得背上有点刺疼呢。”史丰先扯开王国庆的衣服，一看，背上的皮已经烂成一片，殷红的血迹一点点地渗向外边。史丰先说：“你别背了，休息一下，等背上的伤好了后再背。”王国庆说：“你是让我挨同志们的骂啊，让我留一辈子骂名啊？”史丰先说：“什么骂名，是你背上磨出血来了，挂彩了。”王国庆说：“没听说过轻伤不下火线吗？这点伤算什么，算不了什么。连里的同志比我的情况还要严重呢，你听说过他们叫一声苦了吗？”史丰先说：“那这也不行啊，浑身都是血，咋样干活啊。”王国庆说：“没见过碟子大个天，这点皮毛之伤，你就大惊小怪的。别吭声，我自己处理一下就行了。”说完向十七连吃饭的地方走去。

孟三辰见王国庆走了过来，急忙站起身来向王国庆报告，王国庆说：“现在累得都站不起来了，这个礼节就免了，说说部队的情况吧。”孟三辰说：“指导员这几天感冒发烧，可是还坚持不下火线，一边吃药一边干活；班长段贵山连续战斗四十八个小时不休息，三次晕倒在工地，真让人感动；战士王富仓一天背石头六个立方，背部磨出了血，一点声都没有吭。”王国庆听到背上磨出血的情况，本能地耸了耸肩，觉得背上有阵火辣辣地疼，脸上禁不住现出了痛苦的表情。孟三辰粗心大意，并没有引起注意，自顾自地说着话。孟三辰继续说：“崔龙珠在临到抢险前线前，已经接到退伍的通知，可是他不管这些，硬是跟着部队过来参加抢险，一连四天没有合眼，一个人有多少精力，就是铁打的人也得被累垮了。双手被磨出了血泡，肩头被压肿了，背部磨破了，一直不肯休息，吃饭时，端着碗一口都没来得急吃，就睡了过去，汤和面浇在身上，连一点知觉都没有。同志们真有股子不怕苦不怕累的精神。”王国庆说：“把这些情况都记下来，抢险结束时好给他们中的表现突出者请功，要把这种热情和干劲保持始终，别让这种精神松劲。但是，也要爱护这种精神，别让同志们劳得太累，劳逸结合，还要接受更加艰巨的任务。真的那一天来了，咱成了强弩之末，你说，咱还能完成新的任务不？”孟三辰点了点头说：“知道了，我一定要让同志们干好，吃好，休息好，不减一点战斗力。”王国庆说：“这就对了。”然后向另几个连队走去。

晚上，王国庆的背上觉得火辣辣地疼，知道背上的伤口开始发力，让书记黄维刚用棉布将背上擦了擦，上了点紫药水，然后和衣睡去。第二天，当听到起床的军号声后，他有意加上一件棉衣，出现在背片石的行列当中。史丰先见王国庆这般着装，心里吓得一跳，问：“教导员，病了吗？”说着动手就要在王国庆头上摸。

王国庆说：“有这么娇贵吗，还没见啥就病了。”用手挡开了史丰先的手。

“没病你怎么穿上棉衣了？”

“早上这里的天气有点冷，我不习惯，加了件衣服。”

“不对吧，是不是垫在背上怕压坏了伤口？”

“别吭声，小心同志们听到了，你就干你的活吧，别老是在我身上啰哩啰嗦的。”

史丰先只好叹声气，无可奈何地去了。

四营背运片石的任务提前完成。史丰先向卢团长报告，四营请求新的抢险任务。卢团长说，到底是四营，不含糊，先就地休息，好钢用在刀刃上。

与此同时，抢险捷报不断传来：

10月3日，二号工点抢通；

10月5日，四号工点抢通；

10月7日，一号工点抢通。

抢险部队将通往五号工点的道路全部打开，五号工点就像一座孤零零的土楼子，完全暴露在四十六团的攻击火力当中。决战五号工点的战斗即将打响。

团长卢运峰命令，十月十七号早晨七点钟，全团所有参加抢险部队向五号工点发起总攻。总攻前，全团休整两天。养精蓄锐，一战而定抢险大局。

史丰先命令四营全体人员就地休息，恢复体力。全营统一改善生活，吃饱吃好，有伤病者及时处理，全营保证一声号令，如猛虎下山，蛟龙出海，勇猛顽强，夺取抢险的最后胜利。

沸腾的工地一时寂静下来，听不到人欢马叫，看不到人影飞奔，只听得见汉江支流的水哗哗地流，看得见鸟儿在树枝头欢快的跳跃。四营各连的同志们横七竖八地躺在简易帐篷里，昏昏而睡。他们极度困乏，极度劳累，帐篷里发出如雷般的酣声。

史丰先在各连走了一遭，看看各连的情况，见各连用餐之后很快进入休息，就放心地回到营部。王国庆圈在地铺上，轻声地打着酣，他可能太困了，连衣服也顾不得脱，和衣而睡，那种香甜，那种舒适，是他从来没有看到过的。史丰先没有敢弄出大的响动，坐下来，悄悄地从口袋里摸出一支烟来，嚓地一声划一根火柴点着了，狠狠地吸了起来。淡蓝色的烟雾在帐篷里弥散着，形成一层淡淡的云。史丰先看着这层云，不知怎么地，想起家里的媳妇来了。部队从德令哈出发前，史丰先接到媳妇的来信，说父亲的病又犯了，开始怎么也不住院治疗，好说歹说送进医院，可是没住几天，又偷偷地从医院跑了出来。医生说，父亲的肺病已经是很重了，再不治，怕熬不过今年冬天。她再劝父亲，父亲说，都这把年龄了，还治啥，家里的钱又不宽展，花了钱治不好病，还不如不治的好。媳妇说她心里很难过，要是史丰先能多寄点钱回来，父亲的病没准会治好的。……现在，不知父亲的病情怎么样了，母亲的身体还好吧？孩子呢，听话吗，现在该上二年级了吧？媳妇里外操持，能撑得下来么？是啊，看病是得要花钱的，没钱这病就不能看，大病就更不能治，等抢险结束后，回到部队，立马给家里寄点钱去，好好给父亲治治病，顺便也给家里一点贴补。想到这里，史丰先禁不住地叹了口气，翻了个身。正准备掐掉烟头休息，没想到王国庆却轻声地问道：“怎么啦，家里有什么困难了？”

史丰先惊奇地回头看了看王国庆，见王国庆侧着身正对着他看，眼皮疲惫地一开一合。史丰先抱歉地说：“老领导，吵醒你了？”

王国庆微闭着眼说：“没有，背上的伤把我疼醒了，睁眼一看你在叹息，是不是家里有事了？”

“没有，”史丰先掩饰着说，“我觉得有点累，吁了口气。”

“别瞒我了，临来这里前，我都看到你情绪了，低沉得很。一直一言不发，你说不是有困难了还能咋的？”

“好着呢，”史丰先尽量岔开话头，不让王国庆知道家里的情况，“哎，老领导，我几次都想问问你，你在来的路上说的那句话，是不是真的？”

“哪句话？我说的话多了。”

“你不是说铁道兵有可能要裁了。是真的吗？”

“我是说过这个话，怎么啦？”

“我想问问真要把咱们裁了吗？”

“你说呢？”

“我怎么知道？不可能吧。”

“小道消息，不可不信，不可全信。我也是说着玩的。”

“你听谁说的？”

“你忘了我是北京的兵啊？北京的消息总比青海的消息来得快，来得多啊。”

“北京是怎么传的啊？”

“传得可神了。不是要搞军队现代化吗？科学化吗？”

“对呀，四个现代化。”

“现在部队数量太大，大部分是陆军部队，在现代条件下，陆军数量大不决定战争的成败，决定战争成败的是什么部队呢？是现代化的空军、海军，现代化的陆军，而我们的陆军量大却不具备现代化的素质，所以要裁掉一部分。铁道兵工程兵不具有很强的战斗力，怎么办呢？要裁掉的这一部分，不就落在铁道兵头上了！”

“你说得跟真的一样。怎么就不裁别的部队专把咱铁道兵裁掉了呢？”

“这你就不懂了吧，野战部队要压缩，铁道兵工程兵要裁掉，这就是部队的精减整编。”

“照你这样说，我们将来就不穿军装了？”

“那是当然的了。”

“这么多的部队到哪里去呢？”

“我就说不上来了。大概是一部分回去，一部分调整到野战军。”

“干部战士都是这样吗？”

“战士可能就地复员了吧，我也说不大清楚。”

“这可是一大批干部啊。军委能做出这样的决定吗？”

“小道消息有时候比大道消息还要准，不信将来你看着吧。”

“我想这样的事不可能吧？”

“睡吧，你半夜看三国，净替古人担忧，等回到德令哈后再说不迟。”

史丰先扔掉烟头躺在了地铺上，不再说话。可是脑子里又多出了另一个很沉重的念头，果然如此的话，那咱想随军的希望不是要彻底破灭了吗？真是抽刀断水水更流，举杯浇愁愁更愁。想到这里，他忍不住地又问一句：“要真的是这样，你怎么办呢？”

“我肯定是要回去了。”

“哦。”史丰先哦了一声，不再吭声，王国庆从北京入伍，是一个城市兵，自己呢，从农村入伍，自然比不上王国庆那样，到时候回到北京，复员转业回原籍，这都不要紧，要紧的是随军的大事没办好，就这样回到家里，对得起一直在家里劳碌的媳妇吗？想到这些烦心的事，他不由得烦乱的心绪又信马由缰地飞奔起来。一时心烦意乱，不能自已。到头来一声哀叹，说，罢罢罢，船到桥下身自直，王国庆不过说了小道消息，不定是胡乱猜测，一个小道消息竟把自己搞得六神无主，心烦意乱，就这么没出息的。睡吧，先把眼前的事情过了再说后一步的事。史丰先不断地暗示自己，让自己别胡思乱想，赶快进入睡眠，迎接九号的会战。毕竟是太累了，容不得他太多的遐想，不一会就进入到沉沉的睡眠之中。

第二天下午，史丰先和王国庆被通信员摇醒。史丰先从沉沉的睡梦中醒过来，问是不是总攻的时间到了。通信员说，不，团指挥所通知，你和教导员立即前往指挥部开会。史丰先揉了揉眼睛，一骨碌从地铺上爬起来，叫醒王国庆，扎了腰带就向团指挥部疾走而去。

宏庆车站。团指挥部。卢云峰坐在会议桌前，脸上绽放着胜利的喜悦。多少天来，指挥部的同志们很少见到卢云峰这样的脸。在这几天里，卢云峰一直嘟着脸，脸上没有一丝笑容，仿佛哪个营欠了他的债似的。卢云峰的脸本来就黑，几天下来没黑没日地行走在抢险工地，人瘦了一圈，脸更是黑了几层，眼睛中充满血丝。而今天大家看到的却是另外一个卢云峰了。见此状况，大家都露出了欢快的笑容，心情也比前几次开会时轻松多了。

卢云峰见大家都坐定了，就宣布现在开会。然后脸上带着兴奋的神色说道："同志们，我们的抢险取得了阶段性的胜利，整个十六公里长的战线上，五个灾害点中的四个水害点，全部抢通了。当然，还有一些大大小小的水害点，那就更不用说了。这都是同志们发扬一不怕苦二不怕死的革命英雄主义精神所取得的辉煌战果，在这里，我代表政委向你们表示慰问，也表示感谢。同志们干得好啊，好就好在，同志们按照中央军委的命令，在规定的时间里提前完成了大部分的抢险任务，整个抢险部队没有一个人员伤亡，好就好在苦干加巧干，完成了一个个难以完成的任务。同志们干得好啊。"

卢云峰的话还没有说完，就被会场上的一阵热烈掌声所打断。卢云峰等待掌声落下后，接着说："但是，抢险还没有结束，宝成铁路还没有贯通，任务还没有最后完成。这就是，十六公里中的最后一个水害点，也就是五号工点，还横在我们面前。下边请参谋长将这五号工点的水害情况向同志再次作一介绍，明确我们目前的任务和困难。"

参谋长冯大海站起身来，轻声地咳嗽了一下，清了清嗓子，说："这五号工点全线一千三百米，是我们所担负的抢险任务中水害最为严重的地段，洪水引发的泥石流冲毁了路基和桥涵，路基损毁严重。有的地段路基深陷达五米之多，有的地段泥石流断面二十米之宽。我们面临的情况是，既要把泥石流夹带的泥石全部从路基点上清理出去，还得要夯实回填上来，一千多米的水害点上，全都是稀泥夹乱石杂草树木；还有，我们的施工机械无法按时到场，这就意味着，一千多米的水害点抢险工程，我们得要用肩扛手抬，把冲坏的道路恢复起来。"最后，参谋长冯大海把兵力部署在会上宣布了一下，全团按编制序列，从东向西依次排开，每个营四百米工程，要求两天内彻底完工。

卢云峰扫视着会场，用手中的铅笔敲击着桌面，问大家任务听清楚了没有？还有没有什么困难？大家小声地说："没有困难，任务听清楚了。"卢云峰就说："好，听清楚了就好，没有困难更好。我要强调的是，没有机械，全部用我们的战斗意志，我想这一点我们充满信心，我相信全团干部会把这种意志力从头到尾保持始终。抢修所需要的钢轨和枕木，由后勤组于十八日下午六点前送达五号工点。下边，各营带着各连到工地看现场，将任务落到实处，十八日早七点钟全团向五号工点发起总攻，以三发绿色信号弹为总攻号令，十九号中午十二点前结束战斗，总攻结束时以三发红色信号弹为号令，全团撤出阵地。"

总攻五号工点的战前分析和动员会干净利落地结束了，各营营长教导员散会后迅速向工点走去，领受新的战斗任务。

史丰先、王国庆带全营连以上干部，巡查在五号工点上。史丰先自从进入水害灾点之后，还从未见到过这样大的灾害，大面积的泥石流冲毁了一大段铁路，路基遭到严重破坏，路轨像一道遭难的五线谱，在千米长的路基上，成不规则的曲线瘫痪着，道碴被泥石流夹裹进湍急的河流中，涵洞被水冲移位。四营承担的任务靠近河边，一边是陡峭的山崖，一边是湍急的河流。史丰先将四个连一条线各自摆开，然后询问各连有什么问题、什么想法。孟三辰未等其他人开口，就提出了一个新问题。孟三辰说："营长，教导员，我们靠近河边，这么多的泥石流要清进河里，用人工的方法是不是有点慢了？"

史丰先不动声色地问："你说，不用人工用什么呢？我们没有机械，只有抬筐扛子、镢头铁锨，用什么方法？"

"用炸药啊。"

"把它炸掉？"

"对呀。你先别急，听我说，听我说。"孟三辰向史丰先摆了摆手，似乎胸有成竹地解释着，"离河岸远的地方，又是泥石流稀的地方，我们不是用抬筐不能抬吗，我们就用炸药，炸它一家伙，把泥石流中的水分拧干一点，我们不是好干活了吗？另外，还可以让它向一边挪位。"

“你说的是小方量的定向爆破？”

“对，就是这个意思。这样我们不是清理得比人工要快许多了吗？”

史丰先扭过头去，问正在认真琢磨的王国庆：“教导员，你看这样的施工方案成吗？”

王国庆从沉思中回过神来，正要说话，却听到孟三辰又一次说道：“我还有一个想法，提出来让营长教导员考虑。”

史丰先说：“你说吧，一次说完，别在这里拖泥带水，羊拉屎一样，拉一会儿停一会儿。”

史丰先的话惹得大家一阵哄笑。孟三辰却一本正经地说：“好，我尽量把想法一下说完。”

“说吧，我听听。”史丰先催促着孟三辰说。

“再一个想法就是河水稀释法。方法也很简单，就是把离河岸近的泥石流，用水泵抽上河里的水，让泥石从静止状态变为流动状态，流进河里，可以节省很多体力，很多劳力。”

史丰先似乎没有听清楚孟三辰的想法，偏着头追问着说：“你再说说，我没有弄清你的想法。”

“方法很简单，这些泥石不是流不动吗，我们用河里的水放进里边，让泥石变稀，让水冲着它们流进河里，就这么简单。”

史丰先转过头去问王国庆道：“你看这样的方法能不能成？”

王国庆用赞许的口吻说：“这个孟三辰还真能想点子。从爆破原理上来说，这是可行的，水和泥沙在强烈的挤压中会瞬间收缩变成固态，而且小型定向爆破还能移走大量泥沙；第二种方法就很简单了，但很实用，我看可以。”

“那就用这种方法。”

“对，全营都用这种方法。多快好省，争取第一个完成任务。我们不只是在用体力抢险，也在用智力，没有智力的军队，永远是一支愚蠢的军队。”

“那就这样定了。”

“就这样定了。”

史丰先结束了和王国庆的研究，再次问了一下各连连长指导员，待大家确实没有问题后，就说：“好了，抢险现场我们都看了，任务我们也很明确。明天的总攻，我们四营的安排是这样的，早上六点起床，六点半吃饭，十分钟内结束吃饭，六点五十进入阵地，七点钟准时开工。各连必须在晚上息灯前将施工用具准备齐全，不得遗漏。息灯号声后，一律休息，保证足够的睡眠，为总攻蓄养体力。营部人员，直接选点采石，准备道碴，下午六点前必须完成全营所需要道碴方量。全营抢险任务在二十号十点前结束。大家听清楚了没有？”

“听清楚了。”

“十点结束战斗，这是死命令，我们就是累得趴在工地上，也得要在十点前完成任务。是英雄是狗熊，在最后的决战中比比行不行。我要说的就说完了，下边请教导员讲话。”

王国庆向前小迈了一步，扫视了大家一眼。史丰先看到，在夕阳的辉映下，王国庆的目光中闪烁着凝重的光芒。抢险以来，他总是苦着脸，不知是任务所压还是伤痛带来的折磨，总之，表情是那么痛苦。今天，一返往日的情绪，脸上露出少有的凝重，是大战前的气氛再次给他心理造成新的压力，还是在临时连以上干部会议上突然生出的意外情绪？总之，王国庆的脸上现出少有的凝重。显然这种情绪很快感染了在场所有军政干部的情绪，他们不由得也把轻松的表情渐渐变得凝重起来。王国庆在空中挥动着用力的胳膊，一字一顿地说：“同志们，决战的时候到了，我们再用一两天的时间就要把红旗插上宝成铁路抢险的最后一个水害点上了。我们即将把铁道兵的英雄历史镌刻到这一段铁路线上了，我们得要让这里的人们永远记住我们铁道兵的光荣历史，我们得让历史记住，我们铁道兵在这里曾经创造过辉煌的战绩。但是，战斗还没有结束，能不能留下铁道兵的光荣历史，还得靠我们全体同志的最后一搏。只有我们出色地把最后一个任务完成了，才能在铁道兵的历史上留下浓墨重彩的一笔，人民不会忘记，祖国不会忘记。所以，我们要不辜负党和人民的期望，凝聚精神，一鼓作气，把抢险的红旗插上最后一个水害点上，让铁道兵的旗帜在宝成线上高高飘扬。”

王国庆以他充满激情的语言结束了战前动员，全营连以上干部报以热烈地掌声。史丰先深深地被王国庆的激情所感染，立刻站在会议中间，用洪亮的声音问道：“同志们有没有信心？”

“有！”五号工点上响起了雷鸣般的吼声。

“同志们有没有决心？”

“有！”五号工点上又一次响起了雷鸣般的吼声。

“那就是好汉是软蛋，我们明天见！”

“是好汉是软蛋，我们明天见！”五号工点上，这声如滚雷般的吼声，震得山岳为之颤抖，河水为之翻卷，树木为之摇动。

十七号下午，夕阳静静地洒落在山林河流之上。绿树间长长的倒影，长短相交，静如处子，那叶面上闪烁的光斑， 把树林幽暗处照得微微发亮；夕阳投射在河水上，粼粼的波浪上跳荡着耀眼的光芒，流水哗哗，蜂蝶在水上飞舞嬉戏，多么幽静的山林景象！

六十九

三发绿色信号弹升起在五号工点上的时候，十七连的施工点上，响起了一排爆破声。史丰先火速赶到十七连，抓住孟三辰劈头盖脸地问："怎么回事，总攻的信号弹刚升起来你就放起炮来了，工地上这么多人的生命，你想让炸药把他们轰倒吗？"

孟三辰立正着一本正经地报告说："报告史营长，我们早就扯起了警戒线，旁边还设了岗哨，不会有事的，顶多只是把其他营的人惊一下，保证没有一点事。"

史丰先这下才放下心来，刚听到这排炮声时，他担心的是伤着了人，再者信号弹刚升起来，这炮声就响了，会不会出了什么事故？听到孟三辰的解释，他虽说放下心来，可是还是绷着脸问："你这不是胡闹吗？总攻信号刚发出来你的炮声就响了，是不是出了故障？"

"报告营长，绝不会的。"孟三辰狡猾地一笑，放低了声音说，"昨天晚上我们就把炸药埋好了，只等信号弹一升起来就爆破，这不是能节省好多时间吗？"

"你个鬼东西，晚上不好好睡觉，净搞这些名堂。现在会战开始了，你就好好干，千万不准出岔子，要是出了岔子，我可饶不了你。"

"哪能呢，你看我们十七连的就是了。"

决战的信号弹已经升空，史丰先有再大的问题也顾不上问了，万事决战后处理，容不得他细细思考。刚一转身，就见十七连的抽水机已经开启，哗哗的流水声在前边不远处响了起来，定眼看来，那水管中的水以巨大的水压冲向稀泥糊涂的泥潭之中，激起散乱的泥花。未等那泥水流动起来，五班长就纵身向泥水中一跳，在水管出水处，双脚用力踩踏，将胶着的泥水搅和得上下波动，待水充满泥潭后，那泥水果然一如孟三辰所设想的那样，向河岸下边流去，接着，另有几个人也跟着跳进水里，在泥潭中奋力搅动，此情此景，让史丰先蓦然想起大庆石油的英雄人物王进喜，他不也是在压抑冒井的油井时，跳进冰冷的泥水中，搅动着结了冰的泥水，把泥水灌进正在钻探的油井中！其他连队也像翻江的游龙，在洪水冲垮的泥石流中，挥动着镢头铁锹，把稀软的泥土清向河里，再把新挖的黄土垫进清过的深坑当中。史丰先深深地为之感动，但他同时看到，十七连好几个战士光着脚丫，奔跑在泥水中，他担心，会战刚开始，他们就脱掉鞋袜，在泥水中奋战，泥水中夹杂着大量的石头枯枝败叶，光脚踩在这些杂物上，恐有划伤筋肉的危险，于是，跑上前去，黑着脸让他们穿上鞋子干活。可是那几个战士却连头也不回地说："这么泥的地，穿鞋不方便，弄不好就会被泥吸在泥窝里，还不如不穿的好。"说完，自顾自地又干起活来。史丰先无可奈何地摇摇头，又向十八连走去。

十八连的工地上，同志们脱掉的衣服，整齐地放置在草地上，有十多件衣服前，也摆放着沾满泥水的解放鞋。泥水中，人头攒动，镢头翻飞，嗨哟嗨哟的劳动号子响彻云霄。他们坚实的脊背上，肌肉暴起，汗水顺着油亮的脊梁向下流淌，高高挽起的裤脚下，沾满泥沙的小腿肚青筋贲张，他们浑身上下没有一处干净整洁，全被泥水糊满，活像一组组泥塑的人物形象，把抢险的各类动态活生生地留在观看者的心中。

史丰先再也不用细细地看了，随手在工地上拉过一个抬筐，放在挖土方的战士面前说："来，把筐子加满，再来一个人，把土抬到路基上去。"

挖土的同志也不说什么，只是将手中的铁锹挥舞得风一般地快。抬筐里装满土后，撂下铁锹，就和史丰先抬着走了。

十六连、二十连工地同样和十七连、十八一样，在热火朝天地干着。

五号工点，人声鼎沸，征战的脚步如擂响的战鼓，呐喊的声音似黄河的咆哮，听不见鸟的欢叫，看不见蜂蝶的飞舞，亦听不到河水的哗哗流淌，唯有抢险部队快快快，走走走的催促声响彻整个山林沟壑，英雄气慨感天动地！

七十

卢云峰给后勤处周处长打完电话，还没有来得及喝口水，就把陈立仁叫过来，询问五号工点的会战情况。那杯早就泡好了的茶，在桌上袅袅地冒着青烟，似有即将冒尽的模样，让人好生悲凉。陈立仁快步跑向卢云峰，轻声地问道：“团长，有什么指示？”

“你赶快打个电话，了解一下五号工点的会战情况，看看各营有没有遇到什么新的困难。”

“卢团长，我刚才已经打过电话了，各营的进展情况顺利。泥石流基本清理完毕，现在转入回填路基。”陈立仁在卢云峰给后勤处长打电话的同时，为了清楚地掌握部队施工情况，主动一一给各营打了电话，询问会战进展情况，各营一一做了报告，总地来说就是四个字：进展顺利！

“哪个营的进度走在前头？”

“四营的进度稍快一起，不，明显地快于其他几个营。”

“这是什么原因？”

“他们采用一种便捷的施工方法，提高了施工速度，提高了施工效率。”

“什么便捷的方法？”

“爆破法和水冲法。”

“爆破法好理解，这个水冲法你说说，怎么回事，我还是第一次听到。”

“他们把不成型的泥石流用水冲稀，用脸盆舀，用锨铲，很快把泥石流冲进河里。”

“这个点子好。怎么不在全团推开去？”

“事先没人知道，干起来后才被人发现。”

“这个史丰先，鬼心眼还不少，只知道自己营的会战，一点也不向别的营透露。”

“他们的这种方法还真管用。”

“还有没有清理完毕泥石流的营？”

“全部都到最后了，现在用这种方法已经晚了。”

“好，记住，回头抢险结束后，把四营的这个方法总结一下，作为一条经验留下来，一旦再次遇到这样的情况好在全团应用。”

“好。”

“刚才周处长说，运送轨排和枕木的轨道车已经从凤县出发，再过一两个小时到达这里，你要安排好接头和运送工作，保证六点以前送到五号工点。”

“是！”陈立仁点了点头说。

“你给师抢险指挥部报告一下五号工点的会战情况，就说，会战进展顺利，掏挖泥石流工程已经结束，目前转入回填路基阶段。让师首长放心。”

“是，向师指挥部报告，会战进展顺利，转入下一道工序。”

卢云峰向陈立仁交待完任务后，就再也在宏庆车站坐不住了，端起桌子上早已放凉了的茶水大口大口地喝了一气，然后，撂下茶缸就向外走去。他放心不下正在会战的同志们，他们的一举一动时时在牵挂着他的心，工程的进展让他刻刻揪心。

卢云峰出了指挥部，径直朝五号工点走去。

当他走到热火朝天的工点时，看到一个激动人心的场面：会战的同志们，两个人抬着一个抬筐，里边垒得小山似的，从半坡上跑向路基，杠子连肩膀都没有离就把筐子中的土向地上一倒，转过身又向半坡上跑去；还有一个人挑着担子，两头的筐子都装得满满，压得扁担沉沉地弯成一个半月形，但挑担者腰不弯，气不喘，健步如飞；抡镢头的，挥汗如雨，汗流浃背；许多人赤裸着脚，高挽着裤腿，光着脊梁，在泥里水里来回奔走。正看得入神，却见炊事班送饭到工地。炊事班的同志把饭具放在半坡上，掀开盖在铝盆和竹筐上的盖布，露出白生生的馒头和米饭后，高声地叫着：“开饭啰，开饭啰。”卢云峰原以为正在上下飞跑的同志们会停下脚步来，围在饭筐旁边，狼吞虎咽一番，可是，谁也没有停下飞奔的脚步，继续着他们的抢险任务。看到这一切，他在指挥部里的所有担心都升华为一个信念，有了这样的队伍，我们还有什么困难不能够克服，还有什么样的艰难困苦不能够战胜！

卢云峰深深地被这样的场面感动了，禁不住快步走向半坡，拿起一把镢头就抡了起来。

……

夕阳收尽了最后一抹余晖，把它那辉煌的晚霞投向西山末梢，五号工点落入苍茫的暮色之中。史丰先眼看着慢慢模糊起来的光线，担心在黑暗的夜幕下，人来人往，说不定会发生不必要的伤情，于是让通信员告诉各连尽量找些大电量的手电筒来，通信员正在领命走去，却听到孟三辰在一边说："营长，还要电筒干啥，每个连点起几堆火来，比啥都亮，人拿着手电筒占着手，不是要耽搁施工吗？"原来，史丰先在对通信员下达命令的时候，正在十七连干活的地方，孟三辰正好路过史丰先身边，听到要通知各连拿电筒，便回转身来，出了点篝火的主意。一句话点亮了史丰先心中灯火，史丰先说，对呀，怎么就忙晕了头呢，这一个点子都没想出来，让这个家伙占了头彩。史丰先觉着这个主意的确不错，于是取消了刚下达给通信员的命令，另外下了一道新命令："通知各连，点起篝火，让篝火把黑夜照亮，全营在篝火中向五号工点发起最后的冲锋。"

通信员领命而去。不到半个小时，四营的工地上，一堆堆篝火在秦岭山脉的褶皱中点燃，那通红的火光将漆黑的夜空照得如同白昼，五号工点从此不再幽暗，正在一节节隆起的路基，如一条腾龙，渐渐昂起雄壮的头颅，在欢快跳荡的火光下，显得格外威武。

岂止四营的工点，整个五号水害点上，像接到了统一命令似的，都燃起了一堆堆篝火，那篝火在弯弯曲曲的山脚下，织成一条S型的火龙，构成夜空中一道美丽的景象，令人欢欣鼓舞，干劲倍增。

在越燃越旺的篝火间，四营愈战愈勇，路基很快成形。史丰先遂命营部勤杂人员，把砸好的道碴向路基上铺。勤杂人员少，史丰先便把十六连调到石碴场，让他们火速增援营部勤杂人员运道碴。

还没到夜里十二点，路基和道碴全都弄好，只等轨道车运来的枕木和钢轨了。

七十一

当史丰先向卢云峰报告会战任务进展神速，只等轨排和枕木时，卢云峰急令陈立仁，与后勤处周处长联系，看看钢轨和枕木运没运出，现在到达何地，必须在下午六点前将枕木送达五号工点。陈立仁风风火火地跑向临时指挥部，与后勤处联系，得到的消息是，轨道车按时发车，按时间推算，大约将到五号工点。陈立仁抬腕看了一下表，离下午六点为时不多，就又快步返回五号工点，向卢云峰报告了联系情况。卢云峰看了看表，又抬头看看天，突然听到一声滚雷般的车轮声，心里一喜，一定是轨道车向工点开来了。卢云峰顺着声音传来的方向望去，果然看见轨道车快速地向跟前走来。一节节平板上，堆满了轨排和松木油枕。卢云峰暗暗欣喜，刚要命令陈立仁安排人力卸抬物资，蓦然看见江之风从平板车上走了下来，江之风披着瑰丽的夕阳，稳步向自己站着的方向走来。卢云峰急忙迎了上去，敬礼报告了施工情况。江之风说："继续施工，不要管我。"卢云峰说："这里一切正常，你都看到了，回去休息，工点抢通后，立即向你报告。"江之风说："不，我是一个指挥员，更是一个战斗员，我要在抢险的最后一个水害点上，留下战斗的足迹。"卢运峰拦挡不住，江之风掂起放在路边的一把铁锹，走进了热火朝天的施工人群。卢云峰和陈立仁也跟着向那群人前走去。

子夜时分，轨道车上的轨排和松木油枕被参加抢险的人们抬了下来，放在了修复的路基上。几百米的路基上很快布满了还没有相互固定的枕木和钢轨。在通红的篝火映照下，崭新的钢轨熠熠闪光。抢险人员在轨道分布开来后，一人抢起一把十八磅大锤向道钉上用力砸去。

叮叮当当的大锤声，唤醒了沉睡的山峦，惊动了朦胧中的河流，五号工点今夜无眠。

午夜三点钟，五号工点全部抢通。当卢云峰接受最后一个营会战胜利结束的报告时，特意将皱巴得不像样子的军装整理了一下，向全体人员吼叫了一声："立正！"然后转身向江之风站立的地方走去，一字一板地报告道："报告江师长，第四十六团胜利完成五号水害工点抢修任务，请指示。"

江之风挺着微微突起的肚皮，还了一个军礼，说："稍息。"然后向前跨出几步，向肃立在铁路沿线的抢险部队大声地说，"同志们，稍息！今天凌晨，宝成铁路最后一个水害工点顺利抢通了，标志着我们所担负的抢险任务胜利完成。你们用自己的英勇行为，又一次在宝成铁路线上书写了壮丽的战斗篇章，显露出英雄本色，创造了建国以来铁路抢险的不朽功勋，我代表师党委向你们四十六团表示热烈的祝贺，并致以崇高的敬意！"江之风向身前身后站立着的全体军人举手敬礼。

"我希望，你们继续发扬不怕牺牲英勇顽强的革命精神，继续发扬逢山凿路，遇水架桥的革命英雄主义精神，为我国社会主义建设再立新功，再创佳绩！"

江之风讲完，再次向全体军人举手敬礼，以一个老铁道兵的最高礼节，结束了激情洋溢的讲话。秦岭深处，汉江河畔，突然间爆发出海啸般的掌声。惊飞的夜鸟在树林间惊惶的徘徊不归，远遁的动物，望着突然间织成的火龙，不知所措。四十六团在海啸般的掌声中，为宝成铁路抢险画上了一个圆满的句号。

倏乎间，莽莽林海上空，升起了三发红色信号弹，强烈的光照下，静静的森林，喧闹的河流，焕然一新的铁路，和一排排威武的队列，构成了一幅精美的图画。它使这一短暂的历史，永远定格在这秦岭山脉的腹地中，让人们欣赏回味！

结果，铁道兵第十师第四十六团，以英勇顽强的革命英雄主义精神，提前二十八天完成了宝成铁路特大洪水灾害的抢险任务，受到了中央军委的通令嘉奖！

史丰先、王国庆、孟三辰、卢云峰、江之风等光荣地步入了英雄的行列，令人敬仰！

七十二

三个月后。

史丰先站在黄土高坡上放眼望去，黄土高原特有的地质地貌展现在。眼前是一条深深的沟壑(在军事地图上标为文中沟)，从东南向西北婉延而去，沟沿一篷又一篷的酸枣树，顺着地势向两边铺开。沟底荆棘丛生，杂草没膝，偶见几只野兔在草丛中奔来跳去，几只锦鸡盘旋其上，半坡上，有老农赶着几只绵羊，在慢悠悠地走着，时不时还听到几声高亢的秦腔，在沟底沟上久久回荡。与青海高原形成明显对照的是，这里绿树成荫，青草遍地，村庄星罗棋布，人口稠密。那极能耐旱的柿子树，展开阔大的树冠，宛若一把巨伞，撑在梯田上，柿树是成片连缀的，从脚下一直连到高远的天际，形成一道美丽的风景，让人倍觉渭北高原的壮美和辽阔！从此向东看去，便见一条蜿蜒的河流从西向东滔滔流去，史丰先从地情介绍上知道，那条河是被叫做白水河，紧邻着脚下的这条沟壑。叶面阔大的烤烟，绿油油在天底下铺陈开来，组成了又一道黄土地貌的一大景观。

铁十师三个团奉命从青海高原呼啸而下，驻扎在渭北高原，又一次承建起一条新铁路：罕东铁路。这条铁路比起青藏线一期工程来，不知要短多少了，但是，铁建任务不因其短而减少了它的艰巨性。地方铁路局曾在这个地方施工过，但因其工程的复杂和艰巨被迫下马。四营将要展开施工的，就是要在史丰先面前的这条文中沟上，架设一座大桥，跨度五百三十米，最高桥墩为一百一十米。与之毗邻的白水河大桥则落在二营的肩上。

来不及洗去身上的征尘，来不及擦去脸上的汗水，四营立即投入到新的施工任务当中。

这天下午，通信员抱来一大堆报纸信件，分拣完后，通信员拿出两封信来，一封递给了史丰先，一封递给了王国庆。史丰先接到这封信，撕开信封查看了邮戳日期，发现这封信在路上走的时间很长，从家里寄到青海，再从青海转寄到渭北高原。是的，部队从青海高原向渭北高原移防时，先后走了近半个月时间，等到扎下营寨，已经有将近一月时间，来来回回已有了近两个月时间了。转战几省市，家书抵万金，史丰先心跳咚咚，手指微微颤动，展开信纸一读，脸上立马浮起一团阴云。这是妻子马红从家乡给他写来的一封家常信：

“丰先，近来好吧？

得知你们部队从宝成铁路线抢险归去，心里很高兴，特别是看到解放军报上登载的描写你们团抗洪抢险的《英雄自有回天力》那篇文章后，更是心情激动，久久不能平静，知道你在抗洪抢险中表现英勇，立了三等功，营里也荣立了集体三等功，给咱家争了光，父亲高兴得几天夜里都没有睡着觉，脸上放着红光，父老乡亲也跟着高兴。龙龙一天到晚要你立功受奖的照片，还要你拿着枪，站好姿势。

家里情况和往常一样，都很好，请你不要挂念。就是父亲的病又犯了，这次犯得比前几次都重，让他住院，他说啥也不肯，可是他天天捂着胸部，愁眉苦脸，看着让人揪心。他总说，都快入土的人了，还治个啥，省两个钱，把龙龙养好比啥都好。说得人心里酸酸的。我想你要是部队的任务不紧的话，请假回来一下，和父亲商量商量，看看父亲的病是治还是不治。

另外，要是你那里钱宽展的话，给家里寄点回来，龙龙上学吃饭穿衣服都要花钱。

猪下了一窝猪娃，总共六个，前些天卖了七十块钱，买了紧缺的东西后，还剩了些。鸡蛋的价钱比前些天降了，原来一块钱八个，现在成了九个，家里的二百多个鸡蛋才卖了不到二十块钱。

还有，父亲说你能快点转业回来最好，在外边干的时间长了，家都管不上，回家来安心过日子。你前些日子说我可能随军的事，不知有没有希望？如果有，随不随，由你拿主意，我啥都没意见。

你要保重身体。龙龙想你了。

马红　一九八三年一月四日。”

马红的字潦草得可以，一个字像是写成了两个字，比考据还难，驼鸟牌蓝墨水洇了好几坨，里边还有好几个别字，但是，对史丰先的深情厚意，却渗透在字里行间。

史丰先脸上的阴云越来越重了。父亲的病、家里的钱、马红的随军、父亲盼望的转业，一个一个，就像重叠的碾盘，一下又一下地压在了心上，面对这样的情况，史丰先心里说，我该怎么办呢？一个问号接一个问号地从脑海里冒了出来，一时让史丰先六神无主。马红和史丰先的结合，是在他从风火山上下来，奉命到石家庄铁道学院上学的路上，顺道回家的时候订下的终身。那一年，史丰先还沉浸在卓玛不幸遇难的情感之中，回团里汇报工作时，他特意去了才旦大叔家，探望了一下才旦，带去了好多东西，同时谈起了卓玛遇难的经过，在才旦大叔面前落下了难过的眼泪。才旦大叔很宽厚地劝说：“人各有命，是上天早就注定了的，她去了神的那边，享受神的欢乐，不要伤心，如果相信还有来世，也不一定不是一件好事。”史丰先是带着深深的伤痛离开才旦大叔家的，回家的路上，一直念叨着，等卓玛彻底从心中消逝了，再说订亲的话。坚定了信心是不订婚的。可是一回到家，父亲母亲就张罗着给他托媒说媳妇，说二十多岁的人，老大不小，该是订亲的年龄了，趁回家来的工夫快点把婚订了，及早了了家里人的一桩心事。史丰先千推万辞，就是说不动父母的心，正好父亲信上提说的那个同级同学托人到家里来，要和他结亲，父亲自是欢喜不过，就让俩人见了面，那同级同学一见史丰先，自是喜欢得不得了，当下说，不收彩礼，把婚订了。这个同级同学就是现在他的妻子马红。史丰先对痴情的马红说：“我这几年不急着结婚，等把自己的事情处理完之后再结，看看是不是可以？”史丰先说这话的本意是，想把马红和他的婚事推掉，哪知马红一口咬定，几年都行，全都由你，你说啥时结就啥时结。父亲坚持说人家马红一片痴心，不图你吃，不图穿，就图个你人好，比起那个贪图富贵，鼠目寸光的腊梅来，不知好多少倍，此时不订还待何时。史丰先无奈，与马红订了终身，从石家庄工程学院上完学回来，草草办了婚事，算是完成了人生中的一件大事。马红自结过婚后，在家孝敬父母，在外勤劳致富，有了龙龙，又悉心照料孩子，贤惠了得，深得家人和村里人的喜爱。后来听说，史丰先办婚事的那几天，他曾经的对象腊梅，魂不守舍，在家里出来进去，进去又出来，精神恍惚像失常一样，没人知道她为的是哪一桩。

马红的信，着实给他带来了深深的不安，也让他惶恐。

正在惶恐时，王国庆从房间里走了出来。王国庆手里正折叠着一个拆过的信封，往上衣口袋里装。看样子，也收到了一封家书。从表情上判断，一定得了好消息，脸上露着得意的笑容。王国庆也看到了史丰先，史丰先脸上的阴云正一卷一卷地从下往上升，王国庆心里一沉，就问："怎么了，谁欠了你的二斗高粱？"

史丰先苦笑了下说："没有，抽了口烟，呛了下，差点呛出眼泪来。"

"不对吧，被烟呛的样子不是你这样。你说说，是不是家里有了不快的事？"

"没有，没有，都好着呢。"

"真的啊？你有什么困难可是要说的啊。"

"那是当然的了。"

"你知道我家里来信都说了些什么吗？"

"我怎么知道呢？"

"告诉你吧，咱们的事已经定了。"

"什么咱们的事，还定了？"

"你记得我以前说的那些话了吗？"

"你说的话多了，我哪能都记得着呢。"

"就是铁道兵要撤销的话。"

"要撤铁道兵的事定了？"

"定了，铁板上钉钉子，定了。"

"信上说的？"

"对。"

"怎么就相信你信上说的是真的呢？"

"当然是真的了。我是谁啊，更多的就不告诉你了。"

"你就别哄我了，要撤铁道兵就那么容易？"

"信不信由你，这可是千真万确的事。"

"撤了铁道兵你能高兴？"

“那当然高兴了，我可以回北京了，不在这个地方干了。”

“那别的人呢，能回到家里吗？”

“我告诉你，大体方案是这样的，铁道兵就地转业，归铁道部管理，战士转为工人，干部还按原来的建制是什么还是什么。就这样。”

“那像我们这些马上要随军的，这铁道兵一撤，还能随得成吗？”史丰先知道，团里近期报了一批随军家属名单，名单里就有他和马红，他担心的是，正在办理过程中，铁道兵裁撤了，随军的事不就黄了？

“这个就说不上来了。”

“我这不是没戏了吗？”史丰先一听王国庆如此这般的说道，心里那重阴云就更加浓重了。如果没有这段对话，史丰先的情绪还能很快恢复得了，可是经这么一说，情绪不但得不到调解，反倒更加坏了，简直是坏透了，脸上的表情就很难看。

王国庆一看史丰先的情绪变得坏起来，就摇了摇手说：“不说了，等有机会再说，我也得打理一下自己的事情。”说完就走进自己的房间里，一声不吭了。

史丰先的情绪好几天都没有调整过来。在施工现场，差点出了事故。史丰先心想，再这样下去就一定要出事的，于是决定回家看看。

七十三

去年史丰先探亲时，父亲的身板还挺硬朗，胡子刮得净净的，两眼放光，走路噔噔作响，可是，这次，当史丰先踏进家门，看到的父亲完全不是去年的样子了。一脸胡茬子，多长时间都没有刮掉，两眼无神，目光黯淡，佝偻着腰，走路一摇三晃，似有风一摆即要倒的模样。史丰先心里就泛起一阵酸楚，父亲真的老了，被病折磨得苍老许多了。母亲身体看着还精神，每当提起父亲的病，就两眼泪汪汪，心里有说不出的痛苦。

父亲的病的确已经很重了，史丰先见到父亲的第一句话就说："爹，咱到医院给你看看吧，别耽搁了你的病情。"父亲却说："都是半截入土的人了，土壅到了脖子还看个啥，省点钱给你们好好过日子。"史丰先问马红："去年父亲还不是这样子，怎么今年就变了样？"马红湿润着眼说："那是父亲见你回来了，强装着，不让你操心，今年实在撑不住了，不就露出病样了？"

史丰先强拉硬拽，把父亲拉到县医院看了医生，医生板着毫无表情的脸面说："别看了，让老人回家，好吃好喝地侍候着。"后边的话再没有说下去，史丰先已经明白了，让老人安享最后的时光吧。史丰先黯然神伤，父亲的一生就要这样结束了？他还有好多年阳寿，怎么这么快地就要结束了？人生果真如白驹过隙，如此的短暂？史丰先给父亲买了许多营养品，在家的那几天天天看着父亲吃，父亲那里肯吃，只吃了几口，便把剩下的全都塞进了龙龙的嘴里。

史丰先觉着一个军人常年在外，太亏了马红，就决定带着马红在县里买几身像样的衣服。母亲说，对呀，马红上有老，下有小，里里外外地忙活，真不容易，捡好的多买几件。

马红带着龙龙，和史丰先一起进城买东西了。

史丰先家距县城有十多里路，坐公共汽车好大一阵子才能到。龙龙一进县城，也顾不得长途坐车的疲劳，看见商店就要进，看见好玩的东西就要买，马红一边申斥着，一边拉着向前走。史丰先也不管三七二十一，只要马红说要买，就利落地掏腰包，讨得娘儿俩喜笑颜开。

要命的事是在快要回去的时候，给母亲买件可心的衣服。马红带着史丰先走进了县里最大的商店。马红和史丰先在这个商店已经来过一次了，二次进来，史丰先就失去了新鲜感，于是就对马红说："你去吧，我和龙龙在门口等着。"马红说："好，我买了就来。"于是一溜烟地走向衣柜前。史丰先刚转过身，和龙龙要向对面的凉粉摊子走去，没想到迎面碰上了一个熟悉的人，这个人就是他的第一个对象腊梅。腊梅早先看见史丰先了，也许见马红在身边，就没有前来搭话，当马红刚一转身离去后，腊梅就走上前来，主动和史丰先拉起话来，这使一个堂堂的男子汉脸上顿时流下了一串汗珠。

"丰先，什么时候回来了？"腊梅轻声地问了句，神态虽说有点不自在，可是，毕竟是商业工作者，见得人多了，举止远比马红要大方得多。

史丰先愣了愣神，看见腊梅正扑闪着眼睛盯着他，一时手足无措。这个女人曾经带给他许多的痛苦和失望，让他几近走向自暴自弃的境地；这个女人，让他几乎颜面失尽，她偏不找，端不找，和自己分了手之后，找了与自己同年入伍的且是同一个县的老乡做丈夫，在县上传为笑谈。腊梅显然比以前发福多了，脸盘又圆又润，从一个青春少女变成了一个年轻少妇，尽管岁月对她也有过磨蚀，但眼前的她依然还和以前一样美丽。史丰先说："回来好几天了。你的那位回来了吗？"你的那位就是和他同年当兵的被分到四十八团当年是排长的后来当副连长的那个老乡战友。

"他才走不几天。啥都好着吧？"

"都好。"

"进去坐坐吧？"

腊梅向商店里指了一下，史丰先这才猛然想起，她就在这个商店里工作，是一名光荣的商业工作者哩，多少年了，他竟把她的工作处所忘得一干二净。

“不了，我和龙龙等他妈，他妈一出来我们就回去了，迟了回去的车都没有了。”

“哟，都这么大了，叫个龙龙？”

龙龙偏头看着这从未见过的阿姨，有点怕生，一言不发。史丰先急忙让龙龙叫阿姨，问阿姨好。回头问腊梅道：“你也有孩子了？”

“都八九岁了，上三年级。”

“家里都好？”

“都好，父母带孩子，自己在这里上班，啥都好。你也好？”

“都好。”都好什么呢，一样的军人家庭，可境遇就这么的不同，她在县里工作，家里安安稳稳，福福态态。而我呢，老婆面朝黄土背朝天，日子过得艰艰难难。心里这么想着，可是脸上却未露出丝毫不满。

“媳妇随军了吗？”

“没有。”

“你的条件都够了，咋还不随呢？”

“我的条件还差点，正在努力。”

“什么呀，你的情况我知道得一清二楚，不用瞒着我了。你就用力一把吧，把马红随了军，对她娘儿俩以后好。”

“谢谢你的关心。”

正说着，马红买完衣服来到了史丰先跟前，此前马红从未见过腊梅，只听过家里人时不时提起过腊梅的名字，提起时少不了咬牙切齿，痛恨连连。见史丰先和一个陌生女人说话，就很热情地问候了一声，之后问道：“这位是？”

史丰先说：“这个商店里的售货员，腊梅。”

马红一时红了脸，知道了这个女人与史丰先原来的关系，半天回不过神来，话也没有的了。倒是腊梅开通大方，主动说道：“你是马红，以后闲了到我这里坐坐。”

马红涨红着脸，只应了声“哎”，就抱起龙龙向远处走了。

史丰先也没多说几句，就离开腊梅向马红走去。腊梅几次手举过头顶，向史丰先招着，直到史丰先走到转角地方不见人影才放下来。史丰先心里有说不出的感慨。

和马红会在一起后，史丰先见马红还涨红着脸，连看他一眼都不看，就责怪着马红说：“你怎么这么小心眼哩，多少年过去了，我都不记在心里，你还这么计较。”

马红不自然地笑笑说：“我计较啥哩，只要你不记在心上就行了。谁是啥人你心里明白就成，只怕你分不清好人坏人。”

“你说什么哩，哪有好人坏人一说。走，赶快回吧，别在这里栽着了。”

史丰先抱着龙龙和马红找车向家里走去。一路走着，心里有种说不出的滋味，同在一片蓝天下，同为一个女人，差距怎么会这样大呢，一个朴实无华，一个聪明伶俐，叫人不由得生出许多感慨来。

史丰先假期快到时，父亲把史丰先叫到跟前，说了一些家常话。父亲说：“家里没人不行啊，靠马红一个人把这个家操持不下来，龙龙的上学也是个问题。你要是能干上去的话就往上干，干不上去早点回来，马红能随军再好不过，随不了军，早点回来，安安稳稳过日子。我的病你不要操心，人总是要死的，也不要给部队首长添麻烦。”史丰先说：“马红的事正在办着，问题不很大，等把马红随军的事一办，咱再往回走，马红跟了我，不图个啥，就图个我的人好，实心眼，把日子过得红红火火。这几年她在家里里外外一把手，吃了不少苦，我是把马红亏了的，用随军补补欠了的情。”父亲说：“你看着办就是了。”

这一夜父子俩谈了好长时间，家常理短，亲戚邻人，全都说到，直到鸡叫二遍才各自安歇。

七十四

等史丰先回到部队后，部队的形势发生了天大的变化。关于铁道兵撤销的事情，军委已经作出决定，目前正处于宣传动员阶段。史丰先吃了一惊，王国庆真是神人也，前一年就告诉说，铁道兵要被裁撤的消息，他有点不信，这么大的事，说撤就撤了，再说，虽然你是北京人，可是，一个北京人也都未必能得到这么准确的消息，就没放在心上。临休探亲假时，王国庆又提起此事，他以为不过笑谈而已，可是回来后，一听部队正在进行的宣传动员，想想王国庆所说，全都成为事实，这不得不让史丰先对王国庆另眼相看。史丰先一在营部坐定，王国庆就对他通报着情况说："铁道兵裁撤的方案大体是这样的，集体转为工程局，归属铁道部管辖，一个师为一个局，一个团为一个处，按照序列，一师为第十一工程局，以此类推，咱们十师为二十工程局，四十六团为第一工程处，四营呢，就是第四工程段了。转工后，部队各级干部的职务不变，师长变为局长，团长变为处长，营长呢，就成了段长，而连长呢就成了队长，排长成了工长。战士全部转为工人。"史丰先说："那战士可就高兴得不得了了。"王国庆说："那是当然，就苦了个年轻干部，部队要求干部一律不让转业，跟着部队走，参加社会主义建设。最近部队流传着一句话，你恐怕没听过，说，老干部无所谓，战士喊万岁，年轻干部掉眼泪。"史丰先心里使劲地跳了起来，问："那就是说，像我这样的情况是不能转业回家里了？"王国庆说："对呀，你说得对，就是这样，要是强行要求转业，将把干部撤为战士复员回原籍。"史丰先瞪起眼来问："我们正在办理随军的事是不是要黄了？"王国庆说："现在全部停下来了，等转工以后再说。”史丰先脑子嗡地一下像要炸开似的，说：“这不是坑了我们啊？”王国庆说：“急什么呢，大丈夫泰山崩于前而色不变呢，这点事就让你眼睛冒了火。”史丰先说：“不是你的病你不知道疼。”王国庆说：“这些事情上边会全面考虑的，你就等着吧，会有一个好结果。”王国庆这样说了，史丰先的心里才稍稍放下一点。史丰先说：“你呢，在这个情况之下怎么办呢？是走还是留？”

“肯定是走，跟着这个部队走南闯北，没有一个固定的家，不回去怎么着呢。”王国庆说。

“你能走得了？”

“怎么就走不了？那个谭水鱼不是已经走了吗？”

“他走到哪里了？”

“走到哪里了，你还蒙在鼓里呢，对，你探家去了，对部队近来的情况有所不知，谭水鱼从团里调到昆明军分区了，前几天才办完手续，到昆明报到去了。”

谭水鱼是团里的后勤助理员，因为妻子在昆明军分区做医生，岳父是分区的老人手，所以在部队转工的当儿，把谭水鱼调到身边去了。史丰先茫茫然地看了一眼王国庆，不知所措，心想，如果自己有一个关系在别的兵种或别的部队，大小是个官，也许在这个时刻也像谭水鱼一样调出铁道兵，可惜的是，自己出身农家子弟，哪有这个背景。于是不由得叹了口气。

王国庆说：“你想不通了，他能调出去，我就不能？”

“你也可能。”

“不是可能，我一定得调回去。”

现在，史丰先对王国庆的话是一句都不持怀疑态度了，他说的能调回去，肯定就能调回去。但是，他对王国庆的底子从开始到现在还没有摸清楚，他说这句话的时候，有什么坚强的后盾让他理直气壮？史丰先就试探着说：“你也有关系？”

“你也太小看我了，你我这么长时间，我对你吹过家里的情况没有？没有吧？可是你知道我家里在北京是个什么背景？”

史丰先摇了摇头，对此，史丰先从不想去寻根究底，当然就不知道王国庆的底细了。

“我现在也不说，说出来你可能说我在吹牛，等到有结果了，你就知道我不是一个普通的军人家庭。”

史丰先说：“我相信。”

“今天就说到这里，咱要做的事情还多的是，你就多操心，我可能要回北京几趟，处理一下自己的事情。”

“好，你放心地回吧，营里有我呢，有什么事要我帮着办的话，就吭一声，我全力支持就是了。”

“那你就辛苦了。”

“哪里哪里。”

史丰先坐在桌前，黯然神伤，王国庆还是对转工的事看得透彻，部队集体转工，意味着这支部队的干部战士一生都要跟着工程局走南闯北了，跟着部队走，那不过是几年工夫，是有个尽头的，到了一定年限，就可以解甲归田，一份田地一头牛，老婆孩子热炕头。可是转了工，成了工程局，就再也回不到原籍了，家里父母、老婆孩子怎么照顾呢？还有一个问题是，工程局居无定所，孩子就学就业均成为将来一个很头疼也很现实的问题。由此想到了人与人之间的差别，竟是天壤之别呢。要是自己也是一个高干子弟，或是有身份的人家，此时此刻，还能为这等事情大伤脑筋吗？

史丰先很是为部队这种急速的变化和不同的人生境域而郁闷不堪。

也许是和史丰先作对，越是在他情绪低落的时候，营部的电话就越多，吵嚷得他快有点不耐烦了，而大多数据电话竟是找王国庆一个人的。王国庆一听到电话铃声，就主动地跑向电话机旁，拿起电话一问，是北京来的长途电话，开始声音很高，说了几句后，声音就慢慢地压低下来，直到最后只是个嗯嗯嗯。放下电话，王国庆就喜笑颜开，喜不自胜。史丰先想问又不敢问，北京来的电话，是王国庆的私人电话，问东问西的话有探听私人秘密的嫌疑，史丰先也就不好问了。直到几天以后，王国庆主动提出，史丰先才多问了几句。

中午饭前，王国庆从团里赶了回来，一起坐在饭桌前拉起了闲话。

史丰先随口问了句：“老领导，你最近都在忙些什么呢？”

王国庆微微笑着问：“你说我这几天在忙些什么呢？”

“是不是你调回北京的事有情况了？”

“差不多吧。”

“什么时候走？”

“我想快了吧。”

“是调到兵部机关还是别的兵种？”

“还说不上来呢，家里人正在和有关领导商量。”

“最好调进兵部，咱们将来还可以见面，要是调到别的兵种，今生可能连见面的机会都没有了。”史丰先嘴里说着，可是心里却思谋着，看看人家，家里人正和有关领导商量着，你说，家里人的职务该有多高，资历该有多老，不是老领导老资格，能和有关领导商量吗？你看这王国庆的水有多深，和他战友了这么多年，他却从未在自己跟前提说自己的家庭情况，也没有向别人炫耀过父亲的高级职务，多深的城府！

“我想也是这样，调动起来不费多大的劲。”

“好啦，你走的时候，我送你一件东西吧，当作留念。”

“什么东西？”

“一杆红柳烟斗。”

“那太好了。”

“当你看到它的时候，就当我在你的身边一样，见物如见人。”

“是草原的东西。”

“对。咱们还在草原的时候，我挖了一个红柳根，雕了一个斯大林烟斗，让车工车了一个烟嘴，安上去，挺有品位的，也很有纪念意义。”

王国庆知道，部队在草原时，兴起一阵风来，不锈钢茶杯盖，配上一个玻璃罐头瓶子，加上一个塑料网兜，还有人将特有奇趣的红柳树根挖了做烟斗，配了金属的烟嘴，闲暇之时拿在手中，真让人有种艺术的享受。几年过去了，史丰先竟还将此物保留着，真有一种怀旧的情感。“我得好好地珍藏着。”

史丰先和王国庆拉完了话，又去卢云峰团长处汇报一下探亲情况。卢云峰见史丰先到来，放下手头的事，让史丰先坐在旁边，拉起了家常：“家里事情处理得怎么样？家里情况可好？还有没有什么困难？”史丰先说：“一切都好，就是回到部队后，听到集体转工的事情，心里毛毛的，有点心虚，就想问问到底是怎么回事？”卢云峰笑着说：“你走的这一段时间，正是部队变化最大的时间，军委已经作出决定，在百万大裁军中将铁道兵几十万人马裁下来，从大的方面来说，这是部队现代化建设的需要，是国防建设的需要。这都不说了。关键的是后来的安排，是全铁道兵最为关心的，也是你现在最为关心的。总的情况是，铁道兵转为工程局……”

史丰先打断卢云峰的话头说：“这些我都听说过了。”

“可能有些情况你还不太清楚。”

“哪些情况？”

“和咱们一起裁下来的还有工程兵、基建工程兵、地方武装部，他们的安置各随所愿，想走的走，想留的留，几乎没有什么要做思想工作的。唯独我们铁道兵是集体转工，所以具体问题比其他几个兵种的要多得多。”

“除过这个，我都听王教导员说过了。”

“对，你听说过了的，就不多说了，还有一些具体问题大家也都很关心的，比如像你这样的干部，正是年轻力壮的时候，想回到家乡，可是又回不去，到随军的时候又停了下来，还有定点的问题等等，兵部首长也很关心，就此向军委国务院提出了善后意见，国务院军委很认真地倾听了铁道兵的意见，可能会下发一个照顾性的文件，以确保几十万铁道兵人马的安心。”

“看来兵部首长对我们下边的情况是很了解的，也是很关心的。”

“是啊，兵部旷副政委说，铁道兵不安排好，不离开铁道兵，对我们是一个很大的安慰。前些日子，部队中流传着这样一个顺口溜，你可能也听说了，老干部无所谓，战士喊万岁，年轻干部掉眼泪。听说了？对，这种情况是可以理解的，大家对铁道兵有感情嘛，大家的希望各有不同嘛，但是要相信，这些问题都会得到最后解决的，妥善解决的。”

“如果这样的话，我就没有后顾之忧了。”

“这几天，团党委正在起草一个情况反映，把部队干部战士目前存在的、将来会遇到的、急的缓的问题都一一罗列出来，向师里报一下，让师里把这些真实情况向兵部报告一下，以期得到妥善解决，以利于兵改工的后期发展。所以说，不要担心，不要意气用事，要以大局为重，把营里的思想工作做好，把眼前的工程任务干好，这才是我们目前最为重要的事情。”

“好，请团长放心，我们四营从来都不给团里丢人。”

“这样就好了。”

“我听说王教导员要走了？”

“王国庆给你说了？”

“对。”

“团里在这个时候是不愿放人的，这会在干部中产生不良影响，但是，不能如愿。”卢云峰说着叹了一口气继续说，“你也明白，在这个世界上，不公平的事总是有的，这个世界绝对的公平也是没有的，你知道就行了。安心干你的工作吧，不要在关键的时候出纰漏。这样的教训很多，希望你不要犯这样的错误。”

“是，我明白了。我一定把自己分内的事情干好。”

“王国庆可能很快就走了，你要做好临时主持军政工作的思想准备，不能让部队出乱子。”

“好，我一定努力工作。”

卢云峰还想和史丰先多说几句话，可是，陈立仁拿着一份文件一直站在门外，单等史丰先一走要汇报情况，于是就让史丰先先回部队，有什么事回头再详细说道。

七十五

这一天晚上，孟三辰和五班长来营部找史丰先汇报思想。史丰先弄了几个菜，开了一瓶酒，坐在一堆，边吃边喝地询问兵改工时的走与留、得与失。

孟三辰总是先开炮，几杯酒下肚，脑子就发热，说："史营长，你是正在办理家属随军手续，我们还有好几年，你说说，正在这个节骨眼上，却要兵转工了，你说咱亏不亏？"五班长也说："咱要不要把听到的想法向上级反映一下，把咱们的问题妥善解决一下。"史丰先说："有什么想法啊？"孟三辰说："要我说，让想转业的同志转回老家去，想留下来的人留在部队里和部队一起转。"五班长说："对，要是不能转业回地方，就把快够随军条件的军人家属特殊照顾一下批准随军。"史丰先说："还有呢？"孟三辰看了看旁边，见没有别的人，就大着胆子说："还有，规定应当都是统一的，不准转业，都不准转业，也不准调动，这样会动摇军心，影响干部稳定情绪。"史丰先一听，孟三辰明显带有个人情绪了，就瞪着眼说："别说了，越说越离谱了。开始还有点谱，可后来就乱说一气了。百万大裁军是大局，不是小局要服从大局的吗？不是个人利益要服从国家利益的吗？部队把你们就教育成这样了？一点党性原则都不讲，一点党性原则都不要，在这个关键时刻，个人利益就得服从党的利益，不要给组织添麻烦。你们都是干部，干部要像个干部的样子，你们脑子一发热，想东想西的，下边的人怎么办，怎么带，那不是要出乱子吗？现在的问题是把部队稳定好，在这个大局面前，不出一点岔子，这才是我们要想的。"史丰先说到这里，狠狠地看了一眼孟三辰，说：

“要相信组织对下情有所了解，对这样的问题做出妥善处理，好了，咱好好喝酒，别再说三道四，喝酒！”史丰先一席话，把孟三辰和五班长的话头压了下去，把他们的情绪转移到喝酒上来。

喝着喝着，史丰先主动把话题引到文中沟大桥的施工上来，滑模施工有什么困难、暴露什么问题等等，孟三辰等人似乎也把转工带来的焦虑和不安忘得一干二净。这一场酒直到夜阑人静时方才结束，走的时候他们个个腿下打飘，手舞足蹈，不醉不还。

在临近转工的最后关头，史丰先的父亲过世了。史丰先顾不得部队正在紧张地动员集体转工的关键时刻，回家处理了父亲的丧事。父亲走得很快，先天下午还好吃好喝，可是到了晚上躺下就一觉不醒，等到母亲喊着起来时，身体已经僵硬。父亲是一个多么要强的老人，一生都不愿麻烦人，临死时也没有给人添麻烦，让家里人唏嘘不已。史丰先赶到家里时，父亲安详地躺在灵床上，面相如生，只可惜没有听到他最后的嘱托。母亲眼泪汪汪地说，父亲天天吃饭时说，庄稼人靠啥呢，靠的是干，给丰先写信的时候，能回来就回来，回不来了要扎着干，别躲奸溜滑，给咱家丢脸。史丰先听到母亲的话，似觉有一种谶言，当他意识到生命将尽时，给远在千里之外的儿子留下了最后的嘱托。史丰先跪在父亲灵前，痛哭失声。

史丰先在阵阵哀乐声中，把父亲安葬了。之后，他小住了几天就匆匆地回到了部队。

回到部队后，王国庆已经走了，教导员暂时空缺不配，由史丰先里外一把手主持工作。还没坐稳，文书就拿出一封信来交给了史丰先，史丰先一看是王国庆临走时留给自己的，撕开信封一看，从简短的信上才知道他的去向：

“丰先同志，你好！

你在看到我这封信的时候，我已经离开营里了。临走时太匆忙未能与你作一个最后的告别，很遗憾。我调到兵部后勤部了，具体哪个单位还没有最后决定，等我到了新的岗位后，来信告知你。别无事，祝你一切都好。

你送我的红柳烟斗我将永久保存，见物如见人，像我们常在一起。

王国庆。十月二十日。”

史丰先读完信，别有一番滋味在心头。他会想到什么呢，他能说什么呢？要回去的一个走了，一个不能回，把无尽的惆怅留在了心上。这一封信更是勾起了他对妻子的挂念，她眼巴巴地盼着随军，把农村户口转为商品粮，可是，这一转工，随军的事情却成了泡影，一直留在她的心上，成为一个心结。还有那些不够条件的连排干部呢，他们更是失望中带有绝望，此时心灰意冷，不能言说了。

孟三辰来了，五班长来了，还有十六连、十八连、二十连的连长排长都来了，看望这个在转工最后关头回到部队来的营长了，他们带来的，有一种问候，更有一种情绪，兵转工已经定了，十二月底是铁道兵的最后日子，我们将一直跟着这支脱下军装的部队，转战南北了。史丰先痛楚地笑了一下说："怕什么呢，铁道兵志在四方，我们从那样艰苦的环境中都走过来了，还怕什么呢？"

孟三辰说："我们舍不得啊，这身军装。"

五班长说："我们还想站在绿色的长城当中，可是，就这样脱下绿军装了。"

十六连连长……

史丰先铁青着脸说："怎么啦，天塌下来啦，脱下军装我们还是铁道兵！明天，各连都给我在工地上挂出这样的一条标语：脱下军装还是一个兵！激励同志们站好最后一班岗，完成兵转工这个特殊任务。"

这是一次探望营长活动。可是谁也没想到却成了一个兵转工的再动员会，所有前来探望史丰先的连排干部都齐刷刷地站在史丰先面前，挺起胸膛，大声地说道："是，脱下军装还是一个兵。"第二天，文中沟大桥工地上，拉出一条标语：脱下军装还是一个兵。红底白字，营书记黄维刚的手笔。白水河大桥上也拉出一条标语，杜康沟工地上、罕井车站工地上、白水车站工地上也都挂出了同样的标语：脱下军装还是一个兵！

那火红的标语，在深秋的季节里，宛若一条红丝带，把铁道兵和转工后的工程队紧紧地连结在一起，变成一条血脉，牢牢地贯穿在兵改前和兵改后。

七十六

十二月三十一号下午六点整，一声长长的集合号，在渭北高原的罕井镇吹响。这次集合号不同寻常，不是一个司号员吹响的，而是四十六团所有司号员站成一排，在团部大操场上，将锃亮的铜号向着深邃的苍穹，一齐鼓腮而吹。于是雄浑的号声在渭北高原响起，随着号声，一营、二营、三营、四营，所有在罕井镇上的四十六团所属部队，一路小跑，喊着短促有力的口令，依次向操场走来。卢云峰腰扎皮带，一身正装，肃立在操场一端，看着这支即将脱去军装的部队。所有官兵都着一身洁净的军装，全副武装，在卢云峰跟前列好队伍。

两个护旗手手持冲锋枪，护卫着一个手擎军旗的旗手，向队列前方正步走来。那面火红的军旗，在寒冬的冷风中猎猎飘动，上边两个鲜艳的黄色汉字夺人眼目：八一！这面旗帜在战火硝烟中升起，在枪林弹雨中飘扬，是这面旗帜引导着他们在高山大川中穿行，引导着他们战胜各种艰难险阻。是这面红旗引导着他们三上青海高原，在草地，在戈壁，在圣山雪域，穿高山，越沟壑，过沙漠，把一条钢铁巨龙牵引到莽莽昆仑山下，养精蓄锐，休养生息，但到飞腾之日，冲天而起，笑傲长空！而今，这些军人，这些铁道兵们，就要向这面红旗行最后一个军礼，告别那火红的年代，走向一个新的征程。曾经与这面红旗朝夕相处的军人们，怎能不热血沸腾、激情荡漾，怎能不热泪盈眶、潸然无语。

寂静的队伍中传来一声声轻轻的啜泣，起了一阵阵擦拭泪水的细小骚动。有人在爱抚地摩娑着手中的武器，有人在抚摸着胸前的弹夹，有人紧紧握住腰间的皮带，有人依依不舍地摸着衣领上的领章，而更多的人则目视着走向队伍正中位置的军旗，透出一丝深深的眷恋……肃静的队伍起了微小的变化。

护旗手将军旗送到了队伍中间后立定。卢云峰向前走出一步，大声地说道："同志们，稍息。今天，是我们所有铁道兵官兵军旅生涯的最后一天，从今以后，我们将告别铁道兵，走向社会主义建设的新征程。这对于我们来说，是一个非常重大的转折。在这里，我们举行一个庄重的告别仪式，告别人民解放军的战斗行列，踏入社会主义建设的新行列。我们虽说告别军营了，可是我们还是一个兵，还是一个军人，我们还要战胜一个个艰难困苦，一个个高山大河，继续逢山凿路，遇水架桥，取得社会主义一个又一个新胜利！多少年后，当我们回想起这段难忘的经历时，我们不因碌碌无为而惭愧，因为拥有这段历史而自豪！"卢云峰说到这里，稍稍地停顿了下，然后向部队发出了最后的命令，"都有了，全体立正，向右看齐，向前看！稍息，立正！向军旗敬礼！"

卢云峰发出口令的同时，将手举过肩头，向军旗行了最后一个军礼！

一营全体干部战士举起右手，向军旗行最后一个军礼；

二营全体干部战士举起右手，向军旗行最后一个军礼；

三营全体干部战士举起右手，向军旗行最后一个军礼；

四十六团全体干部战士举起右手，向军旗行最后一个军礼；

这些军人们，将最后一个军礼定格在了一九八三年的最后一个日子：十二月三十一日下午六点钟。

从此，这支队伍跨出人民解放军的行列，走向了更加宽广的社会主义经济建设阵营，为现代化建设再一次进行不懈的努力。

七十七

十多年过去。

光阴荏苒，人事沧桑！

那支曾经三上青藏线的队伍，早已不复存在，那一身身整齐划一的草绿色军装组成的绿色战阵，已经变成遥远的记忆；那灿若群星的帽徽，那鲜艳的领章，已经变成后来者茶余饭后的谈资。这个集体中，再也听不到嘹亮的军号声，再也听不到雄壮的口号声。他们从草原呼啸而下，扎根在一个古老的都城之中，继续着铁道兵十师未竟的事业。

史丰先也变了，他的那些战友们也变了，过去，他们还是生龙活虎的小伙子，而现在却成了年富力强的中年人，且全部成家立业，子嗣旺盛。史丰先在这十几年中，从一处营长、段长、提升为副处长、处长，再由处长提升为副局长。岁月使他由年轻变得苍老，经受了太多的磨练，但回报给他的是一个稳中有升的职务。真是苍天不负有心人，对于这个有着太多苦难和坎坷的人，可以说是一个不薄的回报。将军是在腥风血雨中站立起来的勇士，他经历过的，何至腥风血雨，几度生与死的考验，与死神的顽强搏斗，最后挺立在不倒的旗帜下。

这一年，当新世纪的钟声敲响之后，史丰先再度带着一支人马，踏上了修建青藏线二期工程的征程。遥想当年，多少壮怀激烈，回望现在，几多激情澎湃！十多年前，他和他的战友们多么盼望将铁路修进充满神奇色彩的雪域高原，可是，那时的国力多么令人无助，更重要的是，科技力量不能跨越终年积雪冰天雪地的世界屋脊。如今，国富民强，科技跃升进世界先进行列，跨越世界屋脊已经不是一个遥不可及的神话。令他心潮澎湃的是，曾经三上青藏线的那支铁道兵，第四次踏上了西进的征程，将和他们昔日的战友再度联手，把铁路修进雪域高原，修到布达拉宫前。

真是今非昔比了，当年他们三上青藏高原时，是坐着解放卡车，背着背包，肩扛洋镐铁锹。而现在，他坐在隆隆奔驰的火车上，轻车简从，进军格尔木，谋划新的施工方案。在他身后等待着的是由推土机、挖掘机、大型矿车、铲运车等等现代设备构成的滚滚铁流，只一声号令，便开向昔日未竟的战场。

和他一起去的，是由他亲自点将的孟三辰。这个家伙也是从队长干到段长，再由段长干到处长，一路的高升，一路的进步，虽说不是坐直升飞机，但是稳中有升，总是对他工作的一种肯定，能力的一种肯定。史丰先每到主持一个新的工程项目，如果情况许可，总是要孟三辰带着一处人马攻坚克难。当青藏线二期工程竞标成功后，局里确定让他带一支人马重上青藏线时，他第一个想到的就是孟三辰，其次想到的是在高原有着机械管理经验的技术干部。当然，那些老人手已经退下了，有的也已作古，他挑的是那些曾经年轻，乳臭未干的毛头小伙子，现在年龄也已到了中年。

史丰先和孟三辰面对面地坐在硬卧车厢。车过青海湖时，史丰先和孟三辰不由自主地将视线转到了车窗外。草原五月天，正是青草嫩绿，菜花澄黄季节。蔚蓝色的天空下，青海湖水一碧如洗，波平如镜，棕头鸥、鱼鹰、斑头雁轻快地翱翔在天际，湖面上点点白帆，徐徐滑过，多么美的图画。史丰先感叹地叹了口气，对正在看得入神的孟三辰说："你还记得不，我们当年驻扎在这里的情景？"

孟三辰将视线从车窗外湛蓝的湖面上收回到车厢里，看着神情有点激动的史丰先说："不记得了。"

"怎么就不记得了？"

"我当年参军的时候是在关角山下来着，从没有在青海湖边待过。"

"噢，难怪你记不得了，你个新兵蛋子。"史丰先说着轻轻地笑了一声，继续说，"当年我们第三次上到青海来时，就是驻扎在这个地方的，我们团从哈尔盖到天峻一字排开，展开了青藏线一期工程的战斗。我们在这里来来往往，不知经过了多少回数，看到过这里美丽的春季，看到过这里的天寒地冻，你当然是见不到的了。可惜了，你要是驻在这个地方，就一定记得当年那些情景，中间有一座鸟岛，鸟蛋星罗棋布，是青海湖中最大的一个景观，那些裸鲤鱼，顺着河水而上，拥拥挤挤，就像赶集一样，现在不知道这些情景还在不在？不说了，这些个你没有记忆，说起来也没有意思。你的脑子里都是些高山大川，哪里有大江大河的印象。”

“可是我记得你在这个地方有一个恋爱的故事，能不能给我说说？”孟三辰嘿嘿地笑着，像有意要逗起史丰先的话头似的，突然间问了一个多年来流传在部队中的老话题。

“你这家伙怎么哪壶不开提哪壶！我正说着青海湖，你却提了恋爱来了。”

“都这么多年了，你还不愿提说，好了好了，我不说了，等以后你有兴趣的时候再说。”

“对呀，等闲了后再说，这个故事对我来说，你不知道该有多么重要。”

“好了，我从此以后再也不提起了。”

“这就对了。”史丰先和孟三辰相对无语，俩人又把目光从车窗内转移到车窗外，看那缓缓从眼前消失的美丽湖景。

可是，树欲静而风不止。史丰先自从坐上通往格尔木的客车后，心里就不由自主地怦怦乱跳，他明白，是他再次踏上了青海这片熟悉的土地，是他再次肩负起了修建青藏线二期工程的重任，让他心潮难平。还有一个长期积压在心头的隐私，伴随着他一步一步迈向草原深处时，渐渐地显露出来，这个隐私是他心中的一个结，是一个永远也抹不去的伤痛。那就是，一直活在他心里的那个卓玛呀，他不曾和她有过浪漫的生活，但却有着心心相印的情恋，多少年过去了，许多事情已成过眼烟云，可是卓玛却永远也没有从他的记忆深处消失，永远地活在他心中。一想到路经吉尔孟，脑海中不由得就闪出卓玛的身影和音容笑貌，他尽量将这个情感压在内心深处，不动声色，可是还没有到吉尔孟，未曾想到，孟三辰却无意中打开了他对卓玛的思念。是的，那是一段浪漫的记忆，是一个青春少女对恋人爱恋的美丽故事，他不能忘记的是，那个充满活力的藏族少女，一次又一次带给他的激励和无尽的畅想，可惜啊，像天上的流星，倏乎间消失在广袤的天际，让他哀叹不已。

车过吉尔孟了，史丰先看到了那个多次出入的团部，当年，四周围墙高高挺立，而现在却颓塌废弃！对面的吉尔孟镇，依然如过去那样，不大不小，卓玛当年就在那个商店里工作，接受众人的追捧，那个商店如今是否还在？镇上的人是否还像往常那样来来往往？往西一点，就是卓玛第一次进入史丰先心中的地方，浚河！那是一个大雨滂沱的天气，卓玛骑着一匹马，在浊浪滔天的浚河中，踏浪而来，把我们的强向阳同志从恶浪中搭救而出，多么壮美的行为，从此，卓玛便像天仙般地闯入他的心灵，这些往事史丰先是永远也不能忘却啊。

史丰先想到这个美丽的姑娘，那个美丽的往事，眼圈儿不由得就湿润起来。

很快，车到了关角隧道，心情渐渐从激动中挣脱出来的史丰先，本想不再忆及那个峥嵘岁月，可是，孟三辰却大呼小叫起来："局长，快看，关角隧道到了，关角隧道到了。"

史丰先平静地说："到了就到了，喊什么喊。"

"你都忘了，关角隧道那十五个小时的生死搏斗。"

记得，怎么就不记得，一百二十多人的生命，一个英勇搏斗的队伍，一个不惜一切代价抢险救援的队伍，那个翩翩而来的卓玛，都留在记忆当中，还有这个从抢险中闪现出来的，那个当年的新兵蛋子孟三辰，五班长，都记忆犹新。史丰先说："在这座隧道前，埋了我们多少牺牲的战友，每当我们车过关角山时，都不应当忘记给这些战友们默默地致意。"

孟三辰从陡然的兴奋中平静下来，他看看史丰先，史丰先神色凝重，眼看着窗外，那里，一座又一座坟头立在山头，坟头下掩埋着几百个战友的遗骨，比起他们来，我们还有多少值得高兴的呢？是的，我们是庆幸活下来的铁道兵，我们所做的一切贡献，远不及那些个躺在关角山隧道口，永远守望着隧道的战友生命！

当车隆隆地驶过关角隧道后，史丰先用凝重的口气说："不要沉浸在过去，展望未来吧，我们更多的想想刚刚接手的二期工程任务，看看怎么样才能顺利地把这期任务完成了，以此安慰那些牺牲的战友们。"

史丰先的话有点太沉重，有太多的感情色彩，孟三辰看看史丰先后，再也没有多说什么，把脸转向窗外，静静地看起自己曾经战斗过的地方来了。史丰先却拉起毯子，悄然地躺在了卧铺上，闭上了眼睛，似乎外边的世界与他毫无关联了。

七十八

可是，当他从几乎是梦境的旅程中苏醒过来后，他才知道，他所面对的工程，不仅仅只是世界屋脊这个特大的自然困难，而另一个科学思维向传统思维转变这样一个新的困难，正像一个无形的障碍，悄悄地摆在他的面前，让他猝不及防！

史丰先在德令哈与孟三辰分了手，他到当地拜访一位多年的老朋友，临走的时候，叮嘱着孟三辰，后边跟进的队伍到达格尔木后，不要急于上山，在原地多待上几天，然后再行上山，不能上山的原因史丰先并没有多说，因为孟三辰和他同在风火山上待过两年时间，对高山的特殊地理环境、自然条件都有了解，无须婆婆似的一遍又一遍地交待。孟三辰说，放心吧，我会把上来的队伍安排好的。于是，史丰先与孟三辰分别而去。史丰先的老朋友见到他从千里之外而来，欣喜不已，就留他多住了一两天，等史丰先从德令哈赶到格尔木后，无意中问起后来的队伍来了多少人，现在情况怎么样时，孟三辰抑制不住内心的激动对史丰先说："局长，他们都上去了。"

"到哪里去了？"史丰先惊诧地问，他完全没有意识到，后来跟进的队伍，在格尔木没有短暂停留，就直接向唐古拉山进去了。

"到唐古拉啊。"孟三辰奇怪地反问道，"咱不争取一点时间啊？"

"可是在格尔木适应了几天？"

"一个晚上，有的只吃了顿饭连夜就走了。"孟三辰不无兴奋地说，"咱又上高原了，又上唐古拉了，他们个个摩拳擦掌，争取最佳时间，做好开工前的一切准备工作。"

“是你批准的？”

“是我。”孟三辰看着史丰先的脸色有点不对劲，就放慢了语速补充了一句说，“他们纷纷表示说，反正是要上的，迟上不如早上，嚷得我不得不准了。”

“我在下火车时是怎么给你交待的？”

“在格尔木住上几天，适应了以后再上山。”

“对呀，没错，我是这样说的。可是他们在格尔木没有休息直接上了唐古拉？”

“是这样。”

“那你为什么不按我说的办？”史丰先眼里升起一团火来，差一点就要喷出来，将立在正面的孟三辰给燃烧了。

“这个，”孟三辰吱吱唔唔地说，“大家的热情很高，我就没太想，就让他们上去了。”

“你知道我为什么让你这样做啊？”

“大家从内地到高原有一个适应期，先在格尔木休息一下，适应一下这里的自然环境，再上山，就会避免很多麻烦。”

“对呀，你说的都很对，可是你怎么就把人放上山去了呢？”孟三辰说得一点都没有错，史丰先曾在风火山上干过两年时间，孟三辰和他一起摸爬滚打，对山上的气候条件了如指掌，当年他们为了二期试验任务，一下从平原拉到唐古拉，奔上了风火山，付出了艰苦的代价，几乎全连的人都有强烈的高山反应。而相反，地方铁路局的同志在上山之前，先在昆仑山下的格尔木市稍事休整一下，适应一下气候，然后继续西进，这样呢，身体的各种机能逐步适应了高山气候，大部分人就没有高山反应了。这一点史丰先记忆犹新，所以，当他接过重上唐古拉的重任之后，在做施工方案时，第一个就提出了适服格尔木的措施，并且得到了项目部全体同志的认可。可是，到了实际工作中，却把这一措施忘得一干二净，一个不剩，这不得不让人大为光火，更是不可理解。

“刚好那时候局长来了一个电话，询问上山的情况，我随口说了一句，队伍已经拉上去了，再说这些同志们都有挑战的热情，就没有太多考虑，将人放了上去。”

“是局长让你把他们放上山去的？”

“那倒没有，只是问了一下情况。”

“在这里，你是听我的还是听局长的？”

“这个……”孟三辰不敢继续说下去了，看了一眼满脸乌云的史丰先，低下了头。

“我告诉你，我是这个地方的总指挥，你是我领导下的副指挥，你不听我的听局长，你说有没有这个道理？”

“不是，咋能不听你的，不是刚好局长来电话催问了吗，是凑巧这样，不是不听你的指挥。”

“我问你，局长到过山上吗？局长有咱的经验丰富吗？”

“……”

“我问你，山上的医疗保障建设搞完了吗？”

“没有。”

“好说，那这些人有了强烈的高山反应后怎么处理呢？”

“送下山来。”

“一个人可以，可是人多了呢？都送下山来？”

“……”

“那不和没上去一样么？这样一来反倒比适应后上山更费人力财力，你明白么？”

“当年咱不是就没有这样搞过么，还是一样？”孟三辰实在扛不住史丰先的批评了，就强辩了一句说。

“对，当年我们这样做是对的，我们提倡的是一种革命英雄主义，可是现在时代变了，情况也变了。咱们这些同志，在山下是什么生活条件，一下子适应不了山上的条件，那可是比咱们当年要厉害的多啊。我们不能蛮干，要讲科学。在现代条件下，不讲科学是成不了事的啊。”

“我没有想得这么多。”孟三辰羞愧地再次低下头来。

“他们现在走到什么地方？”

“可能有二百多公里了。”

“哎呀，”史丰先叹了口气，无奈的摇了摇头说，“想让拐头回来也不行了。”之后，史丰先缓和了一下口气说，“你给他们随身带着氧气袋了吗？”

“带了，这个我还是有准备的，我放他们上山，连个氧气袋都不带，那不是我孟三辰干的事。”

“这就对了，可是，这只是权宜之计，不是常法。”

“哎，我带得多，还准备着施工时用的氧气。”

“什么什么？施工时用的，”史丰先又一次惊奇地问了起来，“是氧气袋还是氧气瓶？”

“氧气瓶。”

“你打算让每个施工人员进洞子身上都背着氧气瓶？”

“对，”孟三辰一听史丰先问起氧气瓶的事来，就不由得眉飞色舞地说道，“不是唐古拉缺氧吗？不是洞子里更加缺氧吗？我们每个人背上一个瓶子，这个问题是完全可以解决的。这也是咱们的一个创举。”

“亏你想得出，这样的措施能解决施工中的缺氧问题！”

“怎么啦？”

“怎么啦，一瓶氧气能供人多长时间用氧，这么多的人要是同时没氧气了，都出来换瓶子，你说，咱几百号人马在山上，一个人一瓶的话，要是随用随换，你说，得多少个瓶？咱得一个车队来回拉运，光运都运不过来，更别说换，你说这可能吗？”

“我想着咱们那时的情况，没有氧气都能完成任务，现在少备一点就行了。”

“此一时彼一时啊，过去咱们不用，是因为我们没有打洞子，只是做了路基桥涵和机械试验，哪里打过洞子，所以，用这种经验来做现在的准备工作，那可就大错特错了。”

“我知道了，现在怎么办呢？”

“你在错误的时间里做出一个错误的决定，你是要吃苦头的。”

“现在用什么办法能补救吗？”

“只能这样了，赶快让人把适服地点定下来，让所有医务人员，将治疗设备都用上，准备救治那些上山后高山反应强烈的人员。”

“有这么严重吗？”

“就按我说的办。”

“那是一定。”

“赶快给山上派去一两个医务人员，小心他们的高山反应没人治疗。”

史丰先长长地叹了口气，本来，他的后勤工作还要缓几步进行，因为这个突发事件，后勤工作得要向前赶了。在短期内将适服点建好并投入使用，随后才到的医疗器材马上催着在适服中心安装使用。他也得立马向山上赶去，去察看一下提早上山的工作人员情况，同时，对施工队伍大量用氧问题提出自己的设想。这么大的队伍，在这么狭小的空间施工，靠背着氧气瓶弄事，是一个再笨不过的办法。是的，我们艰苦奋斗的精神不能丢，但是在现代条件下，还得讲究着科学施工，我们所处的已经不是一个靠人力革命加拼命搞建设的时代了，科学加拼命这才是时代的本质要求。于是，他给孟三辰再三交待着，一定让后来的同志们在格尔木这个地方适应一下后再向山上进发，再一个是后勤保障工作一刻也不能停手，适服的人员不是多了吗，就把他们投入到后勤保障建设上来，一边工作一边休息，一举两得；机械设备也是这样，机械是人开的，适应后再慢慢上山。史丰先自己呢，到山上实地查看如何用氧，如何解决冰川冻土问题。有问题电话联系，不得擅自作主，一旦有了问题，后果自负。

作了这样的安排，史丰先就带着两三个工作人员，向唐古拉山里出发了。

车到凉水泉，遇到了先期到达这里的一拨人员。这拨人是三处的同志们，领队的是一个叫尤启民的队长。尤启民看到史丰先到了凉水泉，带着他们的人一窝蜂地围了上来，说长道短，史丰先问他们到过风火山吗？感觉如何？这些人就七嘴八舌地说，从没到过，感觉就是高原反应强烈一些，口干得厉害。还有人太强烈，都躺在了半路上。史丰先心里一沉，高山反应不打紧，要是得了感冒那可就不好了。史丰先追问了一句，是谁躺倒在了路上？尤启民就说，是古小妹。史丰先说，是不是那个给局里写了血书的那个年轻人？尤启民回答说，对，就是她。史丰先脑子里立刻现出了一个年轻女子的形象来。这个古小妹，本是三处的一名医生，年龄也不大，听说工程局要上青藏线，求战心切，积极要求上青藏线，三处考虑她年纪太轻，且有小孩在身，就没有答应，这古小妹就发了狠，给局里写了份请战书，自己咬破了指头，用鲜血写成，让局里深为感动，于是批准她上来。她到了格尔木，也没有多停留，急着要上山去，建好卫生所，为后来的同志们提供医疗服务。没想到，还没有到风火山，就有了强烈的高山反应，让人招呼着向风火山进发。史丰先听后，就问："有没有给她吸氧，让她快点渡过这个关口？"

尤启民说，随身带着氧气。史丰先又说："可别感冒了啊，一感冒就得被送下山去。"

尤启民回答说："还好，没有。"

史丰先这才放心地吁了一口气。

可是，还没有等史丰先放下心来，却听到古小妹浑身发冷的消息，于是，他那颗刚刚放下来的心又被提了起来。史丰先问古小妹现在哪里？尤启民说，被人从前边送到凉水泉来了。史丰先说，走，我去看看。尤启民就陪着史丰先去看古小妹了。

古小妹躺在一辆越野车上，身上盖着一床棉被，因为缺氧和感冒，脸色变得发青，双眼紧紧地闭着，嘴唇干裂，爆起一层皮。史丰先俯下身子，轻声问道："古小妹，感觉怎么样？"

古小妹紧闭着眼睛，嗫嚅着嘴说："头疼，胸部也闷得慌。"

"身子冷吗？"

"浑身发冷。"

"好了，你好好休息，让同志们把你送下山去，治好病再来。"

"我不下去，史局长。"

"为什么？"

"我要在山上给大家治病。"

"你先把自己的病治好再说。高原不比内地，你不知道高原的厉害。"

史丰先不再和古小妹说话，立刻让尤启民安排人员将古小妹往山下送，不但要送，还得要快，一定得保证在三两个小时之内送到适服中心。另外，看看正在上山的哪一位，如果高山反应强烈的话，也立即下山适应，等适应了再上山来。尤启民立刻安排送古小妹的人查问有没有同样情况的事了。史丰先兀自想着，没有到过风火山，就不知道风火山的厉害，可是，明知道风火山的厉害却不按规律办事，这比不知道厉害的人办的事更可怕。这缺氧的问题到底怎么才能妥善解决呢？史丰先脑子里不断地转着这个令他思索了好长时间的生活问题。

第二天一大早，史丰先就走出凉水泉旅馆，向一个山垭口走去。在那个山垭口，隐埋着他十多年前的一个伤痛。这个伤痛一直刻印在心底，让他永远不能释怀。他要去那个地方，祭拜一下心中的神，那个让他魂牵梦萦的魂灵。他迈着沉重的步伐，一步一步向着那个垭口走去。跟着他一同上山的工作人员，看到史丰先一大早起床向外边走去，也跟着跑了出来，可是还没有走到跟前，史丰先就摇手示意他别跟过来，他要静静地去在山垭口化一张纸，把多年来的思念，随着一缕青烟，带给那个在这里安眠了近二十年的心中女神。那个工作人员一看这样，只有站在远处看着，别让他在雪域高原走失了方向，让一个偌大工程群龙无首。

那一年，史丰先从风火山上下到凉水泉，四处寻找卓玛的坟墓，可是，一场又一场大雪，使得卓玛的坟墓不见踪影，他只好对着雪山蓝天，化一堆纸钱，把自己的哀思化进一缕青烟中。今天，那堆坟墓一定不能得见，也只能在山垭口化一堆纸了。

史丰先走到一个山口，看看四周，有没有一堆突起的坟堆，可是，满眼起伏不平的山地，却不见一个突起的土堆，那个年轻貌美的卓玛，那个热情开朗、活泼可爱的卓玛不知身葬何处。史丰先只好跪下身子，在地上画一个圆圈，把一叠草纸放在圈内，然后用打火机点着了。草纸慢慢地燃烧起来，火舌舔着草纸，越烧越旺，火中冒出一缕青烟，袅袅升上天空，史丰先心中念叨着，卓玛，你要在天有灵，请你接受一个一直挂念你的人的祷告，请你接受一个远方朋友的祝愿，你像星光一样，永远闪射在万里晴空，你像蓝色的精灵，游弋在雪山圣水，你像一道美丽的彩虹，永远定在我的心中。说也奇怪，史丰先念叨完这些，平地起了一阵旋风，那风把青烟拉成一条细线，扶摇而上，直到晴朗的天空。这时候，正是早上八点多时间，东方露出了鱼肚白，黎明前的黑暗渐渐退尽，那喷薄欲出的朝霞初露晨曦，青烟在这喷薄欲出的朝霞中格外清晰，莫非卓玛的魂灵有知，将史丰先的祷告带到了九泉之外？莫非卓玛魂兮归来，将与他窃窃私语？史丰先惊异得差点叫了起来，于是向空中连拜了几拜，那烟竟倏乎间散为一片，融在晴空间无影无踪了。

尤启民一起床就找史丰先，他要向史丰先谈谈山上洞子内的氧气问题。一打听，史丰先出了院子，自己也就走出院子，看到不远处，史丰先正站在那里发呆，想撵过去说几句话，却被一直站在门外等着史丰先的人挡在门口，悄声地告诉说，史局长不让跟着去，有事。尤启民突然想起史丰先青年时的一段罗曼蒂克史，就在这个地方，就没有吭气，站在了一边，等着史丰先回到旅馆来。

史丰先折回到旅馆门前时，尤启民走上前去，问了声“史局长早上好”，史丰先说：“起来这么早，睡不着了？”尤启民说：“就是，一到这个地方，就兴奋得睡不着觉。”史丰先说：“睡不着觉好，多想想问题。”尤启民说：“对呀，就是呀，昨天晚上想了一个晚上想不通，所以早上想给你汇报一下。”史丰先说：“有什么想不通的，把你的人送下山去了？”尤启民说：“不是，是氧气的事，越想越得要向你汇报，这可能是一个大事呢。”史丰先说：“你说吧，氧气怎么就是大事了？”史丰先说着就收住了向里走的步子，和尤启民面对面地站着，想好好听听他的高论。

尤启民就一本正经地把自己昨夜想的问题对史丰先说了出来。尤启民说：“局长啊，还是你说得对，咱们这次上风火山，不但要有冲天的热情，还得要靠科学的态度来完成上级交给的任务。”史丰先点了点头，尤启民见史丰先在认真地听取他的意见，就开始直截了当地说：“史局长，你是上过风火山的，那地方氧气很少，在外边还不要紧，要是进了洞子，那可就重要了。”

“怎么了？”史丰先沉住气地问道。

“你想想啊，在外边都这么缺氧的，进了洞子那还不更缺氧，这样一来，咱们别说打洞子了，就是换气都来不及啊。”

“以你的想法在洞子里怎么才能正常换气呢？”

“把氧气引进洞子里，让大家在洞子里能吸到足够的氧气。”

“把氧气瓶背进洞子里？”

“不，那根本不是办法。”

“那什么是根本的办法。”

“这不是给你汇报嘛，让你领导要想想办法，彻底解决这个问题。”

史丰先微笑着看了一看尤启民，这个问题一直是他心中的一个结啊，把氧气瓶背进洞子里的确不是一个办法，这只能解决一时而不能解决整个工程施工的问题。背着瓶子干不出活不说，还容易引起意外事故，比如要是遇到碰撞，氧气爆炸，那可不就成了大的事故了。所以这个问题一直萦绕在自己的脑海，今天早上，尤启民无意间提出了这个问题，让他又一次回到这个不是问题的大问题上来了。对的，氧气问题得要彻底解决才行，可是怎么样才能彻底解决呢？能不能这样，给洞子里引进一根管子，把氧气从洞子外边送到掌子面上，这样呢，大家就可以甩开氧气瓶子干工程了，但是，外边的氧气怎么来呢？是把那些氧气瓶集中起来往管道里灌吗？这显然是一个笑话，可是，要让洞子里有氧气，就得从外边引，而外边没有氧气源那可就什么事情也干不成了。怎么才能弄一个氧气源呢？这可是队伍上山后面临的第一个重大问题啊，不得不解决的大问题。史丰先仰面朝天，深深地吸了一口气，在脑子里转着这个圈子。

"要是能把制氧车间搬到山上来那可就解决大问题了。"尤启民见史丰先在认真地思索着这个问题，就轻轻地叹了口气说。

可是没想到，尤启民的话却引起了史丰先的注意，他猛地回过头来问尤启民道："你刚才说什么，把制氧车间搬到山上来？"

"对呀，要是搬到山上来那不一切问题就迎刃而解了。"

"你说得对，很有创意，咱就把制氧车间搬到山上来。"

"局长，你想出办法来了？"

"对，想出办法了。你们就瞧好吧，这个问题一定会得到彻底解决。"

在这一刹那间，史丰先想到了什么？史丰先想到的是，在风火山上建立一个制氧基地，把氧气从制氧基地通过管道送进洞子里，这不就彻底解决这个问题了吗？史丰先想到这个主意，胸中豁然开朗，这个问题一解决，施工方面再大的难题也就不在话下了。这可是很大胆的想法，想得好，可不见得能实现得了。不管怎么说，有了这种想法，就是好的开头，咱解决不了，就交给别的单位解决。好了，把这个问题交给孟三辰来办，让他和一些企业或大专院校联手，这个问题一定会很快解决的。于是，他抽身走向一边，掏出手机来，给孟三辰打起了电话来。电话一接通，史丰先就直接对孟三辰下达了指示："老孟啊，好，啥都好。送下去的人接到了，病情稳定，对，适服站的事情几天之内就好了，对，就这么办。什么指示，是这样，你把格尔木的工作交给周子星，"周子星是风火山项目的副指挥长，在史丰先和孟三辰来到格尔木后，接着也到了格尔木，"对，交给他，带着几个人，到兰州去一趟，对，找兰州大学或一家制氧企业，对，谈给山上建一个制氧车间的业务。什么意思，就是把氧气送进洞子里的意思，靠你那背氧气干活，不把人窝囊死了，好，这个事就交给你了，有什么事，随时联系，要快啊，雷厉风行。具体方案及时给我打电话。好，就这样。”

史丰先打完电话长长地吁了口气，这个问题一解决，什么问题都不在话下了。风火山工程开工之前，这些准备工作不到位，一定会影响到工程进度，现在不是二十多年前的情况了，科学技术发达到如此程度，还要靠着那种革命热情，一定要吃大苦头的。

尤启民在一旁听了，高兴得直拍手，说：“没想到这么难的问题，在史局长手里一时三刻就解决掉了。”史丰先却说：“这才是开始，制氧车间是一个复杂的系统工程，一时三刻不定能办好呢。”

十多天后，孟三辰从兰州给史丰先打来电话说，兰州大学对此很感兴趣，说，可以在山上建一个制氧站，把氧气送进洞子里，同时还想了一个新的办法，叫弥散式送氧法。史丰先问弥散式送氧法是怎么一个法子，孟三辰说，这你就不懂了，就是从制氧站引出一根管子，放进洞子当中，给管子上打上细密的小孔，让氧气慢慢地从小孔中散进洞子里，就像农业项目中的滴灌原理一样，始终保持洞内有足够的氧气，既不造成浪费，又像平时生活一样，哎，挺实用的。史丰先说，行，就用这种方法，快点进点搭建，尽可能在工程开工以前将制氧站建好。

史丰先撂下电话，心里禁不住生出一阵狂喜，这个高原上最大的难题没想到时三刻就解决了。这个问题解决了，难道还有比这更大的难题解决不了的！这是人的智慧还是神的意志，他一时半时说也说不清。他甚至有点张狂，这些个问题，如果放在地方工程单位，兴许大半天都难以解决，可是，到了我们手里，那就不成什么问题了，为什么呢，因为我们是铁道兵，曾经的军队，曾经的军人，越过多少高山，跨过多少大河，遇到过多少疑难问题，都迎刃而解了，我们虽说脱下了军装，不再是一支军队，可是，脱下军装还是一个兵，还是一支英雄的部队，不管千难万险都会被我们一跃而过！不是有一首歌吗，叫什么来着？对，《铁建员工之歌》，唱的就是我们这些脱下军装的人。想到这里，史丰先不禁小声地哼了起来：

吹起了集合号，我们又出征，
跨过那山，越过那水，踏上新里程。
肩负起祖国母亲的希望，
志在四方，艰苦奋斗，大地描彩虹。

老战士新朋友，我们在一起，
播洒血汗，迎着风雨，牵来巨龙，
为人民造福建设中立功。
从严务实，争创一流，开路打先锋！

脱下军装还是一个兵，
献出了你的爱，献出了我的情，
阳光照耀大路在延伸，
这就是你，这就是我生命的历程！

史丰先音调不太准，可是，那满身的豪情，却从一字一句旋律中飞迸出来，荡漾在唐古拉山……

七十九

八月，青藏线二期工程施工技术分析会在风火山工地召开。这是青藏铁路二期工程总指挥部在开工后召开的第二个技术分析会。从青藏二期工程开工以来的总体情况看，各工段的施工遇到了几个相同的问题，工程进度难以向前推进。借此，总指挥部不得不停下前进的步伐，坐下来研究一下遇到的诸多问题，为施工提供一个科学的施工方法。总指挥是一个年过半百的中年人，满头花发和一张写满岁月征尘的脸面，让人一看就知道他是一位铁路建设战线上历练过风霜雪雨的铁路人。参加会议的都是各工程标段的负责人，还有兰州铁路设计院的工程技术人员。会议开了半天，史丰先听到的大多情况是，冰川冻土和混凝土施工中的温控问题，具体说来，不外乎是筑起来的路基遇到强光后融化，再者就是震动所产生的热能，将土质中的冰块消融，造成路基下陷，如此反复，给施工带来了很大的困难。总指挥坐在会议桌前，静静地听着与会人员的发言，不时地将有关问题记录下来，还不时地插话追问一些技术问题，心中思谋着克服困难的办法和措施。

史丰先事先让项目部的同志准备了一个发言提纲，把所有上风火山以来遇到的困难和技术问题罗列其上，适当时机在会上简单地谈谈本局的设想，可是，没想到会议一开始，要求发言的人很多，也很积极，所以他索性就当起了听客，让他们说完了再说。史丰先一听所有遇到的问题都和自己遇到的差不多，有的甚至是一模一样，就打算着在今天的会议上一句话也不说了。谁知，坐在一边的双青侠却点起了始终保持沉默的史丰先的将来：“史局长，你今天坐在一边一言不发，是不是有成熟的想法作最后的总结发言？啊？”双青侠的一句话把与会同志全都逗笑了，会场上响起一阵热烈的笑声，史丰先轻声地咳嗽了一下，正待张口说话，双青侠却继续着他的讲话，“我和史丰先局长是老朋友了，二十多年前，我们共同战斗在风火山上，一起研究过高原冰川冻土铁路建设的重大课题，应当说，对这个问题早就有见闻，早就有思考，也有成熟的想法。同志们哪，在高原冰川冻土上建设一条铁路，可是一个国际性的重大课题啊，紫外线照射、缺氧、永久冻土层、热融、震动产生的热能效应，都是当今世界正在研究的重大课题，我们今天所谈到的好多个问题都是世界几大难题之一，许多国家一直在寻找解决办法，可是，他们徒说奈何，为什么呢？为的是，他们没有这样的地理环境，没有这样的铁路建设项目，他们无法研究，所以说是徒说奈何。他们没有，而我们有，他们无法研究我们有法研究，这是因为我们正在这里建设着世界上第一条高原铁路。史丰先同志呢，虽说不是搞技术的，可是，对这里情况了如指掌，他对这里的自然环境最了解，最有发言权，他的想法或许可能给我们以很大的启迪。史丰先同志，咱们在山上一遇到，你就谈论这个问题，想必你经过这么长时间的考虑，已经深思熟虑，不妨说出来，让我们参考一下，说不定以后的施工方法，都是在你的启发和诱导之下研究出来的。你就在会上好好发发言，让我们的方案有一个很好的研究方向。啊？”

双青侠二十多年也是变化大矣，从一个纯粹的设计人员，担起了设计院的行政领导，青藏线二期工程上马后，铁道部点名让他参加总指挥部的指挥工作，原因是他曾在风火山与十七连共同研究过冰川冻土的问题，对高原的特殊情况了解很深，也期望他有新建树。

孟三辰用肘碰了碰史丰先，悄声地说：“双总在点你的将，你说说吧。”

史丰先看了一眼孟三辰，然后，微笑着挺直了身子说：“本来我都不想说了，会上大家的发言这么热烈，说的都是同一个问题，我说了也是重复，还不如不说的好。刚才双总点了我的将，我也说说啊，说错了大家也不要见笑。”史丰先说到这里清了一下嗓子，继续说道，“双总说的不错，我们在二十年前就已经在风火山上共同研究过这个课题了，只不过那时候我们是处在一个科技力量还不发达的时代，是靠人力和意志来完成上级交给的各项任务，我们未能顾及深层次的技术问题，只在表层上做了些文章，现在时代发生了天翻地覆的变化，我们又面临着这样的建设任务，我们就不得不面对深层次的问题了。什么深层次的问题呢，这就是，热融下的路基修筑问题，震动热能下的冰土融化问题，还有隧道里冰岩遇到衬砌时不断融化塌陷问题，这些个问题，有好几个单位在前边的发言中都提到了，有的没有隧道施工任务，所以就没有说，这是自然的。对于这样的问题怎么解决呢，我首先声明，我不是技术人员，对技术没有研究，但是，我一直在思考这个问题，这个问题能不能解决呢？我的回答是肯定的，一定能解决，我常对我们的同志说过，只要精神不滑坡，办法总比困难多。我笨想啊，冰川冻土质不是遇到热就会化掉吗，咱就让他不遇热，它不是不化了？比如说，汽车的水箱，就起着这样的作用，再加上风扇的功能，发动机的温度就不会升温。我有时蹲在路基边上琢磨，能不能给路基装上一个像水箱一样的东西，让他把震动所产生的热能化解掉呢？水箱不是有叶片吗，咱就给它装上一个散热的叶片，这不是把问题解决了吗？至于说怎么样的叶片，我想咱的设计部门一定会有自己的想法，我只是这样笨想而已。对不对，双总，我的想法是不是有点幼稚可笑？”史丰先说到这里，笑着看了一下双青侠，见双青侠正在瞪大眼睛凝视着活动板房顶层，那是一个方方正正的草纸板，平正地铺在房架上，不知是他没有听到自己的发言，还是在咀嚼着自己所说的方案，总之是一眼不眨地看着房梁。史丰先也不在意，继续把自己的想法说完，“第二个我要说的是，隧道中的衬砌问题，我们遇到的情况是，混凝土的温度要保持在零上几度，可是，隧道里的冰土层在零上几度就会化成一滩泥水，不断造成塌方，不能进行衬砌，像这样的情况怎么办呢？我想啊，我笨想，能不能把这个热像筑路基时散热的方法一样，用一种材料，把热能与开挖后的冰土层隔离开来，比方一块布，蒙在上面，在布下边进行衬砌，等到衬砌完后再把这些布抽掉，甚至于不抽也行，就留在冰土层里。这样的话，复杂的问题就变得简单化了，施工的速度就会快起来。当然，我这是空想，也是笨想，这种方法能不能成，奏不奏效，还要看设计院的同志们从理论和技术上进行研究和验证。总的一句话，办法是人想出来的，不是天上掉下来的。我的话说完了，仅供参考吧。”

史丰先说完把身子向后一靠，把手交叉放在胸前，也不管自己的话对与不对，且听其他人的发言了。孟三辰歪着头，身子向史丰先一边靠了一下，悄声地说：“你看，双总一直没有说话，像是在考虑什么，我觉得你的想法很好，就是没有具体方案，比如什么材料，怎么个做法。”

“这些个都是工程技术人员的事，我怎么能说得那么详细？”史丰先头都没有扭地说。

“咱可以让局里的技术处把你的想法研究一下，说不定还是一项重大的技术突破呢。”

“我已经给技术处说了，他们正在琢磨。”

“你的思路很好。”

俩人正在低声地说话，这时候，一直凝神思考的双青侠说起话来了：“我说史丰先对冰川冻土最有发言权吧，果然一说就不同凡响。史丰先局长刚才说到的两种思路，我刚才仔细地想了一下，认为这是一个很好的施工方案，只是还没有上升到技术层面，要是上升到技术层面，那简直是了不得了，解决了一个世界重大难题。尽管如此，我从他的发言中已经找到了施工的一些思路，很宝贵。我再想问一下，史丰先局长，你所说的路基散热方法，把叶片加在什么地方？”

史丰先稍稍思索了一下说：“不是震动产生热量吗，就在枕木下边。”

“这很清楚，但是，机车运行中产生的震动是对路基整体产生热效应，仅仅给枕木下边安装散热材料是不是能起到预想的效果？”

“那就多给路基下装上几层。”

史丰先话音刚落，就听到会场上传来一阵哄笑。史丰先不由得红了脸，是自己的想法太幼稚的吗？可是，双青侠却没有笑，激动地站了起来，说：“对，就是要这样，不然，一点也起不到散热的效果。这是一个好办法。史丰先不愧是一个智多星式的人物。”

双青侠的一席话，使得会场上刚才响起的哄笑戛然而止，都向史丰先投去了一双敬佩的目光。

“至于说隧道里的施工方法，史丰先局长已经说得很好了，只不过是把它技术化一下，把隔热材料选择一下罢了。总指挥，我回去以后，立马把这种思路变成一个施工方案，在全线实施。”

一直在静心聆听同志们发言的总指挥，这才放下手中的笔，向双青侠投去了赞许的微笑，目光中透露出抑制不住的兴奋，说：“好，你双总对此充满信心，我就放下心来了，下边，我们就进行下一个议题……”

孟三辰一看这阵势，情不自禁地压低了声音说：“你的想法得到了双总的首肯，以后的施工方案一定会渗透着你的智慧。”

“行了吧，还渗透着我的智慧，你说说别的行不？”史丰先心平气静地说。俩人还要说下去，却听到电话声嘟嘟嘟地响了起来。他急忙捂着电话，一看来电显示是西安区号，猜想着可能有事，于是起身快步向会场外走去，走到门外，问对方哪一位？对方说，史局长，我是办公室秘书科的小蒋，史丰先一听是小蒋，知道局里有事可能要回局里去，就问，有什么事吗？小蒋说，局长让我通知你，尽快回局里来，史丰先问，什么事情啊？我这里的工作正忙着，暂时还离不开，是的，史丰先说的一点也不假，这里的工作才理出个头绪，但施工还没有全面展开，正为寻找一个很好的施工方案而费神伤脑，猛不丁地放下这里的事回到局里，怕对目前的工作很为不利。小蒋说，局长没说什么，就只让我通知你快点回局里来，有重要工作商量。史丰先不再说话了，小蒋只是尽给自己通知的职责，什么事，她肯定不会知道，有很多事，不见得都让一位秘书清清白白。可是什么事情让自己尽快回局里一趟呢？什么重要的事情不能在电话中说一说，偏让自己从千里之外的风火山上赶回局里？史丰先百思不得其解，站在会场外，仔细地揣摩局里叫自己回去究竟有什么事。

会议结束后，他和孟三辰一边走一边议论着局里这个突然间打来的电话。临来时，局里决定让他全权负责风火山工程，原因是他在风火山待过，熟悉山上的情况，可是，屁股还未坐稳，局里却一个电话让他回局里，有什么要紧的事情非得要他回去才能说明白，电话里就说不成？孟三辰一听这事，拍着脑袋想了一下，突然像哥伦布发现新大陆似地说：“史局长，可能让你出国啊。”

“让我出国去，这话怎么说？我可是从来都没有向局里提出这样的要求。”

“哎，你想错了，昨天，我接到强向阳的电话，说局里刚接到一项新工程，还是海外工程。”

“海外哪个地方啊？”

“没说，因为与咱们没关系，他只说了几句，局里正在考虑派人去干这个事。莫不是要你到国外去啊？”

“为什么派我去，我从来没有海外工程经验，再说了，我正在干这个工程，工程才开始起步，要把我调到海外工程，怕是没有这个道理吧。”

“不对，你不是在有关理论务虚会议上讲过吗，咱们不能只顾眼前，不能只顾国内这些工程，国内工程僧多粥少，抢到一碗粥，也是一点点，稀稠不匀，得要放眼海外，把工程的触角伸到国外去，海外有我们广阔的天地，我们可以大有作为。”

“是的，我讲过这样的话，咱们也的确应当这样，这才是我们铁道兵人的眼光，我们的胸怀。”

“所以啊，海外工程来了，不就派到你的头上了吗？”

“不会吧，局里这么多干才，能派的人很多，我正在干这个工程，绝不可能派到我的头上。”

“不一定，世间一切皆有可能。没准就是这个事情。”

史丰先坚决地摇了摇头说：“不可能，局里不会做出这样没有理性的决定。”

两人边走边说，走着走着，一道百十米长的路基横亘面前。这段路基经历岁月风霜，已经颓废不堪，荒草萋萋。当年他们冒着生命危险在风火山上筑起了这段试验路基，如今，二十多年过去，依然不失原貌，横躺在风火山上，给后来的人们诉说着那一段不凡的往昔。史丰先在这条不长的路基面前停住了脚步，很有感慨地叹了口气，说：“老孟啊，每次我过这个地方的时候，都会产生出许多感想。当年，我们不知是怎么在那样恶劣的条件下坚持下来的，怎么样把这条路基修建起来的，修起来了塌了，再修，靠的是什么呢？”

“这还要问吗，不就是靠着一不怕苦二不怕死的两不怕精神嘛。”

“是的，逢山凿路，遇水架桥，铁道兵前无险阻，就是这股子精神。我常想啊，咱现在转工这么多年了，啥都变了，人也变的差不多了，可是这股精神永远不能变，永远得要存活在我们的精神世界里，存在在我们的骨血里。要不然，在这样艰苦的环境下，很难说把一条高质量的铁路修到拉萨去。”

“对，我看你一直都保持着这种精神。”

“是啊，把铁路修到拉萨去，是我终生夙愿，所以我一直提着这股子劲，不把铁路修到拉萨不罢休。”

“没错，我也有同样的愿望，所以，到这里后，我有使不完的劲。”

正说着，一个小女孩子抱着一只羊羔从路基旁慢慢伸出头来。小姑娘两只天真的眼睛怯怯地看着史丰先和孟三辰。这姑娘史丰先已经多次见过，她每到达这里放羊的时候，都要坐在这个路基旁边，看着风火山上车来车往，喧啸沸腾。直到太阳落下山梁，才返回帐房。他多次想和这姑娘拉上几句，可是当他试图走到这姑娘跟前时，这姑娘却哧溜地一声，跑得无影无踪。看到这小姑娘，不由得使他想了那个卓玛，还有加措老人，一个对他们怀有深厚感情的藏族老人。小姑娘看到史丰先和孟三辰走过来了，起身又想走，孟三辰就面带微笑着小声招呼说：“小姑娘，别跑，别跑，我来问问你话。”

小姑娘抱起羊羔，站起身，却没有走掉，一双明亮的大眼睛天真无邪地看着他和孟三辰。

“叫什么名字啊？”

“拉毛。”

“你爸爸呢？”

“强巴。”

史丰先见这小姑娘说得一口流利的汉语，心里一高兴，就说：“你家住这里吗？”

小姑娘点点头。

“你知道一个叫加措的人吗？”

“是我爷爷。”

“他还在不在？”

“不在。去拉萨的路上死了。”

“噢，多好的老人，竟死了，怪不得来这里后一直就没有见到过他。”

“爷爷说，等铁路修好了，他就不用走着路去了，可以坐着火车去了，要省去很多体力。”

“是啊，这就是老人的一种期盼啊，当年他来连队的时候，曾和自己拉过这话，说一定要坐火车去一趟拉萨，朝拜心中的圣神。”

“拉萨离这里千里多远，要一路走去，还不都得累死。”孟三辰插进话来说。

“所以，加措老人多么盼望这铁路早点修过去啊。这也是我的一个心结，我每每想到风火山，每每西望唐古拉，就让我心中激起一阵波涛，唐古拉成了我心中的神，成了我一生中的梦，不把这个神敬好，不把这个梦圆了，我不能甘心啊。说到底，不把铁路修到拉萨，算我没干过铁道兵。”

“这是咱们的共同心愿，不把铁路修到拉萨，誓不罢休。”

“所以，我是不能到别的工点去的，等修完了，调我到哪个地方我去哪个地方。”

“但愿如此。”

“叔叔，火车通了，我能坐着去拉萨吗？”

史丰先坚定地说：“能，铁路能修通，火车通了，一定能坐着去拉萨。”

八十

史丰先把风火山的工作作了简单安排，在他离开这几天，孟三辰代理他负责全面工作，周子星协助做好行政和后勤管理工作，重大事情，电话报告。之后就动身向回走。前来接港的是强向阳，这个在卓玛手中存留下来的人，如今荣任局办副主任了。比起二十多年前的强向阳，他略略发福了一些，也老练了一些，不再像以前那样毛手毛脚的了。给人的第一印象是处世练达，精明过人。一坐上车，史丰先直接问道："向阳啊，局里有什么事让我回来？是人事变动还是新工程？"

强向阳说："可能是要让你接手一个新工程吧。"

"什么工程？"

"海外工程吧。"

史丰先不动声色地说："真是海外工程？"

"可能是吧。"

"能具体说一说吧？"

"太详细我也说不大清楚，非洲哪一个国家的一项引水工程。"

"为什么要我去呢？不派别的人去？"

"说来话长，"强向阳陪着一副笑脸说，"局里这么多人一个是不能胜任的，另一个是不想去的。"

"这话有点过了吧，难道我们这么多人就挑不出一个胜任去干海外工程的人？"

"你说得对，局里这几天正在议论这件事，不是没有人，能胜任的人不想去啊。"

“这又是为了什么？”

“传说怕那里的气候、那里的环境，怕死呗。”

“这就怪了，还有这等子事，我们水里火里蹚过来了，什么没经过，还怕死？这不是乱说一气嘛。”

“真的这么传说，我也没和那些人谈过，局里这几天都这么议论。”

“所以就摊到我的头上了？”

“局里都这么说，最后就看你了。”

“这不是怪事嘛。”史丰先心里嘀咕着，孟三辰说得没错，可能是一个海外工程，当初自己还不太相信，说这是子虚乌有，现在听了强向阳的话，意识到可能有这种事了。可是自己肩负重任，正在主抓风火山工程，怎么也不能派到自己头上来。不知里边究竟有什么蹊跷。

第二天，当他坐在局长房子里时，才真的意识到自己的判断错了。孟三辰是对的，局里就是让他出任一个海外工程的总指挥。史丰先说什么也不能接受。梦圆风火山是他多年来的夙愿，真的到了圆梦的时候，却将他从梦境中拽了回来，这是他所不能答应的。

荣局长是位老铁道兵，虽说从别的局调到这个地方来，可是对史丰先的为人、脾性还是有一定了解的，知道他脾气上来后，睁眼不认人，特别是在占理的情况下，不管天王老子，都要和你认死理，正是这一点让好多人多次下不了台，也让局里人对他怀有敬重，也颇有微词，但这几年他干出的成绩却是有目共睹的，这就显得他的缺点微不足道了。局长把史丰先让到沙发上，自己也从大台板上坐到了沙发上，与史丰先侧向而坐。局长把烟点着了，狠狠地吸了一口后，这才说：“老史啊，辛苦了，你看刚从青海下来都没能让你休息，就谈起工作来，真有点不尽情理了。可是没有办法啊，事情很急，也很重要，不得不这样啊。”

“没什么，都是为了工作嘛，谈不到尽不尽情理。什么事啊？”

“先说说风火山吧，部里来电话说，你的思路很好啊，部里总结出了三句话，是什么多层散热法、弥散式供氧法、隔热衬砌法，在风火山施工中可是一个奇法啊，要不是你的这个想法、思路，这几个施工法还真的研究不出来呢，部领导特别打电话，对你大加赞扬嘞。”

史丰先想了想，都是自己那次在二期工程施工分析会上所谈到的几种设想，经双青侠几人上升到理论高度后，付诸实施，拯救了风火山，为铁路顺利通过风火山提供了最好的施工方法，也成为高寒区域施工世界性难题的重大突破。史丰先淡淡地笑了笑说："这没有什么，是双总他们总结得好，我只不过谈了一下自己的想法。在后边，我还要让咱们的队伍筑一条生态路基，这可能也是世界性的重大突破哩。"

"怎么回事啊？"

"我们原来在山上试验时，回填路基，破坏了山上的植被平衡，路基上不生一根青草，路基经风吹日晒，热融，无法保持原有的路况，导致影响铁路的正常运行。这次啊，咱就把原来的表层土用铲车深铲三十公分放在一边，等路基筑成后，再把它原样放回到路基上，路基可以保持不风化，环境不受破坏。"

"好主意。"

"我在后期施工中都已经安排了。"

"今天咱就不谈这些了，谈一个新的工程任务吧。"

"让我负责？"

"对呀。"

"那风火山的工程交给谁呀？"

"先说说这个工程吧，后边再说风火山。我知道你对风火山怀有很深的感情，可是，这一项工程，比起风火山来还更为重要，说小了是同等重要，就先说说这个事情吧。"

史丰先有一搭没一搭地听荣局长说起海外工程的事来了。这是一项援建尼日尔的供水工程。根据中华人民共和国和尼日尔共和国政府的换文规定，由我国政府援助建设的市政供水成套项目。津德尔市是尼日尔第二大城市，也是尼日尔原首都所在地，由于该市极度缺水，后来首都迁往尼亚美。供水项目建成后，可彻底解决津德尔市三十万人口长期极度缺水的问题，也可为中国政府在尼日尔树立良好形象。当然了，这项工程干的好坏，将直接影响着我国的国际地位。这一点你知道就是了，还有一些深层次的政治原因咱就在这里不说了。

史丰先听着，有点耐不住性子了，就把手臂交叉着放在胸前，右手拍着左臂说："局长，你说这些，对我来说都没有用，你说说风火山的情况，错了对了我都能听下去，可是，这个不是我的事，我听这些没用啊，咱说说别的事行吗？”史丰先几年前和荣局长有过不同的意见，坦率地说，是对荣局长很有意见，当时还是处长的史丰先，工作干得正好，处里发展正是旺盛的时候，荣局长却做出了将史丰先领导的一处与另一个处合编成一个新处，让他卸了处长任不说，还让他干了一个闲差，这让人气不打一处来，就与荣局长顶起牛来，顶得面红脖子粗，弄得全局人为之担心，俩人的关系会不会由此结上疙瘩。还好，事过境迁，史丰先把这件事渐渐地忘在了脑后，安心地干起业务来了。这次工作变动，史丰先警觉地想，是不是又要给自己耍一个什么模子，再给自己一个闲职吧？

局长停下了说话，抬眼看着史丰先，知道史丰先心系风火山，一心放在风火山上，目前其他的事对他来说都是闲事，只有风火山的事才是正事。这一点他深为理解，另外自己在开说之前，没有对史丰先说清，局里定了要他带一班人马，一支队伍，前往尼日尔，完成这个具有重大国际影响的水利工程。所以他才有这个不是他的事之说。局长就板着脸说：“这个不是不是你的事，我刚才是从工程说起，而没有向你宣布局里的一个最新决定，这个决定呢就是，让你组一精干的施工队伍，前往尼日尔，完成这个援建水利工程。”

史丰先一听局长坦率地和他说起这件援外工程了，没有别的用意，就放下刚才的那份担心，认真地听起荣局长的谈话了。昨天晚上，有人在闲扯时说到这件援外工程，说局里有一种恐慌情绪，说那个地方热得人受不了，平均温度在三十八度左右，一年四季吹不到一丝凉风，下不了几滴雨， 生活条件相当艰苦，再说了，那个地方登革热、疟疾、艾滋病等随时都可能染上，谁去谁倒霉，所以点了的几个人，都望而却步，躲得远远的，能干的几个人都婉言谢绝了，所以才把你从青海叫回来，你掂量掂量，看看能不能担当这个大任。当然了，担当大任是说着玩儿的，实际情况是，让他心里权衡一下，是去还是不去，别人都不去，自己能不能去！史丰先对此不以为然，但是，从他个人的愿望来说，将铁路修过风火山应当是他的第一愿望，其他情况等这个愿望了了之后再说不迟，对他来说，什么样的困难都不在话下，他吃过那么多苦，什么样的艰难困苦都经过，更何况在现代条件下，还有什么困难能成为自己的拦路虎呢。但是，问题是他正在青藏线上，这个心结不解，他是不能接受其他工程的。于是史丰先说：“局长，局里事先也没有向我征求过意见，我有点突然，另外，我正在风火上，工程还没有结束，派给我这个任务，我觉得不太合适吧，以我的能力我怕拿不下这个工程。”

“这件事也是临时动议，外交部、商务部把这项援外工程交给了铁道工程指挥部，两个部为什么会把任务下达给铁指，是因为我们曾经是铁道兵；铁指为什么把任务交给咱们？是因为咱们经历过许多艰难困苦，能够把这项任务出色地完成；局里为什么把任务交给你，是因为局领导班子认为你是最合适的人选，所以让你挑起这个担子。”

史丰先笑了笑说：“谢谢局里对我的信任，让我把这项工程干完后行不行？”

“局里也考虑过这件事，权衡利弊，认为这件事比风火山更重要，所以就临阵点将，让你担起这个担子。”

史丰先考虑了一会儿，说：“能不能另选人员，等风火山工程有了眉目后再说？”

“史丰先同志，”荣局长郑重地对史丰先说，“这项任务要求在二十四个月内完成，二十四个月，什么意思，就是在两年内完成，时间是刻不容缓，还等什么风火山有了眉目再说。风火山的事，你就放手不管了，局里安排另外人选，你就立即着手这项新的工程吧。”

史丰先听着局长不容置疑的口气，再也没说什么，就说，那就服从局党委的安排吧。局长一听史丰先应了下来，就放缓了语气说：“史丰先同志，这是一项特殊的工程，它的特殊性在于关乎着我们国家的政治地位，再一个就是在非洲大陆、热带地区，是我们局第一项涉外工程，没有干过，意义不同寻常，你一定要把这项工程组织好，最后把它完成好，为我们涉外工程闯出一条路子，局里就拜托你了，至于工程的具体情况，我让技术部门给你详细汇报。你一边熟悉工程情况，一边挑选人马，组织精干施工队伍。国内呢，在北京专门派一个物资供应部，一切工程需要的物资提前发向尼日尔，这个你就不要操心了。”史丰先起身向局长表态道：“好了，我一定尽力完成好这项工程。没去过的地方咱去，没干过的工程咱干，再苦再累也在所不惜。”

“对呀，就是要有这种精神，只要精神不滑坡，办法总比困难多，这不是你常说的一句话吗，我们期待你从非洲传回来好消息。”

从局长办公室里出来，史丰先立刻给技术处打了电话，让处长带着尼日尔工程材料到自己的办公室里来，让他看看详细材料。不一会儿，技术处处长把材料放到了史丰先的办公桌上。史丰先把材料看了，才知道这项工程的确不同寻常：尼日尔津德尔水源地深水井14眼、供水管网8.71km、水厂生产生活用房1600m²、水厂600m³蓄水池1座、水厂至2000m³高位水塔之间DN350球墨铸铁输水管道25.53km、20kv高压输电线路28.5km。其中，高位水塔是该项目的一个标志性工程，设计蓄水量2000m³，实际容积2775 m³。高位水塔建筑高度24.66m，水箱最大直径22.30m，在国内尚未修建过，水箱结构外型设计为宝石型，装修精美，建成后成为津德尔市标志性建筑。同时，整个供水项目自动化程度高，水厂与高位水塔采用无线电通讯，在水厂设立50m高的通讯铁塔，具有数据、语音传输功能。水塔水箱内水位通过液位传感器信号传输到水厂中央控制室，中央控制室再根据传输的信息，确定水厂加压泵开启或关闭供水，水厂清水池与各水源井之间采用光纤通讯方式，用以传输控制潜水泵的运行工况数据，同时提供电话传输。

史丰先又查阅了一下尼日尔的自然条件，从这里对尼日尔国家才初步有了一点了解：尼日尔共和国位于西非撒哈拉沙漠南部，属于内陆国家。津德尔市是尼日尔第二大城市，也是尼日尔原首都所在地，由于该市极度缺水，后来首都迁往尼亚美。供水项目建成后，可彻底解决津德尔市30万人口长期极度缺水的问题。工程区属热带沙漠与热带草原过渡型气候，旱雨季分明。高温、干旱、蒸发强烈是该地区气候特点，3至10月为高温季节，最高平均气温通常在40℃左右，多年平均气温28.3℃。6至9月为雨季，多年平均降雨量300至400mm。10月至次年5月为无雨期。

而工程方面的资料更让他一阵又一阵地揪心：按照商务部与尼方政府签定的外部合同，整个成套供水项目总工期18.6个月，内部施工合同总工期16.6个月，如不能按期完工，将直接影响中国政府的声誉。商务部要求援外项目的工程材料、永安设备，必须全部使用国内生产的或指定的国外生产厂家生产的。而尼日尔属西非内陆国家，国内工业及建筑业极其落后，各种资源急剧匮乏，施工所需机具、设备、周转材料等都必须由国内提供。正常海、陆运输一般需七十天至三个月，长距离长时间运输也给施工带来很大困难。由于国内人员在国外费用高，因此，出国人员数量受到严格控制，必须使用当地大量劳动力，但当地劳动力缺乏，技术素质低下，加之当地使用的豪萨语与官方语言法语有很大差别，语言不通，交流不便等也给施工带来很大困难。该地区一年高温期长达8个月，高温期平均温度40多度，最高气温达50度，对混凝土施工、机械正常运转极为不利，加之登革热、疟疾等流行病非常普遍，医疗条件又特别差，给参建人员的工作、生活带来很多困难。

史丰先看完资料，在办公室里踱步思考，难怪局里这么多人都不敢接手这项工程，原来是一项压力巨大的援外工程。既然局里把这项工程交到自己手中，咱什么也别说了，肩起来干吧，什么气候太热，什么没干过，什么登革热、虐疾，什么撒哈拉大沙漠，只要精神不滑坡，办法总比困难多。都是人啊，非洲人能在撒哈拉大沙漠待下去，祖祖辈辈地待下去，咱中国人就能待下去，都是人啊，非洲有什么不能去的，这项工程有什么不能干的。史丰先发了狠心，咱铁道兵以前从来都没有过艰难险阻，一定干出个样子来给非洲人看看，给咱铁指系统看看，咱曾经的铁道兵逢山凿路、遇水架桥，在国内能干出名堂，在非洲照样能行，并不是浪得虚名！

八十一

史丰先一干人马到达非洲大陆尼日尔时，才知道在这里干工程，遇到的困难远比在国内时要多的多，也大的多。首先是语言问题，当他要与当地负责人交谈一项业务时，自己随带的法语翻译把汉语翻成法语，讲给尼日尔官方人员，官方人员把法语再翻成豪萨语说给当地负责人，三翻两翻，三转两转，不能把自己的本意传达到对方的耳里，交谈十分困难；再者是，当地的气候热得让人受不了，从国内带去的空调，在四十多度高温下停止工作，人马住在活动房内，就像住进桑拿室一样，热不可耐；当地只有三四种蔬菜，什么土豆、白菜、萝卜和洋葱，一年四季反复无穷；更要命的是高位水塔的浇注，在气候炎热的条件下，如果养护不到，这津德尔标志性的建筑将会成为中国人耻辱的一种见证。

这一切的一切都得他们一一克服，克服这些困难了，才能夺取施工的最终胜利。没有什么人比此时的史丰先更具焦虑和不安的神情了。

就是在这种情况下，他们开始了尼日尔工程的艰难筹备：

工程用料分批次地到达工地了，单等一声令下，就派上用场；

当地用工合同签订了，黑人兄弟陆续集中在了工地；

工作人员上场了，工程按部就班地展开了……

一切进展顺利，可是，没想到项目部发生了一件令人意想不到的事情。这天一大早，史丰先刚刚从住地附近转回来，正打水洗漱，还没有把毛巾放进脸盆，却见两个人走进房来。史丰先一看，是随带来的法语翻译，两个年轻的女同志，漂亮而能干。这两位翻译是他们从国内出发前临时聘请到这里担任翻译工作的，一个叫汪娜，一个叫栗媛。两人在外国语大学学得一口流利的法语，模样也俊俏，一踏上非洲大陆，就受到了当地黑人兄弟的青睐。两人到这里工作一直都很努力，与施工队和当地人员保持着良好的人际关系，平时很少到史丰先的房间里来，史丰先心里纳闷，今天一大早，两位怎么早早地赶到房间里来，不知有何重要事体，等不到上班的时间，在项目部里交谈？史丰先放下手中的毛巾，微笑着问："起来这么早啊，趁凉在外边转了一圈了吧？"

汪娜吭哧了半天，忸怩着身子，半天没开口。还是栗媛忍不住了，抢在汪娜前头说："史总，"在尼日尔工地，史丰先是以工程总指挥的身份与当地负责人打交道的，这些个临时来队的姑娘，就以这个职务称史丰先为史总，"我俩家里有事，想回去。"

史丰先吃惊地望着栗媛，想不到在非洲这么遥远的国度里，才来了几天的栗媛向他提出这样一个意外问题。为什么要回去呢，是家里有事还是过不惯这里的生活，打起了退堂鼓？史丰先惊奇地问："什么事，要紧吗？"

"挺要紧的。"栗媛嗫嚅了半天又说。

"老人的身体不好？还是要出嫁了？"

"是的，不，也不是。"

史丰先一听，从她俩吞吞吐吐的语气中他已经猜出了大半，这两个姑娘是要离开尼日尔回家了。史丰先不动声色地问汪娜道："你也是家里老人有事了，出嫁了？"

汪娜憋了好大一会才说："史总，都不是，我俩过不惯这里的生活，热得人受不了，吃不到一顿好饭，一天不是土豆就是白菜，不是洋葱就是萝卜，吃得我们皮肤都变黑了，再说了，我们被蚊子叮咬得胳膊身上起了一层红疙瘩，我俩怕……"

"怕登革热、艾滋病？"史丰先知道她要说什么，同时也就明白了这两位翻译要回国内的真实原因了。"热的问题不是都解决了吗？咱们用鼓风机对着空调吹，空调早就正常运转了，这登革热病、艾滋病就那么容易得的啊？我们到这里这么长时间了，除得过疟疾外，谁还得过这种病？这么多人都不怕，你还怕什么呢？"

"家里人让我们早点回去。"汪娜声音低低地说。

“你这一走，咱这翻译谁来干呢？”

“……”汪娜和栗媛面面相觑，一句话也说不出来。

“真的要走吗？”史丰先等了一下问，天要下雨，娘要嫁人，只好随她去了。

“嗯。”

“那好，我让项目部给你办手续，起了走的心了，就早点走吧。我们再想别的办法。”

俩人涨红着脸，羞愧地向史丰先点头表示感谢。史丰先说：“不用谢了，这有什么要谢的呢。其实，你们回去了，也好，但是，我要告诫你俩的是，不论在什么地方，干什么事，吃点苦是很有好处的，苦难是财富啊，你们还年轻，对以后是很有好处的。不说了，中午让灶上做几个菜，也没有什么好吃的，送送你吧。也祝你们一路平安，回到国内取得新的成绩。”

汪娜和栗媛羞赧地退出了史丰先的房间，准备她们回国的事情了。

回一两个人不打紧，问题是，这两个人是项目部的翻译啊，起着重要的桥梁作用，这下桥梁拆了，谁来送他和他的同志们趟过施工交涉这条河呢？

晚上，工队的同志们都回到驻地，那个他从电务队挑到项目部里来的张光，连脸都没顾得洗就跑到史丰先跟前。他在一线工作，风吹日晒，没过几天脸就被晒成了黑色，胳膊腿也成了酱萝卜色，一个黄种人混在黑种人里，不仔细分辨的话，还以为是一个身体瘦弱的非洲人呢。跟他一起来的人，也是同一个模样，让人看了心生滑稽。张光瞪着牛眼问道：“史局，听说你放两个翻译回去了？”

史丰先说：“这有什么奇怪的呢？出国回国不都是正常的吗？”

“你做得对，这俩人一天到晚坐在空调下边，还喊热，吃的菜比谁都多，还嫌不好吃，翻译的话对方也听不大懂，好多话都让她俩翻错了，还让她到这里干啥。”

史丰先吭地一声笑了，原以为这个家伙说出几句不同意的话，可没想到说出来的话却是支持的，但他并不动声色，一本正经地问道：“回去了，咱这地方不是没有翻译了吗？谁来当翻译。”

“这个好办，你和这些非洲兄弟待了好长时间了，他们的语言天赋很好，你把要说的话向他重复几句，他就能说出来，也懂什么意思，咱工地上完全可以不要翻译。”张光满有把握地说，他在工地一线带着几百黑人兄弟，指挥他们干这干那，一些简单的语言黑人兄弟早已熟记于心，另外，即是不通，用手势比划一下他们也就懂了。

“那遇到官方交流怎么办呢？”

“这不好办吗，有大使吗，他不比这两个碎女子强？”

“看来你是动了脑子的。这下我可就没有后顾之忧了。”张光听了史丰先这一席话，咧着大嘴笑了起来，然后跑回去洗漱了。

几个月过去，十四眼水井全部钻成，高压线路架设也已完毕，各点的房建任务也近尾声。剩下的就是这个高位水塔了。引水工程到了攻坚阶段，这也是史丰先费力最大的时候。

一个在国内看起来很小的问题而在尼日尔却成了很大的也很关键的问题了，这个问题就是养护问题。问题的焦点在于，尼日尔天气炎热，平均温度在四十五度以上，浇注后的混凝土如果不养护好，水塔壁达不到规定的压力，那么水塔就会因渗漏而报废。怎么办呢，怎么办呢？史丰先一连几天时间都在琢磨着这样一个简单而又很复杂的技术问题。

问问工队的同志们吧，也许在群众中埋藏着深邃的智慧，取之不竭，用之不尽呢。晚饭过后，不等大家休息，史丰先就让张光叫上几个工队的负责人，到活动板房前开一个施工研讨会，看看对高位水塔施工有什么高见。

张光带着几个人坐在了史丰先房子门前。明亮的碘钨灯光下，一群又一群蚊虫在狂飞乱舞，尽管立式风扇在强风下不断对这些尤物进行吹动，可是，它们还是冲过强风的吹动，在人的头上盘来盘去，时不时地落在张光、史丰先的胳膊上，快速地吸上一口，又快速地飞向空中。

史丰先坐在马扎凳上，一边挥打着头上脸上的蚊子，一边说：“同志们哪，咱们的施工总的来说进展得很顺利，质量也很经得起检验，现在到了高位水塔的攻坚阶段了，今晚请大家来，对这一施工有什么好的建议，特别是养护、微型捣固和降温，说说自己的想法。”

张光等史丰先的话刚一落地就接着说：“这谁有啥办法啊，你说这捣固还好说，把活做细就成，养护呢，咱多浇点水，这气温咱可就没法说了，天这么热，咱能把太阳锁住，让它不出家门，不发光放热？”

张光这么一说，其他人也就跟着七嘴八舌地说了起来。

“咱细心一点捣就行了，还怕捣不好？”

“咱把钢筋绑拢紧点，不松动就成。”

“咱把水多浇点，不让它干就成。”

史丰先听着这些工队长的议论有点不着边际，就向他们提出了几个问题供他们琢磨：“你们说的几个想法都很对，可是我要问你们，在养护中，高位水塔的壁很厚，浇不透就会里外凝固不匀，搞完的工程肯定过不了关，怎么办呢？”

张光面面相觑，一时回答不了。

史丰先又提一个问题道：“咱们养护时，气温这么高，刚洒上水，就被快速地蒸发掉了，能不能保证塔壁质量？”

一圈人都找不到适当的语言来回答。

“当然了，最好弄的是捣固，咱们细心一点，精心一点，干出来的活肯定不会有蜂窝麻面。好好想想养护这个环节吧，还有气温问题。”

会场现出了一阵沉默，谁也没有回答好这两个关键性的问题来。

史丰先看着会场，见一个个都低着头，一副无话可说的样子，就暗自琢磨，别急，只要精神不滑坡，办法总比困难多。想着想着，心里突然萌生出了一个念头，张光不是说把太阳关进房子里吗，对，咱不能把它的光线遮起来？给塔上边搭一个大防晒网，既能当安全网，又能遮挡强光，这不是一个降温的好方法吗？对，就用这种办法，可是养护问题又怎么解决呢？史丰先不知怎么地神游到了风火山，那里的工程进展得怎么样了？从时间推断也该到了攻坚阶段了啊，在风火山那样艰苦的自然条件下，都能攻克世界性的难题，咱这里就不能解决个养护问题？还没上去时，说那氧气问题是最大的难题，不也用弥散式送氧法把这个难题克服了吗？什么，弥散式？咱在这里不能用弥散式的养护法解决高温下的高位水塔施工时的混凝土养护问题？对呀，就用这种方法，在非洲高原，这也算是一种创举呢，咱用上下几圈子胶皮管，把浇注完混凝土的塔壁缠起来，给胶管扎上很细小的眼，把水灌进胶管中，让水从细小的眼孔里滴出来，这样，壁面始终是潮湿的，里外湿度相同，凝固也就同步了，这样养护出来的塔壁一定合乎质量要求。对，就用这种方法试试。

张光听了，觉得是一个好主意，但他不无担心地说：“像这样大的工程，要缠这么长的胶管，得费多少投资啊？能保了底吗？”张光从一到尼日尔来，看到史丰先在工程预算上斤斤计较，有好多该采买的生活用品，大家提了多次，可是，他却一分不出，将就着向前过，就私下里给他送了一个绰号叫“铁公鸡”。这回他说要用这么多的胶管，他能舍得出这笔大钱吗？

史丰先朗声地笑了说：“你说我个铁公鸡一毛不拔，可质量是大事，我就再是铁公鸡，也得把毛拔了，用在质量上，为保工程质量不惜一切代价。”

当晚，史丰先定下了高位水塔施工方案……

谁也没有想到，史丰先的这个施工方案，在高位水塔施工中，起到了奇效，同时被尼日尔工程部门写进了施工典籍。

高位水塔宛若新出土的毛竹，噌噌地向上长起；

中国建设公司的声誉在尼日尔渐渐鹊起。

八十二

一年多的时间，尼日尔津德尔市引水工程的高位水塔，在津德尔郊区拔地而起，它作为一个标志性的建筑，接受津德尔市民的敬仰，同时，也接受商务部和外交部的检验。

五月，新上任的富书记，率集团公司工程验收小组，飘洋过海，到达尼日尔。从津德尔市到尼亚美，天气晴好的时间得走上一天半时间，遇到沙漠风暴，得走上一个星期，恐怕还得再长一点。史丰先在工地早就让人做了简单而又不失隆重的准备，插上彩旗，挂上标语，打扫卫生，换洗衣服。这是一次接受检阅，这是一次汇报，也是一次展示，看看从铁道兵里走出来的这支队伍，是不是把铁道兵前无险阻，逢山凿路、遇水架桥的旗帜高高地举在非洲大陆！

富书记不仅带来了检验小组，带来了公司的问候，同时还带来了国内的新鲜菜肴，让吃久了土豆洋葱白菜和萝卜的史丰先和张光他们，自是大快朵颐。

项目部给富书记在津德尔市安排了一个上好的宾馆，其实在津德尔市上好的宾馆也不比国内的农家乐，史丰先心下怀着深深的内疚，公司同志们远涉重洋到达非洲大陆，却住着这样差的宾馆，可是，在津德尔，史丰先着实无能为力。

检查验收工作进展到尾声时，史丰先到富书记下榻的宾馆，问问这几天时间中，有什么不到之处，还需要项目部改进的？富书记和史丰先在客厅相对而坐。富书记也是从铁道兵转工过来的，他从基层干起，从技术员干到工程师，从工程师干到主管、总工程师，又从技术岗位转行到行政岗位，新近又被任命为公司书记。

富书记像拉家常地问：“史丰先到尼日尔有两年天气了吧？”史丰先说：“一年半多。”富书记说：“两年的工程，提前了三个月，真的让你们受苦了。”史丰先说：“这没有什么，只要干出来的工程公司领导满意了就成。”富书记说：“不是没有什么，是太有什么了。你看，我住到这个地方才几天，就觉得这个地方比起国内来，条件要差许多了，更别说在沙漠中干工程了，你光闻闻这房子里的空气，一股子的臭葱味，你就知道这是一个很不好待的地方。这个地方尚且如此，就更不用说施工现场了，疟疾、艾滋病、登革热，时时在威胁着你们的生命，你说说能说没有什么吗？”史丰先说：“还不是为了国家的荣誉吗？还不是为了公司的声誉吗？”富书记说：“对啊，可都是为了国家利益，公司利益，有的人怎么就畏缩不前呢，你们就能临危受命，义无返顾呢？”

史丰先急忙摇摇手说：“不说这个了，你太抬举我们了。”

富书记说：“好了，不说这个了，验收小组工作好几天了，你可能也担心着这工程质量合不合要求呢，我现在可以告诉你了，单项工程合格率为百分之百，总体工程合格率为百分之九十。这是检验小组的初步结论，史丰先同志，你干出了一个优质工程。我先向你透声结果，待全部结束时，再向大家宣布。不容易啊，史丰先同志，到底是铁道兵的底子，铁道兵前无险阻，你做到了，而且你把铁道兵的精神写进中尼两国人民的友谊当中，写进了非洲大陆，你真是一个了不起的干才啊。”史丰先急得涨红了脸说：“富书记你过奖了，我哪能这么了不起呢，要说了不起吧，都是一起到这里来的同志们功劳，我个人微不足道。”

“哎，这不是我说的，我也没有站到这么高的高度。是驻尼日尔使馆大使讲给我听的啊，我只不过将其翻版了一下。”

“不要这么评价，我做的还不太好，还要不断努力，还要取得更大的进步。”

富书记一听史丰先这番话，忍不住哈哈大笑起来，国内正热映一部影片，其中有一句歌词叫：不要这么疯狂地迷恋我，我只是一个传说……

过了一会儿，富书记收了笑容，郑重地向他说起另一件事情来。

“丰先同志啊，我这次来尼日尔，还有另一个任务，你可能事先不知道吧？”

史丰先诧异地问：“什么任务？”

“看看，你肯定不知道，我就告诉你，局里决定，让你急赴安哥拉，负责那里的两条铁路重建任务。”

“你看这里的工程还没有彻底结束，又让我到安哥拉，怕有点不合适吧？”

“怎么，害怕了？”

“我从来也没有怕过什么，只要是工程，我没有怕过的。”

“我先说说这两项工程的大致情况吧，你听听，”富书记说着从包里拿出一张世界地图来，放在茶几上，然后，找到安哥拉，用手指在纸上来回滑动着，“一条是罗安达铁路大（中）修工程、另一条是本格拉铁路大修工程，均为普通单线铁路，内燃机牵引，轨距1067mm,线路正线全长1792.3km，承包模式为设计、施工总承包。罗安达铁路工程全长448.9km，车站16座。本格拉铁路横贯安哥拉共和国东西全境，西起安哥拉港口城市洛比托，东至莫西科省边境城市卢奥，与刚果（金）赞比亚境内铁路相连，并开辟新线与赞比亚境内铁路相连。工程全长1343.4km，全线共设车站67座，工程内容为全部站前和站后工程，不含机务段、车辆段、编组站、货场等设施。”介绍完大致工程情况后，富书记将地图合上放在一边，继续说道，“安哥拉饱经内战，经济遭到严重破坏，铁路严重损毁，虽说同在一个非洲，可是在安哥拉施工要比尼日尔充满危险，铁路沿线和曾经发生战斗过的城市村庄遗留着说不清的炸弹、地雷，所以，施工的艰难程度要比尼日尔要大得多，你得有个充分的思想准备。”

史丰先愣愣地看着富书记，他没有想到在尼日尔引水工程尚未结束的时候，征尘未洗，局里又让他赶赴安哥拉，接受一项新的工程，史丰先真有点猝不及防，去与不去，还得要认真思量一下，想到这里，便向富书记说：“让我想想，能不能完成得了这项任务。”

富书记却站起身来，半是认真半是玩笑地说：“想什么呢，局里都定了，还想什么，从现在起想想怎么样上场，怎么样排雷，怎么样安排工序，队伍都给你准备好了，只等你去组织施工了。其他就不要想了。”

“我有点来不及啊，思想还没有转过弯子。”

“都是老套子了，还有什么来不及的，再拖真的就来不及了。”

史丰先看看这事已经是铁板钉钉子，没法改变了，就问：“要求什么时候动身？”

“十天之内，有足够的时间准备了吧？”

“我只不过是一只提箱，十天准备足矣。”

“好，这才是你史丰先，不是别的谁。走，吃点夜宵吧，算是我给你饯行，也算你在津德尔市请我吃饭。”

“好，让我叫上张光几个，别让你飘洋过海，一个人陪着你在津德尔市的夜晚吃饭，还得喝点不是！”

富书记听了后忍不住地哈哈大笑起来。“脱下军装还是一个兵，这是你转工时挂在文中沟大桥上的一幅标语，还记得吧，你的血液里流着军人的血，血浓于水，而且是越来越浓了，一点都没有淡。不说了，咱走吧，别光顾了说话，把夜宵耽搁了。”

史丰先偏头想了想，是的，在转工的那几天时间里，他让各连在工地上挂起了一条标语，上边就写着这几个字，没想到，多少年过去了，富书记还记着这件事。就认可的点了点头，一同和富书记向外边走去了。

津德尔市灯光稀疏，行人稀少，但那开夜市的人，仍守着一盏孤灯，等候着前来夜宵的人们。史丰先陪着富书记，向着那点点灯光款款走去。

一周后，史丰先坐上了飞往安哥拉的国际航班，向着另一个非洲国家飞去。史丰先临窗而坐，凭窗俯瞰，机翼下是一望无际的撒哈拉大沙漠，细如晶丝的河流，弯弯曲曲的大峡谷，起伏的山峦。史丰先浮想联翩，心潮激荡，这景象何似自己走过的人生旅途，禁不住地想起了牢牢铭刻心间的唐古拉、神话般的青藏铁路，虽说高峻，遥可及天，但是，总是翻越了万重高山，走向了民族的目的地。何其伟哉！壮哉！

二〇一二年十月五日——二〇一三年五月十七日于西安、杭州

写在后边的话

在我漫长的写作生涯中，《西望唐古拉》是我写得最快也是最得心应手的一部作品。然而，并非我的写作速度快，写作技巧很娴熟，是一位老练的小说作家，而是因为我选的题材是我最为熟悉的，也是我成长过程中最为重要的一个人生阶段。在这个阶段中，我成为一名光荣的铁道兵战士，加入了中国共产党，提为排长，从排长干到副政治指导员；跟着这支部队，又转为工程局，转战南北。一九九一年调离这个集体，转换新的工作岗位。我常在多种正式的大型会议上讲，我成长过程中所有的进步，都是铁道兵部队首长和同志们培养的结果。铁道兵的生活深深地渗进我的骨血里，使我永远不能忘怀。部队生活常常活现在我的脑际，首长和同志们熟悉的音容笑貌历历在目。那长长的军号声，一直萦绕在耳际，没有消弭；那几套没有肩章和大沿帽的军装，深深地铭刻在记忆里；所以我在塑造人物时，顺手拈来三两个昔日战友，都是鲜活的形象，写到一些施工现场，虽说我没有亲身经历过，可是在报上读过，有的听人描述过，还有的生活是我亲笔总结过，有个别生活深深地感动过我，让我时时肃然起敬。总之，都是我曾经生活的一部分。我在写作过程中，只是把原来的人和事，艺术化了一点，挪移了一点，变成一个新的艺术形象。这些，比起一个陌生的题材来说，创作时着实要容易得多。于是，我经历过的铁道兵生活落在了纸上，变成了一个完整的故事，变成了一部小说，林林总总，洋洋大观，计有四十多万字，放在了文学爱好者面前，接受检验，接受批评。也是借机向昔日的战友们作一个阶段性的汇报，离开这个集体，干得怎么样？长进了还是后退了，雅了俗了，还是怎么了，让人评说几句，也是对我的一种关心和鼓励。

我早就有写这部小说的动意，但是，却迟迟未能动笔。那些熟悉的人和事，游动在我的脑际，时不时地扣问我的灵魂，该是让我们出场的时候了吧？特别是在读了一些军事题材的文学作品后，更有一种创作的冲动。可是，我还是未能拿起笔来，把他们捧在读者面前。我常常在想，铁道兵作为一个重要的兵种，在烽火连天的岁月和和平建设时期，为国防事业和社会主义经济建设做出过不朽的贡献，特别是三线建设中，铁道兵有着浓墨重彩的一笔，可谓功不可没。每一个新线建设都涌现出可歌可泣的故事和英雄人物，他们伴随着新中国走过了一段极其艰难的铁路建设之路，亲历了原始的手工操作、半机械化操作，直到现在的现代化施工，在他们的记忆深处，留有铁路建设的不灭记录。我曾清楚地记得，一九八三年十二月的最后一天，我们面对着鲜红的军旗，向军旗行的最后一个军礼，那个悲壮的场面，让多少铁道兵将士为之动容，潸然泪下。没有人知道，留在我们年轻干部心中的悲伤，一边是留恋，一边是悲观，多少人泪洒戈壁，情动沙漠。像这样的历史事件和人文情怀，没有一段文字记述下来，岂不太为可惜。更为让人不能释怀的是，在许多军事文学作品中，我还没有发现一位军旅作家留下铁道兵转工前后的文学作品。我有些不平，有些不安，我想动起笔来大书特书一笔，可是，我技不如人，即便写出来，怕也不能把铁道兵的精神和英雄本色淋漓尽致地表现出来。对此，我望而却步，更有一种敬畏，让我迟迟不能动笔。

事有偶然，无巧不成书。适逢几个老战友聚会，酒酣耳热之际，时为中铁二十局工会财务部部长的张宝军同志给我提了一个要求，说，明年是铁道兵转工三十周年，你有没有创作一部铁道兵生活的文学作品的打算，以此纪念啊？那个曾为干部科科长的同年战友阎秀君，也在一旁给予鼓励：你不是能写一点文章吗，就写写咱们在青海高原上那段刻骨铭心的往事吧。更有甚者，说，能不能写啊，写点小文章可能还行，可是，要写铁道兵这段历史，恐怕不见得行吧？已经走上领导岗位的周富和李令选先生，也给我投以期待的目光，似有鼓励，也有盼望，三十年过去，弹指一挥间，那些人和事，不要被历史的尘烟所淹没，汝今能如愿否？一句话激活了我心中那些熟悉的人和事，也激起我对战友们汇报这几年来文学功底的自尊。我便当场应答，从明天开始，就动手为铁道兵写点东西，以此答谢培养和教育我成长的老部队老首长。

真的，从那天后的一天，我开始了这部书的创作。动笔之前，我回老部队（单位）走了一圈。一处工会主席匡龙华先生得知我的意图后，激动不已，那些昔日的战友也为之激动。时任二十局工会主席的赵斌先生更是表示全力支持。在这种情形下，我便放开手脚写了起来。我把此书分为五大部分，说的是，第十师四十六团，在青藏铁路一期二期工程中四上青藏线、二上风火山，经历了几个大的事件，其中就有浚河大桥的冬季施工、关角山施工、风火山试验、宝成铁路抢险，还有再上风火山和进军海外工程等，这几件大事件，几乎涵盖了铁十师在转工前后走过的一段艰难而又光荣的历程。我用几个主要人物把这段历史串连起来，让在铁十师待过的战友们和没有这段经历的朋友们，从中可以看出铁十师所走过的不凡历程。这是一段历史，是一段最不能忘却的历史。在这段历史当中，许多熟悉的战友退伍了，许多战友为之付出了宝贵的生命，而留下来的同志们，则在社会主义经济建设的大潮中，成为行家里手，有的被授予很高的荣誉，被记入史册，让我们时时为之感奋。书中的四十六团只不过是铁十师其中一个团的符号，好几个团的英雄事迹，集中在四十六团的旗帜之下，凝成一个英雄团体，让人敬仰，让人神追。书中有限的人物里，有好多我很熟悉的领导和同事，名字是真的，一字不差，有的变了一个字，但人和事都是我和我共同战斗过的同志都能了解的。是他们鲜活的事迹，给了我创作的源泉，给了我创作的灵感。但是，在他们的身上，也有别的战友们的生活，绝不是单纯的本人，就是说，这些真实姓名下的人物，是一个美化了的艺术形象，有着众多战友们的形象，塑造成一个真实姓名下的具象，意图是让我们记起那些曾经的领导和我们共同走过的历程。希望读到他的时候，不要以具体的人物来框艺术人物，俗话说对号入座。当然，其中还有虚构的几个人物，那就更不用说了。这些人物，陪着我的笔触，走过高山大河、沙漠戈壁，历经几个大的历史阶段，风雨兼程，铸就辉煌，在星河瀚海之中，留下了一串串闪光的足迹。在我看来，虽说不能不朽，但是，足迹却是一串串珍珠般的印痕！

能说这是一部史诗般的文学作品吗？

能说这是一部耐人寻味的文学作品吗？

能说这是一部还可咀读的作品吗？

能说这是一部还能让人耐着性子读下去的作品吗？

这得把作品交给热心的读者，千秋功罪，任人评说，是好是坏，也让朋友们评头品足，好了坏了，优了劣了，对了错了，高了低了，成了败了，我都表示深深的谢意，并以此为动力，创作出更好的作品来，以谢朋友们的关心爱护和期望！

以斯为记，如此而已！

杜鹏霄

2013年5月24日于西安凤城八路抱月斋

图书在版编目（CIP）数据

西望唐古拉/杜鹏霄 著.— 西安 ：西安出版社，2013.10（2017.1重印）
ISBN 978-7-5541-0320-3

Ⅰ.①西… Ⅱ.杜… Ⅲ.纪实文学—中国—当代 Ⅳ.①I25

中国版本图书馆CIP数据核字（2013）第242868号

西望唐古拉

著　　者	杜鹏霄
出版发行	西安出版社
地　　址	西安市长安北路56号
电　　话	（029）85234426
邮　　编	（710061）
印　　刷	西安华新彩印有限责任公司
开　　本	787mm×1092mm　1/16
印　　张	32
字　　数	500千
版　　次	2013年10月第1版 2017年1月第2次印刷
书　　号	ISBN 978-7-5541-0320-3
定　　价	52.00元